大众诗学视域中的现代歌词研究：1900～1940年代

A Study on the Modern Song Words (1900s～1940s) in the Perspective of Public Poetics

傅宗洪　著

中国社会科学出版社

图书在版编目(CIP)数据

大众诗学视域中的现代歌词研究:1900～1940 年代/傅宗洪著. —北京:中国社会科学出版社, 2016.7

ISBN 978－7－5161－7917－8

Ⅰ.①大…　Ⅱ.①傅…　Ⅲ.①歌词—文学研究—中国—1900～1940　Ⅳ.①I207.22

中国版本图书馆 CIP 数据核字(2016)第 070532 号

出 版 人　赵剑英
责任编辑　郭晓鸿
特约编辑　席建海
责任校对　朱妍洁
责任印制　李寡寡

出　　版　中国社会科学出版社
社　　址　北京鼓楼西大街甲 158 号
邮　　编　100720
网　　址　http://www.csspw.cn
发 行 部　010－84083685
门 市 部　010－84029450
经　　销　新华书店及其他书店

印　　刷　北京君升印刷有限公司
装　　订　廊坊市广阳区广增装订厂
版　　次　2016 年 7 月第 1 版
印　　次　2016 年 7 月第 1 次印刷

开　　本　710×1000　1/16
印　　张　20
插　　页　2
字　　数　359 千字
定　　价　76.00 元

国家社科基金后期资助项目

出 版 说 明

后期资助项目是国家社科基金设立的一类重要项目，旨在鼓励广大社科研究者潜心治学，支持基础研究多出优秀成果。它是经过严格评审，从接近完成的科研成果中遴选立项的。为扩大后期资助项目的影响，更好地推动学术发展，促进成果转化，全国哲学社会科学规划办公室按照“统一设计、统一标识、统一版式、形成系列”的总体要求，组织出版国家社科基金后期资助项目成果。

全国哲学社会科学规划办公室

目　录

引言　对象、方法与研究思路

一　现代歌词作为诗歌的身份辩难

本论著所要研究的基本对象为现代歌词，歌词在历史上有种种的称谓：歌、声诗、歌诗、词、诗馀、音乐文学等，尽管称谓有别，但其所指涉的对象均为这样一种抒情文类：在文体特征上基本类同于“书写—阅读”式的诗却是通过谱曲并以人声为传播媒介、以听觉为接受方式的文学样式。这样的类型划分十分重要，它既标示出研究对象所属的知识谱系，同时又在这样的谱系中凸显对象的独特性和自足性。换句话说，在抒情文学的种族中，除了人们长期谈论、研究的供案头阅读的“诗”以外，还有另一个重要的抒情话语类型——歌词。

“歌词是诗吗？”许多人在遭逢笔者这一陈述的时候，心中的疑云可能会悄然升起。要回答这一问题，笔者以为必须从两个观测角度来展开：一、历史诗学，二、体裁诗学。[①]

（一）历史诗学中“歌词”的身份变迁

传统中国关于“诗歌”的命名及其理论描述从来都是“诗”与“歌”的双向展开：离乐为“诗”，和乐为“歌”；所谓“诗歌”，即是对“信口而谣”的诗与“和乐而唱”的歌的命名，所谓“律其辞之谓诗，声其诗之谓歌”[②] 即是对歌词“和乐而唱”性质的肯定。也即是说，“诗歌”原本是一个复合性名词，涵括了抒情文类的两种基本类型——“诗”

---

① “诗学”这一概念有广义与狭义之分，广义的诗学是指以古希腊亚里士多德为传统而后在欧洲历史上相沿成习的一切阐述文学的理论，狭义的诗学则是专称研究作为文学类型之一种的诗歌的理论。本论著即是在狭义上使用“诗学”这一概念。

② 陈仲子：《音乐与诗歌之关系》，原载《音乐杂志》第1卷第2号，1920年北京大学音乐研究会编辑出版，见王宁一、杨和平主编《二十世纪中国音乐美学文献卷（1900—1949）》，现代出版社2000年版，第59页。

与“歌”。任半塘先生将前者称为“徒诗”，后者称为“声诗”。[①] 对“诗歌”这一概念内涵的认定，在今天已经超越了学术界，成为一种社会“通识”，比如《辞海》对“歌”作了这样的解释：“能唱的诗。《书·舜典》：‘诗言志，歌咏言。’孔传：‘谓诗言志以导之，歌，咏其义以长其言。’是古代诗与歌的区别。后来也称诗为‘歌诗’，现代则统称‘诗歌’。”[②]《现代汉语词典》解释歌曲为“供人歌唱的作品，是诗歌和音乐的结合”[③]。

朱光潜先生从艺术发生学的角度对“诗”与“歌”的同源性进行了辨析：“从多方面的证据看，在起源时诗歌音乐跳舞是一种混合的艺术……它们公同的命脉在节奏，或者说，它们是同一节奏的三方面的表现。在这种混合艺术中，诗歌可以忽略意义，跳舞可以忽略姿态，音乐可以忽略和谐(melody)。它们的主要功用都在点明节奏。后来原始的歌舞混合的艺术逐渐分化，诗歌偏向意义方面走，音乐偏向和谐方面走，跳舞偏向姿态方面走，于是逐渐形成三种独立的艺术，它们虽然分立，却都还保存它们的原始的公同的命脉——节奏。”[④] 从古文字学考察，“诗”字的“言”，是人的嘴含着笛子的象形，“寺”是人的舞蹈的象形，而“歌”与“啊”通，这也表明诗、乐、舞在起源上的同一性。对于这种同源性，中国古典诗论均有过层出不穷的阐释，《毛诗序》就认为，“情发于声，声成文谓之音”，朱熹则认为：“人生而静，天之性也。感于物而动，性之欲也。夫既有欲矣，则不能无思。既有思矣，则不能无言。既有言矣，则言之所不能尽，而发于咨磋咏叹之余者，必有自然之音响节奏而不能已焉。此诗之所以作也。”[⑤]

在西方语言中，lyric既是指歌词，同时也可作“抒情”解，作为一个文学理论的概念，它有着特殊而丰富的意义。在欧洲文学传统中，lyric一词是从古希腊文中的七弦琴（lyre）一词演变而来的。“lyre”原指一种由七弦琴伴唱的抒情短歌，后来发展为意指一种偏于个人内心情感的文学类型。

凡此种种，其实都在逼近这样一个事实：“诗”与“乐”是血脉相

---

① 参见任半塘《唐声诗》第一章，上海古籍出版社2006年版。

② 参见《辞海》1999年普及本，上海辞书出版社1999年版，第4345页。

③ 参见《现代汉语词典》第5版，商务印书馆2005年版，第459页。

④ 朱光潜：《从研究歌谣后我对于诗的形式问题意见的变迁》，原载《歌谣》1936年第2卷第2期，见《朱光潜全集》第8卷，安徽教育出版社1993年版，第414—415页。

⑤ 朱熹：《诗集传序》，见（宋）朱熹集注《诗集传》，中华书局1958年版。

连、不可分离的一种关系类型。

但是，“诗”与“乐”最终却走向了分化，促使这一分化的根本原因是人类语言的发明与逐渐成熟，其显著的标志便是文字的出现。自从文字出现以后，诗歌表情达意的工具由言语进化为文字，“诗歌遂复分化而为两种形式。诗自诗，而歌自歌。歌如歌谣、乐府、词曲，或为感情的言语之复写，或不能离乐谱而独立，都是可以唱的。而诗则不必然”[①]。不过，这样的分化并非一蹴而就，而是有着漫长的进化过程。就中国诗歌的演变史来看，它大致经过了四个时期：一是有音无义时期；二是音重于义时期；三是音义分化时期；四是音义合一时期。[②] 学界普遍认为，“音”与“义”的分化起始于战国时代，荀子把“诗”与“乐”分开，各自变成了表现圣人之道的不同方面，“诗”变成了《诗经》，“乐”变成了《乐记》；一个派生出“诗学”，一个连接到“乐论”。从荀子开始的这种音乐与文学的分离，向来被认为是文学独立发展的标志——诗歌不仅寻找到一条不依附音乐而谋求其独立的文学空间开创之路，而且，在诗歌内部也开始了“诗”与“歌”的分裂，前者完全独立于音乐而存在，后者则依然保持着与音乐的紧密联系——和乐而歌。不过，即使努力谋求自身文学潜能的挖掘与文学价值的增长，“诗”最终也不能完全离开音乐而存在，恰如朱光潜先生所言，“诗本出于音乐，无论变到怎样程度，总不能与音乐完全绝缘”[③]。从中国古代诗歌的演进历程我们也可以看出，“音乐性”这一奠基性机制怎样韧性地制约着同时也推动着中国诗歌的发展：汉代的五言诗来自乐府歌词，乐府的发展原本就是音乐性的发展；从魏晋南北朝到唐代，诗歌创作表现出一种强烈的不依附音乐旋律与节奏运动的形式美，意象的娴熟经营与意境的精致构造均向世人表明，中国诗歌的空间开创已经达到了一个历史的峰顶。不过，成熟往往意味着衰落的开始，高峰轮廓线的逐渐清晰则意指着波谷的接踵而至——“诗歌到唐代已经做完”，这几乎成了学界的一种共识。但就是在唐代，与精美绝伦的文人诗逆向展开的还有另外的一条路径：教坊梨园和青楼唱诗。随着唱诗的大行其道，一种对“文学性”高度发达的近体诗形成强烈解构之势的新的诗体样式——词，开始了中国诗歌重返音乐故里的历程。当词被士大夫接

① 郭沫若：《论诗三札》，见杨匡汉、刘福春编《中国现代诗论》上编，花城出版社1985年版，第51页。

② 参见朱光潜《诗论》，见《朱光潜美学文集》第2卷，上海文艺出版社1982年版，第201—202页。

③ 同上书，第202页。

受并自觉参与后，民歌又以一种反叛的姿态疏离了文学性，再度向音乐性靠拢，以至文人士大夫也把这些民歌称作“真诗”。

由此可以看出，中国诗歌并非走着一条不断寻求“文学性”的进化之路，而是在“文学性”与“音乐性”之间不断逆反、以否定自身价值来获取更大发展的两极“振荡”之路。有学者认为，中国诗歌在“诗”与“歌”之间振荡的根本原因是其艺术特征上的二重性：“从诗歌的原始性质来看，它是音乐性的，也就是说是情感在时间过程中运动所构成的形式，审美体验方式是咏叹的、节奏化的运动形式；而作为文学的诗歌则在分离和独立发展中形成了第二种性质或者说是继发的性质，这是文学性的，即在想象的空间进行意象构造的，审美体验方式是回忆、联想和想象的空间形式。”①

可以说，“诗”与“歌”共同构成了中国传统抒情话语的基本“力场”，古典诗歌的发展即是这两种类型的此消彼长、互为参差、相互涵养、共同推进的历史过程。

西方文学由于一以贯之的叙事传统，诗歌的这种两极振荡的特征并没有中国诗歌那么突出，但是，其发展也与我国诗歌类似，经历了由与音乐相伴到独立成诗的阶段。从其发展历程中我们也可以看出，诗歌并没有温顺地臣服于强大的文学力量，诗人们不断地冲破坚固的“文学性”藩篱，寻求与音乐家的握手言欢：莎士比亚、拜伦、雪莱、歌德、海涅、普希金、莱蒙托夫、伊萨科夫斯基的许多作品都是借重音乐的翅膀，才得以飞越重洋，传遍全世界。尤其是歌德的诗，堪称歌唱的典范。据统计，仅由舒伯特、贝多芬、古诺、莫索尔斯基等世界著名作曲家谱曲且传播到中国来的就有《野玫瑰》《魔王》《五月之歌》《土拨鼠》《花之歌》等二十多首。歌德之外，其他如莎士比亚的《听，听，云雀》《布谷》，彭斯的《友谊地久天长》《我心怀念高原》，海涅的《乘着歌声的翅膀》《洛雷莱》，席勒的《欢乐颂》，雨果的《小夜曲》，等等，都是脍炙人口的诗人与音乐家握手言欢的珍贵遗产。象征主义诗歌运动的蓬勃兴起，就源于其肇始者对浪漫主义诗歌无节制倾诉以及由此带来的散文化倾向的不满，他们要“向音乐要回属于他们的财产”②。

诗歌“歌唱性”的原始性质为诗人们提供了重新审视诗歌创作价值

① 参见高小康《在“诗”与“歌”之间的振荡》，载《文学评论》2002年第2期。

② ［法］瓦雷里：《女神的知识·前言》，转引自董强《梁宗岱：穿越象征主义》，文津出版社2005年版，第167页。

建构模式的另一维度，因为，在所有的艺术之中，音乐是最能体现远离“再现性”而追求“纯粹性”的艺术形式，因而也更能表现灵魂的细腻、幽微、缅邈与丰富；象征主义作为一种追求对内在心灵进行“暗示”而非对自然进行模仿的诗学，自然而然地在音乐中看到了自己的理论与实践基础。尽管这一诗美潮流曾因将诗歌引向神秘主义的渊薮而不断遭人诟病，但其对音乐精神的执着追求却又体现了他们对诗歌的本质特性的透彻领悟。有趣的是，曾经直接给予象征主义诗歌以深刻音乐启示的作曲家瓦格纳，对音乐与诗的再度联姻也表达了一个音乐家的独特看法，他在1860年所撰写的《论音乐的信》中就认为，音乐作为一种诉诸灵魂的语言，为了展示“另一个世界”并使其传达的信息为公众接受，它必须得到诗歌的帮助。诗歌与音乐应当达到一种互补性，而同时超越自己的局限性。①

不过，真正被公众所接受的并非瓦格纳那些呕心沥血的音乐剧——尽管这些作品卓越地体现了他的诗歌与音乐“互补”的理想，而是以摇滚、乡村民谣等为发端的流行歌曲——进入20世纪以后，随着机械电子传媒技术的日益普及，流行音乐以其通俗质朴、亲切随和的风度很快击退了音乐剧等近代音乐与文学相结合的形式而成为大众真正的宠爱；大众在这里读出了自己的心事，也读出了属于自己时代具有广泛辐射力的人性的声音。对其更深入的研究留待后文。笔者在这里想指出的是，从象征主义诗歌寻求音乐力量的支持与瓦格纳等音乐家寻求诗歌力量的帮助，到流行歌曲将这样的理想从艺术的高端灌注到社会的底层，我们可否将之看作西方正在走一条结束诗歌与音乐相分裂的道路？从原始的诗、乐、舞的合一到后来三者的逐渐分化，再到现代流行音乐对动态参与②的询唤，这三种艺术是否又在谋求一种新的综合？

早在20世纪初，维新运动的主将梁启超就对中国近代诗歌中音乐精神的丧失表达过痛切之情：“本朝以来，则音律之学，士大夫无复过问，

---

① 参见董强《梁宗岱：穿越象征主义》，文津出版社2005年版，第170页。

② 所谓“动态参与”，从艺术形态学的角度看，也就是诗歌、音乐、舞蹈三者再度“联手”的一种重要的话语实践方式，是三种艺术类型自我否定式的“回旋”发展。恰如诗论家唐晓渡所言：“艺术创造及其发展有自身独特的时间方式，这是一个被‘时间神话’一再遮蔽乃至取消，而今天仍然面临着类似危险的命题……这是在表面看来一去不返、分分秒秒都在死去的时间中回旋、逆折，忽而升腾其上，忽而深潜其里，聚散不定、辐射无疆的生生不息的时间，是不断从历史性中寻求活力和可通用性，而又通过共时呈现对抗、消解和超越其历时性的时间，是空间化了的时间、时间中的时间！”参见唐晓渡《时间神话的终结》，载《文艺争鸣》1995年第2期。

而先王乐教，乃全委诸教坊优伎之手矣……若中国之词章家，则于国民岂有丝毫之影响耶？推原其故，不得不谓诗与乐分之所致也。”在他看来，“盖欲改造国民之品质，则诗歌音乐为精神教育之一要件”。他甚至将这一问题上升到国家治理的高度：“此非徒祖国文学之缺点，抑亦国运升沉所关也。”[①]

遗憾的是，梁启超的这些显得有些惊世骇俗的痛切之思并没有很好地成为中国现代诗学建构的可贵资源。一个不容辩驳的事实是，关于现代“诗歌”，迄今学界中的多数人依然把它理解成一个单解性概念而根本忽略了它的复合性质——“诗”与“歌”的复合构成；而且，长期以来，我们的理论描述和文学史叙事都隐含着这样一种内在理念：“诗”即“诗歌”。于是，作为诗歌重要组成部分的歌词往往被弃置在诗歌的疆域以外；更为糟糕的是，我们已经借助现代性的理念建立起一种迥异于汉语诗学传统的现代诗学观念，由此还表现出一种本质主义倾向，即把同质性、整一性看作现代诗歌的内在景观。于是，在现代诗学的历史建构中，歌词往往被排除于文学正典之外。也就是说，在现代抒情文类的话语谱系中，歌词一直是无处栖身的。作为现代诗歌类型之一种，它几乎从文学学科的视野中消失。笔者这样说，并非意指诗界与学界完全无视歌词的存在，而是说他们大多对于歌词的文学合法性缺少足够的同情，偶有提及歌词，往往在态度上也是模棱两可或者语焉不详，甚至是避而不谈。比如，兼有诗人、理论家双重身份的金克木先生，他一方面认为“歌也属于广大的诗的范围”[②]，诗人可以创作有韵诗和能唱的歌[③]，但另一方面他又回避谈“歌”，在其著名论文《论中国新诗的新途径》一开始“阐明题旨”的时候，他就特别指出，“为方便起见，将歌提出来姑且不论”[④]。这样的“取消”意味深长，但肯定和他个人的诗学观念有关。诚如洪子诚先生所言，对于这些人文知识分子，“新文学不是意味着包容多种可能性的开放格局，而是意味着对多种可能性中偏离或悖逆理想形态的部分的挤压、剥夺，最终达到对最具价值的文学形态的确立。也就是说，五四时期并非文学百花园的实现，而是走向‘一体化’的起点：不仅推动了新文学此后频繁、激烈的冲突，而且也确立了破坏、

---

① 以上引文分别见梁启超《饮冰室诗话》，人民文学出版社 1959 年版。

② 柯可（金克木）:《论中国新诗的新途径》，原载《新诗》1937 年第 4 期，见杨匡汉、刘福春编《中国现代诗论》上编，花城出版社 1985 年版，第 259 页。

③ 参见柯可（金克木）《杂论新诗》，载《新诗》1937 年第 2 卷第 3、4 期合刊。

④ 杨匡汉、刘福春编:《中国现代诗论》上编，花城出版社 1985 年版，第 259 页。

选择的尺度”[①]。恰是这样的“破坏”与“选择”，对于作为原生形态的文学史具有强大的“解构”力量。

现代诗歌自诞生以来，关于诗歌的知识性书写基本上就围绕着“诗”展开，某种普遍性的——其实是基于知识分子化的审美期待或者说是基于现代纯文学约束的——“诗”话语，成为审视、评价现代诗歌历史的主要标准，由此逐步建立起一个自足的、封闭的、“制度化”的诗歌历史的想象空间。反观业已完成的层出不穷的“诗歌史”就可以看出，与其说是“诗—歌”的历史，不如说是一代又一代从事“书写—阅读”式诗歌创作与理论批评的人，根据自己的诗学观对徒诗历史进行阐释而产生的“叙述”史。学界在使用“诗歌”“新诗”等概念的时候，除了特殊情况，所指即这一类型的诗歌。从这里我们可以看出，“一个概念形成之后，维持这种概念纯粹本质的冲动就会逐渐加强。这种本质主义的冲动导源于静态的分类体系——仿佛所有的分类体系都是一铸而定，不可更改”[②]。金克木的对歌词避而不谈的背后，其实所隐藏的无不是这种维护“现代诗歌”概念本质纯粹性的学术冲动。

和其他的文学种类相比，歌词的传达方式不是“说”，而是“歌”，它的接受方式不是“看”，而是“听”。这就注定歌词永远是一种“另类”的文学样式。理想境界的歌词都不是叙说的，而是歌唱的，因此，从歌词诞生的那天起它就和音乐结伴而行甚至浑然一体。以《诗经》开篇之作《关雎》为例。作为孔子《论语》中唯一作出具体评价的作品，《关雎》在文学史上地位显赫，但是，仅就文学文本而言，这首作品可以说乏善可陈。更多的人在对之进行分析、解读时往往用心于在其情感内蕴上做道德文章。颇可玩味的是，孔子在评价它时，却说“关雎之乱，洋洋乎，盈耳哉”[③]，欣悦、激动之情溢于言表。那么，这种感动从何而来？在我看来，除了文辞之外，更主要的是来自其和乐的歌唱以及演唱时的现场感——“乱”字泄露了天机。对此，音乐史家杨荫浏进行了大胆的美学想象：“很可能，它有着华丽的光彩，热情的气氛；很可能，它已不像一般的民歌那样，仅由一个人唱，而是有多人参加同唱；也很有可能，它已不限于一般无伴奏的民歌唱法——所谓‘徒歌’，而已有着器乐的伴奏

① 洪子诚：《关于50—70年代的中国文学》，见洪子诚《当代文学概说》，广西教育出版社2000年版，第22—23页。

② 南帆：《后革命的转移·后记〈文化研究：打开了什么〉》，见南帆《后革命转移》，北京大学出版社2005年版，第266页。

③ 孔子：《论语·泰伯》，见杨柏峻译注《论语译注》，中华书局1980年版，第83页。

与烘托。”[①] 换句话说，孔子“乱”的迷醉体验是来自于音乐介入后所产生的综合性的“询唤”力量，来自于现场表演对歌词简单甚至有些呆板的结构模式的冲破及由此带来的“狂欢化”情景。

这样看来，歌词中有一部分和音乐是重合的，在那个部分里，歌词和音乐是同一个东西。抛弃了对这一部分的注意，歌词肯定难逃“诗馀”的命运（从文学研究的角度看，长期以来我们对它的“误读”恰恰是从这里开始的）；但如果我们能够紧紧抓住这一部分，我们会发现歌词的天地有一种仅属于它的审美的神圣与光荣，其内部可以言说的东西也是丰富而深广的。这种丰富与深广表现为：歌唱中的歌词不仅进入听众——从文学接受的角度看即读者——的思想，更重要的是进入听众的感觉系统，甚至进入听众的无意识。规训感觉、感性、感官经验和无意识是作为文学的歌词的擅长，它的思想即是从这里启动的。而且，如果我们突破“新批评”等以“文本”为中心的封闭式批评模式，就会发现这样一个事实：一个社会的文化记忆绝不仅仅是由一系列文学经典构成的。在这个巨大而又无形的记忆空间中，处处密布的不是文学经典的网络而是大多不能登大雅之堂因而处于边缘和无序状态的大众文学——包括以歌词为主体的大众抒情文学。在这样的意义上，笔者认为有必要对乔纳森·卡勒的如下质疑给予充分的重视：“杰出的文学价值这个观点本身一直是个值得争议的问题。它是不是把某一种文化的利益和目的神化了，好像只有它们才是评价文学优劣的唯一标准？”[②] 沿着卡勒的质疑，我们可以进一步地追问：从这种已经“制度化”的审美前提出发，是否会遮蔽现代诗歌对多种可能性形态的追寻？其他可能性的形态就诗歌本体而言是否具有合法性？这样的合法性因素是否能构成现代诗歌既有空间的有效成分以及未来诗歌发展的内在动力？凡此种种，均构成现代诗学可以进一步展开与延伸的并非“鸡肋”一般的话题。

其实，这样的质疑并非始于今日，而是伴随着现代诗歌发展演变的整个过程。比如，关于现代诗歌“歌唱性”匮乏的批评便是其中之一；这一尖利的“话语”形象曾将它自己多次塑造成现代诗潮的“主角”，它本身就可以构成现代诗歌的一部“问题史”。鲁迅作为现代诗歌初期建设的参与者，即是一个坚定地维护“唱诗”合法性并积极倡导现代诗歌坚守

---

① 杨荫浏：《中国古代音乐史稿》上册，人民音乐出版社1981年版，第61—62页。

② ［美］乔纳森·卡勒：《文学理论》，李平译，辽宁教育出版社、牛津大学出版社1998年版，第52页。

“歌唱性”的文学家。在其为数不多的关于新诗的文字中，他多次表达过自己一以贯之的观点：“诗须有形式，要易记，易懂，易唱，动听，但格式不要太严。要有韵，但不必依旧诗韵，只要顺口就好。”[①]“我只有一个私见，以为剧本虽有放在书桌上的和演在舞台上的两种，但究以后一种为好；诗歌虽有眼看的和嘴唱的两种，也究以后一种为好；可惜中国的新诗大概是前一种。没有节调，没有韵，它唱不来；唱不来，就记不住，记不住，就不能在人们的脑子里将旧诗挤出，占了它的地位。许多人也唱《毛毛雨》，但这是因为黎锦晖唱了的缘故，大家在唱黎锦晖之所唱，并非唱新诗本身，新诗直到现在，还是在交倒楣运。”[②] 从这些文字中我们可以看出，鲁迅先生尤为关注“唱”对于新诗走出“倒楣运”的重要意义——黎锦晖的成功在他看来主要就是“唱”的成功。鲁迅的如上论述，虽然曾经反复被学界引用，但由于被限定在“纯粹”诗歌的逼仄范围，因而其隐藏着的更为深广的诗学光辉并没有能够充分释放出来，其所言之“歌唱性”问题往往也只是作为“文本化”诗歌的文体特征而得到阐发。

20 世纪 90 年代以后，随着一批具有一定人性深度与艺术冲击力的流行歌曲作品（其中尤其是以崔健为代表的摇滚歌曲以及以罗大佑等人为代表的城市民谣）对朦胧诗所占据的抒情话语空间的蚕食及主流文化界对这些作品的接纳，作为抒情文类重要一脉的歌词开始引起学术意义上的关注，不少学界人士撰文对之进行批评；其中尤其值得一提的是，谢冕、钱理群先生主编的《百年中国文学经典》将崔健的歌词选入，[③] 陈思和主编的《中国当代文学史教程》将崔健的歌词《一无所有》作为“正典”纳入文学史的阐释视域中，[④] 随后由陈洪主编的《大学语文》选入了罗大佑的歌词《现象七十二变》。[⑤] 对于歌词，同时也是对于现代诗歌，这一

---

① 鲁迅：《致蔡斐君》，见《鲁迅全集》第 13 卷，人民文学出版社 1981 年版，第 220 页。

② 鲁迅：《致窦隐夫》，见《鲁迅全集》第 12 卷，人民文学出版社 1981 年版，第 556 页。

③ 崔健摇滚歌曲《一无所有》《这儿的空间》的歌词，见谢冕、钱理群主编《百年中国文学经典》第 7 卷，北京大学出版社 1996 年版。

④ 参见陈思和主编《中国当代文学史教程》第十九章第二节《摇滚中的个性意识：〈一无所有〉》，复旦大学出版社 1999 年版。

⑤ 该教材为普通高等教育“十五”国家级规划教材，2005 年 3 月由高等教育出版社出版，《现象七十二变》列入其“诗歌篇”。在《导语》中，编者认为：“今天的流行歌曲，或许就是明天的诗。以此审视，流行歌曲自有超越通俗文化的意义与价值。罗大佑歌曲的价值，在于他唱出了 20 世纪八九十年代，海峡两岸中国青年面临社会转型时所特有的迷惘、困惑、痛苦和思考。”此教材的主编、教育部中文学科教学指导委员会副主任、南开大学教授陈洪认为，流行歌曲通常被定位为大众文化，不能进入严肃艺术的范畴，离文学似乎更远，其实这是短视的偏见。从诗歌历史看，很长一段时间内，诗就是歌，歌就是诗。中国早（转下页）

系列的“编选”或“叙事”，意味着歌词作为现代诗歌的一部分，从此开始走向合法化、正典化。这是现代诗学发展值得予以关注的新动向。

基于这样的诗学背景，笔者认为我们有必要对中国现代诗学的内部空间进行一次历史诗学的解构，对持续不断地维护“诗歌”概念纯粹本质的观念大胆质疑，将“歌词”这一在抒情话语现代转型后相对独立发展的类型纳入新的历史诗学建构体系中，对其进行合理的历史阐释与价值评估，释放长期以来被主流观念压抑的这一重要的诗歌现象，由此凸显现代诗歌发展的另一个向度。

（二）体裁诗学中“歌词”身份的辨识

如前所述，在文体特征上，歌词基本类同于我们所说的诗歌。这可以从两个方面来考察，即审美视点与艺术媒介。

在审美视点上，诗歌与叙事文学的根本区别在于它的主观性。有学者认为，“诗不在观，而在观感；诗不在听，而在听感”。①换句话说，“原生”世界只是作为诗人的“前”文本，诗人对世界的感觉、感触才是其成就自己的“正体”。在这一点上，诗与音乐并无二致，它们都是以对主观世界的沉湎来换取艺术的精纯。对于歌词而言，不管从音乐的角度还是从诗的角度来看，主观性都是其必须恪守的文体规约，也是其完成自己的基本方式。

与音乐所不同的是，歌词在对词作家的感觉、感触进行艺术“提纯”的时候，不是将之转化为乐音，而是将之呈现为意象，由此实现抽象情思与具象意象的统一，而这种统一从根本上划定了它与音乐的界限并最终站立在诗歌的旗帜下。只不过就总体而言，“书写—阅读”式诗歌更注重意象的鲜活、曲隐以及意象的密集，由此带来更大的理解的弹性，而歌词则由于听觉化的文本规约使其在意象的经营上更强调熟悉、明朗与单纯。我们可以用两首同类题材的作品来进行比较：

如果有一个晴和的夜晚，/也是那样的风，吹得脸发烫；/也是那

（接上页）期的“诗三百”都是有曲调、可以吟唱的。诗不能吟唱，是最近一百年的事。从这个角度看，现代的流行歌曲，就是传统意义上的乐府诗。参见2005年4月4日新华网胡梅娟的报道。在随后出版的三卷本《〈大学语文〉拓展读本》中，编者又分别选入了港台音乐人李宗盛、梁弘志、黄沾等人的歌词作品多首。

① 吕进：《中国现代诗学》，重庆出版社1991年版，第36页。

样的月，照得人心欢；/呵，友人，请走出你的书房。

谁说公路枯寂没有风光，/只要你还记得那沙沙的足响；/那草尖上留存的露珠儿，/是否已在空气中消散？

江水一定还那么湛蓝湛蓝，/杭城的倒影在涟漪中摇荡。/那江边默默的小亭子哟，/可还记得我们的心愿和向往？

榕树下，大桥旁，/是谁还坐在那个老地方？/他的心是否同渔火一起，/漂泊在茫茫的江天上……

——舒婷《寄杭城》

我来唱一首歌，古老的一首歌，/我轻轻地唱，你慢慢地和。/是否你还记得过去的梦想，/那充满希望灿烂的岁月。

你我为了理想，历尽了艰苦，/我们曾经哭泣，也曾共同欢笑。/但愿你会记得，永远的记得，/我们曾经拥有闪亮的日子。

——罗大佑《闪亮的日子》

同样是表现“友谊”的珍贵，但在表现的策略上却有明显的不同：前者以层见叠出的意象将“缅怀”之情作空间的铺展，后者则以直抒胸臆的方式让“缅怀”之情在时间中流动。显然，在文学趣味上后者不如前者，但后者的缺陷或许只是纯诗意义上的缺陷——在音乐的旋律中其文学缺陷得以弥补：华尔兹的节奏使其歌唱具有了一种浪漫的感伤与温婉的缅怀，这是单纯的诗歌所不能比拟的。

不过，在意象的使用上，诗歌与歌词之间只有程度上的差异而没有本质上的不同。

在艺术媒介上，诗歌与歌词均以对音乐性的积极捍卫来凸显其与日常语言的差异，节奏、音韵、体式等是其与日常语言拉开差距的基本方式。

只不过，诗歌更强调语言的弹性——以对日常语言的远距离的疏离来凸显语言作为“形式”的美学意义，而歌词则更多地在听觉“接受”的规约下追求语言感知的明晰度，对节奏、韵律等所能够造成听觉愉悦的审美元素的流连忘返，是其彰显媒介个性的基本策略。对于两者媒介方面的比较与阐释，本论著将在后面的叙述中作进一步的阐述，这里不再展开。

但是，从上面的简单比较中，我们可以发现，歌词与诗歌在文体本质特征上的一致性并没有消弭两者之间在某些局部的差异性。

就现代歌词而言，我认为它有如下独异于诗歌[①]的文体特征。

1. 文本生成的非独立性

诗歌是一次性完成的，其生成过程及最终的成形都相对单纯与自足，体现出较强的文本独立性；歌词只是歌曲的构成元素之一，因而其生成过程及最终的成形都必须是开放性的——对音乐的开放、对阐释者（演唱者）的开放、对读者（听众）的开放。文本化的歌词从艺术样态来看只是一种未完成的艺术半成品，它无法达到作为书面文学的诗歌可以达到的"自我价值的程度"[②]；也就是说，它必须实现由视力所知觉的文字符号领域向听觉领域的转换，缺少了这一"转换"过程，它在很大程度上就失去了生气与活力，失去了作为艺术作品的前设性条件。[③] 如果说，歌词的语言是诗意信息的纯假定的载体，那么，音乐的旋律与人声则是这种信息的直接的、非假定的表现。台湾诗人余光中曾经将歌词与音乐的这种结合诗意地表述为"诗与歌的婚礼"；作为诗人，余先生更多地看到了诗与歌结合的花好月圆式的美好一面："歌魂琴魄，缭绕不绝，于今念及，犹感蜜月未远。"[④] 不过，问题的另一面却是，作为两种艺术类型的结合，诗与歌都必须作出一定的妥协，需要某种程度的协商、对话甚至是自我牺牲。正如帕克所言，"对于许多听音乐的人来说，音乐这样得到言语的表现，无疑是有所得的。因为，他们既然无法用自己的想象补充音乐所缺乏的具体内容，自然欢迎诗人替他们补充。然而，有所得也相应地有所失，因为，当音乐意义通过歌曲所包含的情绪而具体化的时候，它也必然丧失它本来具有的表现人们自己的内心生活的力量——它又是在明确性方面有

① 为了尊重既已形成的术语表述习惯，除了特别需要说明的情况，本论著以下将"书写—阅读"式诗歌简称为"诗歌"或"诗"（有时为了与作为文学类型的"诗歌"概念相区别，又使用"抒情诗"这一概念），而将"书写—歌唱"式诗歌简称为"歌词"或"歌"，因为在现代诗学的话语体系中，一般在使用"诗歌"这个概念的时候，并未包括"歌词"在内；尽管这样使用概念在内涵的指认上有一定的含混性，属于"宽"词"窄"用，但由于长期以来人们已经习惯于在这样的内涵界定内使用它，因而具有了很高的约定俗成性。

② ［苏联］莫·卡冈：《艺术形态学》，凌继尧、金亚娜译，生活·读书·新知三联书店1986年版，第356页。

③ 尽管在20世纪90年代以后，或者词作家出于总结自己创作成就的因素，或者出版商出于商业赢利的目的，陆续有大量的歌词专集出版；前者以广西民族出版社出版的"中国歌海词丛"为最——已出版词作家个人词集近千种，后者则主要是散见于各类出版社出版的流行歌曲的歌词集。但不管哪种情况，这样的作品集更多地具有资料的价值，而不是可以实现"自我价值"呈现的艺术品。

④ 余光中：《〈中国现代民歌集〉出版前言》，见《余光中集》第5卷，百花文艺出版社2004年版，第476页。

所得，而在包容性方面有所失”[①]。对于这种“结合”在艺术价值实现方面的利弊得失，理论家们往往见仁见智，莫衷一是。奥地利音乐美学家汉斯立克就认为：“音乐美是一种独特的只为音乐所特有的美。这是一种不依附、不需要外来内容的美，它存在于乐音以及乐音的艺术组合中。优美悦耳的音响之间的巧妙关系，它们之间的协调和对抗、追逐和遇合、飞跃和消逝，——这些东西以自由的形式呈现在我们直观的心灵面前，并且使我们感到美的愉快。”[②] 瓦格纳的观点显然与之相左，如前所述，他是一个期待获得诗歌帮助的作曲家。不过，随着现代电子传媒技术日益深刻地介入现实生活，完全维护某种艺术“独立”的可能性开始变得越来越小，艺术越来越明显地表现出重新走向“综合”的态势——电影、电视剧逐渐登上叙事类艺术作品霸主的地位，MTV（音乐电视）正以其综合性的艺术力量逐渐占据抒情类艺术方式的主要部分。正是基于这样的现实，理论家们也日渐变得宽容。美国当代美学家舒斯特曼就坦然指出：“无可否认，创造性的艺术目的，常常被合作的压力所阻挠和破坏，但是……这是某种在实践中竞争和调整的东西，不用将它具体化为原创表现和群体工作之间的一种必然矛盾的原理。尽管集体生产一定会给个人想象力的飞翔施加限制，但是，几个头脑的合作可能凭借增加的想象资源来补偿创造，这也是真的。无论如何，我们必须记住，即使是个人想象，它也总是以某种与一个更大的共同体的合作方式，根据继承的传统规约和受众的预期效应而进行的。因此，即使高级文化的艺术家，作为一种社会构造和具有社会动机的自我，就算在取悦其自身的行为中，也会力图取悦一大群受众——哪怕它只是想象中的一大批子孙后代。”[③]

客观地讲，作为一种具有非独立性质的文学样式，歌词是有限的：它一方面赋予音乐以实在的内容，一方面却同时限制了音乐本来的辽阔领土；它一方面打开了诗歌文本生成的自我封闭性，一方面又降低了文学想象的高度，减弱了文学语言创新的力度。歌词与诗歌所处理的内容可能有相近或相交的部分，但其处理的方式——主要是想象方式与语言方式，歌词则与诗歌大相径庭。“歌”者，是尽量用大家所熟悉的语言，抒发一些可能新的但必须为大家所领会的内容，且要符合谱曲及听觉欣赏的某些特

① ［美］H. 帕克：《美学原理》，张今译，广西师范大学出版社2001年版，第149—150页。

② ［奥］爱德华·汉斯立克：《论音乐的美——音乐美学的修改刍议》，杨业治译，人民音乐出版社1980年版，第49页。

③ ［美］理查德·舒斯特曼：《实用主义美学》，彭锋译，商务印书馆2002年版，第252—253页。

殊要求；“诗”者，则是尽量用大家所生疏的语感方式，抒发为一般人所隐蔽不察的内容。因此有学者指出：“音乐这种‘灵魂语’体现了抽象的自然力和灵魂自身，引发出人类难以言传的心理悸动，歌词赋予其一定清晰的同时减弱了音乐本身的神秘冲击力。”①

2. 文本形态的开放性

不过，艺术生成的非独立性在给歌词带来种种局限性的同时，也使其美学可能表现出更大的延展性，其文本的意义指向在“明”—“暗”、“显”—“隐”、“单纯”—“复杂”之间亦有较大的伸缩性；音乐要素的品质，作品阐释者的水平，接受者的修养、趣味、心境，等等，对歌词的价值呈现均构成重大的影响。也就是说，歌词文本是个充满“裂隙”的文本，它刺激“生产者式”的读者（听众）写入自己的意义，从中建构自己的文化。因此，其审美文化价值的生成过程是复杂且充满变数的，接受过程也具有“共时”（与音乐、演唱、倾听的共时）与“易逝”（尽管现代复制技术使歌曲的反复聆听成为可能，但歌曲内蕴的释放依然具有“不可重复”的特点，一个乐音的诞生过程亦即消亡过程）的特点。换句话说，相对于诗歌，歌词是一种开放性程度更高的文本类型。

法国思想家罗兰·巴特经由结构主义向解构主义的自我“解构”后，在许多场合倡导“开放文本”，并认为打开文本桎梏的一个重要策略即是解除作者的特权。对于歌词而言，作者的“原始写作”并不是最终写作；其“原始写作”在经过了作曲、演唱（在工业社会形成之后还应该包括录制、包装、宣传等因素）以后会发展成为一个什么样的终极性的文本状态，这是词作家难以预料的。这种难以预测性的存在是因为歌曲的最终形态是由各种引申部分组成的编织物，这些引申部分来自文化与美学的众多源点。很多时候，一首内蕴深厚、文学性极强的歌词却无人问津。相反，一首熟悉、肤浅的歌，在特定的情节和语境之中，一个“主人公”却能将之演绎成一种震撼；这种震撼的力量或许来自美妙的音乐，或许来自超凡的演绎，或许仅仅来自“此刻”的语境……多数情况下，歌词都能够借助这种力量而获得新生。赵元任与胡适的一次合作就颇能说明这个问题：作为当年“极受欢迎的作曲家”，赵先生曾经替他的留美同学胡适的旧作《上山》谱过曲。由于曲调优美，令胡适感动不已，禁不住登台发表感想说：“在我生活中最悲观、情绪最低潮的时候，我写了《上山》

① 李皖：《小心，别弄丢了你的耳朵》，见李皖《听者有心》，生活·读书·新知三联书店1997年版，第8—9页。

来鼓励自己。我原不认为这是一首好诗，经过赵博士谱成独唱歌曲时，我觉得比我原来的诗高明多了。"[①] 所谓"高明"，显然主要不是来自"原始写作"的歌词，而是来自音乐，或者说来自歌词与音乐的成功结合。作词与作曲皆善的现代音乐家刘雪庵对此颇有心得："音乐是一种艺术，诗词又是一种艺术，把音乐同诗词化合在一起就成了另一种综合的时间艺术——歌曲。之所以歌曲对于群众的感化力量常是超越单纯的诗词或音乐，就是因为她能够并二者之长，使人对于意思明白之外再予以情绪的激动。"[②] 和高明的电影艺术设计音乐纯粹是为了加强观众对画面的注意、是为了"音乐的消失"不同，歌词与音乐的结合不是为了使对方"消失"，而是寻求彼此的加强；当歌词与音乐完美结合的时候，即是你中有我、我中有你的时候，也是两者在涅槃中再生的时候。

事实上，在歌词由文学文本向歌唱文本的生成过程中，文字的许多功能已经为其他表意系统所分担——或者说——分享。比如，享誉中外的江苏民歌《茉莉花》，虽然历经岁月沧桑，但其文学文本基本没有多大变化：

好一朵美丽的茉莉花，
好一朵美丽的茉莉花，
芬芳美丽满枝丫，
又香又白人人夸。
让我来把你摘下，
送给别人家，
茉莉花呀茉莉花。

从这短短七行歌词中，我们所获得的审美信息实在太少，甚至难以感知到其相应的地域风格。也就是说，作为完成形态的《茉莉花》，其更多的信息是通过音乐来补充和完成的：舒缓的节奏、缠绵的旋律等都在告诉我们这不是"骏马秋风冀北"式的北方歌唱，而是"杏花春雨江南"般的南方咏叹。不过，仅此可能还会使人觉得抽象与笼统。细节化的审美信息还须通过配器、演唱等，才能得以展现。我们以杨鸿年编曲、中国交响

① 赵琴：《访赵元任谈词曲的配合》（1971 年），见薛良编《民族民间音乐工作指南》，中国文联出版公司 1994 年版，第 398 页。

② 刘雪庵：《作曲与配词》，见《刘雪庵作品选》，中国文联出版社 2002 年版，第 146 页。

乐团少年合唱团演唱的《茉莉花》版本为例加以说明。作品一开始，竖琴弹奏出潺潺流水般的乐音，同时伴之以器乐模拟的鸟鸣；随后竹笛吹奏出欢快、热情、充满跳跃感的前奏，音乐主题第一次得以呈现。这一系列的音乐处理已经营造出“小桥流水”式的江南背景，随即展开的童声合唱将地域风情更赋予一种柔媚的呈现，给人如闻天籁之感。这是语言的美学，更是声音的美学。

赵元任就认为：“读诗有读诗的味儿，唱歌有唱歌的味儿，而且不是能够同时并赏的，诗唱成歌就得牺牲掉它的一部分的本味，这是不得不承认的。所以唱歌的兴趣完全另是一种兴趣。这种兴趣加在歌词上头，于达意上总是有点损失，于表情上也有一种的损失，而同时于表情上可以另加上许多音乐性的帮助。同一首歌词，当歌唱的时候，先是词的方面所供献的兴趣，及不到当诗读的时候它所供献的兴趣那么多，但是唱的时候又加上了好些音乐的兴趣，因而使听者所得的总共的美感可以增加，这才是歌唱的地位跟它的 raison d'etre（妙处）。”① “诗唱成歌”时是否必然会使歌词获得“供献”兴趣的优先权可能还值得商榷，但可以肯定的是，诗与音乐联姻，当它们血肉相连时，我们发现了真正的歌，发现了一个重新建构的美学。

从前面对《茉莉花》的简单分析中我们还可以看出，对这一新美学的建构，除了音乐以外，还应该包括人声——或者说——人对“词”“曲”的演绎。“作为音乐的最基本构成因素，声音在人从自然过渡到文化的过程中，是最原始、最自然和最易于被人接受的象征性因素，但作为一种基础性的象征，声音又具有最普遍、最抽象、最易于变形和最富伸缩性的特质。声音的这两种相反相成的特点，使它在具有高度主动创造性和超验性的人类精神面前，成为创造文化、抒发情感、表达意义和积累经验的最重要手段，也就自然地成为语言和音乐这两种最基本的文化形式的构成因素。所以，在人类史、文化史和社会史上，声音最早和最普遍地成为人的文化创造所不可缺少的象征体系。同时，声音的高度复杂的两面性，为人的思想自由的不断拓展提供了最灵活、最有伸缩性、最简单和最复杂的可能性。”② 从符号化的音乐到听觉化的音乐，声音成为其通向世界的最后一道闸门，唯有开启它，我们才能够温暖地享受音乐的美妙倾诉，才

---

① 赵元任：《〈新诗歌集〉序》，见《赵元任全集》第11卷，商务印书馆2005年版，第10—11页。

② 高宜扬：《流行文化社会学》，中国人民大学出版社2006年版，第183页。

能够完成与歌词所呈现的情感世界的“共振”。

值得注意的是，尽管在人类音乐的发展历程中，有如此众多的音乐家苦心孤诣，在纯音乐的创造上孜孜以求，以其非凡的艺术才能为我们留下了难以计数的音乐作品；但是，音乐发展的历史同时也告诉我们，纯音乐终究未能替代依靠人声演唱而获得最终“解放”的歌曲——尽管，纯音乐的创作被认为是对人的音乐创造潜能的更大挑战，而纯音乐作品则是人对这一挑战主动出击的明证。这一现象肯定是耐人寻味的。除了歌词参与以后在一定程度上消解了音乐的神秘性而加强了其明晰性外，[①] 人声所表现出来的人所固有的自然创造能力是不可或缺的另一个重要因素。黑格尔曾对人声所具有的美学力量给予了极高的评价：

> 正象我们谈到人的肤色时说过它是理想的统一体，把其余一切颜色都包括在内，因此它本身就是最完美的颜色，人的声音也是如此，它是分散在各种器乐里的响声的理想的整体。因此，人的声音是完美的，可以与任何乐器配合得顶合式，顶美。此外，人的声音可以听得出来就是灵魂本身的声音，它在本质上就是内心生活的表现，而且它直接地控制着这种表现。在一切其他乐器里，只是一个与灵魂和情感漠不相关的，在性质上相差很远的物体在震动，但是在人的歌声里，灵魂却通过它自己的肉体而发出声响来。[②]

在黑格尔看来，人声是对器乐的超越，这种超越不仅来自对各种器乐音色美的整合，更来自它与灵魂的直接联系；据此，我们甚至可以认为黑格尔是一个“人声”崇拜者。的确，歌曲鉴赏的经验反复向我们传达这样一个事实：一首被演绎中的好的歌曲（歌词），既是一个最深的表面，又是一个最近的隔世，它是形式化了的我们生命的某一个局部，是听觉化了的我们情绪的某一个断章；它对于此在的“我”而言，既是一种心结的弥散，又是一种心境的聚焦，或者说是弥散与聚焦的分叉。它是敞开的、外在的、可感知的听觉对象，又是汇聚性的、内收的、精神化的生命意志的诉说。一方面，被充分接受了的歌曲（歌词）会在我们内心的无

---

① 因为器乐曲的非客体性和非语义性，所以对这种音乐内容的不确定性的体验就要求具有一种将自己贯注于自身感情上的能力，多半是具有较高音乐修养的人才精于此道。而歌曲则不然，它是词曲结合后将音乐唤起的感情引向以歌词为中介的想象的体验上，由此使歌曲更直接、更明了、更易于为人们所理解。

② ［德］黑格尔：《美学》第3卷上册，朱光潜译，商务印书馆1981年版，第369页。

限的广延里建立一种景深，这种景深从我们的内心出发，建构一种我们可以穿越的、围绕着我们又使我们弥留其间的环境；另一方面，在深刻聆听时，我们的景深又在逐步地缩小，弥散的心结开始反过来凝聚、交织、化解。好的歌曲（歌词）不是一面镜子，而是一种折射物，我们的情感的视线在它那里分叉、折回和扩散，我们感知到的是一个围绕着它因而也围绕着我们的世界。这样，一种广延与一种内涵相互转换，构成了我们的主体，它的位置、向度和处境，构成了我们在听觉中的立身之地，构成了我们的现身与消失。深情的演唱是一首歌曲传播与接受的最好的“情绪增强物”；到达极致的歌，是一下子呈现的不能作进一步分解的神秘体。重视“人声”实质上是将我们的关注从材料转向灵性，恰是灵性的持续在场，“人声”才在音乐的世界里具有不可替代性。朱自清先生曾细腻地描述了他听赵元任先生演唱《教我如何不想他》《海韵》①时的内心感受：“唱第一首里‘教我如何不想他’那叠句，他用了各不相同的调子；这样，每一叠句便能与其上各句的情韵密合无间了。唱第二首里写海涛的句子，他便用汹汹涌涌的声音，使人竦然动念；到了写黄昏的句子，他的声音却又平静下去，我们只觉悄悄的，如晚风吹在脸上。这两首诗，因了赵先生的一唱，在我们心里增加了某种价值，是无疑的。”②书写的文字是无法再现歌声的，因为它无法传达声调、情趣和灵性，故“一经写在纸上，就不是它了”③。

由此可以看出，歌词的文本价值与其生成的语境息息相关，④“文本的语境化”是其别于诗歌的重要特点。朱光潜先生就认为：“谈一首诗歌时，我可以作精细的分析，把语言的字面的意味都嚼干，虽然也得到一些感受，可是身心依旧是很镇静的。等到在一个群众大会里听到旁人歌唱这首诗歌，我的脉搏才跳动起来，特别是在合唱的时候，我才好象丢掉了自己，沉没到人海的脉搏跳动的大波澜里，不由得掉出欢乐的泪来。”⑤与之相关联的还有另一个不太为人注意的特点，即“语境的文本化”。由于歌词是与音乐相伴而生并通过演唱而流播，多数情况下必然使歌词呈现出

---

① 《教我如何不想他》《海韵》分别为刘半农和徐志摩创作的诗，均由赵元任谱曲。

② 朱自清:《唱新诗等等》，见《朱自清全集》第4卷，江苏教育出版社1996年版，第223页。

③ 常惠:《我们为什么要研究歌谣》，载《歌谣周刊》1922年第3号。

④ “演唱”不仅是其传播所必需的方式，而且它本身也构成歌词文本价值呈现的“语境”，因此，类似于诗歌式的案头阅读对歌词的欣赏而言基本上是不具有实践意义的。

⑤ 朱光潜:《一个幼稚的愿望》，原载《诗刊》1957年第六期，见《朱光潜全集》第10卷，安徽教育出版社1993年版，第86页。

由“私密”向公众领域的开放之势；公共性质的加强客观上强化了其生成语境的价值——音乐的风格、演唱的个性、流播时的社会文化趣味、演唱时的现场感的强弱以及作为倾听者的个体的内心处境，等等，都对一首歌词的美学“塑形”具有或隐或显的影响，因此，较诗歌而言，歌词的语境因素的研究几乎可以说具有了“本体”的意义。借用美国文化学者费斯克的话来说，歌词文本的复杂性“既在于它的使用方式，也在于它的内部结构。文本意义所赖以存在的复杂密集的关系网，是社会的而不是文本的，是由读者而不是文本作者创造出来的。当读者的社会体验与文本的话语结构遭遇时，读者的创造行为便得以发生”①。

二　本论著的研究方法

通过以上对现代歌词文体特性的考察，作者认为，既有的现代诗歌的研究方法对于本论著来讲，依然存在着相当的有效性；也就是说，以语言、形式、观念为问题核心，从文本形态出发的“内部研究”将作为本论著重要的方法。但是，如前所述，歌词文本的开放性必然使单一的、封闭式的文本研究在很大程度上显得捉襟见肘；也就是说，简单采用诸如阐释学、分析哲学、结构主义等那些依然对书写文化保持着敬仰的方式，通过词汇、话语、结构等的精致分析来研究歌词，可能会难以进入这一属于听觉文化的腹地，也缺少与当下思想、文化对话的活力。因此，在尊重传统研究方式的前提下重置研究的内在动力，对本论著来讲是至关重要的一个方法论的考虑。

巴赫金认为：“每一种文学现象（如同任何意识形态现象一样）同时既是从外部也是从内部被决定的。从内部——由文学本身所决定；从外部——由社会生活的其他领域所决定。”② 对于歌词来讲，建立起“内”“外”两种要素对话机制的研究策略可能是尤为重要的。也就是说，现代歌词的研究不仅要进行歌词“身份”的确认，而且要找寻歌词之生存“合法性”依据。这可以归结为同一个问题：歌词何以成为可能？即歌词之为歌词的内在依据是什么？对于歌词来说，要紧的不是它是“怎样”的，而恰恰是它是“这样”的——歌词之“这样”的问题却始终处于被悬搁的状态。比如，在歌词“话语”的诸要素中，一个相当关键的要素

---

① ［美］约翰·费斯克：《理解大众文化》，王晓珏、宋伟杰译，中央编译出版社2001年版，第148页。

② ［苏联］巴赫金：《文艺学中的形式主义方法》，李辉凡、张捷译，漓江出版社1989年版，第38页。

便是“语境”。任何“话语”的产生和被接受，都离不开一定的“语境”，“语境”包括“话语”得以形成和“话语”意义得以显现的一切有形或无形、实存或隐蔽的相关物，它为“话语”的存在提供了一个深远的背景材料。笔者认为，在生产和接受的语境中，后者对于歌词更为重要：歌曲的传播与接受远比诗歌及其他文学样式便利，但作为综合性艺术的一个构成要件，歌词又远比诗歌复杂——它时而张显，时而隐匿；时而是耀眼的郡主，时而又是顺服的臣僚，这样的消长起伏很大程度上是源于歌曲接受者心境与接受语境的差异。因此，借用姚斯的话来说，歌词的研究“必须把作品与作品的关系放进作品和人的相互作用之中，把作品自身中含有的历史连续性放在生产与接受的相互关系中来看”①。把歌词置于一种动态的，与音乐构成、社会文化语境乃至演唱因素——包括演唱者的演唱风格、演唱水平、个人影响力、演唱的传播媒介等——相互纠缠的“经验研究”将作为本论著的利器。在这些因素中，笔者认为社会文化与主流意识形态的因素——比如公共空间与私人空间、生产方式与传播途径、政治文化与社会心理、接受对象与接受语境等尤为重要，因为，作为中国“现代性”文学的一部分，歌词不只是某一个浪漫心灵的产物，也不是单纯的语言符号化合物。心灵、语言、意识形态，它们不仅形成了复杂的回环关系，而且共同左右着歌词的生产和阅读，因此，它的学术“现身”就不是单纯的诗学或美学问题，而是涉及更为广泛的文化现代性问题，有关它的研究也就需要依托一个更大的学科框架。也就是说，它是一个涉及现代政治、哲学、社会学、心理学和语言学等诸多方面的文化现代性问题，因而需要作多学科和跨学科的考察。恰如乔纳森·卡勒所言：“仔细解读文本就是对每一点叙述结构都保持敏锐的注意，并且着力研究意义的错综性；而社会政治分析则认为一个给定时代的所有连续剧目都具有同样的意义，都是社会结构的表述。”② 只有解除文本细读的封闭性，才能够将歌词研究从纯文学的规约中解放出来。

而且，从人文学科研究的潮流来看，突破传统的学科边界，寻求开放性的研究和多学科的视野已成为其主流。作为人文学科的一个分支领域，现代诗学的研究也无法固守在“纯诗”的视域内，必须越出其传统的边界，纵深于其他学科领域，寻找交叉学科的可能或“视界的融合”。在这

① ［德］姚斯：《走向接受美学》，见姚斯等《接受美学与接受理论》，周宁、金元浦译，辽宁人民出版社1987年版，第19页。

② ［美］乔纳森·卡勒：《文学理论》，李平译，辽宁教育出版社、牛津大学出版社1998年版，第54页。

一问题上，巴赫金的文学思想对我们应该有重大的启示意义。在《答〈新世界〉编辑部问》中，他曾就文化和文学关系的问题谈了三点看法。第一，文学是文化不可分割的一部分，脱离开时代整个文化语境是无法理解文学的。第二，在关注文学特性的同时，要看到，各种文化领域的界限不是绝对的，必须重视各种文化领域之间的相互联系和相互依赖问题，文化所经历的最紧张和最有成效的生活，恰恰出现在各种文化领域的交界处，而不是在各个文化领域的封闭特性之中。第三，要重视民间文化潮流对文学的重大影响。不应当把时代的文学过程归结为文学流派表面的斗争，归结为报刊的喧闹，要揭示强大而深刻的文化潮流，特别是底层民间文化潮流对时代真正宏伟文学的影响，唯有如此，才能深入揭示伟大作品的底蕴。① 笔者认为，艺术并非无时间又无文化氛围的普遍性人类本质的反映，也绝不是部分先锋作家、理论家所认为的，是一种自我关注、独立自治的封闭系统；相反，文学是文化的构成要素和记载方式之一，同时，文化构成一个强大的控制体系，这个体系建构了一个宽大的意义网络，文学在其中生长、呼吸。因此，文学文本——其中尤其是本论著所要研究的歌词文本——与政治、社会文本之间具有明显的“互文性”特征。之所以这样认为，是因为政治、社会文本不仅以其强大的意识形态力量规约着文学文本的生产、传播与接受，而且文学也具有不可低估的意识形态力量，这就使得文学始终是政治话语竭力拉拢和改造的对象。有鉴于此，本论著将运用文化诗学的方式，对歌词与意识形态的关系进行剖析和考辨。

当然，跨学科的意义不在于设立一个超级大型学科，而是在于解除既有学科的遮蔽，开启传统学科框架背后的盲区。基于这样的学理背景，近年来在国内方兴未艾并逐渐产生影响力的“文化研究”的方法将会在本论著中适度运用。强调这一点，是因为笔者个人认为，歌词研究并非仅仅盘旋于字、词、句组成的文字密林之上（从本质上讲，完成形态的歌词都是语言的而非文字的，都是偏于音乐而非文学的），而是纵深地考察这片密林背后种种隐蔽的历史冲动、权力网络或者詹姆逊所说的政治无意识。文本仅仅是一个很小的入口，然而，这个入口背后隐藏了一个巨大的文化与美学的生产空间。深入这样的空间——如乔纳森·卡勒所言——其实是“受着两种力量的紧张冲突的驱使，一种要复苏通俗文化，使其成为人民的表述，或者为边缘群体的文化扬声；另一种是对大众文化的研

---

① ［苏联］巴赫金：《巴赫金全集》第4卷《文本 对话与人文》，白春仁等译，河北教育出版社1998年版，第364—365页。

究，认为它是一种意识形态的强压，形成了压制性的意识形态。一方面，研究通俗文化就是要触及普通人生活中重要的东西——他们的文化——与唯美主义和教授们的文化相对立的文化。另一方面，又有一种强大的推动力要表明人民是如何被塑造的，或者说是如何被文化力量控制操纵的"①。

在研究方法上，笔者认为：只有超越狭隘的学科逻辑，才能够揭示具有"呼吸"和"体温"的活的文学样态。企图在某种单一的学科框架内阐释文学——尤其是现代歌词——的历史合法性终将带来研究的某种"盲视"。

三　本论著研究的意义与思路

（一）本论著选题的意义

长期以来，文学史庄重书写的主要是由精英知识分子悉心经营的"纯文学"，虽然这种文学的价值毋庸置疑，但是，其"小众化"的性质使其接受者的范围很小，因此在影响效果上是极为有限的"自上而下"。从文学生态的布局着眼，走"大众路线"的通俗文学应该引起学界的更多关注，尤其是如前所述，在今天这样一个全球化的时代，精英文学的地位遭到全面挑战，其社会影响力严重降低，生存状况岌岌可危，文学空间的运动轨迹演变为名副其实的"自下而上"——真正从知识分子主观上的"化大众"进入了事实上的"大众化"；如果文学研究不能突破自己设置的阈限，则可能导致最终的"作茧自缚"。② 事实上，在最近二十余年的文学研究中，大众文学已经受到业内人士的关注；③ 不过，既有的研究基本上是集中在叙事文学的范畴，抒情文学成为一个被"搁置"的文类。就20世纪的中国文学研究而言，笔者认为有必要提出这样的追问：当肩负着普通民众抒情表意使命的民间歌谣、说唱等逐渐被现代文明边缘化以

---

① ［美］乔纳森·卡勒：《文学理论》，李平译，辽宁教育出版社、牛津大学出版社1998年版，第48页。

② 《文学评论》1997年第4期发表J. 希利斯·米勒的《全球化对文学研究的影响》。在这篇引起中国学界广泛关注的论文中，米勒认为，全球化所带来的一系列变化将对文学研究产生四个方面的影响，其中之一便是：在新的全球化的文化中，文学在旧式意义上的作用越来越小，多媒体运作的传播文化逐渐淹没了书本文化；另一个影响则是：新的电子设备改变了文学生产和研究方式。

③ 20世纪90年代以后，大众文学的研究受到空前的重视，在现当代文学研究领域，有陈平原、陈思和、范伯群、严家炎、王一川、孔庆东以及海外的李欧梵、王德威等众多学者涉猎通俗化的大众文学并有大量的成果问世。不少学者认为，晚清开始的通俗文学开启了中国文学与文化的"现代性"之路，为20世纪中国文学建构了另一个"现代"文学的维度。

后，“大众”与“抒情话语”之间的交汇点在哪里？它们之间究竟建立了何种关系？这种关系是通过何种途径建立起来的？既有的大众诗学是否能够充分阐释“现代”语境中“大众”与（广义的）诗歌之间的联系？

作为一种学术尝试，本论著的意义在于：通过对现代歌词的历史诗学阐释，揭示抒情话语如何穿越知识分子为其设置的价值阈限而抵达芸芸众生，探讨大众诗学在20世纪发生、发展并在与纯诗学的潜在对话中呈现出来的一些带规律性的东西。两者相互阐发，见出现代诗学的主要脉络。在这样的历史阐释中，作者一方面期望揭示纯诗学在寻求自身发展的同时，怎样伴随历史进程而隐入幕后，对大众诗学进行隐蔽的制约、制衡；另一方面也力求揭示以现代歌词为主体的大众诗学在突破纯诗学的制约、制衡而寻求自身发展的同时，又如何去拓展、丰富现代抒情话语的内部空间；两者在一些特定的诗学问题上，冲突、对立到怎样的情形，又怎样隐秘地相互吸取、融合对方的一些合理性因素。作者认为，一种趋于成熟的诗学探索，很难以某种系统而单纯的诗学尺度和标准作为出发点。因此，本论著在学术上的一个基本诉求可以借用乔纳森·卡勒的话来进行表述，那就是希望在对一种通俗抒情话语历史的辩难中找到其“价值观的权威表述”①。进一步讲，在既有的现代诗学话语历史建构的基础上增加“歌词”这一维面，以现代诗学演进历程中许多困扰我们同时也吸引我们、塑造我们同时又消耗了我们的重要话语为一般焦点，由此可以展开对许多症结性的现代诗学难题的再阐释。笔者希望而且也相信，通过这样的对现代诗学内部空间的开拓，为抒情话语的历史叙述引入一个充当异己的“他者”，可以突破长期以来以纯抒情诗作为基本话语对象以及由此显现出来的逐渐居于垄断地位的历史叙述逻辑。作者认为，作为知识化的抒情话语在历经了一个世纪的发展后已经成为禁锢其体系之外的其他抒情话语的意识形态，比如歌词，尽管其抒情文学的基本身份并未遭到这一知识体系的排斥，却时常被贬抑为从属于它的落后的角落。正是在这个意义上，现代诗学的话语体系既包含它同时又把它边缘化了。因此，对于歌词这一抒情话语的另类空间的学理性开掘，可以说为抒情话语置入一块抵制纯诗学话语体系的“飞地”，由此在其知识结构之中建构一种离心的力量。这样的话语权力的重组有利于展开一个对既有抒情话语知识谱系的批评角度。作者认为，在任何情形中，“歌词”这一概念对批判纯诗的内在缺陷

---

① ［美］乔纳森·卡勒：《文学理论》，李平译，辽宁教育出版社、牛津大学出版社1998年版，第48页。

都是不可或缺的，并且可以作为其想象性的选择方式。歌词抒情话语的介入可以打乱现代诗歌发展的既定步骤，因此，谈论歌词及其话语方式，亦即在回答重组抒情话语空间时对新方式的一种需要。尤其在今天，歌词及其所参与建构的歌曲艺术已然成为广泛意义上的大众（其实这里面已经包含了相当部分的知识分子）享受抒情文学美妙的重要方式——其中所表现出来的对人性的呵护、对日常情态的关注、对生命意义的叩问以及“在低处歌唱”的姿态均有助于废除诗歌在发展过程中所形成的自我异化。因此我们可以说，对歌词的抒情话语的研究是对现代抒情诗话语方式的抵制，但从更广大的视域来看，又是对它的一种建构，它可以打开一些很有意思的“问题域”。

（二）本论著的研究思路

作为一种意义的追寻和价值的建构，在学术研究活动中，所有的描述和阐释都同时包含了拒绝的机制。放弃某些部分也就是聚焦另一些部分。对于本选题而言，作者将集中探讨的是现代歌词的历史演进中凸显出来的诗学问题，因此，“以歌词为叙述中心、以大众诗学的历史勾勒为着眼点”将作为本论著展开的基本路径。这样的选择必然要放弃对于现代抒情诗演进历程的历史描述，与之共生的纯诗诗学也主要作为论著理论展开的一个背景，或者说一个隐形的对话者。从普遍性之中提取特殊性的独异——或者，在特殊性之中发现普遍性的因素，这是同一个问题的两面，也是本论著在诗学的视域中探讨现代歌词抒情话语的基本理路。当然，从提升歌词研究的学术品味、探索其学术研究的可能性的前提出发，本论著肯定对第一个维面——即“从普遍性之中提取特殊性的独异”——持有更多的热情。

作为一种“从普遍性之中提取特殊性的独异”的学术尝试，本论著将紧紧围绕“大众诗学的现代重构”这一主题，以歌词的历史发展为基本的论述线索结构全篇。本论著将重点考察晚清至民国初期发生的学堂乐歌运动、与“五四”白话诗运动同时展开的歌谣运动、20世纪20年代末发轫于上海的流行歌曲、抗战全面爆发后以延安为中心的革命歌曲，由此构成全文的主体。

笔者认为，20世纪初兴起的学堂乐歌运动是中国诗歌由“古典”到“现代”转化的一次重要尝试，其基本动力来自“开启民智”、革新教育的需要；其中，作为日本明治维新运动重要组成部分的教育变革以及教育变革中的“学校唱歌”运动所形成的经验对乐歌制作给予了重要的启迪。乐歌歌词的文体特征表现为“歌性”的追求，语言方式表现为舍“文”

从“俗”、舍“曲”求“直”。学堂乐歌的“尝试”，不仅是社会变革与文体变革的良性互动，也是现代大众诗学的第一次萌动。

笔者认为，歌谣运动是一次规模化的大众诗学的理论构想与实践运动，其基本的诗学动力是推进抒情话语的有效“下沉”；为了实现这样的“下沉”，参与者除了创立歌谣研究会、创办《歌谣周刊》、搜集歌谣、发表研究文章甚至拟作民谣外，还有过重新促成诗歌与音乐结合的构想。但是，这一“里应”式的构想由于普遍存在于参与者身上的“现代性”焦虑以及缺少音乐家的“外合”等，最终未能促使一种现代的抒情话语类型——歌词的茁壮成长，歌谣所蕴含的丰富的话语生态价值也未能充分释放出来。在这样的意义上，歌谣运动可以被认为是一次“未完成”的现代大众诗学运动。

笔者认为，盛行于20世纪30年代的上海流行歌曲，是一次充分实现了的大众诗学实践运动，它的突出特点表现为：以大众的接受可能为创作的出发点，以商业逻辑为话语展开的基本动力，以现代机械电子媒介为话语的传播手段，以对都市民间抒情话语的叙写为自身合法性的建构标志，由此开启了一个有别于“书写—阅读”式诗歌的抒情话语空间。

笔者认为，20世纪30年代末以延安为中心的革命歌曲，为大众化抒情话语的现代重构提供了另一种模式，其突出特点表现为：主流意识形态——抒情话语——大众三者在革命功利主义的强力支配下，共同完成了大众诗学“另类”话语形态的现代重构。这种方式在后来长达半个多世纪的历史岁月里持续地给予国人的精神生活以深刻影响，内在地制约着我们的抒情表意系统的编码方式。

笔者认为，现代意义上的大众诗学不是一个封闭的、自足的、静止的理论空间，而是多种关系的对话、协商的历史过程；在这一历史过程中，“大众”始终是其建构的出发点，也是其最后的归宿。无视这一前提，大众诗学的合法性将无从谈起。但是，由于有了政治意识形态、市场机制、传媒方式等多重关系的介入，大众诗学必然在某种程度上表现出时间或空间的差异性，而这种差异性恰恰是其历史丰富性之所在。

第一章　学堂乐歌[①]与现代大众诗学话语的发生

盖欲改造国民之品质，则诗歌音乐为精神教育之一要件。

——梁启超

20 世纪初，在日本东京和我国上海先后发生了好几起文化事件：1902 年 11 月，留日学生沈心工集合同道，在东京发起组织了音乐讲习会；自 1902 年始，梁启超以“饮冰室”为笔名，在创刊于日本的《新民丛报》之《文苑》一栏连载其《饮冰室诗话》，且持续数年；1903 年，留日学生曾志忞在留日江苏籍学生创办的《江苏》杂志上发表《练兵》《游春》《扬子江》《海战》《新》《秋虫》六首学堂乐歌；1904 年，曾志忞与沈心工分别在日本东京和中国上海出版《教育唱歌集》和《学校唱歌初集》；1905 年，李叔同在上海出版《国学唱歌集》。这一系列颇多关联的事件在后世的历史叙事中广为音乐史家和教育史家津津乐道，但除了《饮冰室诗话》外，其余事件多为文学史家所忽略。个中缘由，恐怕在于这些事件原本就由多重文化因素所构成，但其中所关涉的“教育”“音乐”的成分太盛，而整合于其中的文学意义则被“逸出”史家的视野。但是，如果我们再进一步地深究，或许以上的解读仍显粗疏；以“后设历史学”的思路来重述这段历史，大致可以作如下的假设。如果没有五四文人光芒四射的历史功绩以及他们为文学历史所设立的诸多限制，或许如上文化事件也会被文学史家不断重温。当然，假设毕竟只是对历史的一种想象性还原，其合理性无时不被与其共生共存的虚幻性所消解。尽管如

① 所谓“学堂乐歌”，通常是指清末民初的学校歌曲，即现在所说的中小学及幼儿园音乐课所用歌曲作品，它并不等同于时下所说的“校园歌曲”，后者主要是指大学校园流行的带有民谣性质的作品。在明治维新时期，日本称之为“学校唱歌”。

此，由历史事实所引发的历史想象所包含的合理性仍如一个苦苦挣扎的冤魂，以不屈的声音质疑主流叙述对历史塑造的垄断。对于如此“垄断”，文学史家陈平原先生也颇有微词：“现代文学界过多地依赖鲁迅、胡适、茅盾等人对五四文学革命的总结（想想《中国新文学大系》各卷的序言基本确定了这个学科的基调，就不难明白这一点），使得整个研究很难超越当事人的历史记忆。比如五四文学革命的提倡者有意无意地抹杀其先驱者——晚清文学改良的历史功绩，后世学者也就只好强调这两代人的‘根本区别’。用这代人的理论来诠释这代人的实践，本就有很大的局限；用这代人的眼光来编撰文学史，那弊端就更大。且不说依人门下，做得再好也只是为胡适或鲁迅做注脚、补漏洞；更重要的是忘了当事人的证言必须验证，不能偏听偏信。”① 五四先驱的文学功绩和历史贡献不可抹杀，但他们关于自己所参与的文学历史的叙述并非铁板钉钉，不可更改，而关于五四新文学的性质、意义的历史判断也绝非金科玉律，不容置疑。比如，由于强调“新旧对立”，在对新诗发生的动力、性质等问题进行阐释的时候，就多有不确之处。由于自诩为新诗的“发明人”，胡适就曾不无骄傲地致信自己的论敌：“白话之能不能作诗，此一问题全待吾辈解决。解决之法不在乞怜古人，谓古之所无今必不可有，而在吾辈实地试验。一次‘完全失败’，何妨再来？若一次失败，便‘期期以为不可’，此岂‘科学的精神’所许乎？”② 从这里，我们不仅可以读出“恰同学少年”的霸气，同时也可以读出其中的思想方法，那就是将“古人”视为自己的假想敌，以求由此开一代诗风。但是，“霸气”往往与“霸道”仅一步之遥，“全待吾辈解决”的自我期许（当然“事成”之后又成为一种自我表彰）在相当程度上迷惑了后世的学人；而对“古人”的决绝态度又有多少意气用事的成分，其流弊何在，等等，这也是不少后世学人难以“触动”的雷区。

从时间上看，胡适们束发之年，恰是学堂乐歌风起云涌之时，对这一近乎“运动”的学校新风尚毫不知晓是说不过去的，但他们却将其排除在白话诗之外，恐怕主要缘于其观念上未将之归为“诗”的范畴。对于这种将“诗歌”概念窄化的倾向，梁启超曾予以质疑：“中国有广义的诗，有狭义的诗。狭义的诗，‘三百篇’和后来所谓‘古近体’的便是；

① 陈平原：《研究视点与理论设计》，见陈平原《书生意气》，汉语大词典出版社 1996 年版，第 177 页。

② 胡适：《致任鸿隽》，1916 年 7 月 26 日，见耿云志、欧阳哲生编《胡适书信集》（上），北京大学出版社 1996 年版，第 78 页。

广义的诗，则凡有韵的皆是。所以赋亦称‘古诗之流’，词亦称‘诗余’。讲到广义的诗，那么从前的‘骚’咧，‘七’咧，‘赋’咧，‘谣’咧，‘乐府’咧，后来的‘词’咧，‘曲本’咧，‘山歌’咧，‘弹词’咧，都应该纳入诗的范围。据此说来，我们古今所有的诗，短的短到十几个字，长的长到十几万字，也和欧人的诗没甚差别。只因分科发达的结果，‘诗’字成了个专名，和别的有韵之文相对待，把诗的范围弄窄了。后来做诗的人在这个专名底下，摹仿前人，造出一种自己束缚自己的东西，叫做什么‘格律’，诗却成了苦人之具了。如今我们提倡诗学，第一件是要把‘诗’字广义的观念恢复转来。”① 以广义的观念来理解诗，应该说更符合中国诗歌历史的实情，也更符合多数人对“诗”这一概念的把握。

由此看来，我们有必要对胡适们关于现代诗歌“发生”的“单一”论述及其中所包含的诗学观念予以警惕，让“历史”的聚拢与分散、主流与非主流、整体与碎片等，以及它们之间混杂、转化的关系得到表现。具体到学堂乐歌来看，尽管如前所述，其“教育”“音乐”的成分太盛，但这并不意味着其文学的成分和诗学的价值可以被轻易忽视；在这一由多个系统共建的文化空间和艺术世界里，重提其文学意义与诗学价值，或许可以使我们的历史叙事释放出更多的潜能，也能使原本近乎凝固的“诗”的概念重现新的活力。早在20世纪30年代，俄国形式主义理论家雅各布森就告诫学界，研究文学演变的问题不要仅仅局限于文学史，要关心“各门艺术之间相互关系中的变化问题”，“仔细研究过渡地带”。对此，他特地举例予以说明：“可以分析绘画与诗的过渡地带，比如插图，或者可以分析音乐与诗的边缘地带，比如浪漫曲”②。所谓“过渡地带”，其实也是多个领域、多重力量聚合的“交叉地带”。学堂乐歌即是20世纪初诞生的具有“交叉地带”性质的独特文化景观。仔细梳理和悉心辨析其中的文学演变和诗学掘进的线索，可以使我们在彼时“多声复义”的合唱中，见出文学变革的另一种活力。

就在胡适发出“白话之能不能作诗，此一问题全待吾辈解决”的豪言壮语半个世纪后，他依然不忘自己的“首创”之功，发表演讲称：“我个人是不赞成一元论，不管它是唯心的、唯物的、唯神的、唯性的；我觉得许多事情的发生都是偶然的，并不是因为一个缘故，一个理由。新诗和

① 梁启超：《〈晚清两大家诗钞〉题辞》，1920年10月作，见夏晓虹编《梁启超文选》（下），中国广播电视出版社1992年版，第11页。

② ［俄］罗曼·雅各布森：《主导》，任生名译，见赵毅衡编选《符号学文学论文集》，百花文艺出版社2004年版，第12页。

新文学的发生不但是偶然的，而且是偶然的偶然。"[①] 指陈新诗和新文学发生的偶然，多少包含着"自谦"的意味，但胡适却强调"偶然"中的自己，又多少流露出"功臣"的心态。在这里，笔者想指出的是，作为20世纪初国内所出现的在新式学堂所教唱、学唱的歌曲，学堂乐歌不仅是彼时最重要的公众想象领域之一，而且其中所蕴含的巨大的诗歌革新的价值，的确使胡适们的"偶然"具有了历史"后缀"的意味。

有了这样的判断，我们就有必要首先论说如下问题：何以学堂乐歌这个更为"偶然的偶然"，使胡适们的"偶然"成为现代诗歌转型的历史"后缀"？换句话说，我们有必要对胡适关于白话作诗"全待吾辈解决"的历史判断进行必要的质疑。

第一节　学堂乐歌与中国诗歌的现代转型

迄今为止，关于胡适为中国现代诗歌开山鼻祖的文学史想象似乎从未遭到过质疑：作为国家权威教材的《中国现代文学三十年》就认为，1917年《新青年》第4卷第1号发表的胡适等人的新诗作品为"第一批新诗"[②]；获得"全国百篇优秀博士论文"的姜涛专著《"新诗集"与中国新诗的发生》也称胡适为"新诗的发明人"，其发表在《新青年》第2卷第6号上的八首白话诗是新诗的"正式登台"，而后出版的《尝试集》是"新诗在创作实绩上的第一块界碑"；[③] 谢冕任总主编的《中国新诗总系》与洪子诚、程光炜主编的《中国新诗百年大典》依然将现代新诗的第一把交椅安排给胡适[④]。尽管作为诗人的胡适在后来的评价中多受诟病，但其开山宗师的历史地位似乎至今也没有被撼动过，于是，胡适与现代诗歌"发生"之间的关系便几乎成为不证自明的历史常识，诗歌从"古典"到"现代"的革命性转变也因此被认定为一种以胡适为起点的演进关系。

---

① 胡适：《新文学·新诗·新文字》，见姜义华主编《胡适学术文集·新文学运动》，中华书局1993年版，第281页。

② 该教材于1998年7月由北京大学出版社出版修订本，引文出自该教材第121页。

③ 姜涛：《"新诗集"与中国新诗的发生》，北京大学出版社2005年版，第19、22、133—134页。

④ 谢冕总主编的《中国新诗总系》共计10卷，2010年9月由人民文学出版社出版；洪子诚、程光炜主编的《中国新诗百年大典》共计30卷，2013年3月由长江文艺出版社出版。

现代新诗真是从胡适开始的吗？当我们沿着历史的脉络，跨出20世纪20年代前后以杂志、书报为中心的文学生成的核心区域就会发现，长期以来我们关于现代诗歌“发生”的知识性建构并未贴近诗歌历史的原真形态，因此，胡适作为现代诗歌开山鼻祖的历史定位也就被错误地沿袭下来。这种“沿袭”的错误，并非指向事实的“虚假”，而是事实的“选择”“使用”以及由此衍生出来的结论的历史合法性。恰如英国历史学家卡尔所言：“过去常说，让事实本身说话。当然，这话是不确切的。只有当历史学家要事实说话的时候，事实才会说话：由哪些事实说话、按照什么秩序说话或者在什么样的背景下说话，这一切都是由历史学家决定的。”[①] 在中国新诗的现代转型的问题上，笔者认为就存在着对“事实”的选择、“事实”编排的秩序及隐蔽在其后的叙事“目的”的问题。

其实，早在胡适的“诗国革命”从“吾党二、三子”书信往来中的诗艺切磋变为公开发表变革言论与试验产品之前，一种告别古典的诗歌革命就开始轰轰烈烈地进行了，这就是本论著所要论及的学堂乐歌。[②]

学堂乐歌的兴起，其首要的目的尽管并非革新诗歌而是变革教育[③]，但以歌曲作为变革教育的强力手段的方案，必然涉及作为歌曲构成要素之一的歌词；而作为中国古典诗歌重要类型的歌词也顺理成章地成为革新的基本对象。从现存文献看，不仅乐歌的鼓吹者和实践者将歌词的制作视为乐歌创作的重心，而且将之直接看作一场诗歌的革命，其变革主张也表现出非常明显的激进性质。比如，梁启超在《饮冰室诗话》中就明确指出：“盖欲改造国民之品质，则诗歌音乐为精神教育之一要件，此稍有识者所能知也。”[④] 曾志忞——另一位对学堂乐歌投入极大热情的作者——在1904年为自己所编著的《教育唱歌集》所作“序”中赫然以“告诗人”作题并且将其变革的理念直陈其中：“与其文也宁俗，与其曲也宁直，与

---

① ［英］E. H. 卡尔：《历史是什么?》，陈恒译，商务印书馆2007年版，第93页。

② 只有为数不多的学者注意到了学堂乐歌对现代抒情文类“发生”的建构意义，如刘纳在《嬗变——辛亥革命时期至五四时期的中国文学》中指出：“‘歌’的发达，是辛亥革命时期值得重视的文学现象。随着‘学堂乐歌’的兴起，‘歌词’在这一时期作为新的文学形式大量进入我国文学，进步作者期望以这种形式唤起国魂、军魂、民魂……同时，出于启迪民智的需要，作者们争相仿民间歌谣写作。”刘纳：《嬗变——辛亥革命时期至五四时期的中国文学》，中国社会科学出版社1998年版，第72页。不过，在笔者看来，类似的论述似乎给予学堂乐歌的评价还缺少应有的分量。

③ 关于学堂乐歌发生的思想文化动力，将在本章后文中予以论述。

④ 梁启超：《饮冰室诗话·七七》，人民文学出版社1959年版。

其填砌也宁自然，与其高古也宁流利。”[①] 曾志忞的主张在价值取向上和胡适后来所提出的变革旧文学的“八事”[②] 颇多“所见略同”之处，只不过在时间上整整早了十三年。因此，在笔者看来，是学堂乐歌而不是胡适最初开启了中国诗歌的现代之门。

将学堂乐歌流布之时视为中国现代新诗的起点，笔者以为以下几个方面的因素必须给予考虑：（1）发生时间；（2）传播方式；（3）文本的性质与质量；（4）形象的呈现及效果，等等。其中，“文本的性质与质量”是居于中心地位的考察因素，因为恰如胡适所言：“一个文学运动的历史的估价，必须包括它的出产品的估价。单有理论的接受，一般影响的普遍，都不能证实那个文学运动的成功。”[③]

一　发生时间与传播方式等外部因素的考察

众所周知，胡适曾经将他的《关不住了》指认为“新诗成立的纪元”[④]。其实，《关不住了》并非创作之诗，而是翻译之作，即他在1919年2月26日翻译的美国诗人 Sara Teasdale 的 *Over the Roofs*。如果译作也姑且可以作为新诗“纪元”的标志，那么，这个标志也不应该馈赠给《关不住了》，因为早在1904年，曾志忞就翻译了日本歌曲《手戏》[⑤] 的歌词：

一个小球圆混混，

---

① 梁启超在《饮冰室诗话》中全文引介了这部歌曲集及其中的“序”，指出“原诗卷首有《告诗人》”。经查上海图书馆所藏《教育唱歌集》，其中并无此“序”。张静蔚在其编选、校点的《中国近代音乐史料汇编（1840—1919）》（人民音乐出版社1998年版）中选录了该文，注明其出处为《饮冰室诗话》。后人在引介这篇“序”时，多出自这两个文献。

② 胡适提出的“八事”是：（1）须言之有物，（2）不摹仿古人，（3）须讲求文法，（4）不作无病之呻吟，（5）务去烂调套语，（6）不用典，（7）不讲对仗，（8）不避俗字俗语。参见胡适《文学改良刍议》，原载《新青年》1917年第2卷第5号，见姜义华主编《胡适学术文集·新文学运动》，中华书局1993年版，第20页。

③ 胡适：《〈中国新文学大系·建设理论集〉导言》，良友图书印刷公司1935年版，第1页。

④ 胡适：《〈尝试集〉再版自序》，见胡适《尝试集》，人民文学出版社1984年版，第186页。

⑤ 参见钱仁康《学堂乐歌考源》，上海音乐出版社2001年版，第1—5页。钱仁康认为，《教育唱歌集》中的“《手戏》一歌实际上是日本歌曲《手戏》的翻译歌曲”，经查曾志忞编《教育唱歌集》（日本，东京教科书编释社1904年版），其中《手戏》的歌词并非钱氏在《学堂乐歌考源》所引译文。现根据《教育唱歌集》录入该歌词。值得指出的是，曾志忞在《教育唱歌集》该作品下注明作者为“志忞”，其所犯错误应与胡适类同，即将翻译作品归为自己的创作。

又小又灵轻。

小椎（锥?）子是铁打成，
拿来重顿顿。

小团团的兵队歌，
日日唱得多。

拿起喇叭嘴里吹，
啵啵啵啵啵。

快快拍手立起来，
吾的朋友来。

明朝落雨天留客，
雨伞撑起来。

所谓“手戏”，是用手做游戏，即手指操。歌词的六段均是指用“手”分别模仿六种动作：双手抱拳即为“球”，两手上下紧握即为拿“椎子”，十指张开意为“兵队”，两手相击意为“欢迎”，一手张开、另一手伸出食指从下顶住则模仿“伞”状。曾志忞特地在该歌曲下面绘制了这六个动作的图谱对歌词内容予以说明，图文并茂，生动有趣，颇对儿童胃口。按他的提示，这首作品是“幼稚园用”，其图文并茂与浅显生动便有了很强的现实针对性。如果不作交代，多数人或许会认为这是一首现代白话童谣。造成这种“误读”的原因恐怕主要在于，译作不仅没有使用传统的文言，甚至其中连“文夹白”的印痕都难以察觉，借用胡适的话来说，这应该是“真正的白话诗”，因为它充分采用了“白话的字，白话的文法，和白话的自然音节”①。

但是，翻译是一回事，创作又是另一回事。那么，作为创作之作的现代白话诗又是哪一首呢？

据钱仁康先生考证，最早的一首学堂乐歌是素有“学堂乐歌之父”美称的沈心工先生于1902年留学日本时创作的《体操》（后改名为《男

① 胡适：《〈尝试集〉自序》，见胡适《尝试集》，人民文学出版社1984年版，第149页。

儿第一志气高》)①，这首作品的音乐就是脱胎于前文所引日本歌曲《手戏》的曲调，是目前所发现最早的学堂乐歌的创作之作：

> 男儿第一志气高，/年纪不妨小。/哥哥弟弟手相招，/来学兵队操。/兵官拿着指挥刀，/小兵放枪炮。/龙旗一面飘飘，/铜鼓咚咚咚咚敲。/一操再操日日操，/操得身体好。/将来打仗立功劳，/男儿志气高。

尽管还有“龙旗”之类的晚清文化胎记，但和之前黄遵宪等人仿古风的诗歌相比，这首歌词的句法、章法及语言的格调等都有了全新的变化，明显体现出一种新的文本结构形态和语言风貌，已经有了现代汉语抒情诗形式法则的雏形：“哥哥弟弟手相招，来学兵队操”因使用了正常的语序而凸显出汉语语法的形式规范，而“第一”“不妨”“着”“再”乃至拟声词“咚咚咚咚”等虚词的使用，又在很大程度上模糊了“诗之文字”与“文之文字”的界限。如果要说“新诗成立的纪元”，在我看来并非胡适自诩的《关不住了》，也不是曾志忞的《手戏》，而是这首乐歌歌词。

辑录于《学校唱歌初集》中的诸多作品大都具有这样的文本结构形态和语言风貌，如其中的《花园》就是如此。这首作品完全可以用“明白如话”来描述其语言特征，作品共三段，每一段除了最后两句有变化外，其余部分完全一样：

> 好朋友，好朋友，
> 大家牵了手。
> 大家牵了手，
> 花园里边慢慢走。
> 好花心里爱，
> 爱花不可随意采。
> 留在枝头看，
> 比在手里好百倍。

为何“爱花不可随意采”？作者接下来逐一告诉我们：“留在枝头”，

---

① 参见钱仁康《学堂乐歌考源》，上海音乐出版社2001年版，第1—2页。

不仅有“花的清香”，还有“蝶蝶蜂蜂，引到花里来”和“好的果子，慢慢生出来”。作为一首具有劝诫意味的儿童歌曲，这首作品极为单纯，但单纯中有变化，变化中又有推进，“爱花不可随意采”的道理也因此生动而又温馨地传达出来。

基于“改造国民之品质”的文化目的，学堂乐歌非常注重对民众——其中尤其是中小学生——的思想启蒙和情操培养，恰如李叔同所言：“盖琢磨道德，促社会之健全；陶冶性情，感精神之粹美。”① 这样的文化理念必然改变其歌词的文本诉求。从创作实绩看，乐歌的歌词的确大都力求做到明白如话、通俗易懂，唱起来自然流畅、朗朗上口：“进课堂，走到那本位里，等先生来，对面立，立得齐。一道行个鞠躬礼，坐下去。”（华航琛《上课》）这样的作品全无传统诗词的古雅之气，有的是现代口语的直白和浅露；或许不能算好诗，但却是地道的白话诗。在这一点上，乐歌作者们表现出相当的自觉意识，比如，沈心工在为自己 1904 年出版的《学校唱歌初集》所作的“说明”中，便道出了自己创作的初衷，那就是期望其中的作品“曲调平易，歌意浅显，多言文一致，更参以游戏，期合乎儿童之心理”②。陈懋治在为沈心工 1906 年出版的《学校唱歌二集》所作“序”的开篇，便有如下感言：“学校歌词不难于协雅，而难于谐俗。”③“雅”“俗”之间的考量和个中滋味的感喟，其实传达的是一种冲破古诗语言形式羁绊而又承续中国诗歌艺术经脉的企盼，一种“俗”中透“雅”的美学理想。这种理想的实现尽管艰难，但学堂乐歌的确又给我们奉献出不少体现这一理想的典范：

十里明湖一叶舟，
城南烟月水西楼。
几许秋容娇欲流，
隔着垂杨柳。

远山明净眉尖瘦，
闲云飘忽罗纹皱。
天末凉风送早秋，

① 李叔同：《〈音乐小杂志〉叙》，见余涉编注《李叔同诗全编》，浙江文艺出版社 1995 年版，第 207 页。
② 沈心工：《学校唱歌初集》，务本女塾 1904 年版，第 1 页。
③ 张静蔚编：《搜索历史——中国近现代音乐文论选编》，上海音乐出版社 2004 年版，第 21 页。

秋花点点头。

——李叔同《早秋》

这首流传至今的乐歌，就词的情调和语言风格而言，是趋向于“雅言”的，但在形式体制上却是典型的现代歌词结构——它严格遵循现代歌曲通行的二段式的音乐“技术”模式（现代格律诗、半格律诗中也不乏这样的模式），因此其结构所体现的是一种现代诗歌的形式美感。

客观地讲，适合中小学生的接受可能的并非李叔同这类“协雅”的作品，而是他那些“谐俗”的辞章，比如1906年发表于《音乐小杂志》上的《春郊赛跑》就属此类：“跑，跑，跑！/看是谁先到？/杨柳青青，/桃花带笑，/万物皆春，/男儿年少。/跑，跑，跑，跑，跑！/锦标夺得了。”或许不如《早秋》深致曲婉，但就其语言体式、语象呈现、语义表达而言，它更接近现代汉语的诗语特性，也更符合歌曲听觉化的审美要求和服务儿童的文化目的。

当然，由于学堂乐歌的兴盛之日正是中国文化与文学观念新旧杂陈、多声复义之时，因此其变革也不会在一夜之间就达到“旧貌换新颜”的境界。也就是说，传统与现代、旧体制与新体制还时有交错、混杂。不过，由“变革”所构成的前倾姿态是其基本的形貌。

值得指出的是，作为学校教唱歌曲，学堂乐歌一开始便表现出一种与传统诗歌的重大区别：尽管也具有较浓的民间色彩和同人性质，但在传播方式上，它从诞生之日便具有了现代意义上的传播性质——报刊公开发表，编著者署名正式出版，等等。这样的转变对于诗歌的生产而言，应该说是具有“革命”的性质：传统诗歌乃至传统文学，其主要的传播方式是文人间的酬唱应和、民间的口头流传以及诗文的传抄、刻印和编撰；晚清以降，由于现代报刊的出现以及出版业的方兴未艾，艺术作品的社会运行机制发生了根本性的变化，具有了现代文化传播的性质。公共化的呈现，不仅使学堂乐歌在更为广阔的空间内产生文化普及与现代审美启蒙的功效，在一个新异的文化维面上施展自己的影响力，并且也在社会接受方面获得了历史的合法性——相对于1917年《新青年》杂志发表胡适等人的白话诗而言，乐歌歌词的公开发表整整早了十四年。

借助于现代传媒，学堂乐歌扩大了自己的传播空间，这也在客观上加速了其文本与接受者之间的互动。后者的积极反应必然对乐歌的生产产生良性的刺激作用。事实也证明，从1903年公开发表第一组乐歌始，至1919年五四新文化运动爆发止，在短短的十多年时间里，有一千多首乐歌公开发表或出版，先后有《女子世界》《新民丛报》《音乐小杂志》《教育杂志》《云南》《中华女报》《复报》《中国新女界杂志》《教育杂志（商务)》《竞业旬报》等十余家报刊刊载乐歌作品，有沈心工编《学校唱歌集》“初集”“二集”“三集”，李叔同编《国学唱歌集》，田壮湖、邹华民合编《修身唱歌书》等近三十种乐歌专集公开出版，仅沈心工的《学校唱歌二集》，在1906年出版当年就再版两次。[①] 考虑到传媒的水平、受众的文化程度等还相对落后这样一个历史背景，在如此集中的时间内学堂乐歌能够通过多种途径、以“集束式”的面貌呈现于公众视野之中，这也从一个侧面透露出社会对其欢迎的程度。从另一个角度看，大量作品的公开发表与出版，也预示着诗歌（歌曲）的社会功能的现代转换同时发生。众所周知，传统的诗歌在传播的过程中，私人的交际——如酬唱应对、祝寿赠序等——是其重要的功能，而学堂乐歌借助现代传媒方式，则使其“作品真正成为独立自主的现象，成为创造物”，“在众人中独自走自己的路”[②]。所谓“独自走自己的路”，按照今天的说法，即是排斥诗歌的日常交际、文化游戏功能而体现文学的现代立场之路。

当学堂乐歌在满足现代公共化期待之中云蒸霞蔚、蔚为大观的时候，新诗还是胎孕腹中之时。[③]

尽管我们无法完整还原这段历史的原初面貌，却可以从亲历者的叙述中想象那段历史的蓬勃生气和激动人心。比如，梁启超在其《饮冰室诗话》中多有笔墨述及学堂乐歌，并且将黄遵宪等人的歌词直接指认为“诗界革命”的成果。他认为，在“中国人无尚武精神”的众多原因中，“音乐靡曼亦其一端”[④]。在他看来，“声音之道感人深矣”。因此，当他读到黄遵宪的《出军歌》四章的时候，立即将之发表在他所编的《新小说》杂志上，并且还写下如下心得：“读之狂喜，大有‘含笑看吴钩’之乐……其精神之雄壮活泼沈浑深远不必论，即文藻亦二千年所未有也，诗界革命之能事至斯而极矣。吾为一言以蔽之曰：读此诗而不起舞者必非男子。”[⑤]

---

① 张静蔚编撰：《学堂乐歌曲目索引》，见《搜索历史——中国近现代音乐文论选编》，上海音乐出版社2004年版。

② ［法］罗贝尔·埃斯卡皮：《文学社会学》，于沛选编，浙江人民出版社1987年版，第37页。

③ 据贾植芳、俞元桂主编的《中国现代文学总书目》记载，第一部公开出版的新诗选本是1920年1月由上海新诗社出版的《新诗集（第一编)》，而后，才逐渐有《分类白话诗选》《新诗三百首》等专门的诗选集陆续出版；个人诗歌专集也是在1920年3月才有了胡适的《尝试集》出版。参见《中国现代文学总书目》，福建教育出版社1993年版。

④ 这里的“音乐”是指秦汉后雅乐沦亡而逐渐占据音乐文化主体地位的淫陋之“俗乐”。

⑤ 梁启超：《饮冰室诗话·五四》，人民文学出版社1959年版。

现代著名漫画家丰子恺先生曾回忆他学唱学堂乐歌《励学》时的情形：

> 我们学唱歌，正在清朝末年，四方多难，人心动乱的时候。先生费了半个小时来和我们解说歌词的意义，慷慨激昂地说，中国政治何等腐败，人民何等愚弱，你们倘不再努力用功，不久一定要同黑奴红种一样。先生讲时声色俱厉，眼睛里几乎掉下泪来。我听了十分感动，方知道自己何等不幸，生在这样危殆的祖国里。我唱到“东亚大陆将沉没”一句，惊心跳胆，觉得脚底下这块土地果真要沉下去似的。
>
> 所以我现在每逢唱到这歌，无论在何等逸乐，何等放荡，何等昏迷，何等冥顽的时候，也会警惕起来，体验到儿时的纯正热烈的爱国的心情。①

丰子恺从为人到为艺从来都是以平和、淡远而著称，但这段文字却激情澎湃，足见《励学》这首作品给予他的影响是多么巨大；换句话说，作为一种抒情话语，学堂乐歌在当时就具有了强烈的情感与美学扩张的力量。

现代作家茅盾先生也曾谈到乐歌作品对他灵魂的滋润：“对于音乐，我是喜欢的。音乐用的是沈心工编的课本，其中有一首《黄河》……这首歌曲调悲壮，我很喜欢。”②

比如，李叔同依据民间乐曲《老六板》填写的《祖国歌》③，在当时所引起的社会共鸣就是十分强烈的：

> 上下数千年，/一脉延，/文明莫与肩。/纵横数万里，/膏腴

---

① 丰子恺：《儿童与音乐》，见丰子恺《艺术趣味》，湖南文艺出版社2002年版，第77页。丰先生所谈及的《励学》如下：“黑奴红种相继尽，唯我黄人酣未醒。亚东大陆将沉没，一曲歌成君且听。人生为学须及时，艳李秾桃百日姿。”

② 茅盾：《我走过的道路》（上），人民文学出版社1984年版，第68页。

③ 这首作品初载《新民丛报》1904年第3号，后又载上海《时报》1904年9月1日；两处刊载此作品时均未署名。关于这首歌词是否为李叔同所作，至今仍无定论。认定其为李叔同所作的有黄炎培（此可参见黄炎培《我也来谈谈李叔同先生》，载上海《文汇报》1957年3月7日）、丰子恺（此可参见丰子恺《回忆儿时的唱歌》，载《人民音乐》1958年第5期）；认定其非李叔同所作的有张静蔚（见其论文《学堂乐歌〈祖国歌〉作者是李叔同吗?》，载《中央音乐学院学报》1983年第2期）、郭长海（见其论文《〈祖国歌〉等诗非李叔同所作考》，载《长春师范学院学报》1998年第1期）、钱仁康（见其论文《学堂乐歌的“张冠李戴”现象》，载《黄钟》1999年第2期）。

地，/独享天然利。/国是世界最古国，/民是亚洲大国民。/呜呼，大国民！/呜呼，唯我大国民！/幸生珍世界，/琳琅十倍增声价。/我将骑狮越昆仑，/驾鹤飞渡太平洋。谁与我仗剑挥刀？/呜呼，大国民，/谁与我鼓吹庆升平！

这里所表达的是一种“大国”的气度，而这种气度是源于我们曾经拥有的恢宏历史文明——时间上的“数千年”与空间上的“数万里”——所包容的沉甸甸的文化分量。应该指出的是，这首歌创作于1904年，当时的中国国事蜩螗，外侮日亟。作者写作这样一首作品，其现实的情感动机是显而易见的，即通过对祖国辉煌文明的“温故”来重塑我们的民族自信。据史料记载，该作品发表后迅速在留日学生中传播，在该年7月我国留日学生的一个送别会上，大家高唱这首歌，“全座鹄立，雍容揄扬，有大国民气度焉”①，足见《祖国歌》在当时已经释放出一种被普遍分享的“代际经验”，从而进入一代人的集体记忆。法国理论家埃斯卡皮认为：“文学阅读行为既有利于和社会融为一体，又无法适应社会生活。它临时割断了读者个人与周围世界的联系，但又使读者与作品中的宇宙建立起新的关系。所以，阅读的动机不外乎是读者对社会环境的不满足，或是两者之间的不平衡……总之一句话，阅读文学作品是摆脱荒谬的人类生存条件的一种办法。”② 如果我们不对“文学阅读”作过于狭义的理解，那么，歌曲的接受相当程度上包含了文学接受的成分——其文化符码的交流、情感内涵的辨识主要依据于歌词。值得注意的是，和传统教育制度下的那种单一、纵向的文化传承方式不同，学堂乐歌是在一种新式的学堂体制下扩散自己的审美与文化力量的，这种具有空间感、共时性的文化传播方式更容易给受众带来相互感染、相互砥砺的情感扩张作用，更容易形成一种经验的“共同体”③，而这，恰恰也是学堂乐歌作为中国诗歌现代转型的一个重要标志。

二 文本形态的考察与辨析

如前所述，“文本的性质与质量”是考察学堂乐歌是否具有现代性质

① 引文见《亚雅音乐会开会式为甲辰卒业生送别记》，其中附录的《祖国歌》题为“大国民”，载《新民丛报》1904年第3号。

② [法] 罗贝尔·埃斯卡皮：《文学社会学》，于沛选编，浙江人民出版社1987年版，第91页。

③ 保三在《江苏》杂志1904年第11、12合期所发表的《乐歌一斑》中就指出：“同班生徒，同唱一歌，调其律，和其声，互相联合，声气一致，可引起儿童之共同心。”

的居于中心地位的因素，那么，在考察了其形象呈现、传播方式、社会功能及传播效果等外部因素后，本论著就应该深入文本之中，通过对文本的考察与辨析，从其内部确立其是否具有现代性质。

深入学堂乐歌的文本内部，我们便会找到种种清晰可辨的现代“转型”旅痕。

（一）结构模式：从“传统诗体模式”的破坏到“现代诗体模式”的创建

模式化是中国古典诗歌重要的形式法则，不仅“诵诗”经由古风到近体诗的演变，自唐代以后已经有了一整套超稳定的结构模式——五律、七律、五绝、七绝等；而且“歌诗”也经由先秦相对自由的“以乐入诗”逐渐演化为“采诗入乐”并最终进入“倚声填词”的高度体制化的诗体建构阶段——唐宋词。唐宋词的成功一方面仰仗于音乐，但另一方面，它又在对文学空间不断拓展的同时逐渐挤兑了音乐的表现空间，因此，作为一种歌唱的文本，唐宋词流传到今天就蜕变为“文学在”而“音乐亡”的境地。

众所周知，诗歌发展到近代，其原始性质的音乐性已相当贫弱，诗最终走向了探寻、开发与音乐相似的自身媒介的音乐性的“纯”文学之路。即如学堂乐歌的鼓吹者之一的匪石所感言：“大抵世愈近则音益靡，格益降。有文无声，一也；有声无音，二也；有音而器不调，三也。”[①]

学堂乐歌就是在这样的背景下出现的。它的出现是对中国诗歌音乐精神的再次唤醒，同时也表达了对诗歌过于强调文学性的不满。如前文所述，曾志忞在1904年给《教育唱歌集》所作的“序”中就赫然以“告诗人”作题并以尖锐的言辞批评了“古今诗人之特性”，那即是“曰恋，曰穷，曰狂，曰怨”，“且好为微妙幽深之语，务使妇孺皆不知，惟词章家独知之，其诗乃得传于世。总言之，诗人之诗，上者写恋穷狂怨之志，下者博渊博奇特之名，要皆非教育的、音乐的者也”[②]。曾志忞的批评尽管有些情绪化，却旗帜鲜明地表达了自己的诗学观，即以对音乐精神的呼唤来抵制用“微妙幽深之语”构筑起来的“文学性”堡垒。曾志忞的观点深得梁启超的称许并欣然命笔：“吾见刻本，不禁为之狂喜。原诗卷首有

---

① 匪石（陈世宜）：《中国音乐改良说》，载留日学生浙江同乡会编《浙江潮》1903年第6期，日本东京出版。

② 曾志忞：《告诗人——〈教育唱歌集〉序》，1904年，见张静蔚编选、校点《中国近代音乐史料汇编（1840—1919）》，人民音乐出版社1998年版，第208页。

‘告诗人’一条，足为文学家下一针砭而增其价值。”[1]

但是，曾经给予诗歌以持续支持的音乐资源已经在诗歌漫长的文学空间的拓展中遭到严重压制，“歌唱性”作为诗歌精神的重要一翼逐渐萎缩。于是，作为一次重新唤醒诗歌音乐精神的努力，新的音乐资源的寻找便成为学堂乐歌的题中之义，现代诗歌的先行者们不约而同地把目光投向了异域，或者更直接地说，投向了日本。之所以向日本“盗取”资源，是因为他们在寻求变革之时，大都身处东瀛，日本以及日本所引进的西洋文化和艺术对于他们已经不是一种浪漫的想象，而是身处其中的感受——从日本本土的歌曲及其译介的西方歌曲中，他们找到了新变的利器，即如曾志忞所言：“以欧洲音乐曲之进步驾于吾国也。”[2] 他们“以洋曲填国歌，明知背离不合，然过渡时代，不得不借材以用之”[3]。与此同时，他们还把目光投向民间，力求重新从民间歌谣中寻找音乐与诗歌“对话”的可能性。[4] 正是这些东洋、西洋和民间的音乐元素的参与，学堂乐歌动摇了中国传统诗歌长期以来建立起来的种种形式规约。随着固有结构模式的瓦解，古典诗歌的种种体制规范，如格律、音节、平仄、字数、对偶或对仗都逐渐被弱化甚至被抛弃，困窘于这些陈规之内的诗歌精神意蕴也因此获得前所未有的释放：

> 燕燕！燕燕！/别来又一年。/飞来！飞来！/借与你两三椽。/你旧巢门户零落不完全，/快去衔土，/快去衔草，/修补趁晴天。
>
> 燕燕！燕燕！/室内不可留。/关窗！关窗！/须问你归也不。/你最好新巢移在廊檐头，/你也方便，/我也方便，/久远意相投。
>
> ——沈心工《燕燕》

这首根据日本歌曲《日本三景》填写的词，尽管也是两段式的，但和唐宋词惯用的两段式结构模式完全不同；也就是说，它不是旧体制的改造和利用，而是现代音乐精神与现代诗歌话语方式的交融，是用现代汉语对现代诗歌结构体式的探索。从文本的语言形态看，这首词不仅使用了较为纯正的现代汉语，而且表现出相当明显的口语化倾向，像“你最好新

---

① 梁启超：《饮冰室诗话·九七》，人民文学出版社1959年版。

② 志忞（曾志忞）：《音乐教育论（续）》，载《新民丛报》1905年第20号。

③ 同上。

④ 学堂乐歌中95%以上的音乐都是借用的外国歌曲和本国民歌的音乐，一直到五四新文化运动前后，才逐渐有萧友梅、赵元任等音乐家参与现代歌曲的创作。

巢移在廊檐头，/你也方便，/我也方便”这类的句子，与白话口语已经相差无几了。这种完全违逆于传统书面化文言系统的话语方式，必然形成对倚仗文言体系而建构自己形式规范的古典诗歌结构的瓦解之势。换句话说，“别求新声于异邦”的文化策略和技术“伎俩”使学堂乐歌的产品在语言体式上呈现出显著的“现代”色彩。这种语言体式上的“现代感”也鲜活地表现在前面所述沈心工《花园》的歌词中，其结构上的三段式与情感表现中语句的大面积重复，所造成的审美效果与其说是文学的，不如说是音乐的——“重复”所带来的是音乐化的往复回旋的美感。

但是，我们还应该注意到的是，学堂乐歌在颠覆旧有的形式规范的时候，并未走向如胡适后来所倡导的“一切打破：有什么话，说什么话；话怎么说，就怎么说”① 这样的近似于取消形式法则的极端境地。也就是说，学堂乐歌是以新的“技术”模式反抗旧的秩序，“形式”的诗学本体价值并未因反抗旧的“技术”而被一股脑儿清除掉，中国诗歌所推崇的音乐精神在新的“技术”体制下重新绽放。不过，和古典诗歌的历次变革不同的是，学堂乐歌对新的“技术”模式的探索不再是单一的、本土的文化传承，而是将其融入世界性的知识、技术及权力交流的网络，由此使中国的艺术生产进入了国际的对话情境中。而这，恰恰就是其“现代”意义呈现的更为深刻的标志。

由于有了这种对形式规约的坚定维护，乐歌歌词基本上没有动摇读者——从艺术接受的角度看，可以称为“听众”——对诗歌形式美感的信任，因此在传播效果上，它很快就获得了社会的普遍认同，而不像初期白话诗那样不断遭到来自外部和内部的质疑。② 由此看来，传统——尤其是诗歌与生俱来的强烈的“形式”诉求的传统——并不是轻易能够割断的，因为，“任何诗歌，不管怎样自由，都免不了要公开地诱使人们用诗歌习惯来阅读它；任何节奏，任何诗行，都不能如此远离某种传统形式，以致丝毫没有对传统模式的暗示，因为我们如果不知道自由来自什么东西，那么任何自由也就没有了意义”③。

正因为这样的文本要求，乐歌作者在颠覆传统诗歌结构模式的时候，

---

① 胡适：《尝试集·自序》，见胡适《尝试集》，人民文学出版社1984年版，第149页。

② 仅仅将各种对胡适、郭沫若诗歌的批评视为守旧派或现代诗歌门外汉的非议是不确的，他们对诗歌传统中形式规约的“断裂式”的破坏所遭到的内部批评，是一种不容忽视的维护诗歌“正义”的强大力量。

③ 克莱夫·斯科特：《散文诗和自由诗》，见［英］马·布雷德伯里、詹·麦克法兰编《现代主义》，胡家峦等译，上海外语教育出版社1992年版，第327—328页。

一直对白话语言可能带来的散漫、无序之弊保持着高度的警觉，叶中泠在为《女子新唱歌·三集》（1907年）所作的“例言”中坦言：“作雅歌易，作俚歌难。俚歌须浅显有味，既不悖乎心理，亦有契乎道德。所谓成如容易却艰辛者，庶不至令聆者耳憎、阅者目刺。”① 这里所表达的“成如容易却艰辛”的慨叹，照我看来，即“浅显”而又“有味”这一目标实现的艰难，其中的“有味”，很大程度上是指诗歌别于散文而独具的形式结构的美感。李叔同甚至对当时那种唯西方是崇的民族虚无主义倾向表达了强烈的不满：“晚近西学输入，风靡一时，词章之名辞，几有消灭之势。不学之徒，习为蔽冒，诋諆故典，废弃雅言。”② 李叔同的抱怨或许隐含着一种保守主义的倾向，但对校正时弊、维护规范还是有相当的警世作用。从创作实践看，乐歌作者们的确在致力于符合现代人审美需要的新的诗体结构原则的建构方面是有所开拓的，这种开拓在曾志忞、沈心工、李叔同、金一（金松岑）、华航琛等人的手里已经达到了相当成熟的地步，他们所尝试的“一段体”（如沈心工《春雨》、李叔同《祖国歌》《忆儿时》、金一《终军请缨》等）、“二段体”（如沈心工《燕燕》《竹马》、曾志忞《小麻雀》、李叔同《我的国》《春游》等）、“三段体”和“多段体”（如黄遵宪《小学校学生相和歌》、王引才《扬子江》、沈心工《苍蝇歌》《缠脚的苦》、李叔同《送别》《西湖》等）都在后来的歌词创作中被证明为行之有效的结构模式。朱自清在《〈中国新文学大系·诗集〉导言》中说：“新诗形式运动的观念，刘半农氏早就有。”③ 朱先生所指应该是刘半农于1917年5月1日在《新青年》第3卷第3号所发表《我之文学改良观》中提出的主张，即“一切诗赋歌词戏曲之属”都应该“破坏旧韵，重造新韵”“增多诗体”。之所以将这段旧事重提，是因为朱先生这个判断有些含混不清：“早就有”是否就是“最先有”（事实也证明，朱自清的判断的确影响了后人对现代诗歌史的历史叙事④），如果是，那他的判断就错了，因为在刘半农之前，乐歌作者不仅早就有了这样的观念，而且有了丰富的实践——作为“诗赋歌词戏曲之属”的乐歌歌词在

---

① 叶中泠：《〈女子新唱歌·三集〉例言》（1907年），见张静蔚编《搜索历史——中国近现代音乐文论选编》，上海音乐出版社2004年版，第24页。

② 李叔同：《呜呼，词章！》，载《音乐小杂志》1906年第1期，署名息霜。

③ 杨匡汉、刘福春编：《中国现代诗论》（上），花城出版社1985年版，第244页。

④ 比如，潘颂德在其著作《中国现代新诗理论批评史》中就认为刘半农的这一主张是“崭新的诗学观点”，参见该书第50页，学林出版社2002年版；再如，龙泉明在《中国新诗流变论》中认为：“在诗体的理论建设方面，最早有创造性的觉醒的是刘半农”，参见该书第39页，人民文学出版社1999年版。

世纪之初就对之大胆尝试了。

可以认为，学堂乐歌对现代诗歌的诗体建设是有历史性贡献的，其创作中所表现出来的以对新规则的制定来寻求解放的方式，或许更符合中国的国情，也更符合诗歌基本的文本规约。前文所举李叔同的《送别》、沈心工的《燕燕》都是体现新的诗体结构原则的佳构：前者通过首段与尾段的有意识的重复，形成一种情感旋律的往复回旋的美感和结构上的呼应；后者通过前后两段段式相近的形式组构，不仅造成一种结构上的对称性，而且在时间的叙述上，前后两段又形成一种情韵的流动——前段通过"别来又一年"展开对"过去"时间的回溯，后段则通过"须问你归也不"展开对"未来"时间的假想。由此，形式本身便成为一种"有意味"的美学存在。历经一个世纪的检验业已证明，学堂乐歌所创立的形式美学的范式，为其后的歌词创作提供了丰富而又稳定的结构模板，这些范式已经被广泛意义上的读者（听众）所认可。现代"徒诗"则在历经"自由""格律""半自由"或"半格律"的长达一个世纪的论争与尝试后，至今未能找到令一般读者普遍接受的结构模式。①

（二）语言体式：从"文言"到"白话"

学堂乐歌对古典诗歌结构模式的动摇必然牵动文本语言方式的变革，而话语系统的转变又进一步推动其结构模式的完善，由此形成两者之间的良性互动。从 20 世纪初到五四运动短短的十多年的时间内，学堂乐歌基本完成了从"旧语言"到"新语言"的现代转型②。其语言体式的革命性变革突出表现在如下两个方面。

1."律化"现象的排斥

"律化"是古典诗歌——尤其是近体诗——制度化建设的重要指标，也是其独特的审美要素。然而，"律化"所生发的固定语音旋律和节奏模式从总体上不能适应现代歌曲的结构原则，也与变革时代的美学诉求相抵牾，因此，在语言体式上，乐歌歌词必须摆脱"律化"诗语的句法、章

① 据《中华读书报》2005 年 11 月 9 日报道：在首都师范大学、《文艺争鸣》杂志社联合举办的"世纪初中国新诗走向研讨会"上，与会专家认为"中国新诗目前仍处在试验阶段"，与会诗人杨晓民就尖锐地指出：中国新诗的"文体与语言尚未定型，未能有效提升现代汉语的质地，未能充分释放汉语的巨大魅力"。

② 迄今为止，多数学者依然认为：与五四新文化运动同时展开的文学革命才开启了文学语言的现代转型，而之前的晚清所进行的文学语言的变革并不具备这样的性质。此可参见高玉《现代汉语与中国现代文学》第三章、第四章，中国社会科学出版社 2003 年版。不过，持以上观点的学者多以周作人、蔡元培等人的论说为引证依据，缺少对具体文学现象的实证式分析，因此并不能够令人十分信服。

法形式，尽量避免刻意求工的整齐划一，由此获得现代歌曲所要求的歌词语言的流畅感与旋律美。例如，根据河北民歌《算盘子》曲调填词的乐歌作品《放学》，就完全打破了“律化”诗句的“二元并列”关系以及由此造成的对等均衡，句子之间的关系被转化为近似散文的单线递进结构：“放学了，/大家快站排，/小书包，/挂在肩上来。/规规矩矩，/走道不要笑。/我们大家搀搀手，/唱个歌儿听……”（佚名）。这样的语言全无古典诗歌的那种“律化”踪迹，有的是现代口语的自然、明快。尽管用纯诗的标准看，这样的句子还显得浅白直露，但基本符合有韵、顺口、易懂、动听等属于诗歌的基本规约。从表象上看，部分乐歌还保持着外在的五、七言形式，但其内在节奏却因散文句式对词组字数的特殊要求而已经不合传统模式了。例如李叔同 1913—1918 年任教于浙江第一师范学校时期所创作的《长逝》开头四句：“看今朝树色青青，奈明朝落叶凋零。看今朝花开灼灼，奈明朝落红漂泊。”其字句组合看似七言律句，但如果按其语义结构便只能读作“看/今朝/树色青青，奈/明朝/落叶凋零。看/今朝/花开灼灼，奈/明朝/落红漂泊”，而不能读作“看今/朝树/色青青，奈明/朝落/叶凋零。看今/朝花/开灼灼，奈明/朝落/红漂泊”；类似的还有李叔同《春游》中的“游春人在画中行，万花飞舞春人下”之前一分句，它也只能读作“游春人/在/画中行”，而不能读作“游春/人在/画中行”。它们都违反了汉诗“两字组加三字组”或“两字组加两字组加三字组”的固定语音结构及其“半逗律”。

2. “诗语”传统的破坏

如前所述，在漫长的发展历程中，古典诗歌尽量向文字意义方面发展，其“文学性”逐渐得到强化，由此，意象经营与空间构造便成为诗人们苦苦追寻的诗美境界，这的确也创造了中国诗歌的辉煌，像“大漠孤烟直，长河落日圆”“柳色黄金嫩，梨花白雪香”“香稻啄余鹦鹉粒，碧梧栖老凤凰枝”“月落乌啼霜满天，江枫渔火对愁眠”等诗句将中国诗人的空间想象力和意象经营才华显露无遗。但是，过于烂熟的意象技巧不仅因为世代相袭而有很多已近陈词滥调，而且，意象至上的美学原则在使诗歌的文学性得到充分发展的同时，也在某种意义上挤压了诗歌在音乐美感方面的创造潜力。

学堂乐歌的出现，是对古典诗歌这一已近固若金汤的美学传统的一次革命性反拨。它是一种激情的苏醒，不过，这种激情更多的是音乐的而非文学的。也就是说，学堂乐歌的影响主要不是空间的、造型的、想象的艺术精神，而是时间的、运动的、音乐化的艺术精神。这种精神的发展不是导致中国诗歌在文学空间内的进一步成熟和精致化，而是将文化精英的诗歌导向大众化的青少年亚文化的诗歌需要，在情感层面打入读者（听众）内心。如曾经广为流传的《中国男儿》[①]："中国男儿，中国男儿，要将只手撑天空……长江大河，亚洲之东，峨峨昆仑，翼翼长城。天府之国，取多用宏，黄帝之胄神明种。风虎云龙，万国来同，天之骄子吾纵横。"尽管也有"长江""昆仑""长城"等物象，但其动人心魄的主体力量并非这些空泛的物象，而是其情韵的磅礴大气及深沉而恢宏的音乐的直逼人心。物理学家杨振宁博士就曾经谈到这首作品对其父亲的影响："父亲一生都喜欢这首歌。"[②] 杨父的激动与喜欢与其说是文学的，不如说是音乐的——文本表象词语的稀少、空疏和文学性的相对匮乏被进行曲节奏所造就的音乐上的丰沛美感以及由此生发的宏阔气势所弥补。难怪此歌一出便不胫而走，成为旧民主革命时期广泛传唱的爱国歌曲，而且第二次国内革命战争时期，中国工农红军还利用其曲调填写了著名的《工农兵联合起来》一歌。

对"诗语"传统的破坏，其实完全得益于现代歌词本身的文体规约，因为相对于"徒诗"，"声诗"听觉化的审美诉求要求其语言体式有较为明晰的语义逻辑，它所体现出来的"审美形象"由于要规避复义歧解，所以往往拒绝空间直观的、超分析性的意象组合，换之以一种被散文句法、章法所能解释、说明的"演绎"体式。由此，歌词往往会出现一个身份明显的"抒情者"（"我"或"他"），其作用即在语象世界的层面上提出对语言形象的特定理解，将一切"说"—"唱"清楚。换言之，理念化是歌词的语义体系别于"声诗"的重要方面。譬如："二十世纪谁称雄？请看赫赫神明种。我的国，我的国，我的国万岁，万岁，万万岁！"（李叔同《我的国》）作者在这里采用了散文才使用的抽象词汇，在一定程度上打破了"诗之文字"与"文之文字"的界限，对诗的文法形态和结构层面也构成破坏之势。后来以胡适为代表的初期白话诗人也多采取这一方式去制作白话新诗的语言体式，但由于没有考虑到吟诵的诗和歌唱的诗的这种差别，所以不断遭到种种非议，因此很快便被新月派、现代派、象征派等所掀起的一场以空间造型和意象经营为重心的诗歌规范化运动所超越。

---

① 该作品系石更根据日本小山作之助所作校园歌曲《学生宿舍的旧吊桶》填词而作。但有人认为该作品为杨度所作。此可参见钱仁康《学堂乐歌考源》，上海音乐出版社 2001 年版，第 72—73 页。

② 李洪涛：《精神的雕像——西南联大纪实》，云南人民出版社 2001 年版，第 404—405 页，但其中所引《中华男儿》的歌词有错漏。

三 关于现代诗歌起点的辩难

综上所述，我希望在关于中国诗歌的现代转型的研究中，提出如下新的看法。

（一）中国诗歌的现代转型并非始于五四初期的文学革命与白话诗运动，而是始于 20 世纪之初的学堂乐歌，也就是说，在“转型”的时间点上应该往前移动十多年。[①] 有了这样的时间位置的前移，那么，胡适作为现代白话新诗的重要人物的历史性功勋就要大打折扣，而其历史性不足则会更加彰明较著——与其说胡适是“新诗的发明人”，不如说只是现代“徒诗”的发明人；对于中国诗歌的现代转型，胡适的努力只是确立了它在精英文学圈内的合法性，因为在精英文学圈外，诗歌的这种转型运动通过学堂乐歌早已敲响了开场锣鼓。就公共传播的深度和广度而言，前者均不如后者——在后来的文学史上，诵读的白话新诗占据了主流，但它在多大程度上进入了公共空间并影响了公众，仍是值得探讨的问题，因为时至今日，其影响力的脆弱已成为一个不争的事实；相反，歌词却通过听觉化的方式和大众传播手段愈显其持久而广泛的影响力，甚至有“挟大众以灭精英”之势（在文学史的等级划分中，诵读的“徒诗”一直被认为是高级的精英文学范畴，而歌唱的“声诗”则被划归在低级的大众文学甚至音乐的范畴[②]）。之所以说胡适的历史性不足更加明显，一方面，是因其破坏性的现代诗建构理念及其实践一直遭到圈内人的诟病[③]，另一方

---

① 文类的演变是一个渐进、复杂的过程，空间上的多元性和时间上的共生与交错性使单一、静态的历史描述几乎成为一种徒劳。正是基于这样的立场，将学堂乐歌作为中国诗歌现代转型的起点也可以被认为是一种武断，因为，不仅在同一时期，还有大量借用中国民间歌谣的曲调填写新词并通过报刊广为传播的情况，而且，在更早的时期（可以追溯到 1840 年鸦片战争后西方传教士用白话甚至方言依曲填词），白话化的抒情话语实践就有了相当规模的生产和相当广泛的传播与接受。

② 近年来这一情况有所改变，除了前文“引言”所列举的一些情况外，还可以作如下补充：20 世纪 90 年代末由多家出版社联合出版的“百年百种优秀中国文学图书”有光未然的歌词集《黄河大合唱》入选（解放军文艺出版社 2000 年版），李怡主编的《中国现代诗歌欣赏》（高等教育出版社 2004 年版）有专节论述“歌词文学”的欣赏，吕进主编的《中国现代诗体论》（重庆出版社 2007 年版）将歌词作为现代诗体三种之一，专章予以论述。

③ 类似的批评言论一直不绝如缕，比如穆木天就曾经刻薄地批评胡适：“中国的新诗的运动，我以为胡适是最大的罪人。胡适说，作诗须得如作文，那是他的大错”，见穆木天《谭诗——寄沫若的一封信》，原载《创造月刊》1926 年第 1 卷第 1 期，见杨匡汉、刘福春编《中国现代诗论》（上），花城出版社 1985 年版，第 99 页；此外，在 20 世纪 90 年代，诗人郑敏发表长文《世纪末的回顾：汉语语言变革与中国新诗创作》，对胡适的诗学观念及创作实践多有质疑，该文载《文学评论》1993 年第 3 期。

面，还在于，在其“尝试”之前的另一种“尝试”——学堂乐歌——对诗歌的现代转型所作出的积极贡献不仅没有化为他“诗国革命”的有效资源，而且自诩为“新诗发明人”多少透露出他诗学视域的狭隘。事实上，胡适也是一个热衷于歌词创作并有不坏业绩的作者，在1922年增订出版的《尝试集》四版中，他就将由他作词的两首歌曲《平民学校校歌》《四烈士冢上的没字牌歌》收录进去；从成长的时间、区域和文化背景来看，关于他不了解学堂乐歌的假设可能是说不过去的。

（二）长期以来，学术界一直流行着如下一种观点：白话新诗是为了配合“五四”那场语言革命而出现的一种特殊的语言实践[①]。但是，通过本论著的论述，以上关于白话新诗发生机制的看法就值得商榷了。一方面，笔者认为，并非是五四新文化运动中语言探索的需要，而是“废科举，兴学校，养人才，强中国”的变革思路催生了现代意义上的抒情话语。也就是说，现代教育才是现代白话新诗发生的初始诱发动因。就乐歌歌词而言，恰恰因其发生动机首先不是源于诗歌变革的历史冲动，而是服务于社会的时代需求，因此，其新锐的文体试验与社会普遍的接受期待之间所构成的“场域”就与随后开展的五四新诗革命有了很大的差异——前者以激活、规训青年学子青春激情为己任，因此对公共空间持开放的态度并由此而获得普遍接受便成为其自我建构的最高准则，后者以语言革命和文体探险为基本动机，寻求对旧有成规的叛逆与文学圈内认可便成为支配他们的基本动力。这样的历史梳理不仅使我们见出新诗曾经有过的另一个空间，同时也使我们见出中国诗歌现代转型的奠基性机制是多元的而非一元的；也就是说，现代诗歌原本存在着一种历史扩张与自我建构的更为丰富的可能性。另一方面（也是更为主要的方面）是，先后诞生的以学堂乐歌为代表的“声诗”和以“五四”时期胡适等人为代表的“徒诗”所存在的不同的可能性在随后的历史演进中各自获得了自己的自足性和合法性，这必然带来其运作方式、文本特性、传播与接受的程式、影响的层面等的种种不同，通过对其自我建构逻辑的探讨必定会丰富我们对现代新诗发生、发展的复杂性的认识，现代诗学的学理空间也会得到更多的扩展。因此，我们可以说，即使是在新文化运动中以胡适为代表的精英知识分子们首先意识到社会进步、文化发展的历史潮流与文言表意系统及其所体现的思维方式之间存在着龃龉，从理性的高度认识到语言革命的重要意义，并且以诗歌作为

① 参见龙泉明《中国新诗流变论》第一章，人民文学出版社1999年版；朱晓进《从语言的角度谈新诗的评价问题》，载《文学评论》1992年第3期等。

革命的试验场，也并非由他们开启了诗歌语言的现代探索。

（三）长期以来，学界之所以一直维护“胡适是中国现代新诗开山鼻祖”的文学史信念，笔者认为一方面是，因为胡适在五四新文化运动中具有不可撼动的历史地位，因此他关于新文化运动的种种描述及价值判断往往在后来者心中具有了“历史真理”的性质并最终定格为一种几乎是不证自明的历史常识。另一方面，也是更为隐蔽且具有原发性质的方面是：由于受进化论观念的影响，我们过于强调五四新文化运动的“划时代”意义，并且对由此派生出来的各种文化活动——比如胡适对现代白话诗的提倡与尝试——也赠予其与“划时代”等量齐观的价值定位。不过，在笔者看来，这样的文学史信念至少从两方面表现出其可疑性：从纵向上看，由于它将一个时代的特征想象得过于分明和突出，以致忽略了“此”时代与“彼”时代的连续性；从横向上看，文明的演进与文化的变革并非菠菜煮豆腐那样一清二白。实际情况远比这样的非此即彼的划分复杂，它往往是新旧杂陈、多声复义，主流与非主流乃至逆流比肩接踵、混声交响，如果看不出某一时代的“和声”性质与多元取向，则不仅会使我们轻易遗漏掉那些历史合唱中并非不重要的“副旋律”，而且对于“主旋律”的指认与评价也往往难以准确。比如，关于文学革命与国语运动的关系，有学者在论及此问题的时候，依然围绕着胡适做文章①。其实，在胡适有意识地将两者联系起来并付诸实践之前②，学堂乐歌的作者们就已经意识到文学对国语推广的积极意义了，例如，一位署名“我生”的作者在1917年第7号《云南教育杂志》上发表的《乐歌之价值》一文中就明确指出：“国语之目的，在教以正确之发音与明了之发音。得以正确发表自己之思想，是与唱歌之练习，亦有同者……且唱歌之练声法、发声法、发音法，更复杂而更自然，奏效之大，有在国语以上者。况唱歌必有歌词，自易饰成文学上之趣味。时时奏唱，悟其真意，而深印于心。故唱歌实可以贯彻国语之目的也。”③“我生”的意见，我认为更具有实践的意义；而且，这一

① 参见王风《文学革命与国语运动之关系》，载《中国现代文学研究丛刊》2001年第3期。

② 胡适在1917年回国后才逐渐弄清楚国语运动与文学革命两者在目标上的一致性，于1918年3月底至4月初写作《建设的文学革命论》一文，正式提出“国语的文学，文学的国语”的主张；显然，在时间上晚于学堂乐歌的作者们。

③ 张静蔚编：《搜索历史——中国近现代音乐文论选编》，上海音乐出版社2004年版，第82—83页。更有甚者，认为歌词不仅有益于国语的推广，而且应该逐步由“口语”向更高层面的“书面语”发展、延伸：“歌词当顺应于国语科之程度，初步自口语体始，渐次而授以普通之歌词，及有吟咏之兴味者，以唤起儿童之诗思，是为程度上之注意。”在该（转下页）

史实也从另一个方面告诉我们，实现文学革命与国语运动的良性互动其实还有另外的途径，这一途径不仅是对案头化的文学实践的一个有益的补充，而且还有优于它的实践效果——国语的宣传与普及，其正途即大量的听说的训练，将之寓于歌唱，这才是素质教育的本分，并且也更能够让人接受。事实也证明，“唱歌”这种感性化很强的方式的确有利于新的语言方式的运用。20 世纪 20 年代初，黎锦晖致力于儿童歌舞剧的创作和演出，其实应该是这一思路的纵深发展。他在儿童歌舞剧《麻雀与小孩》的“卷头语”中再度论述了唱歌对于国语学习的价值：“学国语最好从唱歌入手，既练熟了许多国音、标准词及标准句，又可以使姿态、动作、心情与歌意十分融洽，于是所学的歌句，便成功了许多应用的国语话。”① 由此我们可以看出，历史的许多精彩剧目并非几个主角包办的，它本身就呈现出多种的样态。那些非主角的幽幽诉说或许正是历史叙事中原本不可或缺的真实而生动的片断。

（四）那么，为什么是“歌”而不是“诗”最初成为中国诗歌现代转型的历史选择对象呢？我们知道，对于涌动于 19 世纪末至 20 世纪初并以五四运动为显著标志的文化变革浪潮，长期以来历史学家喜欢从文学，尤其从诗歌中去寻求推动这一变革的青春激情。但是，这种激情本质上却不是文学精神而是音乐精神；由是，“歌”成为这一时期文化承载的主角便是顺理成章的了。可以说，在现代诗歌的历史冲动与社会普遍的审美期待之间，学堂乐歌找到了一个有效的沟通与对话的平台。对于音乐精神的弘扬不仅表明学堂乐歌富有成效地契合了时代精神，同时也表明诗歌在文化转型的大背景下借助音乐的力量寻求突破自身危机的可能性。在中国诗歌的历史上，音义之争原本就并非一蹴而就。比如，“词”在宋代的兴盛可以视为音乐的一次复活，元代散曲的大行其道再度证明了音乐对于诗的顽强支配。这些事例都表明，在中国诗歌漫长的演化历程中，音乐并未很快消失在诗的文字推敲之中；相反，音乐扮演了人们享受诗的中介。认识到这一点，笔者想会大大深化我们对学堂乐歌所开创的现代“声诗”传

（接上页）作者看来，作为“启蒙”与“教育”的重要手段，不同的被“启蒙”与“教育”者，其对语言“深”与“浅”、“曲”与“直”的诉求也不是一成不变的，而是不断推进的，由“浅”而“深”、由“直”到“曲”、由“俗”到“雅”便是乐歌歌词制作者必须予以重视的问题了。唯有如此，才能真正推进国语教育的纵深发展。应该说，这样的思考于国语的发扬光大已经具有相当的深度了。参见江苏师范生编《（江苏师范讲义）音乐·体操》，江苏宁属、苏属学务处 1906 年版，第 43—44 页。

① 黎锦晖：《麻雀与小孩》，中华书局 1928 年版。

统的诗学价值的认识。

笔者以为，历史研究的根本出发点就在于最大限度地还原历史的真实，在此基础上不断刷新我们对历史的认识，这是它的意义所在，同时也是它的责任所在。

第二节　变革教育与“别求新声”：学堂乐歌的诗学助力

如前所述，迄今为止学界普遍认为，现代新诗是作为五四时期语言革命的一种实践而出现的，其意义主要在于试验用白话文写诗的可能性；其首要的任务不在自身艺术品性的形成与完备，而在于助推新的语言方式的确立。换句说话，现代新诗发生的诗学助力是语言的而不是文学的。当我们将学堂乐歌纳入现代诗歌变革的历史链条后就会发现，作为新诗路向的寻求方式，语言的探索不仅不是唯一的，甚至不是首先出现的，只不过学堂乐歌的诗学助力并非语言的，而是教育的；也就是说，是作为“开启民智”的教育变革的社会期待催生了学堂乐歌这样一种新的抒情话语方式。语言革命也好，教育变革也罢，中国诗歌在从“古典”到“现代”的历史转型中，“诗歌”之外的力量跃居“首席”这一现象的确耐人寻味，它向我们表明，思想文化并非隔绝于文学之外，而是置身文学之中；很多时候，前者甚至扮演了文类演变、美学突围的主角。正因如此，文学的先锋意义与本体价值往往需要以某种文学之外的历史文化作为衡量的基准。

这种主角与配角颠倒且互为“他者”的现象，事实上并非一个“中国式”的命题，而是近现代出现的一种重要文化现象，诗歌如此，文学如此，艺术亦如此：18世纪法国资产阶级革命准备阶段的启蒙主义文学和俄国大革命之前的俄罗斯文学，都表明在现代历史中，文学是想象和建构政治文化的重要方式，而文学自身的生产与再生产，也同一个现代社会创生过程中的种种现实因素相关，政治、经济、文化、宗教、种族等时常从文学、艺术的“外部”顽强地跻身其“内部”，既成为文学强大的对手，也成为其握手言欢的共建力量，制约并规训其内部结构，制定新的“成规”。

巴赫金认为：“文学在自己的内容里反映着意识形态视野，亦即异己的非艺术的（伦理的、认识的等）意识形态构成物。不过，文学本身在反映这些异己的符号的同时，也创造新的形式、新的意识形态交流符号。

这些符号——文学作品——逐渐成为人们周围的社会现实的实际的一部分。在反映某种在它们之外的东西的同时，文学作品也成为意识形态环境中有自身价值的、独特的现象。它们的用处不能仅仅归结为反映其他意识形态要素的辅助的技术作用。它们有自己独立的意识形态作用和自己折射社会经济存在的类型。"①　学堂乐歌即是在晚清至民初"开启民智"的社会文化思潮以及由此相伴而生的建立新式学堂中，塑造其自身价值并成为一种"独特的现象"的。

一　旧式教育的没落与思想先驱的变革理想

自1840年鸦片战争开始，中国进入史称"近代"的历史时期，外强的轮番入侵、政府的日趋腐败、民生的持续凋敝构成了近代中国社会的基本图景。不断恶化的社会现实也不断唤醒一批又一批仁人志士，他们当仁不让地成为生灵涂炭的社会背景下的独特亮丽风景。灾难的现实所激发的深刻思考成为这一时期最令后人怀想的思想遗产，实业救国、文化救国等的构想与实践尽管在后世的论说中依然聚讼纷纭，但其基于民族"救亡"而产生的危机意识及变革精神却至今为人称道。在这批思想先驱看来，西方的冲击是一把双刃剑，既是灾难，又是机遇，而要把握机遇，就必须放弃中国"中心主义"的文化心态，向西方学习。作为一种文化意识新觉醒的具体表征，变革、新学、富国、强兵等成为他们热议的话题，也成为他们对民族自新的自我期许。

按照萨义德的理解，知识分子"不能只化约为面孔模糊的专业人士，只从事他/她那一行的能干成员"，而是"社会中具有特定公共角色的个人"，他们"是具有能力'向（to）'公众以及'为（for）'公众来代表、具现、表明讯息、观点、态度、哲学或意见的个人"②。"民族自新"作为一个巨型的社会命题，必须有方向明确、路径通达的分支性课题的展开，必须以"变革"作为其强力的手段，而"变革"的介入必然在文化观念内部造成分裂、背叛、引申、修正等，而这一切的达成，首先要求于知识界的即是以"专业"为前提的对"专业"的超越和对"思想"的倚重。可以看到，在晚清知识界所制定的"民族自新"的文化图谱

---

①　［苏联］巴赫金：《文艺学中的形式主义方法》，李辉凡、张捷译，漓江出版社1989年版，第22—23页。

②　［美］爱德华·W. 萨义德：《知识分子论》，单德兴译、陆建德校，生活·读书·新知三联书店2002年版，第16—17页。

中，“新民”成为地位显赫的课题之一：“欲维新吾国，当先维新吾民。”[①] 认识到“新民”的至尊地位固然重要，但“民”如何“新”则是一个必须进一步厘清思路并予以推进的重大历史命题；对此，晚清知识界普遍认为，“新学”和“强兵”是“新民”的两个重要支点。梁启超以改革家的口气向世人明示：“亡而存之，废而举之，愚而智之，弱而强之，条理万端，皆归本于学校。”[②] 在他看来，学校不仅是传道授业之地，更是民族精神得以涵养之所。但是，中国传统的旧教育所匮乏的恰恰是品格高尚、强悍耐苦、自由独立、活泼进取、自命不凡、团结博爱之精神。

这种精神气质的匮乏，甚至连西方人也明显地感受到：

> 从智力来说，他们和西方的学生不相上下，不过在其他各方面则远不如后者，他们是虚弱孱小的角色，一点精神或雄心也没有，在某种程度上有些巾帼气味。这自然是由抚育的方式所造成的。下完课，他们只是各处走走发呆，或是做他们的功课，从来不运动，而且不懂得娱乐。大体来说，在佛龛里呆着，要比在海上作警戒工作更适合他们的脾胃。[③]

作为一个英国海军军官，寿尔敏锐地洞察到中国学生智力之外的“其他各方面”，令人叹服，也令人唏嘘感慨。正因如此，梁启超才痛切地指出：“立于生存竞争、优胜劣败之世界，岂惟智力之为急，抑体力亦特重也。近世各国学校，以体育为第一要著，虽不如斯巴达干涉之甚，然其精神则不相远矣。”[④] 将体育作为“第一要著”，其基本要义在于，体育是反抗“虚弱孱小”、树立“精神”与“雄心”的不二法门，正因如此，梁启超相当反感老子“无动为大”的“虚静”哲学，认为它是“千古之罪言”，在他看来，“动”才是“万有之根源”。[⑤] 强调“动”以及“动”所带来的体魄强健与进取精神，对于晚清思想界而言，其更为深层的思想诉求，在于他们从中日甲午战争的失败中看到了中国“军魂”的缺位：

---

① 梁启超：《新民说》，载《新民丛报》1902年第1号。

② 梁启超：《新民丛报·本报告白》，载《新民丛报》1902年第1号。

③ 《寿尔记船政学堂的学生》，见朱有瓛主编《中国近代学制史料》第1辑（上册），华东师范大学出版社1983年版，第388—389页。

④ 梁启超：《斯巴达小志》，载《饮冰室合集》第6册（专集15），中华书局1989年版，第9页。

⑤ 梁启超：《中国积弱溯源论》，原载《清议报》第77—80册，1901年4月29日至5月28日，见梁启超《饮冰室合集》第1册（文集第5册），中华书局1989年版，第26页。

“今日所最要者，则制造中国魂是也。中国魂者何？兵魂是也。有有魂之兵，斯为有魂之国。夫所谓爱国心与自爱心者，则兵之魂也。而将欲制造之，则不可无其药料，与其机器。人民以国家为己之国家，则制造国魂之药料也；使国家成为人民之国家，则制造国魂之机器也。”[①] 他们从日本在这场战争的胜利中看到，“军人之智识，军人之精神，军人之本领，不独限之从戎者，凡全国国民皆宜具有之”[②]。于是，他们顺理成章地垂青于日本的“尚武”精神，希望以此来对抗传统中国的“尚文”传统。“尚武”精神的提倡，从根本上讲，即是为了“强兵”，为了形成一种属于全民族的“蹈厉之气”，而这关涉着“国运”的升沉。[③]

可以认为，“新学”和“强兵”虽然是两个看似相去甚远的主题，但它们却是中国社会实现近代转型不可或缺的历史要件，内在地统一于“启蒙”与“救亡”的时代主题之中。

“新学”主张的提出，首先遭遇的便是“旧学”的传统；科举考试作为绵延一千多年的人才选拔制度，其超稳定的培养与考核模式并非朝夕之间便能寿终正寝，很大程度上，它已经成为整个民族的集体无意识。事实上，进入近代以来，有不少先觉者已经意识到这样的教育体系无法培养出具有现代意识与科学精神的人才。早在洋务运动时期，部分具有开放意识的清政府官僚知识分子就远渡重洋，希望从已经步入工业社会的西方世界中寻求民族教育自新之路。但是，由于洋务运动的主要兴奋点在于建立中国近代军事和工业，推动这场运动的文化英雄们所倾心的是西方的军事装备、机器生产和科学技术，其对教育的关注也因此局限于语言、军事与技术方面的专业人才的培养；他们尽管也从西方世界引进新式学堂，但这些学堂由于其较强的专业性与前沿性，无法惠及更为广大的一般民众，其最终结果是学堂寥寥无几，学生屈指可数。正是因此，洋务运动中的教育变革难以从根本上动摇运行千余载的旧式教育体制。

问题的另一方面则是，随着西方列强军事入侵与文化扩张的逐步加剧，西方的教育体制则通过传教士打入古老中国看似固若金汤的教育体制中，解构其既有的合法性。美国传教士就曾不无骄傲地描述过这种解构的力量：

---

① 梁启超：《中国魂安在乎》，原载《清议报》第 33 册，1899 年 12 月 23 日，见夏晓虹编《梁启超文选》（上），中国广播电视出版社 1992 年版，第 221—222 页。

② 蔡锷：《军国民篇》，原载《新民丛报》1902 年第 1 号，署名奋翮生，见毛注清、李鳌、陈新宪编《蔡锷集》，湖南人民出版社 1983 年版，第 20 页。

③ 梁启超：《饮冰室诗话·五四》，人民文学出版社 1959 年版。

> 教育在培养把西方文明的科学、艺术引进中国的人材方面，十分重要。中国与世隔绝的日子已屈指可数。不管她愿意与否，西方文明与进步的潮流正朝它涌来。这种不可抗拒的潮流必将遍及全中国。[①]

站在今天的立场来评判近代以来西方的文化入侵与扩张，可能需要作更为复杂的判断；换句话说，这样的入侵与扩张具有令人伤痛的文化殖民性质，但在另一方面也可以被视为一种新型文化的启蒙与新型教育观念的积极刺激。板结的古老土地松动了，缝隙间注入了异质的文化水分。

和洋务运动引入西方专业性人才培养模式不同，传教士们努力把西方宗教教义和西方的文化精神植入中国社会的底层，传教活动的“眼睛向下”从其宗教精神来讲是一种情怀，从建立其自身的合法性来讲又是一种行之有效的手段。也就是说，他们不是希望在广袤的中国土地上培养几个中国版的宗教精英，而是希望让芸芸众生理解并接受西方的宗教传统与文化精神。他们通过通俗易懂的方式，将宗教教义以中国民众能够接受的语言方式和“歌唱化”的传播手段传达给他们，让那些远离书面文化的普通民众在轻松、愉快的状态中心悦诚服地接受这些遥远的文化，认同其基本的价值。[②]

汤姆·奈伦认为，“民族主义的新中产阶级知识分子必须邀请群众进入历史之中；而且这张邀请卡得要用他们看得懂的语言来写才行”[③]。对于近代中国的教育变革而言，如果说西方传教士是采用了群众能够看（听）得懂的语言在从事教育，那么，洋务运动的领袖们不仅未能采用群众看得懂的语言变革教育，甚至根本没有准备邀请群众进入。

不过，文化地图的有效性并不是恒定不变的，它必须不断地进行绘制，作出必要的修订。洋务运动的专业化、精英化教育的实践与挫败，虽然在教育的机制上并未动摇中国传统的教育体制，却给后来者提供了开辟新路径的可资借鉴的经验和必须汲取的教训。中日甲午战争失败后，更多的思想先驱开始从失败中反思，加入变革教育的行列，成为新一代的教育

---

① ［美］狄考文：《基督教会与教育的关系》，见陈学恂主编《中国近代教育史教学参考资料》（下），人民教育出版社1987年版，第10页。

② 关于19世纪中后期西方传教士在中国的传教活动，是一个可以作进一步研究的多学科的重要课题，比如，他们将西方宗教教义改写成歌词，通过谱曲或在既有曲谱基础上填词的方式传授给信徒，就可以从诗学、音乐学、语言学、传播学的角度进行研究。

③ ［英］汤姆·奈伦：《不列颠的崩解》，第340页，转引自［美］本尼迪克特·安德森《想象的共同体——民族主义的起源与散步》，吴叡人译，上海人民出版社2005年版，第77页。

变革的领军人物："近者日本胜我，亦非其将相兵士能胜我也。其国遍设各学，才艺足用，实能胜我也。吾国任举一政一艺，无人通之。"[①] 这是一种切肤之痛，更是一种痛切之思。作为戊戌维新运动的领袖，康有为较洋务运动时期那些官僚知识分子而言，更具有思想家的开阔眼光和人文学者的人间情怀，他不仅看到了日本取胜于我的武器、技术，而且看到了武器、技术背后的精神以及精神背后的教育；是全民教育培养了日本民族那种自强不息、发奋图强的国民精神。他甚至将探索的目光越过日本，投向遥远的欧美。在他看来，千余年来我国"不设学校，但设科举"的弊端在于，其培养的"人才鲜少，不周于用"，而欧美国家近代以来，则是"创国民学，令乡皆立小学。限举国之民，自七岁以上必入之"，"其不入学者，罚其父母"。这样的全民教育制度不仅提升了欧美民族的国民素质，而且给日本的明治维新运动以启发，促进了其民族的迅速发展。近代欧美与日本在教育上的成就无疑极大地刺激了康有为，也鼓舞了康有为，于是他怀着急迫的心情上书皇帝："请远法德国，近采日本，以定学制。"[②] 1902 年，清廷颁布《奏定学堂章程》，新学制由此开启。新学制的诞生同时宣告了旧学制的式微。1905 年，废除科举。与旧教育制度相比，以欧美、日本为榜样的新教育制度的划时代意义在于，它不再把教育对象限定在统治阶层，以精英选拔为其旨归，而是立足于底层，使教育普及一般民众，教育方针也因此由此前的英才教育转换为国民教育。

1903 年，王国维发表著名论文《论教育之宗旨》，开宗明义地提出：

> 教育之宗旨何在？在使人为完全之人物而已。何谓完全之人物？谓人之能力无不发达且调和是也。人之能力分为内外二者：一曰身体之能力，一曰精神之能力。发达其身体而萎缩其精神，或发达其精神而罢敝其身体，皆非所谓完全者也。完全之人物，精神与身体必不可不为调和之发达。而精神之中又分为三部：知力、感情及意志是也。对此三者而有真美善之理想："真"者知力之理想，"美"者感情之理想，"善"者意志之理想也。完全之人物不可不备真美善之三德，欲达此理想，于是教育之事起。教育之事亦分为三部：智育、德育（即意育）、美育（即情育）是也。……完全之

① 康有为：《请开学校折》，见陈学恂主编《中国近代教育文选》，人民教育出版社 1983 年版，第 109 页。

② 以上引文均出自康有为《请开学校折》，见陈学恂主编《中国近代教育文选》，人民教育出版社 1983 年版，第 108—109 页。

教育，不可不备此三者。[①]

王国维的如上论述，既是对之前教育变革的呼吁、呐喊、论说、驳难的一种思想提纯，又是对新教育未来走向的一种指陈。无可讳言，传统旧教育相当忽略“身体”在人的成长过程中的意义，这才造成了如前所述的连西方人都为之瞠目结舌的有关中国青年一代“虚弱孱小”、少年老成的现状。“身体”这一在中国正统文化词典中多遭贬抑甚至流放的词汇，一跃而变成近代新派文化领袖词典中炙手可热的字眼，固然有着“天演论”的西方知识背景，但更是新一代知识分子在“救亡”时代背景下，对“老成持重”的古老规训的精神叛逆。留日音乐家曾志忞多少有些抱怨地指出:“嬉戏娱乐，乃动物之性耳。吾国少年，何以独多淫逸，此岂非教育者不得辞之责耶?所谓教育，非使学生徒死读书也。言行举动，立身之本，嬉戏娱乐，治身之末，无一可不注意也。西人于大学高等教育，其运动游嬉之事最备，若击剑、若打球、若相扑、若斗艇，皆备以为学生游戏之具。若以吾国人观之，岂非一游戏学校乎。但此中自寓深意，一以防力学者之过度，一以防好游者之不及也。”[②] 在他看来，嬉戏娱乐尽管是“治身之末”，但对于青少年而言，既是对其生命力的一种合理释放，也是对其“淫逸”之气的一种“温和”规训。正因如此，“体育”这一被中国传统教育长期置于视域之外的课程被隆重地请到学校教育的前台，成为风靡一时的时尚，它甚至波及素以温婉、贤淑、娇小、柔弱为形象典范的女子学堂，一个就学于广东女学堂的学生就曾以叛逆者的形象向社会吁请:“吾以为急救目前女子之方法，断自体育始，断自本年本日始。”[③] 这看似有些生硬、武断的观点表达中，包含着目标上的明确性和时间上的紧迫感。

娇娇这个好名词，
决计吾们不要。
吾既要吾学问好，
吾又要吾身体好。
操操二十世纪中，

---

① 王国维:《论教育之宗旨》，原载《教育世界》1903年8月第56号，见姚淦铭、王燕编《王国维文集》第3卷，中国文史出版社1997年版，第57页。

② 志忞(曾志忞):《音乐教育论(续)》，载《新民丛报》1905年第20号。

③ 张肩任(广东女学堂学生):《急救甲辰年女子之方法》，载《女子世界》1904年第6期。

吾辈也是英豪。

——沈心工词《体操》

这首题为“体操”的学堂乐歌曾经广为流传，风行一时，在笔者看来，很大程度上是因为它唱出了众多受到新思想沐浴的新型少女，告别“娇娇”所代表的传统女性观、争当新时代“英豪”的渴望。

应该说，《体操》所传达出来的不仅是一种社会情绪，更是一种社会理想，不少人是站在国家治理的高度看待“体育”引入课堂的意义。刘瑞莪就曾公开发表文章指出：“体操诚急务矣，可以活筋骨，可以怡性情，可以强种族。……故体操者，学堂必不可缺者也。虽然吾谓女学之体操为尤要。盖女子者，国民之母也。一国之中，其女子之体魄强者，则男子之体魄亦必强。我国人种之不及欧美者，亦以女子之体魄弱耳。”[①] 尽管有“弱肉强食，适者生存”的进化论观念作底色，但这段推理简单却气势不凡的论说在民族处于危亡关头，的确代表了一种庄严、正义的力量——国民身体的强健被视为维护国家独立、民族振兴的必要条件之一，完全可以被视为梁启超“少年强则国强”[②] 的二声部合唱。

身体与精神协调发展，然后才能成为“完全之人物”，这是晚清至民初知识界的普遍共识，而在精神的发展中，德、智、美的协调发展又是知识界关注的焦点。恰如王国维所言：“然人心之知情意三者，非各自独立，而互相交错者。如人为一事时，知其当为者‘知’也，欲为之者‘意’也，而当其为之前（后）之又有苦乐之‘情’伴之：此三者不可分离而论之也。故教育之时，亦不能加以区别。有一科而兼德育智育者，有一科而兼美育德育者，又有一科而兼此三者。三者并行而得渐达真善美之理想，又加以身体之训练，斯得为完全之人物，而教育之能事毕矣。”[③] 不过，客观地讲，尽管强调德、智、美的协调发展，但在改革派的教育主张中，“德”依然是其中的主色调，因为“德”为精神之本，它的“到场”是精神得以建立的前提。在张百熙、荣庆、张之洞领衔编撰的《学务纲要》中就毋庸置疑地指出：“此次遵旨修改各学堂章程，以忠孝为敷

---

① 刘瑞莪：《记女学体操》，载《女子世界》1904 年第 7 期。

② 梁启超：《少年中国说》，原载《清议报》第 35 册，1900 年 2 月 10 日，见《饮冰室合集》第 1 册（文集第 5 册），中华书局 1989 年版，第 12 页。

③ 王国维：《论教育之宗旨》，原载《教育世界》1903 年 8 月第 56 号，见姚淦铭、王燕编《王国维文集》第 3 卷，中国文史出版社 1997 年版，第 58—59 页。

教之本，以礼法为训俗之方，以练习艺能为致用治生之具。”[①] 其立论就带有挥之不去的儒家伦理的色彩，以“德”为本就成为必然的选择了。事实上，晚清知识分子在教育理念上尽管已经相当激进，但他们并没有准备与以儒家思想为代表的传统精神做最后的诀别，“德”的崇高地位仍然得以小心维护。从早期的学堂乐歌也可以看出，德育始终是其高居首位的主题选择。

尽管王国维坦言“德育与智育之必要，人人知之”[②]，但智育在当时知识界的言论中则相对淡漠，或许真是“人人知之”，或许更重要的原因在于，知识界已经从洋务运动的失败中看见，智育虽然不可或缺，但其实并非制约中国社会走向复兴的关键因素，知识救国、科技救国恍若过时的神话。正是因此，美育跃居次席。美育的地位提升耐人寻味，恰如王国维所言：“美育有不得不一言者。”美育何以必言？那是因为“美育者一面使人之感情发达，以达完美之域；一面又为德育与智育之手段，此又教育者所不可不留意也”[③]。在他看来，美育的重要价值在于它可以优化人的感情世界，使人变得“高尚纯洁”[④]，因此可以为德育、智育的健康发展保驾护航，充当它们的守护神。在晚清知识界，美育的重要价值经历了一个从最初的朦胧意识到逐渐清晰的过程，王国维其实只是对这一日趋成熟的认识作了最后的归纳和总结而已。

正是美育意识的唤起，催生了一门新的学校课程——乐歌的诞生。

二　“别求新声于异邦”：启蒙者的成长

客观地讲，将音乐教育[⑤]纳入新式教育体制的思想从萌芽到生根开花，并非晚清思想先驱的发明，而是他们以“拿来主义”的方式“远法德国，近采日本”的结果。[⑥] 汪婉曾经指出，根据《奏定学堂章程》建立

---

① 张百熙、荣庆、张之洞：《学务纲要》，据《奏定学堂章程·学务纲要》湖北学务处本，光绪二十九年（1903）十一月，见舒新城编《中国近代教育史资料》上册，人民教育出版社1981年版，第198页。

② 王国维：《论教育之宗旨》，原载《教育世界》1903年8月第56号，见姚淦铭、王燕编《王国维文集》第3卷，中国文史出版社1997年版，第58页。

③ 同上。

④ 同上。

⑤ 在晚清至民初这一阶段，知识界对音乐教育的认识，主要还停留在唱歌教育这一层面上，因此，当时所使用的“音乐”概念相当程度上对应于“乐歌”这一概念。

⑥ 《女子世界》1904年第1期发表轰动一时的乐歌作品《醒世歌》，其中便有“近追日本远欧美，世界文明次第开”之句，可以看出“别求新声于异邦”的思想在当时相当盛行。

的清末学校制度的最大特点，是彻底地模仿了当时日本的学校制度。[①]

"远法德国"对于当时多数青年学人而言，其"师法"之路的确太远。这个"远"不仅仅是空间上的，还是经济、文化上的；因而，"近采日本"成为众多"别求新声"的梦想者的首选。[②]

虽然日本与中国同时面对西方的冲击与挑战，但日本却在经历了欧风美雨的洗礼后，步西方的后尘，迅速崛起于东方。这对于谋求"自强新政"的中国知识界来说，无疑成为其首选的效仿榜样，而日本文化教育在近代的成功转换则构成了中国近代教育变革以日本模式为学习对象的重要前提；在当时的知识界，尤其是在留日知识分子群体中，有关中国教育变革的问题，甚至有相当明显的"唯日本论"倾向。尽管面对强大的西方世界，日本也自我定位为"学生"，但日本明治维新的成功，无疑使其在中国人面前，又摇身一变而具有了"老师"的身份和地位。立宪派代表人物汤化龙就曾以难以掩饰的艳羡口吻赞扬日本的学校音乐并对"内地士夫"颇有微词：

> 自希腊开文明之幂，以音乐列教育之科，复经诸大家之发明，踵步后尘，遍及欧美。扶桑岛国，吸星宿之流而扬其波，音乐专科，永定学制。三尺童子，束发入塾，授之以律谱，教之以歌词，导活泼之神，而牖忠爱之义。浸淫输灌，养成能独立、能合群之国民，黑子弹丸，一跃而震全球之目。以吾国国力之弱，民气之痿，转捩之键，全恃小学陶溶鼓导，音乐一科，有不能刻缓之理。而内地士夫，尚多囿蛙蠡之识，鄙夷小道而不肯过问，即过问而亦不得其津涘。移风易俗，要道瞀然，斯可悲也。[③]

---

① 汪婉：《清末中国对日教育视察研究》，汲古书院 1998 年版，第 366—368 页；参见高婙《留日知识分子对日本音乐理念的摄取——明治末期中日文化交流的一个侧面》，文化艺术出版社 2009 年版，第 13 页。

② 对于中国学生为何多选择日本留学，日本学者实藤惠秀认为有如下方面的原因：一、中日甲午战争日本打败中国，这恰恰刺激了中国知识界以敌手为师的愿望；二、日本语言上与中国有血缘关系，即所谓"同文"之国；三、中日两国风俗习惯相似，使留学生在生活上较易适应；四、中日两国距离较近；五、比起欧美国家，日本的学费、生活费相对低廉。参见［日］实藤惠秀《中国人留学日本史》（修订译本）第一章，谭汝谦、林启彦译，北京大学出版社 2012 年版。

③ 汤化龙：《〈教育唱歌集〉叙言》，见张静蔚编选、校点《中国近代音乐史料汇编（1840—1919）》，人民音乐出版社 1998 年版，第 152 页。

引起晚清思想界高度关切的是："黑子弹丸，一跃而震全球之目"的日本如何在保持既有文化传统的同时，成功地引进了西方的现代文化理念及其所催生的先进教育体制，从而使曾经衰微的日本国经过短短二十多年的发展而迅速崛起？曾经给洋务运动中远赴西方考察的官僚知识分子以"震惊感"① 而又给留日知识分子巨大启迪的"音乐"，不仅成为日本新式教育体制的有机构成部分，而且也顺理成章地成为作为"学生"的留日启蒙知识分子教育变革具体课程设置的基本构想。②

"大处着眼，小处着手"，可以大致概括东渡日本的那批青年学人拜师日本学习音乐教育的基本状态。意味深长的是，热衷于相关问题讨论的，起初多不是专攻音乐教育的行家里手；因此，在他们充满鼓动性的相关讨论中，思想的强度远远大于对具体专业的认知强度，曾经给予学校音乐教育以巨大影响的梁启超便是其中最具影响力的代表人物之一。梁启超自称"不解音律"，并且批评同时期另一个热衷于乐歌运动的思想家黄遵宪"与余同病也"③，但是，作为一个启蒙宣传家，梁启超却倾注了极大的热情关注学校音乐教育；他不仅在其主编的《新民丛报》刊发学校音乐教育的相关言论与消息，撰写有关学校音乐教育的批评文字，④ 同时还身体力行地创作乐歌歌词。他从留日学生曾志忞编辑出版的《教育唱歌集》中获得启发，也受到鼓舞，极力鼓吹"唱歌"课程于新式学校教育

---

① 相关考察人士多有关于欣赏西方音乐的记载，其倾慕之情溢于言表。如张德彝《再述奇》就有如此文字："初五日……晚，都富约往名医孟达家听曲，男女优人二十余名，皆巴里（现译'巴黎'——引者注）著名绝技，虽曲文不甚了了，其音韵之曲折，声调之悠扬，令人神往。"张德彝《再述奇》，见张静蔚编选、校点《中国近代音乐史料汇编（1840—1919）》，人民音乐出版社1998年版，第9页。黎庶昌《西洋杂志》中也对西方音乐于人的道德规训所发挥的作用予以激赏："（参观高校）……持乐器者数十百人，亦两两相并，别为一队，询其所歌之辞，则先祝君主天佑，次及太子，次及……愿天佑之中国圣人。所以教人必先之以乐歌，所以宣志导情，以和人之心性。闻此歌词，亦足使人忠爱之意，油然以生，三代礼乐尽在是矣。"黎庶昌：《西洋杂志》，1876年，见张静蔚编选、校点《中国近代音乐史料汇编（1840—1919）》，人民音乐出版社1998年版，第69页。

② 张前先生认为："学堂乐歌，是直接仿效日本学校歌曲，学习和借鉴日本学校歌曲的创作经验，首先由中国留日学生创作和推广开来的。"参见张前《中日音乐交流史》，人民音乐出版社1999年版，第309页。

③ 梁启超：《饮冰室诗话·七八》，人民文学出版社1959年版。关于音乐，曾游学日本且与梁启超过从甚密的汤化龙也曾坦言"予于此道略无所知"。汤化龙：《〈教育唱歌集〉叙言》，见张静蔚编选、校点《中国近代音乐史料汇编（1840—1919）》，人民音乐出版社1998年版，第152页。

④ 这些文字最初以《饮冰室诗话》为名，连载于1902—1907年《新民丛报》的"文苑"栏目，后收录于1925年出版的《饮冰室文集》。不过，关于学校音乐教育的文字只占《饮冰室诗话》一小部分，其中大量的还是有关诗歌问题的评述。

的重要性："今日不从事教育则已，苟从事教育，则唱歌一科，实为学校中万不可阙者。"[①] 为何"万不可阙"？或许是鉴于"诗话"的论说性质，只能点到为止；或许的确是因其音乐修养的欠缺，只好点到为止。但是，作为一个叱咤风云的思想界领袖，梁启超这样的决绝态度不能不在留日学生中掀起波澜，也给那些有志于音乐教育变革的年轻启蒙者以鼓舞，在"号召"与"践行"之间形成一种良性互动的关系。事实也证明，在梁启超的号召与鼓动之下，"乐学渐有发达之机"，乐歌的创作与结集出版、乐学理论的探讨与音乐社团的创立、音乐会的举办与专业化或"速成"性质的音乐学习都逐步成规模之势。对此，梁启超备感欣慰，称其为"我国教育界前途一庆幸"[②]。如果说，梁启超式的精神领袖更多地从"大处着眼"，那么，以曾志忞、沈心工、李叔同、辛汉等为代表的年青一代启蒙者则是从"小处着手"——拜师学艺、创作歌词、出版歌集、译介理论、主编刊物、举办音乐会、开设乐歌课程，等等。曾志忞似乎深谙此道："欲唤起全国之精神，一般之智识，是非一二报纸空谈嘲论所能奏效。非有数辈牺牲，修养技术，磨炼品格，忘食忘寝，无我无私，则不能鼓动。"[③] 这是一种社会批评，也是一种自我勉励。的确，"启蒙"也好，"救亡"也罢，绝非坐而论道，纸上谈兵，亦非朝夕之间便手到擒来；"唤起"是一个漫长的过程，它需要品性，同时也不能忽略操作方面的"技巧"和态度上的执着，当然还包括"小处着手"的坚持。

这种全方位、多角度的展开，成功实现了"发达学校社会音乐，鼓舞国民精神"[④] 的文化目标，最终使学堂乐歌作为践行学校音乐教育的维新理想而成为一场轰轰烈烈的运动。

（一）超越"雅乐"，抵制"俗乐"

按理说，传统中国有历史悠久的"乐教"与"诗教"传统，从深厚的历史传统中寻求自我更新的活力应该成为题中之义，大可不必远赴扶桑岛国而"别求新声于异邦"。在笔者看来，这样的"舍近求远"的选择有两个基本动因。第一，近代以降，国际化思维与民族情绪始终是中国知识界难以平衡的一种心理纠结，自鸦片战争到中日甲午战争，由于中国始终

---

① 梁启超：《饮冰室诗话·九七》，人民文学出版社 1959 年版。

② 梁启超：《饮冰室诗话·一一九》，人民文学出版社 1959 年版。

③ 志忞（曾志忞）：《音乐教育论》，载《新民丛报》1905 年第 14 号。

④ 《亚雅音乐会之历史》，原载《新民丛报》1904 年第 3 号，见张静蔚编选、校点《中国近代音乐史料汇编（1840—1919）》，人民音乐出版社 1998 年版，第 119 页。

处于劣势地位，民族自信受到重创，国际化思维渐占上风，从异域——即使是作为敌国的日本——寻求自我变革的动力成为普遍认可的选择。第二，尽管仍然有相当数量的民粹主义者沉湎于“吾中国素有乐也”① 的历史怀想之中，文明传统的巨大律动促成了他们对民族音乐传统的认同，以致“泥古”之风、“自恃”之气盛行，但“雅乐久亡”却是一个不争的事实。李叔同对此曾不无感伤：“乐经云亡，诗教式微，道德沦丧，精力爨摧。”② 李叔同的如此慨叹在当时具有相当的代表性，而且其中所包含的历史判断还不断得到同人的呼应，万绳武就认为：“我国自三代以还，乐典散佚，雅乐沦亡。故乐理不明，而乐政亦以不修。其仅存于今日者，乐声之末而已。”③ 面对这样的历史处境，连官方也有些无可奈何，虽然晚清政府认识到“移风易俗，莫善于乐”，但客观现实是“古乐雅音，失传已久”，因此，“此时学堂音乐一门，只可暂从缓设，俟将来设法考求，再行增补”④。雅音失传固然令人扼腕叹息，不过，即使其余韵尚存，也未必能够救中国的学校音乐于危急之中，这是因为雅音是与传统中国相伴而生的历史存在物，不仅其内在精神无法与日渐开放的中国社会相融合，而且其基本手段、方法、技术等都在相当程度上与近代化进程中的中国难以凑泊。匪石就认为，中国古代的雅乐是“朝乐”而非“国乐”，因此，“其取精不弘，其致用不广，凡民与之无感情”⑤。由于雅乐的阳春白雪性质，期望其与一般民众共鸣，甚而作为学校音乐教育的活的源泉，显然是不合时宜的。而且，“汉唐以来，乐歌学与乐器学，歧而为二。故虽有空前绝后之杰作，只能吟咏，不能歌唱”⑥。“吟咏”与“歌唱”虽然均诉诸听觉，在传达方式上看似类同，但在听觉审美的层次上还是有较大的差别；曾经接受学堂乐歌洗礼的语言学家周有光先生对此即有颇有见地的评价，他认为“吟咏”是比“歌唱”较低的一种听觉艺术的传播模式，因其音乐

---

① 曾志忞：《〈乐典教科书〉自序》，1904年，见张静蔚编选、校点《中国近代音乐史料汇编（1840—1919）》，人民音乐出版社1998年版，第209页。

② 李叔同：《国学唱歌集·序》，1905年作于日本东京，见李莉娟选编《李叔同诗文遗墨精选》，中国文联出版社2003年版，第235页。

③ 万绳武：《乐辨（节录）》，1911年，见张静蔚编选、校点《中国近代音乐史料汇编（1840—1919）》，人民音乐出版社1998年版，第233页。

④ 张百熙、荣庆、张之洞：《学务纲要》，据《奏定学堂章程·学务纲要》湖北学务处本，光绪二十九年（1903）十一月，见舒新城编《中国近代教育史资料》（上册），人民教育出版社1981年版，第209页。

⑤ 匪石（陈世宜）：《中国音乐改良说》，载留日学生浙江同乡会编《浙江潮》1903年第6期，日本东京出版。

⑥ 剑虹：《音乐于教育界之功用》，载《云南》1906年第2期。

性更差。[①] 或许由于对现代声音美学还缺少更为系统的修养，剑虹未能对“吟咏”与“歌唱”作更为详尽的理论辨析，但他却通过对西方歌曲的例举，证明“歌唱”在唤起民众、鼓舞精神方面所能发挥的更大的作用，由此鼓励音乐界人士“多编国歌，叫醒国民”。相比于传统的“吟咏”，他认为“歌唱”更符合学校音乐教育的性质。[②] 尽管现在看来，剑虹的论证显得粗浅，但其开阔的眼光和中西比较的方式的确切中传统雅乐的要害之处。

对于致力于学校音乐变革的这批年轻的启蒙者来讲，不仅要面对“雅乐沦亡”后的断裂痛苦，而且要面对“俗乐淫陋”且甚嚣尘上的现实抗争：“诗亡以降，大雅不作，古乐之不可骤复，殆出于无可如何。而所谓今乐，则又卑隘淫靡若此，不有废者，谁能与之？”[③] 如果说雅乐的沦亡是无可奈何之事，那么，俗乐的风行就是一个绕不开的话题：“现时只有箫、笛等俗乐，所吹的兼且是《十二杯酒》《二十四糊涂》《玉美人》等卑劣的调子，此种卑劣调子，陶育出来的国民，所以都是醉生梦死的。”[④] “世之人耽于声色之好，复竞为靡靡之音，以图悦耳”[⑤] 的社会风气，怎么讲都与新式学堂音乐教育的理想格格不入，这是因为，“悦耳者必不适于修养，亦犹美食不必合于卫生也。……中国的俗乐，是很悦耳，坏处也就在此”[⑥]。“悦耳者必不适于修养”的判断因其笼统而显得相当武断，但内中隐含的抗争的执着还是令人感怀的。其实，如果将孙时的“悦耳者”的判断还原到当时的历史语境中便可发现，其所言并非指声音美学层面上的“动听”，而是指社会伦理层面上的文化刺激，这种刺激如竹庄所言，即为“科名、男女、强盗”[⑦] 三大类。尽管“悦耳”的罪过主要源于俗乐中的唱词，但歌曲的记忆却是整体性的，即使用“旧瓶”（即音乐）装“新酒”（即唱

① 参见中央电视台专题片《启蒙年代的歌声》中对周有光的专访。此为专题介绍学堂乐歌运动的音像作品，其中对当事人的专访有较高的参考价值。

② 参见剑虹《音乐于教育界之功用》，载《云南》1906年第2期。

③ 匪石（陈世宜）：《中国音乐改良说》，载留日学生浙江同乡会编《浙江潮》1903年第6期，日本东京出版。

④ 孙时讲述，郑崇贤笔记：《音乐与教育》，原载《云南教育杂志》1919年第7期，见张静蔚编选、校点《中国近代音乐史料汇编（1840—1919）》，人民音乐出版社1998年版，第297页。

⑤ 万绳武：《乐辨（节录）》，1911年，见张静蔚编选、校点《中国近代音乐史料汇编（1840—1919）》，人民音乐出版社1998年版，第233页。

⑥ 孙时讲述，郑崇贤笔记：《音乐与教育》，原载《云南教育杂志》1919年第7期，见张静蔚编选、校点《中国近代音乐史料汇编（1840—1919）》，人民音乐出版社1998年版，第297页。

⑦ 竹庄：《论音乐之关系（常州音乐会演说稿）》，载《女子世界》1904年第8期。

词），也难以逃脱“靡靡之音”的社会评价，难以摆脱聚讼纷纭的历史命运，前文所举李叔同依据民间乐曲《老六板》填写的《祖国歌》即因此而运交华盖。这首曾经在留日知识分子中广为流传、颇受欢迎的作品，就歌词本身而言，绝无可非议之处：激发民族自信，催人奋进献身，颇有大国民气度。此作品的非议由其填词所依的曲调《老六板》而生。《老六板》又名《老八板》，系清乾隆年间流传甚广的民间曲调，因其流传甚广而被填入各种唱词，清乾隆六十年（1795年）出版的俗曲总谱《霓裳续谱》卷八，就刊有《老六板》最早的填词歌曲《留神听》，其唱词如下：

> 光头和尚泪汪汪，/上殿去烧香，/钟鼓齐鸣响叮当，/口里碎咕哝。/我佛如来坐中央，/阿难伽叶立两旁。/保佑我和尚跳过墙，/娶个好妻房。/一日三餐美酒共猪羊。/从今不再当和尚，/一辈和尚当够了，/再当和尚把心伤。/祝赞已毕下了殿，/就与师娘洗衣裳。/光头和尚。①

尽管后人不断以此曲调填写新词，虽然风格各异，但这些新词都与“淫陋”之气反向而行，如《渔翁乐》的清新、质朴，《勉学歌》的积极、奋发，《桃花源》的雅致、温润，《夕会歌》的天真、活泼；或许是《留神听》太过“深入人心”，其歌词的戏谑、轻佻之气便浸透到曲调中去了，以致让人一听到曲调便联想到《留神听》的唱词，曲调也就因此背上恶名。对此，丰子恺先生曾有颇为有趣的回忆：

> 记得当时的同学少年们对这《祖国歌》有两种看法：有一种人认为这歌曲“村俗”，不喜欢它。因为那时候提倡“维新”，处处模仿“泰西”，甚至盲目崇洋。所以他们都喜欢唱沈心工先生的歌曲（旋律是来自西洋和日本的），而不喜欢这首纯粹中国风的歌曲。原来这歌曲的旋律是中国民间所固有的。我幼时请一个卖柴的叫做阿庆的人教胡琴，那人首先教我拉这曲子，其曲谱是“工工四尺上，合四上，四上上工尺……”。人们常常听到这曲调，因此视为“村俗”。还有一种人和他们相反，认为这曲子好听，容易上口。但在少年中这种人是少数，而多数是普通的成人。②

---

① 钱仁康：《学堂乐歌考源》，上海音乐出版社2001年版，第33—37页。

② 丰子恺：《回忆儿时的唱歌》，载《人民音乐》1958年第5期。

多数少年认为这首作品“村俗”，除了丰先生所批评的“盲目崇洋”以外，可能和这首作品曲调先前就背负恶名不无关系；而多数成人的认可，则是因为他们的“普通”，文化水平不高，对“村俗”以及“村俗”背后的恶俗都有不同程度的认同乃至欣赏。

正是因为歌曲的整体性特征带来的一定程度的模糊性和微妙感，以至日本教习近森出来治来中国讲学并采集中国俗乐之时，也小心翼翼，如履薄冰，“调之雅俗，音之洪纤”在他看来无伤大雅，他唯一惧怕的是与“音”“调”相生相伴的歌词是否“出格”，当东亚图书公司的铃木先生邀其将收集到手的俗乐公开出版时，他不能不对其中的歌词甄审再三，“择词意俱佳者，得一十有二曲”，而“用意折枝、流粗野鄙猥者，一切弃之不取”；之所以谨小慎微，就是害怕其中的“郑声乱风化，大负音乐教育之宗旨也”。①

致力于振兴音乐教育的年轻启蒙者普遍认为，音乐为感情之教育，但是，“音乐之感化力，善恶俱有之”②；正是因此，“移风易俗，莫善于乐”的古训尽管依然萦绕于心，但他们对之已经有了更为复杂的理解，在他们看来，“高尚者有高尚之音乐，淫颓者有淫颓之音乐”，音乐一方面可以“敦风善俗”，而另一方面则可能足以“丧风败俗”。③ 于是，拒绝俗乐成为当时居于主导地位的音乐伦理准则。

面对“雅乐沦亡，俗乐淫陋”④ 的时代困境，成长中的启蒙者不能不陷入深深的忧虑之中，沈心工在辑译日本音乐教育家石原重雄所著《小学唱歌教授法》时，就带着刻骨铭心的“中国问题”：“以雅乐矫正风俗，其见功迟；以淫乐败坏风俗，其见害速。故国中无雅乐，其风俗不问可知。即有雅乐，而浮乐与之并行，亦难达其矫正风俗之目的。”⑤ 相对于温和的沈心工，曾志忞则表现出强烈的决绝姿态：“中国之物，无物可改良也，非大破坏不可，非大破坏而先大创造亦不可。破除好古之迂见，扫净近今之恶习，苟利于国，当发明之。发明之不能，则采仿之。主斯义

---

① ［日］近森出来治：《〈清国俗乐集〉第一集序》，见张静蔚编选、校点《中国近代音乐史料汇编（1840—1919）》，人民音乐出版社1998年版，第131—132页。张静蔚在编入此文献时，未注明作者。

② 我生：《乐歌之价值》，原载《云南教育杂志》1917年第7号，见张静蔚编选、校点《中国近代音乐史料汇编（1840—1919）》，人民音乐出版社1998年版，第281页。

③ 志忞（曾志忞）：《音乐教育论》，载《新民丛报》1905年第14号。

④ 志忞（曾志忞）：《乐理大意·序》，载《江苏》1903年第6期。

⑤ 沈心工辑译：《小学唱歌教授法（摘录）》，见张静蔚编选、校点《中国近代音乐史料汇编（1840—1919）》，人民音乐出版社1998年版，第218—219页。

也，以革新中国，是无往不利，不然者无益。”[①] 口气颇似我们心目中五四时期的文化英雄，但曾志忞却可称为这批英雄的精神前辈。

（二）日本的经验及其中国化的可能

年轻气盛的曾志忞虽然有着“中国之物，无物可改良”的自我批判精神，更有着“输入文明，而不制造文明，此文明仍非我家物”[②] 的豪情壮志，但“留日学生”的角色不仅指陈着其社会身份，更规训着其此时的心理身份。两种身份的叠加使其在面对相当成功的日本学校音乐时，不能不表现出谦卑的姿态，其所作长篇论文《音乐教育论》不仅辟有专章讨论“音乐之实修”问题，而且文中多有“求真务实”以谋求学校音乐教育发展的表白：“音乐之输入吾新世界，于今三年矣。然求一小学校唱歌教师，而不可多得，此何故耶？予得决之曰，无实修力也。往者不咎，来者可追。自今以后，愿各减少名誉心，而加增实修力，音乐其或有发达之日乎。”[③] 从这里我们可以看出，曾志忞不仅对“音乐之输入”现状相当不满，而且直指造成不满现状的病因——无实修力，因此他才告诫同人淡泊名利，苦练内功。

曾氏现实的焦虑与追求的执着在留日专修音乐的中国学生中颇具代表性。

正是因为这样的紧迫感和务实态度，在短短的三四年时间内，他们就从日本学校音乐教育的历史经验中获得了真金白银，并且将其落实于国内学校音乐教育的初步实践中，迅速形成了一场轰轰烈烈的学堂乐歌运动。[④]

如前所述，早期赴日留学的这批青年学子其初衷并非学习音乐，是留日以后目睹日本音乐教育的发达及其对国民精神素质提高的良好作用后，才逐步萌生了改弦易辙的求学思路的，比如，曾志忞、辛汉最初是学习法律，李叔同是学习美术，沈心工是学习师范，但他们却最终成就了自己的音乐梦，成为学堂乐歌运动的先驱性人物。面对清国留学生不可遏止的音乐兴趣，连日本音乐界也颇感惊讶：

---

① 曾志忞：《〈乐典教科书〉自序》，见曾志忞译，［日］铃木米次郎校订《乐典教科书》，广智书局光绪三十年（1904年）版。

② 志忞（曾志忞）：《音乐教育论》，载《新民丛报》1905年第14号。

③ 志忞（曾志忞）：《音乐教育论（续）》，载《新民丛报》1905年第20号。

④ 据张前先生统计，从1903年出版的杂志《江苏》刊载乐歌作品到1907年，仅四年时间，主要由中国留日学生编纂的唱歌集就达23册，收录近500首乐歌，并在中国各地，特别是东南沿海城镇的新式小学和中学里传唱开来，形成学堂乐歌运动的第一个高潮。参见张前《中日音乐交流史》，人民音乐出版社1999年版，第311页。

> 近来清国留学生不论男女，变得如我国学生一般爱好音乐。其中三十六名热衷学习音乐的男女学生聚集于神田骏河台的留学生会馆，创建亚雅音乐会，聘请铃木米次郎为讲师，于每周二、四、六此三日的下午七点开始练习两小时音乐。此间召开了第一届大会，其曲目为合唱《皇帝》、钢琴合奏、风琴独奏《欧洲舞曲》、英语唱歌《空中音乐》、钢琴合奏《寿长夜曲》、独奏《传信舰》等，均极富有特点。[①]

相对于三四千名留日学生[②]，三十六名学习音乐者实在不足挂齿，但对于中国现代学校音乐的建立，这一事件本身便意义非凡；值得注意的是，这三十六名学生创立亚雅音乐会并聘请铃木先生执教，也标志着留日知识分子求教于日本音乐界的正式开始。

可以毫不夸张地说，是日本的经验哺育了清末民初的中国学堂乐歌运动并由此确立了音乐教育在学校教育中的合法性。《新民丛报》曾发表《亚雅音乐会之历史》一文，其中所披露的某些历史纹理可以支持我们的判断：

> 光绪二十八年十一月，沈君叔逵（即沈心工——引者注）等，集合同志数人，开音乐讲习会于江户留学生会馆。开讲二月，沈君因事回国，会罢。会员曾志忞亦回国。未几曾志忞返东京，极力研究音乐。沈君在上海亦尽其力之所能，发达学校音乐。至今上海一隅，音乐甚盛，皆沈君之力，且皆讲习会之效也。三十年五月，曾君复发起音乐会，得同志五十余人，名曰亚雅音乐会。此会虽成于三十年五月，而实则起点于二十八年之十一月。[③]

从以上文字我们可以看出，学校音乐的“发达”是如何通过上海与东京实现互动的；我们还可以进一步看出，从音乐讲习会到亚雅音乐会，其背后都闪动着日本音乐的影响因子。

---

① 《亚雅音乐会》，原载《音乐之友》1905 年第 7 卷第 3 号，转引自高婙《留日知识分子对日本音乐理念的摄取——明治末期中日文化交流的一个侧面》，文化艺术出版社 2009 年版，第 67 页。

② 参见［日］实藤惠秀《中国人留学日本史》（修订译本）第二章，谭汝谦、林启彦译，北京大学出版社 2012 年版。

③ 《亚雅音乐会之历史》，载《新民丛报》1904 年第 3 号。

那么，日本的经验又在哪些具体的方面启发了中国的学堂乐歌创作和学校音乐教育的成长呢?

1. 学校音乐疆域的划定

虽然有引进日本学校音乐教育体制的鸿鹄之志，但国内的现实是，不仅官方未予以必要的重视，甚至连必需的教材、师资、音乐设施等也多付阙如。借用多年前流行的一首歌曲的歌词——“我拿什么奉献给你，我的小孩”来描述试图振兴学校音乐教育的先驱者的心迹怕不为过。曾经赴中国访问且日后在东京音乐学校任中国留学生音乐教师的铃木米次郎颇为了解中国的国情，他之所以欣然为帝国大学留学生辛汉编写的《唱歌教科书》作“序”，是因为他谙练中国音乐辉煌的历史及现实的困境:“中古以降雅乐沦胥，凡家弦户诵者，非高深艰涩之调，即下里巴人之曲，或有文而无声，或有声而不文。求其足以发挥国民之精神，舒畅儿童之脑筋，可咏可歌，可歌可和者，盖已渺不可睹，诚言教育者之遗憾耳。”① 曾志忞则干脆将音乐分为两类，即学校音乐与社会音乐:

> 春秋之时，最习闻者，如侍坐鼓瑟、武城弦歌，此得谓之学校音乐，盖六艺之一也。至若朝廷之祝祭，庶民之冠婚，此乃社会音乐。
>
> 学校音乐，与社会音乐，不可不严别。以吾国今日学界观之，社会音乐，流入下贱者，已不可救。吾人所当研究者，其在学校音乐乎。②

在传统社会，学校音乐是主流，为六艺之一;而社会音乐进入近代后，已流入下流社会，“大半淫靡”。在他看来，学校音乐的兴旺发达，恰是抵制社会音乐流布的最有效方式，后者“自然劣败”。学校音乐是否具有这样强大的力量还有待商榷，但其中所传达出来的曾氏的人文情怀仍令人感怀。由此我们可以看出，将学校音乐与社会音乐予以划分，内中本身就包含着传统的“礼乐”思想，远赴日本之时，他们就怀抱着这样的思想，日本的学校音乐只是部分地与其内心深处的礼乐思想邂逅且彼此暗合了。

这样的暗合也发生在沈心工身上。据陈懋治描述，上海务本女塾曾率

---

① ［日］铃木米次郎:《〈唱歌教科书〉序》，见张静蔚编选、校点《中国近代音乐史料汇编(1840—1919)》，人民音乐出版社1998年版，第150页。

② 志忞(曾志忞):《音乐教育论》，载《新民丛报》1905年第14号。

先将乐歌列为其校所修科目，但任教于此的日本女教师河原操子所使用教材“歌词多日文，不适于用已”，因此在他得知沈心工将赴日留学之时，殷切嘱托：“今日学校音乐阙如，不得不取益于外。君故通音律，盍往学之，以为我国他日乐界改良之初祖乎。”或许正是因为受人之托，原本赴日并没有明确学习音乐志向的沈心工不仅研习音乐，而且借鉴日本歌曲创作的经验，开始了乐歌的创作。对此，陈懋治深感欣慰：“君颇韪其说，及游日归，而小学遂得有唱歌一科。”① 沈心工对自己赴日后的改换门庭也曾作了如下交代：“我在日本约有十个月，可以说一事无成。不过后来做歌出书的一件事，是在日本种的根。那时留学生会馆里请铃木米次郎教唱歌，我也去学唱，略为知道了一点乐歌的门径，就做起歌来。”② 这里所言“乐歌的门径”在笔者看来，既是技术性的，也是思想性的。技术性的门径暂且不表，思想性的门径则是日本学校歌曲中的那种既保留着礼乐传统，又注入了现代意识的精神律动，那种将德、智、体、美浇灌于一体的新鲜气息。这一门径一旦打开，曾志忞、沈心工们便大受刺激，这在某种程度上不仅改变了他们的人生走向，而且给中国的学校音乐制定新版图提供了重要的参照以及必不可少的信心。

2. 追求“有用”，拒绝“纯艺术”

从一开始走近日本学校音乐，这批年轻的启蒙者就不是凭借单纯的个人兴趣，甚至他们赴日留学的个人理想在相当程度上也受“救亡”“启蒙”的社会理想所驱动；换句话说，他们的选择与他们的社会抱负是紧密联系在一起的，专业志向、人生志向和社会志向是一种同向互动的关系。礼乐文明的精神了然于心，教育救国的志向怀抱于心，日本的学校音乐就不仅成为他们教育救国的一种方式，而且成为一种投身音乐的助燃剂。本着“救亡”与“启蒙”的宗旨，他们致力于将音乐教育与学生的道德培养（包括日常生活道德和当时背景下的社会道德——进取、尚武、强兵、爱国等）以及相关的知识学习相结合，从而使学堂乐歌成为负载提高“民智”、塑造“新民”的为“民族”的艺术。

有学者认为，鉴于当时教育救国的特殊历史背景，日本明治时期的教育深受德国教育家赫尔巴特为代表的“中心统合”理论的影响。所谓“中心统合”，简而言之就是将基础教育中的课程综合化且向“道德”这

① 陈懋治：《〈小学唱歌教授法〉序》，见张静蔚编选、校点《中国近代音乐史料汇编（1840—1919）》，人民音乐出版社 1998 年版，第 124 页。

② 沈洽整辑、编注：《沈心工自传》，见沈洽编《学堂乐歌之父——沈心工》，（台湾）作曲家协会 1990 年版，第 27 页。

个中心点辐辏。赫尔巴特认为，教育的终极目的是培养德性或意志，孤立的、支离破碎的教材不利于以德性或意志为核心的完整人格的形成，教材应以德性或意志为轴心彼此关联起来。在这样的观念影响下，“唱歌”课便呼之欲出了，因为，就“唱歌”本身而言，不仅可以通过其中的音乐与歌词对学生进行审美的熏陶，而且可以通过歌词将“道德”甚至其他的学科知识附着其上，由此实现一门课程、多重效应的教育理想。① 从日本明治维新运动取法欧美以振兴教育来看，赫尔巴特理论的影响不可低估。不过，着眼于中日文化之间深远的历史交流，我们还应该看到的是，自唐代以后，日本音乐、文学乃至整个日本的民族文化又深受中国的影响，“礼乐”精神早已深深融入日本的音乐文化并持续释放出其绵邈的精神效力，“大凡教授唱歌，可以开阔儿童的胸腔，促进其健康，并陶冶其情感，涵养美德”② 这样的教育纲领，怎么说也无法否认其对中国儒家礼乐传统的传承。对此，沈心工颇有心得：“惟唱歌则以道德与优美之理想化合，以激天良，……昔孔子以诗教人，实为深得教育之原理。”③ 因此，将德育作为学堂乐歌的核心内容并在歌词中引进其他学科知识，既可以看作中国近代学校音乐通过日本对西方教育理念的汲取，也可以看作日本音乐文化对中国近代音乐的反哺。

勤勤勤，勤勤勤，/太阳落山明月生。/勤勤勤，勤勤勤，/眼睛一闪便成人。/小鸟衔柴要做巢，/桃花谢落要结果。/勤勤勤，勤勤勤，/莫使光阴空错过。/蜜蜂会做蜜，/蚕子会做丝。/物物有事情，/人也该如此。/勤勤勤，勤勤勤，/少年及早勤勤勤。

——志忞（曾志忞）词《勤》

南北东西大海边，/远望来去船。/去船何所见？/船身先下水平线。/来船何所见？/水面先露旗杆尖。/可知大地到处弯弯，/圆如橙子面。/山高水低，/赤道膨胀两极扁。/吾人绕地行，/宛似橙

① 高婷在其所著《留日知识分子对日本音乐理念的摄取——明治末期中日文化交流的一个侧面》中对之有相当详尽的论述，可以参阅。

② ［日］《小学校教则纲领》（1881年），内阁记录局《法规分类大全》第1编，1891年，学政门，第377页，转引自高婷《留日知识分子对日本音乐理念的摄取——明治末期中日文化交流的一个侧面》，文化艺术出版社2009年版，第32页。

③ 沈心工辑译：《小学唱歌教授法（摘录）》，见张静蔚编选、校点《中国近代音乐史料汇编（1840—1919）》，人民音乐出版社1998年版，第218页。

面蚁盘旋。

放眼天空气青青，/恒星数不清。/太阳光热大，/吸引其属水金星。/地球火木土，/天王海王循轨行。/坤轴自动昼夜分，/公动四季定。/一年三百六十五日，/四年逢一闰。/月又绕地球，/照我夜游更多情。

——沈心工词《地球》

《勤》是曾志忞为幼稚园学生量身定制的作品，尽管其歌唱的口吻是童稚化的，但其关于“勤勉”的教诲还是溢于言表。沈心工的《地球》则是一首典型的借“唱歌”来传授天文与地理知识的作品，其中的创作理念显然来自日本的学校“唱歌”的影响，即“使儿童口舌之间，引起各科之旧观念，而得新知识”[①]。

自明治维新运动以来，将修身、学科知识、民族意识融入学校音乐课程，这基本上成为日本知识界、音乐界、教育界的共识；尤其在中日甲午战争爆发以后，以强健体魄为目的的体育课以及宣传“军国民主义”的尚武精神也大张旗鼓地进驻学校“唱歌”课程中——“使用千言万语道军情战绩也不及一首军歌易于儿童接受”[②]。作为战败一方，中国知识界不能不痛定思痛，梁启超就曾痛切地叩问：“日本人之恒言，有所谓日本魂者，有所谓武士道者。又曰日本魂者何？武士道是也。日本之所以能立国维新，果以是也。吾因之以求我所谓中国魂者，皇皇然大索之于四百余州，而杳不可得。吁嗟乎伤哉！天下岂有无魂之国哉？吾为此惧。”[③] 蔡锷更是认为，“居今日而不以军国民主义普及四万万，则中国其真亡矣”[④]。这样的叩问、呼吁、呐喊不能不对留日学生的创作心理带来深刻影响。试以沈心工的《摇篮》一歌为例。这首受启发于日本摇篮曲的作品，其创作初衷应该是以此仿制一首中国式的摇篮曲，其第一段的确又是朝着摇篮曲惯常的情感线索在推进：

---

① 保三：《乐歌一斑》，载《江苏》1904 年第 11、12 期。

② ［日］《教育报知》1895 年第 462 号，转引自高婙《留日知识分子对日本音乐理念的摄取——明治末期中日文化交流的一个侧面》，文化艺术出版社 2009 年版，第 41 页。

③ 梁启超：《中国魂安在乎》，原载《清议报》第 33 册，1899 年 12 月 23 日，见夏晓虹编《梁启超文选》（上），中国广播电视出版社 1992 年版，第 220—221 页。

④ 蔡锷：《军国民篇》，原载《新民丛报》，署名奋翮生，见毛注清、李鳌、陈新宪编《蔡锷集》，湖南人民出版社 1983 年版，第 19 页。

摇床摇摇摇，/团团要睡了。/今朝团团醒来太早了。/团团倦了，/种种孛相弗要，/掷了皮球，放了喇叭，/要妈抱。/团团抱了，/头颈慢慢垂倒，眼睛蒙蒙，鼻管飕飕，/呼吸小。

歌曲如果就此打住，就完全是一首彻头彻尾的摇篮曲了。但置身于将“军国民教育”放在国家治理、民族振兴高度来鼓吹的时代背景中，原本单纯的摇篮曲便自然被引向了尚武、忠孝、崇军的宏大命题中去了：

摇床摇摇摇，/团团摇惯了。/团团航海不怕大风潮。/爷娘祈祷，/团团将来忠孝，/带了兵船，打了胜仗，/真荣耀。/摇摇摇摇，/团团梦里弗跳，眉头一皱，/嘴唇一嘻，/微微笑。

从纯粹摇篮曲的创作要求来看，这首作品多少显得有些生硬，甚至有点“主题先行”的味道。或许正是这样的缘故，在民国元年（1912年）沈心工编纂《重编学校唱歌集（一集）》的时候，对第二段带有明显历史印痕且又显得突兀的部分作了较大修改：

摇摇摇，/弟弟摇惯了。/将来航海不怕大风潮。/弟弟大了，/一定会跑会跳，/会荡秋千，会走浪木，/真快乐。/摇摇摇摇，/弟弟弗惊弗跳。/眉头一皱，嘴唇一嘻，/微微笑。

如果说，从“摇摇摇”到“将来航海不怕大风潮”是一种合理的延伸，那么，再进一步推进到“将来忠孝，带了兵船，打了胜仗，真荣耀”的确显得有些过头。从这样的版本比较中我们可以明显看出，时代风云与社会波澜是如何在特定的历史语境中隐蔽而又深刻地规约着创作者个人的内心悸动。

法国社会心理学家勒庞认为：“真正的历史大动荡，并不是那些以其宏大而暴烈的场面让我们吃惊的事情。造成文明洗心革面的惟一重要的变化，是影响到思想、观念和信仰的变化。令人难忘的历史事件，不过是人类思想不露痕迹的变化所造成的可见后果而已。”① 当目睹日本人送亲友参军且在送行的标语上大书“祈战死”的时候，梁启超“矍然肃然，流连而不能去”，脑子里立刻浮现的是“牵衣顿足拦道哭，哭声直上干云

① ［法］古斯塔夫·勒庞：《乌合之众》，冯克利译，中央编译出版社2004年版，第1页。

霄”的诗句，由此他获得顿悟：“中国历代诗歌皆言从军苦，日本之诗歌无不言从军乐”，而造成这一大相径庭的感受的根本原因则是日本国俗“尚武”，而中国国俗“右文”。[①] 面对有着强大“右文”传统的四万万中国人，如何普及“军国民主义”并将其锻造成民族精神的一部分？日本的学校教育给了他们深刻的启示：“凡属普通学堂，均宜兼设测算、绘图、体操、军歌各课。”[②] 如果说测算、绘图属于智育范畴，那么，体操和军歌不仅属于体育和美育的范畴，它们还属于这一特殊时期非常重要的德育范畴。我们至少可以从现存下来的乐歌中找到近十首直接以《体操》为歌名的作品，当然，以体育和军事为表现内容的作品更是不计其数。一个颇为有趣的例子是，1907 年上海科学书局出版了由徐少曾、孙掞编纂的一部叫《表情体操教科书》（又名《唱歌游戏》）的教材，其基本的编纂意图是通过“游戏”的方式，训练学生的体操与唱歌的能力。编纂者共选用了二十首歌曲，设计了五十个游戏单元；令人玩味的是，在这二十首作品中，以体育、尚武、军事为题材的就有十五首，足见编纂者普及军国民教育的急迫心情以及其后的良苦用心。

隔着一百余年的时间距离来回望这段历史，很多人恐怕都难以真切理解为什么那个时代会有如此众多的体育歌、尚武歌和军歌，当然，可能也会对其追求“有用”的艺术观多有微词。不过，这种“后设”的历史观测方式未必能洞悉其看似粗浅、直露的艺术选择背后丰富的历史内涵。对于中国近现代文学、艺术历史的研究，这样的警觉笔者以为未必多余。

第三节　在音乐中寻求新型“诗性”：学堂乐歌的大众诗学特征

赫尔巴特认为，要实现“中心统合”的教学目标，必须坚持“社会本位”和“儿童本位”的原则；如果说前文所述将爱国、强身、尚武、崇军等新思想、新道德强力灌注进“学堂乐歌”这个精神与情感的“容器”，主要体现了“社会本位”原则，那么，围绕着新音乐教育所形成的一整套理念以及通过创作、教学而予以具体实施则更多地体现了“儿童

① 梁启超：《祈战死》，原载《清议报》第 33 册，1899 年 12 月 23 日，见夏晓虹编《梁启超文选》（上），中国广播电视出版社 1992 年版。这里的“右文”作“崇尚文治”解，第 220 页。

② 《普通学校宜兼课兵学说》，载《东方杂志》1905 年第 2 卷第 9 期。

本位”的原则。“声音之道，与政通矣”①，那么，通“政”之“声音”如何才能够抵达社会底层，尤其是那些不谙世事的髫龄儿童?固然“声音之道，感人深矣”②，但“感人”之声音抵达人心之途并非通衢大道，从“不谙世事”到“知音识曲”，其间不仅路途遥遥，而且通达的方法与手段都须借助于全新的知识、经验，当然还包括引路人必不可少的智慧;对此，万绳武颇有心得:“时至今日，世界交通，我国学子游历各邦，耳食于东、西音乐之美，渐知音乐之非小道，乃稍稍致心焉。”③ 既非小道，从何入手?作为学堂乐歌的始作俑者，曾志忞一一予以道破:

> 有技术，有学术，于是编唱歌集，设音乐科。若犹以为普及之不速，则月开音乐会，或日开讲习会，或于公共地方，设奏乐堂，俾上、中、下社会人民，各知学校音乐之美。④

这可以说是实施学校音乐教育的基本框架了，但是，“技术”和“学术”又从何而来?在学校音乐教育方面获得巨大成功的日本给了他们唾手可得的经验，而其丰富的成果又成为他们直接仿效的范本，况且他们身边还有随时可以求教的日本音乐导师，如铃木米次郎、伊泽修二、田村虎藏等多位日本学校音乐的开掘者都曾对他们言传身教。

有了“技术”和“学术”的保驾护航，年轻的音乐启蒙者们便边学习边实践，开始大胆为中国学生制作乐歌作品。当最初的乐歌作品呱呱坠地的时候，梁启超兴奋无比:“顷读杂志《江苏》，屡陈中国音乐改良之义，其第七号已谱出军歌、学校歌数阕，读之拍案叫绝，此中国文学复兴之先河也。”⑤ 数阕军歌、学校歌是否可以成为“中国文学复兴之先河”或许还见仁见智，但作为留日知识分子精神领袖的“拍案叫绝”不能不让这批年轻的音乐启蒙者备受鼓舞，零星的创作已经难以满足他们硕大的“实验”胃口，教材的编写与“乐歌”课的开设便成为他们“做大做强”的更高目标;短短几年内二十余部教材的面世与以上海为中心的唱歌课程

---

① 《乐记》，见蔡仲德注译《中国音乐美学史资料注译》，人民音乐出版社2004年版，第272页。

② 梁启超、李叔同都持这样的观念，此可参见李叔同《〈音乐小杂志〉序》，原载《音乐小杂志》1906年第1期，未署名，见郭长海、郭君兮编《李叔同集》，天津人民出版社2006年版，第40页;梁启超《饮冰室诗话·五四》，人民文学出版社1959年版。

③ 万绳武:《乐辨(节录)》，见张静蔚编选、校点《中国近代音乐史料汇编(1840—1919)》，人民音乐出版社1998年版，第233页。

④ 志忞(曾志忞):《音乐教育论》，载《新民丛报》1905年第14号。

⑤ 梁启超:《饮冰室诗话·七七》，人民文学出版社1959年版。

的逐步开设，意味着从日本引进的学校音乐教育在中国的土地生根了。王国维不无欣悦地写道："今日教育上有一可喜之现象，则音乐研究之勃兴是也。二三年来学校唱歌集之出版者以数十计。大都会之小学校亦往往设唱歌一科，至夏期音乐研究会等，时有所闻焉。"虽然王国维在大力表彰之后，就转而对其时所编之教材提出了尖锐批评："然就唱歌集之材料观之，则吾人不能不谓：提倡音乐、研究音乐者之大半，于此科之价值，实尚未尽晓也。"① 鉴于乐歌在当时的巨大影响力，跟风而行之人的确如过江之鲫，鱼龙混杂在所难免。但即使仅就王国维未予否定的另一小半而言，初期的学堂乐歌仍是立有不世之功的；如果再结合其教学的实施，我们也应该说，这批乐歌制作者的成绩可圈可点，而其中所引进的日本经验激活并刷新了中国的乐教传统。笔者认为，其中有两方面的成绩值得关注。

一　针对学生特点，教授平易歌曲

1904 年，曾志忞出版《教育唱歌集》，梁启超在对之进行介绍时，用了"为之狂喜"来击节赞叹："其所编之歌，煞费苦心，如其《告诗人》篇中之言。"唯恐读者不能认同其"狂喜"之缘由，他全文照录《告诗人》一文。这篇不足五百字的文章究竟说了什么？简而言之，即是批评了中国诗人的四大固有毛病："曰恋，曰穷，曰狂，曰怨"——"上者写恋穷狂怨之态，下者博渊博奇特之名"；在他看来，这不仅远离音乐，更远离教育："今吾国之所谓学校唱歌，其文之高深，十倍于读本。甚有一字一句，即用数十行讲义，而幼稚仍不知者。以是教幼稚，其何能达唱歌之目的？"他以欧美、日本的成功经验为武器，"广告海内诗人之欲改良是举者，请以他国小学唱歌为标本，然后以最浅之文字，存以深意，发为文章"。为了证明曾志忞的理论联系实际，梁启超特别列举了其《教育唱歌集》中的三首作品：

老鸦（幼稚园用）

老鸦老鸦对我叫，老鸦真正孝。老鸦老了不能飞，对着小鸦啼。小鸦朝朝打食归，打食归来先喂母，自己不吃犹是可，母亲从前喂过我。

---

① 王国维：《论小学校唱歌科之材料》，载《教育世界》1907 年第 148 号。

马蚁（寻常小学用）

马蚁马蚁到处有，成群结队满地走，米也好，虫也好，衔了就往洞里跑。谁来与我争？一齐出仗，大家把命拼。不打胜仗不肯回，守住洞口谁敢来？好好好！他跑了，得胜回洞好。有一处，更好住，要做新洞大家去。

莫说马蚁马蚁小，一团义气真正好。人心齐，谁敢欺？一朝有事来，大家都安排。千千万万都是一条心，邻舍也是亲兄弟，朋友也是自家人。你一担，我一肩，个个要争先。你莫笑，马蚁小，义气真正好。

黄河（中学校用）

黄河，黄河，出自昆仑山，远从蒙古地，流入长城关。古来圣贤，生此河干。独立堤上，心思旷然。长城外，河套边，黄沙白草无人烟。思得十万兵，长驱西北边，饮酒乌梁海，策马乌拉山，誓不战胜终不还。君作铙吹，观我凯旋。[①]

从三首作品所预期的接受对象“幼稚园”“寻常小学”“中学校”可以看出，其歌词的创作与选择[②]不是以个人的趣味，而是以作为受众的学生的实际接受能力为取舍的首要条件：幼稚园所用的《老鸦》，以一种寓言化的形象塑造表达了报效母亲的主题，寻常小学用的《马蚁》拟人化的歌唱传达出“团结”的文化理念，中学校用的《黄河》从语言的文言化、高密度的历史地理知识元素的加入以及“独立堤上，心思旷然”所蕴含的深沉情感来看，其思想容量和精神强度以及语言的难度显然超过了前两首。这种对接受对象“差异性”的专注以及编排策略的考虑，显然体现了选编者“以生为本”的立场。由此可以看出，梁启超的“煞费苦心”的评价并非言过其实，而其“狂喜”之情也的确“喜”之有据，即“以最浅之文字，存以深意，发为文章”。

这种以学生年龄差异及知识水平高低为音乐教材编写出发点的理念，同样体现在与《教育唱歌集》同年出版的沈心工编纂《学校唱歌集（初集)》之中。沈心工将其所编选作品分为甲、乙、丙三种，“甲种曲调平易，歌意浅显，多言文一致，更参以游戏，期合乎儿童之心理。凡幼稚园

---

① 梁启超：《饮冰室诗话·九七》，人民文学出版社1959年版。

② 《老鸦》为龙毓麟作词，《马蚁》为志忞（曾志忞）作词，《黄河》为杨度作词。

及寻常小学堂均可用。乙种之曲抑扬曲折，较难于甲，宜于高等小学及中学堂之程度。丙种为礼仪上特用之歌，故别之"[①]。其甲、乙两种作品的择取、编排，足见编纂者的苦心孤诣。鉴于当时国内音乐教师水平普遍不高，编纂者特地增加了“练音”“唱歌”“乐理摄要”“风琴使用法”“歌词说明”等内容，再加上前面“凡例”之总体介绍，真可谓面面俱到且简单明了，即使是“半罐子水”的老师，也基本上可以以此应对教学了。对于中国近现代学校音乐教材的编写，沈心工的《学校唱歌集（初集）》可谓具有“发明”的意味。

这些堪称优秀教材的编纂、出版，不仅深得其国内同行的认可[②]，而且获得了其日本先生的首肯。铃木米次郎就先后为辛汉编纂的《唱歌教科书》和《中学唱歌集》作序（后者用的是“叙”）。比较两篇“序”可以看出，前者只是泛泛而谈、“以资鼓励”而已，后者则是慷慨抛洒其溢美之词了：

> 余为细加校阅，见所采原曲数十首，类皆东西名作，而措词命意，亦复适合中学之程度。夫音乐一科，与各种教育相辅而行者也。小学时代，学生之脑力幼稚，故各种科学精神之教育，必附丽于形质；至中学，则智识渐完，优美之思想，完全之人格，必于此时期养成之。音乐之道，何独不然。是编修辞、选曲，多以精神教育为主，其唤起伦理之观念，政治之思想，振武之精神诸作，皆能令歌者奋然兴起。然则是编之出，不独为音乐界进化之先声，其有补于国民之教育者，岂浅鲜哉。[③]

以上文字可以见出作“叙”者对该教材编者意图之解读：所采曲调仍为东西旧作，但歌词乃新创之词，而新创之词是以接受对象为创作的出发点的——“措词命意，亦复适合中学之程度”；在铃木先生看来，中学的乐歌教育与小学是有所区别的，即更强调“精神教育”，这样的区别已经充分体现于两部教材之中了。由于是以“歌唱”的方式进行这样的宏

---

① 沈心工：《学校唱歌集（初集）·凡例》，见沈心工编《学校唱歌集（初集）·凡例》，务本女塾1904年版，第1页。

② 陈懋治、李宝巽、黄子绳、汤化龙等均有评论文字，此可参见张静蔚编选、校点《中国近代音乐史料汇编（1840—1919）》，人民音乐出版社1998年版。

③ ［日］铃木米次郎：《〈中学唱歌集〉叙》，原载辛汉《中学唱歌集》，1906年版，见张静蔚编选、校点《中国近代音乐史料汇编（1840—1919）》，人民音乐出版社1998年版，第159页。

大社会命题的传播，因此他相信其效果必将令人满意——“皆能令歌者奋然兴起”。“叙”者实在喜爱这个勤奋、聪明的中国弟子，甚至将溢美之词扩展至其之前编纂的《唱歌教科书》：“著者曩撰《唱歌教科书》，修辞雅饬，选曲精当。出版不数月，而重印数次。余深喜中国音乐之普及，而著者之作为社会所欢迎，于此亦可见一斑。惟前著程度较浅，可供中学教科之用者，仅数曲而已。中国今日音乐之程度，继长增高，其所需之教材，亦不能不与之俱进。”[①] 前著之遗憾——“程度较浅”在后著中得以弥补，前后呼应，两得其所，其中国学生的辛勤劳作也堪称功德圆满了。

就学堂乐歌的音乐而言，其实并没有多少创造、发明的意味，因为绝大多数乐歌作品都是采用欧美及日本已经流行的歌曲曲调填词而成的，这实在是因为当时热心于乐歌运动的先驱者们对西方及日本音乐理论的了解还处于初级阶段，而其音乐创作的经验也还未到火候，半路出家、“速成”等音乐经历使他们还无法用音乐语言来一吐情愫。一味指责他们“借他人的酒杯，浇自己块垒”的做法或许有失公允。沈心工对当时某些持异议者就颇有微词：

> 世人往往以泰西之音乐，为不合于吾国民之风趣，而大加摈斥，可谓愚甚。世间万物，皆有新陈代谢之机，否则立致腐败。
>
> 嗟呼，处此20世纪开明之时代，犹以古来之音乐为优美，而采用各种古曲以教儿童，其不足以感发心态，又何待言乎。
>
> 欲感动一时之人情者，必制一时适宜之音乐，此自然之势也。[②]

对于人们的批评、质疑，曾志忞倒是坦然一些：“以洋曲填国歌，明知背离不合，然过渡时代，不得以借材以用之。”[③] 其实，在歌曲发展史上，以旧曲填新词不仅中外皆有，而且很多时候还成为音乐家、文学家们的至爱，宋词的制作模式便是典型的例子，以致最终使中国诗歌的音乐化追求走上“依声填词”的僵化道路。由此看来，问题的关键或许并不在于是否以旧曲填新词，而在于所取之旧曲与所填之新词是否因缘巧合，凿

---

① ［日］铃木米次郎：《〈中学唱歌集〉叙》，原载辛汉《中学唱歌》，1906年版，见张静蔚编选、校点《中国近代音乐史料汇编（1840—1919）》，人民音乐出版社1998年版，第159页。

② 沈心工辑译：《小学唱歌教授法（摘录）》，见张静蔚编选、校点《中国近代音乐史料汇编（1840—1919）》，人民音乐出版社1998年版，第218页。

③ 志忞（曾志忞）：《音乐教育论（续）》，载《新民丛报》1905年第20号。

枘相应。对于早期学堂乐歌的这种选择，后代学人不仅多予以宽容，而且更多地予以理解与赞赏；作为音乐的内行，他们深知“选曲填词”或“依词选曲”都不是一个简单的操作过程，并不比为歌词写一首新曲调来得轻快，是难度很大的作业。[①] 这是因为，来自欧美、日本的曲调与原歌词之间大都斗榫合缝，属于“原配”，而且，其中不少作品都耳熟能详，得到社会的广泛认可，它们与听众之间甚至形成了某种程度上的美学“共同体”；更重要的是，歌曲作为一种大众化的艺术形式，是与社会审美趣味、时代风尚、文化传统等多重因素“共感力”极强的艺术类型，当然其中的调性、节奏、音域特性等的汇聚，更使一首具体的作品个性鲜明，具有相当程度的“自我”闭合性，这些因素相互“勾结”，很多时候使那些试图“染指”者望而却步。李叔同曾经尝试走一条不同于以曾志忞、沈心工为代表的用创作歌词填入欧美曲调之路；他用欧美名曲填入中国古代诗歌名作，“商量旧学，缀集兹册”[②]，于 1905 年出版《国学唱歌集》。对自己的另辟蹊径，他起初还颇为自得：“余曾取《一剪梅》《喝火令》《如梦令》诸词，填入法兰西曲谱，亦能合拍。可见乐歌一门，非有中西古今之别。”[③] 他试图以此走一条“强强联合”之路，以实现其“摅怀旧之蓄念，振大汉之天声”[④] 的鸿鹄大志。但是，很快他就发现，这样的努力并未像沈心工们一样迎来八方喝彩，而是令人猝不及防的冷淡，这不能不使他陷入痛苦：“去年余从友人之请，编《国学唱歌集》。迄今思之，实为第一疚心之举，前已函嘱友人，毋再发售，并毁版以谢吾过。”[⑤]“毁版”的冲动显然和其理想与现实的龃龉有很深的关系。提倡“风雅”的愿望固然可嘉，中国式的“风雅”之词或许也可以与同样“风雅”的西洋名曲争奇斗艳，却不一定能够琴瑟和鸣，因此，其“非有中西古今

---

① 参见张静蔚《论沈心工、李叔同》，原载《哈尔滨师范学院学报》1963 年第 1 期，见张静蔚编《触摸历史——中国近代音乐史文集》，上海音乐出版社 2013 年版，张前《中日音乐交流史·近代篇》第二章，人民音乐出版社 1999 年版。

② 李叔同：《国学唱歌集·序》，1905 年作于日本东京，见李莉娟选编《李叔同诗文遗墨精选》，中国文联出版社 2003 年版，第 235 页。

③ 李叔同：《论学堂用经传》，原载《东方杂志》第 2 年第 4 期，《附录》之《商务印书馆征文》，1905 年 5 月 28 日（光绪三十一年），署名李惜霜，见郭长海、郭君兮编《李叔同集》，天津人民出版社 2006 年版，第 18—19 页，标题为编者所加。

④ 《国学唱歌集》出版广告，原载《时报》1905 年 6 月 6 日，见郭长海、郭君兮编《李叔同集》，天津人民出版社 2006 年版，第 22 页。

⑤ 息霜（李叔同）：《昨非录》，原载《音乐小杂志》1906 年第 1 期，李叔同编，日本东京出版，见张静蔚编《搜索历史——中国近现代音乐文论选编》，上海音乐出版社 2004 年版，第 20 页。

之别”的判断实为大谬。这也难怪其弟子丰子恺、裘梦痕在1927年为其纂辑《唱歌集》[①] 时，将原《国学唱歌集》中的大多数作品忍痛割爱了。二人在“序”中含蓄地表达了其“割爱”之因由：“对于曲要求其旋律的正大与美丽；对于歌要求诗歌与音乐的融合。”[②] 以第二条标准来衡量《国学唱歌集》，其词曲的配搭显然不尽如人意。李叔同剑走偏锋的精神令人敬仰，但其实验效果却令人失望；这也从一个方面说明，选曲填词实非易事。

为了实现学校音乐教育“平易”的理想，这批音乐的弄潮儿也颇多心思，其选择也很见功力，其间当然也能够见出他们从日本先生那里获得的真传。比如，他们从铃木米次郎那里学会了源自英国的首调唱名法，他们广泛地使用简谱或将之与五线谱对照印制，这就大大降低了作为“外行”的中小学、幼稚园学生学习音乐的难度，同时也克服了中国传统记谱法——工尺谱的粗糙、简陋以及因区域不同所带来的记谱符号的各自为政。[③] 考虑到儿童的生理特征和接受能力，他们在音域的控制和调性的取舍以及单音与复音的选择上都悉心斟酌，周到安排，而这种种的斟酌与安排却要以不降低音乐本身的美感和音乐的丰富表现力为前提，这样才能够实现如曾志忞所自我期许的“正音律，调声音，专以感发美情，涵养德性”[④] 的音乐教育理想。在相当程度上，这也可以理解为他们对中国音乐的独特创造。

但是，音乐选择上的“非原创性”并未影响他们在“填词”方面的大展宏图；更进一步讲，学堂乐歌在文学方面所获得的成就远在其音乐之上。

基于学校“唱歌”的目标，乐歌歌词的创作必须走一条符合中国国情且必须为垂髫、总角之辈能够听懂的汉语写作之路。这是一场“耳朵

---

① 又名《中文名歌五十曲》，开明书店1927年版。

② 丰子恺、裘梦痕：《〈中文名歌五十曲〉序》，见丰子恺、裘梦痕合编《唱歌集》（《中文名歌五十曲》)，开明书店1927年版。

③ 美国传教士狄就烈来华从事传教活动，在教授中国教徒学唱圣诗时，就深为中国的记谱法而感到头痛：“中国乐法的短处，正在他的写法不全备，又不准成，不能使得歌唱的人，凭此唱得恰合式。”狄就烈：《圣诗谱·原序》，见张静蔚编选、校点《中国近代音乐史料汇编(1840—1919)》，人民音乐出版社1998年版，第94页。与曾志忞、辛汉等同年入学东京音乐学校的音乐家萧友梅对此也有同感：“我国音乐发达虽在数千年前，然记曲法向无一定，且所用符号不能统一，以故虽有名曲，亦随得随失。不能保存永远也。”参见乐天（萧友梅）《音乐概说》，原载《学报》第1年第1—6、8号，1907年2月至1908年4月，日本东京，见陈聆群、洛秦主编《萧友梅全集》第1卷，上海音乐出版社2004年版，第3页。

④ 曾志忞：《教授方法》，见曾志忞编《教育唱歌集》，（日本）东京教科书编释社光绪三十年(1904年）版，第67页。

的文学革命”[①]。众所周知，相对于眼睛的“看文字”，耳朵的“听语言”难度要大得多，化难为易是歌曲、戏剧、电影以及公开演讲等必须给予足够重视的方面。正是基于这样的原因，“平易”更成为这批学堂乐歌作家矢志不渝的追求。

“作歌难，作歌难”[②]，尽管语出曾志忞，但关于乐歌歌词写作难的感叹之声一直不绝于耳，几乎贯穿了整个学堂乐歌运动。梁启超虽然反复声称自己是音乐的“门外汉”[③]，但对于歌词的问题则不再以“门外汉”自谦了；他不仅身先士卒，尝试乐歌歌词的写作，而且有颇多极有见地的关于乐歌歌词创作的论述。仿佛是为了回应曾志忞的感叹，他鞭辟入里地指出了“作歌难”的难处所在：“今欲为新歌，适教科用，大非易易。盖文太雅则不适，太俗则无味。斟酌两者之间，使合儿童讽诵之程度，而又不失祖国文学之精粹，真非易也。”[④]“文”“雅”二字，时常碰头，却在本质上是死对头；它们几乎纠结于整部文学史，甚至可以说，中国文学乃至世界文学的起伏跌宕、波澜壮阔，在相当程度上都围绕着这二字展开。它们时而分疆而治，不相往来；时而又短兵相接，公开宣战。不少文学家曾经呕心沥血，苦苦寻求，试图使其握手言欢，共谋“雅俗共赏”的文学大计，但时至今日我们仍沮丧地发现，它们之间依然时而华山论剑，时而又暗自较劲，战斗正未有穷期。但是，另一方面我们又发现，当它们沉默时，文学便寂寞了。

梁启超的“左右为难”看似老调重弹，却有不可忽视的新意：乐歌歌词作为一种有着特定接受对象的创作，和其他类型文学的最大区别在于，前者负载着文学启蒙的使命，而后者则可以率性而为；前者必须“合众”，而后者则可以独孤求败。有过乐歌歌词创作经验的华航琛对此就颇有心得：“民国新造教育方针与昔迥殊，亟宜编为歌曲以端趣响？兹就各学堂通用曲谱编成新歌。音调虽仍其旧，而歌词务求其新，且词句浅显，俾髫龄儿童一矢口便生共和之观念，振尚武之精神。”[⑤]华航琛的看

---

① ［日］平田昌司：《目的文学革命·耳的文学革命》，原载《中国文学报》2004 年第 58 期，转引自林少阳《未竟的白话文——围绕着“音”展开的汉语新诗史》，见《新诗评论》2006 年第 2 辑，北京大学出版社 2006 年版。

② 曾志忞：《〈教授音乐之初步〉序》，原载《江苏》1904 年第 11、12 期，见张静蔚编选、校点《中国近代音乐史料汇编（1840—1919）》，人民音乐出版社 1998 年版，第 143 页。

③ 梁启超：《饮冰室诗话·七八》，人民文学出版社 1959 年版。

④ 梁启超：《饮冰室诗话·一二〇》，人民文学出版社 1959 年版。

⑤ 华航琛：《〈共和国民唱歌集〉编辑缘起》，1912 年 3 月，见张静蔚编选、校点《中国近代音乐史料汇编（1840—1919）》，人民音乐出版社 1998 年版，第 161 页。

法，可以说与梁启超英雄所见略同。如何在“求其新”的同时，又做到“词句浅显”，以使髫龄儿童皆能够矢口而道？求索中的乐歌制作者们仍旧将破译难题的目光投向日本的“学校唱歌”，期待从他们变革的成功经验中找到破译的密码。

自明治维新运动始，日本政府便开始把教育视为立国之本。1872年颁布的“学制”不仅是近代教育制度的全盘计划和整体构想，而且首次将“唱歌”以法令的形式规定为正式的学校课程。但和紧随其后而发生的中国学校音乐发展颇为类似的是，在相当长的时间内，日本并无实力实施其“唱歌”课进驻校园的法令。直到明治十四年（1881年）日本的第一部唱歌教科书《小学唱歌集（初编）》编写、出版，这一课程才有了教材的依据。这部教材曾风靡一时，小学生几乎人手一册，但作为教科书，其与生俱来的诟病之处也相当明显，那就是歌词上的“舍俗取雅”①。“取雅”之初衷或许纯良，但“取雅”之行为则未必讨好；“文言”“雅语”即使字字珠玑，句句工妙，但与“维新”的变革理念却牵强凑泊，实在难以作为“耳的诗”② 被小学生普遍理解和接受。

就在“学校唱歌”逐步陷入困境的时候，在日本国内掀起了一场声势浩大且影响深远的“言文一致”运动，作为明治维新的有机组成部分，社会的变革与语言的变革相互作用，彼此推进。语言革命的风云激荡对“学校唱歌”的自我更新给予了深深的刺激，也给予了极大的启迪，以田村虎藏为代表的音乐教育界人士开始将“言文一致”的理念和思路引入“学校唱歌”运动中。所谓“言文一致”，其实与黄遵宪“我手写我口”③ 的主张如出一辙，④ 因为他们所面对的都是绵长的文言历史；唯有抵制文言，将书写的“文字”无限逼近口说的“语言”，才能释放出民族语言新的活力。

日本“学校唱歌”创作中的“言文一致”运动给正在留日学生中勃兴的乐歌创作极大的鼓舞：“欧美小学唱歌，其文浅易于读本。日本改良唱歌，大都通用俗语。童稚习之，浅而有味。”⑤ 于是，以口语为基础的

---

① ［日］文部省编：《小学唱歌集（初编）·绪言》，明治十四年（1881年）11月24日刊，文部省版。

② 梁启超：《〈中国诗乐之变迁与戏曲发展之关系〉跋》，见张静蔚编选、校点《中国近代音乐史料汇编（1840—1919）》，人民音乐出版社1998年版，第216—217页。

③ 黄遵宪：《杂感（五首之二）》，见陈铮编《黄遵宪全集》上卷，中华书局2005年版，第75页。

④ 郭延礼就认为：“我手写我口”是“我国语言文学史上关于言文合一第一次最明确的表述。”参见郭延礼《中国近代文学发展史》第2卷，山东教育出版社1991年版，第755页。

⑤ 曾志忞：《告诗人——〈教育唱歌集〉序》，见张静蔚编选、校点《中国近代音乐史料汇编（1840—1919）》，人民音乐出版社1998年版，第208页。

白话歌词创作便在“教育”与“启蒙”的旗帜下，生机勃勃而又泥沙俱下地迅速成为主流，成为时尚。尽管对白话的理解还各有差异，用白话来作“有韵之文”的经验多有不足，作品质量也参差不齐，但一方面有日本的成功做榜样，另一方面则有以“教育”和“启蒙”为建立自身合法性的依据，当然，更有社会与学生的广泛认可①和有识之士的推波助澜②，中国式的“言文一致”运动便通过学堂乐歌创作酣畅淋漓地开展起来。

在这场以歌词创作为中心的“言文一致”运动中，沈心工以其作品的数量多、质量高而成为学堂乐歌的领军人物。其歌词创作的一个极为可贵之处在于其以儿童为中心，童真、童趣的鱼贯而出，使沈先生相当数量的作品具有很高的审美品位，对此，其同僚陈懋治赞不绝口：“求所谓质直如话而又神味隽永者，自沈君叔逵（即沈心工——引者注）所著外，盖不数见也。”③

巧哉轻气球！
吾欲乘之天上游。
一任长风吹去，
飞渡重洋跨五洲。
探南溟，寻北极，
游遍全地球。
碧落静幽幽，
好与星斗做朋友。

——沈心工词《轻气球》

猫儿坐在太阳里，
眼睛布线细。

① 吴福临曾作如下描述：“唱歌一科，年来渐为学界所趋重，而尤为敝校诸生所欢迎。每逢唱歌时间，辄欣欣有喜色，娓娓无倦容，一手舞足蹈，而不自知焉。”吴福临：《小学唱歌之实验》，载《教育杂志》第3年（1911年）第7期。

② 汤化龙有言：“今年夏，予游学日本，适友人樊君藻香、王君曰襄、卢君次铨、工君佛权编辑《教育唱歌集》成。予于此道略无所知，惟知其歌词，适合于小学之程度。以此提教能导活泼之神，牖忠爱之义，于振兴中国之前途，其裨益必甚巨也。”汤化龙：《〈教育唱歌集〉叙言》，见张静蔚编选、校点《中国近代音乐史料汇编（1840—1919）》，人民音乐出版社1998年版，第152页。

③ 陈懋治：《〈学校唱歌二集〉序》，见张静蔚编选、校点《中国近代音乐史料汇编（1840—1919）》，人民音乐出版社1998年版，第155页。

猫儿走到暗洞里，
眼睛放大亮晞晞，
好像黑围棋。

猫儿脚爪柱上抠，
锋芒像摘钩。
猫儿脚爪肉里收，
走在地上轻幽幽，
要去寻对头。

——沈心工词《猫》

平易、亲切、自然、灵动以及娴熟的白话和浅而不俗的语言风格，使其作品迅速征服了众多儿童，甚至不少成年人也成为其歌曲的忠实拥趸，音乐家黄自先生称其“唱不释口”，吴稚晖先生称其“盛极南北”①，李叔同则如此描述：“学唱歌者，音阶半通，即高唱‘男儿第一志气高’之歌。学风琴者，手法未谙，即手弹‘5566553’（《体操》第一句之乐谱——引者注）之曲。”② 李叔同原本是批评当时音乐界习乐之草率、马虎，但其批评却在不经意间透露出沈心工《体操》一歌在当时的流行程度。民国初年，沈心工编纂《重编学校歌唱集》（共六集），教育部经审定并作出如下批示：“歌词明显，且多言近指远之作。音节尤与乐谱相合，具见苦心。斟酌准作小学校用书。”③ 官方与民间、内行与外行、成人与儿童都充分认可，这可能是不少乐歌作者企望达到而又最终未能抵达的光辉顶点。

尽管我们说学堂乐歌运动中所生产的歌词泥沙俱下，但因为有了沈心工、李叔同等这样的高峰，学堂乐歌运动在中国诗歌的近代转型中的意义才不可低估。

二 缓解精神疲劳，陶冶审美情感

着眼于中小学生的全面发展，铃木米次郎认为，音乐课除了有其科目

---

① 以上评价分别出自黄今吾（黄自）、吴稚晖各自为《心工唱歌集》所作的“序”，见沈心工《心工唱歌集》，文瑞印书馆 1937 年版。

② 息霜（李叔同）:《昨非录》，原载《音乐小杂志》1906 年第 1 期，李叔同编，日本东京出版，见张静蔚编《搜索历史——中国近现代音乐文论选编》，上海音乐出版社 2004 年版，第 21 页。

③ 沈心工编:《重编学校唱歌一集》，文明书局 1912 年版。

内的教育价值外，还在中小学教育的整体推进中发挥着两方面的积极作用，一是“为感情之教育”，二是“舒畅儿童之脑筋”。[①] 换言之，音乐一方面可以在学生紧张的学习生活中缓解精神疲劳，另一方面则可以陶冶其审美的情感。以上观点几乎可以说是日本音乐教育界的普遍共识。

在儒家传统中，学习从来都被认作庄严、神圣之事，“苦”则是附着在这“庄严”“神圣”之上的必需的行为选择，所谓“书山有路勤为径，学海无涯苦作舟”就是对这种行为方式的规训和鼓励，“以苦为乐”即是对勤奋好学而达到较高境界的一种褒奖，而“老成持重”则是对苦读后所具涵养的一种赞美。如前文所述，新式学堂的建立是对新民品质的呼唤、对新型人格的塑造，这种建构本身就包含着对旧式教育所推崇的“老成持重”的批判。恰如以“从军乐”来抵制“从军苦”一样，为了反抗“苦读”的传统人才激励方式，学堂乐歌则多唱“读书乐”的诗篇：

打栗凿，痛呼謈；痛呼謈，要逃学。而今先生不鞭扑，乐莫乐兮读书乐！上学去，去上学。

儿上学，娘莫愁；春风吹花开，娘好花下游。白花好靧面，红花好插头，嘱娘摘花为儿留。上学去，娘莫愁。

上学去，莫停留。明日联袂同嬉游：姊骑羊，弟跨牛；此拍板，彼藏钩。邻儿昨懒受师罚，不许同队羞羞羞！上学去，莫停留。

——黄遵宪词《幼稚园上学歌》

这可能是乐歌中最早鼓吹“读书乐”的作品了；读书不再生硬地被诱训为漫长的文化苦旅，而是和天真、烂漫、朝气、快乐等如影随形的好朋友！倪觉民则干脆以“读书乐”为题作如下一歌：

读书乐。春日清和，最是读书乐。风清日丽，懒新妆，工艺须勤学。功课毕，约了姊妹，花底迷藏捉。问尚有，何事更比，春日读书乐。

读书乐。长夏如年，最是读书乐。梅雨新霁，芳草绿，体操须勤学。功课毕，约了姊妹，莲渚乘凉话。问尚有，何事更比，夏日读书乐。

---

① ［日］铃木米次郎：《〈唱歌教科书〉序》，见张静蔚编选、校点《中国近代音乐史料汇编（1840—1919）》，人民音乐出版社 1998 年版，第 150 页。

读书乐。秋雨新凉，最是读书乐。梧桐叶落，报新秋，历示须勤学。功课毕，约了姊妹，同采东篱菊。问尚有，何事更比，秋日读书乐。

读书乐。冬雪初晴，最是读书乐。南檐日暖，砚冰融，书画须勤学。功课毕，约了姊妹，围炉话东阁。问尚有，何事更比，冬日读书乐。

从“读书苦”到“读书乐”，这是教育理念的重大调整，是育人方式的话语重组。

但是，上学读书毕竟不是嬉戏，不是游乐，各种知识的汇聚与吸收是一件相当耗费脑力的活动，其间必然伴随着紧张、焦虑、困倦、懈怠，这是日本知识界、教育界的普遍共识，也是留日学生期待得到答案的共同困惑。除了更新观念、变革方法、引进新手段等外，日本教育界赋予了唱歌课程新的使命：缓解算术、国语等课程造成的疲劳，达到放松精神的效果。1902年6月，晚清教育官员项文瑞赴日考察其教育，回国后于1903年出版《游日本学校笔记》，字里行间充满了对日本先进教育理念的艳羡，其中多有关于其音乐课程教学的描述：

唱月歌，举手作春夏秋冬月照世界状。月圆如镜，则作镜形；月弯如钩，则作钩形。凡四五岁孩，或令男女分行，或令男女各一并行。时男多于女者四，令四男居诸孩圆圈中，拍手和诸孩歌，又唱浦岛太郎游龙吕歌。村田猛云，犹渔父游桃源也。

学生依琴声而歌……每一歌终，师复略略弄琴，作他歌之琴声一句，学生皆举手。师择一生问之，答是某歌，又弄琴，又问而又答之，所以令其辨音也。歌声十分雄壮，十分齐一，其气远吞洲洋，令人生畏。余心大为感动，毛骨悚然，不料海外鼓铸人才，乃至若此。①

所谓“毛骨悚然”，在今天看来有用词不当之弊，它所表达的颇似本

① 项文瑞：《游日本学校笔记》，敬业学堂发行，光绪二十九年（1903年），见吕顺长编著《晚清中国人日本考察记集成·教育考察记》（上），杭州大学出版社1999年版，第401、408页。

雅明所形容的那种“震惊”体验。目之所及、耳之所及使人达到“震惊”的程度，不能不使异域取经者心潮澎湃、热血沸腾。他们不再满足于临渊羡鱼，更期待退而结网。作为学堂乐歌之父，沈心工身先士卒，率先尝试；其先后编纂出版的《学校唱歌集（初集）》《学校唱歌集（二集）》不仅所选创之歌词大都轻松活泼、健康向上，而且尤其注意所选音乐是否适合学生的生理与心理的特点，并且还特地在其所从教的龙门师范学校附属小学及务本女塾一再试唱。更为重要的是，他在这两部教材中，均将游戏的形式引入对乐歌课堂的设计，以此增强教学的趣味性。在他看来，嬉戏、娱乐是上天赐予人的天性，儿童尤甚。但是，现实的社会状况却是“家庭少隙地，城市无公园”，对于“天机活泼之儿童，苦无正当之游乐地，自然发生种种败德伤身之事”，正因如此，唱歌才作为“补救之方”的一种，被他引入课堂。①

但是，少数先行者的认识到位并付诸行动，并不一定能起到“振臂一呼，应者云集”的效果，理想与现实之间的距离使保三心生抱怨：“诚以唱歌者，引起儿童兴趣，陶淑生徒情性，于教育上为至要之端也。今学校竞言兴立矣，而于体操一科，群知注重，于唱歌一科，则尚多缺如。抑有体操而无唱歌，斯巴达之教育也。徒知武勇而无音乐调和，则小学校科目之不完全，即于生徒将来有多少流弊。”在他看来，体操被重视固然可喜可贺，但唯有体操，则可能重蹈斯巴达教育之覆辙——“徒知武勇”而无精神；只有将唱歌一科引入学校，才能够使学生“刚柔相济，动静相协”。②

其实，在早些时候康有为对“大同”世界的构想中，音乐就被赋予了多重的意义，除了传统所高度认可的“礼”——“涵养性情”外，音乐还有“调和其气血，节文其身体，发越其神思”的价值。③ 这才是他心目中理想教育所呼唤的完整人格的应有状态，正是在这样的意义上，从“唱歌”与“游戏”的联姻，人们进一步认识到“音乐”与“体育”结盟对青少年成长的重大价值，即如我生所构想的“以音乐养圆满之精神，以体操作强健之身体”。在我生看来，“儿童在学校终日劳劳不辍，惟由唱歌可与以高尚之快乐，而慰安之。盖唱歌无异心性之卫生滋养品也”。作为“心性之卫生滋养品”，我生甚至认为唱歌还有种种“方便的利用”，

① 沈心工：《〈重编学校唱歌集〉编辑大意》，见《重编学校唱歌一集》，文明书局 1912 年版。

② 保三：《乐歌一斑》，载《江苏》1904 年第 11、12 期。

③ 康有为：《大同书》，周振甫、方渊校点，文化艺术出版社 2012 年版，第 215 页。

如“记忆”“慰问”“奖励”之手段等。[①] 无锡城南公学堂更是把“唱歌”引入其他课程之中，并且将之作为一种教学改革的经验广为传播：“凡每上一科，即可令学生歌咏一遍，以鼓舞其兴会，开展其胸襟，俾不致有萎靡不振之态。诚以修身讲经诸科，尤为沉闷，不得不藉此而振刷之。”[②] 更有甚者，直指音乐的养身与疗病的作用：

> 盖音乐之功用，亦可助以治病也。考神经与郁气诸病之原，若以音乐与药石同投，则功效颇大。故欧美各国，近于病院多设音乐，盖音乐不独能平和委婉，感动精神，即稍有虚火发烧，或细胞受战，一闻音乐，胜于和缓多矣。而于疲劳衰弱之神经，其效更大。……病人或坐或睡，必致心闷，惟音乐足以开豁其心，而病自渐愈……[③]

将音乐看作包治百病的良方，或许有“过度诠释”之嫌，但对于“雅乐久亡，俗乐淫陋”的近代中国，首先在观念上下一剂猛药，在当事人看来的确有此必要。

正是有了这一剂剂猛药，乐歌的深入人心尽管并非一路坦途，但其与体操在青少年成长中的积极作用却逐渐成为教育界之共识：“乐歌为体育之一端，与体操并重。体操以体力发见精神、充贯血气、强身之本，而神定气果，心因以壮，志因以立焉。乐歌以音响、节奏发育精神；以歌词令其舞蹈肖像，运动筋脉；以歌意发其一唱三叹之感情。盖关系于国民忠爱思想者，如影随形。此化育之宗也，安可忽之。”[④] 将乐歌视为“体育之一端”，或许并不符合学科门类划分的基本原则，但能见出乐歌具有“发育精神”“运动筋脉”、涵养“感情”之功效，这是作者的高见，也是晚清至民初教育界人士极力鼓吹乐歌和体操等进入课堂的思想注脚。乐歌与体育的跻身课堂，不仅各得其所，而且通过“唱歌游戏”的方式又实现了强强联手，相得益彰，甚至成为新型教育的一种时尚。检阅当时的一些音乐教材我们可以发现，其中不少并非单纯地冠之以“唱歌”或“音乐”之名，而是以“唱歌游戏”“音乐·体操”“表情体操教科书

---

① 我生：《乐歌之价值》，原载《云南教育杂志》1917年第7号，见张静蔚编选、校点《中国近代音乐史料汇编（1840—1919）》，人民音乐出版社1998年版，第279—283页。

② 无锡城南公学堂：《〈学校唱歌集〉编著大意》，见张静蔚编选、校点《中国近代音乐史料汇编（1840—1919）》，人民音乐出版社1998年版，第156页。

③ 《音乐治病》，载《东方杂志》第3年（1906年）第8期。

④ 《湖南蒙养院教课说略》，载《大陆》1905年第3卷第7期。

（又名〈唱歌游戏〉）”“修身游技唱歌联络教材”等名称流布于世。不太了解这段历史的人，可能难以理解其中的真意，当然更难以领略其中真趣了。

这样的“真趣”如果按照今天的观念予以表述，那就是“寓教于乐”。这一思想源自古罗马诗人贺拉斯，他认为：“诗人的愿望应该是给人益处和乐趣，他写的东西应该给人以快感，同时对生活有帮助。”① 作为对柏拉图诗学观的抵制，②“寓教于乐”自发明以来，一直成为西方艺术教育乃至普通教育源远流长的传统。但是，传统中国教育却如前文所述是“以苦为乐”。不仅一般教育，即便是艺术教育也多以对德育功能的过分强调而削弱、排斥其他功能的发挥。我生的批评可谓一针见血：

> 我国教育，夙重注入主义，教师务以威严诫饬儿童，鲜有怀爱情以感化养育者。即在唱歌，教师亦不明唱歌真价值，往往徒重形式，轻视精神。于是除一唱以外，别无效验可见。然西洋之教育，大异于是。一方既保持教师之尊严，他方又怀抱慈母之爱情，常以其高尚之趣味与品性，以温和快乐相感。③

如果说救亡、富国、强兵介入学堂乐歌，主要是属于“启蒙的艺术”，那么，嬉戏、娱乐与美感形式的熏陶，则是属于“艺术的启蒙”了。鉴于其发生的特定历史背景，学堂乐歌作为传播新思想的载体，其“启蒙的艺术”成分便居于主导的地位，但与救亡、富国、强兵并存的还有新民品质的呼唤，新型人格的塑造，这一切又不是单纯的思想启蒙就可以万事大吉的。事实上，优良的品质与健康活泼的人格是更为复杂的建构系统，它需要持续的感性经验的积累和不断的个体心灵的优化，这绝非简单的知识传播与道德引领可以完成的。伊格尔顿从资本主义制度建立的成功经验悟出了其中的真妙：“与专制主义的强制性机构相反的是，维系资本主义社会秩序的最根本的力量将会是习惯、虔诚、情感和爱。这就等于说，这种制度里的那种力量已被审美化。这种力量与肉体的自发冲动之间彼此统一，与情感和爱紧密相连，存在于不假思索的习俗中。如今，权力

---

① 贺拉斯：《诗艺》，杨周翰译，见《诗学·诗艺》，人民文学出版社 1962 年版，第 155 页。

② 柏拉图只看重诗的教育功用，把“滋养快感”看作诗的一大罪状。参见朱光潜《西方美学史》（上卷）第四章，人民文学出版社 1963 年版。

③ 我生：《乐歌之价值》，原载《云南教育杂志》1917 年第 7 号，见张静蔚编选、校点《中国近代音乐史料汇编（1840—1919）》，人民音乐出版社 1998 年版，第 283 页。

被镌刻在主观经验的细节里，因而抽象的责任和快乐的倾向之间的鸿沟也就相应地得以弥合。把法律分解成习俗即不必思索的习惯，也就是要使法律与人类主体的快乐幸福相统一，因此，违背法律就意味着严重的自我违背。全新的主体自我指认地赋予自己以与自己的直接经验相一致的法律，在自身的必然性中找到自由后便开始仿效审美艺术品。”[①] 唯有审美化的习惯、虔诚、情感和爱的养成，才能将外在的社会规范统一于人的内心欲求之中，“致用”精神的传授必须与“至美”的情感响应相协调，相契合，方能持续地发挥效力。梁启超深悟此道，他说：“天下最神圣的莫过于情感：用理解来引导人，顶多能叫人知道那件事应该做，那件事怎样做法，却是被引导的人到底去做不去做，没有什么关系；有时所知的越发多，所做的倒越发少。用情感来激发人，好像磁力吸铁一般，有多大分量的磁，便引多大分量的铁，丝毫容不得躲闪，所以情感这样东西，可以说是一种催眠术，是人类一切动作的原动力。”[②]

如果说我们应该把“理解”交给智慧的话，那么，作为“人类一切动作的原动力”的“情感”就需要更多地交给艺术：

> 我每逢听到一个主三和弦（do，mi，sol）继续响出，心中便会响起儿时所唱的《春游》歌来。
>
> 云淡风轻，微雨初晴，假期恰遇良辰。
>
> 既栉我发，复整我襟，出游以写幽情。
>
> 绿荫为盖，芳草为茵，此间空气清新。
>
> 现在我重唱这首旧曲时只要把眼睛一闭，当时和我一同唱歌的许多小伴侣的姿态便会一齐显现出来：在阡陌之间，携着手踏着脚大家挺直嗓子，仰天高歌。有时我唱到某一句，鼻子里竟会闻到一阵油菜花的香气，无论是在秋天，冬天，或是在都会中的房间里。所以我无论何等寂寞，何等烦恼，何等忧惧，何等消沉的时候，只要一唱儿时的歌，便有儿时的心出来抚慰我，鼓励我，解除我的寂寞，烦恼，忧惧和消沉，使我回复儿时的健全。
>
> ——丰子恺《儿童与音乐》[③]

---

① ［英］特里·伊格尔顿：《审美意识形态》，王杰等译，广西师范大学出版社2001年版，第8页。

② 梁启超：《中国韵文里头所表现的情感》，见夏晓虹编《梁启超文选》（下），中国广播电视出版社1992年版，第22页。

③ 参见丰子恺《艺术趣味》，湖南文艺出版社2002年版，第76页。

这是一次温婉沉静的经验回顾，一次不露声色的“昨日重现”。但作为一种涵养于心的感性经验，岁月不仅没有磨损它，使其日趋暗淡；相反，时间却像这审美情感的酵母，持续地在丰先生内心酝酿、发酵，温润地发挥着效应，最终酿成甘洌醇厚的生命美酒。事实上，被我们笼统地称为“美感”的感性经验并不都表现为强烈的情绪震撼，很多时候，它表现为如游丝般的情绪飘浮甚至是一种静穆，但这种静穆则可能成为另一种震撼——尽管，学堂乐歌中不乏震撼人心的作品。①

可以肯定的是，通过学堂乐歌，近代中国引进了寓教于乐的教育理念，将音乐教育与游戏、体育结合起来，结束了中国上千年刻板、僵化的灌输式的教育传统，使学生在获取知识的同时，培养了他们优美的思想、健全的人格和健康的生活方式，提升了他们的精神品格，并最终完成了通过音乐来改造国民、改造社会的启蒙目的。

汤化龙在为《教育唱歌集》所作之“叙言”的结尾处，以一个共时态的局外人身份，表达了对这批“别求新声于异邦”的学堂乐歌制作者们由衷的敬佩之情：“文化沉沉，千年于兹。诸君不惮艰苦，求绝学于异国，又编辑课本以飨学界，用心之远，佩何可言。归而致之，使吾国小学有造之才，咸纳于中正之冶，拭目以从诸君之后者大有人矣。”② 作为历时态的局外人，我认为依然可以借用此语来表达我们对他们永远的敬仰！

---

① 中央电视台专题片《启蒙年代的歌声》中有对多位曾经接受过学堂乐歌艺术启蒙的文化名人的专访，其或沉静或激动的回忆可以作为旁证。

② 汤化龙：《〈教育唱歌集〉叙言》，见张静蔚编选、校点《中国近代音乐史料汇编（1840—1919）》，人民音乐出版社1998年版，第152—153页。

第二章　歌谣运动与大众诗学的最初构想

喜欢做诗的，必得到民间去学啊！

——俞平伯

始于20世纪10年代末、盛于20世纪20年代初的歌谣运动，多为后世学界关注，但耐人寻味的是，作为一种文艺现象，对其关注者多来自民俗学界或者语言学界，即使来自文学界，其“切入”也多取民间文学的视角，因此，后世的诗歌史叙述即使详尽如龙泉明的《中国新诗流变论》、王光明的《现代汉诗的百年演变》等，对这一场运动往往也是一笔带过，至多只是当作一种映衬初期白话诗人纵情表演的背景。也就是说，曾经轰轰烈烈的歌谣运动并没有作为20世纪的一个重要的诗学“事件”而引起学界的关注。

说其“重要”，是因为在现代诗学的建构理念上，歌谣运动不但第一次提出了大众诗学的建构设想，而且还随着运动的不断深入，逐渐形成了实现这一设想的一个重要思路，即促成白话新诗与音乐的再度结合并赋予其“歌唱”的本体性力量。

在周作人为《歌谣周刊》所撰写的发刊词中，他就明确表示，搜集歌谣的目的之一即是“编成一部国民心声的选集”，“这种工作不仅是在表彰现在隐藏着的光辉，还在引起当来的民族的诗的发展”。[①] 强调歌谣征集的“草间”视野与“国民”立场，并且希望以之作为民族诗歌发展的话语动力，这显露出周作人“眼光向下”的现代诗学建构理想——以大众的接受可能作为现代诗学建构的出发点。周作人的诗学观，在歌谣运动中具有相当的代表性。值得注意的是，虽然对“歌谣”的定义众说纷纭，但“和乐歌唱”却又是普遍认可的歌谣“生成”方式，周

① 周作人：《〈歌谣周刊〉发刊词》，载《歌谣周刊》1922年第1号。

作人就认为，“歌谣这个名称，照字义上说来只是口唱及和乐的歌，但平常用在学术上与‘民歌’是同一意义”[①]。正是因此，在1918年歌谣征集处所发布的《征集全国近世歌谣简章》及1922年《歌谣周刊》创刊号上发布的《本会征集全国近世歌谣简章》上均有如下条款：“歌谣之有音节者，当附注音谱（用中国工尺，日本简谱，或西洋五线谱均可）。”[②]也就是说，歌谣运动一开始，参与者就将“和乐而歌”现象纳入他们设计的考察、研究范围，并企图以之“做新诗创作的参考”[③]。按理讲，一种新的抒情话语类型——歌词——从歌谣运动初始就应该是呼之欲出的，但遗憾的是，它却最终隐而未发。个中缘由难以一言道清，[④] 但在众多的缘由中，有一点却是明显的，那就是歌谣运动缺少既懂诗学又通乐学的“通才”；即如当代学者徐新建所分析的：近世以后，西学观念传入而导致专业分工日趋细化的缘故，“知识界的新学者们便大多只能是各重一行，相互划界，彼此隔膜了。因此就出现了文者论文，乐者谈乐，社会学与人类学者则专门研究民俗的‘专才’现象”[⑤]。

但是另一方面，歌谣运动又是由多种学科的学者以“业余兼职”[⑥] 方式参与的一场运动，面对“歌谣”这一丰富的话语资源，他们都有各自基于本学科的学理企图。[⑦] 因此，作为一种现代诗学的理论话语，关于“引起当来的民族的诗的发展”的大众诗学构想只能混杂于众口铄金的文化喧响中，而未能激活一整套理论话语的生产机制，也未能真正实现与歌词创作实践的有效呼应。换句话说，作为一种独特的求新声音，以歌词为实践主体的大众诗学想象，曾借助歌谣运动的力量有过短暂的涌起，却又被遗忘、搁置，最终成为一个历史的“断章”。对于话语的历史建构而言，“断章”并不就意味着是一种价值的终止；在更多的时候，它是以一种隐忍的方式潜在地制约着话语的成长。基于这样的理解，笔者认为我们

① 周作人：《歌谣》，见吴平、邱明一编《周作人民俗学论集》，上海文艺出版社1999年版，第104页。

② 参见《歌谣周刊》1922年第1号。

③ 周作人：《歌谣》，见吴平、邱明一编《周作人民俗学论集》，上海文艺出版社1999年版，第105页。

④ 本论著后面将对之进行更为详尽的分析，这里不作赘述。

⑤ 徐新建：《民歌与国学——民国早期“歌谣运动”的回顾与思考》，巴蜀书社2006年版，第124页。

⑥ 顾颉刚语，见顾给读者舒大桢的回信，载《歌谣周刊》1923年第38号。

⑦ 杨世清就认为，当时对歌谣的搜集、研究，至少有民俗学、语言学、教育学、文艺学四派。参见杨世清《怎样研究歌谣》，载《歌谣周年纪年增刊》1923年12月17日。

在研究中国现代诗歌的历史演变的时候，尤其不能轻易放过其观念的演变历史：哪些观念被我们发明、完善并最终成为一种制度化的生产机制？哪些观念曾经也被我们发现却在后来的历史演进中逐渐遭到弱化乃至丢弃？过往的研究往往更多地立足于那些被我们积极建构的方面，而忽视了那些曾经被我们建构却终归被我们消解了的方面。

那么，作为现代大众诗学的最初构想，歌谣运动的这一次理论灵感的闪耀是如何发生又如何走向最终的沉寂？其初始时丰富的诗学冲动又是如何在现代性的历史探寻中被挤压成“单面”的诗学诉求？或者从更为广阔的历史视域来看，以“五四”为主轴的现代性视野，是怎样错过了与其擦肩而过的诗学重构的另一套路？要回答这样的一些问题，我们必须回到历史的“现场”，以对历史的还原来探讨其“建构”冲动被不断“解构”的历史踪迹。

第一节　“学术的”还是“文艺的”？

从朱自清撰写《〈中国新文学大系·诗集〉导言》伊始，既有的新诗史在论及新诗的发生的时候，一般都不会忽略这样一个历史事件，即1918年1月《新青年》第4卷第1号上发表胡适、沈尹默、刘半农三人的九首诗作。朱自清认为，这是新诗的“第一次出现”。但是，几乎同时发生的另一个事件却被多数史家忽略了，即刘半农对歌谣搜集的最初倡议：

> 这已是九年以前的事了。那天，正是大雪之后，我与尹默在北河沿闲走着，我忽然说：“歌谣中也有很好的文章，我们何妨征集一下呢？”尹默说：“你这个意思很好。你去拟个办法，我们请蔡先生用北大的名义征集就是了。”第二天我将章程拟好，蔡先生看了一看，随即批交文牍处印刷五千份，分寄各省官厅学校。中国征集歌谣的事业，就从此开场了。①

这篇作于1927年的“序”所述之事发生在九年前，如往上推，即

① 刘半农：《〈外国民歌译〉自序》，原载《外国民歌译》第1集，北新书局1927年版，引自鲍晶编《刘半农研究资料》，天津人民出版社1985年版，第216页。

1918年，恰与新诗的“第一次出现”同年，[①] 且议事之人皆为初期白话诗的中坚力量，所议之事也与诗歌密切相关[②]。但遗憾的是，这一原本属于诗界的荣光且有浓烈的诗情画意的事件，在后世的历史叙事中往往只作为民俗学的一个雅事而被人津津乐道（甚至被认定为中国“歌谣学运动”[③]的缘起日），而其中所包含的现代诗学的流风遗韵则逐渐消融于历史诗学的风景线——如前所述，诗界在提及此事时往往惜墨如金，点到为止。

其实，在笔者看来，这一雅事既是民俗学历史叙事的重要对象，也应该是诗界可以分享的美好光景。甚至可以认为，它是现代诗歌另一种展开的重要起点。笔者这样说，绝不是解构胡适等人“尝试”新诗的历史功绩（在某种程度上胡适所倡导并身体力行的白话新诗原本就表现出一种向“平民”展开的态势[④]），而是想指出，现代新诗原本存在着多个生长点，只不过长期以来，由于种种褊狭的观念的制约，我们在强调某些生长点的同时，轻易地将另一些生长点忽略了。

当然，如果将这种忽略仅仅归于早期诗人的诗学失措那是不公平的，因为，就是喜好对自己进行历史形象塑造的胡适，虽然不是歌谣运动的始作俑者，但也并没有轻视歌谣的诗学价值，他以对意大利人卫太尔的如下观点的激赏来呈现自己的现代诗学建构逻辑：“根据在这些歌谣之上，根据在人民的真感情之上，一种新的‘民族的诗’也许能产生出来呢?”以

---

① 钟敬文先生认为，歌谣学运动开始于1918年2月，即是以歌谣征集处发布刘半农拟定《征集全国近世歌谣简章》为时间起点的。参见钟敬文《“五四”前后的歌谣学运动》，原载《民间文学》1979年第4期，见董晓萍编《钟敬文文集·民间文艺学卷》，安徽教育出版社2002年版，第354页。

② 刘半农在《〈外国民歌译〉自序》中对自己倡导歌谣运动的动机有如下道白：“研究歌谣，本有种种不同的趣旨：如顾颉刚先生研究《孟姜女》，是一类；魏建功先生研究吴歌声韵类，又是一类；此外，研究散语与韵语中的音节的异同，可以另归一类；研究各地俗曲音调及其色彩之变递，又可以另归一类；……而我自己的注意点，可始终是偏重在文艺的欣赏方面的。”原载《外国民歌译》第1集，北新书局1927年版，引自鲍晶编《刘半农研究资料》，天津人民出版社1985年版，第216页。

③ 钟敬文：《“五四”前后的歌谣学运动》，原载《民间文学》1979年第4期，见董晓萍编《钟敬文文集·民间文艺学卷》，安徽教育出版社2002年版，第354—356页。

④ 俞平伯就认为：“其实歌谣——如农歌，儿歌，民间底艳歌，及杂样的谣谚——便是原始的诗，未曾经‘化装游戏’（Sublimation）的诗；这是凡了解文学史底背景的都知道的。后来诗渐渐特殊化了，贵族的色彩渐渐浓厚了；于是歌谣底价格跌落，为‘缙绅先生’所不屑道。诗是高不可攀的，歌谣是低不足数的；仿佛他俩各人有各人底形貌。直到近年用白话入诗，方才有一点接近的趋势，但他俩携手的时候，还是辽远得很呢。”参见俞平伯《诗底进化的还原论》，原载《诗》月刊1922年第1卷第1号，见乐齐、孙玉蓉编《俞平伯诗全编》，浙江文艺出版社1992年版，第630页。

此为尺度，他对初期白话诗表达了不满："现在白话诗起来了，然而做诗的人似乎还不曾晓得俗歌里有许多可以供我们取法的风格与方法，所以他们宁可学那不容易读又不容易懂的生硬文句，却不屑研究那自然流利的民歌风格。这个似乎是今日诗国的一桩缺陷罢。"① 朱自清在《新诗杂话》中替胡适所谓的"生硬文句"作了解释，即指"过分欧化的文句"②。由此可以看出，胡适并非是一个现代诗学的全盘西化者，尽管提倡"诗体大解放"，但他并不准备在西行的路上走得太远。换言之，胡适在向西方寻求诗体解放的利器的同时，也努力从本土民间寻求诗学伦理上的支持，他甚至以史家身份为民间资源参与新文学建构的合法性寻找历史的依据："一切新文学的来源都在民间。"③

事实上，从刘半农与沈尹默雅谈歌谣的征集到歌谣研究会的成立，再到《歌谣周刊》的创办，"文艺的"目的一直是其题中之意。周作人在为《歌谣周刊》所撰写的《发刊词》④ 中就明确指出，该会搜集歌谣的目的有二，"一是学术的，一是文艺的"。就前者而言，他认为，"歌谣是民俗学上的一种重要资料"，他们"把它辑录下来，以备专门的研究"；就后者而言，他认为在搜集、研究的基础之上，"再由文艺批评的眼光加以选择，编成一部国民心声的选集"。

在他看来，"这种工作不仅是在表彰现在隐藏着的光辉，还在引起当来的民族的诗的发展"。由此可以看出，在周作人的构想中，歌谣的搜集与整理既是民俗学研究的一个展开维度，也是现代诗学建构的一块重要基石；就前者而言，它是目的，就后者而言，它则成为一种手段，或者说是在为现代诗歌"赋形"时的一种本土化策略。有趣的是，周作人也引用胡适所激赏的卫太尔的话，作为拟定"文艺的"目标的合法性依据。

由此我们可以看出，歌谣运动的始发动机是双重的，甚至可以说，实现"文艺"目标的学理冲动更强劲；搜集也好，研究也罢，一方面有民俗学研究的学术企图，但另一方面，搜集、研究本身又成为现代诗歌实现自我"完成"的重要手段。事过十多年后，胡适尽管已经"淡出"白话

---

① 胡适：《北京的平民文学》，原载《读书杂志》1922年第2期，见欧阳哲生编《胡适文集》第3册，北京大学出版社1998年版，第637页。胡适所引卫太尔的话出自其1896年搜集出版的《北京的歌谣·序》，这本集子及其中的"序"在歌谣运动中曾经有广泛的影响，该文后来发表在《歌谣》1923年第18号，但译文与胡适所引有所不同。

② 朱自清：《新诗杂话》，生活·读书·新知三联书店1984年版，第78—79页。

③ 胡适：《白话文学史》，见欧阳哲生编《胡适文集》第8册，北京大学出版社1998年版，第160页。

④ 载《歌谣周刊》1922年第1号。

新诗的“江湖”，但似乎还初衷不改，在 1936 年为《歌谣周刊》所撰写的《复刊词》中他依然认为，“现在做这种整理流传歌谣的事业，为的是要给中国新文学开辟一块新的园地”。在他看来，“流传”的歌谣简直是一块宝地，不仅“地面上到处是玲珑圆润的小宝石，地底下还蕴藏着无穷尽的宝矿”。既然里外上下都是宝，那么，只要有所付出，必然就有所收获：“聪明的园丁可以徘徊赏玩；勤苦的园丁可以掘下去，越掘的深时，他的发现越多，他的酬也越大。”[①] 因此，胡适虽然是取“民俗”与“文学”的双重视野看待歌谣，但就理论倡导而论，他的态度更多地表现出一种以民俗学为基础的文学化倾向；也就是说，他对歌谣的文学价值更为强调、更为钟情。

历史地看，作为一场多声部的历史合唱，五四新文化运动以及由此延伸出来的新文学运动，原本就存在着多元展开的可能，因此，在普遍的西方为尚的浪潮席卷而来之时，在新文学“场域”内部，也不断滋生出一种热烈而韧性的民间崇拜思潮：“有人想做活泼美丽的白话文吗？学活语言跟民间文艺，斯为上策；学有名的小说跟戏曲，尚不失为中策；若学胡、梁之白话文，实不免为下策。”[②] 将取法民间文艺作为做白话文的上策，足见此时的民间崇拜的势头之强大。值得注意的是，这种多少带有浪漫主义色彩的思潮[③]不仅表现在激进知识分子身上，就是在持保守主义立场的知识群体中，也不乏对之心荡神摇的人。比如，学衡派代表人物梅光迪就曾致信胡适说“文学革命自当从‘民间文学’入手”，学友的这一态度使得胡适高兴异常，喜形于色地声言：“梅觐庄也成了‘我辈’了！”[④]

---

① 胡适：《歌谣周刊〈复刊词〉》，原载《歌谣》1936 年第 2 卷第 1 期，见欧阳哲生编《胡适文集》第 10 册，北京大学出版社 1998 年版，第 776—777 页。

② 钱玄同：《关于民间文艺》，原载《国语周刊》1925 年第 23 期，见《钱玄同文集》第 3 卷，中国人民大学出版社 1999 年版，第 298 页。

③ 周作人就坦然指出，在歌谣运动的初始，他对民歌是“感着一种浪漫的尊重”的。参见周作人《重刊〈霓裳续谱〉序》，见吴平、邱明一编《周作人民俗学论集》，上海文艺出版社 1999 年版，第 124 页。美国学者洪长泰甚至认为，始自五四新文化运动——包括歌谣运动在内的“到民间去”运动表现出“把乡村生活浪漫化、理想化的‘反朴归真’”的特征，其思想资源是 19 世纪 70 年代俄国民粹派的理论，其思想领袖是李大钊，李的《青年与农村》一文即是这一思想的最初表达。但洪长泰认为，“李大钊对乡村问题的看法是浪漫的”，因为，在他看来，“尽管乡下有土豪劣绅等腐朽势力，但比起城市的邪恶，还是要光明、安静得多”。参见洪长泰《到民间去：1918—1937 年的中国知识分子与民间文学运动》第一章《民间文学的发现》，董晓萍译，上海文艺出版社 1993 年版。

④ 胡适：《逼上梁山》，原载《东方杂志》1934 年第 31 卷第 1 期，见胡适编选《中国新文学大系·建设理论集》，良友图书印刷公司 1935 年版，第 10 页。

歌谣运动所表现出来的这种民间崇拜倾向其实是建立在这样一种文学史观念之上的："中国文学史……稍有生气者皆自民间文学而来。"[①] 胡适甚至认为，"这是文学史的通例，古今中外都逃不出这条通例"[②]。持这种文学进化观念的其实远非胡适一人，鲁迅也认为："旧文学衰颓时，因为摄取民间文学或外国文学而起一个新的转变，这例子是常见于文学史上的。不识字的作家虽然不及文人的细腻，但他却刚健，清新。"[③]

或者可以说，"刚健""清新"，再加上语言的"质朴"，正是民间文学对精英知识分子所展示的无穷诱惑之所在，也是他们用来反抗高度制度化的贵族文学、古典文学、山林文学的强力手段。这种以一种极端的美学趣味抵制另一极端美学趣味的"革命"方式，不能不使其显现出某种决绝的态势。在歌谣运动风起云涌之时，郭沫若就发出惊人之论："原始人与幼儿的言语，都是些诗的表示。原始人与幼儿对于一切的环境，只有些新鲜的感觉，从那种感觉发生出一种不可抵抗的情绪，从那种情绪表现成一种旋律的言语。这种言语的生成与诗的生成是同一的；所以抒情诗中的妙品最是些俗歌民谣。"[④]

郭沫若的这种看似极端的看法在当时有相当的代表性。他所说的原始人或者幼儿的"新鲜的感觉"，着眼点在其中的"真"（对此，刘半农的看法几近雷同："时代有古今，物质有新旧，这个真字，却是唯一无二，断断不随着时代变化的"[⑤]）；所说的"旋律的言语"，其实说的也是不假修饰的自然流畅的语言。俞平伯认为这种"旋律的言语"是诗歌应该具有的"文学的质素"，在他看来，"修词譬如装饰，质素譬如美人；美人独立存在，不失为裸体的美人；装饰若离开了人，便成为玻璃窗里底货物了"[⑥]。刘半农甚至认为，将真挚的感情赋予质朴的语言便是佳诗："作诗本意，只须将思想中最真的一点，用自然音响节奏写将出来，便算了事，

① 胡适：《中国文学的过去与来路》，原载天津《大公报》1932年1月5日，见欧阳哲生编《胡适文集》第12册，北京大学出版社1998年版，第30页。

② 胡适：《国语文学史》，见欧阳哲生编《胡适文集》第8册，北京大学出版社1998年版，第160页。

③ 鲁迅：《门外文谈》，原载《申报·自由谈》1934年8月24日至9月10日，后收入《且介亭杂文》，见《鲁迅全集》第6卷，人民文学出版社1981年版，第95页。

④ 郭沫若致宗白华信，原载《三叶集》，见《宗白华全集》第1卷，安徽教育出版社1994年版，第238页。

⑤ 刘半农：《诗与小说精神上之革新》，原载《新青年》1917年第3卷第5号，见鲍晶编《刘半农研究资料》，天津人民出版社1985年版，第128页。

⑥ 俞平伯：《诗底进化的还原论》，原载《诗》月刊1922年第1卷第1号，见乐齐、孙玉蓉编《俞平伯诗全编》，浙江文艺出版社1992年版，第632页。

便算极好。”①

正是因为这股民间崇拜之风有了浪漫主义的底色，所以其鼓吹者的兴奋点并不在如何沉潜下去，仔细思考作为一种艺术资源的民间歌谣在哪些方面能够给新诗以支持，又在哪些方面必须予以扬弃。因此，随着歌谣运动的日渐深入，一个巨大的疑问在其肇始者的内心里不断浮现。

第二节　“搜集研究”还是“参与实践”？

“刚健”“清新”“质朴”“自然”的确是民间歌谣的重要特征，作为一种话语方式，它贯通了民众生活的意义，正因如此，它才能够以自身不断释放出来的巨大的艺术生态价值对一代又一代文人构成永不穷竭的询唤力量。对于民间歌谣，初期白话诗人依然怀抱着这样的情怀，刘半农就多次表达了自己对歌谣的欣赏乃至崇拜之情。在《〈外国民歌译〉自序》中，他指出：歌谣“是情感的自然流露，并不象文人学士们的有意要表现。有意的表现，不失之于拘，即失之于假。自然的流露既无所用其拘，亦无所用其假，所谓不求工而自工，不求好而自好，这就是文学上最可贵，最不容易达到的境地”②。俞平伯甚至认为，诗与歌谣原本就没有什么区别：“说诗是抒情的，言志的，歌谣正有一样的功用；说诗是有音节的，歌谣也有音节；诗有可歌可诵底区别，歌谣也有这个区别。我们细细找去，并找不出一点主要的区分，可以作为分类底标准的；只觉得诗每每搭着绅士底架子，歌谣混着粗野的口吻，如是而已。但这点差异，丝毫不重要，算不得文学底质素。”③既然歌谣所呈现出来的是“文学上最可贵，最不容易达到的境地”，而且歌谣与诗歌本质上是同一的，那么，顺理成章地，歌谣就应该成为现代诗歌的“模范”了。换句话说，现代诗歌应该取法歌谣，由此获得一种“文学上最可贵”的品质。

这样的诗学理路显然并不能够得到更多人的认可，个中缘由在于：歌谣尽管有值得现代诗人重视的十分珍贵的品格，但其艺术上的浅薄和语言

---

① 刘半农：《诗与小说精神上之革新》，原载《新青年》1917 年第 3 卷第 5 号，见鲍晶编《刘半农研究资料》，天津人民出版社 1985 年版，第 126 页。

② 原载《外国民歌译》第 1 集，北新书局 1927 年版，引自鲍晶编《刘半农研究资料》，天津人民出版社 1985 年版，第 221 页。

③ 俞平伯：《诗底进化的还原论》，原载《诗》月刊 1922 年第 1 卷第 1 号，见乐齐、孙玉蓉编《俞平伯诗全编》，浙江文艺出版社 1992 年版，第 631 页。

上的粗糙使其无法担当新诗“模范”的角色。梁实秋就直言不讳地指出，“歌谣在文学里并不占最高的位置”，在他看来，“歌谣因有一种特殊的风格，所以在文学里可以自成一体，若必谓歌谣胜于作诗，则是把文学完全当作自然流露的产物，否认艺术的价值了”①。

对歌谣的文学价值的怀疑更生动地表现在周作人身上。如前所述，作为歌谣运动的发起人，周作人原本是对民歌“感着一种浪漫的尊重”的，但到了20世纪30年代后，他的态度发生了改变：“我自己对于民歌的意见有点动摇，不，或者不如说是转变了。我从前对于民歌的价值是极端的信仰与尊重的，现在虽然不曾轻视，但有点怀疑了”，“好像有魔鬼诱惑似地有一缕不虔敬的怀疑之黑云慢慢地在心里飘扬起来，慢慢地结成形体”，“这个疑心既然起来，我以前对于这些民谣所感觉的浪漫的美不免要走动了”。究其原因，是他过去信仰民间文学的“集团起源说”而感觉到其中的“真与其真的美”，现在则对其纯粹的程度产生了怀疑：“民间文学、民间歌谣与风习的大部分的确是由遗迹合成，但这大都是前代高级社会的文学与学问之遗迹而不是民众自己的创造”。他引用英国学者好立得的话来支持（或者说表示对其观点的支持）自己变化后的观点：“民间诗歌的即兴，在我所见到的说来，同样地全在于将因袭的陈言很巧妙地结合起来，这与真诗人的真创作来比较，……相去甚远。……说一件大艺术品可以是一个群众或委员会的出产品，这是心理学地困难的事，至于真有价值的民间文艺品之集团的撰作说，干脆地说来，那在我看来简直是梦话罢了。”好立得的话有两层意思值得注意：一、民歌多为陈言的结合因而无法和诗人创作的诗歌相比；二、我们所见的民歌都是加工后的产品，因此原生态民歌的艺术价值本是不高的。由此，周作人对现在的民歌作品的原生性质也表示了怀疑，“恐怕它的来源不在桑间濮上，而是花间草堂”，这必然打上文人士大夫的阶级烙印，隐含着他们的人生观念。② 周作人对20世纪20年代兴起的歌谣研究运动作了如下的反思：它如新文学运动一样“是浪漫主义的发挥”，“大家当时大为民众民族等观念所陶醉，故对于这一面的东西以感情作用而竭力表扬，或因反抗旧说而反拨地发挥，一

① 梁实秋：《现代中国文学之浪漫的趋势》，见《梁实秋文集》第1卷，鹭江出版社2002年版，第52—53页。

② 作为歌谣运动的另一个积极参与者，沈兼士的看法似乎更公允一些，他在给顾颉刚的一封信中指出：“民谣可以分为两种：一种为自然民谣；一种为假作民谣；二者的同点，都是流行乡里间的徒歌。二者的异点，假作民谣的命意属辞，没有自然民谣那么单纯直朴，其调子也渐变而流入弹词小曲的范围去了。”载《歌谣周刊》1923年第7号。

切估价就自然难免有些过当，不过这在过程上恐怕也是不得已的事，或者可以说是当然的初步，到了现在却似乎应该更进一步，多少加重一点客观的态度，冷静地来探讨或者赏玩这些事情了”①。周作人的反思应该如他自己所说是“客观”“冷静”的，而且对歌谣运动中情绪化倾向的批评也深中肯綮。但是，就他对民歌的原生性及由此带来的对其价值的怀疑，我们心中也有“一缕不虔敬的怀疑之黑云慢慢地在心里飘扬起来”：既然民歌的原创者由于文化修养的欠缺无法完成其由“口传”到“书写”的历程，那么，文化人的代为记录、整理就成为必需的一道程序。在这一过程中，后者必然要对粗糙的、原生态的民歌进行修订、加工甚至是润饰，这样，民歌的原始性质肯定会受到一定程度的破坏。或者可以说，记录、整理后的民歌本来就无法保持其原生性质，因此，其被书写的过程就是其死亡的过程。② 我们需要质询的是：民歌的民众独创性或者说“原生性”真就那么重要吗？此外，对民歌的估价“过当”自然不妥，但矫枉过正式的一概否定怕也不是应有之举。再者，民歌的即兴固然有“因袭的陈言很巧妙地结合起来”之嫌，但那些“真诗人的真创作”就一定能够将陈言排除干净吗？其实，在我看来，民歌并不一定是陈陈相因，而真诗人的创作也不完全能够称得上是“独创”，两者之间并非有着人间天上的遥远距离，很多时候也只是五十步与百步的关系。只不过就总体而言，作为大众化的民间文学，歌谣更多地带有因袭的色彩，而诗人之作更热衷于独创而已。

有趣的是，即使在歌谣运动如火如荼的时候，这种“不虔敬的怀疑之黑云”也曾经徘徊在刘半农的心里。作为歌谣运动的始作俑者，一个立志要唱出“瓦釜的声音”以抵抗中国太多的“黄钟”之声的诗人，刘半农不仅投入巨大的热情搜集、整理歌谣，③ 而且身体力行，用其家乡江阴的方言写作了二十余首“四句头山歌”，汇编成《瓦釜集》出版，随后出版的诗集《扬鞭集》也容纳了不少现代“山歌”。他的这些作品问世后，影响颇大。周作人曾用绍兴方言题贺刘半农的《瓦釜集》：“半农哥呀半农哥，偌真唱得好山歌，一唱唱得十来首，偌格本事直头大。……倘

---

① 周作人：《重刊〈霓裳续谱〉序》，见吴平、邱明一编《周作人民俗学论集》，上海文艺出版社 1999 年版，第 124—129 页。

② 朱光潜就认为：“民歌都‘活在口头上’，常在流动之中。它的活着的日子就是它的被创造的日子；它的死亡的日子才是它的完成的日子。”参见朱光潜《诗论》，见《朱光潜美学文集》第 2 卷，上海文艺出版社 1982 年版，第 20 页。

③ 1919 年 7 月刘半农在家乡江阴采得歌谣二十首，题为“江阴船歌”，发表于《歌谣周刊》第 24 号，周作人为之作序，认为《江阴船歌》“分量虽少，却是中国民歌的学术的采集上第一次成绩”。周氏之“序”题为“中国民歌的价值”，见《歌谣周刊》1923 年第 6 号。

若偌一定要我话一句，我只好连连点头说‘好个，好个！’”[1] 苏雪林甚至有些夸张地对其拟作民谣的实践给予诗人式的赞美，称其“无一不生动佳妙”，并且由诗及人，说：“语言学者不一定是诗人，诗人又未必即为语言学者，半农先生竟兼具这两项资格，又他对于老百姓粗野，天真，康健，淳朴的性格体会入微，所以能做到韩干画马神形俱化的地步。中国三千年文学史上拟民歌儿歌而能如此成功的，除了半农先生，我想找不出第二人了吧？”[2] 沈从文也对其“试验”予以肯定，称其为初期白话新诗运动中“惟一想把新诗和民歌连成一体，以调驯语言为出发点，加以试验，在实验上见出一点成绩的人”[3]。但是，刘半农一边探索着有瓦釜之声的歌谣化之路，一边又对这种探索产生怀疑：“我悬着这种试验，我自己并不敢希望就在这一派上做成一个诗人；因为这是件很难的事，恐怕我的天才和所下的功夫都不够。我也不希望许多有天才和肯用功夫的人，都走这条路；因为文学上，可以发展的道路很多，我断定有人能从茅塞粪土中，开发出更好的道路来。”[4] 尽管我们今天可以将刘半农的这些言辞理解为一种谦虚，但事实上刘半农后来果真就停止了这样的探索，而且诗作也颇为稀少。或许有才思枯竭的原因，但热情的锐减怕是最为关键的因素。连刘半农都浅尝辄止，其他人就可想而知了。

朱自清曾经为“民众文学”的建设设计了一条发展之路：一是搜辑，二是创作。在他看来，“搜辑更为重要。因为创作必有所凭依，断非赤手空拳所能办”[5]。这话看似在理，但细细琢磨，却又发现其本末倒置的严重弊端。试想，搜辑原本只是手段，而创作才是目的，因此，这一发展路径的重心应该后移到创作上。至少应该这样认为，在前期，搜辑更为重要，而在后期，则是创作更为重要。但是，对于歌谣运动而言，它似乎主要在做“搜辑”这一属于“手段”的工作。原本是希望通过对歌谣的搜集、研究以促进现代诗歌的民族化并最终实现一种关于新的“民族的诗”的梦想，但为何激情澎湃地展开以后，却又半途而

---

① 参见赵景深原评，杨扬辑补《半农诗歌集评》，书目文献出版社1984年版，第169—170页。

② 苏雪林：《〈扬鞭集〉读后感》，原载《人世间》1934年第17期，引自鲍晶编《刘半农研究资料》，天津人民出版社1985年版，第301页。

③ 沈从文：《谈朗诵诗》，原载（香港）《星岛日报·星座》1938年10月1—15日，见《沈从文全集》第17卷，北岳文艺出版社2002年版，第245页。

④ 刘半农：《瓦釜集·代自叙》（即作者写给周作人的信），见赵景深原评，杨扬辑补《半农诗歌集评》，书目文献出版社1984年版，第114页。

⑤ 朱自清：《民众文学的讨论》，见《朱自清全集》第4卷，江苏教育出版社1996年版，第38页。

废呢？笔者认为，造成歌谣运动的这一尴尬结局的，至少有如下两个方面的原因。

（一）对于歌谣作为诗歌艺术资源的有效性的怀疑

如前所述，歌谣运动伊始，参与者一般都怀着一种浪漫的热情，民间歌谣的康健、清新、自然、淳朴使他们坚信这里有“真诗”。但是，当搜集、整理到一定规模后，民歌的另一面——粗鄙、单调、幼稚、模式化等——又凸显出来，这对于饱读诗书且有西方阅读经验的新一代知识分子而言，歌谣在艺术上似乎又乏善可陈。周作人就坦陈：“民歌的特质，并不偏重在有精彩的技巧与思想……倘使技巧与思想上有精彩的所在，原是极好的事；但若生成是拙笨的措词，粗俗的意思，也就无可奈何。”[①] 朱自清的态度颇具代表性：“在近几年里，歌谣的研究，已‘附庸蔚为大国’了。但歌谣的音乐太简单，词句也不免幼稚，拿它们做新诗的参考则可，拿它们做新诗的源头，或模范，我以为是不够的。”[②]既然作“模范”在资格上存在问题，那么，刘半农式的拟作民谣在不少人看来就很难说是正经的艺术探索，而只是一种游戏的笔墨了。尽管如前所述，苏雪林对刘半农的拟民歌创作大加赞赏，却认为这只是“一种文艺游戏，是‘不可无一，不能有二’的新诗坛奇迹”，因此，“万万不能学也不必学的”。在她看来，歌谣“虽具有原始的浑朴自然之美，但粗俗幼稚，简单浅陋，达不出细腻曲折的思想，表不出高尚优美的感情，不能叫做文学”，“若一味以模仿为能事……对新诗前途仍无贡献之可言”，她无不调侃地批评道：“若我们错认这种模仿行为当做最后目的，那就好象王公们抛弃其安富尊荣的生活真的永远当乞丐去了。”[③] 苏雪林的批评或许稍显刻薄，而且时间上也已经相当滞后，有某种“后见之明”的嫌疑，但颇可代表当时一般人的心态。值得后世的我们玩味的是，这些歌谣运动的倡导者、运作者一方面认为“这种工作不仅是在表彰现在隐藏着的光辉，还在引起当来的民族的诗的发展”[④]，但另一方面又认为歌谣缺少“精彩的技巧与思想”，那么，它如何能够担当起“引起”民族诗歌的未来发展的重任呢？显然，就歌谣运动“文艺的”

① 周作人：《中国民歌的价值》，见《歌谣周刊》1923 年第 6 号。

② 朱自清：《唱新诗等等》1927 年 10 月 11 日，见《朱自清全集》第 4 卷，江苏教育出版社 1996 年版，第 221 页。

③ 苏雪林：《〈扬鞭集〉读后感》，原载《人世间》1934 年第 17 期，引自鲍晶编《刘半农研究资料》，天津人民出版社 1985 年版，第 301—302 页。

④ 周作人：《〈歌谣周刊〉发刊词》，载《歌谣周刊》1922 年第 1 号。

目的而言，在这里出现了一种深刻的矛盾性。

在笔者看来，仅以歌谣所“隐藏着的光辉”作为民族诗歌未来发展的指路明灯是不够的；但这并不能够逆推出另一种结论：歌谣根本不能作为民族诗歌未来发展的指路明灯。但如何才能使歌谣照亮通向未来的路，这才是真正对那些倡导者、运作者们的智慧和能力的更大考验。作为一个深刻的思想家，鲁迅先生似乎更能够穿过矛盾的表象，抵达问题的内核。他指出：“由历史所指示，凡有改革，最初，总是觉悟的智识者的任务。但这些智识者，却必须有研究，能思索，有决断，而且有毅力。他也用权，却不是骗人，他利导，却并非迎合。他不看轻自己，以为是大家的戏子，也不看轻别人，当作自己的喽罗。他只是大众中的一个人，我想，这才可以做大众的事业。”① 如果说，歌谣运动初期，其参与者所表现出来的对民间的浪漫主义崇拜某种程度上包含着“看轻自己”的意味，那么，随着歌谣运动的日渐深入，他们又变得有些“看轻别人”了。因此，他们虽然做着“大众的梦”，但在梦想和现实之间却存在着很大的距离。应该说，他们“能思索，有决断，而且有毅力”，但这些智慧的力量却未能抵达彻底激活民间歌谣并使其有效融进现代白话新诗的理想彼岸，终于使想象中的“民族的诗”成为一种可能却未能获得良好培育的走向。旅美学者孟悦就曾批评新文学的倡导者和文艺批评家们“不大注意对形式想象力的辨认和培养”，认为他们虽然写着“大众”的生活，却“无力把大众能够接受的通俗形式感引入新文学的再生产”，因此，他们“促生了一个新文学，同时也限制了新文学的视野”②。这一批评对于以建构现代“民族的诗”为重要目的的歌谣运动也是有效的。

（二）“国学”意义的凸显

在某种意义上可以认为，想象中“民族的诗”在其实践过程中给歌谣运动参与者带来一定程度的挫败感。比如，以主张“推翻诗底王国，恢复诗底共和国”③ 的俞平伯，虽然也力求使自己的创作具有“平民的风格”，但其诗作如他自己所检讨的是或“幼稚”或“烦琐而枯燥”，稍有

① 鲁迅:《门外文谈》，原载《申报·自由谈》1934年8月24日至9月10日，后收入《且介亭杂文》，见《鲁迅全集》第6卷，人民文学出版社1981年版，第102页。

② 孟悦:《中国文学“现代性”与张爱玲》，见王晓明主编《批评空间的开创》，东方出版中心1998年版，第337页。

③ 俞平伯:《诗底进化的还原论》，原载《诗》月刊1922年第1卷第1号，见《俞平伯诗全编》，浙江文艺出版社1992年版，第639页。

“平民”风格的作品寥寥无几，因此颇感“遗憾”。[①] 他的这种如胡适般的“提倡有心，创造无力”的尴尬境遇遭到胡适毫不客气的批评，认为其诗“是最不能‘民众化’的”[②]。正如蒲风在其具有诗歌史性质的《五四到现代的中国诗坛鸟瞰》中所指出的：伴随着歌谣运动，尽管产生了歌谣体，但“这种歌谣体当初是被新诗洋化的呼声压沉了”[③]。笔者认为，除了“洋化”浪潮的冲击外，实践者才情的欠缺与探索实践的浅尝辄止也是这一运动由中兴走向末路的一个重要缘由，由此使其“文艺的”热情锐减，“学术的”热情倍增。于是，歌谣所潜藏的“国学”价值浮出水面，成为推动这一运动纵深发展的主要力量。这可以从胡适态度的变化略见端倪。在1923年为《国学季刊》所撰写的发刊词中，他倡导“用历史的眼光来扩大国学研究的范围”，在其扩大化的“国学”疆域内就包括歌谣。他认为，“在历史的眼光里，今日民间小儿女唱的歌谣，和《诗》三百篇有同等的位置”[④]。在这里，歌谣主要不是新诗创生的激发机制，而是国学研究的对象了。对歌谣价值在认识上的转折，不仅表现在胡适身上，更表现在参与歌谣运动的整个知识群体中：“歌谣研究会”不到两年就被归并到北京大学研究所的“国学门”下，其创办的《歌谣周刊》也并入了《国学》周刊（后来改为月刊），这样，作为一种民间诗歌现象，歌谣不再成为新诗的“模范”而是新国学学科建构与知识整合的历史文本。

那么，知识界为何对歌谣有如此认知态度上的转变呢？在笔者看来，这其实也是一个必须展开的问题。如前所述，在歌谣运动的肇始阶段，参与者大多既是学者又兼诗人：胡适、刘半农、沈尹默、周作人等；这些人不仅是大学教授，更是初期白话诗的弄潮儿，因此，对于歌谣，他们在文学上的兴味更浓厚一些。但随着歌谣运动的日渐深入，一批更为年轻的学人——比如常惠、沈兼士、董作宾、顾颉刚以及后来的钟敬文等参与进来。尽管同为学人，但这批后来者较少诗歌的兴趣，歌谣于他们主要是作为民俗学、历史学

---

① 俞平伯：《〈冬夜〉自序》，原载《冬夜》1922年版，见《俞平伯诗全编》，浙江文艺出版社1992年版，第642—643页。

② 胡适：《评新诗集》，原载《读书杂志》1922年第2期，见欧阳哲生编《胡适文集》第3册，北京大学出版社1998年版，第618页。

③ 蒲风：《五四到现在的中国诗坛鸟瞰》，原载《诗歌季刊》第1卷第1—2期，1934年12月至1935年3月，见杨匡汉、刘福春编《中国现代诗论》上编，花城出版社1985年版，第196页。

④ 原载《国学季刊》1923年第1卷第1号，又载《北京大学日刊》1923年3月12—14日，见欧阳哲生编《胡适文集》第3册，北京大学出版社1998年版，第11页。

或者语言学的资料而供他们研究、引证、发挥——或者是民俗学的参证，或者是历史学的活化石，或者是方言调查的标本。顾颉刚就曾坦言：

> 老实说，我对于歌谣的本身并没有多大的兴趣，我的研究歌谣是有所为而为的：我将借此窥见民歌和儿歌的真相，知道历史上所谓童谣的性质究竟是怎样的，《诗经》上所载的诗篇是否有一部分确为民间流行的徒歌。
>
> ……我自己知道，我的研究文学的兴味远不及我的研究历史的兴味来得浓厚；我也不能在文学上有所主张，使得歌谣在文学的领土里占得它应有的地位：我只想把歌谣作我的历史的研究的辅助。[①]

于此，文学史家陈子展评论说："看他歌谣的出发点不在文学，而在历史，这算是研究歌谣的另一方法了。"[②]

第三节　精英的还是大众的？

顺着上文的思路，我们其实还可以而且也应该作进一步的质询：尽管刘半农式的拟作民谣并未获得真正的成功，尽管有了一批志趣在"别处"的青年学人参与，但是，这就是歌谣运动放弃"文艺"而转向"学术"的全部原因吗？

如前所述，现代新诗在草创期一方面企求以民间歌谣为"模范"，另一方面则是以西洋诗为"榜样"，而且，后一种路径还得到更多人的认可。但是，事实证明，走这条道路的人并非只获得了四面喝彩，相反，批评和质疑也不绝于耳。[③] 那么，为什么这些批评和质疑并没有阻止其西行

---

① 顾颉刚：《古史辨〈自序〉》，见《顾颉刚集》，中国社会科学出版社 2001 年版，第 82—83 页。

② 陈子展：《中国近代文学之变迁　最近三十年中国文学史》，上海古籍出版社 2000 年版，第 275 页。

③ 比如，左翼旗帜下的中国诗歌会在其《缘起》中就感叹："中国的诗坛还是这么的沉寂；一般人在闹着洋化，一般人又还只是沉醉在风花雪月里。"任钧在《新诗的歧路》中批评现代主义诗歌"满纸'吗吧呀呢'，令人好象在听外国人说中国话"，对其代表人物邵洵美"引洋经，据洋典"，极力推崇所谓"伟大的晦涩"相当不满："晦涩亦称'伟大'，则天下不伟大的东西也就未免太少了！"严辰在《关于诗歌大众化》中则有些讥嘲地提醒"西行"路上的诗人说："那些只限于知识分子的象征、想象，虚幻的描绘，以及老八股洋八股的典据，都应废止。那种知识分子才具有的见月伤心，闻铃断肠，扭扭捏捏，装腔作态的感兴，感想，都应摈弃。"

的步伐呢？笔者以为，这和当时居于主流的诗学观念大有关系。当刘半农要以“瓦釜”之声对抗“黄种”之音的时候，当俞平伯公开宣称诗不是“贵族的”而是“平民的”的时候，更多的人并不认同这样的价值向度；在他们看来，诗原本就是贵族的。比如，周作人虽然提倡“平民文学”，但他的内心却颇有些踟蹰：“关于文艺上贵族的与平民的精神这个问题，已经有许多人讨论过，大都以为平民的最好，贵族的是全坏的。我自己以前也是这样想，现在却觉得有点怀疑。”在他看来，“真正的文学发达的时代必须多少含有贵族的精神”，因此，理想境界的文学应该是“平民的贵族化”“凡人的超人化”。[①] 康白情的观点更趋于极端，他认为“‘平民的诗’是理想，是主义，而‘诗是贵族的’，却是事实，是真理”。为人谦恭、处世随和的朱自清尽管热心于民众文学的讨论，但也温婉地表态说“诗到底怕是贵族的”[②]。

那么，“诗是贵族的”这一诗学观念又是如何被建构起来的呢？

众所周知，作为一场思想启蒙运动，五四新文化运动的要义之一是对民众的发现以及对民众立场的追求，这样的发现与追求表现在文学上，则是“平民文学”概念的提出。值得注意的是，“平民文学”的概念在当时并非只是一个文学界内部的命名，而是作为五四激进主义历史叙事的一个非凡符号现身于世的，它代表了知识分子的社会良知和社会责任感，其背后隐藏着一种属于知识分子的对民族国家的想象，因此，它一出笼便似乎天然地具有了道义的优越性。正是这样，作家们大都也乐于将自己的创作赋予“平民”的色泽——哪怕这种色泽只是一种主观意义上的认定。

但是，作为知识分子的作家，当他们提出“平民文学”口号的时候，并未准备将自己还原成真正的“平民”。他们只是将那些“引车卖浆之徒”请到前台，作为书面上的主人公听任自己的文化调遣；或者更准确地讲，知识分子是将自己定位于“贵族”与“平民”之间的“居中”位置的。居于这样的位置，他们一方面可以下移，以“民间”“大众”来对抗贵族、圣贤的“官方文化”；另一方面又可以上移，以进步、文明的代言人身份批判“民间”“大众”的“粗鄙”与“野蛮”，呼唤对“民智”的开启与改造。基于这样的思想史背景，我们可以说，“平民文学”的口

① 周作人：《贵族的与平民的》，原载《晨报副镌》1922年2月19日，见张明高、范桥编《周作人散文》第2集，中国广播电视出版社1992年版，第204、206页。

② 朱自清：《〈中国新文学大系·诗集〉导言》，见杨匡汉、刘福春编《中国现代诗论》上编，花城出版社1985年版，第242页。

号既是新文化运动中知识分子的一种审美与文化诉求，也是他们完成自我身份建构的一种文化策略——在其表现出来的对大众的居高临下的关怀背后，隐藏着的是他们对文化领导权的企望。正因如此，有学者指出："与政治权力相似，知识分子同样企图主宰民间，征服民间，将民间收编于特定的知识体系之下。"[①] 由于有了这样的权力企望，伴随着五四新文化运动的，必然有一种"非学术的政治性的激动"[②]。在这样的"激动"状态中，五四作家们所表现出来的维护大众利益的姿态，在很大程度上不过是其获取话语权力的一个筹码——他们根本无法抵达"平民"并与之建立起切实有效的对话机制。因此，尽管"民间""大众"已经成为五四运动框架的一个部分，但知识分子和大众的关系还是一种"启蒙—被启蒙"的模式，而受制于这一模式的文学创作，或许在当时的作家与批评家看来，已经相当"民间"和"大众"了，但他们所期许的和实际做到的之间还存在着很大的差距。恰如郭沫若所反思的那样："我们要宣传民众艺术，要建设新文化，不先以国民情调为基点，只图介绍些外人言论，或发表些小己的玄思，终竟是凿枘不相容的。"[③] 郭沫若的反思对他自己的创作同样有效。比如，在《地球，我的母亲》里，诗人诚挚地称工农大众为"全人类的普罗美修士"和"全人类的保姆"，在《辍了课的第一点钟》里，更是对工人表示了最大的崇敬。这种对自我价值的肯定与对工农历史地位的肯定相结合的意向，已经表现出向工农靠拢的愿望，标出时代的进步趋势，但是，这种靠拢还只是知识分子的一种想象的激情，一种书斋里的精神转向，一种浮游在天空中的情感显扬，甚至可以说是一种一厢情愿的社会理想。

由此我们可以看出，作为现代意义上的启蒙知识分子，五四作家骨子里都坚守的是一种脱离世俗的审美情感和审美理论，所以面对现实和世俗的时候，马上就显示出他们的脆弱和苍白：在诗情的表达上，他们"歌唱'劳工神圣'，并不是真正想为劳工们谋出路，只是敬佩工友们曾为人类服务而已"[④]；在诗歌艺术的追求上，他们是"写给一些受过欧化的教

① 南帆：《民间的意义》，见南帆《隐蔽的成规》，福建教育出版社1999年版，第226—227页。

② 郑敏语，见郑敏《世纪末的回顾：汉语语言变革与中国新诗创作》，载《文学评论》1993年第3期。

③ 郭沫若：《论诗三札·致宗白华》，见杨匡汉、刘福春编《中国现代诗论》上编，花城出版社1985年版，第56页。

④ 蒲风：《五四到现在的中国诗坛鸟瞰》，原载《诗歌季刊》第1卷第1—2期，1934年12月15日至1935年3月25日，见杨匡汉、刘福春编《中国现代诗论》上编，花城出版社1985年版，第193页。

育的人看的，与大众相去万里”[①]。

毛泽东在《新民主主义论》中深刻地分析了“平民文学”精神向度的有限性，他指出：“五四运动所进行的文化革命则是彻底地反对封建文化的运动……这个文化运动，当时还没有可能普及到工农群众中去。它提出了‘平民文学’口号，但是当时的所谓‘平民’，实际上还只能限于城市小资产阶级和资产阶级的知识分子，即所谓市民阶级的知识分子。”[②] 鲁迅甚至认为，五四时期所倡导的“平民文学”不过是一种意识形态的幻觉：

> 现在中国自然没有平民文学，世界上也还没有平民文学，所有的文学，歌呀，诗呀，大抵是给上等人看的；他们吃饱了，睡在躺椅上，捧着看。……在现在，有人以平民——工人农民——为材料，做小说做诗，我们也称之为平民文学，其实这不是平民文学，因为平民还没有开口。这是另外的人从旁看见平民的生活，假托平民底口吻而说的。……现在的文学家都是读书人，如果工人农民不解放，工人农民的思想，仍然是读书人的思想，必待工人农民得到真正的解放，然后才有真正的平民文学。[③]

鲁迅的深刻性表现在，他洞悉到在当时的文化语境中“平民文学”的僭妄性。也就是说，“平民文学”在鲁迅看来其实是被知识分子建构起来的意识形态化的文学类型，它不具备充分的“实践”的意义。因为，作为文学话语权力符码中的平民，和那个被排斥在话语权力场域之外的实体的平民，两者之间并没有多少心灵的相通，所以，平民尽管得到表述，但这种表述的现实价值却非常有限。

事实上，五四新文学的主将们从根本上并没有准备放弃自己文化英雄的角色，也不愿意消弭自己和平民大众之间的等级关系，因此，他们无法接受作为“诗歌”的刘半农式的拟作民谣。在他们看来，“诗是向上的，诗人的生活是超于民间的普遍的真实的生活的”，因此，“‘到民间去’，

---

① 朱自清：《〈新诗歌〉旬刊》1933 年 7 月 1 日。在本文中，朱自清还举了一首诗歌的标题——“回忆之塔”——为例说，这样的题目“要费多少气力才能向大众解释清楚？他们谁又耐烦听你”。见《朱自清全集》第 4 卷，江苏教育出版社 1996 年版，第 311 页。

② 毛泽东：《新民主主义论》，见《毛泽东选集》第 2 卷，人民出版社 1966 年版，第 660 页。

③ 鲁迅：《革命时代的文学》，原载《黄埔生活》1927 年第 4 期，见《鲁迅全集》第 3 卷，人民文学出版社 1981 年版，第 421—422 页。

诗人是做不到的。诗人在记忆和想象里，替人们祝福了”①。这种眼睛“向上”的追求，所表达的显然是一种属于精英知识分子的纯诗观。在这种观念的支配下，不少人趋于认为，“诗越不明白越好”②，因为诗人“最忌求人了解”，“求人了解的诗人，只是一种迎合妇孺的卖唱者，不能算是纯粹的诗人”③。

“纯粹”诗人的角色定位使更多的诗人喜欢作内心的探索与诗艺的开掘，这一点突出表现在20世纪20年代以后的新月派、象征派、现代派的诗歌创作中。④ 这种寻求诗歌本体自觉的努力一方面纠正了初期白话诗“晶莹透澈得太厉害”因而缺少了“余香与回味”⑤ 的毛病，提高了白话新诗的质量，使中国的新诗“慢慢的变得有意义有力量起来”⑥，但是，另一方面，这种价值向度却又使诗歌逐渐偏离了初期白话诗所倡导的诗风，开始变得晦涩、难懂起来，恰如沈从文所言，这些诗“文字奢侈，与平民文学要求却完全远极了”⑦。

作为一种语言艺术，诗歌的晦涩、难懂是通过语言表现出来的。但值得注意的是，现代白话运动的一个基本诉求却是言文一致，也就是日常口语与书面语的一致——从黄遵宪的“我手写我口”到胡适的“作诗如作文”，现代文学运动及其推动者明显地把这场运动理解为日益口语化的语言运动；而白话新诗最初就是作为这场语言运动的一种重要实践而出现的，它首要的任务就在于扶助新的语言方式的确立。但是，白话在相当长的时间内却被认为是不能用于作诗的，⑧ 因此诗歌体式的解放，诗歌语言

① 梁实秋：《读〈诗底进化的还原论〉》，原载北京《晨报副刊》1922年5月27、28、29日，见《梁实秋文集》第6卷，鹭江出版社2002年版，第177页。

② 穆木天：《谭诗——寄沫若的一封信》，原载《创造月刊》1926年第1卷第1期，见杨匡汉、刘福春编《中国现代诗论》上编，花城出版社1985年版，第99页。

③ 王独清：《再谭诗——寄给木天、伯奇》，原载《创造月刊》1926年第1卷第1期，见杨匡汉、刘福春编《中国现代诗论》上编，花城出版社1985年版，第106页。

④ 朱光潜认为，“在近代社会中，诗已变成个人的艺术，诗人已几乎自成一种特殊的职业阶级”。朱光潜：《诗论》，见《朱光潜美学文集》第2卷，上海文艺出版社1982年版，第18—19页。

⑤ 周作人：《〈扬鞭集〉序》，原载《语丝》第82期，见杨匡汉、刘福春编《中国现代诗论》上编，花城出版社1985年版，第130页。

⑥ 沈从文：《新诗的旧账——并介绍诗刊》，原载天津《大公报·文艺》1935年第40期，见《沈从文全集》第17卷，北岳文艺出版社2002年版，第97页。

⑦ 沈从文：《我们怎么样去读新诗》，原载《现代学生》创刊号1930年10月，见杨匡汉、刘福春编《中国现代诗论》上编，花城出版社1985年版，第137页。

⑧ 胡适的好友，同时也是他的论敌任叔永就认为，“白话自有白话用处（如作小说演说等），然不能用之于诗”。语见任叔永致胡适信，参见胡适《逼上梁山》，原载《东方杂志》（转下页）

与白话口语的一致性等都在为新的语言方式的建立推波助澜，它的成败事关重大，具有了超越于诗歌本身的意义——白话文是否能够战胜文言文，在当事人看来，关键就看诗歌这一壁垒能否被攻破。①

按理说，歌谣作为一种活在口头的民间诗歌，因其口语化的性质与平民化的风格，与早期白话诗人的诗歌想象具有很大的可通融性。胡适所构想的白话新诗样态即是“白话的字，白话的文法，和白话的自然音节”②。刘半农的新诗主张与胡适的构想基本一致，在他看来，“作诗本意，只须将思想中最真的一点，用自然音响节奏写将出来，便算了事，便算极好”③。这样的诗体样式的预设与民间歌谣固有的艺术“质素”有着深刻的内在应和，因此歌谣作为白话新诗的活的源泉应该是顺理成章的；而以此作为一种重要手段，也完全可以从积极的方面完成白话文运动的一个更为宏大的目标，即推进“国语”的建设。在当时，学界已有人见出了这一点，比如，身兼文学家和语言学家的钱玄同就认为，“配得上称为国语的只有两种：一种是民众的巧妙的圆熟的活语言，一种是天才的自由的生动的白话文；而后者又必以前者为基础”④。基于这样的认识，他进一步主张：建立国语“应该倚仗民间文艺，因为这才是真正活泼美丽的语言”，而“要唤醒民众，也应该倚仗民间文艺，因为这才是老百姓说话的口吻”，因此，“民间文艺之表彰，实在是当务之急”。⑤

但是，钱玄同等人的主张在当时并未引起足够的重视。从白话新诗的资源来看，如前所述，更多的人认为民间歌谣因其粗鄙、单调、幼稚，故

(接上页) 1934年第31卷第1期，见胡适编选《中国新文学大系·建设理论集》，良友图书印刷公司1935年版，第18页。在1918年9月5日致胡适信中，任氏也这样写道：“前书‘大赞成’足下之建设的文学革命论者，乃系赞成作文之法及翻译外国文学名著等事，并非合白话诗文等而一并赞成之，望足下勿误会。”他还不无讥讽地借用别人的话评价说，白话诗的好处是“在无诗可登时，可站在机器旁立刻作几首”。见《胡适来往书信选》上册，中华书局1979年版，第14页。

① 胡适就认为，白话文学的作战，诗是最难攻克的一个壁垒：“十仗之中，已胜了七八仗。现在只剩一座诗的壁垒，还须用全力去抢夺。待到白话征服这个诗国时，白话文学的胜利就可说是十足的了。”胡适：《逼上梁山》，原载《东方杂志》1934年第31卷第1期，见胡适编选《中国新文学大系·建设理论集》，良友图书印刷公司1935年版，第19页。

② 胡适：《尝试集·自序》，见胡适《尝试集》，人民文学出版社1984年版，第149页。

③ 刘半农：《诗与小说精神上之革新》，原载《新青年》1917年第3卷第5号，见鲍晶编《刘半农研究资料》，天津人民出版社1985年版，第126页。

④ 钱玄同：《关于民众文艺》，原载《国语周刊》1925年第4期，见《钱玄同文集》第3卷，中国人民大学出版社1999年版，第163页。

⑤ 钱玄同：《关于民间文艺》，原载《国语周刊》1925年第23期，见《钱玄同文集》第3卷，中国人民大学出版社1999年版，第299页。

不足以构成新诗的一种建构力量。这样的看法应该说表现出很大的片面性，因此，多年以后，有不少人对此予以了历史的反省。学贯中西的朱光潜就指出："歌谣并不如一般人所想象的，全是自然的流露；它有它的传统的技巧，有它的艺术的意识。它一方面流转无定，一方面也最富于守旧性。"[①] 既看到歌谣的艺术有限性，同时又看到它的艺术禀赋，这种态度应该说更趋于公允、客观。意味深长的是，曾经对歌谣颇多微词、认为歌谣与诗应该"两不相扰，各不相妨"[②] 的梁实秋，后来态度也有了相当的转变："新诗的起来是从文字改革着手的，主张'国语的文学'的人和主张'白话诗'的人当然对于歌谣要发生浓厚的兴趣，所以歌谣采集的运动不早不晚发生在新文化运动勃兴的时候，这是有道理的。……歌谣采集究竟是一件新的事。不过歌谣的影响在新诗方面至今还不曾充分地显露出来，我希望采集歌谣的人和作新诗的人特别留意这一点。"[③] 歌谣的影响之所以未能在新诗中充分地显露出来，这恐怕与包括梁实秋本人在内的众多精英知识分子的极端立场难脱干系。细细想来，这应该是一种历史的遗憾。诗歌史家龙泉明先生对此就曾给予了历史性的清理，他认为，"在民歌基础上提炼新诗格式"这一理路在建立白话新诗的诗性规范的伊始"没有由可能性变成完全的现实性"，"是因为当时许多新诗人的欣赏习惯及审美倾向限制了他们的艺术视野，故不可能看到中国民歌民谣等是建立新诗格式的营养基地之一，更不可能把注意力集中在民歌形式的借鉴和采用上"，因此，虽然有过轰轰烈烈的歌谣采集运动，但"向民歌学习以创造新诗体也没有形成风气"。[④]

在今天看来，这份历史的遗憾中包含了历史可能展开却终于未能展开的某些维面，即大众文学与大众诗学的建构是否可能。如果可能，那么我们又应该如何去实现它？但是，在当时的历史语境下，多数人似乎并没有能够沉潜到问题的深处，而只是浮显在表面发表大异其趣的观点：或是基于知识分子立场的维护诗歌纯粹性的呼吁，或是对这种呼吁的声势浩大的挞伐。在那个众声喧哗的年代，朱自清可能是为数不多的相对冷静客观的

① 朱光潜：《从研究歌谣后我对于诗的形式问题意见的变迁》，原载《歌谣》1936 年第 2 卷第 2 期，见《朱光潜全集》第 8 卷，安徽教育出版社 1993 年版，第 414 页。

② 梁实秋：《读〈诗底进化的还原论〉》，原载北京《晨报副刊》1922 年 5 月 27—29 日，见《梁实秋文集》第 6 卷，鹭江出版社 2002 年版，第 176 页。

③ 梁实秋：《歌谣与新诗》，原载《歌谣》1936 年第 2 卷第 9 期，见《梁实秋文集》第 7 卷，鹭江出版社 2002 年版，第 409—410 页。

④ 龙泉明：《中国新诗流变论》，人民文学出版社 1999 年版，第 41 页。

诗人、批评家，他通过对自己的不断反省与修正使其思考达到相当的深度。在新文学运动兴起之时，他就认为文学的生产应该是多层次的，既有“民众化的文学”，也有“为民众的文学”；不过，此时的他更多地还是持有精英主义的立场，因此对风起云涌的“平民文学”运动表达了一种有距离的认同，在《民众文学谈》中他指出：“公平说来，从前文学摈弃多数，固然是恶；现在主张蔑视少数的文学，遏抑少数底鉴赏力的文学，怕也没有充分的理由罢!”在他看来，“文学底长足的进步是必要付托给那少数有特殊鉴赏力的非常之才的了”①。但很快，他又对自己的主张进行了部分的调整。

1922年1月18日，在距《民众文学谈》三个多月后，他又发表《民众文学的讨论》，在继续坚持“多数底文学与少数底文学应该有同等的重要，应该相提并论”这一主张的同时，他提出了“遏抑少数底鉴赏力”的文学口号，其原因是“现代文坛上还只有少数底文学，不曾见多数底文学底影子”，“多数底鉴赏权被摈弃，……是眼前迫不可掩的情形”，因此他自我修正道：“根本主张虽还照旧，但态度却已稍有不同。”② 尽管不断刷新自己的观念，但他的一个基本态度却始终未变，那就是，“‘为民众’底‘为’字，只是‘为朋友帮忙’一类意义，并非慈善家居高临下，概施乐助底口吻”，因此，“民众文学底第一要件还在使民众感受趣味”，要实现这一目标，必须摈弃“个人的风格”，因为“个人的风格很难引起普遍的（多数人格）趣味”，为此，作家、诗人们应该“不遗余力地去搜辑、创作，——更要亲自‘到民间去’”。③

历史地看，虽然广阔的民间鱼龙混杂、泥沙俱下，但“好诗在民间”绝非一句空话——民歌于我们都应该有再发现再认识的意义。只是我们需要有更多的像朱自清先生这样的人对诗歌的现状进行清场，清场的前提则是充分地意识到民间的存在并与之进行不懈的对话。事实上，这样的对话将驱使知识分子更为有效地描述自己的位置，并且重新估计他们所热衷的一系列概念，例如启蒙、主体、现代性，或者诗歌精神、文学经验等。

① 朱自清：《民众文学谈》，1921年10月10日，见《朱自清全集》第4卷，江苏教育出版社1996年版，第25—26页。

② 参见《朱自清全集》第4卷，江苏教育出版社1996年版，第36页。

③ 朱自清：《民众文学的讨论》，见《朱自清全集》第4卷，江苏教育出版社1996年版。

第四节　西化的还是本土的？

但是，作为中国现代新诗——或者扩而言之——中国新文学第一次大规模的与民间对话，歌谣运动并未获得充分的展开。个中缘由如前所述，是普遍地存在于作为对话主体[①]的知识分子的精英立场。那么，支撑他们固守这一立场的内在力量又是什么呢？笔者认为这是必须作进一步追问的话题。

李欧梵认为："自从清末以来，日益增长的那种'偏重当代'的观念（反对古代儒家那种偏重往古的基本态度）无论是在字面上，还是在象征意义上，都充满了一种'新的'内容：从1898年的'维新'运动到梁启超的'新民'观念，再到五四时期新青年、新文化、新文学的一系列宣言，'新'这个词几乎伴随着旨在使中国摆脱以往的镣铐、成为一个'现代'的自由民族而发动的每一场社会和知识运动。因此，在中国，'现代性'不仅含有一种对于当代的偏爱之情，而且还有一种向西方寻求'新'、寻求'新奇'这样的前瞻性。"[②] 从这里，我们可以见出20世纪中国"现代性"叙事的内在逻辑："现代性"即喻示着一种新的文化，而新的文化即西方文化。于是，西方文化成为贯穿20世纪中国"现代性"追求的基本尺度并内在地充满了意义。

在中国的文明演进史上，并非没有外族的入侵，但华夷之间总是前者同化后者，即便后者倾巢来犯直至夺了中华权柄亦不能摆脱被同化的命运，其根本原因在于他们在文明上不是中国对手，因此无法构成对中国传统的解构性威胁；而现代西方列强之所以能够征服中国，就在于他们在文明上强于中国。文明上的巨大差距使得整个中国社会普遍滋生出追赶西方的民族性饥渴，而与之相伴的则是激进主义的历史建构逻辑，即如有学者指出的，"二十世纪的中国，从上到下都太激进，……把西方看得太理想，以为西方是理想国"[③]。正因如此，在思想文化领域，尽管文化守成

① 之所以将知识分子认作为对话的"主体"，是因为作为"实体"的民间大众在这场"对话"中始终没有出场，他们只是以虚拟的另一方而存在。

② 李欧梵：《追求现代性》，见李欧梵《现代性的追求》，生活·读书·新知三联书店2000年版，第235—236页。

③ 刘再复与李泽厚的对谈，原载《南洋早报》，见李泽厚《世纪新梦》，安徽文艺出版社1998年版，第464页。

思潮时起时伏，从未断纤，但居于主流地位的却依然是渴望实现现代化而急欲消融民族身份的持续性焦灼。

这样的焦虑同样制约着五四作家对于现代白话文学的想象。在不少人看来，“凡是模仿本国的古典则为模仿，为陈腐；凡是模仿外国作品，则为新颖，为创造。……以为‘话说’‘且听下回分解’‘正是’是绝对的可笑”，因此，他们“一方面全部推翻中国文学的正统，一方面全部的承受外国的影响”①。

相比较而言，在所有的文学样式中，诗是新文学对古典传统“颠覆”之势最为突出的一种文体。在早期白话诗人看来，古典诗歌语言所代表的文言系统与其结构形式的高度制度化均成为诗歌发展的严重桎梏。胡适就认为，“文学的生命全靠能用一个时代的活的工具来表现一个时代的情感与思想。工具僵化了，必须另换新的，活的”②，而“形式上的束缚，使精神不能自由发展，使良好的内容不能充分表现。若想有一种新内容和新精神，不能不先打破那些束缚精神的枷锁镣铐。……五七言八句的律诗决不能容丰富的材料，二十八字的绝句决不能写精密的观察，长短一定的七言五言决不能委婉达出高深的理想与复杂的感情”③。

那么，对于诗歌而言，新的工具是什么？又如何寻得？旧的枷锁镣铐打破后，诗的形式规约如何建立？诗的文体边界如何划定？这些都成为早期白话诗人必须直面的问题。另一方面，传统是否就真如我们所预想的那样能够被轻易地“颠覆”掉？它有没有创造性转化的机制？而且，“颠覆”传统是否就意味着彻底的新生？我们在“颠覆”本土传统的时候，是否又落入了异域传统的圈套？从思维方式上看，我们是否只能建构一种“传统—现代”“本土—西方”的二元对立模式，有没有一种更为复杂的建构逻辑？诸如此类的问题都是早期白话诗人不得不遭遇的，而且也是难以一言道尽的；从实践的意义上看，对这些彼此纠结的问题的求解也绝不是一蹴而就的。

胡适即是这一问题链上的第一个“典型环节”，对他的诗学理路的历史清理或许可以帮助我们解开某些症结式的历史难题。

---

① 梁实秋：《现代中国文学之浪漫的趋势》，1926 年 2 月 15 日，见梁实秋《浪漫的与古典的文学的纪律》，人民文学出版社 1988 年版，第 10 页。

② 胡适：《逼上梁山》，原载《东方杂志》1934 年第 31 卷第 1 期，见欧阳哲生编《胡适文集》第 1 册，北京大学出版社 1998 年版，第 146 页。

③ 胡适：《谈新诗——八年来一件大事》，见胡适编选《中国新文学大系·建设理论集》，良友图书印刷公司 1935 年版，第 295 页。

开风气之先的白话诗“尝试”与为新诗争取合法性地位的种种论说使胡适成为描述现代新诗发生的一个绕不开的人物。不过，作为一个“叙事”中的历史人物，胡适更多地作为白话诗的第一个“尝试”者而引人注目，而他为争取新诗的合法性所作的种种论辨以及促使其论辨的内在动力，则往往只是作为一个烘托其诗歌“尝试”的背景。但是，在笔者看来，作为一个关涉“现代白话新诗资源”的诗学难题的求解，诗论家胡适的意义并不在诗人胡适之下，因为，在很大程度上可以说，胡适的白话诗歌创作不过是其现代诗学构想的“试验”而已，[①] 因此，对其白话新诗理论构想的发生机制的探讨便是一个相当关键的环节。

学界普遍对胡适的民间崇拜表现出浓厚的兴趣，各种角度的对胡适的解读也大都绕不开他的这一历史功绩。事实也的确如此：他不仅有以民间文学为叙事“线轴”的《国语文学史》《白话文学史》，而且不厌其烦地在各种场合表达类似的文学史观，即“文学的新方式都是出于民间的”[②]，“中国文学史没有生气则已，稍有生气者皆自民间文学而来”。由此他指出，新文学的来路有两条：一是民间文学，二是以欧洲为主的外国文学。[③] 于是，一个将民间文学与西方文学同时尊崇为新文学源泉的文学运动的“领袖”形象便被光彩夺目地塑造出来。

不过，应该指出的是，胡适的这一形象并非“历来”如此，而是“逐渐”如此的；也就是说，开阔的文学变革视野于胡适而言是逐渐形成的。强调这一点，对于我们深入解读白话新诗的始发动力尤为重要。

当胡适构想中国文学问题的“解决方案”并试验白话诗的时候，他身居海外，“颇读了一些西方文学书籍，无形之中，总受了不少的影响”[④]。尽管此时他已经认识到“宋元的白话文学的重要价值”，中国的俗

---

① 王富仁认为，中国近现代的文化与文学发展与西方有明显的差异：前者表现为“新的理性认识—新的情感态度—新的审美意识”，后者则表现为“新的审美意识—新的情感态度—新的理性认识”；由此他认为，包括胡适在内的“整个五四文学革命的发展过程，也是理论在前，创作随后的”。参见王富仁《中国近现代文化发展的逆向性特征与中国现当代文学发展的逆向性特征》，载《文学评论》1989 年第 2 期。胡适就坦言自己“作白话诗”的目的是“意欲倏‘实地试验’之结果，定吾所主张之是非”。参见《胡适日记全编》(2)，安徽教育出版社 2001 年版，第 489 页。

② 胡适:《〈词选〉自序》，原载《小说月报》1927 年第 18 卷第 1 期，见欧阳哲生编《胡适文集》第 4 册，北京大学出版社 1998 年版，第 550 页。

③ 胡适:《中国文学的过去与来路》，原载天津《大公报》1932 年 1 月 5 日，见《胡适文集》第 12 卷，北京大学出版社 1998 年版，第 31 页。

④ 胡适:《尝试集·自序》，见欧阳哲生编《胡适文集》第 9 册，北京大学出版社 1998 年版，第 71 页。

话文学是“中国的正统文学”,[1] 但真正给予他白话诗试验以灵感的还是西方近代的自由诗运动，意象派诗人所倡导的“最普通的”、不假“修饰性”的诗歌语言以及他们对“自由体诗”的推崇都深得胡适的赞许：“此派所主张与我所主张多相似之处”[2]。胡适本人或许认为这是一种“英雄所见略同”，但更多的人却趋向于认为两者之间是一种“影响”关系，梁实秋就指出，胡适“对于诗的基本观念大概是颇受外国文学的影响的”[3]，朱自清也认为胡适的主张是“受了外来影响”，“胡氏自己说《关不住了》一首是他的新诗成立的纪元，而这首诗却是译的，正是一个重要的例子”。[4]

按理说，民间歌谣也具有胡适所期待的用词“普通”、不假“修饰”且诗体灵活自由的特点；而且，对民众的发现以及对民众立场的追求也是新文化运动的一项重要内容，将之作为“资源”引入白话新诗的建构原本是顺理成章、再自然不过的事情。那么，胡适为什么会对西方的诗歌经验如此垂青而对本土的“民间歌唱”如此怠慢呢？以笔者的后见之明，其根本原因是，在当时这样一个救亡图存的年代，中国的弱势地位与“现代性”追求的紧迫使知识分子普遍存在着“民族身份认同”的心理障碍，冲不破以社会进化论打底的“西方中心论”，走不出西方庞大的文化——包括诗歌经验的阴影，因此民族主义的历史诉求首先要以世界主义为要义，种种关于“国语的文学”和“文学的国语”的构想也就必然要在西方语言中心主义的框架内展开。朱自清就认为，“新诗不取法于歌谣，最主要的原因还是外国的影响；别的原因都只在这一个影响之下发生作用”。“这是欧化，但不如说是现代化……现代化是新路，比旧路短得多；要‘迎头赶上’人家，非走这条新路不可。”[5] 朱先生的如此看法其实也在幽幽诉说着“民族身份认同”的焦虑。这种唯西方为尚的现代话语范畴作为一种主流话语方式，必然对以乡土民间作为现代诗歌奠基性机制的企图形成一种威逼之势，于是，歌谣体的尝试便难逃“被

---

① 胡适：《逼上梁山》，原载《东方杂志》1934 年第 31 卷第 1 期，见欧阳哲生编《胡适文集》第 1 册，北京大学出版社 1998 年版，第 147 页。

② 胡适：《胡适日记全编》(2)，安徽教育出版社 2001 年版，第 522 页。

③ 梁实秋：《新诗的格调及其他》，原载《诗刊》创刊号 1931 年 1 月 20 日，见杨匡汉、刘福春编《中国现代诗论》上编，花城出版社 1985 年版，第 142 页。

④ 朱自清：《〈中国新文学大系·诗集〉导言》，见杨匡汉、刘福春编《中国现代诗论》上编，花城出版社 1985 年版，第 241、240 页。

⑤ 朱自清：《新诗杂话》，生活·读书·新知三联书店 1984 年版，第 86—87 页。

新诗洋化的呼声压沉”[1] 的命运了。

胡适当然也难以摆脱这种意识形态化的文化“进步”观念的制约。不仅从他的理论主张，而且从他的创作实践中我们也可以看出，民间歌谣根本未能进入他的视野。所以，他的白话诗里很少有民间歌谣的质素，甚至在1920年8月的《尝试集》再版自序中，在对其白话诗里诸如双声叠韵之类所谓“自然音节”津津乐道时，他也没想到用民间歌谣来作参照。对此，朱自清评价说：“他虽然一时兴到的介绍歌谣，提倡‘真诗’，可是并不认真的创作歌谣体的新诗。他要真，要自然流利，不过似乎并不企图‘真’到歌谣的地步，‘自然流利’到歌谣的地步。”[2]

不过，随着白话文运动的深入与白话新诗的合法性地位的确立，胡适的本土意识渐渐浮出水面，因此开始大谈特谈民间文学作为新文学“参考”的合法性，甚至认为“以新的眼光和新的方法去看待它（指民间文学——引者注），也许从二千五百年以来要开辟一条新的道路”[3]。但是，当胡适发表这些言论的时候，他已经淡出诗坛，而其作为诗人和诗论家的影响力也大为降低了。

这不能不说是一种历史的遗憾。以胡适在新文学运动中享有的“文化英雄”的至尊地位，其诗学主张必然具有非同一般的影响力。[4] 如果在白话诗倡导伊始，他就能够洞悉“民间歌唱”对新诗的重大建构意义，并且垂范他自己后来所倡言的“用文学的眼光来选择一番，使那些真有文学意味的‘风诗’特别显出来，供大家的赏玩，供诗人的吟咏取材”[5] 于同人，一种新的“民族的诗”也许能产生出来呢？历史当然不能推倒重来，不过，历史的某种走向因为机缘的失时而使其难以展开，而后则可以通过后人的想象获得反思来路的支点。事实证明，自胡适之后，

① 蒲风：《五四到现在的中国诗坛鸟瞰》，原载《诗歌季刊》第1卷第1—2期，1934年12月15日至1935年3月25日，见杨匡汉、刘福春编《中国现代诗论》上编，花城出版社1985年版，第196页。

② 朱自清：《新诗杂话》，生活·读书·新知三联书店1984年版，第79页。

③ 胡适：《中国文学的过去与来路》，原载天津《大公报》1932年1月5日，见欧阳哲生编《胡适文集》第12卷，北京大学出版社1998年版，第31—32页。

④ 朱自清就认为，胡适的《谈新诗》一文“差不多成为诗的创造和批评的金科玉律了”，其主张不仅“为《新青年》诗人所共信”，而且“《新潮》《少年中国》《星期评论》，以及文学研究会诸作者，大体上也这般作他们的诗”。参见朱自清《〈中国新文学大系·诗集〉导言》，见杨匡汉、刘福春编《中国现代诗论》上编，花城出版社1985年版，第241页。

⑤ 胡适：《北京的平民文学》，见欧阳哲生编《胡适文集》第3册，北京大学出版社1998年版，第637页。

“西风”日盛，大有以之而置本土传统于死地的态势。朱自清就认为，现代诗“最大的影响是外国的影响”①；梁实秋也尖锐指出，“新诗，实际就是中文写的外国诗”②；闻一多甚至批评五四白话诗人“有一种欧化的狂癖，他们的创造中国新诗底鹄的，原来就是要把新诗作成完全的西文诗”③。

从以上对早期新诗的批评我们可以看出，诗界对一味的“欧化”已经开始有所警觉。不少诗人通过实践，发现“欧化”追求的诸多内在困惑，比如，中国语有它自身的特质，在词法、句法、音节等多方面均与西方语言有着巨大的差异性，因此“最不轻易接受外来的影响”④；再比如，在现代诗体的建设上，诗人们也意识到完全走西方的路的困难性——“用中文写 Sonnet 永远写不象”⑤！于是，有人提出了“国化”的主张并指出了实现“国化”的方式，即“融化”。所谓“融化”，按照周作人的看法即“把中国文学固有的特质因了外来影响而益美化，不可只披上一件呢外套就了事”。基于这样的认识，他们重新发现了传统的意义，“相信传统之力是不可轻侮的”⑥。这里的传统既包含古典诗歌的传统，也包含“民间歌唱”的传统。金克木就认为，现代新诗如果要是新的，中国的，就要“依据于现在中国的最大多数的人民而不仅靠钻研旧有的书本以及习染外来的风气”⑦。

透过这些恳切的言辞我们可以发现，一个曾经被五四文化精英们弃之不顾的“本土资源”开始重新凸显其意义。伴随对它的重新发现与认识，一种对五四新文学运动的逆向思考也开始抬头，甚至有的言辞还相当严厉和尖刻：“‘五四’的新文化运动，对于民众仿佛是白费了似的。五四式的新文言（所谓白话）的文学，只是替欧化的绅士换换胃口的鱼翅酒席，

---

① 朱自清：《〈中国新文学大系·诗集〉导言》，见杨匡汉、刘福春编《中国现代诗论》上编，花城出版社 1985 年版，第 240 页。

② 梁实秋：《新诗的格调及其他》，原载《诗刊》1931 年 1 月 20 日创刊号，见杨匡汉、刘福春编《中国现代诗论》上编，花城出版社 1985 年版，第 141—144 页。

③ 闻一多：《〈女神〉之地方色彩》，原载《创造周报》1923 年第 5 号，见《闻一多论新诗》，武汉大学出版社 1985 年版，第 64 页。

④ 朱自清：《论中国诗的出路》，见延敬礼、徐行选编《朱自清散文》中集，中国广播电视出版社 1994 年版，第 377 页。

⑤ 梁实秋：《新诗的格调及其他》，原载《诗刊》1931 年 1 月 20 日创刊号，见杨匡汉、刘福春编《中国现代诗论》上编，花城出版社 1985 年版，第 144 页。

⑥ 周作人：《〈扬鞭集〉序》，原载《语丝》第 82 期，见杨匡汉、刘福春编《中国现代诗论》上编，花城出版社 1985 年版，第 129 页。

⑦ 金克木：《杂论新诗》，载《新诗》1937 年第 2 卷第 3、4 期合刊。

劳动民众是没有福气吃的。"[①]"'五四'式的白话，实际上只是一种新式文言，除去少数的欧化绅商和摩登青年而外，一般工农大众，不仅念不出来听不懂，就是看起来也差不多同看文言一样的吃力。"[②]这些言辞背后，尽管有阶级意识的隐蔽支撑，但其所言之理还是颇有现实的针对性，它向我们表明，五四新文学运动中"平民文学"的主张具有浓烈的乌托邦性质，其激进的反传统姿态虽在当时乃至以后相当长的时间内持续获得喝彩，但其基于"策略"的极端思维以及在这一思维的推动下对传统资源的拒斥却被证明是有相当的欠缺的。因为，传统"不仅仅是为习惯而习惯的空壳。时间和空间不是随着现代性的发展而来的空洞无物的维度，而是脉络相连地存在于活生生的行动本身之中"[③]。

作为一种"存在于活生生的行动本身之中"的民间歌谣，它固然有形式上的稳定、停顿、保守以及由此投射出来的民间生活的狭窄和封闭等消极性的文化与美学特征，但它于我们不应该只是文化怀旧的隐喻性符号，而是具有再发现再认识的意义。恰如前引朱光潜先生的看法，歌谣"一方面流转无定，一方面也最富于守旧性"[④]。作为现代知识分子，白话诗人的意义绝不只是情绪化地批评歌谣在形式上的"守旧性"，而是应该以唤醒的现代意识重新激活其"流转无定"的美学潜能并从其"守旧性"中发现"创新"的因子，供研究和发现新诗形式与白话语言系统之间的关系作参考，从而促使适应于白话语言系统的新诗形式逐步完善起来；但是，历史向我们呈现的事实却是，白话诗人们在这方面的努力相当欠缺：或者如胡适一般对民歌视而不见，或者如刘半农一般对民歌一味仿制。客观地讲，以胡适为代表的五四白话诗人基本上缺乏对"民间歌唱"的形式想象力的辨识和培养，因而无力把大众能够接受的通俗形式感引入新诗的再生产中。在这样的意义上我们可以说，五四白话诗人在西方精神笼罩下所建构的"现代观"促生了一个"新诗"，同时也限制了新诗的视野。对于现代新诗的创立而言，这是一个症结性的难题，但草创期的诗人在求证这一难题的时候，并没有给我们提供一份令人满意

---

① 宋阳（瞿秋白）：《大众文艺的问题》，1932年，见《文学运动史料选》第2册，上海教育出版社1979年版，第391—392页。

② 寒生（阳翰笙）：《文艺大众化与大众文艺》，原载《北斗》1932年第2卷第3、4期合刊，见文振庭编《文艺大众化问题讨论资料》，上海文艺出版社1987年版，第86页。

③ ［英］安东尼·吉登斯：《现代性的后果》，田禾译，译林出版社2000年版，第95页。

④ 朱光潜：《从研究歌谣后我对于诗的形式问题意见的变迁》，原载《歌谣》1936年第2卷第2期，见《朱光潜全集》第8卷，安徽教育出版社1993年版，第414页。

的答卷。对“五四”持解构之态的美籍学者王德威对此种现象曾提出过尖锐的批评，他说：“除非我们还执迷不悟，硬在西化与现代性之间画等号，或者还自溺于知识殖民主义，认为中国文学若非先向西方膜拜，绝无法出现任何具体变化，否则我们就不应该低估中国人面对传统的各种应变方式。”① 作为传统的一脉，“民间歌唱”的发生机制尽管进入现代社会后已逐渐走向式微，但其灵活机动的语言形式以及紧贴“大地”而歌的朴素的歌唱方式已经成为我们民族所共有的经验，或者说为一种民族性的“感觉结构”②，这种“感觉结构”原本可以转化为一种促进新诗生长的话语生态，而且歌谣运动曾经试图开启通向这一话语生态之门，但在强大的西化浪潮中，它最终演变为一种纯粹学术意义上的民间采风，因而未能实现对这一话语方式的现代转化，其作为话语生态的价值也未能够充分显现出来。对于中国新诗而言，这或许也可以说是另一种被“压抑的现代性”。

第五节　文学的还是音乐的?

作为一种话语生态、一种民族情感的感性构造方式，歌谣对于现代新诗而言，其重要的生态价值固然应该包括语言风格、诗体范式等，但笔者认为尤其不能忽略的是其无所不在的音乐性。音乐性，原本就是诗歌话语与非诗话语的主要分界。甚至可以认为，抽掉了音乐性，就几乎等于抽掉了诗歌的立足之本。

如果说，音乐性是中国传统诗歌——包括文人诗词与民间歌谣——最为动人的一环，那么，它便是现代白话新诗最为黯淡的一环。

---

① ［美］王德威：《被压抑的现代性——晚清小说的重新评价》，见王晓明主编《批评空间的开创》，东方出版中心 1998 年版，第 136 页。

② 威廉斯认为，某一文化的成员对其生活方式必然有一种独特的经验，这种经验是不可取代的。由于历史或地域的原因置身于这种文化之外，不具备这种经验的人，只能获得对这种文化的一种不完整或抽象的理解。参见［英］雷蒙·威廉斯《文化分析》，见罗钢、刘象愚主编《文化研究读本》，中国社会科学出版社 2000 年版。笔者认为，在艺术的传承中，这种经验——或者说“感觉结构”的连续性的“在场”是相当重要的。五四白话新诗的问题不是向西方经验的开放与借鉴，而是在这一行动中自我瓦解了本土经验的连续性。在这样的意义上，笔者认同俞平伯的如下观点，即中国诗的改造，应该“把西洋近代文学的新精神做旁证”，“把历史上变迁的痕迹做直证”。参见俞平伯《社会上对于新诗的各种心理观》，原载《新潮》1919 年第 3 卷第 1 号，见杨匡汉、刘福春编《中国现代诗论》上编，花城出版社 1985 年版，第 22 页。

学界普遍将音乐性的匮乏归结为自由诗体在现代白话新诗中的强势地位，认为是它动摇了现代诗人维护新诗音乐精神的信念。① 从现象上看，这一观点不无道理：从胡适对自由诗的“尝试”到郭沫若将之推向高峰，他们的努力似乎都在使诗歌逐渐远离音乐性。② 后来尽管有新月派、象征派等掀起的规范化运动对新诗的自由散漫有所抵制，但并没有对自由诗的潮流形成阻挡之势，艾青、臧克家、七月诗派、九叶诗派等在创作上的成功及其在诗歌史书写中的显赫地位，无疑宣告自由诗“主流”地位的不可撼动。③

但是，如果我们换一种思考问题的方式，破译症结的路径或许就会从另一个方向展开。如前所述，中国现代文化与文学的发生与发展都是理论先于实践，因此，对于白话新诗而言，自由诗大行其道的背后潜隐着一种鼓励性机制，或者更确切地说，有一种维护其合法性的理性力量的支撑。④ 那么，为什么在早期白话诗人的诗学观念形成过程中，“音乐性”没有成为其基本的诉求呢？

诚然，胡适的白话诗观念颇受西方自由诗运动的影响，而且胡适作为

---

① 梁实秋就曾批评说：“旧诗的种种无聊的过度的不合时宜的桎梏，固有解脱之必要，且此种解脱之趋势在适之先生之前亦已略发其端倪，但是我们却不该于解脱桎梏之际而遂想求打破一切形式与格律。自由是要的，放肆是要不得的；镣铐是要不得的，形式与格律仍是要的。但是十几年来一般人都似乎隐隐约约的有一种共同的观念，以为现在我们写白话诗了，什么形式技巧都不必要了，我们要的是内容，诗和散文的分别不在形式。”梁实秋：《现代文学论》，原载《偏见集》，正中书局 1934 年版，见《梁实秋文集》第 1 卷，鹭江出版社 2002 年版，第 402 页。

② 延陵在总结初期白话诗的成就时，就将“诗底音调与形式已完全和‘词’不同而和散文相近”看作白话诗的“新的特质”之一，对此，他不仅毫无批评之意，而且予以表彰道：“现在谁还能找到一首铿锵悦耳如合节奏的新诗，谁还能找到一首字华美而句整炼如六朝文的诗呢？”延陵认为，这一现象是“由于解放的精神之加进”，“是件可喜的事”。见延陵《前期与后期》，载《诗》第 1 卷第 4 号，中华书局 1922 年版。

③ 王光明就指出：“因为‘新诗’是与‘旧诗’相对的诗体概念，意味着不受传统的格律约束，所以在中国当时的诗歌运动中，‘新诗’就意味着自由诗，因而无论在翻译还是在介绍文章中，很少专门标出自由诗这一名目。但从实际情形看，这一现代诗歌形式不仅与语言、形式上求解放的诗歌运动一拍即合，而且成了人们追逐的中心，以至于排除了别种形式的探讨。”王光明：《现代汉诗的百年演变》，河北人民出版社 2003 年版，第 127 页。

④ 胡适就坚定地认为：“诗味在骨子里，在质不在文！”关于新诗，他所认同的“第一条件便是‘言之有物’。因为注重之点在言中的‘物’，故不问所用的文字是诗的文字还是文的文字。”胡适：《尝试集·自序》，见欧阳哲生编《胡适文集》第 9 册，北京大学出版社 1998 年版，第 73 页。郭沫若则宣称，“形式方面我主张绝端的自由，绝端的自主”，因此，“诗无论新旧，只要是真正的美人穿件什么衣裳都好，不穿衣裳的裸体更好”。郭沫若：《论诗三札》，见杨匡汉、刘福春编《中国现代诗论》上编，花城出版社 1985 年版，第 61、53 页。

初期白话诗坛的风云人物，其影响力肯定是巨大的，但仅仅一个胡适就能够左右现代诗学的建构逻辑吗？如果真作这样的判断，那么，我们就可能过高估计了胡适的能量而过低估计了胡适之外的其他人的作用。事实上，“自由”是贯穿五四时期的最为烫手的字眼；作为一种时代认同的观念，它也必然成为诗人们普遍的诉求，诚如石灵所言：“五四以后的诗人和欣赏诗的人的信念，既都受解放和自由所笼罩，谁还愿意听创造诗的规律的话？所以最初诗之形式运动倒霉，只怨时代的不巧。自由的气焰太盛。规律自然是束缚，管什么新旧！”[①] 在这种“自由”风气的强劲鼓吹下，刘半农的“破坏旧韵重造新韵”“增多诗体”的主张便难以获得人们理性关注的目光，而音韵、诗体等所蕴含的音乐性追求也必然招致被轻慢的命运。认识到这样的背景，我们或许能够找到歌谣运动在对作为“资源”的传统歌谣所进行的开掘中放逐其音乐潜能的种种缘由。

如前所述，几乎在白话诗正式登台的同时，歌谣运动也开始酝酿，其目的之一即“文艺的”。换句话说，民间歌谣在此时即已纳入白话诗建设的总体构想中。

历史地看，所谓“歌谣”其实是和乐而唱的“歌”与离乐而诵的“谣”的统称，《〈诗经·魏风·园有桃〉毛传》就将歌谣释为“曲合乐曰歌，徒歌曰谣”；《尔雅·释乐》也认为“徒歌谓之谣”；《初学记·乐部》上引《韩诗章句》则曰“有章曲曰歌，无章曲曰谣”。也就是说，“歌”与“谣”是以音乐的有无来区分的。虽然这种区分随着歌、谣音乐属性的混淆模糊而变得有些含糊，甚至到后来“歌”的外延可以涵盖谣，歌、谣逐渐被视为一体，[②] 但“歌谣”的一个重要质素——音乐性——却从来没有在其历史的延续中被抹去。甚至可以认为，恰恰是因为“歌唱”的本体论价值的持续“在场”，歌谣才在历史的流动中生生不息。

但是，歌谣运动伊始，人们就对“歌谣”这一概念发生了理解的偏差，即将饱含着浓烈音乐性的歌唱文本狭隘地指认为一种单纯的文学文本，只认其“谣”的性质，而轻视其“歌”的性质。从周作人为《歌谣周刊》所拟的“发刊词”即可见出这一“偏差”的端倪。在这篇不足千言的短文中，他虽然使用了“歌词”这一概念来代指歌谣，但他的根本旨趣却在“文学的”方面，即“引起当来的民族的诗的发展”，至于

---

① 石灵：《新月诗派》，原载《文学》1937 年第 8 卷第 1 号，见杨匡汉、刘福春编《中国现代诗论》上编，花城出版社 1985 年版，第 283—284 页。

② 杜文澜在《古谣谚·凡例》中就说：“歌字就系总名，凡单言之，则徒歌亦为歌，故谣可联歌以言之，亦可借歌以称之。”杜文澜辑：《古谣谚》，中华书局 1958 年版。

“歌”如何发展，他则只字不提；即使从单纯的“诗”的方面而言，他的兴奋点也主要在歌谣中的“人民的真感情”，或者说是在歌谣内容方面、风格方面，至于歌谣的节奏、音韵、体式等蕴含着音乐美的形式要素，他也未及片言。[①] 周作人的关于“歌谣”的观念在当时具有相当的代表性，而这种普遍存在于歌谣运动的发起者、参与者中的“歌谣”观念则极大地影响了歌谣运动的走向——朝着纯粹的文学的方向发展，它甚至影响了人们对“歌谣”这一概念理解的混乱。刘半农是其中之一，他认为，“歌谣与俗曲的分别，在于有没有附带乐谱：不附乐曲的如‘张打铁，李打铁’，就叫做歌谣；附乐曲的如‘五更调’，就叫做俗曲”[②]。将有无曲谱作为衡量是否为“歌谣”的标准，这显然是一种常识性的错误；而认为俗曲因为有了音乐则必为文人的创作，则是另一个常识性的错误。歌谣的原创者固然可能没有记谱的能力，但这并不意味着他们没有“作曲”的能力；也就是说，他们只是以“口传”的方式完成了音乐的创造。后世的文人（音乐家）因其所具有的音乐的专业素养而将这些“口传”的音乐转换成书面式的符号化乐谱，但这并不意味着就是文人的创作。这正如《歌谣周刊》刊发的大量歌谣，均是通过文人的记录才得以文字记载一样，我们怎么也不能说音乐家将“口传”的旋律记录在案以后就变成文人的创作了。音乐界延续至今的民间采风、民歌的收集整理活动即可证明刘半农“歌谣”概念的偏颇与错误。[③] 对于刘半农这样的分类，已有学者进行过质疑，陈泳超就举例予以批评：“比如吴地山歌，原是可唱的，调子也不划一。明清以来在一些戏曲、俗唱中，又常出现所谓‘山歌调’，依照刘氏的界定，它理应是俗曲，但大概多数的歌谣爱好者都会将它归入歌谣行列……所以，如真要严格区分歌谣与俗曲，大概歌谣只是俗曲的一个门类，而俗曲除了普通山歌之类外，还包括时调、说唱甚至戏曲段子等等……本来，俗曲就是一个非常模糊的概念。”[④]

以刘半农为代表的关于歌谣与俗曲的分类，直接影响了歌谣运动初期人们对带曲谱的歌谣（歌词）的文学价值的认识，在他们看来，一旦歌

---

① 参见周作人《〈歌谣周刊〉发刊词》，载《歌谣周刊》1922年第1号。

② 刘半农：《〈中国俗曲总目稿〉序》，原载1932年5月国立中央研究院历史语言研究所《中国俗曲总目稿》，见鲍晶编《刘半农研究资料》，天津人民出版社1985年版，第237—238页。

③ 在音乐界的民歌收集、整理活动中，是“记谱”还是“改编”抑或“原创”至今依然是一个关涉艺术操守的原则性问题，前些年关于王洛宾的许多歌曲是否为“原创”作品的纷争，就是一个著名的有关音乐道德的学术性诉讼。

④ 陈泳超：《中国民间文学研究的现代轨辙》，北京大学出版社2005年版，第31页。

谣被赋予歌唱的形式，其文学的价值便降低了。周作人即持这样的观点，他认为，“中国小调的流行，是音乐的而非文学的，换一句话说就是以音调为重而意义为轻。《十八摸》是中国现代最大民谣之一，但其魅人的力似在‘嗳嗳吓’的声调而非在肉体美的赞叹，否则那种描画应当更为精密，——那倒又有可取了。中国人的爱好谐调真是奇异的事实，大多数的喜听旧戏而厌看新剧，便是一个好例，在诗文界内也全然相同”①。在笔者看来，将歌唱性的“小调的流行”完全归结为其中的音乐元素而无视其文学的询唤意义肯定是一种偏激之论；不然，人们怎么会将《十八摸》归类到“猥亵”类的歌谣中去呢？音乐因其高度的抽象性很难使一般听众听出其中是否含有“猥亵”成分，因此，作为一种歌唱文本，小调抑或歌谣的文化意蕴主要还是通过文字而非旋律来传达的。比如，冯梦龙搜集的《山歌》，因其“对待两性情爱的坦率态度和勇敢肯定”而备受美国学者洪长泰的推崇，其中大量的标志两性做爱和性交部位的自然主义描写，如那些暗示亲吻、爱抚、勾引和挑逗行为等是通过文字传达出来的，对此，洪长泰分析到，“在中国文学史上，运用想象和符号语表示性爱的感受，并非新出现的现象，如以‘云雨’比喻男女两性的结合，以‘露珠’比喻男子的精液，和以‘牡丹’比喻女子的性器官等”。而周作人例举的《十八摸》，作为一首在民间传播很广的歌谣，“它描述女子身体十个部位之直来直去，没有遮拦”②，显然应该“归功”——或者“归罪”于其语言文字了。因此，我们可以说《十八摸》式的小调是猥亵的、低俗的歌谣，但绝不能够认为它们的流行只是“音乐的而非文学的”。

其实，不管是小调还是广义的歌曲，人们对它的接受是偏重音乐还是偏重文学，这可能是难以作简单判断的，即使同一个人对同一首作品，在不同的时间或不同的心境之下其取舍也有偏差。当然，笔者认为，一个人对歌曲的接受，起初大都是以音乐为重的，即“悦耳”，但最深的感动肯定是来自歌词，不管是情绪上还是人生意蕴上，恰如周作人所言，“文艺作品的作用当然不只是悦耳”③。

---

① 周作人：《诗的效用》，原载《晨报副镌》1922 年 2 月 16 日，见吴平、邱明一编《周作人民俗学论集》，上海文艺出版社 1999 年版，第 292 页。

② 洪长泰：《到民间去：1918—1937 年的中国知识分子与民间文学运动》，董晓萍译，上海文艺出版社 1993 年版，第 124—125 页。

③ 周作人：《诗的效用》，原载《晨报副镌》1922 年 2 月 16 日，见吴平、邱明一编《周作人民俗学论集》，上海文艺出版社 1999 年版，第 292 页。

但是，“不只是悦耳”并不意味着“不需要悦耳”。初期白话诗人恰恰是在这一点上对古典诗歌、民间歌谣进行了伤筋动骨的“颠覆”。即以胡适为例。他一方面肯定从诗变成词是“最大的解放”，但另一方面又认为“词曲的发生是和音乐合并的……始终不能脱离‘调子’而独立，始终不能完全打破词调曲谱的限制”。在他看来，诗歌不仅应该“打破五言七言的诗体”，而且还应该“推翻词调曲谱的种种束缚”并最终走上“不拘格律，不拘平仄，不拘长短”之路。[①] 胡适这里表达的实际上是使诗彻底摆脱“悦耳”的企望，这使白话诗诞生之时便呈现出一种“无根”的病象，即如梁实秋所批评的“收入了白话，放走了诗魂”[②]。所谓“诗魂”，笔者以为就是中国诗歌持续坚守的“音乐精神”。对于这种放逐“诗魂”的举动，闻一多先生曾表现出相当的不满，他不无讥嘲地批评道：“胡适之先生自序再版《尝试集》，因为他的诗中词曲的音节进而为纯粹的‘自由诗’的音节，很自鸣得意。其实这是很可笑的事……声与音的本体是文字里内含的质素；这个质素发之于诗歌的艺术，则为节奏，平仄，韵，双声，叠韵等表象。寻常的言语差不多没有表现这种潜伏的可能性底力量，厚载情感的语言才有这种力量。诗是被热烈的情感蒸发了的水气之凝结，所以能将这种潜伏的美十足的充分的表现出来。所谓‘自然音节’最多不过是散文的音节。散文的音节当然没有诗的音节那样完美。……我们若根本地不承认带词曲气味的音节为美，我们只有两条路可走：甘心作坏诗——没有音节的诗，或用别国的文字作诗。”[③]

其实，闻一多的批评主要还是从诗歌语言本身所表现出来的音乐美感——节奏、平仄、韵、双声、叠韵等出发来“规训”放浪不羁的白话诗的；也就是说，他的诗学视野还只停留在如何为现代诗歌“赋形”的范围内，因此，对现代格律诗的提倡与实践成为他乐此不疲的追求。今天看来，现代格律诗的音乐性和古典诗歌、民间歌谣的音乐性在建构理念上并无大的差异，但在建构模式上却更多地效仿西方，“非中国化”成为现代格律诗音乐美的重要特点，除了少数有着西方诗歌修养的读者能够接受外，多数中国人无法从中领略到音乐美所带来的审美享受，因此它无法抵

① 胡适：《谈新诗——八年来一件大事》，见杨匡汉、刘福春编《中国现代诗论》上编，花城出版社1985年版，第5—6页。

② 梁实秋：《读〈诗底进化的还原论〉》，原载北京《晨报副刊》1922年5月27、28、29日，见《梁实秋文集》第6卷，鹭江出版社2002年版，第178页。

③ 闻一多：《〈冬夜〉评论》，原载闻一多、梁实秋《〈冬夜〉〈草儿〉评论》，清华文学社1922年版，见《闻一多论新诗》，武汉大学出版社1985年版，第26页。

达底层大众，无法在诗歌与大众之间建立起基本的审美“场域”，甚至直到现在，我们还不能说有一种被大众完全认同的格律诗体。

更为糟糕的是，由胡适的“自然的音节”① 说到戴望舒“诗不能借重音乐”② 的主张再到艾青对诗歌“散文美”的持续坚守，自由诗体成为称霸诗坛的主要样式，在很多时候，诗“自由”成了无岸之河。长期以来，“音乐性”问题虽然也时常成为诗歌界的热门话题，但在实际讨论过程中，人们往往将格律诗的音乐性理念混用到自由体诗中，而根本无视自由诗没有音乐性建构机制的基本前提，于是，部分诗人将音乐性的探讨推向神秘主义的黑洞，所谓“内在音乐性”③ 成为不少支持“自由诗”的人规避节奏、声韵等属于诗歌音乐性的本质性元素的避风港。但是，情绪的起伏跌宕是否就是诗歌的音乐性特征，这本身就是一个需要质疑的重大问题，正如有学者认为的，它只是诗歌作为时间艺术必须追求的音乐精神而并非音乐性本身；也就是说，“情绪节奏”与音乐性只具有相关性而不具有同质性，它们是两个不同性质的问题。④ 如果这一问题能够得到这样的廓清，那么，现代诗的主流——自由诗——便可以说基本上丧失了音乐性，而这恰恰是现代诗一直不能被底层大众接受的一个根本性的缺陷；⑤换句话说，诗的音乐性就只有一种，即“歌谣的音乐性”⑥，即使这种音乐性如梁实秋所言，仅仅是一种“在文字范围内所许可的节奏与音韵”⑦。

① 胡适：《尝试集·再版自序》，见《尝试集》，人民文学出版社1984年版，第191页。

② 戴望舒：《望舒诗论》，原载《现代》1932年第2卷第1期，见杨匡汉、刘福春编《中国现代诗论》上编，花城出版社1985年版，第161页。

③ 所谓“内在的音乐性”，学界对此的基本解释是“情绪节奏”，或者说是“诗情呈现出来的音乐状态”。参见吕进《中国现代诗学》，重庆出版社1991年版，第85页。

④ 参见王毅《试论中国自由诗的音乐性》，载《西南师范大学学报》1996年第3期。

⑤ 曾经坚持写自由体诗并取得相当成功的卞之琳先生在20世纪50年代对此反省道：“‘五·四’以来的白话新诗的一个突出的缺点就是很少诗句能为大家所记住。不容易记忆的一个原因是：还没有形成一种为大家所公认的新格律。”卞之琳：《对于新诗发展问题的几点看法》，1958年，见卞之琳《人与诗：忆旧说新》，生活·读书·新知三联书店1984年版，第147—148页。

⑥ 所谓“歌谣的音乐性”，主要是指涉两个层面的问题：一是作为文学文本的歌谣在节奏、声韵方面所表现出来的自由灵活但又充分悦耳的特质，二是多数歌谣作为一种实践性的文本，是依附于音乐旋律得以生成和传播的，因此，“歌唱”既是其传播的方式，也是其艺术的目的。就这两个层面而言，民间歌谣的生态意义未能在初期白话诗中体现出来，在后来的诗歌创作中尽管有所体现，但也并不尽如人意。本论著强调“歌谣的音乐性”，并非认为现代诗歌在诗体样式、押韵与节奏方式上完全以歌谣为“模范”，而是认为现代诗歌应该在艺术精神上像歌谣一样对“歌唱性”保持执着的追求热情。

⑦ 梁实秋：《歌谣与新诗》，原载《歌谣》1936年第2卷第9期，见《梁实秋文集》第7卷，鹭江出版社2002年版，第410页。

提出“歌谣的音乐性”是现代诗歌音乐性建构的唯一路径的观点，或许会遭到不少人的反对。但是，中国诗歌的每一次新生的历史事实却告诉我们，歌谣都以其对音乐性的顽强捍卫成为中国诗歌历史进步的活的动力。朱自清就认为：“中国诗体的变迁，大抵以民间音乐为枢纽。四言变为乐府，诗变为词，词变为曲，都源于民间乐曲。所以能行远持久，大半便靠这种音乐性，或音乐的根据。”① 当代学者高小康则进一步认为，作为社会文化活动的诗歌“不可能完全脱离了音乐性发展。因为从艺术精神的角度来看，诗歌之所以是诗歌，就在于它不仅是文化精英们的写作和阅读活动，而且还应当（甚至可能更重要）是诗人对公众的情感召唤活动。而要直接打动听众感官的情绪，运动节奏是诗歌要产生情感召唤的力量所不可缺少的特质，这正是音乐性的特质”②。但是，现代白话新诗从一开始就摆脱单一的、本土的文化传承和中土本位架构，将自身融入世界性的知识、技术交流的网络中。这样的建构方式或许从总体上并无值得质疑之处，但其价值向度上的“唯一性”诉求以及由此带来的对文学传统内生生不息的创造力的轻视，却始终无法让人释然。这种“揪心”感在朱自清先生身上表现得尤其突出，他对于歌谣与现代白话新诗之关系所表现出来的观点上的犹疑不决颇耐人寻味。如前所述，他一方面认为“歌谣的音乐太简单，词句也不免幼稚，拿它们做新诗的参考则可，拿它们做新诗的源头，或模范”，则是“不够的”；但另一方面，他又对现代诗歌不取法歌谣因而失去音乐性的处境颇感困窘，在一次交谈中，当俞平伯告诉他说“从前诗词曲的递变，都是跟着同行的乐曲走的”之后，他对新诗的来路更生疑云：

> 我想平伯的话不错。但我很奇怪，皮黄代昆曲而兴，为时已久，为什么不曾给诗体以新的影响？若说俚鄙之词，出于伶工之手，为文人所不屑，那么，词曲的初期也正是一样，何以会成为文学的正体呢？我不能想出一个满意的解释……从历史的例子所昭示的，皮黄及近百年一般通行的乐曲，确乎应成为新体诗；若它们真如我所猜，没有具备着这种资格，那么，文学史上便将留下一段可惜的空白了。
>
> ……
>
> 新诗之没有乐曲的基础，已是显然。它是不是因此失了成立的根

① 朱自清：《论中国诗的出路》，见延敬礼、徐行选编《朱自清散文》中集，中国广播电视出版社1994年版，第375—376页。

② 高小康：《在“诗”与“歌”之间的振荡》，载《文学评论》2002年第2期。

据？有人许要说，“是的”。但我想文学史的演进，到这一期，或者是呈着“突变”的状态吧。它留下的一段空白，也许要让新诗给填上。新诗即以形式论，无韵也好，有韵也好，自由体也好，格律体也好，总已给我们增出许多表现自己的方法。我们可以用它们表现旧来诗、词、曲所不能表现的，复杂的现代生活；我们更希望用它们去创造我们的新生活。所以新诗也许不能打倒旧来的一切诗、词、曲，但它至少总该占着与它们同等的地位：我直到现在是这样相信着的。可是，诗的乐曲的基础，到底不容忽略过去；因为从历史上说，从本质上说，诗与音乐的关系，实在太密切了。新诗若有了乐曲的基础，必易入人，必能普及，而它本身的艺术上，也必得着不少的修正和帮助。①

这段文字透露出来的深长意味不仅在于它所传达的观念——“诗与音乐的关系，实在太密切了”，更在于它的传达语气——大量的“为什么”“确乎”“若”“或者”“可是”以及由此构成的疑问句式——所潜隐着的朱先生对新诗“发生”的深层困惑：丢掉民间传统、背弃音乐性的价值取向的可疑性。这样的深刻怀疑在现代诗歌史上其实是并不多见的，因此其“两可”之中所包含的另一种可能性的诗学意义也没有能够得到深刻的学理追索。对朱先生的这种“怀疑”如果强作解释，笔者认为怕是因为近世以来，文人对文学的控制始终没有被削弱，新文学运动其实也只是新兴文人对旧文人权力的瓦解，同时也是文人内部对文学话语权的重构。在这样的权力阴影下，“民间”作为一种文学的生态资源，实在无法有效地启动其“话语生态”的建构机制，而歌谣作为一种歌唱性的文学体式当然也无从跻身于抒情话语的现代重构之中了。从整体上看，这或许可以看作中国诗歌演变的“另类”模式，但它是否就是首选的或者说是理想的模式，笔者认为作为诗歌史的阐释，这是可以给予大胆怀疑的。

朱光潜先生曾指出：“诗歌的生命在音乐，在具有便于大家参与的能起‘传染’作用的那种音乐。就在这个认识的基础上，我坚信诗歌如果想在人民大众中扎根，就必须有一些公同的明确的节奏，一些可以引起多数人心弦共鸣的音乐形式。这种节奏和音乐的形式正是一般民歌的特色。”② 笔者认为，诗歌对音乐的依恋是原始性的，更是永久性的，它体

---

① 朱自清：《唱新诗等等》，1927 年 10 月 11 日，见《朱自清全集》第 4 卷，江苏教育出版社 1996 年版，第 220—222 页。

② 朱光潜：《一个幼稚的愿望》，原载《诗刊》1957 年第 6 期，见《朱光潜全集》第 10 卷，安徽教育出版社 1993 年版，第 86 页。

现了人类需要诗歌的最原始、最近乎本能的动机，即对节奏化的生命运动、有节律感的艺术游戏的参与冲动；同时，千百年来，人们对诗歌形式规范的认同所必然产生的“习惯性、守旧性”，则是其认同诗歌这种文化符号的心理基础；基础的丧失，必然导致认同感的丧失。进化论基础之上的求新求变，使诗歌的探索以反“习惯”为目的，最终却丢掉了诗歌的根本，这是20世纪中国新诗难逃的厄运。

那么，在歌谣运动中，“音乐性”是否必须作为现代诗歌的一个展开维面，为什么始终成为一个悬而未决的问题呢？或者更进一步问，在对歌谣的搜集、整理中，为什么没有让歌谣的“文学性”与“音乐性”同时发扬光大而最终促使一个新的歌唱性诗体——歌词的诞生呢？

如前所述，在1918年歌谣征集处所发布的《征集全国近世歌谣简章》及1922年《歌谣周刊》创刊号上发布的《本会征集全国近世歌谣简章》上均有如下条款：“歌谣之有音节者，当附注音谱。（用中国工尺，日本简谱，或西洋五线谱均可）”[①] 但一直到1936年《歌谣周刊》复刊后才渐渐有少量的与音乐相关的论述刊布，也只有寥寥几篇文字附上了“简谱”谱例。这显然不是“运动”中人的一时“疏忽”，而是和这场运动的指导思想、发起者的艺术修养及文化取向息息相关。也就是说，《简章》虽然将歌谣征集的宗旨一一罗列，甚至毫不夸张地说是面面俱到地罗列，但在宗旨的拟定和宗旨的实现“可能”之间并非就是探囊取物、手到擒来，它关涉着宗旨拟定者、实施者的才情、学养、旨趣甚至机缘等诸多因素。其中某种因素的欠缺都可能造成拟定的宗旨和实现了的宗旨之间的重大差异。对于歌谣运动而言，文学性诉求的差强人意与音乐性诉求的黯淡无光，最重要的原因是参与者音乐修养的欠缺。

如前所述，歌谣运动的参与者们对“歌谣”概念存在着理解的偏差，因此，他们在探讨歌谣问题时，尽管也不同程度地意识到“唱”的不可或缺，却见不到多少对“唱”的论述。刘半农就是一例。歌谣运动初期，他几乎就只是研究“文学的”歌谣，后来态度逐渐发生转变，“连俗曲也同样看重，甚而至于看得更重些”[②]，但在谈到歌谣的音乐方面的问题的时候，他就有些发怵，至多不过笼而统之地发一番感慨：“人类之所以要唱歌，其重要不下于人类之所以要呼吸，其区别处，只是呼吸是维持实体

① 参见《歌谣周刊》1922年第1号。

② 刘半农：《中国俗曲总目稿·序》，原载1932年5月国立中央研究院历史语言研究所《中国俗曲总目稿》，见鲍晶编《刘半农研究资料》，天津人民出版社1985年版，第237页。

的生命的，唱歌是维持心灵的生命的。所以人当快活的时候要唱歌，当痛苦的时候也要唱歌；当工作的时候要唱歌，当休暇的时候也要唱歌；当精神兴奋的时候要唱歌，当喝醉了酒模模糊糊的时候也要唱歌。总之，一有机会，他就要借着歌词，把自己的所感，所受，所愿，所喜，所冥想，痛快的发泄一下，以求得心灵上之慰安。"[①] 这样笼统而"原则"的议论尽管并无不妥之处，但遗憾的是，更深入的探讨在他这里也就此打住了。个中缘由不言而喻，那就是，刘半农尽管有一个天才音乐家的兄弟刘天华，但他本人却缺乏音乐的修养，他自己就曾感叹过，"我于唱的一方面是门外汉"[②]，并且坦陈，关于俗曲的音乐方面的研究，"在这上面，将来还大有继续研究的余地"，"在这一个范围的探求校订的工作，最好交给天华去做，可惜天华死了"。[③] 于是，不知不觉间，民歌的丰富内涵被压缩成印在纸上的书面文辞，其作用也只是供人阅读而已了。

刘半农式的问题，在"歌谣运动"甚至在整个"文学革命"的阵营里面绝非个别，《歌谣周刊》编辑常惠对此予以了解释，说之所以这样，是由于他们那批发起歌谣征集和研究的人多半与音乐隔行的缘故：既不是"制谱家"（Composer）也不是"音乐家"（Musician），作不出曲也识不了谱。再说歌谣研究本来就可以分为音乐的（Musique）和文词的（Parole）两类；既然一时不能兼顾，"本刊"与"本会"（歌谣研究会）不如就单挑出文词来研究好了。音乐方面的问题，待有条件时再考虑吧。[④] 可以认为，音乐修养的欠缺原本就是歌谣运动深入发展并最终转化成现代抒情文类有效资源的很大的掣肘，其严重性在于：仅仅提供印在纸上的书面文辞，歌谣的文学文本与音乐融合后所具有的那种浑圆的、鲜活的、丰富的、声音与言辞交叠的美感就丢掉一多半。对此，圈内人并非毫无察觉，顾颉刚和常惠都认为记录的文字不能再现它的真实风貌；常惠怀疑文字能够再现歌声，断定其无法表达声调和情趣，故"一经写在纸上，就不是它了"[⑤]。朱自清在其专著《中国歌谣》中也举出类似的例子："R. Adelaide Witham 女士在《英吉利苏格兰民间叙事歌选粹》的引论里，说 Sir Walter Scott 的《边地歌吟》出版的时候，许多人都祝贺他，只有一

① 刘半农：《〈外国民歌译〉自序》，原载《外国民歌译》第1集，北新书局1927年版，引自鲍晶编《刘半农研究资料》，天津人民出版社1985年版，第219页。

② 刘半农：《逛城隍庙牌子曲》，见《语丝》1926年第84期。

③ 刘半农：《北平俗曲略·序言》。

④ 参见常惠给蔚文的信，载《歌谣周刊》1923年第4号。

⑤ 常惠：《我们为什么要研究歌谣》，载《歌谣周刊》1922年第3号。

位诚实的老太太，James Hogg的母亲，却发愁道：‘那些歌原是做了唱的，不是做了读的；你现在将好东西弄坏了，再没有人去唱它们了。’这就是说，印了它们，便毁了它们。要知道那位老太太何以这样失望，我们得回到歌谣的起源上去。歌谣起于文字之先，全靠口耳相传，心心相印，一代一代地保存着。它并无定形，可以自由地改变，适应。它是有生命的；它在成长与发展，正和别的有机体一样。”① 刘半农在游学西域后，不仅依然情牵“歌谣运动”的纵深发展，而且由于有了更为开阔的视野，对运动本身也有了更为深切的认识，其中之一就是对“音乐的”歌谣的发现：“我校征集歌谣，年来所得虽已不少，但在研究上，不免时时感到困难。至外人研究此学之方法，并其已得之结果，足以为吾人之参证者，尤为隔膜万分。弟为提议征集歌谣之一人，故于此事甚为关怀。适前月中巴黎大学助教职阿脑而特女士开一私人的歌谣演讲会，会中除一篇系统的演讲外，中间例证，由女士自己并其他女士二人按曲歌唱，配以音乐，极饶趣味。至于演讲词，亦是一篇甚有价值之文章。弟当时甚为感动，觉吾校征集歌谣，若其中能有如此人材，成绩岂可限量。”② 尽管成绩可能无可限量，但实际情况却是，诗、乐兼善的人才在当时乃至以后相当长的时间内都非常匮乏，朱自清先生就曾无不遗憾地感叹说：“将新诗谱为乐曲，并实地去唱，据我所知，直到目下，还只有赵元任先生一人。”③ 由此看来，不懂音乐肯定是促成白话新诗“发生”的多数新诗人的一个重大缺陷。像康白情这样的在诗坛上叱咤风云的高手，尽管也认识到“新诗也可以唱的”，并且还表态说“我很愿能为新诗制成些乐谱”④，但终因音乐修养的不足而落得个“提倡有心，创造无力”的境地。

如前所述，历史虽然不能推倒重来，但我们作为后来者，却可以通过想象，发现历史偶然的脉络中所可能却并未发展的走向。这些隐而未发的走向，如果曾经有过更多人的实践，或许会使中国诗歌的现代之路呈现出更为多种的样态。歌谣运动即是如此。如果“运动”展开的过程中，不仅有文学家的参与，而且还有音乐家的介入；不仅有搜集、整理，而且有在此之上的诗歌（歌词）与音乐的携手共建；如果参与者们不只是停留

---

① 朱自清：《中国歌谣》，见《朱自清全集》第6卷，江苏教育出版社1996年版，第319页。

② 刘半农1924年1月8日致沈兼士、周作人、常维钧信，载《歌谣周刊》1924年第48号。

③ 朱自清：《唱新诗等等》，1927年10月11日，见《朱自清全集》第4卷，江苏教育出版社1996年版，第223页。

④ 康白情：《新诗底我见》，原载《少年中国》1920年第1卷第9期，见杨匡汉、刘福春编《中国现代诗论》上编，花城出版社1985年版，第42—43页。

在评骘歌谣文本价值的高低，而是认识到其巨大的话语生态价值，或许，中国现代诗歌从一开始就会出现“诗”（诗歌）与“歌”（歌词）的双重变奏的发展态势，而且，作为“先锋”文学的诗歌与作为“常态”文学的歌词还会在相互的映照与彼此的竞争中形成一个更为合理的现代诗歌的话语生态，以歌词为主要实践文本的现代大众诗学也会在“行动”中建构起一个鲜活的形象来。正如王德威先生所言：“多少契机曾经在时间的折缝中闪烁而过。有幸发展成为史实的，固属因缘际会，但这绝不意味稍稍换一个时空坐标，其他的契机就不可能展现相等或更佳（或更差）的结果。”① 笔者认为，这一判断对于歌谣运动也是恰当的。

① ［美］王德威：《被压抑的现代性——没有晚清，何来五四?》，见［美］王德威《想象中国的方法》，生活·读书·新知三联书店1998年版，第10页。

第三章　上海流行歌曲的歌词创作与大众诗学的空间开创

那从历史长廊那端传来的旋律，在新世纪听来，其中的千种风情万种情意，别具意韵。

——程乃珊

正如前文所述，歌谣运动的基本设想是希望抒情话语能够从知识分子圈子里“突围”，以赢得更为广泛的社会理解与认同；在思路上，他们提出从民间歌谣中寻求资源，即俞平伯所谓的“进化的还原”。虽然也有不少人对这样的思路表示理解与支持，但在更多的人看来，这与其说是“进化的还原”，不如说是“退化的复古”；[①] 也就是说，他们对这一思路的逻辑起点根本就表示怀疑。由于没有坚实的创作实践作为理论的支撑，歌谣运动便很难给予这一怀疑以有力的回应，其走向沉寂也就成为一个并不意外的结局了。

但是，新诗面临的一个基本问题并没有能够得到解决——诗歌与大众的关系。无产阶级诗歌与左翼诗歌固然对工农大众表达了更为强烈的关注，但和五四诗人相比，两者其实也相去无几。也就是说，虽然他们在五四诗人的人道立场上又加入了更为激进的阶级立场，由此在“感觉”上似乎离工农大众更近一些——这些知识分子往往将自己定位在工农大众“代言人”的位置上，但在不少人看来，这些所谓的“革命”意义不过是一种意识形态幻觉而已，因为大众对他们那些空洞的言辞和依然“西化”的表意方式还是心存隔膜，大众甚至对他们居高临下的关怀都一无所知。遥远的乡村自不必说了，即使在繁华的都市，大众还是乐此不疲地从民歌

① 参见梁实秋《读〈诗底进化的还原论〉》，原连载北京《晨报副刊》1922 年 5 月 27、28、29 日，见《梁实秋文集》第 6 卷，鹭江出版社 2002 年版，第 177 页。

小调、地方旧戏、说唱中寻求抒情话语所能带来的文化消遣与精神慰藉。[①] 在叙事文学领域，借助于现代印刷技术和出版制度，报纸、杂志已经逐渐构筑起一个足以和精英作家的叙事世界相抗衡的市民化的叙事空间，武侠、艳情、狭邪、谴责、科幻等林林总总的故事类型如春风化雨，不仅“锁定”了大批小市民读者，而且建立起广大城市消费者对白话叙事文学的基本信任——当然，它们所使用的白话离精英知识分子的“欧化”白话更远一些，旧小说的语言才是其师承的“前贤”。叙事文学虚构世界的繁盛反衬出抒情话语的落寞与失意，以至像朱光潜这样谦和的学者也忍不住对新诗表现出一种毫不掩饰的失望和抱怨：“新诗无疑的是艰晦，不能表现多数民众的情趣，也不能打动多数民众的情趣。有一部分人明白这一点，想使新诗接近民众，而他们的作品又往往只是空洞的宣传口号不成其为诗，结果还是不能在民众中发生影响。新诗在中国还只是在探路，以往探过的一些路恐怕都难行得通。如何使新诗真正地接近民众，并且接得上过去两千余年中旧诗的连续一贯到底的生命，这是新诗所必须解决的问题。新诗能否踏上康庄大道，也就要看这个问题解决到什么程度。”[②] 朱先生的批评不无道理，但也并不完全在理；就前者而言，他的确言中了现代新诗生成过程中的一个顽疾——不能投契多数民众的情趣；就后者而言，他似乎只是注意到了阅读的诗歌，而根本没有将歌唱的诗歌——歌词纳入论说的视域，尽管朱先生本人就是一个坚定的诗歌“歌唱”论者[③]。如果将现代歌曲中的歌词纳入现代新诗的评估范围，情况肯定不会像朱先生所批评的那么糟糕。

不过，作为一种历史叙事，这一问题应作稍微复杂一点的展开；也就是说，新诗是否接近了大众，不能一概而论，这既有时间上的差异，也有空间上的不同。就前者而言，如前文所述，早在清末民初，随着学堂乐歌在文化较发达地区中小学的日益普及，已经具有了现代白话诗雏形的乐歌

---

① 音乐史家孙继南先生指出：“用历史的眼光看，黎锦晖创作爱情歌曲是有感于广大市民阶层音乐生活的贫乏，特别是二十年代，市民阶层所需要的音乐还没有引起大多数音乐家的重视，可供他们欣赏、歌唱的只是一些旧有的情歌、小调。”参见孙继南《黎锦晖评传》，人民音乐出版社 1993 年版，第 85 页。

② 朱光潜：《诗的普遍性与历史的连续性》，原载天津《益世报》1948 年 1 月 17 日，见《朱光潜全集》第 9 卷，安徽教育出版社 1993 年版，第 340 页。

③ 朱光潜在其诗学著作《诗论》中就有大量的篇幅讨论诗歌的音乐性问题并对诗与歌进行了颇有见地的学理比较。在《一个幼稚的愿望》一文中，他指出：“就诗歌来说，单靠阅读还不能起它应起的功用。它必须通过听，通过说唱。”参见《朱光潜全集》第 10 卷，安徽教育出版社 1993 年版，第 85—86 页。

歌词必然随着乐歌的广泛传播而持续给社会以影响。在这样的意义上，我们可以说，白话新诗自此已经开始真正接近民众，有了第一次规模化的大众化浪潮了。只是长期以来我们未能将这些歌词视为白话新诗，因此诗界未将之纳入现代诗歌的历史叙事而已。不过，学堂乐歌以及作为“后”乐歌时代黎锦晖“发明”的少儿歌舞表演，就其影响面而言，还主要集中在文化比较发达的城市，而且因其文化功能的框定，受众主要还是中小学及幼儿园学生。20 世纪 20 年代中后期，随着苏区革命根据地的建立以及工农革命运动的开展，虽然也一度有“服务”革命的歌谣式作品出现，但由于当时“革命”的绝对重心在于政权的建立以及革命实践的实际“操作”，文化建设并不是可以同时展开的同一重量级的问题，而且，在革命军队伍的基本构成中，从事艺术工作的文化人还相当欠缺，因此，规模化的文艺创作并未形成，仅有的一些作品——除了《十送红军》《盼红军》《八月桂花遍地开》等少数几首外——大多也乏善可陈。

从更广泛的“文学场”来看，笔者认为，直到 20 世纪 20 年代末上海流行歌曲诞生以前，抒情文学之接近民众，是远不能同以都市通俗小说为代表的叙事文学同日而语的。换言之，自流行歌曲滥觞于上海之日起，“文学场”的内部格局便有了很大的改观：不仅有了以通俗小说为代表的叙事文类满足都市民间人生猎奇之嗜好，而且有了以流行歌曲为代表的抒情文类为都市民间人情冷暖之咏叹提供的颇合胃口的艺术方式。甚至可以认为，在以上海为中心的都市空间内，通俗小说与流行歌曲既各自独立，又相互映衬，共同构筑了一个感性化的文学文化空间。①

那么，为什么抒情文学会晚于叙事文学而影响于都市？为什么是流行歌曲而不是阅读的诗歌真正激活了都市民间的话语诉求？为什么历史会选择上海这样的都市作为抒情话语贯通民众生活的“试验场”？诸如此类的问题可能是我们在讨论大众诗学的现代建构时必须予以解答的。但是，“如何解答”又怕是我们进入这些问题之前应该首先考虑的。

王一川认为：“由于中国现代性文学不是单纯的诗学或美学问题，而是涉及更为广泛的文化现代性问题，因此，有关它的研究就需要依托着一个更大的学科框架。也就是说，它是一个涉及现代政治、哲学、社会学、心理学和语言学等几乎方方面面的文化现代性问题，因而需要作多学科和

① 当然并不是说在当时只有通俗小说与流行歌曲才是大众文学的基本方式，比如，电影就曾经是一种具有相当号召力的艺术样式；因此，笔者在这里的清理主要是从“文学”的角度着眼，只具有相对的意义。

跨学科的考察。”[①] 对于前面所提出的这些问题，当我们真正将之“问题化”的时候就会发现，其解答也必须突破高度体制化的学科框架，在一个更大的学术视域内予以解读，才能使阐释本身更接近历史的复杂多样。也就是说，就本论著所讨论的流行歌曲的大众诗学建构而言，诗学、大众、都市这三者的“合谋”背后有着更为复杂的政治、文化、经济、技术的背景，因此也呈现出层次更为丰富的叙述可能。但在这种种“可能”中，“都市”作为一个重要的“能动”元素，成为更重要的具有“本体”意义的起源语境。

第一节　都市的崛起与民间抒情话语重构的可能

有人曾以这样的方式描述中国城市的变迁：“两千年看西安，五百年看北京，一百年看上海。”[②] 从这一描述中，我们可以看到历史的变动所带来的城市地位的升沉起伏。不过，如果对这一问题作更为详尽的辨析，我们还应该指出的是，“城市”一词在中国古代其实是两个分离的概念，“城”是指高大的、特别是围绕着都邑而建的墙，因此“城”往往与政治权力形成一种隐蔽的同构关系；“市”则指交易场所或购买行为，但这并不是中国古代的“城”所独有的功能——甚至都不是其功能的主体部分，因此，古代汉语里“城市”这个词如果说具有政治与商业的双重含义，那么，其主体特征更偏向于前者。值得注意的是，传统中国由于其超稳定的社会结构方式，“两千年”的西安与“五百年”的北京的主要区别，只是庞大的政治权力系统的迁移而不具有城市功能的本质性变化。上海的崛起与前两者的根本不同，恰恰在于城市功能的本质性变化——其主体功能由政治转向了商业，并且由此显示出与“传统”中国剥离而与现代西方文明接轨的“现代性”特征。

那么，作为一个现代意义的城市，上海开埠以后逐渐形成了怎样的“现代性”特征呢？

一　公共空间的开创与市民阶层的形成

在现代汉语的词汇系统中，随着上海等现代城市的崛起，出现了众多

---

① 王一川：《现代性文学：中国文学的新传统》，见宋剑华编《现代性与中国文学》，山东教育出版社 1999 年版，第 330 页。

② 参见张仲礼主编《近代上海城市研究·序言》，上海人民出版社 1990 年版。

古代汉语中所没有的词汇：公路、公寓、公园、公共交通、公共图书馆、公共教育机构，这一系列的词汇共同构筑起一个有别于农耕文明社会的现代城市文明形态——公共空间。其实，参与公共空间开创的远不止于这些被饰以“公”字的文字符号所指涉的物质形态，像百货大楼、银行、饭店、电影院、咖啡厅、跑马场、报馆、舞厅、戏院等，都成为公共空间的构成要件，它们一起构成了一个完全有别于乡土中国的现代城市社会。这种差别首先呈现为一种物质形态：摩天大楼勾勒出的城市轮廓线，百货大楼琳琅满目的日用品，游艺场令人眼花缭乱的游戏方式，歌舞厅闪烁不定的灯光所透露出的纸醉金迷……上海史专家唐振常先生认为，西方现代性的物质层面比它的“精神”层面更容易被中国人接纳，至于上海人对西方现代性的物质形式的接受，是明显遵循一个典型步骤的：“初则惊，继则异，再继则羡，后继则效。”① 但是，这种来源于西方的物质文明对中国文化的影响，长期以来并未引起学者的足够重视；它之所以尤其值得予以关注，是因为这种影响不仅仅是给中国人提供了一个广大的有别于乡村的公共交流空间，也不仅仅是提供了一整套中国人过去匮乏的物质享受方式，更重要的是，它为都市民间提供了一种感性的触手可及的“现代性”的观念。作为一种观念，它告诉我们，都市化的现代物性体验不只是一种物质享受的满足，更是一种建立在物性享受基础之上而又超越它的精神的满足。

公共空间的扩张喻指着一个庞大的社会群落——市民阶层的逐渐形成。所谓“市民”，如果放在从“传统”向“现代”转型这样一个历史语境中来界定，它所指称的应该是“近代城市结构分化中出现的一个新兴的社会群体，是伴随着中国近代资本主义在城市中产生和发展而兴起的；它是近代社会区别于传统社会的一个显著特征，它主要由资本家阶层（包括绅商）、新知识分子阶层、城市中小资产者阶层等构成，如工业和金融资本家、绅商、自由职业者、学生、小业主等”②。作为城市社会的主体性阶层，这个群体的内部构成随着“现代化”进程的日渐深入，也有一个嬗变过程。如果说，早期的市民阶层主要是指买办商人、本地的地产出售人、携资来沪的寓公、纨绔子弟乃至妓女等，那么，到了20世纪20年代中期以后，中小商人和一般劳动者随着自身的不断壮大，逐渐由城市边缘走向城市中心，成为市民阶层的主体。市民阶层内

① 唐振常：《市民意识与上海社会》，见（香港）《二十一世纪》1992年6月。

② 陶鹤山：《市民群体与制度创新——对中国现代化主体的研究》，南京大学出版社2001年版，第32页。

部结构的改变对整个城市文化的走向关系重大，其突出特点便是文化重心的持续下移——从经济能力较强的社会少数人群向经济能力较弱的多数人群下移，这样的“下移”极大地影响了城市的艺术生产，其整体特征表现为由“雅”向“俗”、由“奢侈”向“廉价”、由“欣赏”到“消费”的转向。艺术生产的通俗化与廉价化则极大地促进了艺术生活的民主化与大众化，其显著标志即市民阶层获得了日常性的艺术消费的可能；也就是说，在市民的生存空间中，生活与艺术之间的边界逐渐变得模糊。这样，一个相对成熟与繁荣的城市文化艺术的消费格局便得以成型。

艺术一旦与大众消费捆绑在一起，其固有的旨趣与生产方式便会发生重大的变化：它不再热衷于对主流社会价值的反叛，而瞩目于对芸芸大众的曲意逢迎；不再企图通过对话语的意指系统的苦心经营来强化书写文化的等级秩序，以显现艺术家的天才和深刻为能事，而是孜孜不倦于文本的通俗有趣，追求大众普遍接受的风格，大众的喜闻乐见几乎成了艺术生产的唯一动力。为了实现这一目标，它必然将自己的价值观调整到大众的水平线上。促使这一重大转变的一个根本原因，即“消费”所带来的艺术与大众之间关系的转变：前者是消费品，后者则是消费者；而作为消费者，他们拥有了极大的控制消费的权力。这正如布迪厄所洞悉到的那样：“占据空间的根本转变（文学或艺术革命）只能来自于组成位置空间的力量关系的转变，转变之所以可能，取决于一部分生产者的颠覆欲望和一部分（内部和外部的）公众的期待之间的契合，因而取决于知识场和权力场之间的关系变化。”① 由此我们可以说，城市公共空间的开创以及与之相关联的市民阶层的壮大，在很大程度上成为抒情话语向大众转向的基本力量。

当然，对于流行歌曲在都市的“流行”，除了上面两种力量的牵引外，还有一个重要的甚至可以说是决定性的因素——现代大众传媒技术。

二　现代大众传媒技术的引入与普及

近年来，不少学者已经充分认识到媒介文化对20世纪中国启蒙运动所带来的难以估量的影响。报纸、杂志、书局等的出现，广泛而深入地把与传统生活不同的生活要求和可能性开启给民众，由此，启蒙话语实现了由高端的精英阶层向底层的民间大众的“下移”，在广大的民间进行着五四运动以后仅在少数知识分子中完成的现代思想冲击。

① ［法］皮埃尔·布迪厄：《艺术的法则——文学场的生成和结构》，刘晖译，中央编译出版社2001年版，第281页。

但是，我们也应该注意到，以纸质印刷为主体的传播媒介通常还是由文化精英主持，其中的文字符号与日常现实之间依然保持了某种距离，积淀于文字符号之中的神圣意味对大众而言，还带有某种程度的压迫感，因此，印刷文明所带来的解放之中同样包含着一些隐蔽的枷锁。

另一个值得注意的问题是：纸质媒介文化的繁荣对文学生产的内部结构也带来巨大的冲击；某些文体因此而获得了新生，另一些文体则遭受到了前所未有的冷遇。如果说小说属于前者，诗歌即属于后者。诗歌在古代之所以成为“至尊”的文学样式，与雕版印刷术的复制能力相对低下不无关系：诗的篇幅短小，因而少量的复制——很多时候甚至是抄录——与传播比较方便。现代印刷技术使印制成本日益低廉，于是，体积相对庞大因而在过去难以大量复制的小说便获得了广泛印制与传播的可能，这就造成了小说在现代文学中整体影响力的稳步上升。朱自清先生曾在《短长书》中描述了各种文体在现代纸质传播中的不同处境：“书业的朋友谈起好销的书，总说翻译的长篇小说第一，创作的长篇小说第二；短篇小说和散文，似乎顾主很少，加上戏剧也重多幕剧，诗也提倡长诗（虽然诗的销路并不佳），都可见近年读书的风气。”朱先生接下来分析说，读者之爱长篇小说，“主要的原因是喜欢故事。故事没有理论的艰深，也不会惹起麻烦，却有趣味”[①]。迷醉于“故事”固然是一般大众的嗜好，但“趣味”的有无却可能是另一个不完全与“故事”有关的因素。也就是说，作为文学消费，读者首先看重的是消费品的“趣味性”，而这恰恰是现代纸质印刷诗歌的软肋。[②] 这是现代传媒兴起以及与商业市场为中国文学制定的新的结构逻辑。在这样的意义上我们可以说，纸质媒介文化在给“现代文学”注入新的活力的同时，也在根据自己的运行机制对其内部进行重组；经过这样的重组，曾经作为旧时代士大夫唱和应酬“宠儿”的诗歌边缘化了。[③]

但是，纸质诗歌的落落寡合并不意味着抒情话语的黯淡谢幕，这是因为，当传媒在为部分抒情话语的生产制造某种压制性机制的时候，又可能为另一部分话语开启新的生长可能。对于现代抒情话语而言，这种可能即是来自20世纪20年代中后期逐渐成熟与普及的现代机械、电子传媒技术。

---

① 朱自清：《短长书》，见《朱自清全集》第3卷，江苏教育出版社1996年版，第49—50页。

② 本论著在后面的论述中还将对此作进一步的阐释，此处不作赘述。

③ 蒲风在评价20世纪20年代末至30年代初的诗歌创作时就认为这是一个“中落期”，其重要原因即“许多诗人因诗歌不能卖钱而改了路”。参见蒲风《五四到现在的中国诗坛鸟瞰》，见杨匡汉、刘福春编《中国现代诗论》上编，花城出版社1985年版，第207页。

机械与电子技术合作所形成的符号制作规模是印刷时代无法比拟的，而大规模的视听符号的制作使知识与信息的垄断成为一个过时的“神话”——通过无线或有线电波的传送，那些佶屈聱牙、艰深难懂的文字纷纷转换成明白晓畅、通俗易懂的语言，影像手段更是把知识与信息还原成与生活现实相差无几的种种形象符号，它们不但使人感到亲切，而且充满了“趣味”。如果说印刷文化因接受者解码能力的差异而必然形成不同等级的社会群体，那么，机械电子媒介则按照“绝大多数”的原则进行符号的编码，以最大限度地缩小这样的等级差，由此，高端文化与低端文化得到空前的融合。这样的融合不仅表现为一般知识与信息的可通融性，而且也表现为作为特殊知识与信息的艺术符号“公共化”特征的日益彰显——不同的性别、年龄、文化阶层都可以自由出入某一信息的网络，由此形成种种“经验”的共同体。

在笔者看来，看不到现代传媒在文学发展中的隐形支配地位，而斤斤计较于所谓文学的内在发展规律，我们便很难对文学的某些走向提供符合历史真实的阐释。值得注意的是，尽管“现代传媒与文学生产的关系”在近年来成为显学，但人们更多予以关注的还是纸质传媒；又因为诗歌在这一新的理论话语的阐释框架中缺少正面建树的机制，学界便普遍将兴奋点集中于“传媒与叙事文学的关系”中。受这一研究理路的影响，甚至我们在打开了研究视域、将文学生产与更广泛的传播媒介结合起来进行学术考察以后，也依然将重心放在叙事性的艺术样式上，“电影与文学的关系”就是在这样的学理背景下成为一场学术盛宴应时而来的主角的。这样说，并无对这一学术增长点的菲薄之意，而只是想指出，现代机械、电子传媒技术不仅是新的“泛”叙事文学类型——电影——的温床，同时也是抒情话语重获生机的催化剂。对于后者的阐释，同样蕴含着一个广阔的学术维面的展开可能。

抒情话语的重获生机，首先要归功于声音复制技术的诞生与迅速的日常生活化。复制技术之广泛运用于艺术生产——按照本雅明的观点——虽然是以艺术品“光韵”[①] 的衰竭为前提，但是，它“把所复制的东西从传统领域中解脱了出来。由于它制作了许许多多的复制品，因而它就用众多的复制物取代了独一无二的存在；由于它使复制品能为接受者在其自身的

---

① 本雅明对“光韵”有如下解释：“从时空角度所作的描述就是：在一定距离之外但感觉上如此贴近之物的独一无二的显现。”参见［德］瓦尔特·本雅明《机械复制时代的艺术作品》，王才勇译，中国城市出版社 2002 年版，第 13 页。

环境中去加以欣赏，因而它就赋予了所复制的对象以现实的活力。这两方面的进程导致了传统的大动荡”①。之所以造成如此的“动荡”，其根本原因在于，声音的复制不仅使声音可以脱离原声，特别是脱离发声的人体而存在，而且还可以脱离发生的特定时间和空间，这就使声音获得了在更大范围内进行传播的可能，也使声音的作品有了大规模地成为消费品的基础。对于抒情话语而言，声音的复制不仅打破了纸质传播模式既有的单调与抽象（“书写—阅读”式诗歌主要是通过想象的方式来实现对形象与声音的呈现的），而且解除了文字所带来的意义“暴政”，由此使话语的呈现与接受变得亲切、随和、生动、感性起来；另一方面，机械复制瓦解了声音艺术生成的唯一性与即时性，“使复制品能为接受者在其自身的环境中去加以欣赏，因而它就赋予了所复制的对象以现实的活力”②。

巴赫金认为：“任何影响文学的外在因素都会在文学中产生纯文学的影响，而且这种影响逐渐地变成文学的下一步发展的决定性的内在因素。而这一内在因素本身逐渐变成其他意识形态范围内的外在因素，这些意识形态范围将用自己的内部语言对它作出反应；这一反应本身又将变成文学的外在因素。”③ 对于抒情话语而言，机械复制技术作为一种外在因素，对之产生了重大的影响——它不仅是一种完全有别于纸质媒介的新的传播工具，更重要的是，它深刻地介入了抒情话语的类型、风格以及作用于社会现实的方式和范围；对于以上海流行歌曲为中心的现代大众诗学的历史建构，它已经超越了单纯的“工具”性质，而具有了诗学的“本体”意义。

作为一种具有“本体”意义的因素，机械复制技术介入抒情话语后，抒情话语出现了哪些新变？这些新变对现代诗学的内部结构以及既有走向又带来怎样的影响？这是我们需要进一步探寻的问题。

第二节　上海流行歌曲的大众诗学特征

都市公共空间的拓展与市民阶层的形成，无疑为抒情话语提供了十分可观的庞大接受群，机械电子技术的成熟与普及又在一个全新的层面上为

---

① ［德］瓦尔特·本雅明：《机械复制时代的艺术作品》，王才勇译，中国城市出版社2002年版，第10—11页。

② 同上书，第87页。

③ ［苏联］巴赫金：《文艺学中的形式主义方法》，李辉凡、张捷译，漓江出版社1989年版，第38—39页。

抒情话语走向这一群体提供了技术上的支持；此刻的情形颇有“万事俱备，只欠东风”之势——历史只等待能够“解读”这“万事”的话语生产者来书写了。事实证明，一大批熟稔都市经验的抒情话语生产者并没有让这难得的历史契机从手中滑落，而是将之转化为巨大的生产能量。不过，这一批生产者已经不是执着地站立在五四文化立场的那一族群了。作为“后五四”时期成长起来的这一批话语生产者，他们是在充分接受了五四文化光辉的照耀后，又从五四的文化阴影中走出，寻求一种新的“现代性”文化方案的制订与实施可能了。和五四诗人的一个最大不同在于，他们不再热衷于对个性、心灵、灵感的苦苦守候，也不再执着于对语言、结构、技巧等的痴迷追求；他们彻底褪去抒情话语的神秘与神圣色彩，将之兑换为都市民间耳熟能详的“大路货”，以期自己的产品能够回到庸常的文化语境并最终畅销：

蔷薇、蔷薇处处开，/青春、青春处处在，/挡不住的春风吹进胸怀，/蔷薇、蔷薇处处开。//春天是一个美的新娘，/满地蔷薇是她的嫁妆。/只要是谁有少年的心，/就配做她的新郎。//天公要蔷薇处处开，/也叫人们尽量地爱，/春风拂去我们心的创痛，/蔷薇、蔷薇处处开。

——陈歌辛词曲《蔷薇处处开》

摩登的 Miss And Gentle Man，/个个都时髦华丽巧装扮。/萍水相逢一见恨太晚，/愿我俩共结同心永相爱。/高楼和大厦还嫌住不惯，/倒不如公寓旅馆少麻烦。/每日里灯红酒绿常安排，/花几千用几百也不碍。

——姚敏词曲《如此上海》

如果说书写—阅读式诗歌更注重抒情话语的文本价值，这批诉诸听觉的抒情产品更热心于对大众消费欲望的刺激并最终成功地将自己打入市民的日常生活。由此，一种古老而又持久的抒情话语类型——“口传式”话语方式重新大举进驻都市文化空间，在商业逻辑的推动下出演都市民间“抒情话语”消费的主角，而中国现代大众诗学从这里开始了第一次充分的规模化的实践。

作为一次有强烈现实诉求的话语实践，上海流行歌曲在话语类型、言语风格、趣味设定以及作用于社会现实的方式和范围等多方面表现出与传统“口传式”抒情话语以及现代主流诗学的巨大差异，其独特性表现在以下两个方面。

一 话语方式：从传统向现代的转型

“‘口传式’抒情”——当这一术语映入我们眼帘的时候，我们会本能地联想到那恍若隔世的“率性而歌”的古老方式。的确，如前文所述，“歌唱”几乎与人类一样古老。但是，问题的另一面却是，“歌唱”却又和人类一样年轻；只要人类存在，“歌唱”将永远内在地赋予人类生活以意义。因此，“‘口传式’抒情”在现代语境中的大面积生长，并不意味着我们又回到了一个洪荒的年代，恰恰相反，它是观念更新以后从历史性中寻求活力和可通用性的一次“话语”革命，其表面形态上的“回旋”“逆折”姿态蕴含着寻求建立新的历史合法性的冲动，这种冲动由于有了现代机械电子技术的保驾护航，其话语建构方式表现出明显的“现代性”特征。

（一）从单一式“口传”向多媒质方式的转向

作为一种寄生于现代传媒体制中的通俗话语形式，现代流行歌曲与传统“歌唱”的一个本质性差异即对单纯以“人声”为载体的艺术传达方式的打破，这就使“歌唱”及其所蕴含的情感内蕴能够脱离歌唱者及歌唱时空“唯一性”而成为一种物态化的存在物。这对于抒情话语的社会传播来讲，无疑是一种能量巨大的解放：通过唱片、电台，种种抒情话语获得了一个远比单纯依靠人声传播广阔得多的空间，从而“把原作的摹本带到原作本身无法达到的境界”①。这首先是对时空阻隔的拆除，使歌唱的“即时即地性”变成了随时随地性；其次，它也消弭了种种的社会等级——贩夫走卒与金融大亨可以获得同等质量的艺术享受，大量的抒情话语即是通过这样的方式抵达芸芸众生的。诗歌的大众化——一个理论家为之殚精竭虑、呕心沥血的诗学难题——在这里却通过一个非诗学的途径予以化解了。②

人们很容易发现，经过技术加工后的抒情话语依旧保存着人声传播的现场意味与清晰透明的交流感，同时，经过技术的“润饰”，“歌唱”的

---

① ［德］瓦尔特·本雅明：《机械复制时代的艺术作品》，王才勇译，中国城市出版社2002年版，第9页。

② 聂耳就对电影歌曲《渔光曲》《姊妹花》等通过电台播出后“几乎成为家喻户晓”的情况给予充分肯定，认为这是“比较可人的一件事”。参见聂耳《一年来之中国音乐》，《聂耳全集》下卷，文化艺术出版社、人民音乐出版社1985年版，第84页。

意义得以追加，这比单纯的人声演唱更亲切、更悦耳、更有趣，也更有艺术的美感，[①] 心理上也会产生更为强烈的认同感，这样的认同使人们相信这些歌声都是真实的，其负载的抒情话语也是歌唱者的心声，由此获得某种不可言喻的“话语”交流的欣悦。

> 襟上一朵花呀，/花儿就是他，/他呀他呀他呀，/我爱他。//襟上一朵花呀，/花儿就是他，/他呀他呀他呀，/我爱他。//爱他有花一般的梦，/爱他像梦一般的花。/啊……//襟上一朵花呀，/花儿就是他，/他呀他呀他呀他，/可怜的他！
>
> ——吴村词、黎锦光曲《襟上一朵花》

这首由周璇演唱的作品词意浅显，它不过是由“花”及“人”的“恋情”表达。但经过技术的“润饰”后，演唱者嗓音的某些局限得到修复，而爵士风格的音乐则使浅显的词意具有了“现代”的意味，“我”—“花”—“他”三者之间重新建立起一个充满韵味的意义系统，倾听者可以轻松地出入这个系统并对之进行“角色”的置换，从中建构起属于自己的经验；当然，这种经验已经将“现实”的许多琐屑的杂质过滤掉，而成为一种与“现实”遥遥相对的艺术化的模糊激情。闻一多先生曾经认为：“诗这东西的长处就在它有无限制的弹性，变得出无穷的花样，装得进无限的内容。”[②] 对于歌词而言，这样的“弹性”首先即表现为文化的开放性与情感意蕴的包容性，它应该能够使很多人自由地进入并从中找到属于自己的情感踪迹与美学回声。

---

① 曾有研究认为，著名歌星周璇虽然声音甜美、艺术表现独树一帜，但她也有一个弱点，就是声音细小，音量不大。由于有了电声扩音设备，她便巧妙地运用了这一技术，通过麦克风完成了如亲切絮语般的自然说话式唱法的演唱。原百代唱片公司的老编辑朱钟华非常熟悉周璇，她说：“周璇的声音唱得很小，没有话筒声音根本听不出，通过话筒唱得蛮受欢迎的。”参见孙蕤编著《中国流行音乐简史（1917—1970）》，中国文联出版社 2004 年版，第 53—54 页。周璇在录音室的这种表现也得到了她的老朋友、电影表演艺术家舒适的证实：“提到她的唱歌，可称是现代利用话筒唱歌的鼻祖。从前唱歌都是拉开嗓子大声唱，她却巧妙地利用了话筒，轻轻地唱，讲究字正腔圆、柔和缠绵和娓娓动听。有一次在百代公司听她灌唱片，她站在话筒前凑近话筒在唱，我们在旁边，只听见伴奏的音乐，一点也听不到她的歌声。到了录音室通过放样片，才听到与音乐很和谐的歌声。”舒适《一点希望》，见周伟、常晶《我的妈妈周璇》，山西教育出版社 2002 年版，第 387 页。这是一个典型的技术“润饰”人声的个案——技术美化了人声，同时也解构了人声的自然性。

② 闻一多：《新诗的前途》，原载《火之源文艺丛刊》第 5、6 集合刊，见《闻一多论新诗》，武汉大学出版社 1985 年版，第 116 页。

如果说语言的介入使“歌唱”从单纯的本能释放走向本能释放与文化诉求双重变奏的革命性阶段，那么，机械电子技术的参与则使“歌唱”进入了复制与技术润饰的后革命阶段。伴随着这一阶段的来临，种种传统的界限受到静悄悄的冲击，一大批与之相关联的著名范畴的含义也由此被改写，诸如自然与人工、虚拟与现实、私人空间与公共空间、远与近，等等；同时，它还改写了诗歌与音乐进入社会循环的轨迹。在这样的意义上，机械电子技术对于现代大众诗学的建构便具有了如前所述的“本体”的意义。

机械电子技术对抒情话语的“改写”，除了电台、留声机等单纯的听觉方式外，在20世纪三四十年代的上海还突出表现为电影与歌曲的联姻：一方面，抒情话语通过电影这一媒介，获得了新的更有冲击力的进入社会循环的方式；另一方面，电影由于有了抒情话语的加盟而额外增加一份艺术的含量。

普遍认为，电影作为一种视觉艺术，更多地负载着叙事的功能；而且“故事”因为有了视觉化的呈现，更能够让人直观到生活的真实纹理——这已经不是抽象的文字符号描述的真实，而是一种视觉可以直接感知的真实，因此，它对书写文化的挑战使很多人始料未及，对此朱自清先生感慨不已：“电影普遍对于男女青年的影响有多大，一般人都觉得出；现在青年的步法、歌声，以至趣味和思想，或多或少都在电影化。抗战以来看电影的更是满坑满谷，这就普遍化了故事的趣味。”①

正是由于“故事”趣味的强烈“震撼”效果，以至人们更多地津津乐道于电影语言叙述故事的能力，而对其呈现抒情话语的潜能置若罔闻。的确，在歌曲介入电影的初始，它仅仅是作为一个乖巧伶俐的配角而成为电影叙事的烘托与补充——通过主题歌或插曲来阐发影片的思想内容和丰富影片的艺术感染力。但是，人们渐渐发现，电影歌曲外表的乖巧伶俐背后其实潜隐着强烈的寻求自身卓尔不群的冲动，而且通过画面的烘托，它的确别有一种绰约的风姿；一个耐人寻味的逆转发生了——很多时候，电影符号反而成为抒情话语的配角。任光谱曲的同名电影主题歌《渔光曲》即为此中典型——这首作品一经传唱“其轰动影响甚至形成了后来的影片要配上音乐才能够卖座的一个潮流”②；电影导演孙瑜也坦言：“《野草闲花》在30年代的初期把电影插曲和主题歌提到了重要的组成部分。”③ 历史已

① 朱自清：《短长书》，见《朱自清全集》第3卷，江苏教育出版社1996年版，第50页。

② 聂耳：《一年来之中国音乐》，《聂耳全集》下卷，文化艺术出版社、人民音乐出版社1985年版，第83页。

③ 孙瑜：《回忆我早期的电影创作》，转引自王文和编著《中国电影音乐寻踪》，中国广播电视出版社1995年版，第10页。

然证明，为电影配写主题歌、插曲是一种行之有效的固定套路，电影歌曲也已经成为现代歌曲艺术中长盛不衰的一种类型，而且，许多曾经借助电影而得以传播的歌曲早已挣脱了电影的“场域”规定而独步江湖了，如《古塔奇案》的插曲《秋水伊人》，《马路天使》的插曲《四季歌》《天涯歌女》，《风云儿女》的主题歌《义勇军进行曲》，《长相思》的插曲《花样的年华》《夜上海》，《西厢记》的插曲《月圆花好》，等等，这些作品时至今日依然耳熟能详，这在相当程度上反衬出其原来所附着的电影的式微。

这不能不说是机械、电子技术对抒情话语潜在能量的进一步释放：抒情话语、音乐旋律、动态画面彼此交合，相映成趣，由此建构起一种全新的美学。如果我们要寻找今日呈泛滥之势的 MTV 的灵感之源，电影歌曲恐怕正是其活的源头。

肇始于 20 世纪 20 年代末的电影歌曲的持续“在场”其实在告诉我们，大众并没有远离诗歌，诗歌也没有远离大众；只不过，大众并不一定循规蹈矩地按照那些身居高处的诗人与理论家所制定的抒情逻辑，来理解抒情话语对自己的意义；而这恰恰是大众诗学建构需要理解的一种逻辑。正如伊格尔顿所言：“感觉和经验的世界不可能只起源于抽象的普遍法则，它需要自身恰当的话语和表现自身内在的、尽管还是低级的逻辑，美学就是诞生于对这一点的再认识。”[①] 换言之，精英知识分子可以根据自己的文化标准和审美趣味来拟定一套现代诗歌的实施方案，但他们不能要求地位卑下的大众对之俯首帖耳，言听计从；诗歌的大众化首先应该展开的一个向度是潜入大众，理解他们根据自己的感觉与经验而自然形成的某种审美逻辑——尽管，这样的逻辑在精英知识分子看来可能是低级的。

（二）传播动力：从自在状态向商业化的转变

“歌喉”或许是大自然为了表达自己无尽情愫而特地为人类创造出来的一个器官；为了使人类持之以恒地歌唱，大自然就赋予了人类的“歌唱”以巨大的快感。正因如此，“率性而歌”成为人类从蛰伏到站立、从混沌到秩序以后为自身留下的通向“过去”、通向造化的一条重要通道。“率性而歌”是人与生命、与世界的高度“同构”，是人在心理上回归自然母体后的最真实、最生动的“声音化”表情。这也是我们对那些粗粝、原始、野性甚至单调的民间歌唱充满感动、充满敬意的一个根本原因——我们从这里听到了一种久违的感觉：率真、自然、流动、伸展。而这，也

① ［英］特里·伊格尔顿：《美学意识形态》，王杰等译，广西师范大学出版社 2001 年版，第 4 页。

构成了原始歌谣生成与传播的一个基本特点——自发性。

但是，正如有学者所指出的，人的历史就是人被压抑的历史。文化不仅压制了人的社会生存，还压制了人的生物生存；不仅压制了人的一般方面，还压制了人的本能结构。但这样的压制恰恰是进步的前提。①也就是说，文化在将人类从原始状态中解放出来的同时，又给予了他们种种文化的限制。“率性而歌”在现代高度文明的社会中日渐被压制的处境就是文化制约人类的表征之一：文化通过对其予以肯定部分的张扬，而将“歌唱”带离情色性享乐并引渡到精神纵深的景观——复杂的修辞、曼妙的意境、幽微的灵魂悸动，越到后来，所谓“歌唱”就越来越成为文人间的文化交流，“率性而歌”的古老冲动开始了漫长的流离失所。正因如此，朱光潜先生表达了一种无奈的叹息：“文化是民歌的仇敌。”②

如果说古典文化以其雅致化的诉求使“歌唱”出现了第一次人类经验与文化修辞的剥离，那么，近代社会商业文化的崛起则造成了第二次人类经验与文化修辞的剥离：“歌唱”不仅没有能够因此而回到生命的自在状态，而且其超越功利的文化功能也受到了极大挑战——“歌唱”被作为消费品纳入商业运行的轨迹。由此，抒情话语的实践在生产与传播的动力上与传统“歌唱”表现出重大的差别，这尤其突出地表现在流行歌曲的话语生产中，因为它十足地就是商业文化的产物。对于大众诗学的现代建构而言，这既是历史的挑战，又是现实的机遇；换句话说，商业逻辑的介入给诗学的实践与理论阐释都带来某些前所未有的新动向，许多微妙、暧昧然而可能是相当深刻的问题或情形在其中潜滋暗长。

文学成为商品、文学家成为文化商人并非一个崭新的话题，早在近代城市文明诞生以后，写作与金钱的契约关系就已经建立；甚至可以认为，“现代文学”中的每一部出版的作品背后都隐含着必然的“金钱”关系，但恰是这样的关系的存在，使纸质诗歌遭遇了严重的传播危机——篇幅的短小与艺术趣味的曲高和寡都使它与商业逻辑格格不入。正如旅美学者奚密所分析的，在商业化和大众传媒的双重裹挟下，“诗所代表的精英文化和通俗文化之间的距离日益悬殊”，“与早期新诗前驱者意愿相背的是，虽然它的传递媒介是‘白话’，同时国民基本教育也较以往普遍，但是现

① 此为弗洛伊德的观点，转引自［美］赫伯特·马尔库塞《爱欲与文明》，黄勇、薛民译，上海译文出版社1987年版，第3页。

② 朱光潜：《诗论》，见《朱光潜美学文集》第2卷，上海文艺出版社1982年版，第24页。

代汉诗并未能因此而吸引广大的读者。其中的反讽是：现代诗眼看着自己被推到它出力建设的新世界边缘而爱莫能助"。[1]

不过，正如前文所述，纸质诗歌的向隅而歌的处境并不意味着抒情话语的整体溃败，因为，不仅现代机械电子传媒能够为抒情话语开启新的空间可能，而且商业化机制的即时"现身"，既可能是抒情话语的阻隔之河，也可能是其涉渡之舟。换句话说，机械电子传媒与商业逻辑在本质上为话语生产者提供了一种成长中的公共空间与自由元素；在这样的语境下，是独善其身还是融入滚滚红尘，或许两者并没有太大的价值差异，但它却可以影响抒情话语生产者在"现代性"追求中的不同走向。被书写的文学史往往更多地为那些"独善其身"的诗人留下叙述的篇幅，而对红尘中的"歌者"却多有疏忽。但是，笔者想指出的是，恰恰是他们的这种选择，才使抒情话语真正进入了都市民间并向都市之外的乡村扩展，由此使大众诗学具有了生命的"质感"。

作为一种抒情话语历史的再"解读"，我们可以将如下一些歌词作家的名字引入历史的书写之中：黎锦晖、范烟桥、田汉、陈歌辛、黎锦光、贺绿汀、吴村、陈蝶衣、李隽青、安娥……在这一批人中，除了田汉等因其他方面——如戏剧的成就而被写进文学史的正册以外，绝大多数都游走在文学史与诗歌史的边缘，甚至在思想史、文化史的历史叙事中，他们都未能获得过正面描述。问题的关键恐怕在于：长期以来我们对"文学"与"文化"的理解存在着相当的片面性——这正如青年学者倪文尖所尖锐地指出的——尽管我们有多如牛毛的试图通过研究中国近现代知识分子来研究中国的"现代性"的文章，但那些所谓的知识分子，几乎是清一色的大师级的文化精英，如鲁迅、胡适、周作人、林语堂等，像上述这些世俗化色彩较浓的知识分子"却在知识分子谱系里缺失"。在倪文尖看来，这是一个重要侧面的缺失。他将这一批人命名为"轻性知识分子"，认为他们有如下特点：一、有"清平的机智见识"，二、"有点像周作人他们"，三、其身份未必是我们严格意义上的知识分子，甚至还可能"不喜欢文人"，要与知识分子"撇清"。这一类人往往都是直接接受了"五四"的启蒙，在思想观念、行为举止特别是日常生活方式上，现代得很彻底，现代得很本真。甚至可以说，他们身上表现出来的现代感，远远超出了人们通常的想象。[2] 如

① 奚密：《从边缘出发》，广东人民出版社 2000 年版，第 2 页。

② 参见倪文尖《"轻性知识分子"与中国现代的表意实践——以张爱玲为中心的讨论》，见高瑞泉、[日] 山口久和主编《中国的现代性与城市知识分子》，上海古籍出版社 2004 年版。

果说“五四”一代知识分子是中国的“现代观”的意义来源，那么，这一批人则是中国“现代观”的重要实践主体；如果说“五四”一代知识分子给出了中国“现代”的一种定义以及某些表征形式，那么，这一批人则是作为生活在“现代”语境中的广义的知识分子，以人格担当的方式将之最终落实。尽管从社会的分层来看，这两类人都应归为知识分子阶层，但两者却又表现出相当的不同：前者表现为思想的深刻，后者则表现为气度的随和；前者往往以对世俗的批判绝尘而去，后者则混迹于世俗社会乐而忘返。总体来看，前者的姿态是“上扬”的，后者的姿势则是“下沉”的。如果一定要以前者为尺度来衡量后者，那么，所获得的结论是不言而喻的，但细细想来，其实这也是相当不公平的，因为，相当多数的人——其中尤其是那些无法直接承领精英文化深刻思想的大众——是通过他们才触摸到“现代”的脉动与体温：

> 香槟酒气满场飞，/钗光鬓影晃来回，/jazz jazz 乐声响，/对对满场飞。嗨！//你这样乱摆我这样随，/你这样美貌我这样醉，/jazz jazz 乐声响，/对对满场飞。嗨！//勾肩搭背，进进退退，/步也徘徊，爱也徘徊。/你这样对我眉眼乱飞，/害我今晚不得安睡。//他们跳来我也会，/我跳得比他更够味。/jazz jazz 乐声响，/对对满场飞。
>
> ——包乙词、佚名曲《满场飞》

> 好花不常开，/好景不常在，/愁堆解笑眉，/泪洒相思带，/今宵离别后，/何日君再来，喝完了这杯请进点小菜，/人生难得几回醉，/不欢更何待，/（白）来，来，来，喝完了这杯，/再说吧！今宵离别后，/何日君再来。
>
> ——贝林词、刘雪庵曲《何日君再来》

> 那南风吹来清凉，/那夜莺啼声凄怆，/月下的花儿都入梦，/只有那夜来香，/吐露着芬芳！//我爱这夜色茫茫，/也爱这夜莺歌唱，/更爱那花一般的梦，/拥抱着夜来香，/吻着夜来香！//夜来香，我为你歌唱，/夜来香，我为你思量。/啊……我为你歌唱，我为你思量。/夜来香，夜来香，夜来香！
>
> ——黎锦光词曲《夜来香》

正如常惠所断言的，文字不能够再现歌声，因为它无法表达声调和情趣，故“一经写在纸上，就不是它了”[①]。因此，像上面这种列举的方式的确无法呈现出这些文本在“流动生展”时的那种充满“现代感”的脉动与体温，无法还原出“歌唱”所透露出来的浓浓的世俗化都市气息。尽管这样，我们还是可以通过这作为“前文本”的文字，去想象那充分实现了的“歌唱文本”如何与“语境”一道为都市民间“造梦”的。在某种意义上可以说，这些“软性”歌曲是这之前的“硬性”的“大抒情”失效之后的补充物，也是之后的那些日渐晦涩或者日渐空洞的抒情的重要“映衬”；当然，它们还是那些远离现代化大都市的匿名的“乡下人”想象都市的重要方式——不然，为什么即使在极端的年代它们还会不断地从历史的暗角复活过来，幽幽述说主流诗歌所不能企及的欲望和那回旋不已的冲动呢？言及这类作品的意义，笔者认为起码在艺术的抒情表意实践方面，它们针对主流诗歌作了一种“逆向”的展开，由此构成了维护艺术生态平衡的一个重要维度；进一步讲，这些作品的一个不可小视的贡献在于，它们为并未整体地进入一个“新时代”的中国生活形态，创造了对“现代”中国生活和中国人的一种观察，一种体验，一种想象力，尤其是——一种细腻的形式感。

从上海流行歌曲的创作所透露出来的文化趣味与审美价值取向可以看出，其创作者作为“五四”后新一代置身于都市文明的知识分子，已坦然走出“五四”一代面对世俗社会的心理怪圈——一方面自诩为大众的良师益友，一方面却又不能或者不愿面对大众的真实遭际；和同期另一批意识形态化的知识分子相比，他们更加坦然地进入市场，视艺术创作如同一般工业生产，努力使自己的作品和商品、利润互相认同并激起公共的参与热情，从而揭穿了无利害、有距离的沉思那种传统审美态度的根本被动性。这样的追求何妨不能理解为另一个层面上的进步！

二　情感向度：从高蹈的精神之舞到庸常人生的咏叹

有学者认为，“中国传统的知识分子、20世纪的启蒙知识分子，都坚守的是一种脱离世俗的审美形象和审美理论，所以面对现实和世俗的时候，马上就显示出他们的脆弱和苍白”[②]。这种“脱离世俗”的美学立场

① 常惠：《我们为什么要研究歌谣》，载《歌谣周刊》1922年第3号。

② 吴炫：《新时期文学热点作品演讲录》，广西师范大学出版社2004年版，第147—148页。

尤其突出地表现在诗人身上。长期以来，诗往往被认为是超凡脱俗的精神之舞，诗人则被认为是一群卓异的独舞者，他们很多时候都表现出对“乏味”现实的厌倦与鄙弃、以对庸常人生的拒绝来完成自己“异人”形象的塑造。遥远的乡村在他们看来，除了表示一种远距离的人道同情以外，似乎再也无事可做，至于这些“同情”之声是否能够抵达乡村并被乡下人认同与接受，他们更是毫不在意。即使面对自己寄居的都市，他们也更多地让自己的目光掠过都市平庸的地平线，而指向遥远的苍穹。

并非没有人意识到普遍存在于诗人身上的这一顽疾——困惑与质疑之声一直不绝于耳。比如，对现代派独有心得的孙作云就对这一派所代表的现代主义诗歌颇有微词，认为其不少作品“趋向于病态的题材”，“最适合‘读书人’的趣味”，“这种趣味是新的为艺术而艺术”。① 作为诗歌大众化的执着追求者，蒲风更是对此充满了怨言，几乎所有的诗人、诗派——除了他自己所归属的中国诗歌会之外——都成为他批评的目标，其重要的“诉讼请求”便是他们远离大众——“他们都离开大众过远，而已日见其远了”。在蒲风看来，唯有中国诗歌会才“打开了一条诗歌大众化的生路”。②

蒲风的自我评价显然并不准确，因为，不仅他们那些空洞的呐喊使大众感到陌生，而且他们那些自由散漫的诗歌形式也让大众深感不适；他们置身于城市，却对城市里的常态人生并无“质感”的经验表达，他们从根本上热衷的是同样“寄居”于城市中的政治，因此，蒲风的所谓“打开”通往大众化的“生路”，在很大程度上不过是对自我的一种幸福“误读”而已。换言之，他们以为自己做到的，跟他们真正做到的之间；期望读者喜欢的，跟读者真正喜欢的之间，其实存在着相当的差距。如果说以新月派、现代派、象征派为代表的现代主义诗人是一群蜷缩在象牙之塔中咏唱一己之悲欢的风雅之士，那么，以蒲风等为代表的革命诗人则是一群在城市广场上高呼革命的热血青年。与这些诗人同处一城的芸芸众生依然在他们“过剩”的激情中，咀嚼自己从乡村一并带来的古老歌谣。

有感于中国“没有都会诗人”的现实，鲁迅先生表达了对遥远的俄

---

① 孙作云：《论“现代派”诗》，原载《清华周刊》1935年第43卷第1期，见杨匡汉、刘福春编《中国现代诗论》上编，花城出版社1985年版，第237—238页。

② 蒲风：《五四到现在的中国诗坛鸟瞰》，原载《诗歌季刊》第1卷第1—2期，见杨匡汉、刘福春编《中国现代诗论》上编，花城出版社1985年版，第213、222页。

国诗人勃洛克的由衷赞美："他之为都会诗人的特色，是在用空想，即诗底幻想的眼，照见都会中的日常生活，将那朦胧的印象，加以象征化。将精气吹入所描写的事象里，使它苏生；也就是在庸俗的生活，尘嚣的市街中，发见诗歌底要素。所以勃洛克所擅长者，是在取卑俗，热闹，杂沓的材料，造成一篇神秘底写实的诗歌。"[①] 从日常生活中见出诗意，从卑俗、热闹、杂沓中见出熔化在内里的哲学与美学，是一个都市诗人应有的责任与基本的自我"塑形"依据。正因如此，在笔者看来，"都会诗人"并非泛指寓居都会的诗人，而是特指那些既"写都市"而又"为都市而写"的诗人；或者借用卡勒的说法，这样的诗人必须触及都市"普通人生活中重要的东西——他们的文化——与唯美主义和教授们的文化相对立的文化"，要为"边缘群体的文化扬声"，这样，他的歌唱才能成为"人民的表述"，[②] 他才能被称为"都会诗人"。以此为尺度，革命诗人也好，现代主义诗人也罢，虽然他们的作品作为一种城市先锋文学，各自都创造了美学上的强烈震撼与冲击，有力地摧毁了传统的美学范畴和标准，开拓了现代审美的新空间，但他们并非地道的"都会诗人"，因为他们仅仅是以城市现代性和工业现代主义作为自己歌唱的文化之源而没有能够形成与都市民间的有效对话。

真正将抒情话语从高蹈的精神之舞转向庸常人生的咏叹并且由此"打开了一条诗歌大众化的生路"的，是20世纪20年代后期从上海兴起的流行歌曲。更具体地讲，是作为现代流行歌曲鼻祖的黎锦晖用《毛毛雨》《妹妹我爱你》《人面桃花》《可怜的秋香》《寒衣曲》《总理纪念歌》《落花流水》以及《桃花江》《特别快车》《爱的花》等，将都市民间从《十八摸》《打牙牌》之类的陈腐、糜烂的"粉色小曲"[③] 中解脱了出来，并且从这些新的抒情话语中照见了自己的生命情怀。因此，黎锦晖的探索实践对于都市民间"歌唱"而言，是具有开拓意义的。

黎锦晖的流行歌曲作品不仅数量众多，而且品类繁杂，既有庄重、正义的《总理纪念歌》《同志革命歌》《解放歌》等，又有充满人道同情与悲悯的《可怜的秋香》《寒衣曲》等，当然，更多的是后来被称为"靡靡之音"而长期遭人诟病的"家庭爱情歌曲"——或称"时代曲"。

① 鲁迅：《〈十二个〉后记》，见《鲁迅全集》第7卷，人民文学出版社1981年版，第299页。

② ［美］乔纳森·卡勒：《文学理论》，李平译，辽宁教育出版社、牛津大学出版社1998年版，第48页。

③ "粉色小曲"是黎锦晖对《打牙牌》《十八摸》等民间歌曲并不恭敬的称谓。

正是因为有了后者，黎锦晖不仅作为现代流行歌曲的开山祖师，而且作为现代都市抒情话语的高产作家才有了特殊的分量；但也是因为有了后者，黎锦晖的分量又不断遭到历史的消解，而且，他也为之付出了一生的代价。换句话说，黎锦晖性格的复杂、趣味的多向和命运的跌宕起伏，其含义和涉及的问题都是难以一言道尽的。但是，有一点却无可置疑，那就是作为一个现代都市抒情话语的生产者，黎锦晖以勤勉的创造为都市民间灌注进了富有时代感的抒情表意方式，从而将芸芸众生从“失语”的无奈中解救出来：

> 我们总理，/首创革命，/革命血如花；/推翻了专制，/建设了共和，/产生了民主中华。/民国新成，/国事如麻，/总理祥加计划，/重新改革中华。//……//民生凋敝，/国步艰难，/祸患尤未已；/莫散了团体，/休灰了志气，/大家要互相勉励。/总理遗言，/不要忘记，/革命尚未成功，/同志仍须努力。
>
> ——黎锦晖词曲《总理纪念歌》

> 暖和的太阳，/太阳，太阳，/太阳他记得：/照过金姐的脸，/照过银姐的衣裳，/也照过幼年时候的秋香。/金姐，有爸爸爱；/银姐，有妈妈爱，/秋香，你的爸爸呢？/你的妈妈呢？/她呀，每天只在草场上，/牧羊牧羊，/牧羊牧羊。/可怜的秋香！/可怜的秋香！/可怜的秋香！/可怜的秋香！
>
> ——黎锦晖词曲《可怜的秋香》

> 毛毛雨，下个不停，/微微风，吹个不停。/微风细雨柳青青，/哎哟哟！柳青青！/小亲亲，不要你的金；/小亲亲，不要你的银。/奴奴呀，只要你的心，/哎哟哟，你的心！//……//毛毛雨，打得我泪满腮，/微微风，吹得我不敢把头抬。/狂风暴雨怎么安排，/哎哟哟，怎么安排？/莫不是，有事走不开？/莫不是，生下了病和灾？/猛抬头，走进我的好人来，/哎哟哟，好人来！
>
> ——黎锦晖词曲《毛毛雨》

《总理纪念歌》作为一首悼亡作品，其庄严感从“革命血如花”一句中就粲然放出，4/4拍的节奏型使情绪的推进舒缓而凝滞，尤其是童声的合唱给缅怀之情平添一分圣洁的蕴涵，难怪黎锦晖创办的“中华歌舞团”

在香港演唱它时，“英国人也得肃立”[①]。在这样的抒情世界中，你简直无法将其作者和“黄色音乐家”的头衔联系在一起。这种分裂的感觉在《可怜的秋香》中依然得以持续：公正的太阳将阳光洒在金姐、银姐的脸上，也洒在秋香的脸上，但是，命运的不公使秋香的内心孤寂、寒冷，她的生命似乎只能与草场、羊形成一种共生共存的关系。给人内心带来啮噬般创痛的是音乐以轻快的格调行进，由此便使“秋香，你的爸爸呢？你的妈妈呢”的问询因童言无忌而给被问者带来更深的伤痛，因此，段末感叹句的四次反复愈加令人唏嘘慨叹。作为一首儿童歌舞表演曲，《可怜的秋香》以其强烈的戏剧化冲突而叫人铭心刻骨。

《毛毛雨》作为黎锦晖探索成人歌曲大众化的尝试之作，是他由一个人道主义音乐家向都市商业化音乐制作人转化的标志。但初涉商海的黎氏还没有尝到商业逻辑的甜头，因此如他自己后来所坦言的，他是将一部分民歌中“过分猥亵的词藻除去”，用“旧的音乐形式”写出的颇具民歌风味的作品，[②]正是这样，整个作品从词到曲虽然并不高雅，却浅近质朴，有浓烈的民间小调色彩，其格调在笔者看来和《天涯歌女》《四季歌》等作品并无大异。

应该说，黎锦晖是一个思想与文化的“杂食主义”者，也是一个能够为各种情感“赋形”的多面手。作为一个大众抒情话语的生产者，他知道如何为一个庞大而芜杂的民间都市“胃口”调制各种风味的话语形式；尽管他的生产不乏粗制滥造者，但就其生产总量与多数作品的质量而言，他都是一个应该被历史正面书写的都市诗人与大众音乐家。前些年，学界热炒张爱玲。对她推崇备至的一个重要原因，是她“打开了一个左翼文学实践和一般‘大都市风’作家都不曾深入的写作领域：即一个‘没有完成’的‘现代’给中国日常生活带来的种种参差的形态，以及在这个时代中延续的中国普通社会”[③]。在笔者看来，这样的判断似是而非：作家何为？写作又何为？“打开”意味着什么？如果我们不对这些充满行动意味的概念

---

① 黎锦晖：《我和明月社》（下），见中国人民政治协商会议全国委员会文史资料研究委员会编《文化史料（丛刊）》第4辑，文史资料出版社1983年版，第211页。

② 黎锦晖：《我和明月社》（上），见中国人民政治协商会议全国委员会文史资料研究委员会编《文化史料（丛刊）》第3辑，文史资料出版社1982年版，第125页。

③ 孟悦：《中国文学“现代性”与张爱玲》，见王晓明主编《批评空间的开创》，东方出版中心1998年版，第352页。陈思和也有类似的观点，在《关于张爱玲现象》一文中，他指出：“民间文化形态在现代都市文学中出现，即新文学传统与现代都市通俗文学达成了艺术风格上的真正融合，却是在沦陷中的现代都市上海完成的。”参见陈思和《犬耕集》，上海远东出版社1996年版，第201页。所谓“完成”，作为一个行动词，其主语显然是以张爱玲为代表的一批都市作家。

进行有效的清理，就很容易被引入一种咄咄逼人的“叙事”圈套中。这样说，并非要否定张爱玲作为一个独特的都市作家的意义，而是为了对一些看似无可置疑的结论重新进行“问题”的还原。

如果我们不狭隘地将作家理解为小说家或散文家、将写作理解为文学叙事、将“打开”理解为某种“形式”要素的唯一权力，那么，我们可以肯定地说，相对于黎锦晖式的流行歌曲作家对都市抒情话语的实践，张爱玲实在是一个“迟到者”；当20世纪二三十年代相交的时候，黎锦晖已经是一个如日中天、家喻户晓的“大腕”级作家了①，而此时的张爱玲不过是一个初识文学的少女。② 而且，如果要言及作品对“普通社会”的关注以及对之所造成的影响，张爱玲都是无法与黎锦晖同日而语的。当然，我们这样讨论的前提是：撇开精英知识分子特别关注的“文学趣味”的“高下”问题。事实上，恰如罗斯所言：“文化力量并不存在于趣味的高下之分中，相反它就是决定趣味的力量；它体现这些趣味的分类是如何进行的，也决定了特定时间内某种趣味的内容。”③ 或者我们可以将话题挑开来谈：张爱玲这样的作家，其世俗性主要表现在文化理念以及文化关怀上，就其作品的文本性质而言，其实还是趋于雅致的——甚至可以说——相当雅致；没有较好的文学修养，很难曲尽其作品的文字之妙。从这个意义上讲，张爱玲是以世俗的姿态来对世俗世界行“叛逆”之举的。这样的判断其实也包含着对孟悦等人论断的一种质疑；在我看来，对“普通社会”的关照不应该仅仅表现为一种文化向度，如果说这只是关照的“前”状态，那么，其“后”状态应该是将这样的关照兑现为“普通社会”能够理解的文本样式并且将之回赠给他们。就此而言，可以毫不客气地说，张爱玲还有相当的欠缺。

张爱玲的欠缺，恰恰成了黎锦晖的丰盈；而且，不仅是黎锦晖，整个

---

① 即使不包括更早的“儿童歌舞曲”写作，黎锦晖已经于1927年开始了成人歌曲大众化的尝试写作，《毛毛雨》是其成人歌曲的处女作，也是代表作之一；随后，他的大量作品印成歌册出版，至20世纪30年代前期，已出版、发行上千首歌曲，通过唱片和电台播音进行传播所造成的社会影响更大。此可参见孙继南《黎锦晖与黎派音乐》，上海音乐学院出版社2007年版，第176、189、192页所作的相关数据统计。

② 尽管多种有关张爱玲的传记作品及其他一些相关回忆都认为，张的文学教育早于正式教育，少女时代即有文学写作的尝试，但她公开发表作品已经是20世纪30年代末了，而一直到1944年出版小说集《传奇》、1945年出版散文集《流言》以后，作为都市作家的张爱玲才在读者中完成了自我形象的塑造。

③ ［美］安德鲁·罗斯：《没有尊重：知识分子和大众文化》，转引自［美］安德鲁·古德温《流行音乐和后现代理论》，见陆扬、王毅选编《大众文化研究》，刘雯译，生活·读书·新知三联书店2001年版，第237—238页。

流行歌曲几乎都是将“普通社会”既作为自己的出发点，又作为自己的艺术归宿的，而这正是大众文化、大众诗学的基本立场，正如奥苏利文所言：“什么可视为大众文化一定程度上取决于你是否对‘民众’生产或者是为‘民众’而生产的意义感兴趣，以及你是否认为这些意义是证明了‘公共需要’或‘公共所得’。”① 可以认为，是否为“公共需要”或“公共所得”，是大众文化、大众诗学的“衡文”标准，也是其自我实现的终极性目标。

正是这一目标的确立，使流行歌曲与五四新文化运动建立起来的知识分子精英传统表现出明显的分野：新文学强调文学的启蒙性与批判性，流行歌曲更多地强调文艺的消遣性与游戏性；新文学创作传达出来的是知识分子精英化的感时忧国情怀，旨在通过社会批评和文明批评推动社会进步，而流行歌曲却在一定程度上有意识地迎合都市小市民与中产阶级的庸常趣味。

“迎合”就意味着低就，意味着相当程度的认同——甚至包括某些琐屑、委顿的成分也要给予充分的体谅。认同对于大众文化、大众诗学的建构而言，其实是一个协商、对话的过程。一味强调对大众的引领、指导、提升，在某种程度上也暴露出知识分子的自我中心主义心态，暴露出他们理想化的“脱俗入雅”的文化期许。历史地看，这其实也是知识分子在不断提倡大众化的同时又不断地与大众摩擦、龃龉甚至对抗的基本缘由。当他们这样的隐讳心曲与市场、与大众传媒直接遭遇的时候，往往将自身的缺陷暴露无遗。

流行歌曲的生产者与精英知识分子的最大不同，即首先放弃了这种隐讳的精英心态。旗帜鲜明地宣称为大众而写作的黎锦晖给自己的写作制订了十条规则：（1）妓女唱的不写；（2）“后花园赠金”之类的不写；（3）相思病的不写；（4）爱情悲剧不写；（5）为三角恋爱而情杀的不写；（6）“三妻四妾十美图”不写；（7）用阴谋手段取得爱情的不写；（8）猥亵的不写；（9）对金钱权势的爱情予以讽刺；（10）对一见倾心的儿戏爱情加以讽刺。② 这公文式的“戒律”看似面面俱到，但仔细解读便会发现，烦琐条款所构成的已经是艺术创作的伦理底线了；如果再往前一步，便会出现创作与黎锦晖所批判的民间“粉色小曲”难分“伯仲”的喜剧性情景了。实际情形是，黎锦晖的某些作品的确已经游走在这些“戒律”的边缘。

① ［英］奥苏利文等：《传播与文化研究中的关键概念》，转引自陆扬、王毅《大众文化与传媒》，生活·读书·新知三联书店2000年版，第15页。

② 黎锦晖：《我和明月社》（下），见中国人民政治协商会议全国委员会文史资料研究委员会编《文化史料（丛刊）》第4辑，文史资料出版社1983年版，第217页。

拟定这样的“戒律”，一方面可以看作黎锦晖对艺术操守的维护，另一方面也可以理解为黎氏为自己、为某些流行歌曲频遭非议的“辩诬”。如下作品的泛滥或许可以证明笔者的判断绝非臆度：

> （男唱）我听得人家说：/（女白）说什么？/桃花江是美人窝。/桃花千万朵，/比不上美人多，/（女白）不错？/果然不错！/我每天�到那桃花林里头坐，/来来往往的我都看见过。（女白）全都好看吗？好！那身材瘦一点儿的，/偏偏瘦得那么好。/（女白）怎么好？/全是伶伶俐俐小小巧巧婷婷袅袅多媚多娇！/（女白）那些肥的呢？/那肥一点儿的，/肥得多么称，多么匀！/多么俊俏，多么润！/（女）哈！你爱了瘦的娇，/你丢了肥的俏；/你爱了肥的俏，/你丢了瘦的娇，/你到底怎么样的选，/你怎么样的挑？/（男）我也不爱瘦，/我也不爱肥，/我要爱一位，/像你这样美，/不瘦也不肥，/百年成匹配！/（女）好！桃花江是美人窝。/你不爱旁人就只爱了我。/（男）好！桃花江是美人窝。/你比旁人美得多。/（合）好！桃花江是美人窝，/桃花千万朵，/比不上美人多！
>
> ——黎锦晖词曲《桃花江》

> 假惺惺，假惺惺，/做人何必假惺惺，/你想看，你要看，/你就仔细地看看清，/不要那么样地装着，/不要那么样地装着，/一本正经，一本正经，/（白）何必呢？/假正经，假正经，/你的眼睛早已经溜过来又溜过去，/在偷偷地看个不停。
>
> ——叶逸芳词、黎锦光曲《假正经》

尽管事过多年，黎锦晖为有关《桃花江》“轻佻”的指责进行辩护，说其歌词的灵感来自高雅的古典文学作品，如“‘我也不爱瘦，我也不爱肥，我要爱一位，像你这样美’之句，是模仿古代宋玉的诗句造意；至于‘我一看见你，灵魂天上飘’则是采《西厢记》张生的话：‘灵魂儿飞去半天’之意”①，但歌词文本中的某些词汇——如“肥”“瘦”“娇”“俏”“美人窝”等，毕竟在日常使用中多有油滑乃至色情的蕴含，再加

① 黎锦晖：《我和明月社》（下），见中国人民政治协商会议全国委员会文史资料研究委员会编《文化史料（丛刊）》第4辑，文史资料出版社1983年版，第218页。宋玉的原句出自其《登徒子好色赋》，曰：“增之一分则太长，减之一分则太短；著粉则太白，施朱则太赤。”

上“女声”不无挑逗意味的“插话”“对唱”，诸如此类的元素实在无法使其“辩护”自圆其说，并由此将《桃花江》从“粉色小曲”的边缘拉回到雅致的古典韵味中去。黎锦晖并非没有感到来自主流文化界的压力，他以多少有些悲剧英雄的口吻表达自己的“困境”感：“我们有两面‘破盾’：右手挽住一面，挡住‘有伤风化’的箭；左手挽住一面，抵住‘麻醉大众’的矛。”①

由叶逸芳作词、黎锦晖胞弟黎锦光作曲的《假正经》，仅就其歌词文本，我们就能嗅出其狎昵、风骚的气息，再加上演唱者在演唱时的嗲声嗲气的声音润饰，不能不使人迅速联想到“十里洋场”那与现代文明一起裹挟而入的腐烂、恶俗的精神症候。难怪后来叛逆了黎锦晖的左翼音乐家聂耳给予这些作品八个字的定评：“香艳肉感，热情流露。”②

聂耳的批评不能不说切中了某些流行歌曲的弊端；换句话说，流行歌曲的整体形象的确趋于“人妖之间”“天堂与地狱之间”——它时常扮演都市民间听觉想象的欲望对象。但是，聂耳式的立论不能过度扩展，因为这样势必造成对流行歌曲话语价值的彻底解构。事实上，聂耳的批评虽然在理，但如果换一个观测角度，我们也可以将之理解为一种意识形态的忧虑，而这种忧虑里面实则暗藏着古代正统文化极力肯定与推崇的儒家心事。以这调整后的角度重新进入那些被称作“靡靡之音”的流行歌曲，我们可以发现，其最突出的时代特点不在于它们作为一般意义上的歌曲的音乐性质——尽管这也是它们不应该被轻易绕过的重要意义，而在于其中所表达的朦胧、充满都市气息的诗意——那种浪漫而又有几分颓废、令人迷醉而又使人有些厌倦、充满动感而又有几分轻佻的情绪的表达。这样的诗意不是作为一般音乐艺术被聆听、欣赏，而是作为一种崭新的都市经验，期待着有类似经验或向往类似经验的人的共享。因此，它们在本质上是开放的、交流的听觉化镜像。如果说，中国的“现代性”追求在“五四”文化精英这里还是一种抽象的文字描绘，那么，在这些音乐作品中则是活生生的感性经验的呈现：

> 把苏杭比天堂，/苏杭那现在也平常。/上海那个更在天堂上，/洋场十里好呀好风光。//坐汽车，住洋房，/盖着那绒毯睡铜

① 黎锦晖：《明月新歌一二八首·引言》，转引自孙继南《黎锦晖与黎派音乐》，上海音乐学院出版社2007年版，第193页。

② 黑天使（聂耳）：《中国歌舞短论》，见《聂耳全集》下卷，文化艺术出版社、人民音乐出版社1985年版，第48页。

床。/呢绒那个衣料时新样，/火油钻石闪呀闪光芒。//跳舞场，最疯狂，/歌声呀婉转步匆忙。/灯光那个暗暗魂儿荡，/有情男女一呀一双双一双双。

——佚名词曲《十里洋场》

这里所表达的可能是现代语境中的某些上海人的物性处境，但对于更多的上海人乃至中国人来讲，则可能是一种心理期待。颇可玩味的是文本所包含的对现代都市生活的深深的认同和迷醉，以及不动声色甚至是漫不经心的对都市人生的常态——或者说——常态的都市人生的表现。它不但缺乏崇高的意味，甚至还有些颓靡；而这，恰恰是那些“居家”的上海人的一种人生图景，也是更多的上海人乃至中国人的人生愿景。其实，不管是哪种情形中的上海人，这首作品的字字句句都可以理解为他们的心声。

流行歌曲遭人讥弹之处是它的世俗气，是它的颓废情调，但细细想来，这不是最为真实的都市人生的感性状态吗？它起源于上海，或者说它与上海的一拍即合，一个文化上的原因恰恰是，上海原本就是一个欢迎世俗的地方，“世俗气息”就是上海这个城市本身所散发的一种韵味和光环。20世纪20—40年代上海电影的发达其实也理出一处；如果说“软性”电影是将世俗的上海视觉化，那么，流行歌曲则是将其听觉化了。

丹尼尔·贝尔认为：“文化领域是意义的领域（realm of meanings）。它通过艺术与仪式，以想象的表现方法诠释世界的意义。”① 作为一种大众化抒情话语的实践，上海流行歌曲正是以对都市民间的诗性阐释来凸显其“文化”意义的。

第三节　上海流行歌曲与大众诗学的空间重构

作为一种抒情话语方式，流行歌曲可能有些游离于现代诗学历史语境之中的宏大主题，它就像诗歌史中的些许片断、局部；但是，即使我们将之看作现代抒情话语的除不尽的余数，它也不可舍去，更无法化约。而且只要我们调换一下观察的视角就会发现，流行歌曲作为正统诗歌史的

① ［美］丹尼尔·贝尔：《资本主义文化矛盾》，赵一凡、蒲隆、伍晓晋译，生活·读书·新知三联书店1989年版，第30页。

“余数”，在诗歌史照耀不到的民间大众的屋檐下，却成为相当活跃的话语方式，甚至构成他们刻骨铭心的新的文化血缘。因此，我们就有必要开启一套新的评估体制，深入这些活跃于草根阶层的话语，体察其独特的诗学形态并作出合理的评估。

一　美学范式："乡土民间"与"西洋格调"的糅合

因为流行歌曲的综合性质——歌词、音乐、演唱甚至歌手的形象等均构成其不可或缺的美学元素，我们在讨论其歌词的美学选择的时候，很难将之完全独立出来，进行单一的价值评估；而且，由于集体性、流水线式的制作方式，歌曲中的各种美学元素时常并非井然有序、“按章守法”地簇拥着某种美学主旨，彼此之间或矛盾抵牾，或前后呼应，由此构成一个杂多而繁乱的整体，这也要求我们的考察必须将“文学”的歌词置于整体性的歌曲艺术中来进行。

关于现代流行歌曲，余光中先生曾有一个富有启发性的见解，他认为可以将之称为“现代民歌”，作为现代意义上的“民歌”，它“可以成为‘民歌’之变种，不必尽符民歌之常规”。对此，他以中外“民歌”概念的变异作为佐证：我国乐府一词原本就有两种含义：“一为汉初所立采乐集歌之官署，一为当时民歌之词曲。后之诗人慕民歌之自然亲切，往往摹拟其体，亦袭其名，号称乐府。”西方的情形也相类似，比如，华兹华斯与柯勒律治合著的《抒情民谣》，其中有些作品根本与民谣无关，甚至不是民谣诗体；20 世纪 60 年代中期，美国的所谓“民歌复兴”，其成分已经相当复杂，甚至与主流意识形态相对立的那些创作歌曲——比如摇滚乐——都被称为“民歌”，“美国的现代民歌或乡村曲，往往由一人写词，谱曲，歌唱，甚至伴奏，并借唱片与电台的推广而流行民间。这种专业化的‘一脚踢’，加上企业化的间接传播，与传统民歌的定义已经大有不同”。据此，余光中甚至作了一个颇显极端的界定：“听众以万计的流行歌曲其实就是今日的民歌。”①

是否以统计学的方式来作为“现代民歌”的评判标准似乎可以商榷，但余先生的思路的确是开放性的。在这里，他发出了一个强烈的具有“颠覆”性的文化信号：任何概念都应该是流动、延伸的，而不是一成不变的，

---

① 20 世纪 70 年代中期，余光中先生的九首诗歌作品经作曲家杨弦谱曲后公开出版，作者将这张 CD 命名为《中国现代民歌集》。后来因此而引发一桩学理诉讼：有人认为不能将现代人创作的声乐作品命名为“民歌”，因为这不符合“民歌”必须“起自民间，天长地久，众口相传，人所共爱”的特点。对此，余先生进行了学理辩护。此可参见余光中《民歌的常与变》，见《余光中集》第 5 卷，百花文艺出版社 2004 年版，第 477—482 页。

拘泥于传统的运思模式来言说今天的种种“世象”，会发现言说本身的困窘。

起源于现代工业社会并受制于大众传媒与商业逻辑的流行歌曲的确在许多方面与传统民歌大相径庭，但在一个最为本质的方面——唱平常人的平常心——却又继承了传统民歌的衣钵，而且，在传唱过程中对原始文本的偏离、改造、演化——或者说“二度创作”的空间开放性特点，又表现出其民歌“仿像”的性质。因此，只在两者的“同一性”上斤斤计较或者在学术话语谱系的指认上墨守成规，无益于我们打开研究的视域，获得对某些理性盲点的突破并最终引申出新的学术冲动的契机。

作为一种民间歌唱之现代变种，中国现代流行歌曲尽管从一开始就以对西方音乐体制、抒情话语成规的全力引进而凸显出相当浓烈的“西化”色彩，但另一个同样值得关注的问题是，它在移植西方流行音乐精神的同时，并没有完全丢弃“本土”元素，甚至可以认为，它是以对“本土”经验的坚定捍卫来呈现异域“移植”的文化意义的。如果说西方流行音乐体制是其展开的一个“引逗性”机制，那么，“本土”经验则是其获取民间大众认同的“保障性”机制，这正如罗兰·罗伯森所言：“全球资本主义既促进文化同质性，又促进文化的异质性，而且既受到文化同质性的制约，又受到文化异质性制约。”① 因此可以进一步讲，文化元素、艺术体制的“本土”与“西洋”之间的双向逆反建构模式，是流行歌曲相当重要的“现代性”实践方式，在这一点上，它颇似同时从西方引进的另一种艺术样式——电影，只不过，长期以来学界一直缺少对它的学术关怀罢了。

黎锦晖就是一个相当典型的个案。作为现代流行歌曲的始作俑者，他的创作从“自发”到“自觉”，走的是一条地地道道的西洋化的现代流行音乐生产之路：运行方式上的市场化、作品推广上的明星制以及音乐风格的“摩登”色彩，等等。② 将自己创作的作品命名为“时代曲”，就体现

---

① ［美］罗兰·罗伯森：《全球化：社会理论和全球文化》，梁光严译，上海人民出版社2000年版，第249页。

② 美国青年学者安德鲁·琼斯曾以 *Yellow Music: Media Culture and Colonial Modernity in the Chinese Jazz Age*（杜克大学出版社2001年出版）为题撰写博士论文，该著作以黎锦晖为中心，从政治、经济、社会、文化及科技等层面的相互影响和互动，来表明现代中国的大众通俗音乐的产生和发展并不是零星、孤立、偶然发生的，而是与帝国主义同时到来的跨国间文化流通、都市化、工业化、世俗化、民主化以及传媒技术的普及为一个整体的，是具有“后殖民”性质的跨国际文化交流的一种艺术现象。该书经修订后于2004年11月在台湾出版中文版。参见［美］安德鲁·琼斯《留声中国——摩登音乐文化的形成》，宋伟航译，（台湾）台湾商务印书馆2004年版。

了黎锦晖对借镜于西方流行音乐文化的“现代性”追求的自我认同。

我们可以黎锦晖两次为《特别快车》灌制唱片为例来说明这个问题。如果站在精英立场来看，两次灌制同一首作品，几乎等于艺术上的自我重复。但是，作为一个大众文本，《特别快车》的两次灌制绝不是简单的重制，而是类似于一部著作的修订再版；作品一经修订，其风格、情调就有了很大的差别。第一次灌制的唱片系 1930 年由王人美、黎莉莉演唱，明月音乐会民乐伴奏，王、黎二人歌喉清脆甜美，吐字清晰，三段歌词层层推进，井然有序，颇具叙事风味，再加上民乐的伴奏为其增添了不少江南民间小调的色彩。但是，从歌词来看，则有些散漫和冗长，这与城市化的快节奏的生活方式以及由此带来的大众接受心理显然存在着一定程度的不协调，因此在第二次灌制时，歌词由三段改为一段，并且由当红歌星周璇演唱——歌手在这里也具有了本体的意义，其柔嫩、纤细的演唱所呈现的完全是另一种风格情调；值得一提的是，这一次灌制增加了火车的鸣笛以及车行节奏的模仿，并且有了乐队的整段旋律的清奏，配以钢琴爵士摇摆节奏的衬托，一变原有叙事性讽刺歌曲本色，而成为一首纯粹供舞会使用的舞曲。

如果从歌词文本来看，第二次的修订与重新灌制，其实是削弱了其讽刺与批判的深度。原来的版本是一首叙事性很强、具有某种荒诞意味的作品，作者有意识地对这一故事情节作了时间的压缩：第一段叙述了男女主人公在五分钟之内由萍水相逢到订婚，第二段则叙述了两人的婚礼，第三段将戏剧冲突推向高潮——在婚礼上女主人生下双胞胎小孩，一个取名“真真”，一个取名“爱爱”，即所谓“真爱”；这就将作者的揶揄之意和盘托出，恰好成了黎氏“对一见倾心的儿戏爱情加以讽刺”的创作准则的绝佳注释。修订后删掉了二、三两段，于是歌词文本的讽喻性让位于娱乐性，社会伦理批判色彩也由此降低，成为一种驱逐了“深度”、不再带领受众追索人文精神和终极关怀的平面体，而只剩下感官的享受和快乐。

但是，一个意味深长的事实是，重新制作的《特别快车》并没有因为批判色彩的“退席”与文本的“重复”使用而影响其在社会中的传播与接受，相反，由于它的“装扮一新”，带给了大众另一种惊喜，从而引发了一个新的流行潮。个中缘由恐怕在于：歌词文本的删繁就简以及周璇这样一个新的形象符号的介入，再加上爵士摇摆风格的“加盟”而对异域风情色彩的渲染，使作品更单纯、更新异、更具有时代感了，在抒情的迷离眼光中，更容易使人进入沉醉的迷狂状态并想入非非。而这恰是大众抒情文本征服大众的强力手段——不以复杂的修辞、纵深的思想、曼妙的意境，而以单纯的情绪展现并配合以声调、音量、面部表情、手势等，直接将某种情韵与生命活力向公众“敞开”。正如舒斯特曼所言：“通俗艺术不仅能够满足我们美学传统上最重要的标准，而且具有丰富和翻新我们传统审美观念的力量，从而将它从阶级特权、社会—政治的惰性和对生命的禁欲的否定中更充分地解放出来。”①

这个个案告诉我们，黎锦晖熟谙西方的流行音乐的制作体制，而且能够有效地将之拿来作为艺术“再生产”的手段，以实现其作品社会与经济效应的最大化。更重要的是，他通过对作品风格的改造，以新的具有浓郁西洋色彩的格调的引入使其具有了“丰富和翻新我们传统审美观念的力量”，由此给人带来“耳目一新”的感觉。

但是，在当时不少人看来，黎锦晖却是一个具有民粹主义倾向的复古派，在这些纷纭的言说中甚至不乏尖锐的批评：“有一般托尔斯泰艺术论的盲从者起来说：‘音乐的理想，不必高深，只要能使人人明白了便行了。如果理想越高，则越使人不懂，而音乐将失其效用；所以要求音乐普遍，必须使音乐民众化、通俗化、原始化。’于是惯做滑头事业的黎氏父女②，便假着提倡民众音乐的招牌，大唱其荒淫浮荡的小调，大作其浅薄无聊的俗曲，而音乐日趋复古。”③ 批评者咄咄逼人的言辞背后，其实暗藏着一种强烈的精英主义立场。由此出发，必然制定出一种精英知识分子所认可的衡文标准：一首作品只能以引导大众接近艺术的高雅才能显示其价值；而民众所固有的或所认同的俚曲小调必然是“荒淫浮荡”“浅薄无聊”的。在这里，批评者完全混淆了文人化的高雅艺术与大众化的通俗艺术的发生动机、服务对象、运行模式等方面的巨大差异，其对黎锦晖式的俚曲小调的批评也就在“情理”之中了。

于是，在我们面前，似乎出现了两个黎锦晖：一个是被充分文化“殖民”的、西化的黎锦晖，一个是被俚语俗曲所彻底污染的、“草根化”的黎锦晖。事实上，两者相加才基本上符合立体化的黎锦晖形象。但是，在笔者看来，这个形象绝对不是如某些批评者所斥责的那样只具有负面的意义，甚至对于中国现代大众通俗文化而言，其负面的意义只是作为“合理”的对立项反衬出其正面的价值。因此，我们在对流行

---

① ［美］理查德·舒斯特曼：《实用主义美学》，彭锋译，商务印书馆2002年版，第230页。

② 黎氏父女是指黎锦晖及其女儿黎明晖，后者是黎锦晖一手创办的明月歌舞团的歌舞演员，因演唱《毛毛雨》《特别快车》等作品而走红于上海流行歌坛。

③ 昌平：《音乐享乐与经济制度》，载《开明》1928年第1卷第4号“艺术专号”。

歌曲进行学理展开的时候，既要对其限度、危机作出警示，又要为其钩沉、正名，还必须在充满辩证法的复杂阐释里展开论述——要把其中的问题“问题化”。

一方面，现代流行歌曲无论如何“本土化”都无法完全摆脱其“西化”的起源语境，这是一个不争的事实；另一方面，流行歌曲无论其起源语境如何西化，最终都将在本土的语境中完成其价值的建构，这也是一个不争的事实。这看似一个充满“悖论”的命题，其实却包含着一个如何建构中国现代文化的深刻的历史主题。以前我们更多地站在精英知识分子这条线上来阐释这一主题在现代中国的“实验”历程，几乎所有的欢笑与眼泪都是以精英知识分子的话语实践来“绽放”或“挥洒”的。但是，芸芸众生如何与这一深刻的历史主题遭遇？知识分子是怎样使这一主题抵达民间并贯通了民众生活的意义？我们又如何从社会整体——而不仅仅是从精英知识分子的局部——去理解这一主题在现代中国的“实践”历程？诸如此类的问题其实都是尚待进一步展开的。换句话说，长期以来，我们并没有与这一些问题深刻地碰撞。

在这样的意义上来进入黎锦晖以及上海流行歌曲，我们会发现他们所进行的那种看似矛盾、龃龉、相互对抗与消解的文化选择，其实是一个充满文化张力的“意义”领域，一个从“五四”出发而又摆脱“五四”羁绊的另一种“现代性”的价值抉择。这样一种价值抉择决定了其歌词的文本写作凸显出完全有别于精英诗歌的大众诗学价值。

二　文本写作：从“声音语”[①] 出发的话语展开

当然，正如前文所述，流行歌曲本身是一种综合性的艺术样式，其中的某一个方面的展开都是在与其他方面彼此勾连的状态中进行的，因此，关于歌词体式的讨论不可能孤立地进行。或者极而言之，恰是因为流行歌曲是一种多元构成的艺术样式，才使各种跻身其中的审美文化元素融为一体，彼此促进而又各得其所，由此构成流行歌曲的美学“力场”。

在这样的混声“合唱”中，“大众”无疑是使这些元素得以聚合的中心，前面所言的“现代民歌”之“民”，其实指的即是这样一种基本的价

① 这是现代学者郭绍虞的一个命名，它所指涉的是诉诸听觉的“语言”方式，与之相对应的是诉诸视觉的“文字语”。参见郭绍虞《中国语言所受到的文字牵制》《文字漫谈》等论文，见郭绍虞《照隅室语言文字论集》，上海古籍出版社1985年版。

值向度。黎锦晖就坚持认为,“歌舞是最民众化的艺术,在其本质上绝不是供特殊阶级享乐用的。必须通俗,才能普及”①。正因如此,在黎锦晖看来,流行歌曲的歌词必须“符合中国情调,并选用浅近而美丽的歌句”,唱出来要使“人人能懂,人人爱听”。② 强调抒情话语的“中国情调”,这一点并不新鲜,多数诗人对此恐怕也是认可的;黎锦晖与纯诗诗人的一个根本区别在于,他还要追求“人人能懂,人人爱听”,两者的分野由此划开。

作为一种充分“实现”的文本,上海不少流行歌曲之所以广为流传,耳熟能详,其重要原因是“人人能懂,人人爱听”。我们需要进一步弄清楚的是,这一话语实践是如何做到“人人能懂,人人爱听”的。

(一)文本语言的口语化

尽管“五四”新文学从一开始就强调自己的平民立场,极力鼓吹所谓的“平民文学”;以白话文作为新的文学话语的工具就表现出他们走近大众的决心,但是,“欧化”问题的悬而未决使新文学的用语一直遭到社会持续不断的质疑,人们纷纷以“新文言”来表达对新文学语言的不满;多次有关“大众语”的讨论是文学界对这种不满的积极回应。不过,由于对文学语言——其中尤其是诗歌语言——是否一定要做到“人人能懂”,在文学界内部也是见仁见智,言人人殊,最终结果还是各行其是,难以归“一”。

因其听觉化的文本诉求,歌词语言必须做到高度的口语化;流行歌曲的写手们深谙此道,正因如此,他们的歌词创作从一开始就没有陷入精英作家们普遍遭遇的那种语言的焦虑中。对于他们来说,需要“交手”的问题不是是否使用口语,而是如何使用口语。所谓“如何”,即使用哪里的口语。在上海这个五方杂处的移民社会,③ 任何一种方言的使用都意味

① 黎锦晖语,参见杨子林《明月略史》,载《北洋画报》1930年10月28日。

② 黎锦晖:《我和明月社》(下),见中国人民政治协商会议全国委员会文史资料研究委员会编《文化史料(丛刊)》第4辑,文史资料出版社1983年版,第218页。

③ 上海是一个随着近代文明的发展而逐渐崛起的新兴城市,土著居民只占其中的一小部分,大量的“现代”上海人则是广东、浙江、苏北以及江南各地的移民;而且,从20世纪20年代末期开始,鉴于上海特殊的政治文化环境,大量的外地知识分子进入上海寻求发展,因此,主流文化界多以普通话为交流语言。据黎锦晖回忆,当聂耳还在其麾下的时候,曾向他提出学作曲的想法,黎氏为其提出的一个重要建议即“先学注音字母,说会国语”。参见黎锦晖《我和明月社》(下),见中国人民政治协商会议全国委员会文史资料研究委员会编《文化史料(丛刊)》第4辑,文史资料出版社1983年版,第239页。歌手周璇加盟黎锦晖创办的明月歌舞团以后,曾拜从北平来的团员严华为师学习普通话。参见严华《九年来的回忆》,见周伟、常晶《我的妈妈周璇》,山西教育出版社2002年版,第373页。

着对非此方言使用者的排斥，这显然有违“人人能懂”的艺术抱负。于是，放弃其他方言而选取以北方方言为基础的普通话，成为流行歌曲词作者们并未约定的共同选择。在“现代”上海的文化语境中，这显然是流行歌曲歌词文本最理想的一种语言方式。正因如此，即使是具有浓烈地方色彩的仿民歌小调式的作品，从中也难以找到传统民歌时常无法回避的方言土语：

春季到来绿满窗，
大姑娘窗下绣鸳鸯。
忽然一阵无情棒，
打得鸳鸯各一方。

——田汉词、贺绿汀编曲《四季歌》

上海没有花，大家到龙华，
龙华的桃花也涨了价。
你也买桃花，他也买桃花，
龙华的桃花都搬了家。
路不平，风又大，
命薄的桃花断送在车轮下。
古瓷瓶，红木架，
幸运的桃花，都藏在阔人家。

——李隽青词、黎锦光曲《龙华的桃花》

这是两首以江南为背景的歌词片断，但你从中几乎难以发现方言土语的痕迹，地方特征只是从某些物象中有所泄露。真正使江南风味脱颖而出的是其音乐，其中尤其是《四季歌》，完全就是江南民歌小调的稍加改写而已；再加上周璇轻声细语的演唱，于是，歌词语言地方性色彩的欠缺得以弥合。

既实现歌词语言的口语化，同时又规避方言土语所带来的理解、交流上的困难，这是上海流行歌曲的抒情话语实践给我们留下的重要经验，这一经验的积极意义表现在两个方面：一是通过“歌唱”这样的独特方式，为推广国语提供了一种重要的实践手段，二是为抒情话语寻找到一条通往大众的途径。这样的经验积累，很大程度上应该归功于制作这些歌词的词作家。这批人大都是有很好的文化修养的知识分子——黎锦晖还是早期国语运动的重要推广者之一，他们的积极的话语实践无疑为国语的普及、为现代抒情话语的大众化树立了信心。因为，任何语言形式的完成，必须以充分的口语交流的实现为标志；如果说“五四”白话文运动的革命性意义主要表现为一种新的汉语书面语系统对另一种汉语书面语系统——文言的取代，那么，上海流行歌曲的意义则是促进了现代白话从书面表达向日常口语表达的扩展。当然，实现这一“扩张”的不仅仅是流行歌曲，电影等艺术样式在其中也功不可没。

不过，歌词语言尽管需要追求口语化，但它毕竟不是真正的口语交流；换句话说，口语化只是它实现听众理解的重要手段而不是目的，因此，它在追求口语化的同时又要反对口语的松散、随意、直露、浅白，从而使自己保持抒情话语必须的紧凑、凝练、含蓄、婉转。这既是一种逆向的展开，也是一种反向的规约。取其一端都可能导致最终的失败。从大量的文本事实来看，流行歌曲对彻底口语化是保持着高度的警醒的，其基本的方式是对古典诗词、民间歌谣的吸取与借鉴：

云儿飘在海空，
鱼儿藏在水中。
早晨太阳里晒渔网，
迎面吹过来大海风。

潮水升，浪花涌，
渔船儿飘飘各西东。
轻撒网，紧拉绳，
烟雾里辛苦等鱼踪……

——安娥词、任光曲《渔光曲》

浮云散，明月照人来，
团圆美满今朝最。
清浅池塘鸳鸯戏水，
红裳翠盖并蒂莲开。
双双对对恩恩爱爱，
这软风儿向着好花吹，
柔情蜜意满人间。

——范烟桥词、严华曲《月圆花好》

这两首作品分别为电影《渔光曲》的主题歌和《西厢记》的插曲，两首作品的一个共同特征是对古典诗词与民间歌谣艺术风韵的继承与转换。对于都市大众而言，这样的语言方式所提供的就不只是能够"听懂"，而且是"爱听"的抒情话语形式了。更进一步讲，这种充满古典气息和民歌风味的作品更符合他们的艺术胃口。作为抒情话语的生产，要做到"人人能懂"，操作起来并不困难，但是，但要做到"人人爱听"却是一个看似容易、做起来不一定是"那么一回事"的难题，甚至可以说是一个很高的审美境界——不少纯诗写作者也对这样的境界垂涎欲滴。按照朱自清的说法，这是一种"'雅俗共赏'的立场"，一种"偏重俗人或常人的立场"，从根本上讲，这是一种"现代的立场"。[①] 不过，偏重"俗人""常人"而又能同时顾及"雅人""高人"，的确是对一个作者才情、智力的更大考验，因为，稍有不慎就会顾此失彼。如果说流行歌曲时常是惦念了"俗人""常人"而忘了"雅人""高人"，那么，纸质的诗歌恰好相反——讨好了"雅人""高人"而丢掉了"俗人""常人"。

但是，一个文本是否真正做到了"雅俗共赏"，这不能完全听评论家的一家之言，而是要看其在传播与流通中的辐射能力；也就是说，要看该文本是否真正被大众所认可。《渔光曲》与《花好月圆》之所以流传至今，显然与其歌词"俗"中透"雅"的气质密切相关。

（二）文本结构的类型化

从"市民主义"的审美趣味出发，对传统的音乐素材与抒情话语类型——既包括古典诗词也包括民间歌谣——进行重新"整合"，这本身就是现代流行歌曲惯常使用的"现代"转型的艺术"伎俩"，因为，现代都市日新月异的社会环境一方面不断制造现代的物质与文化的"神话"，它以光怪陆离的景象使居留其间的芸芸众生目不暇接；但另一方面则是，飞速变动的社会并不会——或者说根本无法——使所有的东西跟着一起变动，比如，人的感情。换句话说，人间世象可以趋于"常新"，而人情冷暖却时常居于"不变"——忧伤、感动、苦涩、欢愉……一个富人与一个穷人失去爱情后的情感强度并没有太大差别，一个"雅人"与一个"俗人"在面对满园春色时的内心欣喜不无雷同；只不过，前者可能在"感受"与"言语"之间有更多的对接途径而已。

由此看来，人的内心世界尽管无比丰富，但丰富的情感也可以归置于种种类型之中，而一旦某种审美形式恰巧能够锁定某种感情类型，其文本

① 朱自清：《论雅俗共赏·序》，生活·读书·新知三联书店1983年版。

便具有了广阔的时间与空间的辐射“潜能”。

在艺术理论上，有两个彼此关联的术语——“类型”与“类型化”，尽管一字之差，但在理论编码中其命运却迥然有别：前者因色彩的中性而往往得到正面的形象“塑造”，而后者则因指涉了某种“低级”的艺术品质而更多得到一种“不怀敬意”的使用。

但是，随着大众文化理论的日渐深入，不少理论家开始对“类型化”这一术语进行意识形态的“去魅”，使其逐渐具有了某种正义与庄重的色彩。在他们看来，类型化绝不仅仅是大众文本的专利，它几乎可以适用于任何创作或制作性文本。质言之，在不少精英文本之中，类型的观念同样渗入其中，类型化的阴影依然会尾随其后，在“独创”的艺术作品的背后给予其潜在的制约；恰如舒斯特曼所言：“像在通俗艺术中一样，在高级艺术中也能发现标准化……如果说通俗艺术过于经常地以一种常规的、机械的方式来使用它们的话，那么高级艺术也有它自己单调的标准化的僵死形式。”① 在西方曾经成为主流理论的结构主义，虽然主要以精英文本为其阐释对象，但它在本质上是一种典型的类型学理论。

不过，这样的理论廓清并不意味着精英文本与大众文本之间巨大差异的弥合，而只是强调两者均不同程度受“类型化”的制约而已；两者的区别在于，精英文本是在对“类型”认同的同时充满了强烈的“叛逆”冲动，大众文本则是在小打小闹的“革新”中不时流露出对“类型”的归顺之意。

作为一种大众化的抒情文本，上海流行歌曲的歌词是典型的“归顺”者，这突出表现为它不是以使人耳目一新的“创新”为世界增加“意义”，而是以人们熟知的各种方式去重温某种“意义”，尽管也时有“出新”，但这更多的是一种赢得听众认同的创作策略。我们可以黎锦晖曾经名噪一时的《妹妹我爱你》为例来予以说明：

> 妹妹！我爱你！我爱你！我爱你！/我爱你的头发儿青青，/又亮，又光，/乌云儿哪能比得上！/喝！哪里能够比得上！/我爱你的眉毛儿弯弯，/又细，又长，/柳叶儿哪能比得上！/喝！哪里能够比得上！/我爱你的眼睛明明亮，/好像太阳一样明明亮，/小小的太阳明明亮，明明亮，/照见我的心肠！/妹妹！你看呢！/我的心窝里就只有你！/妹妹呀！我爱你！我爱你！我爱你！

---

① ［美］理查德·舒斯特曼：《实用主义美学》，彭锋译，商务印书馆2002年版，第251—252页。

妹妹！我爱你！我爱你！我爱你！/我爱你的脸蛋儿俏俏，/多嫩，多娇，/梨花儿哪能比得到！/喝！哪里能够比得到！/我爱你的嘴唇儿红红，/不大，不小，/樱桃儿哪能比得到！/喝！哪里能够比得到！/我爱你的眼睛明明亮，/好像月亮一样明明亮，/小小的月亮明明亮，明明亮，/照见我的心肠！/妹妹！你看呢！/我的心窝里就只有你！/妹妹呀！我爱你！我爱你！我爱你！

仅就歌词文本而言，这首作品很难称得上“创新”之作，其结构是现代歌曲以及民间歌谣中惯常使用的对称二段式，构思方式也不过是司空见惯的“比拟”法，即对“妹妹”身上的某些具有“询唤”意味的部位通过比喻的修辞策略而渲染其美丽，由此引发出“我爱你”之情。类似的谋篇布局模式在民间歌谣中比比皆是，如我们熟知的新疆维吾尔族民歌《阿拉木汗》即与之颇为近似：“阿拉木汗什么样，身段不肥也不瘦。她的眉毛像弯月，她的身腰像细柳，她的小嘴很多情，眼睛能使你发抖。阿拉木汗什么样，身段不肥也不瘦。阿拉木汗什么样，身段不肥也不瘦。”在某种程度上，《妹妹我爱你》甚至可以说是黎锦晖对民间歌谣的一种“仿写”。但这恰是作为大众化抒情文本的歌词屡试不爽的“创作”策略：“新”中有“旧”，以“旧”衬“新”。“旧”的元素在这里并不是可有可无的摆设，它本身有唤起美学记忆的功能，通过它，一首作品就更容易取得接受者天然的亲近感和习惯性的认同感。那么，这首作品的“新”又在何处呢？在笔者看来，就在于其直露中透着“勇敢”的中心句——“妹妹我爱你”。对于20世纪20年代末、30年代初的上海以及整个中国而言，伴随长期封建旧文化压制后的初步开放而来的，是年轻人普遍的爱情心理的悸动，因此一个简单的话语就可能给他们带来一种震撼。这正如社会心理学家勒庞所言：“群体的想像力……特别易于被形象产生的印象所左右。这些形象不一定随时都有，但是可以利用一些词语或套话，巧妙地把它们激活。经过艺术化处理之后，它们毫无疑问有着神奇的力量，能够在群体心中掀起最可怕的风暴。”①《妹妹我爱你》的走俏在很大程度上可以说是得益于一种话语方式与某种社会心理期待的深刻契合。

黎锦晖就曾坦诚，他在创作百首“家庭爱情歌曲”时，为了迎合大众，一股脑儿将中外各家诗词、西洋诗歌、民间小调、土风舞曲以及南洋一带的西洋小曲、爱情歌等搬来作为其“创作素材”，“有的改头换面，

---

① ［法］古斯塔夫·勒庞：《乌合之众》，冯克利译，中央编译出版社2004年版，第82页。

有的脱胎换骨，或取其一点加以夸张、扩充”。[①] 尽管黎氏本人坚决强调“决不照抄”，但这样的创作在精英诗人看来简直是不入流的拙劣“仿制”。的确，这种类似于作坊式的生产难免产生不少粗制滥造的作品，主流文化界对其心生菲薄之意也并非只是“立场”作祟。但是，耐人寻味的是，这些鱼龙混杂、泥沙俱下的作品系列，在出版发行后却赢得了市场，赢得了听众，以至于黎锦晖成为20世纪30年代初最具号召力的流行歌曲作家。一味指责大众的素质低下与黎锦晖的曲意逢迎或许有失公允，事实上，如果站在大众诗学立场来看，黎锦晖恰恰是一个成功的大众抒情话语生产者，这主要表现为他在“程式”与“创新”之间做了巧妙的、均衡的处理。通过上面具体分析他的操作过程我们可以发现，他是从中外各种诗词、小调中寻找种种大众熟悉的形象、习惯的艺术表现程式，而又加上新的艺术元素，比如具有现代意味的演唱方式、西洋化的音乐处理技术，等等，由此使听众在聆听这些作品时，有一种“旧”中有“新”的美学感受，有一种“熟悉的陌生人”的戏剧化接受效果。

作为一种类型化的大众抒情样式，流行歌曲所要求大众的不是对文本的仔细解读并研究其意义的错综性，而是接受者的社会体验与文本的话语结构的直接遭遇以及接受者充分的感性投入。长期以来，对大众抒情话语所具有的这样一种美学潜能的忽视，其实正是对它魅力的遮蔽。

（三）审美趣味的非个人化

在纯诗领域，诗人往往是自我构筑的诗的世界的主宰，他们高踞金字塔的顶端，以对个性的张扬与个人审美趣味的叙写来显示其独具的才情与感知世界的新异。他们大都独来独往、睥睨万物，他们喜欢潜入精神的深处幽幽诉说一般人习焉不察或懵然无知的种种神秘的喜悦、悲哀、焦虑、虚无；在他们看来，潜隐在精神纵深中的种种生命征候无法用简单的抒情话语予以表述，因此他们习惯于制造繁复的修辞手段予以独白式的抒情——将“自我”塑造成一个“能动”的他者并与之对话，而所有的读者都是他独语或自我对话的“偷听者”。他们往往将读者远远地甩在身后而任由自己的思绪、才情、想象信马由缰地驰骋；读者所能做的，则是将他们绝尘而去遗留下来的话语踪迹拾掇起来并对之进行解码、破译。事实上，诗歌史上众多的关于某些诗歌的纷纭聚讼，都是源于诗人强烈的个人化叙写而使其缥缈的思绪游走不定，其结果是，我们时常对一

① 黎锦晖：《我和明月社》（下），见中国人民政治协商会议全国委员会文史资料研究委员会编《文化史料（丛刊）》第4辑，文史资料出版社1983年版，第217页。

首诗的好坏难以辨别，“对话”也因此无法形成。

随着现代主义诗潮的兴起，诗人与世俗世界审美趣味的差距越拉越大，彼此之间潜在的对抗情绪亦愈演愈烈——当诗人不断地对世俗世界表示抱怨与质疑的时候，后者则以整体性地从他们周围撤离的方式来表达他们无声的抗议。诗人与读者之间均失去了必要的信心和耐心。

读者的揭竿而起预示着一个巨大的抒情话语真空的出现。这时，另一种抒情话语体系——流行歌曲以“亲善”的姿态登场，由此填补了抒情诗留下的这个巨大空缺。

并非没有人对诗歌的这种蛮横的优越感表示担忧，还在象征派、现代派等现代主义诗歌如火如荼的时候，朱自清就对现代诗的某些倾向发出了警告：“那些还未‘化’（指‘大众化’——引者注）或者简直‘化’不了的人也当睁眼看看这个时势，不要尽唱爱，唱穷，唱卑微，唱老大。这都是自我中心，甚至于自我狂。要知道个人的价值，已一天天在跌下去；刺刺不休，徒讨人厌罢了。再则无论中外，大作品决不是自叙传，至少决不仅仅是自叙传。还有从前人喜欢引用的‘文章千古事，得失寸心知’，也正是自我狂之一种。文章的得失，若真是只有‘寸心知’，那实在可以不必写。就算这指的是那精致的技巧，但技巧精微至此，也就无甚价值可言。”① 朱先生将弥漫在诗歌中的过度的个人主义称为“自我狂”，足见他心中的怨艾。

但是，纯诗的自我调整绝非在朝夕之间就能够一蹴而就，它关涉着一整套围绕诗歌所建立起来的价值体系的全面调整与重构，但在日新月异的西方现代主义诗歌浪潮的猛烈冲击下，不少诗人依然将对西化浪潮的追逐作为自我建构的目标。这一力量的驱动，使不少诗歌只能将自身置于“不胜寒”的高处。难怪事过多年，台湾旅美学者周质平对白话新诗还在表达着朱自清式的怨艾：“新诗读者之所以日渐其寡，‘不通’正是症结所在。新诗人不想走出沙龙则已，如果在沙龙之外，还想在民间生点根，他们必须在‘通’与‘懂’上痛下功夫。”②

还在诗歌界内部为是否走出象牙塔、如何走出象牙塔争论不休、设计方案的时候，流行歌曲长驱直入了。

如前所述，现代流行歌曲是以“亲善”的姿态入驻抒情园地的，在

---

① 朱自清：《〈新诗歌〉旬刊》1933 年 7 月 1 日，见《朱自清全集》第 4 卷，江苏教育出版社 1996 年版，第 311 页。

② 周质平：《读胡适的〈尝试集〉——新诗的回顾与展望》，见周质平《胡适与中国现代思潮》，南京大学出版社 2002 年版，第 188 页。

这里，“亲善”无疑是一个关键词。表现在诗体风格上，即以对“个人化”的叛逆来寻求大众的普遍认同。不必讳言，在20世纪30年代开始呈泛滥之势的流行歌曲的歌词，相当部分呈现出主题狭窄、修辞平庸、辞气浮露的毛病，但这丝毫不影响它在上海滩的小街曲巷里穿梭来往，并且借助于现代机械电子传媒迅速扩展到上海以外的其他城市甚至乡村。不管我们对它有多少批评，但作为一种大众化的抒情话语，它的确又有许多话语策略是值得给予相当关注的，因为这些策略的使用对现代抒情话语类型光谱已经产生——并且还将继续带来——震荡。即就“个人化”问题而言，流行歌曲对诗歌的这种叛逆，拆除了抒情话语与大众之间的无形栅栏，解除了诗人在话语生产中的中心地位，而让话语跃居首席。这样的关系重组，使话语成为艺术流通中的最为活跃的部分；受众直接面对话语，并从中建构起自己的能动性：

夜上海，夜上海，
你是个不夜城；
华灯起，乐声响，
歌舞升平。

这一幅“音乐风俗画”在今天已经成为上海的“标志性”歌曲了。关于上海，对于某些人是记忆，但对于更多的人则可能只是想象。记忆也好，想象也罢，一听到这首歌，一种灯红酒绿的都市风光与香醇浓郁的海派风情便会在我们面前徐徐展开，一种诗意的情感便会在我们心中缓缓流动。如果仅就歌词而言，这二十几个字实在单纯得近乎单调，但恰是这样的单纯，才更深刻地刺激了我们的想象——我们会通过对记忆的搜索，在自己心中完成对上海的复杂描绘。在这样的意义上，我们又可以说这是一种理想的诗的境界，因为，它是“从时间与空间中执着一微点而加以永恒化与普遍化”，因此“可以在无数心灵中继续复现，虽复现而却不落于陈腐，因为它能够在每个欣赏者的当时当境的特殊性格与情趣中吸取新鲜生命”①。如果就影响力而言，仅此一首歌曲，就可以超过全部的关于上海的抒情表意文字的总和。由此我们也可以说，正是这一“非个人化”的话语方式，重新塑造了一个“声音语”的上海。

抒情话语跃居首席，其重要前提是话语的开放性。费斯克认为：

① 朱光潜：《诗论》，见《朱光潜美学文集》第2卷，上海文艺出版社1982年版，第50页。

“大众文本通过‘展现’而非‘倾诉’，用素描而非工笔，将自己向各种各样的社会关系敞开。诉说或揭示隐藏在表面下的真相是封闭的、规训式的文本的行为，这样的文本需要的是解码而非解读。而大众文本展现的是浅白的东西，内在的则未被言说，未被书写。它在文本中留下裂隙与空间，使‘生产者式’读者得以填入他或她的社会体验，从而建立文本与体验间的关联。拒绝文本的深度和细微的差别，等于把生产这些深度与差别的责任移交给读者。”[①] 作为一种大众文本，歌词经常遭人轻视的一个缘由是其文本的“浅白”，但真正好的歌词恰恰是寓“深”于“浅”、寓“雅”于“俗”、寓“繁”于“简”的，其目的是在文本中留下裂隙与空间；正是因此，它为读者（听众）提供的往往只是“参照意义”而不是“绝对意义”——它把那些“意义”的未定点留给了读者（听众）：

> 月色那样模糊，/大地笼上夜雾。/我的梦中的人儿呀，/你在何处？//远听海潮起伏，/松风正在哀诉，/我的梦中的人儿呀，/你在何处？//没有蔷薇的春天，/好像竖琴断了弦，/活在没有爱的人间，/过一日好像过一年。//夜莺林间痛哭，/草上溅着泪珠，/我的梦中的人儿呀，/你在何处？
>
> ——陈歌辛词曲《梦中人》

这是上海流行歌曲中产生的中国式的“小夜曲”，就歌词而言，它是一首趋于“雅致”的作品，但密集的意象并没有阻隔听众对作品的进入。如果以最为简单的方式来概括其表现的情感，其实就两个字——相思，但相思之情在这首作品中只得到了相当“节制”的表现——仅仅凝聚于“我的梦中的人儿呀，你在何处”这一多次反复的疑问句中。它提供给听众的虽然只是一个情绪的空框结构，但其中却隐藏着深刻而真实的社会无意识，只要你进入这个空框结构中，情感的一隅便可能被它轻轻地唤醒。难怪这首作品后来经香港歌手蔡琴重新演绎后又传回大陆并且再度走红，不少人甚至误认为是一首港台歌曲。

歌词文本的开放性为其艺术的传播与接受带来很大的弹性，也就是说，只要某种情绪与某一首歌词所表现的情绪具有相似性，人们便可以从

---

① ［美］约翰·费斯克：《理解大众文化》，王晓珏、宋伟杰译，中央编译出版社2001年版，第148—149页。

中建立起新的阐释空间。比如，由吴村作词、陈歌辛作曲的《玫瑰玫瑰我爱你》，这原本是一首咏物词：“玫瑰、玫瑰最娇美，玫瑰、玫瑰最艳丽，长夏开在枝头上，玫瑰、玫瑰我爱你。”但是，1999年7月11日，在远隔重洋的美利坚国土上，中国女足姑娘在洛杉矶“玫瑰碗体育场”因点球惜败而屈居世界杯亚军时，全场的观众在在场华人的带领下高唱这首歌曲，语境与文本在这里形成一种新型的相融关系，它们如此妥帖，以至全场观众感动不已。[①] 细细想来，这首作品与当时语境建立起联系的就只有一点，即“玫瑰”这个意象与女足姑娘精神的某种暗合，但正因为这一点，便激活了整个话语结构，由此重构起一个新的“意义”世界。

抒情话语的跃居首席必然要对作者形成“压抑”之势——很多时候，作者都被压缩到一个最小的限度，只能以匿名的方式隐忍地呈现自己。换句话说，用个性的态度去制造一种非个性的态度，这既是流行歌曲的基本态度，也是上海流行歌曲的歌词文本惯用的重要策略：个性的“撤退”是为了使作品具有一种从大众自身生长出来的“幻象”功能，唯有这样，大众才会将之视为知己：

我走遍漫漫的天涯路，
我望断遥远的云和树，
多少的往事堪重叙，
你呀你在何处？

我难忘你哀怨的眼睛，
我知道你那沉默的情意，
你牵引我到一个梦中，
我却在别个梦中忘记你。

啊，我的梦和遗忘的人，
啊，受我最初祝福的人，
终日我灌溉着蔷薇，
却让幽兰枯萎。

——戴望舒词、陈歌辛曲《初恋女》

---

① 王路：《开不败的玫瑰——从陈歌辛和他的〈玫瑰、玫瑰我爱你〉谈起》，见陈钢编著《玫瑰、玫瑰我爱你——歌仙陈歌辛之歌》，上海辞书出版社2002年版，第414页。

这首词原来是戴望舒的一首题为“有赠”的诗歌作品，经曲作者陈歌辛的协助，改写成电影《初恋》的主题歌。和原作相比，这首歌词的最大不同是作者的“匿名化”——文本中的“我”由诗人置换成了电影的女主人公小玉，由此使作品具有了“非个人化”的第三者的叙写特征。我们甚至可以说，在这样的歌词中，作品的诞生就意味着作者的死亡。“死亡”在这里是指作者必须让自己的个性、才情甚至个人化的情感经验都退后一步，化为淡淡的背景；或者可以说，在流行歌曲作品中，词作家的“个人性”越隐蔽，就越能够成就作品本身，因此，词作家的主体性的建立往往以主体在作品中的“消失”为前提。这一特征在上海流行歌坛表现得尤为突出，因为当时女歌手占有数量上的绝对优势——黎明晖、王人美、黎莉莉、周璇、白虹、姚莉、李丽华构成了上海歌坛的璀璨星空，而她们往往又缺乏创作的才能，因此，大量为歌手写歌的词曲作家应运而生；词曲作家通常要以某一歌手的气质、声音特点乃至个人身世来为之写作。因为，听众所认可的主要不是艺术家的个人气质、才华、个性，而是演唱者所具有的这一切，这势必造成一大批“写手”只能以匿名的方式默默耕耘。对于流行歌曲的歌词创作而言，高明的作者往往都是将个人主义定位在它自身的民主化冲动中而否定个人主义的。

话语的开放性与作者的匿名性最终所要达到的，是留给受众更多的建构空间；换句话说，听众构成了流行歌曲写作的引申部分。按照罗兰·巴特的理解，这样的“引申”其实不只是存在于大众文本之中，精英文本也无一例外；在他看来，一个文本的整体性不在于其起源而在于其终点，也即读者那里。[①] 但是，相对于精英文本，大众文本表意的浅白给读者预留了更大的引申可能；换一个角度看，这也可以理解为文本对读者的更大的参与期待。失去了读者的有“深度”的参与，大众文本的价值实现便受到很大的局限。精英知识分子往往就以单纯的“文本”为依据而对大众文本嗤之以鼻。但是，随着大众文化研究的深入，不少学者开始对精英知识分子的这种自以为是的姿态有所不满。在他们看来，大众本身就是一个复杂的构成，大众文本的开放性使大众可以从对作品的解读中发现各种自己需要的意义。也就是说，大众文本的创造性相当部分是交给大众去完成的。这样的看法在不少坚持以“作者”或者“文本”为中心的批评家看来，简直有些匪夷所思。对此，舒斯特曼给予了有力的揭露，在他看

① ［法］罗兰·巴特：《作者之死》，林泰译，见赵毅衡选编《符号学文学论文集》，百花文艺出版社 2004 年版，第 512 页。在这篇译文中，译者将作者翻译为罗兰·巴尔特。

来，“通俗艺术必然是非创造性的主张，建立在三种论证思路上。第一，它的标准化和技术化的生产排除创造，因为它们对个性施加限制。第二，通俗艺术的批量生产和劳动分工阻挠原创性表现，因为它们涉及远非单个艺术家的决定。第三，娱乐一大群受众的要求，与个体的自我表现是相互矛盾的，进而与原创的审美表现相矛盾。所有这些论证，都建立在这个前提下：审美创造必然是个人主义的。这是一种由资产阶级个人主义的自由主义意识形态所滋养的成问题的浪漫主义神话，它掩饰了艺术在本质上的交流维度”①。对“交流维度”的强调，实际上就是将大众文本的开放性与读者的空间重构的能动性贯通了起来。上海流行歌曲之所以能够对各个层面的都市民众形成一种“询唤”之势，其原因之一是它将文本向作为复杂整体的听众无限“敞开”，让各色人等都能够从中读出自己的那份情绪。

我们以电影《十字街头》插曲《春天里》为例来予以说明。作为一首电影插曲，这首歌应该说有严格的情景规定；也就是说，它的意义是在某种情景框架中得以呈现的。但这首歌在后来的流传中早就脱离了电影所规定的语境，而成为青春、贫困、艰辛、快乐的复合性经验结构的象征性符号，据说尤其在海外华人世界中更能得到深刻的认同②：

> 春天里来百花香，/朗里格朗里格朗旦格朗，/和暖的太阳在天空照，/照到了我的破衣裳，/朗里格朗格朗里格朗，/穿过了大街走小巷，/为了吃来为了穿，/朝夕都要忙。/朗里格朗朗里格朗，/没有钱也得吃碗饭，/也得住间房，/哪怕老板娘作那怪模样。/朗里格朗里格朗里格朗里格郎里格郎，/里格郎里格郎，/贫穷不是从天降，/生铁久炼也成钢也成钢，/只要努力向前进，/哪怕高山把路挡。/朗里格朗格朗里格朗，/遇见了一位好姑娘！/亲爱的好姑娘！/天真的好姑娘！/不用悲，不用伤，/人生好比上战场，/身体健，气力壮，/努力来干一场。/身体健，气力壮，/大家努力干一场。
>
> ——关露词、贺绿汀曲《春天里》

在这里，苦难的“发生”被一种更为强大的直面苦难的“从容”所消解，人生的艰辛却又被健康爱情的企盼所覆盖，“大家努力干一

① ［美］理查德·舒斯特曼：《实用主义美学》，彭锋译，商务印书馆2002年版，第251页。

② 吴晓颖：《怀旧的老歌和关于老歌的怀旧》，载上海《音像世界》1998年第3期。

场”的吁请既是激励自己，也是祝福“大家”，由此为整个作品增添了一种内在的明亮；欢快、清朗的旋律以及有些放浪不羁的演唱——其突出表现之一即衬词“朗里格朗里格朗里格朗”的频繁出现所传达的轻松与洒脱——更是使文字符号所传达的意味得到妙趣横生的呼应。明乎此，我们就不难理解为什么海外华人会将之作为自己的心声了。

费斯克认为：“大众文本的复杂性既在于它的使用方式，也在于它的内部结构。文本意义所赖以存在的复杂密集的关系网，是社会的而不是文本的，是由读者而不是文本作者创造出来的。当读者的社会体验与文本的话语结构遭遇时，读者的创造行为便得以发生。”① 强调大众文本的社会“二度创造性”，这是费斯克的一个洞见，也是众多上海流行歌曲歌词的基本态度与文本状态。

① ［美］约翰·费斯克：《理解大众文化》，王晓珏、宋伟杰译，中央编译出版社2001年版，第148页。

第四章　延安“歌唱”与大众诗学的嬗变

> 中国的革命的文学家艺术家，有出息的文学家艺术家，必须到群众中去。
>
> ——毛泽东

如第二章所述，歌谣运动曾经有过种种关于现代大众诗学建构的学术想象与路径设计，比如激活民间歌唱的资源以促成大众诗学的展开、借重音乐力量以寻求现代诗歌与大众关系的重建，等等，但这场运动就其结果而言，更像是一次未能“抵达”的理论“出发”，一次“目标”弥散的学理“跋涉”。

历史的发展时常显现出种种戏剧性的色彩——呕心沥血、殚精竭虑的蓝图描绘者往往变成现实中的赤贫者，而没有参与蓝图描绘的人则成为现实中的富有者。胡适即属于前者。作为民间歌谣的热情赞美者、歌谣运动的积极支持者，他在1936年为《歌谣周刊》所撰写的《复刊词》中还试图力挽歌谣运动日渐明显的颓势，雄心勃勃地续画早期歌谣运动为现代诗歌所勾画的蓝图：

> 我们现在做这种整理流传歌谣的事业，为的是要给中国新文学开辟一块新的园地。这园地里，地面上到处是玲珑圆润的小宝石，地底下还蕴藏着无穷尽的宝矿。聪明的园丁可以徘徊赏玩；勤苦的园丁可以掘下去，越掘的深时，他的发现越多，他的酬也越大。①

但是，胡适等这批耽于幻想、坐而论道的设计师们终于未能同时扮演

① 胡适：《〈歌谣〉周刊〈复刊词〉》1936年4月，见欧阳哲生编《胡适文集》第10册，北京大学出版社1998年版，第776—777页。

园丁的角色，因此在“实践”层面上几乎是两手空空、囊中羞涩。这样说，并非是将他们设计师的功绩一笔抹杀，而是想指出，美好的设计是一回事，如何将这设计切实地实施起来却是另一回事；对于一种历史诗学的建构而言，后者可能更重要一些。换句话说，坚定的“出发”、充分的实践才是一切美好构想得以展开的必由之路。

如果说20世纪20年代末开始盛行于上海的流行歌曲以露骨的商业化诉求与对都市民间话语的激活而开启了一条通往大众的路，那么，延安“歌唱”则以其鲜明的政治诉求与浓烈的乡土民间色泽开启了另一条通往大众的路。这两种“出发”奠定了中国现代大众诗学建构的两种基本模式：前者通过与商业文化的对抗、协商而寻求对都市底层的抒情话语的现代重构，后者则在浓重的意识形态的笼罩下寻求对乡村审美情感形式的刷新。

在以往关于延安大众诗学建构的历史研究中，学界普遍对盛行一时的朗诵诗、街头诗运动给予了较多关注，对它们在诗歌传播方面的实验以及曾一度风靡的长篇叙事诗在诗体方面的探索给予了较高的评价，对其美学选择上的大众化倾向也多有褒奖——虽然就其总体的研究而言，延安诗歌在现代诗学的历史叙事中一直处于并不那么耀眼的地位。或者可以坦而言之：在现代诗学的历史谱系里面，我们几乎找不到那个曾经名噪一时且影响深远的诗学个案，即延安“歌唱”的文学文本——歌词。[①] 在笔者看来，延安“歌唱”的诗学意义是多重的：它在沟通革命话语与大众、在将民间歌谣的生态价值转化为现代抒情话语的合理内核以及主流意识形态的审美范式的创构、在现代诗歌的语言探索等方面都为我们留下了可供言说的独特蕴含；仅就其在当时乃至后来相当长的历史岁月里所产生的深广而持续的影响来看，笔者认为延安“歌唱”绝不在我们原来所关注的延安诗歌之下。也就是说，延安“歌唱”之所以非同寻常，值得认真关注，就在于其超越文学，与思想潮流乃至政治运动休戚与共，与民间不懈对话以及与高端政治和底层大众之间的“对接”中所传达出的独特的生活经验与思想立场。

有鉴于此，就让我们进入这个被翳蔽的世界。

---

① 近年来，陈平原、陈泳超、李洁非、杨劼等都在不同程度上触及延安“歌唱”这一个案，认为其在民歌改编方面所表现出来的民间化追求具有较高的文学史价值，值得史家关注。可参见陈平原《中国现代学术史上的俗文学·序言》，湖北教育出版社2004年版；陈泳超《中国民间文学研究的现代轨辙》中的《胡适与歌谣》，北京大学出版社2005年版；陈泳超《想象中的“民族的诗”》，载《中国现代文学研究丛刊》2006年第1期；杨匡汉主编《20世纪中国文学经验》中李洁非与杨劼撰写的卷二《左翼与延安》，东方出版中心2006年版。

第一节　延安与“歌咏”：战争背景下大众诗学的新型探索

当历史将荒芜的陕北高原小城延安呈献给中共及其所领导的红军作为战争年代的栖身之地的时候，其实也就同时呈献给了他们一种日常生活化的文化审美方式——歌唱。

极度粗粝贫瘠的生活与极度醇厚深长的歌唱天赋及歌唱秉性构成了陕北人生命的两极，这两极式的生存体验都对入驻延安的中共及其所带领的革命者产生深刻的影响；就后者而言，延安在抗战八年中之所以能够成为引人注目的“歌咏城”，尽管由诸多因素促成，但“歌唱”这一属于延安的本土传统怕是其中重要的一脉。

延安是一座“歌咏城”，这是后世的我们所无法还原的历史图景，但是，我们却可以通过当事人的种种文字回到历史的现场：

> 延安是个歌咏城，我一到延安就真切地感受到了。刚刚到延安的那一天，远远望见宝塔山时，同时也就传来了阵阵歌声：“啊，延安！你这庄严雄伟的古城……”从田野上，传来孩子的歌声：“河里水，黄又黄，东洋鬼子太猖狂……”一进了鲁艺，从早到晚，歌声不断。清晨，大家纷纷跑到延河边去洗漱，就情不自禁地唱起来了：“延水浊，延水清，情郎哥哥去当兵……”当太阳从东山坡上洒向大地，就响起了“红日照遍了东方，自由之神在纵情歌唱……”当下课铃响了，同学们活跃起来，阵阵歌声此起彼伏，这边有人唱起了“大丹河水滚滚流……”那边传来了“张老三，你听我，告诉哟嗬你，我刚从山西哟嗬回来的……”在那北边的山披上，从院部的窑洞口传过来了“我们祖国多么辽阔广大，她有无数田野和森林……”一听，就知道是沙可夫院长或者是徐一新主任在引吭高歌，纵情抒怀呢！晚饭后，同学们三五成群漫步在延河边，你就会听到“夕阳照耀着山头的塔影，月色映照着河边的流萤……”
>
> 歌声是我们生活中的亲密伙伴，她又是我们那个革命时代的人们内心世界的缩影，更是我们民族精神面貌的体现。①

① 李焕之：《向往与追求》，见曾刚编《山高水长——延安音乐回忆录》，太白文艺出版社 2001 年版，第 153—154 页。

作曲家李焕之对于延安岁月里人们将“歌唱”日常生活化的描述在其他当事人的诸多文字中也得到充分的印证，作家吴伯箫在其著名散文《歌声》中写道：“延安唱歌，成为一种风气。”① 诗人公木则这样描述：“每次集会，总是先唱，唱得群情激奋，才开讲；休息时，又唱；讲完后，再唱；唱得尽兴，然后才解散。”②“各路队伍都是踏着歌走来，踏着歌回去。”③ 不仅学校、部队里唱歌，工厂、农村、机关里也唱歌；不仅有接唱、联唱，还有轮唱、对唱，“我们成天工作着，笑着，而且歌唱着”④，“人们在歌声中学习，也在歌声中劳动；在歌声中会见战友，也在歌声中奔赴敌后，人们以歌来迎接朝霞，也以歌声来欢庆胜利”⑤。可以认为，将日常生活“歌唱化”是延安岁月留给后世的一道独特而“迷人”的历史风景；对之，在当时曾有人表示疑惑：“一个青年电机工程师不满地说，‘这些人花费太多的时间在唱歌上，但现在还不是唱歌的时候呀’。”但是，这样的质疑之声完全被时代的混声合唱的巨大声浪所淹没：“我想，延安的人们那样爱唱歌，大概由于生活太苦。然而我错了，刚刚相反地，是由于生活太快乐。”⑥“自由”“快乐”是延安人普遍认同的关于延安“歌唱”盛极一时的基本原因：“太阳快落坡的时候，山顶上、山峁峁里，迎着晚霞走下坡来的放羊娃，赶着点点白云般的羊群，口唱：‘一道道山来、一道道沟，边区的人民乐悠悠……’”⑦ 这样的音画交融的情景便是延安人“自由”“快乐”的最好注脚。

但是，仅仅把延安“歌唱”理解成为延安人“自由”“快乐”的日常生活的审美化是远远不够的，在延安这样一个高度体制化的特殊语境里，一切文化活动都包含了或隐或显的意识形态诉求，即便是“自由”“快乐”本身其实也是这种意识形态诉求的一种逻辑延伸，对此，当时活跃于延安的理论家李伯钊有过清晰的阐释：“敌后的歌咏活动，是一种广

---

① 吴伯箫：《北极星》，人民文学出版社 1963 年版，第 40 页。

② 公木：《〈八路军大合唱〉是怎样产生的》，见曾刚编《山高水长——延安音乐回忆录》，太白文艺出版社 2001 年版，第 336 页。

③ 吴伯箫：《歌声》，见吴伯箫《北极星》，人民文学出版社 1963 年版，第 40 页。

④ 何其芳：《我歌唱延安》，1938 年 11 月 16 日，见《何其芳文集》第 2 卷，人民文学出版社 1982 年版，第 179 页。

⑤ 彦克：《延安的歌声》，原载《延安文艺研究》1987 年第 2 期，见曾刚编《山高水长——延安音乐回忆录》，太白文艺出版社 2001 年版，第 448 页。

⑥ 何其芳：《我歌唱延安》，1938 年 11 月 16 日，见《何其芳文集》第 2 卷，人民文学出版社 1982 年版，第 179 页。

⑦ 唐荣枚：《火热的生活，赤诚的心——忆向隅同志》，见曾刚编《山高水长——延安音乐回忆录》，太白文艺出版社 2001 年版，第 130 页。

泛群众性的、有组织的、大规模的运动。……参加歌咏活动的首先有广大的士兵，唱歌是他们生活中的必修课程，早晚点名时，没有一个部队不唱歌的。部队中的每个连队，如果歌唱得不整齐是会受到政治机关的谴责的。其次是一般的农民大众，他们唱歌不经常，但自卫队上操，救亡室开会，群众大会时候，他们便集体练唱了。青救会员，妇女队，儿童团是更有组织和训练了，这是他们教育工作中的良好教育方式之一。各个抗日根据地中，没有不把歌咏作为社会的有力武器的。因此，歌咏活动在各个抗日根据地中都展开成为群众运动了。"① 将歌咏活动组织化、武器化、运动化，这就意味着，在延安，"唱歌"绝非纯粹个人化的文化休闲活动，而是与特定时代的文化规范、"革命"话语实践息息相关。也就是说，它是被官方纳入民族解放战争与社会主义制度构想的总体设计中的；离开了这一向度的展开，我们便无法对延安"歌唱"中所产生的种种动人的——有时甚至是波澜壮阔的故事给予充分的阐释。

我们以《黄河大合唱》的经典化过程为例。这部由光未然作词、冼星海作曲的大型声乐作品，就词、曲的创作而言，在思想与艺术形式两方面原本就具有相当高的水准，具有了经典作品的基本品格：其歌词尽管如冼星海所评价的那样，虽"略显文雅一点"，但"它有伟大的气魄，有技巧，有热情和真实，尤其是有光明的前途。而且它直接配合现阶段的环境，指出'保卫黄河'的重要意义。它还充满美，充满写实、愤恨、悲壮的情绪，使一般没有渡过黄河的人和到过黄河的人都有一种同感。在歌词本身已尽量描写出数千年来的伟大的黄河的历史了。"② 从光未然的歌词到冼星海由此灌注进去的音乐动机来看，《黄河大合唱》是一部包含着政治诉求但又超越了狭义的政治功利性的杰出作品，这种超越性尤其突出地表现在第一、二章中。在这里，黄河与"我"构成了"民族"与"儿女"的象征性结构关系，黄河的"惊涛骇浪"与"船夫"拼着性命的搏斗之间又构成一种隐喻性的"苦难"与"抗争"的交响结构，"我们看见了河岸，我们登上了河岸"的看似陈述性的歌唱用最朴素的语言写出了中华民族的整体性性格特征——"伟大而又坚强"；由此，作品为随后的"抗战"主题的表现在无限的广延里建立起一种景深。爱德蒙森曾经提出

---

① 李伯钊:《敌后文艺运动概况（节录)》，原载《中国文化》1941年第3卷第2、3期合刊，抗战四周年纪念专号，见金紫光、何洛主编《延安文艺丛书·文艺理论卷》，湖南人民出版社1984年版，第531页。

② 冼星海:《我怎样写〈黄河〉》，见《冼星海全集》第1卷，广东高等教育出版社1989年版，第37页。

一个衡量诗人技艺水平的标准，那就是“看他是否有能力占有、转化以及超越那些占统治地位的概念模式，他的写作是否能使任何现存理论都无法把他摧毁”①。以此作为尺度衡量《黄河大合唱》，笔者认为是可以将之划归在优秀者之列的。也就是说，作为声乐作品的《黄河大合唱》，其艺术质量远在当时众多同类作品之上。

值得注意的是，这部作品在公演后便很快得到了中共高层领导的关注，毛泽东、王明、康生等不但亲自前往观看，并且褒奖有加。② 周恩来在观看演出后，还亲笔为冼星海题词：“为抗战发出怒吼，为大众谱出呼声。”③ 高层的关注与肯定，无疑在这部艺术上已趋于完美的作品上又追加了政治的砝码，其政治伦理的意义由此以加强的形式得以凸显。在延安，《黄河大合唱》渐渐成为招待外来贵宾的文化大餐。④ “九月十日，全国慰劳总会北路慰问团总团长张继和全国文协总会代表老舍一行路经延安，在盛大的欢迎晚会上，他们深为《黄河大合唱》所激动，连连赞许冼星海指挥的合唱队‘好热情’！一九四〇年二月十四日，重庆中国电影制片厂西北电影队为拍摄《塞上风云》途经延安时，队长应云卫和盛家伦、周伯勋、吴茵、舒秀文、黎莉莉等三十余人，在听了有五百人参加的壮观演唱后，甚为惊叹，一拥围住星海说：‘伟大！感动！’”⑤ 茅盾在1940年访问延安时也受到这样的礼遇，在其回忆录《延安行》中他仍然不乏动情地回忆了当时欣赏这部作品的感受：“《黄河大合唱》使我大开眼界，使我感动，使我这个音乐的门外汉老觉得有什么东西在心里抓，痒痒的又舒服又难受。它那伟大的气魄自然而然使人鄙吝全消，发生崇高的情感，就像灵魂洗过一次澡似的。”⑥《黄河大合唱》在对外交往中多次出

① ［美］马克·爱德蒙森：《文学对抗哲学——从柏拉图到德里达》，王柏华、马晓冬译，中央编译出版社2000年版，第55页。

② 冼星海在1939年5月11日毛泽东等中央领导人观看《黄河大合唱》演出的当日日记中这样写道：“今晚的大合唱可算是中国空前的音乐晚会……当我们唱完时，毛主席、王明、康生都跳起来，很感动地说了几声‘好’，我永不忘记今天晚上的情形。”冼星海：《日记》，见《冼星海全集》第1卷，广东高等教育出版社1989年版，第275页。

③ 艾克恩编：《延安文艺运动记盛》，文化艺术出版社1987年版，第134页。

④ 冼星海曾经在一篇题为“到了新天地”的文章中这样写道：“延安的人很喜欢《黄河大合唱》，已经演唱过近十次了，还愿意听。招待外面来的贵宾时也演唱。”冼星海：《我学习音乐的经过》，原载延安《中国青年》1940年第2卷第8期，见《冼星海全集》第1卷，广东高等教育出版社1989年版，第107页。

⑤ 艾克恩：《永远震响的号角——〈黄河大合唱〉诞生前后的故事》，见曾刚编《山高水长——延安音乐回忆录》，太白文艺出版社2001年版，第30页。

⑥ 茅盾：《延安行》，载《新文学史料》1985年第1期。

演文化的主角肯定是意味深长的：它是一种展示，同时也是一种召唤；是一种交流，同时也是一种对自我文化追求的肯定，这样的展示与肯定无疑使这部作品的经典地位更加稳固。陈平原先生认为，经典的推举，“不可能完全摆脱政治权力的渗透与时代思潮的激荡”①。通过对《黄河大合唱》从文本化经典到社会化经典的过程描述，我们可以看到，其最终历史地位的确认是在与整个社会的多重对话中逐步完成的。

作为一部经典性作品，《黄河大合唱》如冼星海评价的那样，的确“略显文雅一点”，就全曲的艺术表现而言，在歌唱演绎方面的要求也较高；② 而且，尽管作品也部分糅进了民间歌唱的元素，但诗体样式上的自由化倾向与音乐处理上的欧化色彩都使其难以完全俯就底层大众。美国著名记者埃德加·斯诺对此有过含蓄而到位的评价：“虽然它有许多从外国借来的东西，它仍然是中国的——不过是明天的中国。”③“外国的”“明天的”这两种特质，显然和中共当时所谋求的文化方略之间存在着不小的差距。高层领导对它的看重，部分原因应该是对其作者——尤其是冼星海政治归依的肯定，同时还应该包含对这一作品所表现出来的意识形态倾向、集体英雄主义以及抗争“气质”的称许。

出于“革命”的功利化动机，中共更大的期许是那些群众爱唱并且能唱的歌曲作品，唯有这样的作品的大批量的组织生产，才能够更好地推进官方意识形态的发展与深入。

那么，在延安的文化建构中，为什么主流意识形态对歌曲尤其看重？或者说，在抗战八年中，延安为什么没有建设成为“小说城”“诗歌城”“绘画城”而唯有“歌咏城”呢？这是因为，以艺术来鼓动大众为民族解放而战，歌曲具有更大的优势。④ 这种优势具体表现为，歌曲原本就是大

---

① 陈平原：《经典是怎样形成的——周氏兄弟等为胡适删诗考》，见陈平原《触摸历史与进入五四》，北京大学出版社2005年版，第263页。

② 在后世的流传中，除了专业艺术团体以外，一般群众性的演唱很少采用这部作品的全曲，大多只是选用《保卫黄河》《黄水谣》这两个片断，像《黄河颂》《黄河怨》等则更多成为专业演唱者的演唱曲目。

③ [美] 埃德加·斯诺：《为亚洲而战，1939年重访陕甘宁边区的印象》，见裘克安编集《斯诺在中国》，生活·读书·新知三联书店1982年版，第106页。

④ 尽管也力求向着民族化、大众化方向努力，但小说、诗歌、散文等艺术样式对接受者文化素养有一定的要求，绘画则由于延安的物质条件以及绘画艺术形式本身的限制使其无法在情感交流、艺术凝聚方面形成一种普遍有效的社会效应；在延安唯一能够与歌曲比肩的是戏剧表演，其艺术表现的现场感和戏剧性冲突对底层大众而言也具有相当的吸引力，但在对于民间资源的现代转换过程中，戏剧艺术很难完成脱“俗”入“雅”的转折，“旧瓶装新酒”的模式使延安戏剧尽管热闹一时，但艺术成就则较低。

众的艺术——作为文学，它的语言大都通俗、浅白，作为音乐，它的旋律大都简洁、单纯；作为文学，它消除了纯音乐的抽象性与神秘性；作为音乐，它则增强了歌曲文辞的情绪性与形式感染力。[①] 而且，歌曲艺术在传播与接受方式上的“直面相向”使其更具有感染力和召唤性，更容易形成一种情感的力场，因此也更容易“造势”——让参与者在集体化的、充满仪式感的聚集与交流中，宣泄某种激情，形成一种内聚的力量。正如钱理群先生所言，“这首先是一种思想、心理、情感的凝聚与认同：当无数个个人的声音融入（也即消失）到一个声音里时，同时也就将同一的信仰、观念以被充分简化、因此而极其明确、强烈的形式（通常是一句简明的歌词，如‘团结就是力量’之类）注入每一个个体的心灵深处，从而形成一个统一的意志与力量。处于这种群体的意志与力量中，个人就会‘身不由己’地作单独的个体所不能（不愿或不敢）作的事。这是一个‘个体’向‘群体’趋归并反过来为群体控制的过程。这也正是‘革命’所要求的”。正因如此，钱理群先生才认为：“群众歌曲似乎是天生地与‘革命’联在一起”，“歌声更时时伴随着中国共产党所领导的革命”[②]。

但是，当“革命”与“歌曲”产生了深刻的联系以后，种种复杂的艺术命题——比如艺术的自律与他律、知识分子与大众、西化与本土化、现代与传统、方言与普通话，等等，就必须得以开启；而这些命题一旦开启，那么，现代诗学的建构逻辑也就必须给予及时的应对和处理。大多数的从事抒情话语生产的诗人痛切地感到，诗歌不再是像他们过去所理解的那样，是某一个浪漫心灵的产物，是单纯的语言符号化合物。在这里，心灵、语言、意识形态共生共存，形成一种复杂的回环关系；而且，在这一关系网络中，意识形态更具有一种支配的力量：“同志们很多是从上海亭子间来的；从亭子间到革命根据地，不但是经历了两种地区，而且是经历了两个历史时代。一个是大地主大资产阶级统治的半封建半殖民地的社会，一个是无产阶级领导的革命的新民主主义的社会。到了革命根据地，就是到了中国历史几千年来空前未有的人民大众当权的时代。”[③] 当毛泽

---

① 吕骥认为，“歌曲比器乐音乐来得更有力量”，“因为歌曲主要的是建立在语言文字上面。它能把一种特定的意义简明地告诉给每个唱歌的人和每个听众”。吕骥：《论国防音乐》，见《吕骥文选》（上），人民音乐出版社 1988 年版，第 5 页。

② 钱理群：《1948：天地玄黄》，山东教育出版社 1998 年版，第 64、63 页。

③ 毛泽东：《在延安文艺座谈会上的讲话》，见《毛泽东选集》第 3 卷，人民出版社 1966 年版，第 833 页。

东给予延安文人如上谆谆教诲的时候，就几乎等于同时宣告了一个新的抒情时代的来临，一种新型的大众诗学探索道路的开始。对于诗人，这是一个痛苦的自我裂变的出发点；对于诗人，这又是一个重塑自我的历史契机！

第二节 “现代性”与“中国化”：一个世纪难题的阶段性求解

不管是自我裂变的出发点，还是重塑自我的历史契机，在此时，诗人们都必须面对这样一个问题：“现代性”与“中国化”。在延安的政治文化的蓝图描绘与具体实施中，这都不是一个单纯的诗学问题，而是一个关涉着革命文化能否立足、能否健康发展的百年大计，是一次宏大的中国式现代民族国家历史叙事的奠基性话语。

一 党性文化、阶级文化、工农兵文化与民间文化

如何建立现代民族国家，这是入驻延安并有了相对稳固的生存基础之后，中共所面临的一个重大的政党命题；从现阶段来看，它是一个如何凝聚民族力量、抗击日本侵略的权宜之计，但从长远来看，它则是如何建构社会主义制度和现代民族国家的文化新秩序的长久之计。而这一切问题的解决，首先需要面对的，是文化队伍的建设问题。

尽管共产党的高层领导基本上是清一色的知识分子，其中不少还是有过留洋经历、有现代西方知识结构的留学生，但是，共产党所领导的这一支革命队伍的基本成员则是来自社会底层，多数是来自落后乡村且没有文化的农民，依靠他们来完成现代民族国家的“现代性”设计以及奠基性开拓显然是不当的。因此，完成这一宏大历史叙事的首要问题便是大力引进、培养知识分子：“在长期的和残酷的民族解放战争中，在建立新中国的伟大斗争中，共产党必须善于吸收知识分子，才能组织伟大的抗战力量，组织千百万农民群众，发展革命的文化运动和发展革命的统一战线。没有知识分子的参加，革命的胜利是不可能的。”① 毛泽东的这段话，既是对党内同志的告诫，也是对解放区之外的知识分子发出的亲善信号。我们可以从“必须……”“没有……不可能”的强硬句式中读出毛泽东的坚定和执着。正是有了这份坚定和执着，他才严厉批评军队中那种消极抵抗

① 毛泽东：《大量吸收知识分子》，见《毛泽东选集》第2卷，人民出版社1966年版，第581页。

知识分子的心理，说他们“尤其不懂得我们的党和军队已经造成了中坚骨干，有了掌握知识分子的能力这种有利的条件”①。

作为党中央的机关报，《解放日报》也以“欢迎科学艺术人才”为标题发表社论，向全国知识分子发出热情的邀请：

> 在延安，不拘一切客观条件的困难与限制，各种文化活动在蓬蓬勃勃地发展。科学和艺术受到了应有的尊重。在抗日的共同原则下，思想的创作的自由获得了充分保障。艺术的想象，与科学的设计都在这里发见了一个可在其中任意驰骋的世界。……这里不提倡“与抗战无关”的作品创造，也不鼓吹为“一个领袖”服务的精神，一切都服从战争，服从大众。②

承认自己局限性的坦荡与对知识分子心理理解的透彻和期待的殷殷，的确具有一种感召力量，在20世纪30年代与40年代之交，各地知识分子——包括大批的作家、艺术家——纷纷涌向延安。这一批人才的引进，极大地改善了延安的文化生态。

毛泽东对于文化革命、文化建设的超乎寻常的重视，其实还来自他作为党的最高领导人个人的隐衷，即他此刻正在两条线上同自己的文化敌人作战，一是以蒋介石为代表的国民党文化力量，一是以王明为代表的党内文化力量。前者以对所谓的“新生活运动”的倡导来实行文化复古，以之抵抗五四新文化运动所建立起来的现代革命文化；而后者则以马列主义的中国传人形象自居，以对共产国际的无条件的忠诚和对马列主义的教条式的搬用来维护自己在党内思想与文化领域的权威地位。基于对这样的对抗性文化语境的理解，我们可以说毛泽东是一个孤独的文化叛逆者：为了与国民党的文化复古力量对抗，他必须旗帜鲜明地坚持马克思主义在新民主主义文化建设中的合法性地位；为了与以王明为代表的教条式马列主义的文化理念对抗，他又必须强调马列主义的“中国化”及其“实践”的意义，使之变成可用的意识形态。由于中共所领导的新民主主义革命与俄苏社会主义革命在政治起源上的巨大差异，毛泽东尖锐地质疑了无条件地“走俄国人的路”的现实合理性，因为俄苏革命是依靠城市与工

① 毛泽东：《大量吸收知识分子》，见《毛泽东选集》第2卷，人民出版社1966年版，第581页。

② 《解放日报》社论《欢迎科学艺术人才》，原载《解放日报》1941年6月10日，见金紫光、何洛主编《延安文艺丛书·文艺理论卷》，湖南人民出版社1984年版，第203—204页。

人，而中共则是依靠乡村与农民，因此马克思主义的中国化首先是马克思主义的乡村化。在毛泽东看来，马克思主义距离乡土中国的现实比俄国更远，必须使之进入乡村并被土地上的农民所懂得、所接受，才能充分激活他们的政治能量，产生革命的效应。对此，毛泽东在态度上毫不含糊：

> 成为伟大中华民族的一部分而和这个民族血肉相联的共产党员，离开中国特点来谈马克思主义，只是抽象的空洞的马克思主义。因此，使马克思主义在中国具体化，使之在其每一表现中带着必须有的中国的特性，即是说，按照中国的特点去应用它，成为全党亟待了解并亟须解决的问题。洋八股必须废止，空洞抽象的调头必须少唱，教条主义必须休息，而代之以新鲜活泼的、为中国老百姓所喜闻乐见的中国作风和中国气派。①

通过对洋八股、空洞抽象的调头、教条主义等文化顽疾的坚决否定和对中国作风与中国气派的热情呼唤，毛泽东想表达的是对五四以来一直被思想文化界所肯定、所推崇的国际化思维的毫不留情的抵制，对长期被压抑、被排斥的民族情绪和民族文化精神的维护和显扬。在这里，“民族”作为一个颇具分量的概念被毛泽东隆重地请到前台，由它领衔，一系列体现毛泽东文化追求的术语鱼贯而入：人民、大众、老百姓、工农兵……

但是，“民族文化”在毛泽东的文化词典里并不是一个无所不包的概念，他坚定地把国民党官方文化所坚持的以儒家传统为代表的旧文化剥离出去，从而使这一概念义无反顾地回到粗糙的地面，直指隐匿在民间的大众文化。也就是说，他既要通过对“中国特点”的强调把自己和王明文化路线区别开来，又要通过对儒家传统的彻底剥离把自己同国民党文化路线区别开来。有了这样的概念辨析，我们才能准确理解他在“中国作风和中国气派”前面所加的限定性修饰语——“为中国老百姓所喜闻乐见”的深意。

那么，作为毛泽东文化构想中的关键词，“人民”——时常又被置换成“大众”“老百姓”“工农兵”——又是指涉的哪些社会人群呢？对

① 毛泽东：《中国共产党在民族战争中的地位》，见《毛泽东选集》第2卷，人民出版社1966年版，第500页。

此，他自己作出了界定：“最广大的人民，占全国人口百分之九十以上的人民，是工人、农民、兵士和城市小资产阶级。……这四种人，就是中华民族的最大部分，就是最广大的人民群众。”① 尽管包括工人、城市小资产阶级，但由于农民在其中占有绝对的数量（绝大多数兵士在文化血缘上和农民根枝相连，因此也可以宽泛地将之划入农民的行列），毫无疑义，“人民”在当时的历史语境中主要指涉的是农民。将地主、资本家甚至部分知识分子排除在“人民”的概念之外，这就意味着另一个重量级的概念——“阶级”被引入了毛泽东的“人民”图谱之中。知识分子被从“人民”中排除——至多不过在“人民”的外围游荡，必然导致他们在新的民族国家的设计方案中地位的严重下降：他们完全丧失了启蒙者的威信，不再承担历史的叙述人，这个角色开始由革命家接管；他们不再是代表先进文化的启蒙者，这个角色开始由工人农民接管：“拿未曾改造的知识分子和工人农民比较，就觉得知识分子不干净了，最干净的还是工人农民，尽管他们手是黑的，脚上有牛屎，还是比资产阶级和小资产阶级知识分子都干净。”② 既然思想上存在着污垢，那么，知识分子的启蒙者身份便荡然无存：“许多所谓知识分子，其实是比较地最无知识的，工农分子的知识有时倒比他们多一点。”③ “在群众面前把你的资格摆得越老，越象个‘英雄’，越要出卖这一套，群众就越不买你的账。你要群众了解你，你要和群众打成一片，就得下决心，经过长期的甚至是痛苦的磨练。”④ 就这样，毛泽东把现代知识分子一步步推向“原罪”的位置，推向不得不将“革命”的矛头指向自己，让自己来一次脱胎换骨的自我革命的绝境。

知识分子与工人农民的关系一旦被这样重新设定，一场重大的文化转向便势不可挡了。在这一文化转向中，党性文化、阶级文化、工农兵文化与民间文化分别获得自己的位子，其中，党性文化处于核心地位，起着支配作用。知识分子则处于“悬空”的状态，他们只有归依于党性文化、阶级文化并且向工农兵文化和民间文化俯首，才能在这次转向中获得起码的位置：“革命的或不革命的或反革命的知识分子的最后的分界，看其是

---

① 毛泽东：《在延安文艺座谈会上的讲话》，见《毛泽东选集》第3卷，人民出版社1966年版，第812页。

② 同上书，第808页。

③ 毛泽东：《整顿党的作风》，见《毛泽东选集》第3卷，人民出版社1966年版，第773页。

④ 毛泽东：《在延安文艺座谈会上的讲话》，见《毛泽东选集》第3卷，人民出版社1966年版，第808页。

否愿意并且实行和工农民众相结合。他们的最后分界仅仅在这一点，而不在乎口讲什么三民主义或马克思主义。真正的革命者必定是愿意并且实行和工农民众相结合的。”①

二 延安知识分子：从“传统型”向“有机型”的转变

毛泽东的如上批评在言辞上显得过于严厉，而且他总是把文化批评置于政治批评的旗帜下，由此凸显出某种程度的政治紧张。诚然，知识分子与革命家、与大众的文化分歧从五四以来就一直存在，在很多时候还表现得十分尖锐。这正如美国学者格里德尔所分析的，“新文化知识分子坚持精英价值的社会意义；革命者则对知识精英主义表示怀疑，而且把大众的价值作为出发点，或认为精英价值必须包括在整个社会价值体系中。新文化知识分子并非对社会问题漠不关心，但总的来说，他们对以根本性的阶级斗争和矛盾观念为基础的社会变革战略不表同情，而宁愿强调他们断定具有普遍性的个性品质。另一方面，社会革命家抓住并利用社会和经济不平等的存在，来为大众辩护，为从意识形态上建立组织（至少是大众政党）辩护。新文化自由主义者确定的知识分子角色是有责任的社会和文化变革的战略家；在革命制度下，知识分子被当作可以信任的，伟大的社会和文化转换中的必要的合作者。但他们被剥夺了设计的权威。他们变成了和其他人一样的劳动者，他们是能为建设新秩序大厦提供服务的熟练手艺人，而不再是自以为是的设计师”②。不过，新文化知识分子内部并非铁板一块，彼此之间也存在着价值观的种种差异，自由主义与马克思主义便是新文化知识分子中分歧极大的两种文化信仰。而且，五四以来的中国社会一直充满动荡、战乱的事实也使大量的知识分子对自己书斋式的社会文化关怀产生了深刻的怀疑，尤其是抗战的爆发，使其“启蒙者”的地位受到了来自内部的自我消解，激发起他们文化上久已沉寂的民族意识。他们放弃了对民族文化激烈的甚至是苛刻的自我批判，放弃了凡民族传统皆予以否定的激进主义文化逻辑；他们以渐变或突变的方式将自己转变成为一个民族主义者——洋腔洋调的呐喊和“圈子式”的启蒙，在民族危亡的铁的事实面前立刻显出它的脆弱性和不合时宜。“他们执著地希望回归到自己的民族环境之中。他们反复提到自己国家的名称，注意到‘我

---

① 毛泽东：《五四运动》，见《毛泽东选集》第2卷，人民出版社1966年版，第523—524页。

② ［美］格里德尔：《知识分子与现代中国》，单正平译，南开大学出版社2002年版，第329页。

们’这一集合词：我们应该做些什么、我们应该怎样做、我们不应该做些什么，我们如何能够比这个民族或那个民族做得更好、我们具备自己独有的特性，总之，他们把问题提到了‘人民’的高度上。”① 只有在这样的意义上，我们才能够理解，为什么那么多知识分子跋山涉水、突破国民党的重重封锁而投奔延安，其原动力显然主要不是或者基本上不是来自一种“策略”意义上的政治投机。

何其芳是一个很典型的例证。作为一个在20世纪30年代书斋里“画梦”的诗人，何其芳到延安实是精神绝望中的一种自我叛逆。在一篇题为“从成都到延安”的“报告”里，何其芳如此描述他“坐着八路军的车子”，与“延安”世界的人最初接触的第一感受——

“出了城门，公路上扬起了尘土，车上扬起了歌声。坐在前面的几个首先唱了起来：

“前进，中国的青年，

“抗战，中国的青年……

会唱的也就随声附和。他们唱得那样热烈，那样快活，突然回到了久别的家中一样。迎着风，歌声继续着……”②

在其他不少延安知识分子的回忆录中，我们都可以读到类似的精神流浪后“回家”的欣喜心情。

不过，知识分子投奔延安虽然在政治上有一种“回家”感，但这并不意味着他们在文化理念上像丁玲后来所说的那样“缴纳一切武装”③，完全放弃自己的诉求。他们告别都市、离开象牙塔的选择包含着在一片自由的新天地里实现自己文化抱负的雄心。这种文化抱负是：使自己的文化创造最大限度地抵达民间，以使自己的作品在直接服务抗战的同时，实现自身的价值；尽管这种价值因战争而增加了政治的比重。那么，自身价值如何实现？周扬从侧面替他们作出了解答：“战争给予新文艺的重要影响之一，是使进步的文艺和落后的农村进一步地接触了，文艺人和广大民众，特别是农民进一步地接触了。抗战给新文艺换了一个环境，新文艺的老巢，随大都市的失去而失去了，广大农村与无数小市镇几乎成了新文艺的现在唯一的环境。这个环境虽然是比较生疏的，困难的；但除它以外也

---

① ［美］弗·詹姆森：《处于跨国资本主义时代中的第三世界文学》，见张京媛主编《新历史主义与文学批评》，北京大学出版社1993年版，第230页。

② 何其芳：《从成都到延安》，载《文艺阵地》第2卷第3期，文艺阵地社1938年版。

③ 丁玲：《关于立场问题我见》，原载《谷雨》1942年第1卷第5期，见金紫光、何洛主编《延安文艺丛书·文艺理论卷》，湖南人民出版社1984年版，第241页。

找不到别的处所，它包围了你，逼着你和它接近，要求你来改造它。过去的文化中心既已暂时变成了黑暗区域，现在的问题就是把原来落后的区域变成文化中心，这是抗战现实情势所加于新文艺的一种责任。”[①]“把原来落后的区域变成文化中心”，这既可以说是特殊的战争年代对文化人提出的充满使命感的要求，也可以说是文化人克服长期以来新文化发展中难以根治的顽疾——文化与大众疏离的最佳时节。

“五四”时期自不必说，即使到了20世纪30年代以后，知识分子与大众之间依然存在隔膜，后者只能作为书面上的主人公不断被前者所书写、所关怀。对此，胡风曾给予了措辞严厉的批评：“八九年来，文学运动每推进一段，大众化问题就必定被提出一次。这表现了什么呢？这表现了文学运动始终不能不在这问题上面努力，这更表现了文学运动始终是在这问题里面苦闷。特别因为日本帝国主义者底压迫、侵略，一天天地加紧、厉害，文学底教育的功能更强烈地被读者要求，更敏感地被作家自己感到，这苦闷就来得更深更广。文学上的许多努力因为不能找出这个问题底活的联系，有时候甚至于现出了慌张失措的情形。”[②]也就是说，直到这时，知识分子与民间大众的关系依然是一个并未过时且充满挑战的话题，它始终是中国现代知识分子之为“知识分子”的定位参照之一。

不过，这批知识分子与“五四”时期知识分子的一个很大不同在于，“革命文学”的洗礼与长期的左翼文学的熏陶——相当部分的延安作家即先前的左翼作家——使他们不再那么热衷于对国民弱点的揭示，他们降低了对大众文化的解构性批判的调门，进而转向对大众革命精神的诗性赞美。恰是在这一点上，他们与中共的革命意识形态有了“共振”点，而这也是他们认同中共的思想基础。但是，即便是这样，作为知识分子的他们，心里依然企图主宰民间、征服民间并将民间收编于特定的知识体系之下。也就是说，在他们身上，知识分子的居高临下感和启蒙意识依旧傲然地挺立着，对大众文化的肯定所透露出来的还是对文化领导权的争夺，只不过他们不再像“五四”知识分子那样将“哀其不幸，怒其不争”的怨气写在脸上，而是多了一些亲切和随和。他们的“领导权”意识显然继承了左翼文化的衣钵，而这恰与延安的革命意识

① 周扬：《对旧形式利用在文学上的一个看法》，见《文学运动史料选》第4册，上海教育出版社1979年版，第420页。

② 胡风：《大众化问题在今天》，见《胡风评论集》（中），人民文学出版社1984年版，第12—13页。

形态发生了龃龉。发生在整风运动之前的"关门提高""演大戏"以及"马蒂斯之争"[①] 等，在一定程度上均可以看作延安知识分子对文化领导权的争夺。

由此我们也可以看出，早期[②]延安知识分子尽管也心仪大众，但他们心目中的大众还并不能等同于毛泽东所指涉的大众，其根本分歧在于态度上与毛泽东的不同：前者是依然将大众作为被"启蒙"的对象，而后者则认为大众应该是前者"求教"的先生；前者希望用先进的艺术影响大众、提高大众，后者则希望从大众的理解水平出发，寻求在此基础上的提高。正因如此，有人认为，毛泽东所倡导的"工农兵文艺"与20世纪20年代后期"革命文学"中所提出的"大众文艺"是根本不同的，"'大众文艺'是'为大众写'，而'工农兵文艺'的特点是你光为大众写还不行，作者必须自己改造自己，把自己的立场转移到大众上来"[③]。这里的"立场"既关涉政治、文化，也关涉着审美；而这种"转移"对于知识分子来讲，不仅是猝不及防的，而且是伐毛换髓的——"一切不站在群众观点上，不从实际出发，不是'从群众中来'的理论原则都是一纸空谈，不能'到群众中去'，不能成为'行动的指南'，而终于会给事实这个铁拳头击得粉碎的"[④]。作为中共意识形态的高层领导，沙可夫的这番话在行文方式上与毛泽东如出一辙，其中的潜台词尽管隐而未发，但其坚硬度却触手可及。

葛兰西曾经提出两种类型的知识分子，即"传统的"和"有机的"。"传统的"知识分子，是指在社会变动过程中，凭借文化的持续传承而保持相对稳定地位的知识群体。由于这种稳定性，从表面看来，他们似乎可以超越具体的社会和阶级而独立存在。社会的发展引起阶级力量的变化，旧阶级衰亡，新阶级出现。因此，知识分子的构成也会随

---

① 画家庄言曾在上海专业学习西洋油画，到延安后依然醉心于西方画家马蒂斯、毕加索的色彩与形式。1942年初春，他在赴前线慰问途中，以油画的形式创作了许多风景、人物画，在延安展览后招致一些人的批评，认为其作品在战争年代却表现田园风光，玩弄色彩，是不合时宜的；对此，庄言进行了反批评。由于正值延安整风运动，他的这一言论受到更加猛烈的批评。这就是1942年夏秋之交发生在延安鲁艺著名的"马蒂斯之争"。

② 学界一般将延安文化分为前、后两个时期，其转折的标志即1942年的整风运动；这里所说的"早期"是指整风运动之前的一段时间。

③ 李陀语，见《语言·方法·问题——关于〈我们怎样想象历史（代导言）〉的讨论》，见唐小兵编《再解读：大众文艺与意识形态》（增订版），北京大学出版社2007年版，第258页。

④ 沙可夫：《晋察冀新文艺运动发展的道路》，原载《解放日报》1944年7月24日，见金紫光、何洛主编《延安文艺丛书·文艺理论卷》，湖南人民出版社1984年版，第547—548页。

之变化。而所谓“有机的”知识分子，就是指依托于一定阶级的发展而出现的知识分子。[①]“五四”新文化运动所产生的大量的现代知识分子，他们虽然从事的是一场革命性的文化更新运动，但在根本上还是属于葛兰西所说的“传统的”知识分子，因为他们往往超越具体的社会和阶级而独立存在。但随着运动的深入，当其思想成果转化为一种革命实践的时候，他们就已经退而成为背景了。“革命不是请客吃饭，不是做文章，不是绘画绣花，不能那样雅致，那样从容不迫，文质彬彬，那样温良恭俭让。”[②]对于战时延安来讲，需要的是行动的“有机的”知识分子，需要的是和“枪杆子”并肩作战的“笔杆子”，只不过前者在疆场，后者在文化战线。就此而言，延安的“知识分子改造”及其在文学艺术上“面向工农兵”的非知识分子化运动，是完全符合当时的战争文化规范的，在某种程度上，也可以说是符合中国现代化的文化趋势的。

可以认为，特殊语境下的延安一方面以鲜明的态度抵制西方文化的整体性入侵但又立场坚定地坚持马克思主义，一方面杜绝儒家文化的现代复活但又义无反顾地回到以农民为核心的民间价值体系，由此在“现代性”与“中国化”之间寻找到一个连接点，这样的连接方式如果历史地看，是深陷民族危机的战时中国最好的选择了。

第三节　激活乡土民间：革命话语实践与抒情话语方式的转向

“艺术——戏剧、音乐、美术、文学是宣传鼓动与组织群众最有力的武器。艺术工作者——这是对于目前抗战不可缺少的力量。因之培养抗战的艺术工作干部，在目前也是不容稍缓的工作。”[③]这是毛泽东等为延安鲁迅艺术学院的创立而撰写的《鲁迅艺术学院创立缘起》中的一段话。作为一党之领袖，毛泽东亲自参与一个艺术学院的创立，足见他对文艺工作的重视。毛泽东原本就是一个悟性颇高的诗人，重视文艺肯定和其个人

① 参见［意］葛兰西《狱中札记》第一章《历史文化问题》，曹雷雨等译，中国社会科学出版社2000年版。

② 毛泽东：《湖南农民运动考察报告》，见《毛泽东选集》第1卷，人民出版社1966年版，第17页。

③ 毛泽东等：《鲁迅艺术学院创立缘起》，见金紫光、何洛主编《延安文艺丛书·文艺理论卷》，湖南人民出版社1984年版，第781页。

趣味有关；但延安时期的毛泽东之重视文艺，主要不是出于个人趣味，而是和他有关中国共产党在民族战争中的地位以及中国革命未来发展的宏大想象紧密联系在一起的。他首先考虑的是文艺的意识形态功能。

作为一个以回到民间价值体系来重构中国现代文化的革命领袖，毛泽东对文艺实践中的"关门提高"十分反感，他崇尚的是"眼睛向下"①。在延安文艺座谈会上，他就谆谆告诫文艺家们："必须到群众中去，必须长期地无条件地全心全意地到工农兵群众中去，到火热的斗争中去，到唯一的最广大最丰富的源泉中去，观察、体验、研究、分析一切人，一切阶级，一切群众，一切生动的生活形式和斗争形式，一切文学和艺术的原始材料，然后才有可能进入创作过程。"②

毛泽东的告诫，绝非泛泛而谈，而是有现实所指：中共入驻延安以来，几年间大量的艺术人才涌入，但除了光未然、冼星海联手创作的《黄河大合唱》以外，并没有产生什么既能影响当时且能流传后世的作品。以鲁艺为中心的艺术家们却热衷于排演大戏、画风景油画。时乐濛的回忆颇能说明当时延安文艺界的此种状况："一位从前线回到延安学习的军事干部说：'听说鲁艺的音乐会谁都听不懂，也听不完，我就不相信。'一次他果然去听音乐会了并且还带上干粮，决心听完，但还是听了一半就走了。他风趣地说：'我能打败日本鬼子，却战胜不了鲁艺的音乐会。'"③这样的局面显然与毛泽东对文艺的期待、与延安的现实生活是格格不入的，而且与主流意识形态"回到民间价值体系"以寻求中国式的现代民族国家发展之路的构想也相去甚远。

如前所述，由于各种艺术样式媒介特征的差异，并非每一种艺术门类都那么容易做到让老百姓喜闻乐见。延安之所以成为"歌咏城"，和歌曲这种艺术样式的特性使其更容易与大众建立起一种有效沟通大有关系。但是，沟通不是把现有歌曲一成不变地灌输给大众，更不是关起门来自我欣赏、自我提高。沟通首先是要"眼睛向下"，"没有眼睛向下的兴趣和决心，是一辈子也不会真正懂得中国的事情的"④。于是，在延安诗歌界和

---

① 毛泽东：《〈农村调查〉的序言和跋》，见《毛泽东选集》第3卷，人民出版社1966年版，第747页。

② 毛泽东：《在延安文艺座谈会上的讲话》，见《毛泽东选集》第3卷，人民出版社1966年版，第817—818页。

③ 时乐濛：《延安——歌咏城》，原载《冀鲁豫边区文艺资料选编》，见曾刚编《山高水长——延安音乐回忆录》，太白文艺出版社2001年版，第442页。

④ 毛泽东：《〈农村调查〉的序言和跋》，见《毛泽东选集》第3卷，人民出版社1966年版，第747页。

音乐文学界，一场轰轰烈烈的民歌收集、整理、改编运动迅速开展起来。这场运动在相当的深广度上改变了中国现代抒情话语的内部结构——部分曾经被认为是固若金汤的结构关系迅速瓦解，而另一些曾经被认为是没有资格参与建构的话语方式顺利介入其中，并且这种经过“重构”的话语方式后来深深嵌入中国当代抒情话语之中。

一 民歌的征用

和古代诗歌制度不同，中国现代诗歌不仅没有习惯性的采风活动，而且其话语方式的建立也依赖于西方价值体系作外援。因此，对于延安诗歌界与音乐文学界来讲，“眼睛向下”的征用民歌并非就是探囊取物，可以来个漂亮的“旱地拔葱”。语言、形式、审美趣味、话语方式等诸如此类的诗学元素使中国民歌绵长而持衡，已经构成一个独立、稳定而又封闭的话语世界，有一套属于自己的内部生长和淘汰的运行轨迹。如何深入、如何激活并有效地转换，这对于来自“亭子间”、习惯“眼睛向上”的抒情话语生产者来讲都是一个不小的考验，包括才情、心性，甚至还包括策略等均构成一个个并不那么容易越过的坎儿。整天将“大众”挂在嘴上是一回事，赋予“大众歌唱”以“实在”的内涵则是另一回事。改造民歌，首先需要理解民歌。

（一）民歌与日常生活的审美化

“真诗在民间”，这是现代诗人们在偶然读到一首清新、质朴的民间歌谣时喜欢发出的感叹；对于不少诗人来讲，这也是他们乐此不疲的一个话题。但是，一个不容置疑的现实是，现代诗人长期蜷缩在象牙塔内，迷醉于从西方输入的意象、隐喻、象征、弹性等话语形式，擅长于见一朵花蕾而伤春、望一片落叶而悲秋。要他们透彻地理解歌谣之“真”并非易事。即便是口不离“大众”的左翼诗人们，也宁愿选择那些空洞抽象的概念来敷衍成诗而不愿真正地谛听来自民间的歌唱，甚至可以说，20世纪二三十年代的普罗文艺家对民间歌唱更额外地多一层意识形态的怀疑。

如前文所言，民歌历来属于“下里巴人”之列，多数现代诗人对此毫不含糊；即便是赵树理这样的终身与民间为伍、以民间为“模范”的乡土作家，对民间歌唱也颇有奚落之意：“农村的小调倒是农村无产阶级的东西，不过大都是些哼哼唧唧的情歌，不但是唱的人自以为摆不到天地坛上，就是勉强摆上去也不成个气派，因此在过去就不能在公开的场合去唱。”①

① 赵树理：《艺术与农村》，原载《人民日报》1947年8月15日，见《赵树理文集》第4卷，工人出版社1980年版，第1361—1362页。

将民歌之“真”缩略为“哼哼唧唧”的情感格调，足见新文学作家对之隔膜之深。这也难怪歌谣运动会有始无终了。

作为“下里巴人”的艺术类型，民歌之“真”恰恰表现在“歌唱”与生活处于一个同质的世界之中。当民歌被赋予“歌唱”的时候，其“场域”中灵魂的轮廓线与物质现实的轮廓线是重叠的；这时候，主体、客体、内部、外部、艺术或者现实往往交织在一起。换言之，民歌是民众的日常生活的审美化呈现，它贯通了民众的生活意义，表现出生命形态在自由自在状态下的生气，构成一种现实生活与艺术生活的整体和谐。民歌的主题几乎涉及生活的各个方面，民风、民俗、饮食、时尚等，能够与人们日常生活构成广泛的联系。民歌的这一特质，很容易被人狭隘地理解为地方特色；其实，这里面所释放出来的是一种远远超出地域性特征的生命与艺术形式的同构，一种内在性的生活意义的凝聚。这是文学的自律、独立以及文学形式的制度化以后所难以复活的生活的整体和谐。以陕北民歌为例。高原山区的地形，使山歌成为西北地区的最主要、最有代表性的民歌体裁，并形成了音调悠长、高亢的特点。加上这里的气候和土地条件较差，人民生活困苦，歌中又常常带有苍凉、凄楚之情。因此，在这里，山歌的样式及其派生出来的悠长、高亢的音调与苍凉、凄楚的情韵便不是一种形式与风格的强制性介入，形式、风格、人、语境构成一种难以割裂的同构关系，而这样的“同构”恰是属于民歌才具有的“真”。比如“走西口”，在生活的层面上就是生活在黄土高原上的晋西北人（包括山西的偏关、河曲、保德，以及陕北的府谷一带）独有的一种逃荒形式。所谓“西口”，是指山西、内蒙古之间古长城的关口。“走西口”就是晋西北人渡黄河、出长城逃荒到内蒙古的流浪之旅。如前所述，晋西北地区土地贫瘠，干旱少雨，过去这里的穷人衣不蔽体，食不果腹。他们不得不到口外去出卖苦力。因此这一带流传着这样一首民谣：“河曲、保德州，十年九不收。男人跑口外，女人掏苦菜。”男人被逼得到口外去谋生，留在家中的女人不仅要独自承受生活的困苦，还要为出门在外的丈夫担惊受怕，因为走西口的前途生死未卜。但是，生存意义上的“走西口”在赋予形式化的歌唱后，生命中的“离别”以及由此蜿蜒而出的伤感、凄楚、坚毅、担忧、企盼等便构成一张形式的网络高悬在生活的上空，照耀着它，抚慰着它，同时也提升着它。在这里，生活的“真”与艺术的“真”是彼此涵容、相互照亮的，这是文人诗往往以“真诚”换取“形式”的做法所无法比拟的。英国文化学家威廉斯就认为，某一文化的成员对其生活方式必然有一种独特的经验，这种经验是不可取代的，它“是一般组织中所有因素产生的特殊的现存结果”。由于历史或地域的原因，置身于这种文化之外，不具备这种经验的人，只能获得对这种文化的一种不完整或抽象的理解。这种为生活在同一种文化中的人们所共同拥有的经验，威廉斯称作“感觉结构”。[①] 其实，这样的“感觉结构”我们也可以将之称为“形式化的生命结构”。

艾思奇曾经指出，“中国的旧形式并不离开现实，而是反映现实的一种特殊的方法，方式，或手法。这种手法的特点在于把现实事物的重要的方面作夸张的格式化的表现，……在这种意义上，我们可以说旧形式不是写实的，而是（借中国画上术语来说）写意的”[②]。所谓“夸张的格式化”笔者以为是点出了民歌的形式本质的，而“写意”恰恰又道出了民歌对实在生活的超越性。民歌的文本与社会实践构成的关系不是“实指”性的，它和日常的语言不在一个语用域。虽然民歌文本也叙事，但它在本质上是虚构的，是一种诉诸想象和心灵的歌唱性文本。它是高度形式化的，而这种形式化的文本隐藏着深刻而真实的社会无意识：

羊嘞肚肚手巾呦，
三道道蓝，
咱们见嘞面面容易，
哎呀拉话话难。

一个在那山嘞上呦，
一个在那沟，
咱们拉不上那话话，
哎呀招一招手。

了得见那村村呦，
了不见那人，
我泪格蛋蛋抛在，
哎呀沙蒿蒿林。
我泪格蛋蛋抛在，

① 参见［英］雷蒙·威廉斯《文化分析》，见罗钢、刘象愚主编《文化研究读本》，中国社会科学出版社2000年版，第132页。

② 艾思奇：《旧形式运用的基本原则》，原载《文艺突击》1939年第1卷第3号，见金紫光、何洛主编《延安文艺丛书·文艺理论卷》，湖南人民出版社1984年版，第597—598页。

哎呀沙蒿蒿林哎。

——陕北民歌《泪蛋蛋落在沙蒿蒿林》

这首流传至今的民歌的一个突出特征即它的情节性，但是，“情节”在这里并不具有“叙事”的功能，它所结构的是一个情绪的框架，因此，“情节”的显身即是为了“情节”的消失，唯有消失才凸显出其形式结构的意义——“距离”以及由此造成的“阻隔”感提供的是一种充分形式化的情绪框架，它使我们想到遥远的《蒹葭》。由此可以看出，民歌的情绪框架往往是模式化的，对模式化所造成的单一、呆板的突破更多的时候不是靠文本本身，而是倚仗旋律、歌唱方式以及歌唱语境的不同来实现。对于这种大众文本模式的意义，王蒙先生曾通过对河北民歌《回娘家》的解读予以了颇为精彩的阐释，他认为这首作品所提供的文本是“一个相当普遍有效的模式，既是人生模式又是艺术模式”①。其实，民歌的魅力也在于此：执着于生活而又不粘连于生活的形式抽象。因此，拘泥于文学文本的民歌解读往往是难就其艺术肌理的。

从根本上讲，民歌所蕴含的“民间”的意思是一种独立的品质：从不依附于任何庞然大物，从不企图与阶级、种族、政党、国家等大型概念发生勾连，它容纳的是权力体系之外的种种成分，“唱的是平常人的平常心”，正是这样，“它没有吓人之心，也没有取宠之意，它不想在众人之上，它想在大家中间，因而它一开始就放弃拿腔弄调和自命不凡”②。

（二）作为政治文化策略的民歌改造

但是，民歌无视强势意识形态的存在并不意味着后者也会无视它的存在，中国古代持续不断的“采风”制度就是强势的官方“征用”民歌的一个有力的证明——“王者所以观风俗，知得失，自考正也”③。但是，20世纪40年代初民间歌唱在延安再度进入强势意识形态的视野，其扮演的已经不是——或者说主要不是——“观风俗，知得失”的角色，而是作为抵制西化浪潮、建立中国式的现代民族国家的重要文化力量，以实现中共“经国之大业”的政治文化策略。这一策略被毛泽东提炼成四个字：“推陈出新”。“推陈出新”浓缩了毛泽东终其一生试图完成的两个目标——既用革命推动中国脱胎换骨，成为一个某种意义上的现代强国，

① 王蒙：《〈回娘家〉模式的意义》，见王蒙《欲读书结》，海天出版社1992年版，第27页。

② 史铁生：《黄土地情歌》，见史铁生《史铁生作品集》第3卷，中国社会科学出版社1995年版，第270页。

③ 《汉书·艺文志》，见陈国庆编《汉书艺文志注释汇编》，中华书局1983年版，第40页。

又顽强地抵抗使中国在文化和价值上西方化的结果，而寄希望于中国能够实现现代化的同时保持住民族的本土特色。既然本土特色必须排斥以儒家为代表的官方文化传统，那么，它所指向的必然是以秧歌、说唱、秦腔、评剧、章回小说等为代表的民间文化传统了。

“延安歌声，也有传统，那就是陕北民歌。”① ——吴伯箫以散文的言说方式陈述了延安抒情话语与陕北民歌之间的传承关系。但值得注意的是，在“旧”的陕北民歌与“新”的延安“歌唱”之间，还存在着相当大的距离，如何实现两者的沟通、对话以及在此基础之上的创生，便是一个必须完成——而且必须由作为知识分子的艺术家来完成的一项并不轻松的工作。在这里，艺术家重新出演主角：“在今天，知识分子和工农中间的相互了解，是一个重要问题，需要文艺家给与解答。”② 解答不是坐而论道，不是纠集在一大堆名词术语之间争论不休；解答即是行动——“为着这目的，文艺家自己就需要对双方有正确的了解”③。所谓双方，一是作为行“解答”之命的艺术家，一是作为解答之源的民间大众。对于艺术家而言，理解自己其实就是改造自己的同义语：“出身于小有产阶级的文艺家，对知识分子的性格趣味会比较偏爱，而对工农成分的人物却缺乏深的理解。……这是一个偏向，文艺作家必须克服这个偏向。这就要以全身心走入工农群众中，把自己的趣味、情趣融合于工农群众，进行生活体验和意识锻炼。”④ 毛泽东甚至将艺术家的这种自我改造行动上升到一个原则的高度来予以解释：“只有代表群众才能教育群众，只有做群众的学生才能做群众的先生。如果把自己看作群众的主人，看作高踞于‘下等人’头上的贵族，那末，不管他们有多大的才能，也是群众所不需要的，他们的工作是没有前途的。”⑤ “学生”与“先生”位置的置换，是完成“解答”使命的前提条件和思想保证；对于艺术家来讲，它甚至也可以说是一次痛苦的“自我”革命。敏感的丁玲清醒地意识到这一“痛苦”的隐隐啮噬：“但下去，投身在无产阶级工农大众生活中去，是很困难的事。空说着是如何快乐是不行的，空说着欢迎是不行的……根本问题

① 吴伯箫：《歌声》，见吴伯箫《北极星》，人民文学出版社1963年版，第40页。

② 艾思奇：《谈延安文艺工作的立场、态度和任务》，原载《谷雨》1942年第1卷第5期，见金紫光、何洛主编《延安文艺丛书·文艺理论卷》，湖南人民出版社1984年版，第235页。

③ 同上。

④ 同上。

⑤ 毛泽东：《在延安文艺座谈会上的讲话》，见《毛泽东选集》第3卷，人民出版社1966年版，第821页。

应该是靠作家本身有一颗愿意去受苦的决心。”“首先我想是缴纳一切武装的问题。既然是一个投降者，从那一个阶级投降到这一个阶级来，就必须信任、看重他们，而把自己的甲胄缴纳。即使有等身的著作，也要视为无物。”[①] 尽管态度是“端正”的，但内中的隐忍还是从字句间泄漏出来。

对于艺术家而言，如果说“理解自己”是一个思想层面的问题，那么，“理解群众”则是一个既包含思想又包含策略、方法、能力等诸多方面的问题。后者对艺术家的考验在我看来并不亚于前者，因为，“理解群众”并非只是思想“到位”地回到民间，也不仅仅是简单的“旧瓶装新酒”的技术操作，而是要“突破旧的形式的束缚，逐渐创造更加适合表现新的生活的新形式”[②]。也就是说，它必须经历一个从“利用”到“改造”再到“创造”的艺术变革过程，这才是“推陈出新”的精髓所在。其实，改良比革命更为复杂和琐细，改良者需要更多的知识、经验和学问，仅有一腔热血于事无补。事实证明，延安艺术家对旧形式的改造从态度上并无多少瑕疵，但其改造整体上并不成功，除了歌剧《白毛女》和部分歌曲（这里既包括其中的音乐，但更主要的是指其中的歌词，因为音乐改造的力度并不大）外，大量的作品在今天已经从文化流通领域退出，变成地道的历史文献了。这种因为“不适”而带来的挫败感尤其突出地表现在改造运动的初期。由于更多地强调向民间学习，于是造成改造的过犹不及：将学习变成机械的模仿，简单的挪移。扭秧歌就是一例，作曲家刘炽对此曾进行过反思：

> 向民间学习闹秧歌，开始也走过偏差道路。如：大秧歌王、副龙头头上用红头绳扎起好几个高高的小辫子，耳朵上挂上两个大红辣椒，脸上画着白眼窝儿，身上乱七八糟地穿上五六件不同颜色的衣服，装扮起来、令人发笑。王大化和李波第一次演的《打花鼓》（也叫《拥军花鼓》），李波是正正板板的陕北姑娘形象，而王大化则是怪模怪样的白鼻梁、朝天小辫子。这说明我们对民间艺术的学习只停留在“一塌瓜子”的照搬，而缺乏认真的选择和扬弃。[③]

---

① 丁玲：《关于立场问题我见》，原载《谷雨》1942 年第 1 卷第 5 期，见金紫光、何洛主编《延安文艺丛书·文艺理论卷》，湖南人民出版社 1984 年版，第 240—241 页。

② 陈涌：《三年来文艺运动的新收获》，原载《解放日报》1946 年 10 月 19 日，见金紫光、何洛主编《延安文艺丛书·文艺理论卷》，湖南人民出版社 1984 年版，第 561 页。

③ 刘炽：《“鲁艺家”的秧歌》，见曾刚编《山高水长——延安音乐回忆录》，太白文艺出版社 2001 年版，第 386 页。

通过这段文字，我们可以想象出一幅滑稽、可笑的艺术图景。这幅图景显然有违旧形式改造的初衷：虽然其纯粹民间化的形式可以拉近知识分子与大众、军队与老百姓的距离，但革命意识形态在其中荡然无存，形式改造所期望实现的宣传革命、教育民众的政治文化目的肯定也无从实现。

其实，这也透露出形式改造的艰难：既要赢得大众的认同，又要灌注进“革命”的内容。刘炽所叙述的“闹秧歌”只是满足了前者；要满足后者必须将那些“革命”内容有机融入某种形式当中。要实现这样的目标，语言的意识形态“承载”功能便自然浮出水面。但是，正如吉登斯所认为的，缺乏书写能力的人很难通过读书的方式接受意识形态的灌输。这样，民间社会的话语活动就获得了某种程度的自主性。[①] 也就是说，小说、散文、诗歌等虽然可以承载革命话语，但这些文本类型对于缺乏书写能力的大众而言，如同一袭华而不实的外套，难以获得他们的青睐。朗诵诗、街头诗运动从最初的喧嚣到最终走向沉寂就是一个耐人寻味的个案。诚然，诗可以通过意象的方式，将政治概念转换成抒情形象，将革命话语赋予激情的字句排列；而且，朗诵诗、街头诗运动本身即有直面相向的行为化效果，从事这两种运动的人也都充满了让诗歌实现革命化、大众化目的的企图：“把诗送到街头，使诗成为新的社会的每个成员的日常需要”，“应该打开书库象打开谷仓一样，让书籍受到阳光，而且被流着工作的汗的粗手拿起来”，“只有诗面向大众，大众才会面向诗”[②]。“你有老百姓喜闻乐见的中国气派，你比老百姓进步，他们一定会接受你的领导。你给老百姓弄一套八股，弄得他们莫名其妙，他们虽然也有讲你‘本事大’、‘了不起’的，但你的戏一唱久了，就一定‘粘不住’他们。”[③] 但是，这两种诗歌运动所产生的社会效果远远低于其参与者的预期。比如，1938年1月，延安诗歌团体“战歌社”试办了第一次新诗朗诵会，但据组织者之一的骆方回忆，“发出三百张入场券，开始时会场坐满三分之二，陆陆续续散去，到末了仅剩下不足一百人”[④]。晚会的“策划人”柯仲平也

---

① 参见［英］安东尼·吉登斯《民族—国家与暴力》，胡宗泽等译，生活·读书·新知三联书店1998年版，第94—96页。

② 艾青：《展开街头诗运动——为〈街头诗〉创刊而写》，原载《解放日报》1942年9月27日，见金紫光、何洛主编《延安文艺丛书·文艺理论卷》，湖南人民出版社1984年版，第450、452页。

③ 柯仲平：《谈中国气派》，原载《新中华报》1939年2月7日，见金紫光、何洛主编《延安文艺丛书·文艺理论卷》，湖南人民出版社1984年版，第601页。

④ 骆方：《诗歌民歌演唱晚会记》，原载《战地》1938年第3期，见高兰编《诗的朗诵与朗诵的诗》，山东大学出版社1987年版，第68页。

证实了骆方的这一说法：“毛主席坐到散会才走（散会时，听众不满一百人了）。”[①] 对此次晚会，柯仲平和骆方都承认是失败了，并且分析了失败的原因，比如新诗歌还未能唤起普遍的注意、朗诵诗理论还未建立、诗不够大众化、朗诵技术还很幼稚，甚至还包括节目太多、时间太长、天气太冷，等等。其实，在笔者看来，一个根本性的问题未能被他们意识到，即较阅读的诗歌而言，朗诵诗尽管因其直接面对听众以及由此带来的交流感而拉近了文本与读者的距离，但诗歌朗诵本身就带有文人化色彩。换句话说，它不是老百姓喜闻乐见的形式而是文化人的娱乐。

那么，在战时的延安，对于现代抒情话语而言，如何在灌注进“革命”内容的同时又能够抵达民间呢？中共高层显然不可能对这一问题进行更为详尽的专业性的思考与谋划，但他们分明感觉到另一种综合性的艺术样式——歌曲——是使这两种诉求能够同时抵达的更为理想的样式。从毛泽东数次亲临《黄河大合唱》的演唱现场到周恩来为冼星海题词，我们能够读出他们对这一充分大众化的艺术类型的肯定。对于歌曲而言，其中的歌词是口语式的抒情，而口语多半简朴、干脆、短暂，不但适合装进某些质地硬朗、声调洪亮的政治概念，而且适合表达坚定的、轮廓分明的夸张情绪；[②] 配合口语表述所出现的声调、音量、面部表情以及手势等无不意味着不同程度的身体亢奋，因此具有强大的行动意味和情绪感染力；言说主体与客体均会在这种单纯、集中、强烈的情绪交流中达成深度的共鸣，甚至产生行动的冲动。此外，口语化的歌词语言与民歌的语言具有同质性：整齐明朗，语调铿锵，易诵易记，这不仅适宜于集体抒情，而且在实现两者间的转化时会大大降低转化的难度。事实证明，延安歌曲对民歌的改造是成功的，这不仅表现在歌词文本上，也不仅表现在歌词与音乐的结合上，而且包括这些改编的歌曲在当时以及后来相当长的时间内的社会接受方面。更进一步讲，这种改造的成功不仅包括政治话语对抒情话语的成功植入以及由此带来的对抒情话语的制度化规训，而且更包括它对民间大众的情感生活的深刻介入——这些改编的民歌不仅代表革命意识形态发言，同时也是人民的声音。也就是说，人民的陈述与革命意识形态的陈述在这些作品里面相互交织，有时甚至是一体的。即使两者在某

---

① 柯仲平：《诗歌民歌演唱晚会自我批判》，原载《战地》1938 年第 3 期，见高兰编《诗的朗诵与朗诵的诗》，山东大学出版社 1987 年版，第 67 页。

② 法国社会心理学家吉斯塔夫·勒庞认为：“观念只有采取简单明了的形式，才能被群体所接受，因此它必须经过一番彻底的改造，才能变得通俗易懂。”参见［法］古斯塔夫·勒庞《乌合之众》，冯克利译，中央编译出版社 2004 年版，第 45 页。

些场合出现了分裂，但往往都是在双方能容忍的范围内，因为双方都能够从中找到自己的那一部分诉求。

(女) 正月里来是新春，
(男) 赶上了猪羊出（呀）了门，
(女) 猪呀羊呀送到哪里去？
(男) 送给那英勇的八（呀）路军。
(合) 哎哩美翠花，海哩海棠花，
送给那英勇的八（呀）路军。

……

(男) 八路弟兄是个个能，
(女) 保卫咱边区陕（呀）甘宁，
(男) 帮咱们种来又帮咱们割，
(女) 哪一家百姓不（呀）领情。
(合) 哎哩美翠花，海哩海棠花，
哪一家百姓不（呀）领情。

这首由安波根据陕北打黄羊调填词的《拥军花鼓》，其艺术生成史颇能说明艺术家与民间之间由“隔膜”到“磨合”再到“认同”的过程。按照刘炽的说法，这是一首典型的“旧瓶子（指旋律）装新酒（指歌词）”的作品。其实，这里的所谓“新酒”也只是在相对的意义上讲，因为合唱部分的“哎哩美翠花，海哩海棠花”即是民歌中惯常采用的衬托性词句。但是，由于安波最初对陕北方言不熟悉，所以恰好就在这衬托性的句子上闹出了笑话——他继续袭用了原作中的衬词“哎哩美翠花，黑不溜溜儿花”，而他自己并不明白这些衬词的意义所指：

演出时，每次唱到“哎哩美翠花，黑不溜溜儿花”，我们秧歌队全体非常热情地大声接唱叠句，为王大化、李波帮腔，观众却大笑不止，开始我们以为演员表演精彩，引起笑声，后来发现，不对！笑得有些蹊跷！几场演出都是在“哎哩美翠花，黑不溜溜儿花”处大笑，下来后，我们采访当地群众，也是笑而不答，又询问秧歌把式，他们说：“那是一句儿话（不好听的话）。是说男女下身部分……”我们才恍然大悟，后来改成了“哎哩美翠花，海哩海棠花”。这就是由于不懂方言俚语，又“一塌瓜子”照搬，所造成的笑柄。[①]

这里的修改是意味深长的，它是“去粗取精”这一典型的“推陈出新”招数的生动运用，具有“点铁成金”之妙：原本属于“胡闹和‘骚情’的特别形式”[②] 被一分为二，剔除了“胡闹”和“骚情”的粗俗意味，保留了衬词句的“特别形式”，再加上领唱、合唱的娱乐性要素的介入，于是，“革命”内容与民间形式不但各得其所，而且相得益彰。这首秧歌舞曲成为民歌改造初见成效的显著标志。据黄钢《皆大欢喜——记鲁艺宣传队》记载，这首作品在后来演出的时候产生了十分浓烈的狂欢化效果：当领唱者唱到“猪呀羊呀送到哪里去”时，作为听众的农民老乡马上就接唱道：“送给那英勇的八（呀）路军。”[③] 这样的场景肯定是延安政治家们所期望的最理想的一幅画面。或许黄钢本人拟定这个标题——“皆大欢喜”时并无深意，但它的确传神地寓指了民歌改造中革命话语与民间文化通过“形式同构”所带来的全新局面——皆大欢喜。

（三）行动的诗学：作为先锋艺术实验的民歌改造

“到民间去”是始终伴随着中国现代知识分子的一种“乡愁”的冲动，同时也是他们企图建构中国现代文化更为复杂的叙事逻辑的合理想象。但是，更多的知识分子往往只是把这“冲动”诉诸笔端，把这“想象”限定为一种书斋里的思想放飞。

20世纪30年代末到40年代初，大规模的知识分子涌向封闭的、乡间化的延安，从文化发展的基本走向来看，这是一种文化的逆向迁徙。不过，这种迁徙尽管是被动的，但从历史叙事的角度看，它又具有相当程度的合理性，极大地丰富了中国现代文化的叙事层次。

作为知识分子的一部分，艺术家在这样的逆向迁徙中，首先面临的是文化观念、美学立场、艺术操守的重大调整。历史证明，在“乡村化”的铁的事实面前，任何的迟疑、彷徨不仅会招致政治上的危险，同时也会招致艺术上的画地为牢。因此，重构一种艺术创造的逻辑，成为一个明智

---

① 刘炽：《“鲁艺家”的秧歌》，见曾刚编《山高水长——延安音乐回忆录》，太白文艺出版社2001年版，第387页。

② 张庚：《谈秧歌运动的概况》，原载《群众》1946年第11卷第9期，见金紫光、何洛主编《延安文艺丛书·文艺理论卷》，湖南人民出版社1984年版，第489页。

③ 黄钢：《皆大欢喜——记鲁艺宣传队》，载《解放日报》1943年2月21日。

的艺术家必须的选择。

如前所述，由民歌改造而新编群众歌曲是实现战时延安文化策略的一个更为理想的模式，因为它不仅可以将本该列为革命对象的旧文化因子吸纳到自己的体系里，甚至可以附着其上，借其而行革命之道，而且经过持续的实践证明，这是更能够被老百姓认同的抒情话语方式——耳熟能详的音乐旋律与简单明了的歌词语言，既给老百姓带来了文化娱乐，又在潜移默化中使“革命”内容与政党意识得以传播。名噪一时的《军民大生产》[①] 便是这双重机制巧妙交结且相辅相成的典范之作。这首由张寒晖编曲填词的作品以陇东民歌《推炒面》的曲调为音乐的“原型”，将具有现实政治诉求的“革命”话语——大生产运动的倡导——镶嵌其中。但作者的聪明之处在于，他对“硬性”的“革命”话语进行了“软化”处理，其具体策略是以不断重复且在重复中又有变异的长句衬词以及“一人领、众人合”的演唱方式，使其话语的生产与传播呈现出劳动号子的特质，这不仅给作为聆听者——同时也是参与者——的“军民”大众以亲切感，而且对他们也有一种情绪上的鼓动作用：

（领）解放区呀么（众）嗬咳！
（领）大生产呀么（众）嗬咳！
（领）边区的军民
（众）西里里里察拉拉拉嗦罗罗罗呔，齐动员呀么嗬咳！

（女）妇女们呀么（众）嗬咳！
（女）更不同呀么（众）嗬咳！
（女）手摇着纺车
（众）吱咛咛咛吱咛咛咛嗡嗡嗡嗡吱，纺线线呀么嗬咳！

（领）又能文呀么（众）嗬咳！
（领）又能武呀么（众）嗬咳！
（领）要问我什么队伍
（众白）一、二、三、四，八路军呀么嗬咳！

这首歌词的一个突出特点是将音乐的欢快情绪赋予了具象的情感内

---

① 这首作品又名《解放区小唱》《边区十唱》。

核——大生产运动的正义与神圣感；如果仅从文学话语的角度看，它浅白而直露，实在和号令、鼓动的言辞相去不远，因此可以说是低质的；但"低质"的文学文本却通过欢快跳跃的音乐旋律和繁弦急管式的演唱方式的变化而令人"耳不暇接"，由此给人带来情绪的轻松释放的快感，使原本多少有些苦涩和沉重的政治担当转换成了一种游戏式的快乐，难怪在大生产运动的各种劳动竞赛中，这首作品成为屡试不爽的情绪"鼓动机"。

细细想来，在战时延安，真没有比这更好的方式了。

不过，如果我们仅仅从思想改造的层面来理解延安的民歌改造，那就是过于褊狭了。事实上，民歌改造基础之上的群众性歌曲创作同样充满了重大的形式意义和方法论意义。正如胡风所深刻意识到的那样："民族革命战争的炮声把文艺放到了自由而广阔的天地里面。这以前，作家底世界是书斋，是客厅，是教室，是亭子间，是地下室……，但炮声一响，这些全都受到了震动，门窗颤抖，积尘飞扬，他们兴奋地、或者想镇静而不得地跑了出来，向愿意去的或能够去的各种各样的领域分散。跑向热情洋溢的民众团体，跑向炮火纷飞的战场……，也跑向落后的城市或古老的乡村……"[①] 这不仅意味着作家的生活发生了重大的变化，而且意味着作家的文化使命必然面临重大的转向——由"启蒙"转向"救亡"。如果说过去可以依附在一两个"文化中心"的大都市，通过创作、发表而形成一个文艺圈子成就自己并以此维护自己的作家身份，那么，现在这个圈子已经被拆开；而且，这样一场全民族的战争，不可能撇开强大的以农民为主体的民间社会，这是每一个有良知的艺术家都能够认识到的问题。因此，服务抗战、服务大众绝不只是一个政治口号，而是一个充满民族正义与社会良知的战时文化规范。对于所有深明大义的艺术家而言，主要面临的恐怕已经不是一个认识"到位"的问题，而是一个行动"到位"的问题；具体而言，就是一个"如何服务"的问题。在这个"人神共怒"的激越年代，抒情话语有自己的独特优势，但这一优势一半是天赐，一半却要依靠人工。诗人需要苦心经营的是后者。它对知识分子提出的首要要求是，放弃自己的"精英心态"，从"文化英雄"的位置上撤离下来；在此基础上，诗人需要进一步努力的，则是促进这些抒情话语有效地抵达民间，使之成为大众的思想动力与文化源泉。

明智的诗人在思考，胡风就是其中之一。在他看来，"本来，诗底本

---

① 胡风：《民族革命战争与文艺——对于文艺发展动态的一个考察提纲》，见《胡风评论集》（中），人民文学出版社1984年版，第71页。

质，在文学上对读者所要求的较高，读者必须有相当的文化水平才行。但现在对诗的要求是愈广泛地动员民众愈好，所以诗也要求和民众愈接近愈好"[1]。胡风所强调的是，将诗歌普及于民众，这和后来毛泽东提出先"普及"再"提高"的思路如出一辙。作为一个有行动意识的理论家，胡风不仅有高屋建瓴的理论阐释，更有具体的行动方案的设定："一是诗朗诵，一是街头诗，一是诗画展览，一是旧形式底利用，一是多做歌……"[2] 值得注意的是，胡风特别突出了诗人"做歌"的方向性意义："歌咏，在救亡运动上功绩甚大"，因此，"使歌词本身也是民众底心声，使音乐底力量和民众底斗争要求因它而更加使人感动，那就是我们诗人底责任"[3]。因为身在延安之外，胡风还无法对朗诵诗、街头诗、诗画展览以及歌咏活动在延安实践中的具体效果有所观察，而置身延安的何其芳对此问题的认识就更为具体和深入了：

> 文学的各部门，除了戏剧，和他的读者发生关系应该是通过文字和眼睛，而不是通过声音和耳朵。原始的人类的文学和音乐可能是合一的，然而由于人类文化的进步，它们分家了。到了现在，我们实在无法取消这种文化上的分工。不管诗人苦心地，反复地用着各种不同的腔调唱他的诗，我们从来没有遇见一个工人或者农民或者甚至一个知识分子记得一首朗诵诗，而且能够照样地唱出，然而冼星海同志的一个普通曲子却流行在各个地方，各个阶层的人民中间。[4]

在这里，何其芳清醒地意识到抒情话语是如何借助音乐的力量而活跃于大众之中，并由此获得新的生长可能的。

不过，认识到从"诗"到"歌"是抒情话语实现"下沉"的必需选择，还只是一种"出发"，如何"抵达"则是另一个需要细心斟酌的重大问题。围绕着"民族形式"论争所展开的种种路径设计其实都是艺术家们良思苦想的结果。[5] 从长计议，或许应该有更为开阔的文学视野与文学

---

① 胡风：《略观战争以来的诗》，见《胡风评论集》（中），人民文学出版社 1984 年版，第 54—55 页。

② 同上。

③ 同上书，第 57 页。

④ 何其芳：《论文学上的民族形式》，原载《文艺战线》1939 年第 1 卷第 5 号，见《文学运动史料选》第 4 册，上海教育出版社 1979 年版，第 411 页。

⑤ 关于这场讨论，已经有较多的深入的研究，另有徐迺翔选编的《文学的"民族形式"讨论资料》，广西人民出版社 1986 年版，这里不再展开。

建构方略，但在“救亡压倒一切”的战争年代的延安，最终还是选择了回到民间——通过功利主义式的与前现代农业社会的认同而寻求艺术与大众结合的最大有效性。有人认为，这是一次“反现代性现代先锋派”文艺运动，“其之所以是反现代的，是因为延安文艺力行的是对社会分层以及市场的交换—消费原则的彻底扬弃；之所以是现代先锋派，是因为延安文艺仍然以大规模生产和集体化为其最根本的想象逻辑”①。或许言辞尖锐了一些，但这一判断大体符合延安的实情。

将延安的民歌改造看作具有先锋实验性质的运动，就在于它是一次“行动的诗学”；就现代大众诗学的建构来讲，它又是一次充分展开并完成了的诗学，因此，“行动”对于这次民歌改造而言，是可以作为学理展开的一个关键词。

首先，它改变了现代大众诗学更多地停留于观念层面的形象。正如本论著第二章所述，“五四”以来，尽管不断有人期望从民间歌唱中寻找资源以创建现代“民族的诗”，但由于精英主义观念的潜在支配，借鉴民歌的创作实践非常不充分，最终使这一“乡愁的冲动”只是止步于对于“民间”的美好想象上。以中国诗歌会为代表的左翼诗歌，虽然也将“大众化”的调子唱得很高，立志“要用俗言俚语……写成民谣小调鼓词儿歌”并使自己的诗歌“成为大众歌调”，最终“自己也成为大众中的一个”，② 但对大众的隔膜以及强烈的意识形态冲动，使他们的实践更像是一次浪漫主义的自我玩赏。上海流行歌曲的歌词在一定程度上召回了民间的精魂，但其起源语境与文化诉求与延安“歌唱”都有很大的差异，民间只是以虚拟的方式而存在。③ 延安的诗学建构尽管受制于革命意识形态，但民间大众无疑是它建构的一个逻辑起点（其实，制约它的革命意识形态本身即有强烈的“大众”文化诉求），以农民为主体的大众第一次以主人公的身份从这些充满革命话语的艺术形式中部分地找到了属于自己的审美经验。

其次，它以充分的艺术实践证明，在延安，大众诗学建构不只是艺术形式思辨的理论逻辑的自洽，而是可以在形式创造上——“改编”也是一种创造——为抒情话语寻找到一条通向大众之路。在实践中，它表现出一种与现代诗歌大异其趣的艺术向度，即对“旧形式”的利用与改造。

---

① 唐小兵：《大众文艺与通俗文学：〈再解读〉导言》，见唐小兵《英雄和凡人的时代——解读20世纪》，上海文艺出版社2001年版，第252—253页。

② 穆木天：《〈新诗歌〉发刊诗》，见周良沛编选《中国新诗库·穆木天卷》，长江文艺出版社1988年版，第44—45页。

③ 参见本书第三章。

或许我们可以怀疑其本体意义上的纯洁性，但无可置疑的是，它撕裂了文字符号的紧身衣，解构了由现代知识分子建构的符号秩序，动摇了艺术符号的等级结构。因此，就其实验精神来说，它并不亚于20世纪中国诗歌史上的历次先锋性实验，简单地将其归结为一个政治性的文化实践行为，其实是不足以阐释出它的全部蕴涵的。

最后，它实现了战时抒情话语的日常生活化。符号秩序的解构必然预示着文化民主的开启“可能”的到来，文化民主的生长则意味着“启蒙”话语由理论运思层面转向了话语实践层面。延安之所以被誉为“歌咏城”，一个根本的原因是它充分实现了抒情话语的日常生活化。过去人们更多地注意这一现象中的音乐学意义；其实，在笔者看来，其诗学意义也不可小视——它以集团化的方式强力实现了现代诗歌对音乐精神的回归，同时还实现了与“大众”、与“革命”意识形态艰难却富有成效的聚合。从人类创造艺术的动机着眼，我们可以说，艺术的全部意义并不仅仅在于它有高峰，而更在于它有高峰之下的山谷，后者的大量存在才使许许多多穿行于人间烟火的民众有了艺术参与的可能并有所收获。就艺术的生态布局而言，后者的意义同样十分重大。换言之，这是以艺术领袖的名额换取了更为广泛的艺术同盟。的确，艺术降低了高度，但是，艺术却进入了更多人的生活——这就是延安民歌改编的艺术社会学真谛。

二　抒情话语的置换

光未然在《文艺的民族形式问题》一文中，对延安“歌唱”给予了积极的评价：

> 音乐方面的民族形式之创造，从歌曲创作方面说，在今天已经看到了较好的成绩。这因为近年来的音乐运动，一直注意着民族化、大众化的工作，特别是抗战中扩大而深入的歌咏运动，使音乐更进一步和民众的战斗生活结合起来，使音乐成为大众生活中不可缺少的食粮。我们的作曲家，从民歌和剧曲的泉源中汲取养料，用新的手法，根据大众的旋律，而加以发展，于是有了面貌上近似民歌，而实际上和民歌不同的新鲜健康的民族化的歌曲。正因为这样，这种歌曲才被民众所欢迎，而在民间广唱着。①

① 光未然：《文艺的民族形式问题》，原载《文学月报》1940年第1卷第5期，见金紫光、何洛主编《延安文艺丛书·文艺理论卷》，湖南人民出版社1984年版，第638—639页。

作为一个词作家、诗人，更多地站在音乐的立场上肯定歌曲的成绩，这或许表明了光未然姿态上的谦逊。不过，如果将歌曲作为一种综合性的艺术形式来考虑，光未然的评价是有失准确的，因为延安歌曲之“新”，更多地不是表现在音乐上，而是在歌词创作方面。也就是说，歌词才是延安“歌唱”“面貌上近似民歌”但实质上有了很大改变的艺术样态，而其音乐则更多地保留了“原生”意义上的民歌曲调，如我们今天依然在传唱的《东方红》《翻身道情》《绣金匾》《山丹丹开花红艳艳》《秋收》《边区十唱》以及作为延安艺术典范之作的歌剧《白毛女》中的诸多唱段，均更多地留有原始民歌的音乐痕迹，有的甚至只是在原来民歌音乐上填写了新词。

对于延安歌词改编民歌的得失，可以见仁见智，但可以肯定的是，它的确对民歌做了重大的改造，其中既有视角的、身份和姿态的，更有社会属性的。从建构现代大众诗学的历史发展来看，延安“歌唱”颠覆了现代诗学建构起来的诸多观念，对抒情话语进行了一次系统化的置换，这就大大推进了大众诗学的实践进程。

鲁迅曾在20世纪30年代“文艺大众化问题”的讨论中发表了这样的看法：“为了大众，力求易懂，也正是前进的艺术家正确的努力。旧形式是采取，必有所删除，既有删除，必有所增益，这结果是新形式的出现，也就是变革。”① 如果说鲁迅的这番言论还是属于少数先觉者的精英主义构想，那么，延安“歌唱”则是将这一构想推进到实践阶段的一种重要探索，其探索的显著标志是对既有的抒情话语构成进行了一系列的重构。这些重构都是围绕着一个路径来展开，即从“阳春白雪”到“下里巴人”。

虽然“大众”“平民”“农工”等字眼频繁地穿梭于精英知识分子的字里行间，虽然乡土情结一直像一个苦苦的冤魂缠绕着身居城市的作家们，但现代文学在审美范式上依然是趋于城市化的，“阳春白雪”仍旧作为一种极具号召力的美学范式而广受人们的推崇。诗歌作为文学中的文学，顺理成章地成为“阳春白雪”的合法代理。郭沫若谓诗歌的所谓内在韵律“异常微妙，不曾达到堂奥的人简直不懂”②，徐志摩谓波德莱尔《死尸》一诗中有“无音的乐”，并且居高临下地教训说“你听不着就该

---

① 鲁迅：《论“旧形式的采用”》，原载上海《中华日报·动向》1934年5月4日，见《鲁迅全集》第6卷，人民文学出版社1981年版，第24页。

② 郭沫若：《论诗三札》，见杨匡汉、刘福春编《中国现代诗论》上编，花城出版社1985年版，第51页。

怨你的耳轮太笨，或是皮粗，别怨我"①，类似的言论或许道出了诗美的某些奥妙，但字句间折射出来的却是作为"阳春白雪"代言人的智力优越感和审美富足者的自得。质言之，这批文学话语的操纵者尽管口里念叨着大众，但他们与乡土中国却自矜地保持着思想和审美上的距离，贩夫走卒、引车卖浆之徒是被排斥在他们的美学盛宴之外的。

但是，延安不是上海，窑洞不是亭子间。如果说占主导地位的艺术形式，永远是由占主导地位的文化优势群体来决定，那么，在延安，这个群体不是知识分子，而是农民大众。毛泽东显然充分认识到以农民为主体的大众所占据的文化优势地位，因此，他苦口婆心地告诫作家、艺术家们："就算你的是'阳春白雪'吧，这暂时既然是少数人享用的东西，群众还是在那里唱'下里巴人'，那末，你不去提高它，只顾骂人，那就怎样骂也是空的。现在是'阳春白雪'和'下里巴人'统一的问题，是提高和普及统一的问题。不统一，任何专门家的最高级的艺术也不免成为最狭隘的功利主义；要说这也是清高，那只是自封为清高，群众是不会批准的。"②

正是基于这样的文化语境，天生具有大众色彩的歌曲便具有了赢得农民大众的优势，歌词也因此比诗歌赢得了更大的发展空间。

延安歌词对大众诗学的拓展，主要表现为对既有的抒情话语的置换，这种置换具体表现在以下三个方面。

（一）文学趣味：从"意象性"到"歌唱性"

如前文所述，"歌唱性"原本是诗歌发生的始发动力，"意象性"呈现出来的"文学性"则是诗歌的继发动力；但后来在诗歌的历史演变过程中，以审美意象为中心的"文学性"得到高度的发展，而"歌唱性"则逐渐走向模式化和机械化。当这种追求成为一种制度化的文学想象的时候，中国诗歌也开始逐渐失去活力。现代新诗的诞生原本有着重新寻求与音乐性共谋发展的构想，但终因历史的种种局限而未能获得有效展开。新诗在后来的发展中越来越突出地表现为从意象的经营中寻求对其自身合法性的维护上来，这尤其突出地表现在20世纪二三十年代以新月派、象征派、现代派为代表的诗歌创作中。对"意象"的迷恋甚而使相当部分的诗歌表现出"过剩"的文学技巧与过于狭隘的感情内涵彼此涵容的局面，

---

① 徐志摩：《波德莱尔〈死尸〉译序》，见顾永棣编注《徐志摩诗全集》，学林出版社1992年版，第259页。

② 毛泽东：《在延安文艺座谈会上的讲话》，见《毛泽东选集》第3卷，人民出版社1966年版，第821—822页。

对此，连从现代派走出来的何其芳也表达了某种失望：“中国的新诗从初期白话诗到新月派，再到现代派，它的内容是明显地越来越缩小，越狭隘了，只剩下了个人的情感，甚至于只剩下了自己的感觉。这种严重的贫血病是需要医治的。”①

抗战的爆发，使整个民族陷入风雨飘摇之中，虽然这样的时代并不缺乏抒情话语，但它所期待的已经不是——甚至不能容忍——那种在自我的空间里优雅地吹奏美妙的短笛了；按照闻一多的说法，这样的时代“要把诗做得不像诗”，“太多‘诗’的诗，和所谓‘纯诗’者，将来恐怕只能以一种类似解嘲与抱歉的姿态，为极少数人存在着”②。所谓“太多‘诗’的诗”即那种强调意象的密度、追求抒情话语内部空间自洽的诗，这样的诗更适宜存在于生活秩序大体固定的时代，但是，这样的时代已经失去。现在是一个风云际会的时代，“大众的英勇斗争，伟大情感，新的生活与制度，一切生长与发展着的事物，都要歌颂”，因此，“那些只限于知识分子的象征、想象，虚幻的描绘，以及老八股洋八股的典据”，“那种知识分子才具有的见月伤心，闻铃断肠，扭扭捏捏，装腔作态的感兴，感想”，③ 不但无法再招来一大批虔诚的信徒，甚至都无法找到生根的土壤。

艾青、臧克家、七月诗派以及身体力行于朗诵诗、街头诗的诗人们尽管通过其血泪交融的诗句在相当大的程度上弥补了上述诗歌的现实“失语”，但在话语方式上他们离以上这群诗人并未走多远——他们的作品依然主要是在知识分子群落中寻找到自己的知音。④

真正实现诗歌的自我调整、使抒情话语长驱直入地进入农民大众的话语领域的是延安歌词，而实现这一调整的重要手段之一就是将抒情话语从“意象性”转向了“歌唱性”：

张老三，我问你，

---

① 何其芳：《给陈企霞同志的一封信》，载《文艺月报》1941 年第 4 期。

② 闻一多：《文学的历史动向》，见闻一多《神话与诗》，上海世纪出版集团 2006 年版，第 167 页。

③ 严辰：《关于诗歌大众化》，原载《解放日报》1942 年 11 月 2 日，见杨匡汉、刘福春编《中国现代诗论》上编，花城出版社 1985 年版，第 411—412 页。

④ 艾青对自己战争年代所写的诗歌曾经有如下的检讨：“由于长期的流浪与监禁，也由于长期过的是个人的自由生活，我对于中国社会的了解，和对于劳动人民的认识都是不够深刻的。在我的诗里，有时也写到士兵和农民，但所出现的人物常常是有些知识分子气质的，意念化了的。”艾青：《艾青选集·自序》，原载《人民文学》1950 年第 2 卷第 5 期，见《艾青论创作》，上海文艺出版社 1985 年版，第 50 页。

你的家乡在哪里?

我的家，在山西，
过河还有三百里。

我问你，在家里，
种田还是做生意?

拿锄头，耕田地，
种的高粱和小米。

为什么，到此地，
河边流浪受孤凄?

痛心事，莫提起，
家破人亡无消息。

张老三，莫伤悲，
我的命运不如你!

为什么? 王老七，
你的家乡在何地?

在东北，做生意，
家乡八年无消息。

这么说，我和你，
都是有家不能回!

——光未然《黄河大合唱》

这是一首典型地体现以上“转向”的作品。它抛弃了纯诗惯常采用的意象式结构方式，而以情节化的结构模式和口语化的语言方式来完成抒情话语的建构。由于赋予了“歌唱”的形式，其“情节”便具有了“反”情节的形式意义，因为支撑“情节”发展的是由“悲”而“怒”

的情；再加之以民间歌唱中普遍使用的“对唱”模式和由缓到急的节奏变化，这就很容易使听众产生强烈的情感共鸣，“家仇国恨”与“共同抗日”的宏大主题的表现因此也斧痕全无：“仇和恨，在心里，奔腾如同黄河水！黄河边，定主意，咱们一同打回去！为国家，当兵去，太行山上打游击！从今后，我和你，一同打回老家去！”

需要指出的是，延安歌词在从“意象性”到“歌唱性”的转变中，并非完全排斥意象，而是排斥意象的晦涩与歧义多解。在有些时候，它甚至也追求一种“意象化的叙述”，这种“叙述”在整体意义上的歌曲写作中的修辞价值在于，那种有意味的物质和空间形态提供了比“自然”意义上的“现实”更多的东西：它们为听众展现了某种社会“景观”，使社会生活形态像诗歌“本文”那样具有了“可读性”：

花篮的花儿香，
听我来唱一唱，唱呀一唱；
来到了南泥湾，
南泥湾好地方，好地呀方。
好地方来好风光，
好地方来好风光；
到处是庄稼，
遍地是牛羊。

——贺敬之《南泥湾》

正如“物象”可以同时是“意象”，“自然”和物质的空间也可以是对社会和文化形态的表达形式——“到处是庄稼，遍地是牛羊”既是陈述，更是歌唱；它所呈现的物象既是自然景观，更是人文景观。

延安歌词通过对“意象”的疏离和对“歌唱”的亲近而使现代抒情话语从另一方向进行了延伸。这种延伸在相当程度上降低了话语的难度，缩小了诗歌文化的等级差异，由此增加了其影响的幅度。客观地讲，这样的选择是符合“全民抗战”这样一个时代本质的。

学界普遍认为，通过意象化的方式，现代诗歌提高了耐读性，由此和依靠吟唱来保证耐读性的古典诗歌划开了界限。的确，由于现代印刷和现代出版的逐渐成熟，诗歌的阅读化在更大范围内成为可能，而且阅读有吟唱所缺乏的穿越意象之后继续击中人们精神纵深的优势，因为借着阅读，读者“能够与书本及文字建立一种不受拘束的关系。文字不再需要占用发出声音的时间。他们可以存在于内心的空间，汹涌而出或欲言又止，完整解读或有所保留，而读者可以用其思想从容地检视它们，从中汲取新观念”①。不过，在笔者看来，这一观点显然是出于对诗的“阅读”的过于信赖，将诗歌的继发动力——文学性指认为唯一动力所致。从诗歌在20世纪的接受历史来看，这一观点尽管在相当长的历史时期内居于主流的地位，但接受中的诗歌仍然顽强地显示出“歌唱性”这一始发动力的熠熠光彩——古典诗歌的长盛不衰与现代歌曲的大行其道，都在对“阅读”作为诗歌的唯一甚至主要方式的观念进行有力的质疑，同时也在证明“歌唱”作为诗歌始发动力的不可替代性；尤其对于文化水平较低、诗歌修养不那么深厚的普通大众，“歌唱性”的诗歌还更具有优先获得入场券的地位。这也是战争年代延安“歌唱”风起云涌带给我们的启示。

（二）诗体样式：从“欧化”到“本土化”

“形式”问题从一开始就是一个困扰着延安文艺的重大问题，这一问题如果不能从根本上得到解决，那么，以农民为主体的“工农兵文艺”的种种构想便根本无从实现。从现实的功利主义角度考虑，“形式”的悬而未决肯定无法兑现文化服务于抗战的策略；从建立现代民族国家的长远之计来看，“形式”问题也已经不是一个单纯的艺术命题，而是关涉着现代民族文化未来走向的“大政”。在此意义上可以说，延安文艺是一段为面向民族未来而打造新形式的实验史。

诗歌，作为一种更强调“形式”价值的文类，在延安的艺术“形式”探索中便显得更为引人注目；而且，就“五四”以来的艺术创作实践来看，诗歌的“形式”又的确是欧化色彩最浓，因此也最遭人非议的一种文类。这种非议主要是基于如下两点。

第一，虽然通过对外国诗律的借鉴而创立了现代格律诗，但这种格律诗的现代建构意义在很多人看来是可疑的，“这种西洋诗特别是西洋旧诗的搬运虽然盛极一时，然而一则在较懂诗的人看来中外旧诗同使人感到陈旧，同是本身好却不必学且不能学的；二则由于那些斤斤于形式韵律的作诗人的努力，使人都更觉得以西洋旧诗来直接承继中国旧诗似乎并未进步，并不能赫然如诗词曲的递嬗”②。显而易见，由于诗歌文体对于语言

① ［加拿大］阿尔维托·曼古埃尔：《阅读史》，吴昌杰译，商务印书馆2004年版，第61页。

② 柯可：《论中国新诗的新途径》，原载《新诗》1937年第4期，见杨匡汉、刘福春编《中国现代诗论》上编，花城出版社1985年版，第260页。

使用的特殊要求，使中国新诗在形式上甚至不可能像小说等文体那样走一条“先去模仿别人，随后自能从模仿中，蜕化出独创的文学来”[①] 的外国文学借鉴之路。对现代诗歌的西化追求较多地给予同情与肯定的朱自清先生也表达了类似的看法：“新诗的语言不是民间的语言，而是欧化的或现代化的语言。因此朗读起来不容易顺口顺耳。固然白话文也有同样情形，但是文的篇幅大，不顺的地方容易掩藏，诗的篇幅小，和谐的朗读更是困难。”[②] 诗歌是一种形式化的艺术，而形式的民族“认同”是很强烈的，而且这种“认同”还有根深蒂固的传承性；也就是说，对于多数没有西方诗歌经验的人来讲，以西方格律体诗为“模范”的现代格律诗是难以深入人心的。

第二，尽管格律诗所代表的规范化运动曾经盛极一时，但如前所述，现代诗歌的诗体主流还是自由体诗。由于强调“自由”，更多的人往往只看到“自由”，而对“诗”的文体规定性相当忽略——“收入了白话，放走了诗魂”[③]。当自由诗体成为诗坛的普遍诉求的时候，诗歌与大众的隔膜便尖锐起来；这不能不给诗人带来一种无形的压力，同时也带来一种难以名状的苦恼：“我曾尝试了许多诗体，最多的是采用所谓‘自由诗体’，努力把自己所感受到的世界不受拘束地表达出来。创作的态度始终是严肃的，自信还不至于被一时的热闹而把头脑弄得昏眩了的。直到近年，为了接受中国诗的民族传统，才竭力使自己的诗格律化。”[④] 艾青的这一道白多少表达了向中国式的格律回归的无奈。尽管我们相信他在自由诗的创作上是严肃的，而且其创作也取得了相当的成就，但其散文化的诗体样式的确无法获得处于社会底层的老百姓的认同。恰如朱自清所批评的：“那些用新形式写的，除了分行外，实在便无形式，也许确有‘新世纪的意识’，但与所有的新诗一样，都是写给一些受过欧化的教育的人看的，与大众相去万里。他们提倡朗读，可是这种诗即使怎么会朗读的人，怕也不能教大众听懂。”[⑤] 那么，如何才能让大众听懂呢？西方式的格律诗不行，

① 周作人：《日本近三十年小说之发达》，见张明高、范桥编《周作人散文》第3集，中国广播电视出版社1992年版，第195页。

② 朱自清：《新诗杂话》，生活·读书·新知三联书店1984年版，第95页。

③ 梁实秋：《读〈诗底进化的还原论〉》，原载北京《晨报副刊》1922年5月27、28、29日，见《梁实秋文集》第6卷，鹭江出版社2002年版，第178页。

④ 艾青：《艾青选集·自序》，原载《人民文学》1950年第2卷第5期，见《艾青论创作》，上海文艺出版社1985年版，第50页。

⑤ 朱自清：《〈新诗歌〉旬刊》1933年7月1日，见《朱自清全集》第4卷，江苏教育出版社1996年版，第311页。

自由诗显然也难以得到他们的首肯。于是，一种新的诗体的构想在延安酝酿，即“中国民族形式”[①]。对于“中国民族形式”的提倡，延安的诗人们并无异议，但在“民族形式”的内涵指认上却分歧较大；这种分歧具体表现为：西方的、古典的、民间的与“五四”的诗歌，作为传统各自能够在这一新型形式建构中占多大的份额。不过，最终占据主流位置的还是萧三式的模式：“能入耳，能唱出来，念出来使人听得懂，而且好听、动人，要使诗真能普遍流传。”[②] 萧三的说法稍嫌笼统，力扬以排除法的方式所进行的阐述就清晰多了：“在今日特别提出或是说强调这个‘民族形式’的问题，是意味着给那迷恋着欧化而忘却自己民族胃口的先生们以警告，给那些困惑于知识分子的兴味里不敢向群众的行列迈近一步的以醒惕，给那些在‘大众化’的道路上摸索着的以指标，同时也意味着给那些被‘旧形式’所俘虏了的以拯救，以掀起文坛上的新风气，加速完成‘中国作风与中国气派’的任务，也就是实践大众化更深入的任务。”[③] 力扬的说法，已经非常接近毛泽东后来提出的“推陈出新”的主张了，所谓不被“旧形式”所俘虏其实表达的是：尽管利用旧形式，但立足于“出新”。从“利用”到“改造”再到“创造”，延安理论家完成了这一场具有先锋实验性质的“形式”革命的理论阐释。

但是，理论的圆融并不意味着实践的水到渠成。那些长期在欧风美雨中浸泡过的诗人尤其表现出“转变”的艰难，从何其芳因创作《叹息三章》《诗三首》而受到质疑到艾青改弦易辙写民歌体诗而终未获得成功，可以看出重塑“自我”的路途之漫长。

这样的艰难同样表现在早期延安歌曲创作中。应该说，早期延安的艺术家依然以欧陆风致作为建立自身合法性的基本参照，这在前面所述《黄河大合唱》中即有所表现；在另一首同期创作的关于延安的标志性作品《延安颂》（莫耶词、郑律成曲）里也有鲜明的类似倾向，其歌词一开始就显露出某种知识分子的审美趣味：

夕阳辉耀着山头的塔影，
月色映照着河边的流萤；
春风吹遍了坦平的原野，

---

① 萧三：《论诗歌的民族形式》，原载《文艺战线》1939年第1卷第5号，见杨匡汉、刘福春编《中国现代诗论》上编，花城出版社1985年版，第373页。

② 同上书，第374页。

③ 力扬：《关于诗的民族形式》，载《文学月报》1940年第3期。

群山结成了坚固的围屏。

这种趣味通过音乐的介入又得以加强——3/4 节奏型虽然给作品带来一种荡漾感，一种浪漫主义的情调，但这种情调本身却是典型的知识分子的嗜好；咏叹调式的歌唱方式与中段节奏型的变化（变成了 2/4 节奏型）尽管使作品的表现力变得丰富，但这无疑增加了演唱的难度。

真正将延安诗歌的“形式”试验推到一个理想境界的是从延安及其他解放区起步的一些诗人，田间、李季、阮章竞、张志民等以对民间歌唱的痴迷追求与积极吸收，开创了一种真正民族化的现代诗体——脱胎于陕北民歌而又有所“改造”的歌谣体。尽管在后来的历史评价中，由于其浓烈的意识形态色彩以及民间化艺术格调而未获得太高的赞誉，① 但其在诗体方面的探索还是获得了积极的肯定。对此，我们还可以进一步指出的是，这些歌谣体的作品不仅是在诗体样式上激活了民间资源，更重要的是，它们使一种久被疏离的传统民间文化形态得以复活；后者却是在长期的文学史叙事中被遮蔽了的。

不过，客观地讲，这些歌谣体的新诗虽然激活了民间，但作为艺术作品却并未能够很好地影响民间，个中缘由固然包括了真正的民间由于文化水平的低下，还无法通过阅读来从这些书面表达中寻求诗意的满足，但更重要的是，纸质传播方式缺少了民间艺术生活中的重要质素——娱乐；此外，这些作品主要以长篇叙事诗为主，这也在很大程度上影响了它们的传播质量。诚如朱自清先生在批评中国诗歌会的歌谣体创作中所指出的那样，由于歌谣的“各种形式全带韵脚，韵脚总是重读。虽有无韵句间隔而太少；篇幅短还行，长了就未免单调。这层多换韵也许可以补救一些。还有一层，韵句多了，令人有头重脚轻之感；这个可不容易补救，只有将篇幅剪裁得短些。实在短不了的，便须用新形式”②。也就是说，篇幅的冗赘加上韵脚的浓密，很难使大众有足够的耐心来领略这些作品的美妙。但时至今日，学界在论及抗战时期的叙事诗创作时，均给予了较高的文学史评价。其实，从文学接受的角度看，这些诗尽管在艺术形式上有鲜明的

---

① 事实上，对延安的这些歌谣体诗歌的评价，也有一个历史演变过程。应该说在新中国成立以后直到 20 世纪 80 年代初，学界普遍给予了很高的评价，当然，这些评价在相当程度上是被笼罩在一种极端的意识形态之下，但其后随着思想解放运动的深入开展以及对现代主义诗歌的推崇，其文学史地位逐渐下降并最终被边缘化。

② 朱自清：《〈新诗歌〉旬刊》1933 年 7 月 1 日，见《朱自清全集》第 4 卷，江苏教育出版社 1996 年版，第 312 页。

大众化的倾向，但是，它们并没有被成功地交还给大众，主要还是在知识分子圈子内流传；这显然不是“中国民族形式”提倡的最终目的。

延安歌词所进行的实验性探索较歌谣体诗而言，表现出更大的活力。这具体表现为：它不是以纸质的而是以口传的方式进行传播，这不仅大大降低了大众接受的难度，而且能够保留更多的民间歌谣的质素——音乐旋律与人声歌唱的参与都能够不断为文本化的歌词增添美学的、文化的意味；更为主要的是，这种传播方式由于是直面相向甚至是带有表演性的，因此就具有了艺术再生产所带来的附加值——充分的娱乐性。在过去很长时间内，不管是持主流意识形态立场的研究，还是持精英主义立场的研究，均忽略了“娱乐性”在大众诗学建构中的重要意义，因此使“娱乐”的建构价值一直处于一种被“悬置”的状态。质言之，在延安“歌唱”的大众诗学实践中，“革命”话语的传播不但没有将“娱乐性”推向边缘以捍卫“革命”话语的纯洁性，相反它合理地利用了“歌唱”的娱乐功能，由此使“革命”话语的传播极大地降低了强制性与说教色彩；与此同时，由于音乐形式的制约，篇幅的短小成为延安“歌唱”重要的诗体特点，这也大大增加了其传播的有效性。此外，在诗体样式的多样性——如道情、信天游、秧歌、说唱等方面的广泛借鉴与改造，也避免了“中国民族形式”的单调。对于延安“歌唱”在诗体样式上的这些探索，笔者以为我们应该以一种历史主义的态度来进入历史，而不能简单地以今天的审美趣味对之进行价值的评骘。

（三）文本语言：从“现代白话”到“民间大众语”

“五四”新文化运动提倡现代白话文，其根本目的是解决中国文化与世界文化间不协调的矛盾，解决中国文学与世界文学难沟通、不同步的矛盾，这里面实际上包含着一种不可遏制的“现代性冲动”——渴望实现现代化而急欲消融民族身份的持续性焦灼。基于此，族别问题于是成了一个不合时宜的边缘性话题。诗歌界亦然。尽管有持续不断的关于本土化、民族化、古典、民间、大众等话语对诗学场域的叩问——前文所述“歌谣运动”就是体现这一“逆向”叙事的典型个案，但在宏大的现代化叙事中，这些叩问声都显得太过微弱。也就是说，现代白话并没有解决文化、文学语言的大众化问题。

20 世纪 20 年代末左翼文学出现以后，左翼作家对“五四”以来急欲消融民族身份的国际化思维开始了正面的清算，其中，白话文的“欧化”现状就是其重要的进攻目标。在他们看来，现代汉语的欧化倾向严重，因此，它更多地体现了知识分子的嗜好，大众是被排斥在这一语言体系之外的。也就是说，现代白话文并没有能够把大众从不可表述的深渊里面解脱出来，他们依然在忍受着"失语"的痛苦，正如寒生所批评的："五四式的白话，实际上只是一种新式文言，除去少数的欧化绅商和摩登青年而外，一般工农大众，不仅念不出来听不懂，就是看起来也差不多同看文言一样的吃力。因此用这样的话来写的东西，结果没有别的，只有远离大众！"① 在左翼理论家看来，现代白话虽然是以反对文言而获取了自身的合法性，但它本身其实也是一种新式"文言"。这种新式"文言""完全不顾口头上的中国言语的习惯，而采用许多古文文法，欧洲文的文法，日本文的文法，常常乱七八糟的夹杂着许多文言的字眼和句子，写成一种读不出来的所谓白话，即使读得出来，也是听不懂的所谓白话"，因此，"平民群众不能够了解所谓新文艺的作品，和以前的平民不能够了解诗古文词一样。新式的绅士和平民之间，没有'共同的言语'。既然这样，那么，无论革命文学的内容是多么好，只要这种作品是用绅士的言语写的，那就和平民群众没有关系。'五四'的新文学运动，因此差不多对于劳动群众没有影响"②。从这些多少有些火药味的言辞中，我们可以看出，左翼理论家们已经开始将现代话语的生产由欧美"引进"转向了本土"自制"的思路上来，而这种"转向"的根本缘由是他们对"五四"以来以新文学为代表的白话文运动的革命彻底性的不信任："如果'白话'这个名词已经被五四式的新士大夫和章回体的市侩文丐垄断了去，那么，我们可以把这个新的文字革命叫做'俗语文学革命运动'。"③ 对"差异性"的强调实际上是想表达"立场"的不同，于是，语言革命由"五四"时期的文、白对峙转向了现在的雅、俗对峙；"大众语"作为一个响亮的口号被提出，这也就意味着这次革命与"五四"白话文运动划清了界限。《太白》杂志的出笼颇能传达出"大众语"提倡者与"五四"白话文运动划清界限的决心，这正如陈望道在解释自己将杂志取名为"太白"时所表白的那样："我用'太白'这个名称是因为'太白'就是白而又白，比白话还要白的意思；'太白'两字笔划很少，又符合简化的原则。"④ 与

---

① 寒生：《文艺大众化与大众文艺》，原载《北斗》1932 年第 2 卷第 3、4 期合刊，见文振庭编《文艺大众化问题讨论资料》，上海文艺出版社 1987 年版，第 86 页。

② 宋阳（瞿秋白）：《大众文艺的问题》，原载《文学月报》1932 年 6 月 10 日创刊号，见《文学运动史料选》第 2 册，上海教育出版社 1979 年版，第 393、392 页。

③ 史铁儿（瞿秋白）：《普洛大众文艺的现实问题》，原载《文学》1932 年第 1 卷第 1 期，见《文学运动史料选》第 2 册，上海教育出版社 1979 年版，第 375 页。

④ 陈望道：《陈望道谈大众语运动》，1937 年讲，原载上海师范大学《鲁迅研究资料》，见文振庭编《文艺大众化问题讨论资料》，上海文艺出版社 1987 年版，第 405 页。

此相关联，他们希望自己的文学创作也能够与“五四”文学有根本的不同并且能够战胜后者：“站到群众的‘程度’上去，同着群众一块儿提高艺术的水平线。所谓‘非大众的普洛文艺’和‘普洛大众文艺’之间区别，将要在这一条道路上逐渐的消灭净尽。”① 这一口号已经同后来的延安文学观念近在咫尺了。

不过，正如前文所言，左翼文学的一个根本缺陷在于：它本质上还是一次发生于知识分子内部的文学革命，在某种程度上也可以看作知识分子间争夺文化领导权的一次斗争，因为“大众”尽管作为一个群体贯穿了这场斗争的始终，但他们也只是作为书面上的主人公而得到表述的机会——他们甚至根本就不知道还有过这样一场关乎自身的文学变革；而且，左翼作家们骨子里依然继承了“五四”作家启蒙主义的文化心态，他们不可能真正做到从“大众”出发来完成这次从“五四”白话向“大众语”的转变。作为这次转变的一个重要参与者，陈望道也承认：“大众语运动还有它的局限性”，其表现之一便是“真正的工农大众没有起来参加”。②

由此看来，实现文学语言的大众化并不只是一个理论阐释的问题；从“实践”的层面来看，也不仅仅是一个技术上的问题。这一问题的解决，首先需要知识分子立场的转变；换句话说，知识分子必须放弃精英知识分子的“启蒙”心态与文化英雄的角色定位，重新设计自己与民间大众的关系，由此才能获取入驻这一“实验场”的通行证。

还在“文艺大众化”争论如火如荼的时候，颇具“平民”色彩的知识分子陶行知就对“大众语”试验摩拳擦掌的人提出如下忠告：“要想写大众文必须先学大众语，他必须拜大众做老师。不够！他必须钻进大众的生活里去与大众共生活共甘苦。他必须是大众队伍里的一位战士。等他自己的生活与大众的生活打成一片，然后他才领略大众生活之酸甜苦辣；然后他写大众便是写自己，写自己便是写大众。如果他不肯拜大众做老师，不肯在大众的队伍里做一个小兵，他决写不出好的大众文。”③ 陶行知的这一忠告显然更强调“立场”转变的重要性——“方法”只是“立场”

---

① 史铁儿（瞿秋白）：《普洛大众文艺的现实问题》，原载《文学》1932年第1卷第1期，见《文学运动史料选》第2册，上海教育出版社1979年版，第373页。

② 陈望道：《陈望道谈大众语运动》，1937年讲，原载上海师范大学《鲁迅研究资料》，见文振庭编《文艺大众化问题讨论资料》，上海文艺出版社1987年版，第405页。

③ 陶行知：《大众语文运动之路》，原载《申报·自由谈》1934年7月4日，见文振庭编《文艺大众化问题讨论资料》，上海文艺出版社1987年版，第256—257页。

的合理派生而已。陶行知的以上观点后来在延安时期的毛泽东那里得到了再次强调。毛泽东不仅在观点上和陶先生非常接近，甚至在语言表述、行文风格上都颇为相似。他认为：“我们的文艺工作者不熟悉工人，不熟悉农民，不熟悉士兵，也不熟悉他们的干部。什么是不懂？语言不懂，就是说，对于人民群众的丰富的生动的语言，缺乏充分的知识。许多文艺工作者由于自己脱离群众、生活空虚，当然也就不熟悉人民的语言，因此他们的作品不但显得语言无味，而且里面常常夹着一些生造出来的和人民的语言相对立的不三不四的词句。许多同志爱说‘大众化’，但是什么叫做大众化呢？就是我们的文艺工作者的思想感情和工农兵大众的思想感情打成一片。而要打成一片，就应当认真学习群众的语言。如果连群众的语言都有许多不懂，还讲什么文艺创造呢？”① 强调“思想感情”的一致性实际上就是强调“立场”转变的不可或缺。

诗歌作为一种形式化的文学样式，在这次语言“转向”中尤为引人关注。不少人都意识到，白话新诗由于受欧化的影响，越来越明显地表现出语言复杂化的倾向。相当部分诗人认为，唯有复杂才能表达现代人的现代感受，唯有西语式的精确才能与高度制度化的古典诗歌相颉颃。李金发无不傲慢地说：“我的诗是个人灵感的记录表”，“不能希望人人能了解”，因此“从没有预备怕人家难懂”。② 早期的王独清也直言不讳地说：“诗是最忌说明，诗人也是最忌求人了解！求人了解的诗人，只是一种迎合妇孺的卖唱者，不能算是纯粹的诗人！”③ 正因为“最忌求人了解”，所以现代主义诗人们持续地迷恋于语言的实验，他们的诗与其说是对现代白话规范的维护，不如说是对现代白话所可能释放出的另类美学的倾心。

即使将这类迷恋于语言实验的诗作搁置不论，仅就诗歌这种文类而言，其语言的“转向”较其他叙事文类也更困难一些，按照朱自清的说法，“诗以述情为主，要用比喻，没有小说戏剧那样明白，又比较简练些，接近大众较难（叙事诗却就不同）。所以大众化起来，怕要多费些事”④。叙事诗是否真如朱先生所说的那样更容易接近大众，这或许还

---

① 毛泽东：《在延安文艺座谈会上的讲话》，见《毛泽东选集》第3卷，人民出版社1966年版，第807—808页。

② 李金发：《是个人灵感的记录表》，原载《文艺大路》1935年第2卷第1期，见杨匡汉、刘福春编《中国现代诗论》上编，花城出版社1985年版，第250页。

③ 王独清：《再谭诗——寄给木天、伯奇》，原载《创造月刊》1926年第1卷第1期，见杨匡汉、刘福春编《中国现代诗论》上编，花城出版社1985年版，第106页。

④ 朱自清：《〈新诗歌〉旬刊》，1933年7月1日，见《朱自清全集》第4卷，江苏教育出版社1996年版，第311—312页。

可存疑，但诗歌的大众化“要多费些事”应该是一个不争的事实。问题还在于，意识到“费事”是一回事，如何解决这“费事”之事则是另一回事。陈子展提出了一个衡量是否“大众化”的标准，即看是否能让人听懂：

> 据我个人的愚见，大众语文学在诗歌小说戏曲三类，说、听、看三样都须顾到，尤其要注重听，叫人听得懂。因为诗歌朗读也好，听得懂就是深入大众的一个必要条件。为什么白居易的诗在当时社会特别流行？为什么黎锦晖先生的歌曲如今特别流行？除了其他条件以外，听得懂，也怕是一个重要原因。[①]

但是，光有衡文标准还不行，更重要的是行动；也就是说，如何让这“难懂”之诗变成“易懂”之诗，而且还要听起来就能懂，这不只是一个理论提倡和标准制定的问题，它更需要具体的实施。这时，不少人又重新将关注的焦点投向了民间歌谣，于是，一个曾经随同歌谣运动的衰落而被弃置的命题再次现身——民间歌谣与大众语建设的关系。对于这一命题，胡适似乎痴心不改，在《〈歌谣〉周刊〈复刊词〉》中他沿用过去惯常使用的“例举法”，首先搬出一首流传在他家乡绩溪的歌谣——“芭蕉扇，折搭折，娶了个老婆黑锅铁。人人说我老婆黑，我说老婆紫檀色。人人叫我休了罢，肝心肝胆舍不得”，然后有些夸饰地作了一番点评：“语言的漂亮，意思的忠厚，风趣的诙谐，都可以叫我们自命文人的人们诚心佩服。这样的诗，才是地道的白话诗，才是刮刮叫的大众语的诗。”[②] 通过这一番表彰，歌谣再度获得了出演诗歌“大众化”转向主角的机会。作为一个坚持精英立场的知识分子，胡适的形象似乎离“大众”有些距离，因此，他虽然不厌其烦地赞美民间歌谣，但由于并未身体力行地尝试，所以多少给人有些“矫情”之感。不过，胡适在这里的确看准了实施诗歌“大众化”方案的方向性问题。

胡适的观点，后来得到胡风强有力的理论回应：“对于民间诗形式的文艺，应尽量的来研究它的大众化的言语和朴素的形式，来补救诗人语言底不够，来挽救诗底贫乏”，他同时强调：“对于民歌和童谣，诗作者应

① 陈子展：《文言—白话—大众语》，原载《申报·自由谈》1934年6月18日，见文振庭编《文艺大众化问题讨论资料》，上海文艺出版社1987年版，第209—210页。

② 胡适：《〈歌谣〉周刊〈复刊词〉》，原载《歌谣周刊》1936年第2卷第1期，见欧阳哲生编《胡适文集》第10册，北京大学出版社1998年版，第775—776页。

该批判地加以改造，吸收到我们的形式里来。因为，要真正充分地表现我们所要表现的复杂生活，原来的形式不可能，非改造提高不可。”[①] 胡风虽然不是一个全盘回归“旧形式”的理论家——甚至他还是一个全盘“旧形式”化的反对者，但这里确实表达了一种真知灼见。这一灼见尽管在当时并未引起足够的重视，但20世纪40年代以后延安“歌唱”却以相当规模的行动证明了胡风的远见卓识。

“行动”的延安“歌唱”从语言层面来讲，即是实现了从“现代白话”到“民间大众语”的转化。汲取“民间大众语”的目的是生产出一种真正能够交还给民间并被他们真情接纳的抒情话语方式。在笔者看来，在这一语言“转化”的实验中，有如下几点值得给予关注。

1. 口语与书面语的关系。文本化的歌词是属于书写式的，但歌词文本的艺术呈现却又是口语化的；因此广泛地采用口语，由此实现“唱”与“听”的语言障碍的消除成为衡量其成败的重要指标。冼星海之所以批评光未然《黄河大合唱》歌词“略显文雅一点”，其实也是强调其部分章节“口语化”程度不够，有些知识分子气。但是，在后来——尤其是1942年延安文艺座谈会以后的创作中，“文雅”之风有了很大的改观，这样的改观突出表现在那些具有浓烈歌谣色彩的作品中，如《山丹丹开花红艳艳》：

千家万户把门开，
快把亲人迎进来，
热腾腾儿的油糕摆上桌，
滚滚的米酒捧给亲人喝……

在这里，作者便对抒情话语作了充分口语化处理，将生活中之物象“油糕”“米酒”等编织进抒情话语的光谱中，并且巧妙征用民间歌唱中惯常使用的双声词“热腾腾”“滚滚”等来进行艺术的提纯。这种脱胎于实际生活经验的口语式表达，听之即有一种本真的语言芬芳。

塞克在处理口语与书面语的关系方面也达到了炉火纯青的地步，像“种瓜的得瓜种豆的得豆、谁种下仇恨谁遭殃”“仇恨的种子也会发芽”（《二月里来》），“个个村落笑嘻嘻，又有耕牛又有鸡”（《丰收》）均给人

---

① 胡风：《略观战争以来的诗》，1939年1月，见《胡风评论集》（中），人民文学出版社1984年版，第57页。

自然天成之感，清新质朴之感；即便那些仍有“文雅”之气的作品，也尽力使其语言生活化与口语化，像桂涛声的《在太行山上》，一面有“红日照遍了东方，自由之神在纵情歌唱”这样相对书面化的词句，但其“母亲叫儿打东洋，妻子送郎上战场”却充满了民间乡土的气息。正是因此，黄绳先生认为：“民间歌谣小调虽是旧形式，它却是口语的，活泼的。歌谣变动较大，随时间和民间思想的演变，都反映在它里面。所以能表达生活也说得到语言艺术，现在还可用。”① 换句话说，生活的变动必然带来语言的变动，因此，口语化的歌谣小调永远都是一种“活”的艺术而不是作为“陈迹”的旧形式，其作为话语生态的合法性当然也不容置疑。

2. 方言与普通话的关系。正如有学者指出的：“中国的语言改革运动的基本方向是向统一的书面语系统和统一的国语发音系统努力，为形成新的统一的民族语言创造条件。因此，以白话文运动为标志的现代语言改革并没有创造新的书面语符号，也没有用一种方言语音为中心再造书面语系统。统一语音的努力并不是为了再造汉字，而是为了克服方言的语音差异。方言问题始终不是中国现代语言运动的核心问题，毋宁说，克服方言的差异才是现代语言运动的主流。”② 对于延安歌词创作来讲，“克服方言的差异”的难度在于，既要使用地方口语，由此实现与农民（在延安，士兵就文化层面来讲，也是属于一种特殊身份的农民）语言符码交流的可能，但又不能毫无保留地征用方言，这样才能使作品摆脱狭隘的区域性限制，以实现更为广泛的文化影响，并且在更高的意义上将艺术活动纳入建立自主的民族国家的民族主义轨道。延安歌词采取的一个基本策略是：“有限度地使用方言土语”并与能够体现地方语言特色的歌谣式语言结构方式相结合，由此化解方言与普通话的矛盾。从实验效果来看，延安“歌唱”的这一策略是较为成功的，其创作的许多作品既保留了方言色彩，又摆脱了方言词汇与语音的限制，像“一道道的（那个）山来哟一道道水，咱们中央（噢）红军到陕北”（《山丹丹开花红艳艳》）即是通过对方言的有限度使用达成了一种方言与普通话的和解，而前面所举的“千家万户把门开，快把亲人迎进来，热腾腾儿的油糕摆上桌，滚滚的米酒捧给亲人喝……”则是在能够产生普遍认同的语言构成的基础上大量

① 黄绳：《民族形式和语言问题》，原载（香港）《大公报·文艺副刊》1939年12月15日，见徐迺翔主编《中国新文艺大系（1937—1949）·理论史料集》，中国文联出版公司1998年版，第521页。

② 汪晖：《地方形式、方言土语与抗日战争时期“民族形式”的论争》，见《汪晖自选集》，广西师范大学出版社1997年版，第366页。

加入衬词——如“哎咳哎咳哟”“衣儿呀儿来吧哟”——来形成一种方言式的言语形式。事实证明，延安歌词的这些努力是有充分的实践意义的，这对新中国成立后的歌词乃至诗歌创作都提供了重要的借鉴依据。

3. 文学语言与音乐语言的关系。相对于文学语言，音乐语言的跨文化交流更容易一些。贺绿汀就认为：“纯粹民歌民谣趣味的，尤其是民众日常所习闻的音乐，最为民众所能接受，这是对的。但是民众并不愿意把自己限在一个很小的圈子以内，他们也会希望知道从来不知道的东西，只要外来音乐能为他们所理解，他们不会不接受的。单就民族形式说，北方人听久了北方民歌，忽然听到了南方民歌，一定感到很新鲜有趣，反之，也是一样。”① 北方人之所以在听到南方民歌时会感到新鲜，其重要前提是南方民歌的音乐语言不会形成一种“听觉”理解的障碍。而方言土语融入文学语言后，因语言的差异所带来的“障碍感”必然存在。为了既形成地方特色，又避免方言土语所带来的局限，延安歌词的创作往往大量地采用“新词套旧曲”的方式；也就是说，利用既有的民间歌谣的曲调填写新词。这种方式不仅超越了方言，而且巧妙地实现了脱“俗”入“雅”但又“雅”“俗”并存、去“野”就“文”但却“文”“野”相济的美学风格。像歌剧《白毛女》中的著名唱段《北风吹》即这样的佳作：“北风（那个）吹，雪花（那个）飘，雪花（那个）飘飘年来到……”这一唱段的音乐脱胎于北方民歌《小白菜》，旋律的似曾相识必然带来亲切感，而唱词对方言土语的适当疏离又避免了语言的文化狭隘性。

延安“歌唱”在文化向度上固然有意识形态支配下的“革命”诉求，其文本语言也多有直白、浅露的缺点（对于歌词而言，这样的缺点其实也是听觉化要求的文本规定），但其向民间俯首的文化姿态以及由此带来的美学选择上的平民化色彩，其抵抗现代语言欧化而作出的向民间大众语寻求出路的语言实验等，都是值得我们深思的，这种深思不仅应该是思想层面的，而且包括艺术形式与民族文化的层面。

第四节　艰难的聚生：延安“歌唱”的大众诗学阐释

洪子诚先生认为：“20 世纪中国文艺界所进行的‘革命文学’‘大众

① 贺绿汀：《抗战音乐的历程及音乐的民族形式》，原载重庆《中苏文化》三周年专刊，见金紫光、何洛主编《延安文艺丛书·文艺理论卷》，湖南人民出版社 1984 年版，第 694 页。

文艺’的‘实验’，对它的考察，不是可以轻易忽略的。这不仅仅是因为它曾经存在，而且还因为现在还存在，当然，又还因为它的‘合理性’并不是已经完全崩溃。”① 延安“歌唱”作为战争年代“革命”的通俗文化运动的最活跃部分，是一种充分实现了的“大众文艺”。这种“实现”具体表现为：它通过对“旧形式”的利用、改造、创新，不仅引发了一系列民众性的文艺实践，而且留下了有经典意义的作品；不仅在诸多方面丰富了新文学、新文化的传统，而且其实验还具有方法论的意义。因此，我们也可以说，它的“合理性”并没有完全“崩溃”，还存在着“再阐释”的历史文化内蕴和“当下”意义。

作为一种文学实验，延安“歌唱”的历史文化内蕴突出表现在它对现代大众诗学的切实推进。如果说上海流行歌曲实现了诗与都市民间的结合，那么，延安歌曲则打通了诗与乡土民间的通道；它不仅使封闭的中国农村感受到现代文明的气息，更重要的是，它使惯于城市生活而又喜欢怀着“乡愁的冲动”想象乡村、重构乡村的知识分子克服了自身的浪漫和幻想，获得了一种更广泛、更坚实的社会价值观与艺术价值观。长期以来，我们的文化与文学研究更多地从知识分子对乡土民间的文化启蒙的角度来阐释知识分子与民间的关系；其实，在知识分子“哺育”民间的同时，“民间”也给予了知识分子以精神与文化的“反哺”。以大众诗学的建构而言，如果没有延安及其他解放区巨大的文化需求市场，没有乡土民间为艺术家们提供的蕴含深厚的抒情话语资源，我们很难想象延安“歌唱”会成为一种“充分实现”的大众诗学。也就是说，是知识分子与民间的双向互动，才促成了大众化抒情话语与实践的合而为一。作为后世的我们，应有的担当即给予这一历史现象以合理的历史主义的阐释。

那么，延安“歌唱”对大众诗学的探索在哪些方面存在着理论“敞开”的可能呢？

一 永远的民间

用“永远”一词作为修饰语来指涉民间，本身并没有文学的修辞意味，而只是想指出：20世纪以来——甚至可以逆推到知识分子这一群体形成以后的所有历史，知识分子与民间的关系一直是一个不断重临且聚讼

① 洪子诚：《问题与方法——中国当代文学史研究讲稿》，生活·读书·新知三联书店2002年版，第67页。

不断的话题，至今重提它也并不过时。换句话说，只要知识分子作为一种身份存在，民间将永远作为一个能动的“他者”与之对视。艺术家作为知识分子中的特殊群落，注定要在民间的广袤视野中定位自己、塑造自己，即使那些宣称放弃民间、“为艺术而艺术”的艺术家，其“宣称”也不过是对自身与民间关系的一种极端陈述而已。也就是说，艺术是以“人间烟火”作为自己的存在依据的。

在这样的意义上来讨论大众诗学的建构，就不是某一部分抒情话语生产者可以逃避的一个话题。那种坚信唯有天才的诗人才是抒情话语的“权威”生产者因而对于大众文学频频皱眉的姿态，毋宁说是知识分子精英主义的一种痼疾，因此，只有解除知识分子与大众之间隐性的二元对立结构，才能使前者更为深刻地认识大众的意义以及自己存在的依据。从这个层面上说，延安“歌唱”的诗学实践不过是以一种更为激进的方式来求证知识分子与大众关系重建的可能性而已，虽然这种求证并非一种完全独立自主的行为选择，而是政治权力、战争语境等共同参与的“合力”的艺术实验。“中国的革命的文学家艺术家，有出息的文学家艺术家，必须到群众中去，必须长期地无条件地全心全意地到工农兵群众中去，到火热的斗争中去，到唯一的最广大最丰富的源泉中去，观察、体验、研究、分析一切人，一切阶级，一切群众，一切生动的生活形式和斗争形式，一切文学和艺术的原始材料，然后才有可能进入创作过程。”① 毛泽东的如上教诲我们耳熟能详，但其中所包含的朴素真理却在长期的政治征用中被磨损，留下一个“口号”的空壳，以致我们每次与之相遇的时候，多引起政治化的情绪反应而忽略其文本所包含的真理性；这与其说是一个文本障碍，不如说是我们的一个心理障碍。恰是因此，我们过于相信艺术的自律性而根本忘记了民间的脉动。寓居海外的学者张旭东对国内这种崇奉艺术自律、诗学独立的封闭式诗学现状相当不以为然：“我们总以为好像一牵扯到审美、形式就是非常自律的。说实在的，审美的自律性比起经济学家认为经济领域的自律性还是小巫见大巫。”他认为“那种以为诗必须尊崇种种趣味的、知识的、技巧的、意识形态的狭隘标准，否则就不是‘好诗’的陋习，正是当代中国诗歌创作的最大障碍。诸如‘自我’‘语言’‘形式’‘技巧’‘创造力’‘美妙’这样的小拜物教只不过表明一些闭门造车的诗歌爱好者还是在写翻译诗、过翻译瘾。由于缺乏一个诗歌的

① 毛泽东：《在延安文艺座谈会上的讲话》，见《毛泽东选集》第3卷，人民出版社1966年版，第817—818页。

公共领域和批评标准，几个哥们儿凑在一起，就可以用‘中国的奥登’‘比史蒂文斯更伟大’这样的中学生语言相互吹捧”[①]。延安诗学建构过程中的向民间俯首及其从民间出发的抒情话语生产模式，的确可以穿越半个多世纪的时间隧道而击中我们今天的某些神经。

向民间俯首首先应该表现为对民间的尊重。民间是广袤而深厚的，但民间同时又是脆弱而隐忍的；它所容纳的是权力体制之外的种种成分，这正如巴赫金所认为的那样，“民间文化在其发展的所有阶段上，都是同官方文化相对立的，并形成了自己看待世界的独特观点和形象反映世界的独特形式”[②]。深入民间的目的绝不仅仅是对民间的猎奇、玩赏，更不是对它的强取豪夺。强调这一点，是因为和政治权力体系一样，知识同样隐含了另一种权力体系，两者对民间的深入都同时可能包含对它的伤害。延安“歌唱”所给予我们的启示是多重的：一方面如前所述，它激活了民间，使一种话语生态转换成为一种活的话语形式，于是，原本属于局部的、封闭的抒情话语形态冲破了自我封锁，在相当长的时间与相当广阔的区域内成为整个民族国家的共享空间；但是，当延安“歌唱”裹挟着强大的政治力量，长驱直入地进入民间的时候，客观上又伤害了民间，固有的话语生态系统遭到破坏——大量的政治话语、意识形态语汇被编织进去，而另一些既有的话语却被置换出来，从而使民间置身于自己的语境中却又部分地忍受“失语”的痛苦。

对民间的尊重还应该表现为：对民间抒情话语的合法性应给予充分的理解和同情，而不是破坏式地拆卸与重组。和知识分子面向未来的价值取向不同，民间抒情话语更多地面向传统，它带有更多的守旧性、凝滞性，对于知识分子所热衷的所谓“变革”“创新”往往表现出一种消极应付的态度。这样的态度时常使知识分子嗤之以鼻甚至难以容忍，“改造”之心油然而生。对于作为知识分子的艺术家而言，“尊重”在这里已经不是一种伦理姿态，而是对“创新”的一种独特理解，这种理解从更深的意义上讲，既是对艺术中的“时间”的理解，也是对“时间”中的艺术的理解。比如，白话新诗一开始就高擎“自由创造”的旗帜，其设定的对手即过度讲求格律以致到了刻板、造作境地的古典诗歌，但是反对极端格律化不正是歌谣的一个重要传统吗？它执着的“反对”后面不也包含着对

---

① 张旭东：《全球化时代的文化认同》，北京大学出版社 2005 年版，第 269、59 页。

② ［苏联］巴赫金：《拉伯雷与果戈里——论语言艺术与民间的笑文化》，白春仁译，见［苏联］巴赫金《文本对话与人文》，河北教育出版社 1998 年版，第 6 页。

自由精神强烈的向往吗？其“律”随心走的艺术品格不也同样包含着一种十分可贵的创造意志吗？为什么我们不能从其“合理性”中寻找出与现代对话的可能性？再如，白话新诗对古典诗歌的另一个诗学“起诉”即其“贵族化”的格调，以此谋求对“平民”的回归，但为什么我们要一味地从西方抒情话语中寻求对“平民”旨趣的“权威”表述而根本无视来自本土“平民”的既有表述方式呢？较西方而言，本族“平民”所使用的表述方式不更具有权威性吗？诚然，我们可以有种种基于“现代性”诉求的对西方的翘首，但这并不能成为我们无视本土资源的理由。更高的智慧应该表现为以“现代”的精神照亮“传统”，因为，“过去取向是传统的一大特性，但传统与现代性的区别，并不在于其仅仅面向过去而非展望未来（事实上，这样来表述两者的差异未免太过于鲁莽了）；相反，无论是‘过去’还是‘未来’，都不是与（例如在现代性条件下的）‘连续性在场’相分离的孤立现象。过去的时间融入了现在的实践，同样，伸向未来的地平线也与描述过去的曲线彼此交错”[①]。艺术家应该清醒意识到的是，真正的艺术创造都是不断地从历史中提取活力的智力活动，回到历史，即是寻找历史中与现实诉求有最大可通用性的元素，然后通过共时的呈现而最终超越历史，也超越现实；而这，才是吉登斯所言的“未来的地平线”与“过去的曲线”彼此交错的意义所在，也只有在这样的意义上去理解民间，民间才能够作为一种话语生态贯穿在我们的创造性活动中。

对民间抒情话语的合法性给予充分的理解和同情，还应该表现为对民间的所谓“低级的文艺形态”的宽容。越来越多的人已经意识到：长期以来，知识分子利用自己的“文化品位”建构了那种以他们为尺度的符号等级结构，他们把合于自己文化品位的东西划为“高雅”，把与之相反的东西划为“粗俗”，通过控制这个界限，知识分子不仅将自己与大众在文化身份上做了高低的区分，并且形成和保持着对后者的压力。试以朱自清为例。歌谣是他用心颇多的一个学术领域，而且他对歌谣的关注还常常超出纯学术的场域，进入建构“民族的诗”的现实思考，但是，他对歌谣的诸多看法都是建立在自己的“文化品位”之上的。比如，他认为：“死的歌谣可以称‘歌谣’，也可称‘诗’；活着的，还在人口里活着的，却只能称为‘歌谣’，不能称为‘诗’。原因大约是，出于平民，艺不精而体不尊。死了的呢？死了就古了，古了就尊了。所以就可上跻于‘诗’

① ［英］安东尼·吉登斯：《现代性的后果》，田禾译，译林出版社2000年版，第92页。

之列了。这说的是传统的用法；新文学运动以来，‘诗’的范围大大扩充，‘词’‘曲’都算‘诗’，活‘歌谣’自然也可算‘诗’了。但到今日止，‘歌谣’似乎还不能像‘词’‘曲’一般，稳稳的坐在‘诗’的交椅里；因为‘诗’的新观念是外来的，外国没有词典，我们可以任意将它们提升入‘诗’，外国却有歌谣（Folk Songs，Bailads），与诗异名异类，我们一意孤行的将它提升入诗，虽也未尝不可，短时间却还不容易就得到大家公认。”① 以“死”“活”作为划分“诗”与“歌谣”的依据，从分类方式上就似有所不妥，而且将“歌谣”不能称为“诗”的原因归为“出于平民，艺不精而体不尊”，显然就有了以“精英”趣味压制“平民”趣味之嫌；更为奇异之处在于，由于认为在西方“歌谣”与“诗”是“异名异类”，因此，我们就不能“一意孤行的将它提升入诗”。这样的西方中心主义的诗学观的确妨碍了朱自清在“歌谣”与“诗”的关系的思考上走得更远，笔者认为其根本缺陷在于，他固守着纯粹诗歌的价值观念，因此，在面对“歌谣”这一流转如风的听觉艺术时，便无法洞悉其中的独有美妙了。其实，如何熔铸文人诗与民间歌唱的差异，这不只是一个理论命题，它更多地带有实践的意义，但如何“实践”，这恐怕是对诗人能力的更大考验。刘半农式的过于模拟民歌的外在细节方式，显然未能达到“熔铸”的较高境界，因此不仅文人圈内未给予充分的认可，真正的民众也几乎对之浑然不知。延安“歌唱”中的大量作品在文人诗与民间趣味的“熔铸”方面就做得更为高明一些。这里有“才情”的问题，更有态度的问题；作为一种“充分实现”的经验，延安“歌唱”告诉我们，后者更为关键。

二　坚守歌唱与“声音诗学”

如果我们将朱自清先生对民歌“艺不精而体不尊”的批评从学理上展开，并将延安“歌唱”对民歌的改造及其“充分实现”了的艺术经验纳入诗学视域内进行思考，就会发现一个现代诗学中可以进一步开发的微观诗学领域——“声音诗学”；与声音诗学相对应的即现有诗学当作唯一对象的“书写诗学”。

所谓“声音诗学”，是指抒情话语通过人声传播而以人的听觉为接受主体的诗歌“生产—交流”范式，这一范式既包括现有诗学话语已经关

① 朱自清：《歌谣与诗》，1937年5月15日，见《朱自清全集》第8卷，江苏教育出版社1996年版，第273页。

注到的"朗诵诗"，更包括作为本论著研究对象的现代歌词。由于歌词一直未被纳入现代诗学的建构体系，因此，"朗诵诗"所包含的"声音诗学"的独特价值也未能得到充分的学理展开。

"声音诗学"与现代主义诗歌中所论及的"声音"问题在建构立场上存在着根本的区别：前者是以声音的物态形式为前提探讨声音对诗学的建构意义，后者则是以"想象"的方式探讨声音在抒情话语形式建构中的意义，"声音"在这样的形式中只是一种"虚拟"的存在。"声音诗学"尤其以人声与现代电子传媒方式对现代诗学的建构意义为研究对象。

根据功能的不同，抒情话语大致可以分为两种类型，即简单类型和复杂类型。前者主要是"对白"式的，更接近口语，后者主要是"独白"式的，更接近书面语；前者往往简洁、明确且效果短暂，更多地通向语言的表层含义，后者往往含蓄、曲折且效果长久，更多地通向语言的深层含义；前者更易于调动身体的热情，后者更易于进入精神。这并非优劣之分，而是指明两种抒情话语的不同波长。如果说复杂类型的抒情话语由于其缜密、多变、丰富的话语形式而更多地能够激起微妙的灵魂冲动，那么，简单类型的抒情话语则以其单纯、集中、干脆的话语形式而更多地给人带来强烈的情绪激动；前者显然更适合知识分子的胃口，后者则更多地为大众而存在。引入"分层"理论我们可以看出："书写"的诗多能够在有较高文化修养的读者群中赢得尊重，而"口传"的诗则多以底层大众为自己的艺术鹄的。当然，这并不是说后者只是为文化底层的人群存在，而是就"类"的诗歌而言，只有"口传"的诗才具备最大限度地抵达大众的潜能；这样说并不意味着它必然失去在高层文化群体中找寻到自己知音的可能，尤其在一些优秀的作品中我们更容易见到这样的现象——高层文化看见其"雅"，底层文化看到其"俗"。强调微观意义上"声音诗学"与"书写诗学"的差异性，其基本出发点是为了反对长期以来存在于学界的一体化的诗学理念。

"声音诗学"与"书写诗学"的盛衰往往与其所处的时代紧密相关：当一个时代处于动荡、混乱、危机的时候，"声音诗学"由于其话语的单纯、直接、强烈以及直面相向的传播方式，更容易获得时代的青睐，而当一个时代步入安定、繁荣、太平的时候，"书写诗学"更容易以其对内心的漫游而成为这一时代的优势话语；这正如黑格尔所言，纯粹的抒情诗更适宜存在于生活秩序大体固定的时代："因为这时个别人物才开始把自己和外在世界对立起来，反省自己，把自己摆在这个世界之外，在内心里形成一种独立绝缘的情感思想的整体。”[①]

由此我们可以看出，为什么进入抗战以来，朗诵诗与群众歌曲会迅速成为时代的宠儿。

还在朗诵诗运动风起云涌之时，已有不少人注意到了它的文体优势，简而言之即其“大众性”。朱自清就认为，阅读的诗“只可以‘娱独坐’，不能够‘悦众耳’”，而“朗诵诗是群众的诗，是集体的诗。写作者虽然是个人，可是他的出发点是群众，他只是群众的代言人”。他清醒地意识到朗诵诗所包含的强烈的“行动”意味，因此说它“活在行动里，在行动里完整，在行动里完成”，他还以热情的口吻将之称为“新诗中的新诗”。[②] 王冰洋也认为，朗诵诗“是以广大的下层劳苦群众为对象的”[③]。柯可则进一步对朗诵诗的“大众性”作了阐释，认为“并不是说只要做到大众都能懂”，更重要的是要“从个人的，自发的，改成大众的，有目的的，从由个人的改成为群众的”；在他看来，这不仅是艺术风格的转变，也是美学立场、文化观念甚至人生态度的转变，因此他认为这是“一大革命”。[④]

在对朗诵诗的理论思考中，不少论者还围绕着“声音诗学”提出了颇有启发性的见解。王冰洋认为：“朗诵诗在本性上写好纸面文句并不算完成，或甚至连自己的生命尚未获得，它是在用口朗诵出来，送到大群听众的耳朵，进入广大群听众的心房之后才获得真实的生命和最后之完成的。”[⑤] 朱自清也持同样的见解，他认为“适于朗诵的诗或专供朗诵的诗，大多数是在朗诵里才能见出完整来的。这种朗诵诗大多数只活在听觉里，群众的听觉里”[⑥]。与“声音”相伴随，人们还充分注意到了“身体”以及“语境”对“声音诗学”的美学建构意义。王冰洋就认为，朗诵诗在直接诉诸听觉的同时，还要“以身体做现身表演”，还要“有一种特殊的运动旋转追求实际效果于其间之现实环境”，“不能了解此现实环境与朗

---

① ［德］黑格尔：《美学》第3卷下册，朱光潜译，商务印书馆1981年版，第200页。

② 朱自清：《论朗诵诗》，见朱自清《论雅俗共赏》，生活·读书·新知三联书店1983年版，第43、46—47、48页。

③ 王冰洋：《朗诵诗论》，原载重庆《时事新报·学灯》1935年第33期，见高兰编《诗的朗诵与朗诵的诗》，山东大学出版社1987年版，第78页。

④ 柯可（金克木）：《论朗诵诗》，载（香港）《星岛日报·星座》1938年第10期。

⑤ 王冰洋：《朗诵诗论》，原载重庆《时事新报·学灯》1935年第33期，见高兰编《诗的朗诵与朗诵的诗》，山东大学出版社1987年版，第78页。

⑥ 朱自清：《论朗诵诗》，见朱自清《论雅俗共赏》，生活·读书·新知三联书店1983年版，第46页。

诵诗间的生死关系，决不能彻底把握朗诵诗本身”[①]。朱自清先生则认为朗诵诗“得在群众的紧张的集中的氛围里成长”，因此朗诵者必须“注重声调和表情”并以之“配合群众的氛围”，在这样的意义上他认为朗诵诗可以称为“戏剧化的诗”。[②]

由此可以看出，朗诵诗理论虽然还显得有些零散，但其中不少思考已经触及“声音诗学”的一些重要命题，而且其理论能够与其艺术实践彼此呼应、相互涵容。不过，在朗诵诗的诗体建构中，其“合法性”也不断遭到质疑。这种质疑辐辏到一个具有颠覆性的命题上，那就是朗诵诗是否如其提倡者所自我估计的那样，能够唤起底层民间的艺术敏感，成为一种真正意义上的大众化诗歌；[③] 在他们看来，朗诵诗的实践结果已经解构了其最初的理论预设——形式上浓郁的知识分子色彩以及在向大众传播时大众所表现出来的隔膜、冷淡甚至讪笑，足以证明朗诵诗运动的书生意气。曾经也对朗诵诗倾注过极大热情的诗人徐迟在经过一段并不成功的尝试以后，对朗诵诗的“大众”性质就表示了怀疑，他认为“朗诵诗应理解为爱诗歌者用以朗诵给自己及自己的少数朋友，或，更主要的，在小规模的集会，纪念周，晨会与晚会上，诗歌工作者用以朗诵给他们的同事同僚听，朗诵诗现在应是为这样而写的诗”[④]。

换句话说，诗歌可以朗诵，但其功能只是局限于同人间的彼此欣赏、诗艺交流，而不宜于作为诉诸公众的通俗性艺术样式。尽管我们从徐迟的疑惑中可以读出一种难以摆脱的知识分子“趣味”，但前文所述的延安朗诵诗活动的失败也的确在印证着徐迟困惑的合理性。其实，诗歌朗诵运动中的“挫败”感并非只发生在延安，其他地方也多有类似情况，比如，广州“中国诗坛”社的诗人们在抗战初期也进行过诗歌朗诵活动，但当事人的回忆足以证明这一活动的前功尽弃：“群众的鼓掌，不足欢喜，因为他们不是真以为好，而是以为滑稽；不是了解诗的内容，

---

① 王冰洋：《朗诵诗论》，原载重庆《时事新报·学灯》1935 年第 33 期，见高兰编《诗的朗诵与朗诵的诗》，山东大学出版社 1987 年版，第 77—78 页。

② 朱自清：《论朗诵诗》，见朱自清《论雅俗共赏》，生活·读书·新知三联书店 1983 年版，第 46 页。

③ 王冰洋就认为，朗诵诗“是以广大的下层劳苦群众为对象的”，“决不能象作一般诗歌一样，只要知识分子看得懂”。王冰洋：《朗诵诗论》，原载重庆《时事新报·学灯》1935 年第 33 期，见高兰编《诗的朗诵与朗诵的诗》，山东大学出版社 1987 年版，第 78 页。柯可也认为，朗诵诗的特点即其“大众化”。柯可（金克木）：《论朗诵诗》，载（香港）《星岛日报·星座》1938 年第 10 期。

④ 史纲（徐迟）：《〈高兰朗诵诗〉评》，载《新华日报》1943 年 4 月 5 日。

而是以为有趣。"[①] 沈从文对朗诵诗人高兰抗战时期的诗作给予了较高评价，认为"文字排比都很好，有情感，有辞藻，比起一般刊物上用同样名目写的诗歌，似乎要高一等"，但对其公众化的现场表演方式却颇不以为然："不久又见到什么报上记载在文华学院某次集会上，（又似乎是广播电台上，）高先生要朗诵他的大作。可惜这种朗诵我无福分一听。但据听过那种朗诵的朋友来说，却以为是一个完全失败的尝试。"沈从文的轻慢态度肯定和他的诗学观大有关系，在他看来，"单纯的诵既不能用为旧诗传达的工具，当然更不大适用为新诗欣赏的媒介"。正是基于这样的认识，他才从根本上反对诗歌的"朗诵"化，认为这种方式"唯一成功是使那个朗诵诗的作者兼读者，自己在那无准备不习惯的试验上而兴奋，在试验后又为听众的茫然而茫然。对于听众则受教育较多的人，不免起幽默感，受教育较少的人，容易起莫名其妙感"[②]。沈从文的诗学观固然还有值得商榷之处——比如认为朗诵"不大适用为新诗欣赏的媒介"，但"朗诵"的确不是促成诗歌大众化的最佳途径却是一个不争的事实。

朱光潜先生曾经从诗歌发生学的角度提出了使诗歌走向大众的重要条件："集体性"与"歌唱性"。他认为，"自从劳动分工与社会分化以后，首先是诗歌和音乐跳舞分了家，随后是诗和歌分了家。这虽是社会演变的必然趋势，对于诗歌究竟是一个很大的损失。就是诗歌落到少数文人手里以后，它有无生命，也还要看它是否还保留着几分集体性和歌唱性"[③]。在朱先生看来，"集体性"与"歌唱性"是实现诗歌之船驶向大众之岸的基本动力。但就"集体性"而言，现代诗歌似乎走着一条相反的道路——其主流往往是呈一种内聚的、独语的、冥想的发展态势；或者如柯仲平所言，"多数人还只把诗歌看做个人的事"[④]。就"歌唱性"而言，诗界则又往往将之理解为一种对单纯的诗歌文本的语言诉求，也就是说，他们将之看作一种"诗"内的功夫。

在对"集体性"与"歌唱性"的双重排斥中，并非没有异样的声音从诗界内部发出，尤其在抗战这样一个全民参与的民族救亡运动中，诗人

① 胡危舟、雷石榆等：《诗歌朗诵的检讨——集体讨论》，载《中国诗坛》1938年第2卷第3期。

② 沈从文：《谈朗诵诗》，原载（香港）《星岛日报·星座》1938年10月1—15日，见《沈从文全集》第17卷，北岳文艺出版社2002年版，第250、242—243页。

③ 朱光潜：《一个幼稚的愿望》，见《朱光潜全集》第10卷，安徽教育出版社1993年版，第86页。

④ 柯仲平：《诗歌民歌演唱晚会自我批判》，载《战地》1938年第3期，见高兰编《诗的朗诵与朗诵的诗》，山东大学出版社1987年版，第66页。

的“歌唱”无法抵达民间、无法以自身的努力去证明自己存在价值的时候，如何有效地融入全民族悲壮的历史合唱，便成为诗歌界的分量超重的一个问题，在某种程度上甚至也可以说是一个诗人如何实现“自救”的问题。胡风就是异样声音的发出者之一，作为一个“书写诗学”的重要理论家，他却极力提倡“诗人多做歌”①；穆木天也认为，一首诗除了能够朗读，还应该“能够歌唱”，唯有这样，“才能够有大众性，才能接近大众，才能为大众所吸收”②。不过，在“诗”与“歌”早已“分家”的状态下，真正走出“诗”而转入“歌”或者“诗”“歌”兼顾的诗人屈指可数。因此，要言及诗歌的大众化，更大的贡献来自一批坚守歌唱的歌词作家，是他们通过对“声音诗学”的现代重构，使诗寻找到通往大众的最佳的道路。

由此，我们可以说，改善现代诗歌与大众的紧张关系，实际上是一个改善诗歌的文化生态的问题；仅仅着眼于诗歌内部的变革不足以从根本上消除这样的紧张，在诗人、诗歌、受众之间，诗人仅仅是其中的一个环节——虽然这个环节举足轻重。很多时候，诗人必须倚重诗歌以外的力量才能更好地实现自我空间的拓展，正如鲁迅先生所言：“艺术的前进，还要别的文化工作的协助，某一文化部门，要某一专家唱独脚戏来提得特别高，是不妨空谈，却难做到的事，所以专责个人，那立论的偏颇和偏重环境的是一样的。”③ 应该说，在如何实现诗歌的“大众化”这个问题上，延安“歌唱”以其充分的艺术实践给予了我们许多深刻的启示。

三　双向逆反：革命意识形态笼罩下大众诗学的建构逻辑

如同其他文化力量某些时候也特别渴求诗歌的支持一样，诗歌时常需要倚重自我以外的力量谋求自身的发展。尤其是对于大众诗学的建构而言，它的推进总是在社会的多重关系、多种文化诉求的彼此依存中寻求自我实现的。如果说上海流行歌曲更多地表现出诗学与商业的共谋发展，那么，延安歌曲则更多地借助于革命话语的强力介入。甚至可以认为，没有意识形态对抒情话语的巨大文化企盼，以歌曲为中心的大众诗学是无法在

---

① 胡风：《略观战争以来的诗》，1939 年 1 月，见《胡风评论集》（中），人民文学出版社 1984 年版，第 57 页。

② 穆木天：《论诗歌朗读运动》，原载《战歌》第 1 卷第 4 期，见《穆木天文学评论选集》，北京师范大学出版社 2000 年版，第 228 页。

③ 鲁迅：《论“旧形式的采用”》，原载上海《中华日报·动向》1934 年 5 月 4 日，见《鲁迅全集》第 6 卷，人民文学出版社 1981 年版，第 24 页。

延安获得如鱼得水之势的。诗学空间的复调式结构往往表现为：当某些诗歌游离于历史语境之中的宏大主题、散落在它周围的时候，另一些诗歌则可能置身于这一主题的中心成就自己。延安“歌唱”即属于后者。

（一）取悦民间与服务政治：革命的功利主义诗学诉求

由此，一个属于文学社会学的命题便浮现出来：作为一种非自律性的诗学体系，大众诗学如何能够与政治意识形态达成协商、对话的关系？更进一步讲，在穿越政治与抵达民间之间，大众化诗歌如何与两者共建一个相互促动的话语空间？历史已然证明，自延安“歌唱”以来，我们不仅已经形成了“诗歌—政治—民间”这样一个互动的话语模式，并且，这一模式还以强势的姿态贯穿了延安以后的半个多世纪，在今天依然作为一个十分活跃的文化元素渗透到我们的社会文化生活中。从延安时期的《东方红》到解放战争时期的《没有共产党就没有新中国》，从新中国成立初期的《歌唱祖国》到“文革”期间的《大海航行靠舵手》，从新时期初期的《祝酒歌》到改革开放以后的《春天的故事》《走进新时代》等，从这一系列一脉相传的抒情话语中我们可以看到，政治话语一直以其强大的话语力量介入到抒情话语中来，并且，这种充分政治化的抒情话语又在另一个强大的空间——大众民间社会——产生了巨大的政治与审美文化的效应，制造出一个“相宜”的人文环境。值得注意的是，这样的“复合”式话语形式与政治家们口中所发出的政治言辞有一个很大不同：它少去了很多的生硬，更没有了使人肃然起敬的紧张；它以其恢宏的气势与坚强的情感力量打入你的内心，在你心中的某一个局部隐蔽地规约着你的情感走向。许多时候，这样的美学感觉会使你在一种文化秩序中发现理性的“松懈”，甚至引申出新的情感冲动。这样的时候我们会发现，政治话语与抒情话语都会发挥出某种超乎寻常的能量——它们布满民间的每个角落并在芸芸众生中显示自己的意义。

在过去长期的有关抒情话语的历史叙述中，我们过于看重其话语建构的内部逻辑，将抒情话语的生产看作一个可以置于广阔的社会文化语境之外的独立封闭的生产体系；而一旦某些话语生产溢出这一内部逻辑，我们便会以简单甚至粗暴的方式斥其为单纯的政治“传声”或者“艺不精而体不尊”的大众语。这样的精英主义的“纯诗”式解读方式时常将我们自身推向一个非常逼仄的境地，似乎“抒情”的世界即是一个与我们更多人的真实遭遇“断裂”开来的世界。洪子诚先生曾对这种“纯文学”立场表达了自己的质疑，在他看来，那些非“纯粹”的被视为历史“材料”的文学并非没有文学的价值，“能在这些‘材料’中看到中国人的精神生活的投影，也是值得我们花些时间在上面的。'文学'价值是什么？它就那么重要吗？'文学'能说明它自己吗？……所以，离'文学'远一点就远一点吧。中国现当代的许多作家都是追随革命、拥护革命的。他们的许多人又是十分关切国家民族的命运的。'革命'所展示的一种生活图景，一种新的价值观，在一个时期，的确产生了非常强烈的吸引力"[①]。事实上，中国现代诗学——甚至整个20世纪中国文学——一直与知识分子、大众、革命、启蒙、民族国家以及经济政策、政治体制等一系列的话语错综地交织在一起，并且在既龃龉又磨合的状态中形成了一批独特的问题，这些问题共同构成了一张文化的网络，构成了真实的属于"我们"的历史。总体说来，在这一复杂的话语体系中，政治话语无疑是更具分量的一脉；如果企图以对它的摆脱来寻求话语阐释的独立性，则无异于首先承认这一阐释行为的褊狭甚至无效。

同样地，中国现代诗学也根本无法将自身从"大众"之中剥离出来，以寻求自我建构的卓尔不群，因为，"在种族相同的人们中，最精细、最复杂的人同最粗陋、最简单的人在感情上有某种相通之处，而同和他们处于同等水平上但使用另一种语言的人却没有。当一种文明处于健康状态时，伟大诗人对自己的同胞，不论他们的教育水准怎样，总是有所诉说的"[②]。因此，对于一个诗人来讲，他的智慧不是应该表现为视大众为其心灵独语的赘疣，而是将之视为自己或高歌或低诉的硕大无比的共鸣箱，从这里谛听到他们的回声是其求证自我价值的重要依据。

由此看来，在诗学、政治学与大众之间，历史为我们呈现的是一种三角关系，这既是诗学与两者的交手，更是与两者的握手；在这样的文化框架中，诗学并没有更多的优越性——相对于"高处"的政治与"低处"的大众，诗人作为抒情话语的生产者时常扮演着取悦双方的角色，这是因为，"文化力量并不存在于趣味的高下之分中，相反它就是决定趣味的力量；它体现这些趣味的分类是如何进行的，也决定了特定时间内某种趣味的内容"[③]。这样的判断虽然不能保证这种复杂关系在未来的有效性，但笔者

---

① 洪子诚：《问题与方法——中国当代文学史研究讲稿》，生活·读书·新知三联书店2002年版，第61页。

② ［英］艾略特：《诗的社会功能》，见王恩衷编译《艾略特诗学文集》，国际文化出版公司1989年版，第242页。

③ ［美］安德鲁·罗斯：《没有尊重：知识分子和大众文化》，转引自［美］安德鲁·古德温《流行音乐和后现代理论》，见陆扬、王毅选编《大众文化研究》，生活·读书·新知三联书店2001年版，第237—238页。

认为至少可以在叙述中国现代诗学的历史演进时获得相应的阐释效应。

有了这样的理解，我们或许会对那些内含政治性的词汇、结构简单、修辞匮乏的抒情文本给予相应的体谅了（虽然我们并不认为这些文本为抒情话语的理想文本）。对于现代中国文化语境中的抒情话语生产者——诗人——而言，他需要挑战的对象在笔者看来主要不是同样强大的政治与大众（历史更多地予以证明的是，诗人在与这两者的正面交锋中往往不是笑到最后的那一方），而是“自我”。也就是说，诗歌的“超越性”品质不是表现为对政治意识形态与民间大众的置若罔闻或无可奈何的规避，而是对其存在合理性的体谅与尊重。

（二）“革命”诗学的延展及其限度

当提出诗歌应对民间大众表现出体谅与尊重的时候，人们很容易察觉出其中所包含的大众诗学立场；尽管长期以来主流诗学一直认为这一问题是不合时宜的边缘性话题——至少，在多数文化精英的日程表中是一个可以无限后移的话题，但它并没有主动撤向边缘，尤其在20世纪90年代以后，纯粹诗歌的持续低迷使这一话题像一个苦苦的冤魂再度顽强浮出水面，其合法性又一次引起人们的关注。也就是说，作为一种诗学立场，“大众化”问题的敞开，在今天并非一个“不合时宜”的话题。

但是，当我们提出“革命”诗学这一命题的时候，可能就会带来相当大的理解的分歧。的确，在经历了20世纪80年代诗人作为文化英雄的出演与降落以及90年代以来商业意识形态成为整个社会的支配力量以后,[①] 不少人纷纷以口号或者行动的方式宣布“告别革命”[②]；在这样的时候重提这一话题肯定显得不合时宜。但是，当我们回到诗歌的历史中去，对其进行一种历史主义叙述的时候，就会发现，“革命”曾经在相当长的时期内作为一种强大的力量参与了诗歌史以及整个文学史秩序的建构，而且这种秩序在“告别革命”以后的90年代仍然以隐性的方式潜在地规约

① 周瓒曾以“当代文学英雄的出演与降落”为题，研究诗人在20世纪八九十年代文化心态的变迁。参见戴锦华主编《书写文化英雄——世纪之交的文化研究》第三章，江苏人民出版社2000年版。

② 曾经作为20世纪80年代文化英雄的李泽厚、刘再复在90年代旅居海外后有一个长篇“对谈”，其中提出了“告别革命”的口号，这一口号传回国内后引起了知识界的高度关注。从两人的“对谈”到大陆知识界对其所发出的“回应”，可以见出整体意义上的知识分子文化立场的明显转变。李、刘的“对谈”后以“告别革命——回望二十世纪中国”为题由（香港）天地图书有限公司于1996年在海外出版、发行，安徽文艺出版社1998年所出版的李泽厚新《世纪新梦》收录了这篇“对话”，“但因故多有删节”。

着中国文化的走向——90年代中期就曾经掀起过一场“红色经典”复兴的热潮。抒情话语在这一“热潮”中也有相当活跃的表现：大量革命历史歌曲、“文革”歌曲、革命样板戏唱段经过音乐编排与演唱形式的“刷新”后，跻身于流行歌曲的浩荡队伍中串街走巷，布满人们的闲暇时光。耐人寻味的是，并非所有的抒情话语形式都在这场复兴运动中志得意满——曾经被诗歌史描述和肯定过的“革命”诗歌即其中的“失意”者，它们依然被弃置在历史的暗角无声无息。两者不同的历史遭际纳入学术的视野，其实给我们提供了一个学理展开的地平线：同样作为“革命”的抒情话语，为什么在这两种形式类型的其中一种失而复返的时候，另一种却依旧落落寡合？我们首先可以给予肯定的是，“革命”并没有如某些人所预料的那样，从当下的文化语境中彻底“消失”，而只是潜入了社会文化的深处，成为一种集体的无意识。进一步讲，在这“后革命”的时代，“革命”的抒情话语依然保存着出演时代文化大戏重要角色的潜在能量，只要机缘遇合，它仍然能够获得一定的市场份额。既然“革命”话语没有销声匿迹，那么，另一个问题的框架必然就凸显出来——当某种负载“革命”的抒情话语再度受到“现实”青睐的时候，为什么另外一些则只能委顿地蜷缩在时间深处，等待历史学家的学术开掘？显然，这不是一个单纯的政治命题，也不是一个自律的诗学命题；恰是在政治学与诗学的交汇处，一个学术的焦点得以形成——革命诗学的延展及其限度。不过，当我们对这一焦点作学理展开的时候，会惊异地发现，这一焦点得以聚合的更大力量来自另一个庞杂的群落——大众，或者按照时下更为时髦的一个称谓，来自消费者；是大众的文化观念、美学立场、消费心理潜在地制约着“红色歌曲”与“红色诗歌”的消长、沉浮。

那么，大众为什么会对两者如此厚此薄彼呢？或者换一个提问的思路——“红色歌曲”与“红色诗歌”是由于什么样的文化与美学差异，促使大众将“消费”的热情更多地献给前者而冷落后者？政治学的原理显然无法轻松解答这一问题。因此，我们只能挥戈指向艺术形态学与接受美学。

1. 审美文化符码的自我指认

“感人的歌声留给人的记忆是长远的。无论哪一首激动人心的歌，最初在哪里听过，哪里的情景就会深深地留在记忆里。环境，天气，人物，色彩，甚至连听歌时的感触，都会烙印在记忆的深处，像在记忆里摄下了声音的影片一样。那影片纯粹是用声音绘制的，声音绘制色彩，声音绘制形象，声音绘制感情。只要在什么时候再听到那种歌声，那声音的影片便一幕幕放映起来。'云霞灿烂如堆锦，桃李兼红杏'，《春之花》那样一首并不高明的歌，带来一整套辛亥革命以后启蒙学堂的生活。'我们是开路先锋'，反映出一个暴风雨来临的时代。'我的家在东北松花江上'，描绘出抗日战争初期一幅动乱的景象……"[①] 吴伯箫这段饱含深情的抒情文字在无意间揭示出一个艺术生产与艺术接受的理论命题——文本与接受的关系，按照大众文化研究的表述方式，这即是一个艺术"编码"与艺术"解码"的问题。当"云霞灿烂如堆锦，桃李兼红杏"所带来的是"一整套辛亥革命以后启蒙学堂的生活"的时候，就意味着接受者所接受的不是单纯的文本语言所传达的审美信息，而是文本语言、声音以及演唱时的情景共同负载的系统化的情感内涵。由此可以看出，"歌词"只是这整个被接受后的"文本"的一个"前文本"，它在经过"声音"的加载而抵达接受者那里以后，能够释放出多大的能量是难以确定的，这要看接受者对它的指认程度如何。霍尔认为，信息的"编码与解码之间没有必然的一致性，前者可以尝试'预先设定'，但不能规定或者保证后者，因为后者有自己存在的条件"；也就是说，信息的发送并不意味着它可以以同样的方式被接收，信息的生产和消费是由多种因素决定的，其中包括传播采用的话语形式，产生这种话语的语境，负载信息的技术手段，等等，因此，传播过程实际上呈现出一个更为复杂的结构。在这样的意义上，霍尔作出大胆的判断："不赋予'意义'，就不会有'消费'"[②]。

从诗歌与歌曲的比较来看，前者尽管也因其固有的话语形式、技术手段而在其原始"意义"上又追加了意义，其"能指"与"所指"之间存在着一定的弹性，读者完全可能根据自己的经验对之进行审美文化符码的全新指认——流行于民间的对诗的"别解"即这一现象的生动表现。但是，在生产与传播过程中，诗歌所追加的意义显然远远不如歌曲。歌曲更接近费斯克所说的"生产者式文本"，这种文本"并不将文本本身的建构法则强加于读者身上，以至于读者只能依照该文本才能进行解读，而不能有自己的选择"，它只是"为大众生产提供可能，且暴露了不论是多不情愿，它原本偏向的意义所具有的种种脆弱性、限制性和弱点；它自身就已经包含了与它的偏好相悖的声音，尽管它试图压抑它们；它具有松散的、

① 吴伯箫:《歌声》，见吴伯箫《北极星》，人民文学出版社1963年版，第37页。

② ［英］斯图亚特·霍尔:《编码，解码》，见罗钢、刘象愚主编《文化研究读本》，中国社会科学出版社2000年版，第355、346页。

自身无法控制的结局，它包含的意义超出了它的规训力量，它内部存在的一些裂隙大到足以从中创造出新的文本”[①]。

也就是说，一首歌曲在生产的过程中，已经同时为接受者建构了一种主体性，或提供了一种主体位置，因此在接受过程中，接受者一方面要“接受”歌曲文本的召唤，另一方面则要“回答”歌曲文本的召唤；在“回答”的时候，作为居于“主体位置”的一方，他完全可以根据自己的文化观念、审美立场以及接受心境来回应文本中的某些部分，疏远、忽略其他部分。正是在这样的意义上，姚斯才慎重地提出了一个新的艺术认识的框架：

> 现在必须把作品与作品的关系放进作品和人的相互作用之中，把作品自身中含有的历史连续性放在生产与接受的相互关系中来看。换言之，只有当作品的连续性不仅通过生产主体，而且通过消费主体，即通过作者与读者之间的相互作用来调节时，文学艺术才能获得具有过程性特征的历史。[②]

强调接受者的主体性，强调艺术接受的“过程性”，就等于将艺术的美学可能更多地交给了接受者——他们不仅有选择艺术样式的权力，并且有选择某一文本中某些文化与美学元素的自由。这样，我们就可以在一定程度上解答我们上面的问题：作为一种大众文本——或者按照费斯克的命名——一种“生产者式文本”，歌曲显然比诗歌具有更多的与其文本“相悖的声音”，留有更大的“裂隙”，这对接受者而言则具有更大的刺激性，更能够激发他们“消费”的欲望。正因为这样，在“诗”与“歌”之间，他们更乐于选择“歌”。基于同样的原因，一首“革命”歌曲首先唤起他们的，可能并非其“原本偏向的意义”——“革命”的内涵，而是音乐旋律、声音、演唱风格等非内容的形式要素，有时甚至只是过去聆听或演唱的某种情景，再加上“此刻”的心境，于是一个属于接受者个人的“新”的文本得以诞生。

由此我们也可以更进一步地理解延安“歌唱”与其接受者——农民以及士兵——之间的能动关系。作为一项高层次、组织化的文化工程，

---

① ［美］约翰·费斯克：《理解大众文化》，王晓珏、宋伟杰译，中央编译出版社2001年版，第128页。

② ［德］姚斯：《走向接受美学》，见［德］姚斯等《接受美学与接受理论》，周宁、金元浦译，辽宁人民出版社1987年版，第19页。

延安“歌唱”对民歌的改编在某种程度上是对民间的“洗劫”和“瓦解”：民歌的自我运行机制终止了，民间形式与民间文化的固有传统遭到深刻的大规模的剥离，那些曾经贯通民众生活意义的抒情话语被置换成陌生的政治性话语，自发抒情被纳入声势浩大的意识形态音域，民间大众置身于自己的语境中却开始忍受“失语”的痛苦。不过，这只是问题的一面，另一面则是，民众并非像法兰克福学派所认为的那样是一个完全被动的主体，他们仍然隐含了美学反叛的冲动。也就是说，当他们在部分接受“普通话”所表达的某些新的文化“能指”所带来的“不适”的时候，他们又积极地从这些语言符码之中寻找属于自己的那些语言踪迹并从中建构自己的意义；而且，延安“歌唱”对民歌旋律、音乐组织形式的相对完整的保留，又使他们在“陌生”的抒情话语中找到自己心心相印的美学元素。况且，新的话语方式并非只是给他们带来“不适”，也带来“新奇”，其中所包含的新的文化精神的确也能够给他们带来某种新的启示。

2. 溢出意识形态的狂欢化情景的追求

我们还应该看到的是，尽管政治话语在对民歌进行改造的时候，其具体操作步步为营，但在价值取向上则表现出对民间的总体肯定与尊重；尽管原始民歌中所包含的种种色情挑逗、打情骂俏纷纷以“去其糟粕”的改编策略而受到正统文化规范的逐步清理，但如前文所言，“歌唱”本身所具有的“娱乐”大众的功能却得到了完整的保留，这恰恰是“革命”意识形态与大众彼此认可的最为关键的缓冲地带——前者可以从这里将抒情话语引向崇高的政治音域，而后者则可以从这里回到耳鬓厮磨的娱乐天地。这既是一种协同的建构，也是一种相互的颠覆，由此构成一幅既“紧张”又“和谐”的艺术图景。也就是说，民间并非如我们所评估的那样永远作为政治权力所发出的各种文化指令的及物宾语；在这样的缓冲地带，他们时常反身折回，将自己重新变为能动的主语。这正如费斯克所言：“大众文化一直是权力关系的一部分，它总是在宰制与被宰制之间、在权力以及对权力所进行的各种形式的抵抗或规避之间、在军事战略与游击战术之间，显露出持续斗争的痕迹。……大众正是凭借这样的战术，对付、规避或抵抗着这些宰制性力量。”① 在笔者看来，文学艺术并非像有的学者所认为的那样，总是在十字路口选择，“或者参与意识形态制订的

① ［美］约翰·费斯克：《理解大众文化》，王晓玨、宋伟杰译，中央编译出版社2001年版，第128页。

语言、逻辑、禁忌系统，或者加盟反抗者之列，成为社会无意识的代言”①；恰恰相反，文学艺术——尤其是大众艺术时常在这两者之间寻求一种平衡：既眷顾前者，又拥戴后者。这不是文学艺术对操守的放弃，而是寻求“所指”效力的最大化。陈涌在评价“延讲”以后文艺状况的一句话足以给予笔者以理论的支持，他认为，文艺在“延讲”以后“不再只是简单的娱乐品了，它成了直接鼓励和指导群众行动的教科书”②。“不再只是简单的娱乐品”并不意味着其娱乐机制的顿然消失，成为“教科书”也并不意味着它只是作为教科书。徐懋庸在总结西北战地服务团赴前线演出时所谈到的一个现象就颇为耐人寻味：

> 至今为止，他们（指西北战地服务团——引者注）的最好的收获，而且到了将来一定能够凭这收获而有大贡献的，我以为，要算民间的艺术形式之采集，并配合了新内容而加以应用。据服务团的一位同志的报告，他们在从延安出发之前，曾准备了许多游艺节目，但到了各地公演时，这些节目，大不为军民所欢迎；因此，他们后来到处采集当地的谣曲和舞蹈形式，配以新的内容，改编演出，效果很好。我也看过服务团的公演了。我也觉得，他们的节目之中，的确要算那些改编的陕北小调，大同跳舞等最精彩。③

出发前准备的游艺节目为什么“大不为军民所欢迎”，而后来采集当地的谣曲和舞蹈形式配以新的内容的作品却“效果很好”？问题显然不是出在“内容”上，而是出在“形式”上。也就是说，从自己熟悉的“形式”中寻求一种乐趣是“军民”们认可“改编演出”的非常重要的前提。甚至可以认为，“娱乐化”是群众歌咏活动在封闭而高度制度化的延安广受欢迎的基本原因。不少当事人在回忆延安的歌咏生活的时候，字里行间都浸透了抑制不住的激动之情：“冼星海同志指挥得那样有气派，姿势优美，大方；动作有节奏，有感情。随着指挥棍的移动，上百人，不，上千人，还不，仿佛全部到会的，上万人，都一齐歌唱。歌声悠扬，淳朴，像

---

① 南帆：《四重奏：文学、革命、知识分子与大众》，见南帆《理论的紧张》，生活·读书·新知三联书店 2003 年版，第 209 页。

② 陈涌：《三年来文艺运动的新收获》，原载《解放日报》1946 年 10 月 19 日，见金紫光、何洛主编《延安文艺丛书·文艺理论卷》，湖南人民出版社 1984 年版，第 560 页。

③ 徐懋庸：《民间艺术形式的采用》，原载《新中华报》1938 年 4 月 20 日，见金紫光、何洛主编《延安文艺丛书·文艺理论卷》，湖南人民出版社 1984 年版，第 650—651 页。

谆谆的教诲，又像娓娓的谈话，一直唱到人们的心里，又从心里唱出来，弥漫整个广场。声浪碰到群山，群山发出回响；声浪越过延河，河水演出伴奏；几番回荡往复，一直辐散到遥远的地方。”① 这里所传达出来的可以说就是一个“众神狂欢”的场面，这样的场面既是一种特殊语境内的“社会化”过程，其实也是一种对“社会化”的自我放逐——以“狂欢化”的体验来实现对现实的想象性逃避，因为，“狂欢化”本身便蕴含着一种渴望冲出现存结构的冲动。巴赫金曾经对此作过鞭辟入里的分析，在他看来，“在狂欢中，人与人之间形成了一种新型的相互关系，通过具体感性的形式、半现实半游戏的形式表现了出来。这种关系同非狂欢式生活中强大的社会等级关系，恰恰相反。人的行为、姿态、语言，从在非狂欢式生活里完全左右着人们一切的种种等级地位（阶层、官衔、年龄、财产状况）中解放出来，因而从非狂欢式的普通生活的逻辑来看，变得像插科打诨而不得体。插科打诨——这是狂欢式的世界感受中的又一个特殊范畴，它同亲昵接触这一范畴是有机地联系着的。怪僻的范畴，使人的本质的潜在方面，得以通过具体感性的形式揭示并表现出来”②。这种“半现实半游戏”的体验，当时的延安人或许还无法对之进行理论的提纯，但他们分明感觉到一种偏离理性以后所带来的极大的愉悦感。比如，公木就曾回忆他们在行军途中歌唱《延水谣》的那种感受：“轻松愉快，忘记了快步行军的疲劳。”③ 这“疲劳”的消除恐怕一半来自其“小妹子”送“郎”参军的革命情感，另一半则来自其缠绵伤感的“别意”。管平甚至在回忆他们当时集合“拉歌”时的一种并不崇高与神圣的动力：“如女生队在场，拉得更为起劲，真是热闹非常。”④ 这正如巴赫金所分析的：“在狂欢式中，一切被狂欢体以外等级世界观所禁锢、所分割、所抛去的东西，复又产生接触，互相结合起来。狂欢式使神圣同粗俗，崇高同卑下，伟大同渺小，明智同愚蠢等等接近起来，团结起来，订下婚约，结成一体。”⑤ 或许可以说，延安“歌唱”在演绎其“革命诗学”的庄严价值的

① 吴伯箫：《歌声》，见吴伯箫《北极星》，人民文学出版社1963年版，第40页。

② ［苏联］巴赫金：《陀思妥耶夫斯基诗学问题》，白春仁、顾亚铃译，生活·读书·新知三联书店1988年版，第176—177页。

③ 公木：《〈八路军大合唱〉是怎样产生的》，见曾刚编《山高水长——延安音乐回忆录》，太白文艺出版社2001年版，第335页。

④ 管平：《延安的歌咏生活印象》，原载《群众音乐》1982年第7期，见曾刚编《山高水长——延安音乐回忆录》，太白文艺出版社2001年版，第458页。

⑤ ［苏联］巴赫金：《陀思妥耶夫斯基诗学问题》，白春仁、顾亚铃译，生活·读书·新知三联书店1988年版，第177页。

同时，又通过其独特的传播、流通与接受方式产生了种种不可预知的“非革命”的意义。

正因如此，如果我们将延安“歌唱”对民歌的话语改造与修辞重组简单理解为一种“暴力”式革命、一种必然遭到民间消极抵抗的判断是不符合历史真实的。对于这一改造运动，其消极的一面毋庸讳言，但我们不能因此而否定其积极的、创造性的一面；作为一场具有多质结构的革命通俗文化运动，一场含有深刻现代意义的文化革命，其中的千般委曲须给予更为细致的体察和更为理性的清理。在笔者看来，我们过去对之所做的工作是远远不够的。

第五章　离开“现场”后的思考

我坚信诗歌如果想在人民大众中扎根，就必须有一些公同的明确的节奏，一些可以引起多数人心弦共鸣的音乐形式。

——朱光潜

通过前面四章的论述，以歌词为中心的大众诗学的历史嬗变过程得到了大致的描述，现代大众诗学的建构方式也得以基本勾勒。从这样的描绘与勾勒中我们可以看到，大众诗学的现代重构首先不是表现为一种理论的自洽，而是抒情话语的充分实践，实践是否充分则是以大众的接受为尺度。在这一过程中，大众诗学始终对世界保持着开放的态度，由此构成了它的基本特征，也与纯诗诗学划开了一个基本的界限。对其特征的理论廓清是历史描述的应有升华，也是其未来展开必要的学理基础；当然，也是本论著“退场”前的最后一个规定动作。

笔者认为，“书写—阅读”式诗歌由于文本形式的单一与传播方式的纸质化，使其无法作为主体性力量去完成大众诗学的现代重构。换句话说，它可以在一定程度上将“大众化”作为一种美学理想融入自己的创作中，但这样的“融入”在多大程度上赢得了大众而又成就了自己，历史所提供的答案并不那么乐观。历史为我们提供的另一幅景观却是：抒情话语通过与音乐的结合——在这里，不能简单地将其理解为两者的相加，而应该理解为一种美学的重构——与听觉化的传播方式使其在大众的期待视野中释放出自己的话语力量。对于抒情话语而言，这不是另一种理想的境界吗？

有鉴于此，笔者认为在离开历史现场的时候，本论著应该为以歌词为主要方式的现代大众诗学建构提供一些初步的理论思考。这些思考对于现代诗学的建构或许只是一种补充、一种扩展，却可以使其内涵更加丰富，更加富有理论的活力。

第一节　现代大众诗学的建构原则

着眼于大众诗学的未来建设，笔者以为对以歌词为中心的大众诗学建构的原则进行基本的阐释是很有必要的，它可以为我们现代诗学的空间拓展找出新的理论支点。

一　作为抒情文本的歌词与政治、社会文本之间的“互文性”原则

正如本论著“引言”所述，歌词文本具有艺术生成的非独立性与文本形态的开放性的特点，那么，超越孤立的歌词文本必然意味着：一是把歌词文本看作一种“文本间性”，也就是说其意义的生成须置于与其他文本的比照和互现中去实现；二是把歌词的世界与社会/文化的世界（大文本）平行对照，进而发现它们之间的互动关系以及其中的裂隙与缝合处，发现从社会文化文本到歌词文本之间的种种复杂机制与动因，探究种种来自主体的、意识形态的、听众心理的“多元合力”，就像新历史主义者所主张的那样，“文学与非文学‘本文’之间没有界限，彼此间不间断地流通往来”[①]，因而要探索“文学周围的社会存在和文学本文中的社会存在”[②]。我们尤其要关注歌词文本为什么要虚拟或歪曲现实，[③] 在这一过程中，歌词文本有意无意地掩盖了什么，社会与历史之手又是如何起作用的。也就是说，对于现代歌词的研究，必须遵循“歌词文本与政治/社会文本之间的‘互文性’原则”。之所以强调这一原则，是因为较诗歌而言，歌词文本对整体意义上的社会文化更具开放性。从共时性的层面看，它的波动的振幅上可抵达意识形态的顶端，下可深入社会的最底层。从历时性的层面看，我们几乎在每个历史时期都能够从部分歌词中找到社会心理的种种征候；虽然在某些时候，某种类型的歌词会沉入社会意识的河床

---

① 英国学者阿兰穆·威瑟所总结的许多新历史主义者都恪守的五个假设之一，转引自张京媛主编《新历史主义与文学批评·导言》，北京大学出版社 1993 年版。

② 斯蒂芬·葛林伯雷语，转引自张京媛主编《新历史主义与文学批评·导言》，北京大学出版社 1993 年版。

③ 正如通俗叙事文学惯于将人物形象类型化一样，歌词较诗歌而言，也惯于将人的情感作类型化的处理，这既来自其文体的规约，也来自其情感表现的策略：歌词必须在一个相对短暂的不可逆的时间流动中完成对听众的情感询唤，因此其情感的表达必须是单纯、集中的，很多时候还必须是强烈、夸张的，这势必造成其一定程度的对现实——包括社会现实与心理现实的虚拟与歪曲。

之下呈“休眠”状态，但在另一些时候，当某种社会气候形成时，这一类型的歌词又会被唤醒，成为一种新生的社会文化文本。[①] 由此可以看出，作为某种社会文化与审美诉求的象征性符号，歌词文本在总体上是处在运动过程中的，只有进入社会和文化的互动关系中，其“所指”才能被激活、被刷新，因此对其进行单纯的封闭式的文学性研究就显得有些难明就里。正是在这样的意义上，人们没有理由狭隘地将歌词的文学考察想象为挤柠檬式的字、词、句辨析。许多时候，歌词的美学意义只能书写于特定的历史语境之内。比如，电影《风云儿女》主题歌《义勇军进行曲》，如果不是在新中国筹建之时被“幸运”地选作国歌，[②] 或许它会被淹没在浩如烟海的抗战题材的歌曲中，而没有了以后众多起伏跌宕的文化意绪了，因为，其歌词文本并没有提供太多可供言说的东西。但是，自被确定为国歌后，其“所指”不断被激活。还在讨论会上，当马叙伦提出“暂时用《义勇军进行曲》替代国歌”时，李立三就认为，“曲子是很好，但词中有‘中华民族到了最危险的时候’不妥”，因此建议“修改一下”。他的这一建议遭到张奚若、梁思成的反对，他们认为该曲是历史性产物，为保持它的完整性，词曲都不作修改。由此在“改”与“不改”之间引发了一场争论，最终还是周恩来一锤定音——保持原样！在他看来，“这样才能鼓动情感，修改后唱起来就不会有那种感情了”。对此，毛泽东表示赞同。[③] 但是，最终这首作品还是经过了两次改动，一次是“文革”开始后，由于田汉被打成叛徒，国歌歌词因此被禁唱——在这里，歌词文本的“消失”何妨不可以理解为一种“改动”。随着“文革”结束，国歌只能奏曲、不能唱词的问题被提出，但此时由于“两个凡是”的阴霾未散，田汉冤案也未能昭雪，最高权力机构决定在原曲上重新填词，于是有了如下新的国歌歌词：

前进！各民族英雄的人民，

---

① 如果对诸如《义勇军进行曲》《黄河大合唱》《东方红》等宏大抒情作品与《何日君再来》《毛毛雨》等微观抒情作品的接受史以及由此构成的关于它们自身的命运史进行研究，我们会发现在歌词文本与政治、社会文本之间的“互文性”是多么突出，两者之间所构成的社会文化的“力场”是多么的令人惊异。对它们的个案分析肯定是一种耐人寻味的学术尝试。

② 说其“幸运”，是因为新政协在第一次会议上所作出的决议是向全国征集国歌，但由于应征的作品都被认为不够理想，加上时间紧迫，于是经周恩来批准，同意初选委员会的建议，改为“从现有流行革命歌曲中挑选”的办法，最终选定《义勇军进行曲》作为《中华人民共和国国歌》。参见郭超《国歌历程》第一章，中国国际广播出版社2002年版。

③ 参见郭超《国歌历程》第一章，中国国际广播出版社2002年版。

伟大的共产党领导我们继续长征。
万众一心奔向共产主义明天，
建设祖国保卫祖国英勇地斗争。
前进！前进！前进！
我们千秋万代，
高举毛泽东旗帜前进！
高举毛泽东旗帜前进！
前进！前进！进！

从这首新词可以看出，旧词的结构方式与进行曲式的风格还在，但显而易见的是，原作强烈的忧患意识被新的意识形态诉求——高调、明朗且充分的政党意识所置换。众所周知的是，随着“新时期”的到来，田汉原词的国歌得到了恢复。

由此看来，歌词的美学建构具有相对自主的内部逻辑，但是，它同时还卷入社会关系，卷入政治系统、意识形态系统和经济系统——学堂乐歌、歌谣运动、上海流行歌曲以及延安“歌唱”均凸显出这样的性质。种种“卷入”恰恰是歌词这种抒情话语的另一向度的逻辑展开，也是大众诗学建构必然遭逢的“他者”视野。

走向“文本间性”和社会历史文本，就意味着在具体研究中对共时性分析维度和历时性分析维度的超越。詹姆逊曾强调文化批评应该“重新把文本和分析过程向历史趋势开放”，“唯有以这种发展或类似的东西为代价，共时分析和历史意识、结构和自我意识、语言和历史这些孪生的、明显无法比较的要求才可能得到调和”。[①]“向历史趋势开放”就势必造成其研究的旨趣要从“文学性”这一在纯文学论者看来不可撼动的“中心”挪开；也只有这样的“挪动”，歌词才能摆脱现代诗歌长期以来笼罩在其头上的权力阴影——借用陈平原先生的话来说，歌词“之所以非同寻常，值得认真关注，就在于其超越文学，与思想潮流乃至政治运动直接挂钩”，因此，“单在文学成就方面‘斤斤计较’是不够的，必须将其与一代知识分子的命运及精神风貌结合起来，才能明白其功过得失”。[②]

① ［美］弗雷德里克·詹姆逊：《政治无意识——作为社会象征行为的叙事》，王逢振、陈永国译，中国社会科学出版社 1999 年版，第 216 页。

② 陈平原：《现代学术史上的俗文学·序言》，湖北教育出版社 2004 年版。

二　抒情文本的“文学性”与“音乐性”的空间共建原则

如前所述，歌词的传达方式不是“说”，而是“歌”，它的接受方式不是“看”，而是“听”，这就注定歌词永远是一种“另类”的文学样式。换句话说，歌词可以被看成诗歌与音乐之间的中间物，它是具有明晰的意义指向的言语表达与具有抽象普遍性的音乐语言表达的复合物。因此，在以现代歌词为中心的大众诗学研究中，还必须考虑“文学性”与“音乐性”的空间共建原则。站在纯粹诗歌的立场看待歌词，就会发现它的文学性的欠缺。这种欠缺又具体表现为形象的某种程度的钝化、老化以及由此而派生出来的文学“深度”的匮乏；对于不少歌词作品来讲，甚至还包含了标语和滥调的肆意泛滥。

其实这并非歌词的品质所致，而是其开放性的文体要求——具体而言是听觉化的审美诉求——规定其必须放弃对文学性的部分追求以达到听觉所能接受的明晰度。香港歌词作家林夕对此颇有心得，他认为，歌词由于是“倾诉的声音，不可能止于纯意象的铺陈，总要加插很多趋向于口语化的直述，甚至宣言，特别是言志歌词”①。作为听觉文化的一种感性呈现方式，歌词丢弃了书写文化的一套复杂观念，淡化了围绕着文本的一整套意指系统及其功能。这样的文本规约导致的最终结果是歌词文本的文学性的降低与“深度”的削弱，但是，文学性与文本深度一直是文学获取社会——或许更准确地说是现有文学体制——认可的基本前提，也是文学史主流叙事建构自身价值的重要依据。不过，问题的另一面则是，过于浓密的文学性与深不可测的文本内蕴并不意味着文学自身的生机勃勃，有时甚至是某种文类烂熟后颓衰之势的征兆——比如我国宋代的诗歌、20世纪八九十年代的现代主义文学等均可以作为这种征兆的历史案例。审视既往的文学史可以看出，对“文学性”“文本深度”的追求，在某种意义上已经变为文学知识分子的一种嗜好，有些时候甚至是他们勾勒自己文化身份、获取话语权力的一种手段，当这种权力得以巩固以后，便形成了种种制约文学写作的隐蔽成规。这种成规反过来又对作家形成一种“询唤”之势——“文学性”“深度”不仅成为许多作家的文学理想，而且变成为部分作家获取文化资本的技术策略；于是，我们看到层出不穷的产生于文学内部的“皇帝的新衣”和解读“新衣”的理论新衣。

现代歌词从一开始就拒绝了这样的成规，拒绝了对“文学性”的俯

---

① 林夕：《一场误会——关于歌词与诗的隔膜》，载《词刊》2005年第8期。

首称臣和对“深度”的痴迷神往，从而保持着一副“不成熟”甚至有些不守文学成规的姿态，但这种姿态背后却隐含着它的别种追求；具体而言，就是前文反复论及的音乐性追求。

音乐性，原本是诗歌语言与非诗语言的主要分界。即使在与音乐、舞蹈相分化以后，中国古代诗歌依然保持着对这种具有强烈听觉效果的语言创造的热情。这种“热情”依朱光潜先生的看法，至少从五个方面表现出来，即重叠、和声、衬字、格律、韵①。但是，这些形式特征在现代诗歌的历史发展中却逐渐被淡化，尤其是在自由诗成为现代诗体的主流以后，这些带有原始性质的形式要素更是被贬斥为落后的诗歌意识的表征。台湾诗人纪弦的观点颇具代表性：“诗的音乐性有二：一是低级的、歌谣的音乐性，即是专门用耳朵去听的；一是高级的、现代的、新诗的音乐性，即是专门用心灵去感觉的。”② 其实，有关现代诗歌的音乐性，从其诞生之日起就是一个众说纷纭、诉讼迭起的话题，将所谓新诗独有的“高级的、现代的”音乐性推向神秘主义黑洞的也非始自纪弦。早在20世纪20年代，徐志摩就给我们描绘过这个黑洞的深不可测与难以捉摸：

> 诗的真妙处不在他的字义里，却在他的不可捉摸的音节里。他刺戟着也不是你的皮肤（那本来就太粗太厚！）却是你自己一样不可捉摸的灵魂——象恋爱似的……我不仅会听有音的乐，我也听听无音的乐（其实也有音，就是你不见）……我深信宇宙的底质，人生的底质——只是音乐，绝妙的音乐。天上的星，水里泅的乳白鸭，树林里冒的烟，朋友的信，战场上的炮，坟堆里的鬼磷，巷口那只石狮子，我昨夜的梦……无一不是音乐……你听不着就该怨你自己的耳轮太笨，或是粗，别怨我。③

尽管徐志摩在现代诗歌的形式探索方面有相当的贡献，但他似乎更神往来自西方的这种“绝妙的音乐”。一贯坚持诗歌的外在音乐性——或者按纪弦先生所说的是“低级的、歌谣的音乐性”——的鲁迅对徐志摩的这种做派相当反感，著《“音乐”?》一文对其进行了辛辣的嘲讽，将他的

---

① 参见朱光潜《诗论》第一章《诗的起源》，见《朱光潜美学文集》第2卷，上海文艺出版社1982年版。

② 纪弦：《袖珍诗论抄·四》，转引自吕进《中国现代诗学》，重庆出版社1991年版，第86页。

③ 徐志摩：《波德莱尔〈死尸〉译序》，见顾永棣编注《徐志摩诗全集》，学林出版社1992年版，第259页。

“音乐谈”称为“神秘谈”。[①] 朱光潜先生也是一个外在音乐性论者，他坚持认为，“诗歌的生命在音乐，在具有便于大家参与的能起‘传染’作用的那种音乐。就在这个认识的基础上，我坚信诗歌如果想在人民大众中扎根，就必须有一些公同的明确的节奏，一些可以引起多数人心弦共鸣的音乐形式”[②]。但是，鲁迅、朱光潜先生的这些建设性意见并没有能够阻止那些执着地迈向西方式的神秘主义音乐美的脚步，因此终未能够化为现代诗歌的有效资源。有鉴于此，才有学者在20世纪末尖锐地指出：“从诗史的发展看，中国新诗无疑取代了旧诗。但这种取代却是以新诗的失聪与哑口为代价的。正是在音乐性问题上，新诗尤其是自由体新诗一直面临着来自传统诗歌的报复：在传统诗歌语言音响动人的旋律中，新诗的舞步显得如此凌乱和笨拙。”[③] 新诗是否已经取代了旧诗，现在看来作这样的判断还为时过早，但新诗的普遍“失聪”与“哑口”却是一个不争的事实。

从学堂乐歌、上海流行歌曲与延安“歌唱”的文本实践可以看出，现代歌词一直在主流诗歌之外寻求音乐美的探寻之路。这种探寻首先表现为让自身呈现出音乐的效果来——在纯诗论者看来是低级的因而有些漫不经心的地方，歌词极力将其兑现为音乐美的现实：重叠、和声、衬字、格律、声韵等这些被纯诗论者看作雕虫小技的细节，却成为歌词流连忘返的美学圣地。它将诗歌的贫弱变为自己的富有，将音乐美从神秘主义的黑洞唤回，葱郁地生长于自己的土地上。我们可以李叔同的《送别曲》为例：

长亭外，古道边，
芳草碧连天。
晚风拂柳笛声残，
夕阳山外山。

天之涯，地之角，
知交半零落。
一斛浊酒尽余欢，

---

① 原载《语丝》1924年周刊第5期，后收入《集外集》，见《鲁迅全集》第7卷，人民文学出版社1981年版。

② 朱光潜：《一个幼稚的愿望》，原载《诗刊》1957年第六期，见《朱光潜全集》第10卷，安徽教育出版社1993年版，第86页。

③ 王毅：《试论中国自由诗的音乐性》，载《西南师范大学学报》1996年第3期。

今宵别梦寒。

长亭外，古道边，
芳草碧连天。
晚风拂柳笛声残，
夕阳山外山。

作为一首现代歌词的典范之作，人们至今对之津津乐道。耐人寻味的是，更多的人喜欢从文学的层面，通过对其中的意象、意境等的分析，肯定其不可多得的文学美感。这固然是它不可轻易放过的特点——将母语的“造型”能力从容而优雅地发挥出来。但是，另一个重要的事实却被一般人忽略了，即这是一首选曲填词之作，原曲作者是美国通俗歌曲作家约翰·P. 奥德威，歌曲原名为《梦见家和母亲》。如果说《送别曲》是一首成功之作，它首先也是表现为音乐美的成功——词与曲的浑然天成、弥合无间。这一美学效应的达成除了音韵、结构等方面予以了支持外，更重要的是第一、三段的整段的重叠，这是其和谐地融入原音乐的重要元素，由此给作品带来一种回环往复的美感。这是属于李叔同的智慧的“偷懒”，从中我们也可以看出，李氏对原作采取的是对话式的姿态。

由此，我们可以发现，歌词对音乐美的探寻还表现为，它从未试图在与音乐的结合中凸显自己的支配地位，总是为音乐预留足够的空间并且意识到读者（听众）的存在。[①] 在与音乐的空间共建中，多数歌词都表现出自律、亲切、随和的气度。因此，与音乐的结合对于歌词来讲既是一种文学能量的减弱，又是一种音乐能量的增强；或者说既是一种约束，更是一种解放，这种解放对于歌词的被广泛接受提供了重要的前提。

应该说，好的歌词都是生活分泌出来的隐秘信息，都是用其他语言方式传达就会使其生成意义顿然消失的一种言说之外的言说。当这种语言与音乐的语言彼此交融、彼此覆盖、彼此激荡的时候，它的所指便被充分地释放出来。孙瑜作词、聂耳谱曲的《大路歌》就属于这样的“言说”：

哼唷嗨呵嗨嗨呵嗨！

① 除了少量的歌曲是先有音乐后有填词外，现代歌曲多数作品都是先词后曲的，因此词作家在创作时大都必须有关于音乐的预设，或者说要有音乐感——包括对旋律、节奏、结构、音韵、格调等的考虑，正因如此，歌词一般都表现一定程度的格律化倾向并且篇幅大都短小。

哼唷呵嗨吭呵嗨吭!
哼唷嗨呵嗨嗨呵嗨!
哼唷呵嗨吭呵嗨吭!

就文学文本而言，这一连串的叹词实在单调得乏味！如果没有音乐，如果没有歌唱的语境，你简直无法称其为文学。但当它们被赋予一种低沉、缓慢并且由轻而重、由弱而强的人声歌唱后，一种生命的沉重与坚忍、痛苦与执着便徐徐地由远而近向我们移走过来：

哪管日晒筋骨酸，呵嗨吭！
合力拉绳莫偷懒，呵呵嗨！

这是一幅人声塑造的群雕：粗粝、坚毅且富有质感。它是声音媒介的写实主义，更是声音媒介的象征主义："压平路上的崎岖，碾碎前面的艰难。我们好比上火线，没有退后只向前！大家努力！一齐作战！大家努力！一齐作战！背起重担朝前走，自由大路快筑完。"在这里，文学借助声音，完成了巨大同情心与社会关怀的表达；音乐借助文字，获得了抽象意蕴的定型与升华。歌词语言的这种释放效应和"书写—阅读"式诗歌的最大区别在于，前者更趋于"非言说"的歌唱状态，而后者却永远走不出"言说"的纠缠。因此，凡是好的歌词都是用日常语言来挑战日常语言的日常意义的。这是歌词的难处，也是歌词最动人也最易于流播的地方；当然，这也是人们最容易对歌词产生鄙薄之心的软肋——因为，大量的并未对日常语言形成挑战之势的歌词也鱼龙混杂地通行于世。

三　文本生成的"生产性"原则

现代歌词的这一文体肌质使其发展明显地表现出与现代诗歌迥异的态势：持续的、充满探险意味的文体试验是20世纪中国诗歌普遍的信仰，频繁的思潮更迭、层出不穷的观念翻新、此消彼长的流派聚合构成了落英缤纷的诗界风景，也为后来的关于诗歌发展的历史想象和知识化叙事提供了聚讼纷纭的话题；歌词的经验世界从单纯的文本层面看则要冷清得多，可供言说的诗学话语也往往不像诗歌那样显明而纷繁，这在很大的程度上影响了文学史书写者关于其艺术价值的体认。纵向考察，我们会发现这样一个基本事实：尽管"文字语"的诗与"声音语"的歌统称为"诗歌"，但"歌"却几乎是在"诗"的历史经验与价值设定之外铺展着一条属于自己的艺术道路。之所以在整个20世纪里这两条历史线索极少呼应、交叉，其根本原因在于两者不同的观念：“实验性”是诗歌一以贯之的基本品格，因此种种对“新异”经验的追求便不可避免地参与到它的历史命运中；而“生产性”则是歌词矢志不渝的艺术抱负，于是，对于具有广泛社会辐射力的审美诉求的内聚与表达便成为其建构自己历史的基本要素，即使有对“新异”经验追求的愿望，那也必须服从于“社会需要”的文体成规；或者说它在产生“实验”企图的时候，也丝毫不能轻视“社会订货”。如果说诗歌可以依靠某种“粗野”的尝试、冒犯一般的审美规范甚至宣布“献给无限的少数人”[①] 以寻求对自身先锋性质的肯定，那么对于歌词而言，如此寻求旷世孤独的姿态无异于玩火自焚——没有作曲家青睐、演唱者认同、接受者倾心的歌词就等同于艺术上的失败。这样的相去甚远的观念必然带来创作动力的差异：前者以追求文学语言的尖端效应为旨归，后者以社会的普遍接受与广泛流行为鹄的。

这在很大程度上决定了歌词的生产规制。尽管编码方式可能或深或浅，或单纯或复杂，但词作家的创作理想主要不是寻求美学个性的凸显和风格气质的张扬，而是寻求作品对接受者最大可能的“欣赏”诱惑，这是因为，“个人的风格很难引起普遍的（多数人格）趣味。而民众文学里所需要的正是这种趣味；所以便要有非个人的风格”[②]。如果说，诗歌对于僵固的模式怀有高度的戒备和厌恶，那么，歌词却常常利用这些模式去获取人们的青睐。随着现代大众传媒的普及和整个社会文化水平的提高，歌词也追求文本的精致与适当的深度，但这些追求都必须以趣味性为前提，以令假设的读者（听众）满意。这样的情况我们可从以罗大佑为代表的部分港台流行歌曲、大陆摇滚歌手崔健的诸多作品中见出端倪。

不过，由于抒情文类的质的规定性，对于歌词的创作而言，其获取人们青睐的难度往往大于叙事类的创作。主要原因是，它无法像后者那样拥有结构故事的权利：紧张的情节、曲折的矛盾冲突、欲罢不能的悬念都不

---

① 这一口号最初出自先锋派诗人翟永明，在以之作为标题的诗学随笔中，她这样写道：“诗歌将习惯于这样的位置：在某些人那里什么都不意味，而在另外的人那里，却充满了意义。或者说，在大众无动于衷的地方，诗歌仍会得到某些人的喜爱。”翟永明：《称之为一切》，春风文艺出版社1997年版，第212页。翟永明的这一口号得到先锋诗圈内人士的普遍共鸣，不少人借用它来表达对社会大众审美趣味的拒斥。

② 朱自清：《民众文学的讨论》，见《朱自清全集》第4卷，江苏教育出版社1996年版，第42页。

是它的所长，因此，它如果想让欣赏者在释卷之后得到洞悉谜底的快感几乎是不可能的。[①] 于是，对情绪的悉心体味和敏锐解读便成为他们获取欣赏者信赖的最重要法宝，当然，语言的新鲜与亲切也是不可或缺的手段上的考虑。讨好听众又不违逆自己的艺术良心，这是作为“生产性”文本的歌词的难处，也是其写作的伦理底线。陈歌辛是一个坚守这一底线的词曲作家。作为继黎锦晖之后在 20 世纪三四十年代上海颇具号召力的多产作家，他与前者的一个重要区别，是他对粗制滥造与刻意逢迎的警觉，这就使其创作在寻求大众认同的同时保持了通俗作品应有的艺术尊严。我们以他的代表作之一《永远的微笑》为例，来看他是如何在讨好听众的同时又不违逆自己的艺术良心的：

心上的人儿，有笑的脸庞，
她曾在深秋，给我春光。
心上的人儿，有多少宝藏，
她能在黑夜，给我太阳。
我不能够给谁夺走仅有的春光，
我不能够让谁吹熄胸中的太阳。
心上的人儿，你不要悲伤，
愿你的笑容永远那样。

这首作品由周璇首唱，后来又经过蔡琴、哈晖等多位歌手翻唱，但其在港台的影响力似乎更大。著名歌手罗大佑在杭州的一次演唱会上就叙说了自己源于陈歌辛而来的感动：“陈先生不会想到，五十年前他留下的这首歌会这样感动五十年后的另一个作曲家。如果五十年后，也有人能这样唱我的歌，那才是我真正的成功。”在这番令人动容的坦言之后，罗大佑即席演唱了《永远的微笑》。[②] 作家龙应台曾经就怀着“乡愁的冲动”到

① 朱自清就认为：“诗以述情为主，要用比喻，没有小说戏剧那样明白，又比较简练些，接近大众较难（叙事诗却就不同）。所以大众化起来，怕要多费些事。”朱自清：《〈新诗歌〉旬刊》，1933 年 7 月 1 日，见《朱自清全集》第 4 卷，江苏教育出版社 1996 年版，第 311—312 页。看到诗与小说、戏剧在接近大众方面的差异，这是作为诗人、诗论家的朱自清的洞见，但以为叙事诗因其叙事性因素的介入就能更容易接近大众，这似乎又是作为知识分子的朱自清的一个偏见。其实，这也是当时不少人趋同的一种观点，而且也是叙事诗在 20 世纪 30 年代盛极一时的重要推动力量。

② 参见陈钢编著《玫瑰、玫瑰我爱你——歌仙陈歌辛之歌》，上海辞书出版社 2002 年版，第 173 页。

上海寻找这首歌曲的源头，其根本动力是她母亲终身眷恋着这首作品：“当我只有两个酱油瓶那么高，拉着她裙角跟她上菜场时，她唱这支歌；到现在她白发苍苍我得牵着她的手带她过马路了，她仍旧唱这支歌，唱的时候眼睛闪着我所熟悉的年轻的光芒。这样的一支歌，随时随地可以勾出我的眼泪来，它使我想起母亲的垂垂老矣，更想起那留不住的栀子花香少年时。”① 在我看来，龙应台对这首歌之所以有“如立深渊边缘”的感觉，主要是来自作品对一种常态情绪的悉心体味和敏锐解读：“她曾在深秋，给我春光”，“她能在黑夜，给我太阳”；音乐的爵士风格与周璇的叮咛般的歌唱，更使这样的情绪表达具有了高贵、典雅的气质。据说，这首作品是陈歌辛为其妻子金娇丽“勾画的一幅音乐素描”②；但作为一种重构的美学，它又在经过音乐与人声的介入后而成为一幅脱俗入雅的“音乐素描”。

相对来看，现代诗人的创作更多地表现为对“时间”的仰赖——其观念上表现出来的对传统的否定很大程度上来自对时间上先于我们的西方的俯首，在艺术实践中的“探索”热情很大程度上也是来自对未来时间的向往；与之不同的是，现代歌词作家的创作更多地表现为对“空间”的认同，他们以自己的作品能够对同时代人发生效力为己任，空间范围内产生影响的广度与深度是他们衡量作品价值的试金石，因此，他们似乎对彰显自身形象并无多少兴趣，即使有所“尝试”也要温婉得多，当然更谈不上建构“诗体解放”的历史神话的野心了。所以，时至今日，当人们试图寻找某一个时代的情绪记忆的时候，往往不是通过诗歌而是通过歌词去追索、去印证——尽管在这样的追索、印证的过程中，词作家大都是匿名的，取而代之的是演唱者。

四　现代大众传媒技术与抒情话语的“口传性”原则

如前所述，20 世纪 90 年代以来，不少学者开始关注大众传媒与文学的关系，于是，报纸、杂志、书局、稿费等所建构起来的现代文学制度及其对文学发展的深刻影响成为学界的热门话题，而由此完成的众多学术成果也大大推进了现代文学研究的纵深发展。但是，既有的研究在笔者看来并非是一种“完成时”而是一种“进行时”的样态。至少，有两个问题还有待我们进一步地潜入：一、大众传媒的普及不仅推动了

① 龙应台：《上海的一日》，载（台湾）《中国时报·人间副刊》1988 年 4 月 2 日。
② 陈钢：《母亲教我的歌》，载《海上文坛》1995 年 10 月。

中国文学的现代转型，而且在新的层面上进一步“解放”了文学；但是，大众传媒是一个相当宽泛的概念，已有的研究大都局限于纸质的传媒，而电子传媒技术的日益廉价给予文学的影响就是一个未曾充分展开的话题。比如，电影的进入对话剧生产的影响就是一个还需要纵深展开的课题。二、既有的研究更多地集中在叙事类的文学。当小说可以连载，当杂志可以聚合文学同人的趣味而由此形成流派，当书局可以付给作家稿费而促进了职业作家的诞生，等等，这无疑激活了现代文学的生产机制。但是，在这场文学权力的再分配中，诗歌有多大的获益？或者说，诗歌在大众传媒出现后是获得了新生还是受到了限制抑或是在新生的同时又带来了更大的限制？这其实都还是有待进一步展开的颇有趣味的话题。也就是说，诗歌与现代大众传媒的关系还是一个复杂而需要细致辨析的学术开发区。

如果我们将“诗”与“歌”作为现代诗歌之整体来看待，情况或许就更复杂一些。就狭义的诗歌而言，现代大众传媒的介入以及由此生发出来的商业化浪潮，从总体上弱化了其社会影响力，这是它与叙事文类在现代语境中的一个重大差异。沈从文早就发现了新诗的这种弱势处境：

> 新文学同商业发生密切关系，可以说是一件幸事，也可以说极其不幸。如从小说看看，二十年来作者特别多，成就也特别好，它的原因是文学彻底商品化后，作者能在“专业”情形下努力的结果。至于诗，在文学商品化意义下却碰了头。新诗标准一提高，新诗读者便较少。读者较少，它的发展受了影响。因之新诗集成为“赔钱货”，在出版业方面可算得最不受欢迎的书籍。①

诗歌在依赖现代发表、出版市场的同时，又背离文学的市场化而追求纯诗化，这就造成了一种基本的历史矛盾与生存困境。在既有的诗歌史叙事中，关于诗歌的“纯文学”追求所逐渐形成的内在机制与大众传媒商业化目标的对抗性以及由此对诗歌创作所带来的影响就缺少应有的关注。

在传播方式的改变所导致的权力关系的重新“洗牌”中，歌词与诗

---

① 沈从文：《新诗的旧账——并介绍诗刊》，原载《大公报·文艺》1935 年第 40 期，署名上官碧，见《沈从文全集》第 17 卷，北岳文艺出版社 2002 年版，第 97 页。

歌相比，无疑是一个赢家。它的“胜利”很大程度上得益于其文化逻辑与大众传媒所建构的“场域”逻辑的应和——大众以及由此构成的文化空间都是两者青睐乃至赖以生存的土壤，或者说是它们的“衣食父母”，因此，两者的结合所带来的是心驰神往的“双赢”结果。这一局面首先生动地表现在20世纪30年代以后以上海为发轫地的流行歌曲中，80年代以后这种征候则更加显著而持久。当诗人在为诗集出版难而牢骚满腹的时候，[①] 许多词作家的作品却炙手可热，它们不仅借助电影、电视、卡带、唱片等迅速走红甚至家喻户晓，而且也为词作家们赢得了丰厚的利润。这样比较并非一种价值判断，只是指出大众传媒与商业主义合谋给抒情文类内部带来的巨大振荡。

作为一种抒情文学样式，相对于现代诗歌而言，歌词的传播途径也是独特且多样的。尽管“朗诵”也是诗歌“直面相向”的传播方式之一，但其根本的传播途径依然如传统诗歌那样，是从纸质印刷到案头阅读。传播方式的单纯使诗歌在“生产—消费”中的变数较小。和诗歌的传播方式相反，纸质印刷——案头阅读只是歌词传播的一种补充方式，从根本上讲，“歌唱”（亦即“口传性”）才是其传播的最为普遍也最为有效的途径。假如说诗歌是以文本为中心，那么歌词固然也可以落实到文本，但其美感效应的达成，主要却是借助于文本的“现场表演”——即便是兴之所至的独自吟唱的方式，也可以视作演唱者与欣赏者同为一人，只是其“表演”的强度较弱而已。而作为表演，“演员”与接受者是同时互动的，他们各自的年龄、素质、情绪、性别等都会起着不同的作用；此外，现场的一些属于“语境”的因素比如场地、光线、天气、时间等也会产生不同程度的影响，它们共同合成了一个既稳定又流动的审美场域——其中某个因素的变化都可能导致其审美传达与接受效果的

---

① 在20世纪80年代就表现出相当实力而且在90年代依然保持强劲势头的先锋派诗人于坚就曾经诉苦说：“我经历了一个漫长的不能出版诗集的时期。1989年我出版了第一本诗集《诗六十首》，它们出版后运到我家里，我是通过邮寄的方式把这些小册子卖掉的。1993年在朋友的资助下，我印行了另一部诗集《对一只乌鸦的命名》，它同样从未进入发行渠道，乌鸦们是一只一只从我家里飞走的。此后七年间，我再也找不到愿意出版我的诗集的出版社，这个国家的很多出版社都把出版诗集看成是对诗人的一种施舍。我的主要作品是在一个普遍对诗歌冷落的时代写作的，伴随着这部诗集的是贫穷、寂寞、嘲讽和自得其乐。在这个时代，放弃诗歌不仅仅是放弃一种智慧，更是放弃一种穷途末路。”于坚：《于坚的诗·后记》，人民文学出版社2000年版。莽汉主义诗歌的代表人物李亚伟、非非诗派的领军人物周伦佑分别是到2006年1月、12月才由花城出版社出版了第一部个人诗集《豪猪的诗篇》《周伦佑诗选》，比他们声名鹊起之时晚了整整二十年。

差异，有时甚至规定了“歌曲—歌词”审美潜能的走向。

不过，和传统歌曲那种抚琴而歌、击节而咏的单一方式相比，现代歌曲的审美扩散更趋于多元，在根本上这应该归于声音的复制技术与现代电子传播媒介的出现。录音对于音乐的贡献是难以估量的。如果说，传统的音乐会是音乐家与听众此时此地的遇合，那么，声音的复制打破了演奏或演唱的唯一性。唱片与录音把音乐从“此时此地”之中解放出来，实现了大规模的批量生产，它们和市场共同形成新的传播体系，令音乐作品日益廉价。音乐不再神秘，不再是演奏家或者歌唱家某一次突如其来的灵感与现场气氛独一无二的化合。这对于歌曲（歌词）来讲，无异于是第二次解放。如果说“口传性”的歌词砸碎了诗歌因书写而带来的文字“枷锁”，那么，现代电子传媒则使这种解放后的“自由”变得唾手可得——和文字符号的庄重与高贵不同，歌曲借助于电影、电唱机、收音机、电视、CD、VCD、MP3、IPAD等电子手段，拆除了文字符号与大众之间的无形栅栏，长驱直入地抵达社会生活的各个角落，融入日常生活的经纬和体验，布满人们的闲暇时光，甚至让人们习焉不察，发挥着一种温和却有力的效力。对此，麦克卢汉敏锐地指出：“当一种媒介变成深刻体验的手段时，原有那些‘古典’和‘流行’‘阳春白雪’和‘下里巴人’的范畴再也行不通……密纹唱片，高保真音响和立体声来临之后，深入参与音乐体验的态度也应运而生。人人都抛弃了不敢品尝精英文化的约束，态度严肃的人也抛弃了对通俗音乐和文化的厌恶。……‘深入’意味着‘相互联系’，而不是‘相互分离’。”[①] 可以认为，机械电子传媒在20世纪逐渐普及以后，越来越显示出其“巨无霸”的形象，它改变世界的力量远远超越了人们的想象力。在许多场合，它被同神灵联系在一起，以至更多的人倾向于认为，媒介不仅在改造我们的生活，媒介简直就是生活。有学者指出：“电子技术正在为多种传播媒介的联合提供前所未有的可能。这个事实不仅对于传统的音乐准则提出了挑战，同时，这个事实还改写了音乐与其他艺术类别的关系，改写了艺术进入社会循环的轨迹，改写了抒情作品——无论是在诗的意义上还是在音乐的意义上——的销售记录。在这个意义上，传统的蔑视可能错过某些重要的文化动向。”[②] 在很大程度上，现代大众传媒已经为我们缔造了一个完全有别于传统的新的抒情帝国。在

① ［加拿大］马歇尔·麦克卢汉：《理解媒介》，何道宽译，商务印书馆2003年版，第347—348页。

② 南帆：《双重视域——当代电子文化分析》，江苏人民出版社2001年版，第181页。

这个隐形的国度里，伴随我们两千多年的“书写—阅读”文化受到前所未有的挑战，与其共生共存的文学以及文学中的诗歌当然也就在劫难逃，[①] 以至业内有人发出了惊人的警告：诗歌文体可能消失。[②] 从这些看似危言耸听的言说中我们可以见出某种端倪：对于“书写—阅读”式诗歌而言，大众传媒非但不是它的救世主，相反却是它的天敌，因为大众传媒从改变人们的阅读口味开始并可能最终发展到使人们远离阅读。

不过，远离阅读并非远离诗歌，只不过改变了人们接受诗歌的方式而已。当我们将歌词纳入诗的范畴内就会发现，借助于大众传媒，越来越多的人走近了诗歌。或者说，狭义的诗歌在画地为牢同时也在被电子传媒疏离的时候，歌词却通过现代电子传媒方式实现了现代诗学力图展开而终于未能完全展开的一种价值向度——走向大众。这可能颠覆了许多学者固有的诗歌史观念——诗歌的发展就是从“歌”变成纯文学的“诗”的发展。但是，已有学者发现了这一观念的可疑性，在他们看来，“诗歌的发展并不是简单地从‘歌’到‘诗’的发展，而是一个在‘歌’与‘诗’、音乐性与文学性之间振荡生成的历史。从某种意义上说，中国的诗歌是从早期的‘流行歌曲’（国风）开始，而在今天又在向新的流行歌曲回归的历史”[③]。“回归”就意味着对纯文学的“诗”的告别，意味着对“书写—阅读”文化的疏离，意味着重新开启一种既古老又年轻的“口传—倾听”的诗歌交流方式。

就抒情文类而言，如果说其表意方式的听觉化是对文字化阅读的一次突破，视觉方式的参与则是另一次——也是更为重要的一次突破。丹尼尔·贝尔坦陈：“我相信，当代文化正在变成一种视觉文化，而不是一种印刷文化，这是千真万确的事实。”[④] 文字符号是一种抽象的平面的符号形式，其中残存了某种公认的庄重，这样的性质必然使诗歌的传播无法大

---

① 周瓒就认为，“在大众文化发展迅速、影视媒体大举侵占文学接受领地的今天，诗歌写作努力实现的仿佛是更为鲜明地凸现自己与其他媒介的差异性”。周瓒：《当代文化英雄的出演与降落——中国诗歌与诗坛论争研究》，见戴锦华主编《书写文化英雄——世纪之交的文化研究》，江苏人民出版社 2000 年版，第 122—123 页。

② 杨晓民语。他认为，当下的诗歌只能在研发与生产两个环节上循环，形成一种小圈子式的闭合结构，基本上不能进入文化消费领域，这对新诗的创新和传播是致命的；因此，他主张除了对诗文本的细读外，还必须用全新的视角审视中国新诗的过去、现状和未来，梳理中国新诗的研发生产传播机制、创作流程、文体肌理和演变态势。参见张隽《不坚守创作底线　将导致新诗文体消失》，载《中华读书报》2005 年 11 月 9 日。

③ 高小康：《在“诗”与“歌”之间的振荡》，载《文学评论》2002 年第 2 期。

④ ［美］丹尼尔·贝尔：《资本主义文化矛盾》，赵一凡等译，生活·读书·新知三联书店 1989 年版，第 156 页。

规模、经常化地渗透到大众的文化消费的网络之中；然而，电子时代的符号开始与人们的感官经验无间地交织为一体。从文字化阅读向听觉化接受与视听混合接受的转变，是现代科技进步给诗歌生产与传播带来的革命性影响，它使诗歌有了从文人圈走向广泛意义上的大众的更大可能，使多少有些奢侈的诗歌鉴赏变成一种大众可以轻松进入的日常性享受。因颠覆正统文学观念而产生广泛影响的都市小说作家王朔，就曾经以一个文学消费者的身份表达了对电子传媒时代诗歌生产与传播的看法："现在再用诗描绘文化背景，传播灵感，是不是有点绕远了？……传播手段，视听媒介都在变化，把同样的感情传播得更有效，诗歌的竞争力较弱。"①

有必要指出的是，"口传—倾听"或者"口传—视听"的诗歌交流方式的再度开启并非只是一个"中国式"的问题，而是必须遭遇的世界性潮流。作为一种潮流，以流行歌曲为代表的抒情表意的新格局已在相当长的时间内持续地充满活力和生机。虽然在商业主义操纵下的过度娱乐化不可避免地使浅薄、浮躁、机会主义与唯利是图等参与其中，由此使其活力与生气充满了空洞感，但其"颠覆"的巨大能量不可低估。正如巴赫金所言，"任何影响文学的外在因素都会在文学中产生纯文学的影响，而且这种影响逐渐地变成文学的下一步发展的决定性的内在因素。而这一内在因素本身逐渐变成其他意识形态范围内的外在因素，这些意识形态范围将用自己的内部语言对它作出反应；这一反应本身又将变成文学的外在因素"②。在这样的"内""外"因素的交互刺激中，是否真意味着一个以"书写—阅读"为主流方式的抒情王国的衰落，一个以"口传—视听"为主流方式的新的时代已经到来？

第二节　历史诗学与体裁诗学:反思中的期待

可以认为，抒情话语的新时代已经不是一种"山雨欲来风满楼"的"前奏"的紧张，而是一种细针密线地织入社会文化生活之网的现实。诗学理论如何回应这样的现实，可能是需要更多理论家予以关注的一个宏大诗学命题。但是，这样的历史动向已经在提示我们，着眼于汉语诗歌的未

① 王朔等:《我是王朔》，国际文化出版公司1992年版，第75页。

② ［苏联］巴赫金:《文艺学中的形式主义方法》，李辉凡、张捷译，漓江出版社1989年版，第38—39页。

来建设，我们有必要重新进入历史；这里的“重新”不仅是指频率上的“又一次”，而且更是一种观念更新后对历史阐释的视角调整与地图重绘。笔者认为，所谓“重绘”不应该狭隘地理解为某种先锋意味的“颠覆”，而是着眼于未来建设的对历史阐释的补充与丰富。

一　历史诗学建构中的观念重构

通过对以歌词为中心的大众诗学在现代语境中建构原则的梳理，我们可以发现既有历史诗学的一个重大缺陷，那就是由于受到强烈的“纯粹诗歌”观念的支配，它的建构总是给我们呈现出一种似乎清晰可辨的内在理路。比如，龙泉明就认为，现代诗歌历经了“写实—浪漫—现代”的历时性的线性过程；[①] 臧棣则认为，现代诗歌的历史是在传统之外来建构新传统的历史。[②] 尽管细部的观点略有差异，但我们可以发现，被建构的现代诗学历史几乎就是一部“现代性”的追求史，“革命”“创新”“纯诗化”“现代化”等则是这部诗学历史的关键词。这样的逻辑展开真就等同于历史的本然吗？当我们把歌词加入历史诗学的建构体系中之后就会发现，过去的“一体化”的诗学建构方式并不能涵括它。

如前所述，作为一种“献给无限多数人”的“生产性”文本，歌词的创新是有限的，只是在经典类型原则的框架里所作的部分更新；换言之，现代歌词对于诗歌传统只是一种改良，而非革命性的颠覆，因此，它不能改变诗歌类型结构的整体意义，而只能补充意义。如果也使用“革命”“创新”等行动词对之进行描绘，会显得有些牵强，或者说是焦距不准的“影像”记录。“回旋”也许是一个更适合描绘现代歌词演进特征的词汇。如果“革命”意指用激烈手段征服已建立的秩序，那么相反地，“回旋”则指的是一种内转的倾向，是延伸、蜷曲而内转于自身的一种运动。“虽然回旋相对于外向发展的革命，因此常跟后退的动作联想在一起，但是它并不等同于反动，因为它的运动并不回到原点；它与革命相异处，仅在于它的运动方向看起来不是勇往直前的单向直线。”[③] 由此进一步展开，我们还可以认为，“寻求现代性”如果可以作为描述中国现代（广义的）诗歌颠覆古典诗歌的基本动力，那么，它也不应该简单描述为以西方为唯一尺度的价值追求，因为在“诗歌”这面大旗下，原本就分

① 参见龙泉明《中国新诗流变论》，人民文学出版社1999年版。

② 参见臧棣《现代性与新诗的评价》，见陈超编《最新先锋诗论选》，河北教育出版社2003年版。

③ ［美］王德威：《被压抑的现代性——晚清小说的重新评价》，见王晓明主编《批评空间的开创》，东方出版中心1998年版，第136页。

离出歌词这一股并不算孱弱的势力，它与纯粹抒情诗的一个重大的区别在于：不以西方为唯一的甚至首要的尺度建构自己，而是在挥手向传统告别的时候，又浓浓地透露出对传统的乡愁，其创作明显地表现出在传统内另起炉灶的态势，由此构成一条清晰可辨的现代诗学的副旋律并使“现代性”的历史合唱具有了复调的性质。[①] 这一特征不管是在学堂乐歌、上海流行歌曲，还是在延安红色革命歌曲中都有十分显豁的表现。

由于缺少对历史诗学复调性质的认识，在现代诗歌史上，才出现了如此频繁且聚讼纷纭，有时甚至是莫衷一是的论争，比如民族形式问题、大众化问题、格律化问题、现代性问题，等等。[②] 时至今日，我们回过头去看，这些论争之所以依然显得莫衷一是、是非难辨，其根本原因在于它们都是围绕着“诗歌”的话语来展开，而诗歌则如前文所述，其发生、发展的动力主要来自西方，或者说来自我们以“西化”为尺度的现代化诉求。试以大众化问题为例。“大众”与“大众化”在现代文学史、现代诗歌史上均是一个不断令我们兴奋又不断使我们疲惫的话题。可以说，“大众”始终是文学史清理与历史诗学建构绕不过的难题。作为理论符号的“大众”的频繁出现，必然意味着另一个与之相对应的言说群体——知识分子——的持续存在。正是因为后者的存在，被言说的“大众”才得以“现身”，或者更准确地说，是作为“对象”被建构出来。换言之，在这些频繁的关于“大众”的言说中，被言说者始终没有登场，他们只是作为被关注的“对象”和变动着的“第三人称”存在于以“我们”自称的知识分子的各种论说里，这也就意味着“大众”实际上是不断地被制造和被转述在“知识界”所循环传播的“知识流”当中。深入这样的“知识流”中我们可以发现，“大众”之被言说，往往是知识分子建构自己的两重策略而已：当欲对抗贵族、圣贤的“官方文化”时，“大众”就成为“我们”的拯救者，成为精神救赎的圣地，因而也就成为赞美和肯定的对象，其“俗野”的艺术趣味就被转换为“自然”“率真”的正面描述，“我们”甚至不惜融入其中；而当需要确认“文明”“进步”以及知识阶级的“时代使命”时，“我们”就得调转头来，与“粗鄙”“野蛮”划清界限，呼唤对“民智”的开启及改造，“大众”于是就转而被指认为被拯

① 这里所说的“传统”，既指古典诗歌的传统，又指民间歌谣的传统。

② 有些论争尽管并不仅仅是围绕诗歌来展开，但诗歌却更容易成为其论争的焦点；笔者认为这一方面是因为诗歌这一文体的特殊性——对形式美感的极端要求，另一方面则是因为诗歌发生的动力——以“现代化”为追求目标的对西方诗学观念的引进和借鉴——与诗歌形式强烈的民族认同感之间的冲突，更容易引起学界的广泛关注。

救或者被启蒙的对象了。对此，我认为有必要质询的是：作为文学史话语权力阴影下的"大众"，和那个被排斥在话语权力场域之外的实体的"大众"，两者间究竟有多少心灵相通？比如艾青，这个毕生对土地、旷野、农夫、村妇倾吐着爱情的诗人，其诗歌史地位毋庸置疑，但其深挚的歌唱是否能够抵达"大众"、感染"大众"就颇值得怀疑了。之所以提出这样的疑问，是因为在其诗歌中随处可见欧化的散文句式与书面化的词汇："大堰河，今天，你的乳儿是在狱里，/写着一首呈给你的赞美诗，/呈给你黄土下紫色的灵魂，/呈给你拥抱过我的直伸着的手，/呈给你吻过我的唇，/……/呈给大地上一切的，/我的大堰河般的保姆和她们的儿子，呈给爱我如爱她自己的儿子般的大堰河。"这样的句子尽管诗情饱满、深挚，但这样的诗情呈现方式可能更多地引起知识群体而非"大堰河"式的"大众"的共鸣。余光中就曾以《雪落在中国的土地上》一诗中的"告诉你/我也是农人的后裔"为例批评艾青："对农人说话，不说'子孙'、'后代'，却说文绉绉的'后裔'，这样用字，加上西而不化的句法，名义是所谓普罗文学，实际上哪一个工、农、兵能领会呢？"① 因为诸多维护大众利益的言辞并非大众自发的声音，而只是知识分子站在自己的立场向大众表示居高临下的关怀而已，所以，笔者认为，作为表述"大众"的话语生产和介入真实"大众"的话语可能，两者之间并非一回事，而是有着巨大的差异。盛行于20世纪三四十年代的诗歌朗诵化运动就是一个尖锐的例子——如本论著第四章所批评的，它不过是知识分子心系"大众"的一种想象的激情而已。

值得注意的是，以上这些在诗歌中争论不休的话题基本没有构成歌词发展的"影响的焦虑"。倒不是说歌词有强大的化解矛盾、平息争端的能力，而是因为诸如"大众化""格律化"等便是歌词文体价值自我实现的基本前提——其"听觉化""生产性"等文本发生机制必然规约着它朝向"口语化""规律化"方向坚定地前行。

由此看来，历史本身就具有多样性、浓密性、反观念性的特点，"纯诗"理念下的关于诗歌的历史叙述肯定会偏离诗歌史原有的复杂多样性，由此所展开的种种关于现代诗歌的知识性建构也会显露出难以规避的学理缺陷。基于这样的认识，笔者认为在对既有的诗歌话语及其生成语境的历史考察中，有必要与历时性状态的现代歌词进行比较，建立种种关于

① 余光中：《早期作家笔下的西化中文》，见黄维樑、江弱水编选《余光中选集》第4卷，安徽教育出版社1999年版，第80页。

“诗”与“歌”的对话机制，由此完成现代“诗—歌”的互文性质的更为复杂的历史叙事。

二 体裁诗学建构中的“雅”“俗”二分

当我们将歌词纳入现代诗学的建构体系并通过“诗—歌”的互文性质的历史叙事，就会发现这样一个基本的“两立式”的诗学形态——以诗歌为主体的精英式的雅化形态，以歌词为主体的大众式的俗化形态。笔者认为，两种诗学形态的共存才形成了现代诗歌的内部张力。但是，长期以来，我们理论研究的兴奋点基本集中在诗歌这一条线索上，对歌词则少有染指。也就是说，雅化形态的诗歌历史已经被既有的诗歌史研究给予了较为充分的历史描述与知识性厘定，但俗化形态的歌词的历史建构与知识性书写几乎可以说还处于未开启的状态。即使多次展开的关于诗歌大众化的讨论，也只是局限在诗歌的内部，对诗歌之外的另一片广阔的抒情审美区域则少有叩访，当然，对这两者的比较与理论辩难更是无人问津。

如果说历史诗学是从历时的角度研究诗歌的体裁和形式是如何形成和发展的，那么体裁诗学就是从共时角度研究诗歌的体裁和形式是如何呈现其美学特性的。

要进入体裁诗学的研究，笔者认为首先必须厘清抒情话语的特征。

正如本论著第四章中所指出的：“根据功能的不同，抒情话语大致可以分为两种类型，即简单类型和复杂类型。前者主要是‘对白’式的，更接近口语，后者主要是‘独白’式的，更接近书面语；前者往往简洁、明确且效果短暂，更多地通向语言的表层含义，后者往往含蓄、曲折且效果长久，更多地通向语言的深层含义；前者更易于调动身体的热情，后者更易于进入精神。”

从交流的观点看，诗歌似乎更强调创作的敏感性与作品的关系，强调情感表达者与情感的关系；而歌词则更强调情感倾吐与情感接纳的关系，强调作品与作品接受者的关系。因此，诗歌更倾向于心灵的独步，而歌词更倾向于心灵的交流；诗歌更多个人化的成分，而歌词则更多公众情绪的表达；诗歌更倾向于雅致化，歌词更倾向于通俗化。或者借用尼采在《悲剧的诞生》中所作的分类，诗歌更接近日神阿波罗，歌词更接近酒神狄俄尼索斯：前者静而后者动，前者重想象而后者重情感，前者趋于冷而后者趋于热。不过，这样的类型划分只具有相对的意义，因为抒情话语的价值实现必须充分地语境化，而一旦将某种话语置于具体的语境中，其内质就会发生或大或小的变异；另一方面，仅就孤立的文本来看，俗化的歌词中也时常有一些十分雅致的作品，而雅化的诗歌中也有不少追求通俗的佳作，这也是两者之间双向逆反的文本诉求所必然表现出来的抒情话语的历史格局。

既然抒情话语之间并不存在优劣之分却又存在“变异”的可能，那么，我们就没有充足的理由视诗歌为现代抒情文类的首席代表甚至唯一代表，将歌词视为列席代表甚至是不能入席的“另类”存在物。正如有学者指出的“许多现代歌曲的词作（如大陆崔健，台湾的罗大佑等）已远远比那些大量‘徒具诗形的诗’还要高超许多”①。笔者认为我们有必要在现代体裁诗学的研究中，重建一种更为复杂的评估机制，即以“雅化”的诗歌作为一种诗体类型，以“俗化”的歌词作为另一种诗体类型；前者以缜密、多变、丰富、沉静的方式满足人们的部分审美需要，后者以单纯、朴素、集中、强烈的方式满足人们的另一部分的审美需要。恰如朱光潜先生所分析的，“现实无论是内心的或是物界的，有艳阳也有黄昏；有光辉也有阴影；有亘古不磨的普遍的永恒的类型，也有飘忽无定一纵即逝的吉光片羽；有轮廓鲜明，斩钉断铁似的清楚的画镜，也有依稀隐约似可捉摸而似不可捉摸的梦境。这两种境界里都有诗。无论是创造诗还是欣赏诗，我们不能因为前一种境界太‘明白清楚’，也不能因为后一种境界太不‘明白清楚’，而把它排斥到诗的范围之外”②。

从艺术发生学的角度看，原始意义上的诗歌原本就具有两种功能，一是宣泄，二是净化；前者是诗歌发生的始发动力，后者则是社会文明在走向成熟的过程中逐渐形成的第二种动力或者说是继发的动力。正如我们不能将始发动力认作唯一动力一样，我们也不能因为继发动力所代表的强大的文化力量而根本无视始发动力的意义。但是，作为观念形态的现代文学史一直试图让人们相信，诗歌总是担当文化先锋的角色，诗人必须是社会的高端文化与审美趣味的代言人，一旦某种文本偏离了这种文化规定，便会被逐出缪斯的世界。事实证明，这样的文化规定不仅反映出社会文化本身存在着值得质疑的部分，而且同时意味着在这种文化阴影的笼罩下，诗人对内心自由的诉求只不过是一种意识形态的幻觉而已——尽管他们中的不少人也不断宣称自己的“民间”向往，强调自己的“反文化”追求，

① 沈奇：《诗与歌》，原载《云南文艺评论》1999 年第 2 期，见沈奇《拒绝与再造》，西北大学出版社 1999 年版，第 21 页。有必要指出的是，虽然沈奇对某些歌词赞赏有加，但总体上依然对它持一种轻薄的态度。

② 朱光潜：《心理上个别的差异与诗的欣赏》，见《朱光潜全集》第 8 卷，安徽教育出版社 1993 年版，第 464 页。

但在骨子里他们却时常惧怕自己从“先锋”的位置上跌落，失去“代言人”的身份。①

需要指出的是，今天我们强调诗歌的宣泄功能的时候，并非主张对诗歌的文化功能的放弃，而是肯定多元化的体裁诗学建构的必要性。② 毫无疑问，与诗歌相比，歌词以及由此延伸出来的歌唱艺术更能够体现抒情话语对“宣泄”功能的维护，这种“维护”至少从以下三个方面表现出来。

首先，歌词文本的单纯、集中、强烈，意味着文本与读者（听众）之间的距离的缩短，从而避免了诗歌因为对象征、隐喻、跳跃等的频繁征用而必然带来的读者解读的犹疑、两可和迂回；③ 作为一种抒情话语，歌词的这种文本气质在多数情况下不仅不会减弱其抒情效果，而且可能带来远远超出其语义范围的冲击。从一般的读者来看，象征、隐喻等技巧性因素肯定是诗歌欣赏的重要取向，却不是首要的取向，更不是唯一的取向。文化学者费斯克就一语道破天机：“指斥大众文本是贫乏的，这一批评背后，隐藏了一个未被审视的假设：文本应该是具有高度技巧性的、完整的和自足的客体，值得尊重和保存……但是在大众文化中，文本仅仅是商品，因此，它们很少是精巧的（为了维持低廉的生产成本），它们是不完整的和不充足的，除非它们进入大众的日常生活之后。”④

其次，“歌唱”的介入使情感的“宣泄”成为一种日常性的方式。尽管现代诗学普遍认为，诗是歌唱生活的艺术，“无论诗人采取什么体裁写诗，都必须在语言上有两种加工：一种是形象的加工，一种是声音的加工”⑤；但是，现代诗学所框定的诗歌并不真正指向作为行动词的“歌

① 从20世纪80年代的“莽汉主义”诗歌到20世纪末至21世纪初的“下半身”写作等，某种程度上体现出现代诗歌自我颠覆的倾向，具有反叛“隐蔽成规”的意义。但对诗歌“宣泄”功能的极端强调既可以理解为一种文化精神上的矫枉过正，也可以理解为一种对“先锋”“代言人”身份的逆向捍卫。

② 这里所说的“多元”既是对多种文化可能性的诗体的首肯，也是对多种诗体各自的审美与文化诉求的差异性的认同。

③ 对现代诗歌写作中的知识、技巧“过剩”的趋势，学界内部也开始有所质疑，比如，以研究当代诗歌著称的学者洪子诚就坦言：“从我们的诗歌语境看，不能说知识化、技巧化已成为主要倾向，但确实存在这种倾向”，“简单的诗也有非常出色的”。洪子诚主编：《在北大课堂读诗》，长江文艺出版社2002年版，第413、429页。

④ ［美］约翰·费斯克：《理解大众文化》，王晓珏、宋伟杰译，中央编译出版社2001年版，第149页。

⑤ 艾青：《诗的形式问题——反对诗的形式主义倾向》，原载《人民文学》1954年3月号，见《中国现代诗论》下册，花城出版社1986年版，第39页。

唱”——如前所述，现代诗歌是“失聪”与“哑口”的。因此，同样是艾青，他又认为：“歌是比诗更属于听觉的；诗比歌容量更大，也更深沉。”① 并不能笼统地认为现代诗歌完全轻视“听觉”的意义，持续不断的诗歌朗诵运动或者诗歌朗诵活动②以及格律诗的积极倡导与实践均指向这样一个事实：以“现代性”为动力的现代诗歌创作虽然不断地寻求文学空间的拓展，但对音乐性的捍卫又使其创作呈现出逆向展开的态势。不过就诗坛的整体格局而言，后者较前者一直处于弱势地位，而且，如前文所言，朗诵诗学并没有真正完成其文化理想——促进诗歌的大众化。

真正将朗诵诗学的文化理想兑现为现实的是歌词，而其中“唱”起了相当关键的“催化”作用。

唱是一种巨大的快感。这种形式与抒怀言志之间的关系由来已久。引吭高歌的古老激情隐藏于内心深处，一如坚冰之下的潜流。当这“潜流”呈现出一种不可遏制之势的时候，率性而歌便成为直接有效的“破冰”之途。所谓“情动于中而形于言，言之不足故嗟叹之，嗟叹之不足故永歌之”③ 就是对这一“破冰”过程的古老描绘。尽管随着文化的发展与歌唱艺术的逐渐成熟，“歌唱”逐渐由一种原始的抒情方式转变为职业演技，被视为舞台上的正式表演，但人的“抒情言志”的秉性依然使“歌唱”成为我们一吐内心情愫的惯常方式。在“唱”与“听”之间，人与人的内心开始彼此敞开，共同沐浴在源自感情却又高于感情的审美光辉里。因为相对于诗的文字形象，歌的激动人心在于，这是一种直面相向的艺术，一种取消了中介物的交流与共振，由此解除了知识性、技巧性等文人趣味对抒情话语的控制力量，作为文学的“诗”开始变得亲切自然、雅俗共赏了。俄国十月革命的领导者列宁曾经指出，全世界的无产者

---

① 艾青：《诗论》，人民文学出版社 1980 年版，第 191 页。

② “运动”在“现代性”理论意义上是指政治、文化、生产等方面有组织、有目的而声势较大的群众性活动，它既是 20 世纪中国政治也是中国文学的主要展开方式。作为文学的一种展开方式，“运动”必须包含如下几个要素，“有理论纲领，有创作史，有独特的表现形态，又比流派大得多”。黄修己：《中国新文学史编撰史》，北京大学出版社 1995 年版，第 380 页。以这样的界定来梳理现代的朗诵诗学，真正能够称为“运动”的，可能只有抗战初期各文化中心的诗歌朗诵活动以及 20 世纪 50 年代“大跃进”时期产生的“新民歌运动”，其他如盛行于诗人圈内或者以大学校园为中心的诗歌朗诵甚至“四五”期间的“天安门诗歌”均不能构成“运动”，故称为“活动”为宜。

③ 见《毛诗序》，见郭绍虞主编《中国历代文论选》第 1 册，上海古籍出版社 1979 年版，第 63 页。

“不管他来到哪个国家，不管命运把他抛到哪里，不管他怎样感到自己是异邦人，言语不通，举目无亲，远离祖国，——他都可以凭《国际歌》的熟悉的曲调，给自己找到同志和朋友”①；列宁的政治表述里显然潜隐着一个音乐学与诗学的命题——歌的直面相向的交流与共振，难怪梁启超先生要发出“声音之道感人深矣”② 的感慨呢！

最后，“歌唱”带来身体的激动——即所谓“永歌之不足，不知手之舞之足之蹈之也”③。身体的参与无疑赋予了抒情话语“再生产”的巨大可能性。在这个“再生产”的话语场域中，读者（演唱者与听众）不再是一个驯顺的被动角色，他们在话语的阐释和接受之中握有一份主权。罗兰·巴特曾发表轰动一时的论文《作者之死》，这可以说是解构主义反主体性在文学领域的具体化，它解构了以作者为中心的文学话语体系——“读者的诞生必须以作者的死亡为代价”④。在随后发表的《文之悦》⑤中，巴特继续着他的“解构”之路。在他看来，写作只是留下了一片混合的话语踪迹，而读者则从这片话语的踪迹中获得一种“文本的欢悦”。“文本的欢悦”无形地解除了意义暴政的压抑，撕裂了文字符号的紧身衣，尽可能解除文字符号崇拜对感性经验的隐秘封锁。他将读者在阅读文本时产生的快乐分为“愉悦”和“极乐”两类。愉悦的文本是读者从作品的内容和文本内在固有的秩序中获得的，例如传统文学作品或古典主义作品；而极乐则是读者在创造性地破坏了文本的结构和内容后获得的一种极度的愉悦。极乐的愉悦摆脱了思想意识和社会道德伦理的制约，而与人的躯体、情感欲望和潜意识紧密相连，读者在文本断裂的边缘、间隙和空白处，获得了一种与个人身心相融合的欢快愉悦甚至狂喜的感觉。就抒情话语而言，从“欢快愉悦”到“迷醉癫狂”，必然意味着读者要经历“读”—“诵”—“唱”—“舞”的情感升温式的感性跋涉，当这种跋涉抵达巅峰的时候，“身体”就自然不再甘于寂寞，不由分说地成为“主角”。

由此，我们可以展开另一个诗歌的价值呈现的视域——身体——或者

① ［苏联］列宁：《欧仁·鲍狄埃》，见《列宁选集》第2卷，人民出版社1972年版，第434页。

② 梁启超：《饮冰室诗话·五四》，人民文学出版社1959年版。

③ 见《毛诗序》。

④ ［法］罗兰·巴特：《作者之死》，林泰译，见赵毅衡选编《符号学文学论文集》，百花文艺出版社2004年版，第512页。在这篇译文中，译者将作者翻译为罗兰·巴尔特。

⑤ ［法］罗兰·巴特：《文之悦》，屠友祥译，上海人民出版社2002年版。国内更多的学者则将“文之悦”翻译成“文本的愉悦”，笔者认为后者更符合现代汉语的表达习惯。

准确地说是抒情与身体的关系。身体与人的感情表达之间的关系并非一个崭新的话题，相反，它几乎无时不渗透到我们的日常生活中，构成我们情感生活的一部分：朋友之间的握手、恋人之间的亲吻、呵斥之际的耳光、怒目之后的拳脚相加，等等，都告诉我们身体并非感情抒发的多余之物。但是，在诗学研究的范畴之内，抒情话语与身体的关系却是一个相对陌生的主题。抒情诗与身体的关系一般认为是对抗性的——诗是高超的精神之舞，身体这样的低级物质不可能企及诗的精微词句与曼妙意境。因此，在许多人的心目中，诗人应当超脱身体之累而成为某种精神偶像——纯诗论者往往是按照这种模本为自己造型的。如果说“纯诗”是一种诗人的理想，那么，这个概念并未给身体留下位置。巴特是一个醒目的例外。按照他自己的形容，文本的欢悦包含了身体的色情性享乐，这喻指了文学实践的另一个向度。这一被巴特展开的向度得到后现代主义文化的积极拥戴。20 世纪后期在美国声名卓著的“新知识分子”、文学批评家桑塔格女士就充满叛逆地认为，隐藏在作品背后的所谓的意义是什么并不重要，重要的是文学给你的刺激，是人们的直接体验。由此，她大胆地主张：“为取代艺术阐释学，我们需要一门艺术色情学。”[①] 如果说桑塔格是巴特的理论后援，那么，巴赫金则是其理论的先导。他所建构的“对话理论”与“狂欢化诗学”都力图解除作者的特权和文本的封闭性，肯定接受者参与的意义：“狂欢化消除了任何的封闭性，消除了相互间的轻蔑，把遥远的东西拉近，使分离的东西聚合。这就是狂欢化在文学史上巨大功用之所在。”[②]

现代歌词以及由此建构起来的歌曲，其艺术演绎无不借助演绎者——歌手——的身体参与才得以实现；或者说，身体的参与增添了一个文辞之外的表意体系，使得曾经被传统意义或者价值观念遮蔽的内涵开始显现，因此，身体修辞学有理由出演现代诗学的重要角色。就中国现代歌曲而言，从学堂乐歌到 20 世纪 20 年代黎锦晖全力打造的歌舞表演，从三四十年代通过歌舞厅、电影等空间形式而活跃于上海的流行歌曲到延安时期的歌咏活动与秧歌舞表演，从 80 年代自港台引入的流行歌手充满动感的歌曲演唱到后来大行其道的 MTV 及卡拉 OK 演唱，都“揭穿了无利害、有距离的沉思那种传统审美态度的根本被动性”，它“以一种向身体维度的快乐回归的方式，显示了一种在根本上得到修正的审美。这种身体维度，被哲学为（通

---

① ［美］苏珊·桑塔格：《反对阐释》，程巍译，上海译文出版社 2003 年版，第 17 页。

② ［苏联］巴赫金：《陀思妥耶夫斯基的诗学问题》，白春仁、顾亚铃译，生活·读书·新知三联书店 1988 年版，第 190 页。

过知识分子）保护它自己在所有人类价值领域中的霸权而长期压抑”[①]。我们甚至可以说，歌曲（歌词）的艺术实现在某种程度上就含有行为艺术的成分；或者说，“身体”的介入对于歌曲艺术而言，原本就有一种修辞学的意义。由此看来，诗歌的高雅并不能拒绝所有的身体亢奋；文类的意义不过是富有技巧地将身体亢奋纳入美学情调而已。[②] 歌词与“书写—阅读”式诗歌的主要区别在于：前者是将文辞的意义与作为美学符号的身体作或松散或紧密的结合，以此凸显其相对世俗化的感性价值——鲁迅先生所说的“杭育杭育派”[③]，即可以认为是这种结合方式的最原始的胚胎；后者则是在穿过身体之后继续击中了人们的精神纵深，开启精神纵深的一个崭新维度，或者重构一个内在空间。换句话说，诗歌与公众情绪要保持一定距离，歌词反之，它要最大限度缩短这种距离。

由是观之，笔者认为作为现代诗学的一个分支，体裁诗学也需要作更为细致的微观诗学的理论辨析。通过这样的辨析，原本困扰着我们的许多诗学命题——比如大众化问题、诗体问题、诗歌的音乐性问题，等等，或许会获得更大的理论拓展的空间。

第三节　本论著研究的基本特色

通过如上分析，我们可以发现，不管是已有的文学史书写还是现代诗学的建构，其实都不是一个封闭的完成形态的阐释世界，而是一个期待加

① ［美］理查德·舒斯特曼：《实用主义美学》，彭锋译，商务印书馆 2002 年版，第 244—245 页。

② 盛行于 20 世纪 30 年代的朗诵诗运动，其艺术的实践与理论的探讨都触及过这一命题。比如，朗诵诗人柯仲平在朗诵自己的作品时，就将身体的亢奋纳入了某种美学情调。据称，他在上海的一次诗歌朗诵会上朗诵自己的作品《海夜歌声》时，就有这样一番情景：“在这一片静穆中，诗人柯仲平突然赤裸着上身，肩搭红绸，像一座活的阿波罗雕像一样屹立在观众面前，使大家的情绪受到震慑，和诗人一起感受这交融着力与美的战斗的朗诵。柯仲平边舞边朗诵，声音一会儿如虎啸龙吟，一会儿如波掀浪涌，大家的情绪也被诗人所创造的境界所深深地吸引。”参见余之《中外诗话》，知识出版社 1983 年版，第 32—33 页。诗论家王冰洋则认为，“朗诵诗是直接诉诸听觉，并以身体作现身表现的”。王冰洋《朗诵诗论》，原载重庆《时事新报·学灯》1935 年第 33 期，见高兰编《诗的朗诵与朗诵的诗》，山东大学出版社 1987 年版，第 77 页。朱自清甚至认为，朗诵诗是“活在行动里，在行动里完整，在行动里完成。这也是朗诵诗之所以为新诗中的新诗”。朱自清《论朗诵诗》，见朱自清《论雅俗共赏》，生活·读书·新知三联书店 1983 年版，第 48 页。

③ 参见鲁迅《门外文谈》，原载《申报·自由谈》1934 年 8 月 24 日至 9 月 10 日，见《鲁迅全集》第 6 卷，人民文学出版社 1981 年版，第 94 页。

入，需要不断补充与扩展、开放的进行时态的生命活体。当然，“加入”“补充”与“扩展”的重要前提，是这些行动词本身应具有历史与理论的建构意义。本论著正是以此作为自己写作的理想目标的。作为完成形态的本论著，或许离这一目标还有相当的距离，不过，其基本的姿态却是朝向这一目标前倾的。因此，在本论著接近尾声之时，笔者认为有必要对本论著的研究特色作如下的基本概括和总结。

一　对既有白话文学史与历史诗学的质疑

在本论著“引言”及随后四章的论述中，一个关键词不断以各种表述方式穿梭于句子与段落之间，那就是“大众”。是的，“大众”是建构本论著的最重要的学术始发点，也是本论著期望实现的一个历史诗学的新的理论归宿——现代大众诗学的重建。

通常认为，经典是文学史的主角。经典的权威，经典的不朽，经典的不同凡响，这一切都形成了文学的楷模和目标。而经典的背后则站立着一个又一个的经典创造者，他们大都是我们认定的文学精英分子。正因如此，经典意义上的文学具有强烈的精英主义风格，而且这种风格已经得到了文学史编撰和现行文学体制的认可。但是，文学史上始终存在另一种文学，这种文学的根源和指向迥异于经典：它不是以突破、创新和载入文学史册为旨归，也不是以显现作家的天才和深刻为能事；它追求的是通俗，追求大众普遍接受的风格。在相当长的历史时期里，这就是流传于民间底层的通俗文学。如果说，经典和职业作家之间的层层选拔形成了文学史的金字塔结构，那么，民间的通俗文学力争的是读者的喜闻乐见。这时，编辑、文学批评、文学教学、文学评奖等一系列文学体制更像是多余之物——至少是附属之物，富有个性的美学理想或者深奥的文学形式不受欢迎，读者的喜闻乐见几乎是作者写作的唯一动力。在这个意义上，所谓的通俗文学是相对于文学史上的经典而言的。[①]

不过，我们也应该看到，在文学史的叙事中，依然存在另外一种声音。它们对既有的文学体制进行质疑，进行解构，在经典文学构筑起来的文学史壁垒之外去寻找滋养大众的文学源泉，充分肯定这些不被主流文学史关注却被大众喜闻乐见的文学创作的价值。

两种不同的声音构成了文学史叙事中雅俗对峙的“两立式”格局。

---

① 参见南帆《大众文学》，见南帆《文本生产与意识形态》，暨南大学出版社 2002 年版，第 237—250 页。

雅俗对峙原本是20世纪中国文化发展的一种基本格局，也是推动其发展的一种重要动力。文学发展亦是如此。但作为一种学术研究，真正属于大众的“通俗文学”在既有的文学史建构中，始终处于一种“边缘叙述”的状态，[①] 以致钱理群等修订《中国现代文学三十年》时，因加入了“通俗文学”的内容而被认为是一个学术性事件。[②]

钱著之所以成为一个“事件”，其实也反映出近三十年来文学研究的一个重要现象，那就是一度消失了的“通俗文学”又重新浮出水面。“通俗文学”再度被高度制度化的文学史叙事所接纳，一方面表现出精英文学圈在面对整体意义上的文学时宽容度的加强，另一方面也是因为随着社会文化的转型，文学的活力更多地植根于非精英文学的生产中。越来越多的人意识到，尽管文学经典在高端文化的建构中意义非凡、价值连城，但它们更多地流通于有较高文化水平和文学修养的读者群中，呈一种小圈子式的闭合结构，因而无法大规模地深入到社会的底层；而张恨水或者金庸式的小说尽管在大众之中被广泛传阅，但终因“文学价值”的相对低廉而难以获得文学史家的认可。因此，文学史叙事对通俗文学的再度接纳，既可以看作精英知识分子对大众文学的学理收编，也可以看作他们对咄咄逼人的“大众”文化潮流的就范。

不管是“主动”还是“被动”，通俗文学之进入主流文学史叙事，在很大程度上昭示了胡适的“双线文学观念”的复活：

> 在研究中国文学史方面我也曾提出过许多新的观念。特别是我把汉朝以后、一直到现在的中国文学的发展，分成并行不悖的两条线这一观点。
>
> 在那上一级的一条线里的作家，则主要是御用诗人、散文家、太学里的祭酒、教授和翰林学士、编修等人。他们的作品则是一些仿古的文学，那半僵半死的古文文学。但是在同一个时期——那从头到尾的整个两千年之中——还有另一条线，另一基层和它平行发展的，那

---

① 在“通俗文学”的研究中，郑振铎先生的《中国俗文学史》至今仍是一部举足轻重、无法轻易超越的学术著作，这固然与其学术水平有关，但也与我们长期以来的“通俗文学”研究相当贫弱的学术现状有关。因此，它的举足轻重既是我们的骄傲，也是我们的羞惭。

② 和1987年8月由上海文艺出版社出版的“初版本”相比，1998年7月由北京大学出版社出版的“修订本”的重要变化之一，即加入了三章的篇幅论述现代通俗小说。尽管这之前已有了不少相关的研究，但将之写入作为大学权威性教材的文学史，这一变化不能不引起学界的普遍关注。有批评之声，也有欢迎之辞；不过，在总体上学界对此持肯定的态度。

> 个一直不断向前发展的活的民间诗歌、故事、历史故事诗、一般故事诗、巷尾街头那些职业讲古说书人所讲的评话等，不一而足。这一堆数不尽的无名艺人、作家、主妇、乡土歌唱家，那无数的男女，在千百年无穷无尽的岁月里，却发展出一种以催眠曲、民谣、民歌、民间故事、讽喻诗、讽喻故事、情诗、情歌、英雄文学、儿女文学等方式出现的活文学。这许多（早期的民间文学）、再加上后来的短篇小说、历史评话，和（更晚）出现的更成熟的长篇章回小说等，这一个由民间兴起的生动的活文学，和一个僵死了的死文学，双线平行发展，这一在文学史上有其革命性的理论实是我首先倡导的，也是我个人（对研究中国文学史）的新贡献。①

如果我们不过分拘泥于胡适对“死文学”和“活文学”的提法是否科学，对具体作家作品或者思想流派思潮的归类、评价是否得当，而是取其新异的、将文学的发展视为一个逆向展开且具备某种内在动力、充满生机的“有机体”的文学史观，那么，我们可以发现，在文学的内部空间，居于“下线”的民间大众文学无疑是胡适大加褒扬的一个层面。

但是，作为20世纪“中国学界影响最为深远的‘文学史假设’”②，胡适的“双线文学的观念”却在相当长的时间内并没有形成对20世纪中国文学历史叙事的积极影响并由此转化成历史叙事的合理框架——虽然，作家文学中所表现出来的“民间崇拜”在某些时候也得到文学史书写的褒扬。笔者认为其根本缘由是，整个20世纪的文学都是在进化论的意识形态阴影中发展起来的，“新”成为求证每一时间段文学的基本尺度，以“新”作为某种文学命名的修饰词在很多时候不仅具有了修辞学的意义，甚至具有了本体论的价值：“新文化”“新文学”“新诗”……“新”的赞颂在这个世纪几乎是不绝于耳。③ 在笔者看来，这种赞颂的背后是一种

---

① 胡适口述，唐德刚译注：《胡适口述自传》，广西师范大学出版社2005年版，第252—253页。

② 陈平原：《胡适的文学史研究》，见王瑶主编《中国文学研究现代化进程》，北京大学出版社1996年版，第223页。

③ 唐晓渡指出：“从词源学的意义上探讨‘新诗’一词，可以发现它并不孤立，而是一个五四前后特定历史语境下形成、彼此有着血亲关系的庞大词族的一分子，因此绝非如人们习惯认为的那样，仅仅是一个文体概念，而是积淀着丰富的历史——文化内涵。这个‘词族’包括‘新民’、‘新思想’、‘新道德’、‘新宗教’、‘新政治’、‘新风俗’、‘新人格’、‘新小说’、‘新文艺’、‘新文化’，如此等等。显然，我们看到的是一种大规模的命名或重新命名现象。其中‘新’（正如眼下的‘后’一样）扮演着价值给定的元话语角色。”唐晓渡：《五四新诗的现代性问题》，见《唐晓渡诗学论集》，中国社会科学出版社2001年版，第18页。

强烈的“纪元”意识，一种深入骨髓的进化论的历史观。这一点在诗歌的历史演变中尤为突出，恰如洪子诚先生所描述的，“在80年代到90年代，陆续听到这样一些说法。有一种说法是，中国的现代诗是从‘九叶’诗人才开始的。另一种说法是，1985年之后才有‘真正的’现代诗。另一种同样‘激进’的观点是，‘真正的’好诗是表现‘生命体验’的诗，这种诗，从90年代才开始。‘真正的无产阶级文艺’，‘真正的现代诗’，‘真正的好诗’，80年代以后才有‘真正的当代文学’，这些提法表达的文学理想虽然截然不同，但是文学的进化论观点，和激进的思想逻辑，却没有什么差别”①。

在这种思想逻辑的支配下，文学史必然更乐于叙述那些“新”的、在叙述者看来充满“纪元”意义的文学现象，而对那些不新不旧、亦新亦旧的居于“下线”的文学则是“闻”而少“问”，当然对那些“守旧”的文学更是“闻”而不“问”了。正如有学者指出的，“现代性的理念为历史理性注入了价值论的依据，因此，那些无法纳入革新、进步、未来范畴的事物，都可能因其保守、落后、垂死而逐渐丧失存在的合理性，最终被历史的记忆所淡忘……我们很难看到那种新与旧杂陈的繁复的美感，也很难看到超越于传统——现代之外的更具兼容性的审美视角”②。

但是，在20世纪末，自然科学与社会科学的种种领域对进化、直线历史及生物突变的观点均有所反省，“混沌理论”与“多重现代性”等思路的提出，为重构20世纪人类文化的历史版图提供了新的、宽阔且富有活力的学理背景。越来越多的学者开始意识到，现代性的显现其实是许多求新求变因素的相互竞争，但竞争的过程并非一场你死我活的较量，因此其结果也并不就是优胜劣汰，而是对抗之后的相互涵容，博弈之后的共生共存。在更多的时候，“他者”的力量并非是对“自我”的消解而是对“自我”的建构，恰如“东方学”的创建者萨义德所言：“每一文化的发展和维护都需要一种与其相异质并且与其相竞争的另一个自我（alter ego）的存在。自我身份的建构……牵涉到与自己相反的‘他者’身份的建构，而且总是牵涉到对与‘我们’不同的特质的不断阐释和再阐释。每一时代和社会都重新创造自己的‘他者’。因此，自我身份或

① 洪子诚：《问题与方法——中国当代文学史研究讲稿》，生活·读书·新知三联书店2002年版，第108页。

② 吴晓东：《审美主义与现代性》，见吴晓东《记忆的神话》，新世界出版社2001年版，第93页。

‘他者’身份决非静止的东西，而在很大程度上是一种人为建构的历史、社会、学术和政治过程，就像是一场牵涉到各个社会的不同个体和机构的竞赛。”①

在这样的学理背景下，不少从事20世纪中国文学研究的学者开始关注那些被主流文学史排斥的纷繁的文学现象。陈平原多次坦陈自己的文学史新观念：“20世纪中国文化的进程与俗文学的关系密不可分”②，“21世纪的中国文学史家，无法完全漠视‘俗文学’的存在”。③ 美籍学者王德威以为这些沉浮于民间但又未被文学史认可的文学现象是一种“被压抑的现代性”④。

越来越多的学者认为，“今天的文学研究在关注西方思潮影响的同时，不应该忽视来自俗文学的影响”，因为“并非所有的文学形式都具有思想史的意义，但俗文学的崛起与20世纪中国政治、思想的变迁密切相关，因而具有深厚的思想史价值”⑤。2006年3月8日《中华读书报》发表陈思和在北京大学的演讲《“五四”文学：在先锋性与大众化之间》。在这篇演讲中，陈思和提出，现代文学同时展开了两种发展模式，即“常态文学”与“先锋文学”，他甚至认为前者才是现代文学的主流。该文发表后，引起了多方回应，吴福辉、吴晓东、罗岗、李楠等就先后撰文。是否“主流”，或许还见仁见智，但陈思和的文学史观察的新“范式”完全可以看成是胡适“双线文学观念”的“新世纪版”。

当我们将既有的诗歌史纳入陈思和所设计的新的文学史阐释“范式”时，就会发现其中所显露出来的残缺。之所以作出如此判断，是因为我们内心充满了这样的疑问：被历史叙述的诗歌有多少作品能够释放出现代汉语作为诗歌语言的巨大魅力，能够满足现代公共化期待并持久地进入文化流通领域？即便是那些还在公共文化领域中流通的诗歌作品，又在多大程度上不是出于权力阴影下的虚假繁荣而是来自公众对这

---

① ［美］爱德华·W. 萨义德：《东方学》，王宇根译，生活·读书·新知三联书店1999年版，第426—427页。

② 见《中华读书报》2001年10月24日刊载的关于“‘俗文学与现代中国文化进程’学术研讨会”的报道《学者呼吁加强中国俗文学研究》。

③ 陈平原：《我看俗文学研究》，载《中华读书报》2000年3月15日。

④ ［美］王德威：《被压抑的现代性——晚清小说新论》中的导论和第一章，宋伟杰译，北京大学出版社2005年版。

⑤ 见《中华读书报》2001年10月24日刊载的关于“‘俗文学与现代中国文化进程’学术研讨会”的报道《学者呼吁加强中国俗文学研究》。

些作品的由衷拥戴?[①]

事实上，诗歌从诞生之日起，对其质疑之声就不断，这种种的质疑很大程度上就是以新诗的文体机质、传播和接受的深广度作为切入点的。[②]比如，在诗歌史公认为新诗相当成熟的 20 世纪 30 年代后期，屈轶（王任叔）却指出：“中国的文学革命，是以新诗开始的。而新文学发展到现在，其收获最小影响最微的，似乎也是新诗。朋友中间一谈起新诗，总是常常摇头，觉得它没有出路；出版者对于它的冷淡，更不必说起。”出版社之所以对它冷漠，莫不与新诗读者群太小、出版诗集无法赚钱有关，所以新文学“还只能盘旋在几个文学者和文学青年之间”[③]。从这一叙述中我们可以见出新诗与出版、读者的紧张关系。诗人萧三在屈轶之后撰文具体分析了新诗与读者关系紧张的原因：一是由于新诗因强调“解放”而毫无章法，因此“没有一个完全‘尝试’成功的”；二是新诗人对旧诗采取“一概拒绝鄙视的态度”和对西洋文艺“拼命模仿”的作风导致其“写出来的东西不合中国人的口胃”，因此“不受一般读者的欢迎”。[④]鲁迅甚至在同一时期对新诗人表达了一种强烈的菲薄态度：“他们实在是无关紧要，除了他们自己外，没有人把他们真当一回事。”[⑤]对新诗的最深刻的怀疑表现在 90 年代以后。1995 年，曾经作为“新边塞诗”代表人物之一的周涛发表《新诗十三问》，对新诗的发展提出了根本性的质疑：“新诗发展的大方向是不是错了？如果不错，为什么这条路越走越窄？如果错了，那么会不会是一个延续了近百年的大误会?”“是诗这种古老艺术形式的末日呢，还是一群误入歧途的诗人的末日?”“现在社会上流传

① 我们以“百年百种优秀中国文学图书”为例来回应我们的质询：其中被推举为“经典”的作品究竟是知识分子建构起来的，还是举世公认的？是“民选”还是“官选”（作为推荐者的复评委员会与终评委员会的成员均为 20 世纪中国文学研究界的权威人士，他们其实就是文学体制中权力的拥有者。他们的文学趣味、文学史观念无不左右着对所谓“经典”或者“优秀”作品的取舍)？作为假想的读者或者文学的被启蒙者，那些中学生们多大程度上认可了这些被推举出来的作品？当然，这种情况并不仅仅存在于诗歌类，其他文体的作品和诗歌相比，怕也只是五十步笑百步的关系。

② 现代新诗的传播与接受及其两者之间的互动关系至今是一个没有被深入涉猎的问题，但笔者认为这是一个关涉现代新诗价值重估的重大问题，因为一种文体或者一种创作成果是否真正构成了“文学场域”,“传播”与“接受”实在是不可或缺的考察要素。

③ 屈轶（王任叔)：《新诗的踪迹与其出路》，原载《文学》1937 年第 8 卷第 1 号，见《中国新文学大系 1927—1937 · 文学理论集》第一集，上海文艺出版社 1987 年版，第 316、317 页。

④ 萧三：《论诗歌的民族形式》，原载《文艺战线》1939 年第 1 卷第 5 号，见杨匡汉、刘福春编《中国现代诗论》上编，花城出版社 1985 年版，第 372 页。

⑤ 斯诺整理：《鲁迅同斯诺谈话整理稿》，安危译，载《新文学史料》1987 年第 3 期。

的那些民谣是不是诗？为什么它们能够不胫而走，诗人是否应该从中学习一些什么？”[①] 谢冕——这个曾经对新诗倾注了极大热情甚至因此而颇遭非议的理论家——对当下诗歌也表达了鲁迅式的绝望：

> 有些诗正在离我们远去。它不再关心这土地和土地上面的故事，它们用似是而非的深奥掩饰浅薄和贫乏。当严肃和诚实变成遥远的事实的时候，人们对这些诗冷淡便是自然而然的。
>
> 对于写诗的人来说，受众的冷淡是一场灾难……他们一味地写那些遥远而又空玄的诗。假设的、未能兑现的未来的承诺使他们执迷不悟，他们在孤独和寂寞中变得固执了……受众因他们的与己无关而冷淡；他们因这种冷淡而更为与世隔绝。[②]

透过这些持续不断的质疑，我们可以看出，长期以来那种以文本为中心、以“诗歌的演化总会依照一定的规律向着某个理想的审美目标趋近”为理论动力、以“新诗必然取代旧诗”为心理基础的研究现代诗歌的方式，其实与20世纪新诗的实际状况相去甚远，因此其历史建构的可靠性颇值得怀疑。

应该看到的是，现代诗歌越往后发展，它向整体意义上的社会所提供的语汇越显匮乏，相对于飞速发展的社会与迅疾演进的人的情感世界，现代诗歌的既有语汇是那么的格格不入，它甚至都无法参与整体社会的文化推进。这种现实失语尽管对于诗人而言是一种刻骨铭心的苦恼（随处可见的是诗人们或隐讳或坦然的对这种苦恼的伤感倾诉——有时，那种宣称放弃社会期待的铮铮誓言在很大程度上也是对这种苦恼的逆向陈述而非绝对的理性自觉的表达），但是，对诗歌的这种历史“叙述”、诗歌的“抒情”与人们的真实遭际相分裂的现状，学界还缺乏有强大重建力量的探讨。

理查德·约翰生曾将文学读者区分为“文本中的读者”和“社会上的读者”，前者意指着传统的单纯以文学形式、文学文本为中心的研究方

---

① 周涛：《新诗十三问》，原载《绿风》1995年第4期，见常文昌主编《中国新时期诗歌研究资料》，山东文艺出版社2006年版，第204页。周涛的“十三问”尽管显得相当粗疏，但内里却表达了一个诗人对诗歌生存危机的尖锐的直觉。虽然回应者众多，但多为批评之声，对其提出的诸多质疑却缺乏冷静、深刻的学理性展开。

② 谢冕：《有些诗正离我们远去》，原载《诗刊》1997年第1期，见谢冕《世纪留言》，中国广播电视出版社1997年版，第157页。

式，后者则意味着从一种文化研究的思路出发，关注文学阅读中的历史及社会性因素：“从‘文本中的读者’滑到‘社会上的读者’就等于从最抽象的时刻（对形式的分析）滑到最具体的客体（实际读者，因为他们是社会地、历史地和文化地构成的）。”①

从这种社会的、文化的角度出发，我们还可以发现既有诗歌史的另一个缺陷。如前所述，现代歌词由于和现代诗学建构者的“纯诗”理念的违逆以及由此带来的“他者”定位，在整个诗学领域中处于边缘化的状态。这样说，并非是指歌词完全从诗歌史中消失，而是说它只是以“非主流”甚至“逆流”的形象，映衬“纯粹”诗歌的“先锋性”及其诗歌史价值的不可动摇性，因而作为叙述中的诗歌史的一部分，它是边缘的、片断的、缺少内在肌理的。

但是我们却看到，歌词在很大程度上弥补了诗歌失语所带来的某种现实语言需求的空白，成为社会无意识的代言，使我们这些芸芸众生脱离不可表述的黑暗，让内心复杂而新鲜的情绪体验浮现到语言的层面上来，得到语言的定型。歌词话语的这种代言所产生的文化能量常常令人惊异到目瞪口呆的程度——它或以一呼百应的形式号令天下，或以振聋发聩的形式惊世骇俗。从“长亭外，古道边”的低诉到“我们万众一心冒着敌人的炮火前进”的怒号，从“风在吼，马在叫，黄河在咆哮”的呐喊到“何日君再来”的颓靡，从“五星红旗迎风飘扬，胜利歌声多么嘹亮”的豪迈到“让我们荡起双桨，小船儿推开波浪”的清丽，从“一无所有”的怅惘到“跟着感觉走”的迷瞪，从“我是一只小小鸟”的苍凉到“潇洒走一回”的执拗……可以说歌词出色地参与了对我们各个时代的情绪“赋形”。如果说武侠、言情、科幻等小说在很大程度上满足了大众对叙事类文学的审美想象，那么，满足人们对抒情类文学审美想象的，除了被诗歌史叙述的“书写—阅读”式诗歌外，更多的则是被其边缘化的歌词。

笔者认为，现代诗歌的历史需要重构，而重构的前提则是对持续不断的维护“诗歌”概念纯粹本质的观念大胆质疑，对以“纯诗”为中心的历史诗学进行解构，将“歌词”这一在抒情话语现代转型后相对独立发展的类型纳入新的历史诗学的建构体系中，释放长期以来被主流观念压抑的这一重要的诗歌现象；引入胡适的“双线文学观念”，以陈思和的“先锋文学”与“常态文学”的“复调”叙述模式作为新的诗歌史观测的基

① ［英］理查德·约翰生：《究竟什么是文化研究》，见罗钢、刘象愚编选《文化研究读本》，中国社会科学出版社2000年版，第39页。

础性框架，将狭义的诗歌作为“先锋文学”的发展线索，歌词作为“常态文学”的发展线索，重构一部雅俗并行、“先锋”“常态”共生的新的诗歌史。在这样的历史框架内，通过对“大众化”“民族化”“格律化”等这些在现代抒情文类的知识谱系中生产力极强的关键词的知识考古，有望增加我们对于复杂而众说纷纭的20世纪中国诗歌、文学乃至思想文化的理解。鉴于这些概念所蕴含的现代中国人的特殊经验以及产生这种经验的特定的历史条件与文化实践的复杂性，历史诗学重建的一项相当重要的工作，是探索这些概念的语义史，呈现这些概念建构的社会历史语境，通过对概念与历史过程的实践性关系的考察，达到对抒情文类现代性问题的反思并据此讨论抒情文类内部现代化运动的复杂关系。在这样的重建中，它需要一种新的诗歌史视野来帮助我们理解20世纪中国发生的所有可以命名为“诗歌”的活动与实践。具体到本论著而言，笔者的基本想法是在抒情文类内部，以歌词作为重点考察对象，为抒情诗这个居于抒情话语霸权位置的文学样式，寻找一个强有力的“他者”，在对这个“他者”进行历史建构的同时，反观抒情诗历史演进中的价值和问题，由此重建一个新的关于现代诗歌的理论空间。

在笔者看来，与其想象、建构某种独立的、纯正的、不折不扣的诗学经验，不如在抒情文类的各种话语体系的比较、对话、互动之中测定“纯诗”的状态。其实，“纯诗”只是一个理想化的概念，它并不能事先存在，而是在多重对话之中产生出来的主体。在这种对话关系之中，“纯诗”与“非纯诗”互为“他者”。正如可以借助“纯诗”的话语体系反观歌词的本体建构一样，歌词作为一种相对独立的抒情话语体系同样是建构“纯诗”理论的一种参照。双方的特征都因对方的存在而更为突出。中国古典诗学没有明确、显豁的“诗”与“歌”的分类理念。现代社会为两者的发展设计了不同的路径，“诗”与“歌”之间产生了巨大的分离，虽然“歌”在现代诗学的历史建构中一直处于边缘的、不为主流诗学垂青的状态，但其持续而充满活力的存在不能不在现代抒情话语的庞大网络中占据重要的空间。对它的历史考察与理论廓清，不能不说是对现代诗学丰富、复杂的生态布局的一种更深意义上的认识。在这种以“他者”的存在为自我阐释前提的对话语境中，我们会发现，“诗”与“歌”之间有紧张、抵触、冲突，也有彼此的涵容与相互的照亮；或许，在这样积极的关系建构中，两者都有获得深入展开自身的更大可能性——包括种种令人敬重的品质和种种习焉不察的弱点。

二 现代大众诗学的重构

即使在大的方向和立场上和纯诗诗学保持一致，歌词的理论探求也必须充分尊重其自身的内在规定性；也就是说，从大的概念上讲，歌词和纯诗均应该属于现代诗学的范畴，但两者之间却又存在着很大的区别，因此，如果从纯诗的观念出发首先对歌词进行一种理论的预设，那将很难进入歌词学的领域并对之进行理论展开。歌词的研究必须坚持从具体的文体规约和词艺的基本诉求出发，达到属于微观诗学（亦即歌词学）层面的结论，并以这种结论为皈依。既然进入微观诗学，诗学内在的逻辑性和诗学自身理路的自然演进，也必然使这种探索一方面在很多地方契合着纯诗诗学的思路和结论——比如主观性、音乐性、意象性等，但另一方面它又在诗学精神的向度上和纯诗诗学保持着种种差异——比如对外在音乐美的矢志不渝的追求、对繁复意象的警觉和对单纯意象的倚重、对公众情绪的开放态度，等等。正是在这样的意义上，我们可以从美学形态上将歌词学定位于大众诗学的范畴，它与纯诗诗学所代表的精英化诗学一起形成中国现代诗学的两极。两者相互阐发，更能够见出现代诗歌抒情话语系统的内在景观，现代诗歌的历史叙事和理论建构才具有属于其自身应有的完整性。当然，一个完整而丰富的诗学世界也不是某种纯然的诗学形态所能够呈现的，中国现代诗学更是如此。

当我们再度展开“大众诗学”这一学术维面的时候，我们需要首先提问的是：“何为大众?”是的，大众诗学已经不是一个新鲜的学术命题，但是，聚讼纷纭并不意味着它更加逼近真理的内核。当讨论或论争的前设性条件不同、提起的问题并未聚合到同一焦点的时候，其结果往往不是使问题更加明晰化，而是更加纷繁杂乱，莫衷一是。20 世纪中国文学中有关“大众化”问题的讨论以及由此派生出来的大众诗学，是一个言人人殊的话题。

之所以如此，笔者认为是因为“大众”一词在中国现代历史进程中一直是一个游移不定的概念。作为对某种社会人群的命名，“大众”一词中国古已有之。但进入 20 世纪以后，它却受到特别的宠爱。五四时期学界更多地使用相近的概念——“国民”或“民众”来表述。作为专有名词的“大众”的闪亮登场是与 20 年代普罗文学的发生发展相伴随。尽管其异域渊源来自日本，但与日本“大众”一词大相径庭的是，中国文艺理论界在一开始使用“大众”一词时，就使之熏染上了强烈的政治意义和革命色彩，并且有十足的火药气息。“大众”在中国文坛上已经不是

“全民”“民众”的代言词，而是“普罗”“无产阶级”“工农先进分子”等政治概念的别种表述。我们可以从早期无产阶级诗歌与革命歌曲中嗅到这样的政治气息：当殷夫在唱着“别了，哥哥”的时候，他所自我定位的是无产阶级代言人的角色；当北伐革命军在唱着“工农兵，联合起来向前进”的时候，实际上是将自己作为帝国主义、军阀的对抗性力量而彰显于公众。

作为文学类型的“大众文学”还存在着不被过去主流文学界认可的一条暗流，那就是伴随着城市文明而生的“通俗文学”，“通俗文学”所指陈的“大众”，其内涵便与普罗文学之所言有很大的区别，它褪去了政治的色彩，而与现代大众传媒、消费文化相互勾连。本论著第三章所论述的上海流行歌曲典型地表现出这样的“勾连”关系。

由此可以看出，作为现代中国的“大众文学”原本就存在着两副面孔：一是以普罗文学为代表的具有政治意识形态性质的面孔，一是以城市通俗文学为代表的具有强烈消费色彩的面孔。在整个20世纪中国文学的发展演变中，这两副面孔此消彼长，共同构成中国现代语境中“大众文学”的基本场域。但是，作为具有消费色彩的这一路“大众文学”，一直遭遇着两股强大力量的反对：一是五四以后知识精英们“启蒙”式的批判传统，二是随后更为强大的政治意识形态。因此，在文学史的叙事中，它长期处于边缘化的状态，而且时常被有贬抑色彩的“小市民文学”的称谓所取代。而作为第一副面孔的“大众文学”，其概念似乎天然具有道义优越性并和知识分子的社会良知与社会责任感密切相关；同时，无论启蒙、教育还是革命，知识分子一次次接近大众的努力背后都有一个对民族国家的想象。这一大众化的文化形式所负载的恰恰是民族国家的意识形态，建构起的是阶级、民族的政治。因此，通俗性主要是它所利用的通俗文化的形式，其内容则是被精心组织起来的高雅文化的观念。值得注意的是，由于这一路“大众文学”在中国文坛的最终稳固并非有赖强有力的作品的支持，而是主要依靠众多评论家的理论建构，因此，在80年代以后经过持续不断的意识形态祛魅和“文学性”观念的增值，它在文学史的叙事中地位不断下降，以致被认为是“带有鲜明的乌托邦的色彩”，是主流意识形态“希望利用通俗文化的形式，使民众接受更高层次的文化熏陶，所以究其实质，它是反通俗文化的，或者说，是一种伪通俗文化”。因而，不能把它“看做是大众文化的形式”①。不过，也有不少学者

① 陈刚：《大众文化与当代乌托邦》，作家出版社1996年版，第20页。

并不认可这样的极端主义立场，而是将这一类型的“大众文学”放在思想史的框架内来观察、评估。在他们看来，即使是意识形态化的“大众文学”，也是“非同寻常”“值得认真关注”的，因为“对于20世纪中国知识分子来说，‘平民’、‘大众’、‘民间’等词汇，代表的不仅仅是文化资源，更是生活经验与思想立场。”① 针对某些学者对这类作品“文学性”匮乏、只是“历史材料”的指责，洪子诚为之辩难道：“能在这些‘材料’中看到中国人的精神生活的投影，也是值得我们花些时间在上面的。‘文学’价值是什么？它就那么重要吗？‘文学’能说明它自己吗？……离‘文学’远一点就远一点吧。中国现当代的许多作家都是追随革命、拥护革命的。他们的许多人又是十分关切国家民族的命运的。‘革命’所展示的一种生活图景，一种新的价值观，在一个时期，的确产生了非常强烈的吸引力。”② 洪先生这里所取用的“衡文”标尺，显然部分来自他所认可的“阅读经验”。正因如此，他才能够为这类作品辩诬：“20世纪中国文艺界所进行的‘革命文学’、‘大众文艺’的‘实验’，对它的考察，不是可以轻易忽略的。这不仅仅是因为它曾经存在，而且还因为现在还存在，当然，又还因为它的‘合理性’并不是已经完全崩溃。”③

由此看来，在不同的时间与空间，与不同的政治、经济、文化等条件相联系，所谓“大众”可以呈现出不同的形态、品质及性能。从政治层面上划分，与其相对应的应该是“官方”；从经济层面上划分，相对应的应该是“贵族”；从文化层面上划分，相对应的应该是“精英”。即使在政治、经济、文化都处于同一个层面，由城市市民构成的“大众”与由散落而居的农民所构成的“大众”也表现出不同的性质，前者所表现出来的文化具有非自然的特征，受到文化工业的制约和支配，后者所表现出来的文化更多地带有原生性质，呈自然生长的状态。

还需要指出的是，历史中的“大众”不仅表现出多元性，而且表现出持续不断的异变性。比如，经济能力原本是区分“大众”与“贵族”的主要尺度，但随着财富和利益的分配格局的改变，穷人将逐渐变成“小众”，中产阶级的群体则不断扩大，变为“大众”；再如，文化教养作为区分“大众”与“精英”的方式也可能逐渐失灵，因为随着教育的日益普及，现代大众的主体是受过较好现代教育、有着较高文化素质的社会

---

① 陈平原：《现代学术史上的俗文学·序言》，湖北教育出版社2004年版。

② 洪子诚：《问题与方法——中国当代文学史研究讲稿》，生活·读书·新知三联书店2002年版，第61页。

③ 同上书，第67页。

群体，他们与传统“精英”的界限亦将逐渐模糊。由此看来，“大众”的内涵和意义并不是本质主义的事先设定，而是与历史共生共存的不断变化和发展的概念。正如费斯克所言：“我们应该把人民视作一个多元的不断变化的概念，是以众多方式适应或抵制主导价值体系的无数不同的社会群体。仅就‘人民’是个合理的概念这一点而言，应该将其视做不断变化的、相对短暂的诸多构形的联合。它既不是一个统一的、也不是一个稳定的概念，但在与统治阶级的辩证关系中它的条件始终处于不断的重新构成之中。”[①] 因此，单是着眼于人口统计中的多数，并不能给“大众”赋予多少意义。

既然“大众”不是一个固定的结构层面，一个边缘明晰的文化版图，而是一系列文化因素复杂运作的历史产物，那么，以之为“中心”的诗学建构就具有了历史的相对性和建构的复杂性。

早在1917年，胡适、陈独秀作为新文学运动的发起者就先后发表了《文学改良刍议》与《文学革命论》，分别提出了改良文学的“八事”[②]和“三大主义”，其中，“三大主义”更体现了“文学革命”的激进主义立场，它以“推倒”与“建设”作为行动的关键词明确向传统“雅”文学宣战：“曰推倒雕琢的阿谀的贵族文学，建设平易的抒情的国民文学。曰推倒陈腐的铺张的古典文学，建设新鲜的立诚的写实文学。曰推倒迂晦的艰涩的山林文学，建设明了的通俗的社会文学。”[③] 从陈独秀所对举的三组修饰词（即所谓的“雕琢的阿谀的”与“平易的抒情的”、“陈腐的铺张的”与“新鲜的立诚的”、“迂晦的艰涩的”与“明了的通俗的”）可以看出，作者企求实现的是中国文学从“贵族”向“平民”的转变，他甚至断定这是中国文学“告别”古典、“进入”现代的必由之路。

可以认为，“让文学之门向大众敞开”是五四文学革命的先驱者们普遍认可的中心任务。具体到各种文体来看，诗歌则是传统文学中制度化程度最高、“革命”难度最大、遭受质疑最多的一种文体，因此它的“革命”问题所受到的关注也最多。曾经自谦地说自己“提倡有心，创造无

① ［美］约翰·费斯克：《大众经济》，见罗钢、刘象愚主编《文化研究读本》，中国社会科学出版社2000年版，第228—229页。

② “八事”即胡适提出的新文学的八大改良主张：（1）须言之有物，（2）不摹仿古人，（3）须讲求文法，（4）不作无病之呻吟，（5）务去烂调套语，（6）不用典，（7）不讲对仗，（8）不避俗字俗语。胡适：《文学改良刍议》，原载《新青年》1917年第2卷第5号，见欧阳哲生编《胡适文集》第2册，北京大学出版社1998年版。

③ 陈独秀：《文学革命论》，原载《新青年》1917年第2卷第6号，见《文学运动史料选》第1册，上海教育出版社1979年版，第22页。

力”的胡适，也从诗歌入手去兑现自己的“改良”诺言。

既有文学史表明：从现代诗歌发生的那天开始，它就在不断地寻求走近大众、打入大众内心并最终被大众认同、接受的可能性途径。从20世纪20年代初期的歌谣运动、普罗文学到30年代初期持续展开的文艺大众化问题的讨论，从30年代中期的“大众语”的讨论到抗日战争、解放战争时期的关于旧形式、民族形式的论争……这些运动或论争尽管并非诗歌的独角戏，但它一般都成为焦点。从20年代的无产阶级诗歌、30年代的“中国诗歌会”的大众化创作到延安时期的街头诗、墙头诗运动以及遍及多个城市的朗诵诗运动，等等，其实都是在向着一个中心“辐辏”，这个中心就是我们所说的现代大众诗学。

但是，在既有的大众诗学的历史建构中，笔者认为有几个问题还值得进一步探讨。

首先，大众诗学从何而来？是谁，是什么决定着大众诗学？它是来自大众自身，是他们经验模式的自然表达，还是大众之外的某种政治或文化力量对大众经验的想象性建构，并以之实现建构者的政治或文化目的？换言之，大众诗学是自下而上发端于底层社会，还是自上而下来自高高在上的精英阶层，抑或是两者之间的一种相互作用？就中国现代大众诗学而言，笔者认为这一问题是值得进一步给予审视的——仅就本论著论述的学堂乐歌、上海流行歌曲及延安革命歌曲，就表现出种种建构机制的复杂与难以划一。

其次，如何看待现代大众传媒（包括现代机械电子传媒）和商业化“入侵”对大众诗学的影响？文化原本是以商品的形式出现、以传播为其动力的，但诗歌与商业化之间是否存在着必然的对抗性的矛盾，或者说，商业意义上的成功是否一定意味着文化意义上的失败？在市场效应与诗美追求之间，有没有一种调节的机制存在？可不可能寻找到第三条道路？这些原本都应该是大众诗学回答的问题，但已有的大众诗学并未明显表现出向这一维度展开的态势。

再次，大众诗学扮演了何种意识形态角色？它是诱使大众接受并且追随来自上层的价值观念，以使特权阶层延续并且强化对他们的统治，还是它表征了对现存社会秩序的叛逆和反抗？它在哪些方面抵制又在哪些方面归顺了主流意识形态？大众诗学是一个纯粹的诗学命题，还是另有一条隐蔽的通道使它溢出这一命题，从而使其具有了超诗学的性质？

最后，大众诗学能不能够走出纯诗诗学的权力阴影，建构一套属于大众诗学的话语体系，由此使之获得更多的阐释的有效性？比如，当纯诗诗学强调对文学潜力的开掘的时候，大众诗学是否可以保持对音乐的更多开放？当纯诗诗学强调精神承载与思想担当的时候，大众诗学是否可以更多地强化自己的世俗化的娱乐功能？当纯诗诗学强调对无限的纯粹性追求的时候，大众诗学可否公开亮出自己的“不纯粹性”并为之进行合理的辩诬？

弄清楚这四个方面的问题，笔者认为对于大众诗学的理论建树至为重要，甚至可以说这是通向作为历史诗学也作为价值诗学建构的前设性条件，不仅有历史的价值，也有现实的意义。

其实，历史地看，“大众”与“抒情”之间的关系由来已久，抒情话语和人类的文明一样古老。歌谣、说唱的历久不衰就说明“歌唱”与芸芸众生的关系深厚而绵长。换句话说，歌谣、说唱等是抒情话语中的一个强大类型。但与呼号、诅咒、祝愿、祈祷、颂词等不同的是，它们不是即时性、有明确目的性的感性交流手段，而是对人的感性经验的美学编码，这一性质的确立使它们从繁复的日常抒情话语群落中挣脱出来，进入了文学话语的行列，与“正统”诗歌一起构成了一个悠久而强盛的抒情文学的话语系统。正是这样，即使是由精英知识分子组成的强大的文学史书写阵容，也不敢贸然丢弃这些不能登大雅之堂的抒情话语于历史的烟尘之中，甚至还得承认其对纯正文学的哺育作用。①

由此看来，我们在谈论抒情诗的时候，其实只是在谈论人类抒发内心情愫的“一种”方式而已。换句话说，抒情诗并非人类倾吐自己情绪的唯一甚至主要的方式，它之所以在抒情话语中被特别看重，主要是因为它最能够体现抒情话语的书写文化意义，因此，作为书写文化的最高追求者，知识分子对它便有了特别的偏爱；谈论它，不仅体现了人对文化的价值等级的看重，而且能够最大限度地与知识分子的文化身份相吻合。但是，如果从抒情话语的生态布局着眼，我们应该关心的绝不只是抒情诗，甚至首要的也不应该是抒情诗，因为在庞大的抒情话语的部族里，错杂地分布着众多的抒情话语类型。从简短的呼号、诅咒、祝愿到繁复的祈祷、颂词、恋歌……只有这些类型的参与才组成了洋洋大观的抒情表意系统。深入人类情感生活的腹地，你会惊讶地发现，被知识分子谈论最多的抒情诗其实在抒情表意系统中所占据的空间实在太小。那些被一代又一代知识

① 胡适就认为：“中国新诗的范本，有两个来源：一个是外国的文学，一个就是我们自己的民间歌唱。……我们深信，民间歌唱的最优美的作品往往有很灵巧的技术，很美丽的音节，很流利漂亮的语言，可以供今日新诗人的学习师法。”胡适：《〈歌谣〉周刊〈复刊词〉》，见欧阳哲生编《胡适文集》第10册，北京大学出版社1998年版，第774—775页。

分子反复推崇、研读的琳琅满目的抒情诗，其中的相当部分并没有能够进入多数人的视野，当然更难以说参与这些“多数人”的精神建构了。如果站在知识分子的视角之外来审视他们关于抒情话语的言说，你会发现他们的辛勤付出与人们的实际需要之间存在着多么遥远的距离。

进入20世纪以后，随着一个个体现现代文明的都市的拔地而起并对那些“日出而作，日落而息”的封闭文化圈的大举入侵，曾经作为大众抒情言志重要手段的歌谣、说唱渐渐地被挤压到现代文明的边缘，并且还在持续地边缘化与枯竭化。尽管这样，那些被现代文明日益浸染的普通民众并没有因此而放弃对“歌唱”的诉求，依然对抒情话语保持着积极的响应状态。但是，正如前文所述，由诗歌建构起来的现代抒情话语网络并没有能够真正网住“大众”。那么，在这个庞大的依然对抒情话语充满诉求的群落中，有哪些抒情话语类型进驻到他们的内心世界了呢？笔者以为除了部分仍然有生命力的歌谣、说唱外，更多的却是由现代歌曲所包含的歌词盘踞着这片辽阔的心灵之地。

正是因为现代歌曲（歌词）成为社会无意识的代言并贯通了大众的生活意义，由此构成了抒情话语与大众之间的最直接、有效的对话方式并形成一个“想象的共同体”，所以，我们应该以一种“作为社会象征性行为”① 的全新视野，重建歌曲（歌词）的文学与文化阐释空间，由此将会发现，现代歌曲的词曲作者、制作者、演唱者也有一套有关“现代中国”抒情话语的想象与实践方式，只是长期以来被“打入另册”而已；这样一种属于“另册”的抒情话语体系，对于中国未完成的现代化诗歌工程来说，是那些属于“正册”的抒情话语的重大补充和“互文本”，应该具有不可忽略的启示作用：它一方面为那些与现代生活方式和话语方式有些格格不入的民间抒情方式送行，一方面又为大众的抒情表意诉求提供了新的话语范式。

不过，歌词终究是一种寻常的文学类型。正如前文所言，由于传达方式的不同，诉诸听觉的歌词与诉诸案头阅读的诗歌在文体规约、美学效力等方面必然存在着巨大的差异：它拒绝繁复的意象，隐晦的暗示与象征，而以朴素、单纯、集中、明快的文本姿态迎合广泛意义上的读者（听众）；同时，由于歌词的文本诉求更注重文本的生产性与流通性，因此它对大众“接受可能”的关注远远大于对文本的“试验”价值的关注。这

① ［美］弗雷德里克·詹姆逊：《政治无意识——作为社会象征行为的叙事》，王逢振、陈永国译，中国社会科学出版社1999年版，第11页。

些因素最终确立了现代歌词的大众性质，因此在文体特性上应该将之定位在“通俗文学”的范畴。

所谓“通俗文学”，按照吴同瑞等人在《中国俗文学概论》中的解释，应该是指“那些语言和内容通俗，主要表现人民大众思想感情和理想愿望，形式多样，具有民族风格，创作和接受者覆盖面广，不断得到传承与发展，为广大群众所喜闻乐见的文学作品”①。这一界说大致符合通俗文学的基本特性。

不过，在现代的学科分类中，“通俗文学”却是一个面目模糊、边界游离的学科类型，它时常和民间文学纠缠在一起。也就是说，在既往的文学史叙述中，“民间文学”与“通俗文学”往往是两个在内涵上有交叉、重叠的概念。比如，郑振铎的巨著《中国俗文学史》基本上就是将口传的“民间文学”与作家创作的面向大众的作品都纳入其指认的“俗文学”范围。前文所引吴同瑞等人编的《中国俗文学概论》，范伯群、孔庆东主编的《通俗文学五十讲》也基本遵循了这一分类原则，只不过在“大同”之中有“小异”而已。

笔者个人认为，“民间文学”与“通俗文学”应该是两个性质不同的概念，其根本区别在于，前者属于“集体性”的创作，“无名性”是其文本生成的一个重要特征，而后者则是属于“个人性”的创作，其文本生成的主体归属明确。因此，与“民间文学”相对应的应该是“作家文学”，与“通俗文学”相对应的应该是“高雅文学”。不过，作为“通俗文学”之一种，歌词与叙事类的作品在传播方式上是有所差异的，前者是以“口传”为主，书面传播只是其辅助性的手段——作为听觉艺术的构成要素，歌词的美学效应的达成原本就应该通过“口传”的方式，因此它和“民间文学”的“口传”在性质上是有根本区别的。当然，这样一种类型划分依然会存在着中心明确而边缘时有模糊的弊端，比如，现在依然流行于世的大量的经过文人改编、润色的民歌和大量的以“佚名”方式拟写的民歌风格的作品，其歌词的身份就比较模糊。这大概是任何一个概念都难以避免的吧，而且，从学术研究角度来讲，模糊的边界常常却是问题生发的去处。比如，延安时期掀起的民歌改编、改写运动，其间所涌现出来的大量作品就是因边界的游弋而带来种种学术展开的可能，从这些文本事实中我们可以去探究：民间文学与作家文学是如何实现互动的？民间文化资源如何有效地参与主流意识形态的建构？为什么是民间文学资

① 吴同瑞、王文宝、段宝林编：《中国俗文学概论》，北京大学出版社1997年版，第5页。

源而非居于主流的现代文化方式被引进作为最具现代先锋色彩的“革命文学”的形式手段?

作为一种“通俗文学”，现代歌词的美学特征何在?简而言之，在其大众化——大众的意识、大众的追求、大众的自我身份确认，等等。如前所述，现代歌词一开始就把自己定位在大众文学的范畴。词作家和其他文学作者创作心态的最大差别在于:他们不是以突破、创新和载入文学史册为旨归，也不是以显现自己的天才和深刻为能事。他们追求的是通俗，追求的是大众普遍接受的风格——尽管不同的词作家所心仪的大众有所不同，但在根本上都是把作为接受者的大众放在十分突出的位置上，因此，作家与大众之间的等级关系在他们这里是颠倒过来的:他们并不以大众的导师、启蒙者或者引领人的身份自居，而是作大众的审美文化的同路人为他们歌唱;大众的审美文化诉求既是他们创作的出发点，也是其创作的归宿;与之相反，经典文学作家往往扮演的是文化英雄的角色，“大众”则是他们启蒙、引领、规训的对象。换言之，“大众”在经典文学“场域”中并非真正的主角，而是作家们的现代化叙事的及物宾语而已，作家与大众之间的等级关系是显而易见的——至少持精英立场的作家们这样认为。或者可以说，“大众化”在一般作家那里往往是作为阶段性的对“精英化”的矫枉过正，但在词作家那里却是一种一以贯之的追求。

雷蒙·威廉斯在对“通俗”(popular)一词进行知识考古的时候，发现这个在古典时代被赋予“低下的”或“卑下的”内涵的词汇，进入现代以后尽管还保存着“刻意迎合”的旧意蕴，但更多地包含了“受喜爱的”“受欢迎的”的正面色彩。① 如果我们承认威廉斯所说的“通俗”一词的基本含义包含“低下的”和“刻意迎合的”，那么我们就可以由此而断定，歌词的文本首先要具有浅显的特点。这是文本在肌质(texture)方面的特点。因为“低下”不仅是指内容的浅白，而且更是指一种文体风格，或者说一种“俯就”的风度。“俯就”而不丧失应有的文化与美学品格，这是一种魅力，同时也是一种艰难的向度。可以说，优秀的歌词几乎是将精英主义定位在它自身的民主化冲动中而否定精英主义的。“通俗”一词的第二个含义即“受喜爱的”“受欢迎的”，这也从另一方面对文本

① 威廉斯指出，“Popular是从普通百姓而不是欲博取他人好感或追逐权力的人的角度做的认定”。参见［英］雷蒙·威廉斯《关键词:文化与社会的词汇》“popular”条目，刘建基译，生活·读书·新知三联书店2005年版。

的浅白通俗提供了支持，因为要获得受众的喜爱，要受到普遍的欢迎，首先就要消除“语言”可能给受众造成的障碍（相对于阅读，“听觉化”的接受方式可以对语言的简洁、明了提出更高的要求）。因此就歌词而言，要使听众在歌曲的行进中辨识出其基本含义，这必然要求歌词浅显易懂。然而，所谓的浅显易懂其实是一个十分含糊的特点，由于受听众文化修养、人生经验等因素的制约，“浅显易懂”便有了一个“游移”的边界。不过，基本的规约还是存在，那就是歌词语言的难度一般来讲要低于诗歌。与诗歌追求“陌生化”的美学原则相反，歌词追求“熟悉化”甚至是“类型化”——耳熟能详的模式其实就是歌词的基本话语模式。“类型化”在现有文艺学体系中，是一个并不那么令人敬重的概念，它与风格化、个性化、典型化等备受理论家推崇的概念有着截然不同的命运，招致的往往是冷落甚至鄙夷，与之相伴的则是“模式化”“平面化”乃至“庸俗化”等意指雷同、单一、因袭等内涵的概念。其实，从本质上讲，所有的文学文本都是“语言”与“言语”，“结构”与“解构”，“惯例”与“创新”，“共同”与“差异”的整合体，是类型与反类型的较量之所。只不过在“类型”与“创新”的中轴线上，精英文本偏于属于创新一极的“言语”“解构”“创新”“差异”层面，而大众文本更偏于属于类型一极的“语言”“结构”“惯例”“共同”等层面，由此使文本达到妇孺皆知、人所共赏的普及地步，取得接受者天然的亲近感和习惯性的认同。如果说精英文本是为已有的世界增加“意义”，那么，大众文本则是使人们以各种方式去熟知和重温“意义”。类型之于精英文本，是达成人们理解的基础与手段，之于大众文本，则是本体；而创新之于精英文本，是主体，之于大众文本，则是赢得更多受众的创作策略。[①]

对于歌词而言，将“类型”赋予本体论的意义并不意味着它必然遭遇艺术上的失败。长期以来，诗人不仅被称为语言大师，而且，他同时还通过话语的意指系统规定了书写文化的等级秩序。在这样的秩序中，读者只能居于最底层，虔诚地接受诗人为其输送的抒情话语的神奇境界。作为一种“书写—口传”的文化方式，歌词一开始就打破了诗歌书写文化的权力分配方式，解除了诗歌所设置的等级秩序。它不是寻求一种布道式的文化符码的“传播”与“接受”，而是以平等的姿态寻求大众的共鸣、回响与青睐，使听众（读者）在“类型化”的话语模式中指认属于自己的

① 参见何群《从配方程式到程式配方——论大众文本的类型与出新》，见金元浦主编《文化研究：理论与实践》，河南大学出版社2004年版。

那份情感。在歌曲的接受中，听众（读者）不再是一个驯顺的被动角色，无所作为地待在指定的位置上，而是握有一份参与话语“扩张”“延伸”的主权。对于歌词而言，它“拒绝文本的深度和细微的差别，等于把生产这些深度与差别的责任移交给读者”①。

当然不能否定既往的大众诗学的历史价值与诗学意义，但由于其过于强烈的意识形态色彩以及现代纯诗诗学对其隐蔽的学理锁定，它基本上只是一种自上而下的诗学构想与创作实践。也就是说，“大众”在过去的大众诗学中更多地被建构起来，他们并没有获得表述自己的机会。基于这样的学术背景，笔者认为有必要走出既有的大众诗学，重建以歌词为中心的现代大众诗学。

---

① ［美］约翰·费斯克:《理解大众文化》，王晓珏、宋伟杰译，中央编译出版社2001年版，第149页。

结　　语

通过“引言”及五章的论述，一条曾经被埋没的大众诗学的历史线索得到了大致的描述，以歌词为中心的现代大众诗学的建构逻辑也得到粗略的勾勒。可能在部分读者看来，这里面包含着某种“颠覆”的色彩。但是，笔者在选择本论题的时候，内心涌动的与其说是“颠覆”的欲望，不如说是“凸显”的冲动；既然是“凸显”，当然在整体构思上必然会有所省略与遮蔽——长期以来被学界普遍关注的“书写—阅读”式诗歌只是作为本论著的背景，或者说是作为一个隐蔽的“他者”而闪现于各个章节之中。就中国现代诗学而言，本论著只是揭示出其中被冷落的某一部分，因此只有一种“补充”的意义，其动机是使现代诗学更加丰富化。这可以说是本论著与一般诗歌史或者诗学著作的差异。笔者也注意到，当本论著将歌词从历史的一隅请到前台成为主角的时候，既有诗学历史的内部结构会发生某些改变。或许，这正是本论著的意义之所在。

另一方面，作者也清醒地意识到，大众诗学在现代中国的形象塑造并非一个理想的状态，甚至相当不理想，但是，只要我们认识到伴随其发生、发展的历史语境的复杂性，便会给予它更多的同情和理解。进一步讲，历史语境的复杂不仅制约了大众诗学的现代重构，同时也制约了精英诗学的现代之旅——近二十年来“书写—阅读”式诗歌的持续边缘化，其实不仅仅是一个和时代遭遇的问题，而更是和众多回响在历史深处的文化喧嚣纵向地发生着关联。因此，对当下诗学忧虑的理性沉思必须超越单纯的“共时性”文化心理，积极地与其生成史作一种“历时性”的对接。与此同时，我们的理性沉思还应该打开既有的视域，在更为开阔的历史广延里建立一种景深。

当然，将歌词置于中心位置来探讨大众诗学，其中所涉及的问题相当复杂，它不仅牵涉到大众诗学与精英诗学的关系的解说，而且牵涉到诗歌与音乐的关系以及现代汉语写作与文言写作的差异的辨析，等等，因此远非一部专著所能穷尽。不过，复杂问题的解决首先需要的是进入问题本身，哪怕是简单的、肤浅的进入！随着学术环境的日渐宽松、学术选择的日渐多元化以及学术心态的日渐平和，笔者对这一复杂问题的富有深度的阐释保持着一种敞亮的乐观。

参考文献①

一　基本文献

（一）报刊

1. 《大陆》。
2. 《东方杂志》。
3. 《歌谣周刊》。
4. 《江苏》。
5. 《教育世界》。
6. 《教育杂志》。
7. 《女子世界》。
8. 《新民丛报》。
9. 《新文学史料》。
10. 《云南》。
11. 《浙江潮》。

（二）作品与史料集

1. 艾克恩编：《延安文艺运动记盛》，文化艺术出版社 1987 年版。
2. 鲍晶编：《刘半农研究资料》，天津人民出版社 1985 年版。
3. 卞之琳：《人与诗：忆旧说新》，生活·读书·新知三联书店 1984 年版。
4. 蔡仲德注译：《中国音乐美学史资料注译》，人民音乐出版社 2004 年版。
5. 常文昌主编：《中国新时期诗歌研究资料》，山东文艺出版社 2006 年版。
6. 陈超编：《最新先锋诗论选》，河北教育出版社 2003 年版。
7. 陈钢编：《玫瑰、玫瑰我爱你——歌仙陈歌辛之歌》，上海辞书出版社 2002 年版。

① 本参考文献按文献编著者姓氏的音序排列，无编著者的则按文献名的音序排列，同一作者的多部作品按发表时间的先后顺序排列。

8. 陈聆群、洛秦主编:《萧友梅全集》第1卷，上海音乐出版社2004年版。
9. 陈学恂主编:《中国近代教育文选》，人民教育出版社1983年版。
10. 陈学恂主编:《中国近代教育史教学参考资料》，人民教育出版社1987年版。
11. 陈铮编:《黄遵宪全集》，中华书局2005年版。
12. 晨枫主编:《百年中国歌词博览》，安徽文艺出版社2011年版。
13. 丁毅、苏一平主编:《延安文艺丛书·歌剧卷》，湖南人民出版社1985年版。
14. 董晓萍编:《钟敬文文集·民间文艺学卷》，安徽教育出版社2002年版。
15. 丰子恺、裘梦痕合编:《唱歌集》（又名《中文名歌五十曲》），开明书店1927年版。
16. 高兰编:《诗的朗诵与朗诵的诗》，山东大学出版社1987年版。
17. 耿云志、欧阳哲生编:《胡适书信集》，北京大学出版社1996年版。
18. 顾颉刚:《顾颉刚集》，中国社会科学出版社2001年版。
19. 顾永棣编注:《徐志摩诗全集》，学林出版社1992年版。
20. 郭长海、郭君兮编:《李叔同集》，天津人民出版社2006年版。
21. 何其芳:《何其芳文集》第2卷，人民文学出版社1982年版。
22. 胡适编选:《中国新文学大系·建设理论集》，良友图书印刷公司1935年版。
23. 胡适:《尝试集》，人民文学出版社1984年版。
24. 《胡适日记全编》第2卷，安徽教育出版社2001年版。
25. 胡适口述，唐德刚译注:《胡适口述自传》，广西师范大学出版社2005年版。
26. 江苏师范生编:《（江苏师范讲义）音乐·体操》，江苏宁属、苏属学务处1906年版。
27. 姜义华主编:《胡适学术文集·新文学运动》，中华书局1993年版。
28. 金紫光、何洛主编:《延安文艺丛书·文艺理论卷》，湖南人民出版社1984年版。
29. 康有为:《大同书》，周振甫、方渊校点，文化艺术出版社2012年版。
30. 乐齐、孙玉蓉编:《俞平伯诗全编》，浙江文艺出版社1992年版。
31. 李洪涛:《精神的雕像——西南联大纪实》，云南人民出版社2001年版。
32. 李焕之、金紫光主编:《延安文艺丛书·音乐卷》，湖南人民出版社1988年版。
33. 李莉娟选编:《李叔同诗文遗墨精选》，中国文联出版社2003年版。

34. 梁慧方主编：《黎锦晖流行歌曲集》（上、下册），中央音乐学院出版社 2007 年版。
35. 黎锦晖：《麻雀与小孩》，中华书局 1928 年版。
36. 梁启超：《饮冰室诗话》，人民文学出版社 1959 年版。
37. 梁启超：《饮冰室合集》，中华书局 1989 年版。
38. 梁实秋：《梁实秋文集》，鹭江出版社 2002 年版。
39. 刘雪庵：《刘雪庵作品选》，中国文联出版社 2002 年版。
40. 鲁迅：《鲁迅全集》，人民文学出版社 1981 年版。
41. 吕骥：《吕骥文选》（上），人民音乐出版社 1988 年版。
42. 吕顺长编著：《晚清中国人日本考察记集成·教育考察记》（上），杭州大学出版社 1999 年版。
43. 《毛泽东选集》第 1—4 卷，人民出版社 1966 年版。
44. 毛注清、李鳌、陈新宪编：《蔡锷集》，湖南人民出版社 1983 年版。
45. 聂耳：《聂耳全集》下卷，文化艺术出版社、人民音乐出版社 1985 年版。
46. 欧阳哲生编：《胡适文集》，北京大学出版社 1998 年版。
47. 钱仁康：《学堂乐歌考源》，上海音乐出版社 2001 年版。
48. 钱仁平主编：《民国时期音乐文献总目》，广西师范大学出版社 2013 年版。
49. 沈从文：《沈从文全集》第 17 卷，北岳文艺出版社 2002 年版。
50. 沈洽编：《学堂乐歌之父——沈心工》，（台湾）作曲家协会 1990 年版。
51. 沈心工编：《学校唱歌初集》，务本女塾 1904 年版。
52. 沈心工编：《重编学校歌唱集》第 1—6 集，文明书局 1912 年版。
53. 沈心工：《心工唱歌集》，文瑞印书馆 1937 年版。
54. 史铁生：《史铁生作品集》第 3 卷，中国社会科学出版社 1995 年版。
55. 舒新城编：《中国近代教育史资料》，人民教育出版社 1981 年版。
56. 苏一平、陈明主编：《延安文艺丛书·秧歌剧卷》，湖南人民出版社 1985 年版。
57. 王宁一、杨和平主编：《二十世纪中国音乐美学文献卷（1900—1949）》，现代出版社 2000 年版。
58. 王文和编著：《中国电影音乐寻踪》，中国广播电视出版社 1995 年版。
59. ［日］文部省编：《小学唱歌集（初编）》，明治十四年（1881 年）11 月 24 日刊，文部省版。

60. 《文学运动史料选》第1—4册，上海教育出版社1979年版。
61. 文振庭编：《文艺大众化问题讨论资料》，上海文艺出版社1987年版。
62. 吴伯箫：《北极星》，人民文学出版社1963年版。
63. 夏晓虹编：《梁启超文选》，中国广播电视出版社1992年版。
64. 冼星海：《冼星海全集》第1卷，广东高等教育出版社1989年版。
65. 谢冕、钱理群主编：《百年中国文学经典》，北京大学出版社1996年版。
66. 徐迺翔选编：《文学的“民族形式”讨论资料》，广西人民出版社1986年版。
67. 徐迺翔主编：《中国新文艺大系（1937—1949）·理论史料集》，中国文联出版公司1998年版。
68. 余涉编注：《李叔同诗全编》，浙江文艺出版社1995年版。
69. 姚淦铭、王燕编：《王国维文集》，中国文史出版社1997年版。
70. 曾刚编：《山高水长——延安音乐回忆录》，太白文艺出版社2001年版。
71. 曾志忞编：《教育唱歌集》，日本东京教科书编释社光绪三十年（1904年）版。
72. 曾志忞译，［日］铃木米次郎校订：《乐典教科书》，广智书局光绪三十年（1904年）版。
73. 张静蔚编选、校点：《中国近代音乐史料汇编（1840—1919）》，人民音乐出版社1998年版。
74. 张静蔚编：《搜索历史——中国近现代音乐文论选编》，上海音乐出版社2004年版。
75. 张永钟编：《30年代国语老歌曲》，（台湾）立谊出版社1985年版。
76. 赵景深原评，杨扬辑补：《半农诗歌集评》，书目文献出版社1984年版。
77. 赵树理：《赵树理文集》第4卷，工人出版社1980年版。
78. 赵元任：《赵元任全集》第11卷，商务印书馆2005年版。
79. 中国人民政治协商会议全国委员会文史资料研究委员会编：《文化史料（丛刊）》第3、4辑，文史资料出版社1983年版。
80. 中国社会科学院近代史研究所中华民国史组编：《胡适来往书信选》，中华书局1979年版。
81. 《中国新文学大系1927—1937·文学理论集》第一集，上海文艺出版社1987年版。
82. 中央电视台制作：《启蒙年代的歌声》（DVD），中国国际电视总公司2007年版。

83. 周良沛编选:《中国新诗库·穆木天卷》,长江文艺出版社 1988 年版。
84. 周伟、常晶:《我的妈妈周璇》,山西教育出版社 2002 年版。
85. 朱有瓛主编:《中国近代学制史料》第 1 辑,华东师范大学出版社 1983 年版。

二 中文专著

1. 艾青:《诗论》,人民文学出版社 1980 年版。
2. 艾青:《艾青论创作》,上海文艺出版社 1985 年版。
3. 陈刚:《大众文化与当代乌托邦》,作家出版社 1996 年版。
4. 陈平原:《书生意气》,汉语大词典出版社 1996 年版。
5. 陈平原主编:《现代学术史上的俗文学》,湖北教育出版社 2004 年版。
6. 陈平原:《触摸历史与进入五四》,北京大学出版社 2005 年版。
7. 陈思和:《犬耕集》,上海远东出版社 1996 年版。
8. 陈思和主编:《中国当代文学史教程》,复旦大学出版社 1999 年版。
9. 陈泳超:《中国民间文学研究的现代轨辙》,北京大学出版社 2005 年版。
10. 陈子展:《中国近代文学之变迁 最近三十年中国文学史》,上海古籍出版社 2000 年版。
11. 戴锦华主编:《书写文化英雄——世纪之交的文化研究》,江苏人民出版社 2000 年版。
12. 董强:《梁宗岱:穿越象征主义》,文津出版社 2005 年版。
13. 丰子恺:《艺术趣味》,湖南文艺出版社 2002 年版。
14. 高婙:《留日知识分子对日本音乐理念的摄取——明治末期中日文化交流的一个侧面》,文化艺术出版社 2009 年版。
15. 高瑞泉、[日] 山口久和主编:《中国的现代性与城市知识分子》,上海古籍出版社 2004 年版。
16. 高宜扬:《流行文化社会学》,中国人民大学出版社 2006 年版。
17. 高玉:《现代汉语与中国现代文学》,中国社会科学出版社 2003 年版。
18. 郭绍虞:《照隅室语言文字论集》,上海古籍出版社 1985 年版。
19. 郭延礼:《中国近代文学发展史》第 2 卷,山东教育出版社 1991 年版。
20. 洪子诚:《当代文学概说》,广西教育出版社 2000 年版。
21. 洪子诚:《问题与方法——中国当代文学史研究讲稿》,生活·读书·新知三联书店 2002 年版。
22. 洪子诚主编:《在北大课堂读诗》,长江文艺出版社 2002 年版。
23. 胡风:《胡风评论集》,人民文学出版社 1984 年版。

24. 黄维樑、江弱水编选:《余光中选集》第4卷，安徽教育出版社1999年版。
25. 黄修己:《中国新文学史编撰史》，北京大学出版社1995年版。
26. 姜涛:《“新诗集”与中国新诗的发生》，北京大学出版社2005年版。
27. 金元浦主编:《文化研究:理论与实践》，河南大学出版社2004年版。
28. 李静:《乐歌中国——近代音乐文化与社会转型》，北京大学出版社2012年版。
29. 李欧梵:《现代性的追求》，生活·读书·新知三联书店2000年版。
30. 李皖:《听者有心》，生活·读书·新知三联书店1997年版。
31. 李怡主编:《中国现代诗歌欣赏》，高等教育出版社2004年版。
32. 李泽厚:《世纪新梦》，安徽文艺出版社1998年版。
33. 刘纳:《嬗变——辛亥革命时期至五四时期的中国文学》，中国社会科学出版社1998年版。
34. 龙泉明:《中国新诗流变论》，人民文学出版社1999年版。
35. 陆扬、王毅:《大众文化与传媒》，生活·读书·新知三联书店2000年版。
36. 罗钢、刘象愚编选:《文化研究读本》，中国社会科学出版社2000年版。
37. 吕进:《中国现代诗学》，重庆出版社1991年版。
38. 吕进主编:《中国现代诗体论》，重庆出版社2007年版。
39. 穆木天:《穆木天文学评论选集》，北京师范大学出版社2000年版。
40. 南帆:《隐蔽的成规》，福建教育出版社1999年版。
41. 南帆:《双重视域——当代电子文化分析》，江苏人民出版社2001年版。
42. 南帆:《理论的紧张》，生活·读书·新知三联书店2003年版。
43. 南帆:《后革命转移》，北京大学出版社2005年版。
44. 潘颂德:《中国现代新诗理论批评史》，学林出版社2002年版。
45. 彭放编:《郭沫若谈创作》，黑龙江人民出版社1982年版。
46. 钱理群:《1948:天地玄黄》，山东教育出版社1998年版。
47. 钱玄同:《钱玄同文集》第3卷，中国人民大学出版社1999年版。
48. 任半塘:《唐声诗》，上海古籍出版社2006年版。
49. 沈奇:《拒绝与再造》，西北大学出版社1999年版。
50. 宋剑华编:《现代性与中国文学》，山东教育出版社1999年版。
51. 孙继南:《黎锦晖评传》，人民音乐出版社1993年版。
52. 孙继南:《黎锦晖与黎派音乐》，上海音乐学院出版社2007年版。
53. 孙蕤编著:《中国流行音乐简史(1917—1970)》，中国文联出版社2004

年版。
54. 唐小兵编：《再解读：大众文艺与意识形态》，北京大学出版社 2007 年增订版。
55. 唐晓渡：《唐晓渡诗学论集》，中国社会科学出版社 2001 年版。
56. 陶鹤山：《市民群体与制度创新——对中国现代化主体的研究》，南京大学出版社 2001 年版。
57. 王光明：《现代汉诗的百年演变》，河北人民出版社 2003 年版。
58. 汪晖：《汪晖自选集》，广西师范大学出版社 1997 年版。
59. 王蒙：《欲读书结》，海天出版社 1992 年版。
60. 王朔等：《我是王朔》，国际文化出版公司 1992 年版。
61. 王晓明主编：《批评空间的开创》，东方出版中心 1998 年版。
62. 王瑶主编：《中国文学研究现代化进程》，北京大学出版社 1996 年版。
63. 《闻一多论新诗》，武汉大学出版社 1985 年版。
64. 闻一多：《神话与诗》，上海世纪出版集团 2006 年版。
65. 吴平、邱明一编：《周作人民俗学论集》，上海文艺出版社 1999 年版。
66. 吴同瑞、王文宝、段宝林编：《中国俗文学概论》，北京大学出版社 1997 年版。
67. 吴晓东：《记忆的神话》，新世界出版社 2001 年版。
68. 吴炫：《新时期文学热点作品演讲录》，广西师范大学出版社 2004 年版。
69. 奚密：《从边缘出发》，广东人民出版社 2000 年版。
70. 谢冕：《世纪留言》，中国广播电视出版社 1997 年版。
71. 徐新建：《民歌与国学——民国早期“歌谣运动”的回顾与思考》，巴蜀书社 2006 年版。
72. 延敬礼、徐行选编：《朱自清散文》，中国广播电视出版社 1994 年版。
73. 杨匡汉、刘福春编：《中国现代诗论》（上编），花城出版社 1985 年版。
74. 杨匡汉主编：《20 世纪中国文学经验》，东方出版中心 2006 年版。
75. 余光中：《余光中集》，百花文艺出版社 2004 年版。
76. 翟永明：《称之为一切》，春风文艺出版社 1997 年版。
77. 张芳怡：《天涯歌女：周璇与她的歌》，（台湾）秀威资讯科技股份有限公司 2008 年版。
78. 张京媛主编：《新历史主义与文学批评》，北京大学出版社 1993 年版。
79. 张明高、范桥编：《周作人散文》，中国广播电视出版社 1992 年版。
80. 张前：《中日音乐交流史》，人民音乐出版社 1999 年版。
81. 张旭东：《全球化时代的文化认同》，北京大学出版社 2005 年版。

82. 张仲礼主编:《近代上海城市研究》,上海人民出版社1990年版。
83. 郑振铎:《中国俗文学史》,东方出版社1996年版。
84. 周质平:《胡适与中国现代思潮》,南京大学出版社2002年版。
85. 朱光潜:《西方美学史》,人民文学出版社1963年版。
86. 朱光潜:《朱光潜美学文集》第2卷,上海文艺出版社1982年版。
87. 朱光潜:《朱光潜全集》,安徽教育出版社1993年版。
88. 朱鸿召:《延安日常生活中的历史》,广西师范大学出版社2007年版。
89. 朱自清:《论雅俗共赏》,生活·读书·新知三联书店1983年版。
90. 朱自清:《新诗杂话》,生活·读书·新知三联书店1984年版。
91. 朱自清:《朱自清全集》,江苏教育出版社1996年版。
92. 宗白华:《宗白华全集》第1卷,安徽教育出版社1994年版。

三 译著

1. [法] 罗贝尔·埃斯卡皮:《文学社会学》,于沛选编,浙江人民出版社1987年版。
2. [美] 马克·爱德蒙森:《文学对抗哲学——从柏拉图到德里达》,王柏华、马晓冬译,中央编译出版社2000年版。
3. [美] 本尼迪克特·安德森:《想象的共同体——民族主义的起源与散步》,吴叡人译,上海人民出版社2005年版。
4. [苏联] 巴赫金:《陀思妥耶夫斯基诗学问题》,白春仁、顾亚铃译,生活·读书·新知三联书店1988年版。
5. [苏联] 巴赫金:《文艺学中的形式主义方法》,李辉凡、张捷译,漓江出版社1989年版。
6. [苏联] 巴赫金:《巴赫金全集》第4卷,白春仁等译,河北教育出版社1998年版。
7. [法] 罗兰·巴特:《文之悦》,屠友祥译,上海人民出版社2002年版。
8. [美] 丹尼尔·贝尔:《资本主义文化矛盾》,赵一凡、蒲隆、伍晓晋译,生活·读书·新知三联书店1989年版。
9. [德] 瓦尔特·本雅明:《机械复制时代的艺术作品》,王才勇译,中国城市出版社2002年版。
10. [法] 皮埃尔·布迪厄:《艺术的法则——文学场的生成和结构》,刘晖译,中央编译出版社2001年版。
11. [英] 马·布雷德伯里、詹·麦克法兰编:《现代主义》,上海外语教育出版社1992年版。

12. ［美］约翰·费斯克：《理解大众文化》，王晓珏、宋伟杰译，中央编译出版社 2001 年版。
13. ［美］格里德尔：《知识分子与现代中国》，单正平译，南开大学出版社 2002 年版。
14. ［意］安东尼奥·葛兰西：《狱中札记》，曹雷雨等译，中国社会科学出版社 2000 年版。
15. ［奥］爱德华·汉斯立克：《论音乐的美——音乐美学的修改刍议》，杨业治译，人民音乐出版社 1980 年版。
16. ［德］黑格尔：《美学》，商务印书馆 1981 年版。
17. ［美］洪长泰：《到民间去：1918—1937 年的中国知识分子与民间文学运动》，董晓萍译，上海文艺出版社 1993 年版。
18. ［英］安东尼·吉登斯：《民族—国家与暴力》，胡宗泽等译，生活·读书·新知三联书店 1998 年版。
19. ［英］安东尼·吉登斯：《现代性的后果》，田禾译，译林出版社 2000 年版。
20. ［英］E. H. 卡尔：《历史是什么?》，陈恒译，商务印书馆 2007 年版。
21. ［苏联］莫·卡冈：《艺术形态学》，凌继尧、金亚娜译，生活·读书·新知三联书店 1986 年版。
22. ［美］乔纳森·卡勒：《文学理论》，李平译，辽宁教育出版社、牛津大学出版社 1998 年版。
23. ［法］古斯塔夫·勒庞：《乌合之众》，冯克利译，中央编译出版社 2004 年版。
24. 陆扬、王毅选编：《大众文化研究》，刘雯译，生活·读书·新知三联书店 2001 年版。
25. ［美］罗兰·罗伯森：《全球化：社会理论和全球文化》，梁光严译，上海人民出版社 2000 年版。
26. ［美］赫伯特·马尔库塞：《爱欲与文明》，黄勇、薛民译，上海译文出版社 1987 年版。
27. ［加拿大］马歇尔·麦克卢汉：《理解媒介》，何道宽译，商务印书馆 2003 年版。
28. ［加拿大］阿尔维托·曼古埃尔：《阅读史》，吴昌杰译，商务印书馆 2004 年版。
29. ［美］H. 帕克：《美学原理》，张今译，广西师范大学出版社 2001 年版。
30. ［美］安德鲁·琼斯：《留声中国——摩登音乐文化的形成》，宋伟航译,(台湾)台湾商务印书馆 2004 年版。
31. [美] 爱德华·W. 萨义德:《东方学》,王宇根译,生活·读书·新知三联书店 1999 年版。
32. [美] 爱德华·W. 萨义德:《知识分子论》,单德兴译,陆建德校,生活·读书·新知三联书店 2002 年版。
33. [美] 苏珊·桑塔格:《反对阐释》,上海译文出版社 2003 年版。
34. 《诗学·诗艺》,人民文学出版社 1962 年版。
35. [日] 实藤惠秀:《中国人留学日本史》(修订译本),谭汝谦、林启彦译,北京大学出版社 2012 年版。
36. [美] 理查德·舒斯特曼:《实用主义美学》,彭锋译,商务印书馆 2002 年版。
37. [美] 埃德加·斯诺:《斯诺在中国》,生活·读书·新知三联书店 1982 年版。
38. [美] 王德威:《想像中国的方法》,生活·读书·新知三联书店 1998 年版。
39. [美] 王德威:《被压抑的现代性——晚清小说新论》,宋伟杰译,北京大学出版社 2005 年版。
40. 王恩衷编译:《艾略特诗学文集》,国际文化出版公司 1989 年版。
41. [英] 雷蒙·威廉斯:《关键词:文化与社会的词汇》,刘建基译,生活·读书·新知三联书店 2005 年版。
42. [德] 姚斯等:《接受美学与接受理论》,周宁、金元浦译,辽宁人民出版社 1987 年版。
43. [英] 特里·伊格尔顿:《美学意识形态》,王杰等译,广西师范大学出版社 2001 年版。
44. [美] 弗雷德里克·詹姆逊:《政治无意识》,王逢振、陈永国译,中国社会科学出版社 1999 年版。
45. 赵毅衡选编:《符号学文学论文集》,百花文艺出版社 2004 年版。

四　期刊论文

1. 陈泳超:《想象中的“民族的诗”》,《中国现代文学研究丛刊》2006 年第 1 期。
2. 高小康:《在“诗”与“歌”之间的振荡》,《文学评论》2002 年第 2 期。
3. 林少阳:《未竟的白话文——围绕着“音”展开的汉语新诗史》,《新诗评论》2006 年第 2 辑,北京大学出版社 2006 年版。

4. J. 希利斯·米勒：《全球化对文学研究的影响》，《文学评论》1997 年第 4 期。
5. 唐晓渡：《时间神话的终结》，《文艺争鸣》1995 年第 2 期。
6. 王风：《文学革命与国语运动之关系》，《中国现代文学研究丛刊》2001 年第 3 期。
7. 王富仁：《中国近现代文化发展的逆向性特征与中国现当代文学发展的逆向性特征》，《文学评论》1989 年第 2 期。
8. 王毅：《试论中国自由诗的音乐性》，《西南师范大学学报》1996 年第 3 期。
9. 郑敏：《世纪末的回顾：汉语语言变革与中国新诗创作》，《文学评论》1993 年第 3 期。
10. 朱晓进：《从语言的角度谈新诗的评价问题》，《文学评论》1992 年第 3 期。

后　记

这部书稿从2006年年底起笔到2015年6月底最后整理完参考文献，用了近十年的时间。“十年磨一剑”是令人敬重的古训，它传达的是一种心力的凝聚，一种不愿轻易出手的持重，当然，其最终出手之剑便顺理成章地被理解为与众不同、非同凡响了。如果将之类比于这本小书，我内心是忐忑的，因为，这本书除了耗时与这一古训大体吻合外，最终出手之“剑”则绝无与众不同、非同凡响之处；恰恰相反，它发出的只是些微的“凡响”之音。

本论著是在我博士论文基础上修改、增添后的最终成果。可以坦陈的是，选择现代歌词作为研究对象是我进入黄修己先生师门后位列第一的论文选题。在谋划这一选题的时候，内心是一派朝阳：国内少有人涉猎这一领域，而我在现代歌词的“研究”与流行音乐评论方面已有了六七年的经历。因此，在2002年春我在为自己的论文集《现代诗歌与歌词论》写“后记”之时，便以一种“朝阳”心态写下如下一句话：“我只希望自己能够做到的是：在拿到博士学位的时候，拥有一份和这一学位相称的学问。”开题报告通过后，我便试着写了一章给黄先生看，原本期望得到一番赞扬，没想到却是火力十足的批评。现在回想起来，我对先生的这一批评所含深意的认识似乎经历了一个并不算短的过程。我们这批在20世纪80年代后期进入文学领域的人，更多地接受了此时所盛行的“评论式”文学研究路子的影响。自认为读了几本理论书，学会几个新术语，再加上一点所谓的艺术悟性就能够登文学之堂、入研究之室了。90年代中期进入音乐文学领域后，由于这一领域研究的匮乏所带来的理论饥渴，曾使我那些粗浅的文字大行其道，如鱼得水，当然也使我有些志得意满。真正的警醒来自黄先生不厌其烦的批评，他终于使我重新认识自己，于是开始了漫长的阅读和思考——在学术的视域内的阅读与思考。一方面下史料的功夫，另一方面寻求理论的涵养。由于现代歌词研究的基础性工作较为薄弱，史料的搜集、整理绝非易事，这费去我不少时间、精力甚至金钱。理论资源也与史料有近似之处——国内虽然有一些关于古代歌诗的研究，但从总体上看还是显得寒碜，而且也无法一一照搬过来阐释用现代汉语写作的歌词。

是先生严谨、务实的治学风范照亮了我，使我真切地认识到“学问”两个字的分量；阅读，又使我认识现代歌词的河床日渐变得宽阔和清晰。终于，在2006年年底，我开始正式进入博士论文的写作。每写一章，就怀着忐忑的心情发给先生看，然后是焦虑地等待。先生总是以最快的速度看完并将意见反馈给我，有批评，也有肯定，但更多的是鼓励。

终于在2007年暑假结束的时候，我完成了全文的写作，由此进入了下一个程序——预答辩。这时，我心里有点谱了：先生已经基本认可了这篇论文。

在预答辩会上，先生请了两位思想敏锐、学问深厚的专家——高小康先生与谢有顺先生为本文诊断。两位先生对本文的选题、立论以及史料的挖掘都给予了充分的肯定，认为有现象，有理论，并且对论文的进一步修改提供了颇有建设性的意见。

紧接着的便是正式的答辩。由于我是黄先生的关门弟子，这次答辩只有我一个人。由刘纳、袁国兴、林岗、高小康、陈少华诸位先生组成的答辩委员会轮番提问，整整“折腾”了一上午，专家们尽管提问尖锐，但态度却温和，最终顺利通过。虽然作为博士论文，这部20余万字的成果获得了通过，但论文审读专家和答辩委员们提出的诸多意见和建议则激发了我进一步思考这一课题的热情。随后，我一边读书、做笔记并对论文进行小打小闹的修改，一边把其中的部分文字分解成单篇的论文，陆续在《文学评论》《中国现代文学研究丛刊》《文艺争鸣》《人民音乐》《西南大学学报》等学术期刊上发表，先后发表了十余篇，部分论文也获得了一定的学术反响。而且，我还以博士论文为基础，申报了2011年国家社科基金后期资助项目并最终获准资助。

后续性的研究除了对本项目评审专家提出的意见进行修改外，主要是增添了第一章。这一章原本计划写进博士论文，但考虑到既有篇幅太长，于是忍痛割爱了。但缺少了这一章，的确使整个论文的展开显得有些突兀。正因如此，我对这次获准国家社科基金资助是相当期待的，因为这给了我一个完成论文最初构想的机会。

在这里，我要特别感谢我的硕士导师吕进先生。自硕士毕业二十余年来，先生一直关心着我的学术成长，选择现代歌词作为博士论文选题，先生多有首肯；尤其在论文写作过程中，先生都给予鼓励和支持，当然，也给予了许多富有启发性的点拨。如果没有先生的持续支持，可能我都要放弃这个选题了。后来先生还特地邀请我在《西南大学学报》他主持的“中国现代诗学”专栏中两次发表相关论文，以无声的方式表达对我学术选择的包容和理解。每每想到这些，我内心就感到温暖。先生的给予和我的回馈之间差距太大，在此我只能遥祝先生健康长寿了！

我还应该感谢我的一些朋友！孟繁华、李怡、刘勇等在我写作博士论文以及后期的研究中，给予了不少的支持和帮助；我校科研处的吴佩林教授热情鼓励我申请国家项目，没有他的敦促，可能这部小书就止于博士论文的状态了。中国社会科学出版社的郭晓鸿女士从未与我谋面，却热心为我张罗申报国家社科基金后期资助项目，获准资助后又不时关注我后期研究的进展情况，为本书的出版多有用心；我的同事罗文军、邱奎、余作胜等为我在北京、上海等地查找资料，学生李长生、夏伟翔、曹露丹、潘礼静等为我录入、整理了不少歌词作品；我的妻子王新华默默地为我的研究提供后勤保障，女儿傅庶也时常参与对具体作品的讨论。凡此种种，令人感怀！

傅宗洪

2015年7月5日后记于西华师范大学